ILUSTRA
NICAH

FRUTO

PROIBIDO

EDITORA FRUTO PROIBIDO

Capa: Larissa Chagas
Diagramação: Grazi Fontes
Revisão: Gramaticalizando Assessoria
Ilustradoras: Nicah Park & Sttrellare

Dados Internacionais de Catalogação na Publicação (CIP)

Betineli, Thalissa.
A destruição de um Homem/Thalissa Betineli
Duologia Os Lehansters - Livro 1
2ed.: 2024
1. Literatura Brasileira. 2. Romance.

NÃO RECOMENDADO PARA MENORES DE 18 ANOS - AS CENAS NARRADAS PODEM CONTER CONSUMO DE DROGAS, VIOLÊNCIA E CONTÉUDO SEXUAL.

A DESTRUIÇÃO DE UM HOMEM

DUOLOGIA OS LEHANSTERS LIVRO UM

THALISSA BETINELI

Sobre o livro

Este é um Dark Romance. Não há mocinhos ou vilões. Há pessoas quebradas e reflexões sobre como a violência molda o ser humano. Não há nada exemplar a ser seguido, apenas falhas, vícios e consequências a serem apresentadas em situações extremas.

Há gatilhos!

Antes de mais nada, a leitura desse livro é aconselhada para quem gosta da temática Dark, e é preciso mergulhar de mente aberta para compreender todas as atitudes de Enzo Lehansters e Anya Lehansters.

O livro também insinua temáticas polêmicas e tabus. Antes de julgar, entenda as entrelinhas. Busque os motivos e compreenda que há mais a ser contado do que um simples fato apresentado. Há segredos envolvendo terceiros e um passado. Nada foi usado como forma de apenas trazer o teor sexual, muito menos criado ao acaso. Se está dentro deste livro, é porque foi necessário para a construção dos personagens. Também há críticas à sociedade, tanto sobre um sistema como ao preconceito.

Encontrará situações de violência explícita, psicológica, degradação de personalidade, manipulação e a exploração do prazer sexual, assim como suas descobertas.

O livro começou a ser criado em 2016, e durante muitas pesquisas, reescritas, observações, betagens e mudanças, esta é a terceira, e a versão oficial da primeira parte da história de *Os Lehansters*.

Não faz parte da série *Pandora* em si, não é necessário ter lido qualquer livro anterior, e foi criado com o intuito de mostrar a história de três pessoas quebradas. Nesta obra, Enzo Lehansters e Anya Lehansters são os protagonistas.

Enzo, atualmente, é o meu personagem mais pesado, que traz consigo uma bagagem psicológica e também todas as marcas do que precisa enfrentar. É a minha maneira de mostrar como, muitas vezes, a violência só gera violência, de como o ser humano pode ser mudado e destruído pelo ambiente ao redor. E que quando se entra nesse mundo, é quase impossível sair. É a minha maneira de apresentar como não é fácil se corromper, mas que quando isso acontece, pode muitas vezes mudar tudo.

Ciente disso, entenda todas as dores, motivos e ações desses personagens.

Por fim, e de extrema importância salientar, não apoio e não sou a favor de qualquer prática abusiva, violenta e qualquer atitude tomada dentro deste livro que seja incestuosa ou cruel. É apenas uma história, obscura, porém, pura ficção.

Boa leitura!

Playlist

Para ouvir a playlist de *A Destruição de um Homem*, basta apontar o leitor de QR Code para o código abaixo.

Prefácio

Família. Tabu. Mistério. Vingança.

Quando penso nos Lehansters, penso que são, sem dúvida, os protagonistas de um dos livros mais peculiar, pungente e surpreendente que já li. Nesta história você não encontra uma família tradicional, mas sim uma família, que apesar de suas singularidades, se protege a todo custo, não importando o preço que tenham que pagar.

Em meio a uma teia de intrigas, dúvidas e muitas teorias em busca da verdade, você mergulhará em um romance dark forte, violento, que provoca os mais diversos sentimentos, reflexões e que consegue quebrar nossas convicções de certo e errado, moralmente falando.

Normalmente, durante uma história, estamos acostumados a vivenciar jornadas de crescimento e evolução, mas aqui você irá acompanhar a destruição de um homem, pedaço por pedaço, e quais serão seus próximos passos após essa mudança irrecuperável.

Não tem redenção, nem como recuar ou se permitir falhar.

Com Enzo, você aprenderá que homens choram, se desesperam e se perdem dentro de si mesmos, mas quando se encontram, trazem para fora sua pior e mais letal versão de si.

Com Anya, você aprenderá como unir suas cicatrizes e traumas e transformá-las em um escudo, que consegue te proteger, mas que também te fechará para os que estão ao seu redor. Verá que é possível se tornar sua própria amiga, conselheira, amante e a melhor versão de si mesma. Não se deixará abater, nem nas piores e mais inesperadas situações, e muito menos pelo amor. Tudo isto envolvendo lições poderosas sobre amor-próprio, sexualidade, prazer feminino e feminismo.

Desejo que você realmente mergulhe nesta obra de coração e mente aberta. Que absorva esta história em sua totalidade e que a mensagem que a autora desejou passar te toque profundamente.

Que crie as melhores e mais terríveis teorias, vibre e chore com cada personagem, refaça seus passos no passado, para tentar compreender tantos segredos, e que seja arrebatado(a) por toda esta família e por este romance, assim como eu fui.

Não será uma leitura fácil, mas dificilmente você a esquecerá e sairá o mesmo leitor após ela. Boa leitura!

Bárbara Oliveira | Blogueira literária no @leiturasdabah.

Sobre a família Lehansters

A duologia *Os Lehansters* se passa na cidade fictícia chamada Awston, a mesma em que a série *Pandora e Razera* se passam. Todos os meus livros, exceto os de fantasia, compartilham do mesmo universo.

Em Awston, a família Lehansters, composta por três irmãos, comanda as ruas, o poder e a polícia. São donos de diversas empresas, construtoras, além de empreendimentos e cassinos da região.

O cassino de Awston é onde acontece grande parte da lavagem de dinheiro da região, servindo para empresários de Los Angeles também.

Awston está situada próxima de LA, Califórnia.

A polícia é paga por Enzo Lehansters mensalmente, para que cargas de tráfico de armas e drogas, levadas pelo motoclube Devils, passem pelas rodovias sem serem paradas.

O peso do nome veio de Otávio Lehansters, que construiu seu império na cidade e articulou seu poder sobre todos. Enzo manteve o domínio e continuou a administrar cada detalhe para que sempre pudesse comandar.

Forneço essas informações para situar você, leitor(a), sobre a família, já que esse poder fica subentendido nas conversas e ações. Dessa maneira, sua leitura pode ser uma experiência imersiva.

"Nada em si é bom ou
mau;
Tudo depende
Daquilo que pensamos."

Cena II, Ato II,
HAMLET, William Shakespeare

Prólogo

Certo ou errado

Anya

Ser ou não ser, eis a questão.
Hamlet – Shakespeare.

Você me definiria por um erro?

E por uma loucura?

Enquanto o carro me levava para uma festa de máscaras na casa de algum homem da alta sociedade da cidade, eu refletia o quanto ela havia mudado.

Doze anos desde que eu coloquei os pés pela última vez aqui. Dei as costas com os meus treze anos, enterrei a menina que eu era em um buraco escuro e a esqueci lá.

Agora, anos depois, o que menos queria era ser reconhecida.

Contemplei a máscara envernizada nas minhas mãos. A regra era clara: precisava ir mascarado. Aceitei o convite no mesmo momento, de um homem chamado Nicolas Razera. Dias depois, meu voo pousou e ao fitar o avião sendo deixado para trás, pensei em tudo o mais que deixei.

Todos os medos, as inseguranças.

A submissão.

Quem eu era, não interessava a ninguém.

Quem eu fui, nem eu mesma queria lembrar.

O que passei até hoje me tornou a mulher capaz de arrancar o próprio coração do peito, para não mais sentir alguém ter poder sobre mim.

Não, ninguém seria poderoso o suficiente para me fazer curvar.

Rocei os dedos pela máscara.

Amava a liberdade.

Ser o que queria ser, ir para onde queria... E o sexo era mais do que prazer, era uma arma. Poderia dobrar os homens com o simples balançar das pernas, e uma bunda desenhada os faria ficar de quatro.

Era uma bala certeira.

Uma arma tão fatal que, quando se dessem conta do tiro, já estariam nas minhas mãos.

Não era piedosa. Nunca fui bondosa.

Gostava do poder.

Sorri.

Uma máscara dava essa liberdade: não ser reconhecida, experimentar todos os gozos possíveis, deleitar-me com todos os fetiches sexuais. Uma libertação sem dedos apontados, sem cochichos sobre certo e errado.

Apenas corpos, sem identidade.

O carro adentrou pelo terreno da casa, passou pelos imensos portões, contornou o jardim e estacionou diante da escadaria, com pessoas subindo para a porta de entrada.

— Obrigada. — Inclinei-me para frente e dei ao motorista uma nota.

Ele negou.

— Estou sob o comando do sr. Razera, fui incumbido a trazer alguns convidados. Não precisa...

— Quero que aceite — insisti.

— Como quiser. — Enfiou o dinheiro no bolso e abri a porta.

Cobri o rosto com a máscara e fiz um laço sobre os cabelos. Puxei a ponta do meu vestido preto para cima, revelando as sandálias de salto alto, e desci do carro.

Ele partiu.

Olhei para as pessoas que, mascaradas, conversavam e cumprimentavam umas às outras. A nostalgia da velha cidade me atingiu. Lembrei-me de como cresci ali, de todas as merdas da minha vida tão fadada ao fracasso.

De como, enjaulada na infância, agora conseguia ver a sociedade por outro ângulo.

Algumas pessoas me enojavam e eram fáceis de serem manipuladas. Viviam pela aparência, e assim que curvei os meus lábios carnudos, pintados de vermelho, em um sorriso, fiz alguns homens se mostrarem influenciáveis em demasia.

Senti um apetite insaciável de pegá-los, comandá-los. Sentir-me sobre eles. Vê-los tão domados, tão entregues...

Minha vida na Europa me moldou de uma maneira agressiva. Um tanto quanto impetuosa.

E eu gostava.

Comecei a subir os degraus sob os olhares de pessoas curiosas, que se questionavam sobre quem eu seria. A tinta castanha escondia os cabelos loiros, a máscara cobria o meu rosto, e jamais imaginariam a qual família eu pertencia. Uma que, durante anos, eu me afastei. Exceto pelas visitas da única pessoa com quem tive alguma afeição.

Antone era o único que sempre se importou comigo. Raramente o via na infância, no entanto, depois da morte dos nossos pais e da minha ida para Lyon, ele se aproximou.

E foi o único.

Ligava-me às vezes, ia me visitar. Se preocupava.

E eu o amava por não me impor limites, por não criticar a minha maneira de fugir da regra, de ser julgada como vulgar por alguns e louca por outros.

O extremo era delicioso e o dinheiro me permitia.

Não o avisei do meu retorno.

Nem ele, nem o outro que talvez nem pudesse chamar de irmão.

Não, nas poucas vezes que o vi na vida, não houve afeto. Não houve proximidade.

Poderia contar nos dedos as vezes que nos vimos na infância.

Mas alguns dias na surdina seriam o suficiente para mim.

Alcancei o alto da escadaria e dois seguranças abriram as portas duplas, revelando um hall com pouca iluminação. A penumbra me engoliu e, aos poucos, o lugar foi iluminado por fracas luzes, apenas o suficiente para ver os vultos.

Servi-me de uma taça de champanhe, enquanto transitava entre os ambientes. Alguns convidados já se tornavam íntimos, beijando-se e desaparecendo em algum canto. Outros, sozinhos, faziam o mesmo que eu: *observavam. Caçadores, buscando uma presa deliciosa.*

Eu jamais seria a presa.

Não, nunca mais.

Em dez anos, meu histórico era o suficiente para não me deixar mais ser uma mulher encantada por homens, ou inocente.

Escolhia a dedo os homens com quem queria transar.

Não era qualquer um, e precisavam ser espetaculares na cama. Quase inesquecíveis. Eles percebiam como eu era na tentativa de me seduzir. Conhecia os jogos, observava a habilidade. A artimanha da sedução era conhecida demais para mim. Conquistar-me com a arte de seduzir? Quase impossível.

Tomei um gole da bebida e fechei os olhos.

Na escuridão das memórias, recordei-me de como eu era. Uma menina de treze anos, pela primeira vez dona de si, com uma tutora na França para ajudá-la.

Aos quinze, em um quarto escuro e sem vida, perdi minha virgindade. Nada importante demais para se lembrar. Nada que merecesse a minha atenção, e nunca fiz muito caso, como várias mulheres.

A pele no meio das pernas não era importante.

A mente, sim.

Aos dezesseis, aprendi que o sexo poderia ser uma vantagem.

Era um poder que eu tinha e nunca soube. Meus lábios carnudos fizeram uma parte do trabalho, minha beleza outra, e, aos poucos, adquiri a segurança que precisava.

Viajei, descobri outras culturas. Aprendi com as pessoas, conheci tantos homens na cama, cada um da sua maneira.

Alguns maravilhosos, outros decepcionantes.

Até conhecer um que me apresentou a um mundo de extremos.

A submissão foi chocante.

A minha assinatura fez com que cada chicotada me fizesse arrepender no final da noite. E durante todas as noites que passei, pensei em como já não servia mais para o papel de submissa.

Não queria que tivessem poder.

Odiava a dominação.

A minha revolução estava feita quando dei as costas ao meu dominador e dominei a mim mesma.

O ato sexual é o conhecimento do próprio corpo, é um desbravamento de quem você é. E eu estava me conhecendo.

Cada pedaço de mim.

Dominei o primeiro homem meses depois. Delirante... Amei dominar. Estudar o comportamento humano sob o meu domínio, cada desejo, cada sensação que eu poderia provocar. Ter o prazer do outro nas mãos e controlá-lo me fazia gozar.

Manter-me por cima me fazia estar distante. Meu coração permaneceria intocável, longe o suficiente para qualquer homem chegar. E mesmo os mais temperamentais eram dobrados com palavras, atos e sedução.

Sedução, um jogo perigoso, precisava de habilidades, estudar as pessoas. Decifrar o ser humano.

E, no final, aprendi a manipulá-los ao meu bel-prazer.

Se isso me tornava uma mulher vil? Pouco me importei durante os meses.

O certo e errado nunca foram importantes.

O domínio e o prazer, os únicos essenciais na minha vida.

— Está desacompanhada? — Um homem parou ao meu lado. Seus lábios cobertos pela barba rala esboçaram um sorriso.

— Estou comigo mesma. Não preciso de uma companhia.

— Apenas achei...

— Obrigada pela preocupação.

— Sem problemas — murmurou a contragosto e deu as costas.

Segui-o com o olhar.

Quais as chances dos meus irmãos estarem ali?

Não fazia muito o estilo de Antone, mesmo que não o conhecesse tão intimamente.

Fazia mais de um ano que eu não o via. Suas visitas eram divertidas, ele buscava conforto e diminuir a carência na minha companhia.

Contudo, era difícil.

Nossa infância não foi uma das melhores. Eu, criada por uma mãe distante, e ele, junto ao nosso irmão, moravam em um internato, onde recebiam com frequência as visitas do nosso pai. Esse, para mim, nunca foi presente. Raramente se interessava pela mulher da família.

Uma família tão patriarcal e machista, que sempre fui deixada de canto.

Nós três nunca estivemos completamente juntos.

Poucas vezes saíam do internato, e quando nossos pais faleceram, fui embora antes que meus irmãos voltassem. Fugi de uma vida que não aguentava mais.

Na última vez que o vi, Antone falava sobre administrar os negócios dos nossos pais, junto ao nosso irmão mais velho. Agora já não sabia o que fazia.

Se era possível estar na festa.

Desejei que não.

Queria o anonimato.

Já Enzo, nosso irmão mais velho... Jamais saberia dizer.

Era um estranho, um completo desconhecido com quem eu compartilhava o sobrenome e o sangue. Nunca conversávamos direito, mal nos víamos... E por ser o mais velho e o preferido do nosso pai, nutri desprezo por ele.

Por tudo o que ele representava: *o quanto eu deveria ser inferior ao homem.*

Não. Eu não deveria.

Sua masculinidade era igual a minha feminilidade. Queria ter os mesmos direitos, o mesmo respeito, e mandar à merda o patriarcalismo da família.

Essa era a verdade do meu retorno.

Construir-me.

Fortalecer-me o suficiente para comandar, não me deixar abalar, mostrar o meu poder.

Eles eram poderosos? Eu provaria que poderia ser mais.

Os Lehansters não eram formados por dois homens apenas.

Eu era tão capaz quanto eles, e mostraria quando voltasse para casa. Quando a minha autoridade chegasse a eles.

Teria uma cadeira naquela empresa, teria voz, um lugar para chamar de meu no coração daquela mansão.

Enzo Lehansters nunca me conheceu.

Para ele, eu era apenas uma irmã mais nova, menina e submissa.

Agora, ele conheceria a mulher capaz de o calar.

O mundo abriu os braços para mim, e eu o abracei. Não soltaria o meu direito jamais.

Mais alguns homens me devoraram com os olhos. Ignorei-os. Pelos seus trejeitos, eram ansiosos demais. Não dariam conta na cama. E eu gostava do impecável no sexo.

Dei as costas para aquele ambiente e vaguei para o próximo.

As mulheres, com longos vestidos, jogavam os seus charmes para homens que queriam uma boa noite de foda.

Transitando entre as pessoas, peguei uma segunda taça. Era uma espectadora de casais que se formavam, aleatórios.

A alta sociedade tinha os seus fetiches. Um desejo louco por sexo sem pudores. E nesse pudor velado, eles buscavam se libertar, ultrapassar as fronteiras estipuladas pelo tradicionalismo, mesmo que, no dia a dia, o conservadorismo imperasse dentro de empresas, ternos e gravatas.

No escuro, eles deixavam a libertinagem surgir.

No claro, eram hipócritas.

Poderia até sentir a baba de alguns homens e mulheres, quase... de tanto que me desejavam. Uma pele nova era sempre boa de apalpar.

Continuei a me desviar de olhares luxuriosos.

Avancei para um salão com sacadas abertas, luzes que giravam pelo teto e pessoas mascaradas.

Deslizei o olhar pelo lugar, até cravá-lo em um homem que chamou a minha atenção.

De uma maneira que me assombrou.

Virei a taça na boca, sem deixar de olhá-lo.

Seus ombros largos estavam cobertos pelo smoking. A barba loira e rala finalizava onde a máscara preta começava. O maxilar marcado e quadrado, e cabelos loiros amarrados em um pequeno coque.

Sua presença emanava masculinidade. Era forte. Imponente.

Poderosa o suficiente para me fazer imaginá-lo na cama.

No alto da sua máscara, dois chifres se projetavam, e o pescoço era torneado pela gravata borboleta. Com os olhos, desnudei-o. Imaginei o seu corpo vigoroso, e pela sua estatura, não estava errada. Seu porte entregava que gostava de ser cobiçado. Que sabia o poder que exalava.

Sabia tão bem quanto eu o quanto influenciava as pessoas ao redor.

Quem ele era?

O desconhecido deu as costas e caminhou entre as pessoas, autoritário e sedutor. Levou consigo diversos olhares, inclusive o meu.

Segui-o discretamente.

Terminei mais uma taça, e, na terceira, já conseguia sonhar com a sua dominação, enquanto ele conversava com uma mulher que, provavelmente, pela sua maneira, já estava molhada no meio das pernas.

Ele não seria dela naquela noite. Eu o roubaria.

Parados próximos a uma varanda, avancei para entrar em seu campo de visão. De costas, senti seu olhar queimar sobre mim. Olhei-o sobre o ombro e rocei a borda da taça nos lábios.

Sua atenção foi desviada da mulher para mim. Ela se tornou insignificante.

Encarei-o, deslizei os dedos pelo meu pescoço até chegar no decote e toquei o meio dos meus seios.

O desconhecido sorriu de canto, hipnotizado pelo caminho da minha mão, que avançou pela lateral do vestido, pelas curvas do meu quadril, e assim que ele deu um passo na minha direção, saí dali.

Não olhei para trás.

Não precisava.

Sempre conseguia o que queria, nunca necessitei confirmar o poder que tinha.

Desviei de algumas pessoas que ficaram no meu caminho, com o estranho no meu encalço. Um terrível jogo de sedução no qual eu estava dando as cartas.

E ele me seguia obediente.

Parei diante das escadarias do salão principal e olhei para trás. O homem andava com passos firmes, disposto a me ter. Parecia um animal prestes a devorar uma presa, e a sensação que me passou fez com que minha boceta começasse a ficar encharcada. O formigamento se espalhou pelo meu corpo, a adrenalina percorreu as minhas veias, aumentando a minha respiração.

A noite seria espetacular.

Subi os degraus, devagar para que ele não me perdesse de vista. Rebolei o quadril para que os seus olhos não se desviassem, e caiu no meu jogo, sem escapatória.

Agora só faltava um quarto para submetê-lo às minhas vontades.

No alto da escadaria, avancei para o corredor no lado direito, estreito e pouco iluminado. Ali a música era baixa, conseguia ouvir o barulho dos meus sapatos contra o tapete e, no corredor vazio, observei-o vir ao meu encontro.

Virei-me a tempo de pararmos perto um do outro.

— Quem é você? — A voz grossa, profunda e com um pouco de rouquidão combinou com a presença.

Passei a língua sobre os lábios.

— Não gosta de desafios?

Seu olhar esverdeado se cravou nos meus lábios.

— Está brincando comigo?

— Você é quem me perseguiu. Se não gostasse de um pouco de desafio, não teria feito.

— Porque você me provocou.

— Muitas mulheres provocaram você hoje.

— A maioria conhecida… — confessou em um sussurro e ergueu a mão contra o meu rosto.

Recuei um passo.

— O anonimato é confortável.

— Por quê?

— Precisa de rostos para se entregar?

— E quem disse que me entregaria? Posso dar as costas e ir embora.

Anuí.

Com o sorriso nos lábios, caminhei até uma porta entreaberta.

— Vá. — Empurrei a porta. — Ou entre comigo.

Não esperei a sua resposta.

Adentrei no quarto que, iluminado pela claridade da janela, era mobiliado com peças escuras. Uma grande cama no centro, sobre um tapete preto, e um espelho cobria toda a parede lateral.

Defronte ao espelho, o vi me seguir.

Sua presença preencheu o quarto, e ele nos trancou.

O perfume masculino atingiu o meu olfato e suspirei.

Precisava ser forte. Queria dominá-lo, ver o seu prazer, ouvir os seus gemidos. Arrancar essa imponência de homem.

Minha boceta pulsava. Parecia saber que ali seria inesquecível.

Atritei minhas coxas, deixei que a excitação inchasse a minha intimidade, que pingava contra a calcinha rendada.

— Gosta de mistério? — sussurrou contra os meus cabelos, parado atrás de mim.

— Você não gosta?

Sua mão no meu pescoço, empurrou os cabelos para o lado, e depositou um beijo na curva.

O arrepio perpassou cada célula do meu corpo. Mantive-me calada, apenas observando.

— Não costuma responder? — Deslizou a língua molhada, lambuzando-me com a sua saliva.

Suas mãos apalparam os meus seios sobre o vestido. Meu corpo incendiou, no entanto, eu tinha domínio sobre mim mesma. Afastei suas mãos, sem emitir gemido algum, e antes que o desconhecido tivesse tempo, inverti os papéis.

Parei atrás dele.

Ele tentou se virar, minhas mãos subiram pelos seus ombros e chegaram até a sua gravata borboleta.

— Precisa de perguntas para transar?

— Não. — Sorriu, satisfeito.

O silêncio era tudo o que eu precisava.

Palavras não faziam o trabalho.

A gravata caiu, e quando tentei chegar até os botões da camisa, ele me parou.

— Não assim...

Não respondi.

Meu olhar bastou para que entendesse que seria assim.

Ali, travamos uma batalha silenciosa.

Suas mãos não soltaram os meus pulsos e, antes que eu reagisse, avançou, agarrou os meus cabelos pela nuca, colou nossos lábios e enfiou a língua na minha boca.

Roubou o meu ar, tomou a minha língua com violência, evidenciando que ele não aceitaria o meu domínio tão fácil. Sua saliva escorreu entre os nossos lábios, seus dentes rasparam no meu inferior, e tentei lutar.

Minha mão roçou por sua camisa.

Senti seus gomos, o abdômen malhado, o contorno dos músculos, e apertei sua ereção monstruosa.

Ele gemeu com tesão.

Afastou os lábios o suficiente para que eu recuasse e voltasse ao controle.

— Você me quer? — A malícia queimava o ar ao nosso redor.

— Você está brincando comigo.

— Quer ou não?

Agora a luta era dele.

Interna.

Desejo ou orgulho.

— Sem nomes? — sussurrou.

— Um segredo.

— Tire a roupa — ordenou.

— Por que eu obedeceria?

— Você não me quer? Darei a você, mas você também me dará.

A força exercida no maxilar, mantendo-o tencionado contra a barba loira, me fez suspirar. Toda a sua aparência gritava o quanto era *fodidamente* delicioso.

O quanto comandava.

O quanto era dominador.

— Você é uma surpresa — confessei.

— Não costuma encontrar homens que não se curvam de imediato?

— Você não costuma encontrar mulheres como eu.

— Gosto de desafios. — Sua ferocidade liquefez minhas terminações nervosas no meio das pernas.

Assenti.

Não era uma caçada.

Nem um jogo.

Mas uma roleta-russa.

Cada arma apontada, em alguma hora, estaria carregada.

Seria quando eu puxasse o gatilho ou ele.

Ansiei que fosse ele, para ver seu orgulho no chão, ouvi-lo implorar por mais... Cada gemido me daria a glória final.

Com o propósito de fazê-lo sentir a ansiedade, abri com lentidão o zíper na lateral do vestido. Senti o tecido ceder e puxei as alças para baixo. Caiu no tapete, me deixou apenas de lingerie preta e saltos.

O olhar sobre o meu corpo criou uma combustão instantânea.

E, pela primeira vez, o nervosismo surgiu.

— Minha imaginação não me decepcionou — o estranho disse, satisfeito.

Roçou os dentes pelo lábio inferior, e pela força exercida, deixou a pele rosada ali.

O que mais seria rosado nele?

Meu lado devasso aflorava a cada segundo parada ali, seminua.

— Chegou a imaginar?

— Você não?

Sorri.

Avancei quando tirou o smoking. Suas mãos alcançaram os botões, as segurei.

— Do meu jeito.

O estranho hesitou.

Não queria ser dominado, contudo, ansiava provar.

Abri o primeiro, nossos olhares aprisionados no ato.

O segundo fez o suor escorrer por debaixo dos meus cabelos. No terceiro pude vislumbrar o seu peito sem pelos. A cada botão, eu desejava tocar sua pele quente, cuidada... feita para ser desejada.

Abri a camisa e ele a puxou para trás. Revelou os braços musculosos, o abdômen escultural.

— Estou de acordo com o que imaginou?

— Talvez eu não tenha imaginado.

— Seus olhos não mentem, muito menos o seu sorriso. — Segurou com firmeza o meu rosto pelo queixo, sem me dar escapatória. — Sabe o que eu quero fazer com você? — Mordeu o lábio inferior outra vez, uma clara luta de controle dentro de si.

— Foder comigo?

— Vá para a cama.

— Não — sussurrei. Toquei os seus lábios com o indicador e o silenciei. — Me quer lá? Terá que me fazer desejar mais.

Espalmei as mãos no seu peitoral.
Quente, arrepiado.
Queria passar a língua.
Parei o toque no botão da sua calça.
Olhos nos olhos, ego contra ego.
Abri-o, desci o zíper e enfiei a mão.
Sua ereção pulsou com violência contra a cueca, implorou para ser libertada.
— É bem-dotado.
— Esperava o contrário? — questionou, irônico, e de uma só vez puxei sua calça para baixo. A cueca boxer preta, o pênis marcado pelo tecido, as pernas brancas, cobertas de pelos loiros.
Minha mão volveu para a ereção.
Apertei-a, arranquei um suspiro seu à força, e invadi o tecido. Sua cabeça deslizou pela minha palma, lustrosa com o tesão. As veias contornavam a extensão, e rocei os dedos pelas bolas lisas.
O desconhecido não tirou o olhar do meu rosto.
Compenetrado, intenso.
Enlouquecedor.
Observava cada sorriso meu, cada mínimo detalhe não escapava da sua forma controladora.
Queria desarmá-lo.
Acariciei a glande com o polegar. Círculos que fizeram seu pau estremecer, seu corpo se arrepiar.
Aproximei os lábios dos dele.
— Não gosta de ser dominado? — Exerci mais pressão embaixo. — Não gosta...
— Nenhuma mulher me dominou. — Parou o meu movimento com uma mão, a outra aprisionou o meu rosto com brutalidade. — Quer ser a primeira?
Lambi os seus lábios, a barba roçou na minha língua.
— Se quer transar... Será diferente hoje.
— Posso conseguir outras.
— O que está esperando? — A pergunta perdurou por segundos.
Ele não tinha forças para sair dali. A necessidade gritava em cada poro dos nossos corpos.
Cerrou os dentes e me soltou.
Uma desistência sentida.
Toquei-o.
Seu pau vibrava contra a minha mão, ansioso para me foder com força. Seus punhos apertados revelavam o mesmo, e recuei para que sentisse a minha ausência.
Tirei os sapatos e peguei a sua camisa do chão.
Rebolei até a cama, seguida por ele. Suas mãos apertaram a minha bunda e por um momento sucumbi ao desejo latente.
Deixei que puxasse minha calcinha, jogando-a longe.
Mãos grossas, firmes, precisas, deliciosas, alcançaram a minha boceta. Seus dedos trabalharam por trás, abriram meus grandes lábios, puxaram o meu clitóris, e arfei.
— Não sou o único louco para trepar — sussurrou no meu ouvido. Agarrou os meus cabelos. — Está pingando na minha mão.
Não respondi, revirei os olhos e busquei minhas forças.
Afastei os corpos, senti o quanto ele implorou que eu ficasse, e avancei sobre a cama.

Engatinhei, deixando minha bunda exposta.

— Me quer? — Voltei a repetir. — Venha me pegar.

Seu peso afundou a cama atrás de mim. Suas mãos seguraram os meus tornozelos, virando-me de frente, e caí de bunda contra os lençóis pretos.

Abri as pernas, deixando seu corpo cobrir o meu, seu quadril pedir mais espaço entre as minhas coxas, e o prendi com elas.

Virei-me abruptamente, peguei-o de surpresa e o fiz inverter os papéis.

Embaixo de mim, o desconhecido travou.

Atritei minha boceta contra a sua ereção, desarmando-o.

Puxei o fecho do sutiã, meus seios saltaram, os mamilos intumescidos, ardentes para serem chupados. Suspirei ao imaginar aqueles lábios rosados, desenhados, mamando neles. A barba loira roçando...

Não podia ceder à imaginação.

Suas mãos alcançaram os meus seios, apertaram meus bicos, circularam as aréolas. Engoli o gemido, minha pele me traía com o arrepio que percorria a espinha, e senti o seu pau atrás de mim, roçando na bunda. Sua glande lambuzando-me com o líquido que saía dali... que implorava para ser tragado.

Rebolei contra a sua virilha e retomei o controle. Circulei os seus pulsos com a camisa, enquanto ele buscava mais da minha carne. Puxei os seus braços para cima e os amarrei contra a cabeceira.

— O que está fazendo? — No meio da pergunta educada percebi receio.

— Prazer. Buscando o seu prazer.

Relutou, e segurei o seu pau outra vez. Toquei-o, para cima e para baixo, puxei a glande, senti o líquido pré-ejaculatório contra os meus dedos, as veias explodindo em tesão.

Elevei-me do seu corpo e deixei o seu membro vir para frente, colado contra o meu monte pubiano. A cabeça rosada me chamava.

— Vou pegar uma camisinha — falei sobre às minhas.

— Ele sempre deixa nas gavetas... — referiu-se ao dono da casa. Em seu colo, me curvei para o lado e abri a mesinha de cabeceira. Peguei um pacote e o rasguei com os dentes.

Desenrolei a camisinha contra a sua extensão.

Gemeu, tentou se conter.

— Se for obediente... poderemos repetir essa noite — sugeri.

Masturbei-o.

Tentou soltar os braços. Escorreguei pelo seu corpo até cair de boca contra a sua ereção.

Abocanhei-o, o máximo que conseguia, sem chegar até o final, e o lambi.

— Ohhhh... — rosnou.

Subi com a boca até a glande e chupei.

Aquela louca resistência em entregar o quanto sentia prazer, me fez delirar.

O suor escorreu pelo meio dos meus peitos, aumentei o ritmo do vaivém da mão, acariciando seu pau, suas bolas e coxas.

Ele não cederia. Não iria me entregar o controle... E, pela primeira vez, essa luta sexual me deixou encharcada.

Possuída pelo meu demônio que não se daria por satisfeito, deixei-o gemer baixo.

Ergui-me e me sentei sobre o seu pau.

Sua cabeça abriu os meus grandes lábios, se besuntando com o meu tesão. Tocou-me na entrada e me penetrou.

Forcei o corpo devagar, saboreando cada sensação de ser preenchida com aquela ereção.

Minhas paredes internas lutaram, o gozo escorreu livre, o seu gemido se tornou profundo e deixei escapar o meu assim que o senti inteiro.

— Ohhhh...

Imóvel, encontrei o seu olhar mergulhado em luxúria, os lábios entreabertos, o suor contra o peito.

Movimentou o quadril, exigindo mais. Impôs autoridade, mesmo estando embaixo.

— Não... — Rocei o dedo pelo seu peito. — Se gemer, se ouvir um único gemido, irei parar.

Seu pau latejava dentro de mim, meu ventre implorava para que eu acabasse com a loucura e cavalgasse.

Meu corpo queimava de tesão.

— Você não... — Interrompi-o com o dedo contra os seus lábios.

— Quer me foder? Engula o orgulho.

Ele travou o maxilar.

— Assim... — Subi o quadril, deixando o seu pau deslizar pela minha boceta, e me sentei outra vez.

O silêncio da parte dele foi a sua resposta, e cedi aos meus impulsos.

Arfei, rebolei devagar, o deixei me explorar com suas mãos brancas, de tanto apertarem o tecido da camisa, e seus dentes trincados de gozo.

Esfreguei minha intimidade, senti-o inteiro comigo, devorando-me, com apenas a minha voz naquele quarto.

Aumentei a velocidade.

Meus peitos se chacoalharam, atraíram o seu olhar fascinado, e um gemido escapou.

Estagnei.

— Você não faria...

Levantei-me.

Em pé, ao lado da cama, toquei-me, masturbei-me.

— Descumpriu a regra... — Arquejei.

Queria que ele visse o que estava perdendo.

O estranho resmungou. Seus músculos se retesaram e ouvi o som da camisa se rasgando.

— Você ainda quer transar? — Avançou, liberto.

Suas mãos agarraram o meu quadril.

Emudeci diante da selvageria, do corpo escultural pingando de suor e tesão, dos cabelos molhados, da máscara ocultando sua identidade.

— Quer?

À beira de perder o controle, o beijei.

Sua barba feriu o meu rosto, sua língua caçou com ferocidade a minha, seus lábios espremiam os meus. E suas mãos tocaram-me até chegar nas coxas.

Elevou-me.

Circulei o seu quadril.

Ele assumiu a dominação, enquanto eu fraquejava.

Bati as costas no espelho gelado, minha bunda grudou, e antes que eu tivesse algum tempo para me recuperar do impacto, seu pau se enterrou em mim até o talo.

Joguei a cabeça para trás e gritei um gemido insano.

Estocou com violência, me batendo contra a superfície, atritando os nossos corpos. Os grunhidos que saíam dos seus lábios o tornaram selvagem.

Seus cabelos balançavam, suas bolas batiam contra a minha virilha, os seus músculos pareciam querer rasgar a pele.

— Ohhh! — Ensandecido, os lábios franzidos. Seu olhar me devorava.

Arquejei de forma contínua. Dois selvagens em puro prazer.

— Leve-me para a cama — ordenei entre gemidos, e sem que percebesse... obedeceu.

Sorri enquanto era carregada.

Deixou-me e agarrou o meu quadril. Virou-me de quatro.

Penetrou-me com brutalidade, jogou-me contra os travesseiros.

Meu coração batia frenético, minha respiração se tornou ofegante, já não conseguia mais aguentar.

Minha boceta apertou o seu pau, que em um vaivém delicioso, arremetia fundo. Suas mãos firmes desferiram tapas na minha bunda, meu ventre queimou, o formigamento se alastrou... E, prestes a gozar, ele se retirou.

Agarrou o meu pescoço e levantou-me. Aprisionou os meus lábios, chupou a minha língua e me deitou, me deixando por cima.

Rebolei sobre o seu pau, colei os nossos corpos e o desconhecido prendeu os meus seios em suas mãos.

Inclinou-se para cima e os chupou. Seus dentes rasparam no meu mamilo, sua língua lambuzou-o com a saliva e mamou com sede.

Tanta sede que me arrancou um grito de dor... *Uma dor gostosa.*

Minha boceta voltou a se contrair.

Aos poucos, fui levada a outro mundo. Uma explosão de sensações me fez gozar, jogando-me para longe, para o esquecimento. Conseguia apenas senti-lo dentro de mim, latejando, me fodendo... Nossas respirações entrecortadas e os corpos quentes.

O êxtase foi espetacular.

Único e sublime, tão intenso.

Ele sabia comandar, ocupar o espaço e intensificar o meu orgasmo.

Estocou devagar e preciso, hipnotizado pelo meu prazer.

Abaixei os olhos a tempo de ver o arquejo profundo escapar dos seus lábios.

Gozou.

Arremeteu devagar, potente e devastado.

Respirei fundo, recobrando a consciência. Com as mãos sobre o seu peito, sorri, ainda com o seu pau dentro de mim, os resquícios do nosso orgasmo.

— Foi espetacular...

— Foi insano — suspirou, embriagado de gozo.

Ele merecia mais.

E eu também.

Outra noite, talvez várias.

Ergui as mãos e puxei o laço da máscara.

O choque ficou nítido no seu olhar assim que ela caiu sobre nós.

— Quem é você? — indaguei, maliciosa.

Cobri o seu corpo com o meu, puxei os laços da sua.

— Não! — Sem excitação na voz.

Puro espanto.

Desespero.

Segurou a máscara contra o rosto assim que desatei o laço e aproximei os nossos rostos. Tentei obter o controle e puxei a máscara. Sua mão a forçou para baixo, enquanto eu fazia o oposto.

— Melhor não!

— Por quê?

Fechou os olhos.

— Porra! — Desistiu.

A máscara voou para longe e revelou olhos verdes, arredondados, cobertos de cílios loiros. Um nariz fino ornava com os lábios bem desenhados e rosados. As sobrancelhas, loiras, com fios do cabelo da mesma cor grudados...

Meu coração parou.

Seu maxilar quadrado se firmou, retesado.

O ar fugiu dos meus pulmões.

O terror dos meus olhos também nos dele.

Mesmo depois de anos, mesmo sem proximidade... ainda poderia reconhecê-lo.

Os traços fortes nunca mudavam, a presença imponente estava ali.

Ódio, luxúria e uma loucura.

O homem que me fascinou, que abalou o meu controle e tornou a noite enlouquecedora...

Era Enzo, o meu irmão.

PARTE I

Reencontro

Conhecermos bem uma pessoa, é conhecermos a nós mesmos.

Hamlet - Shakespeare.

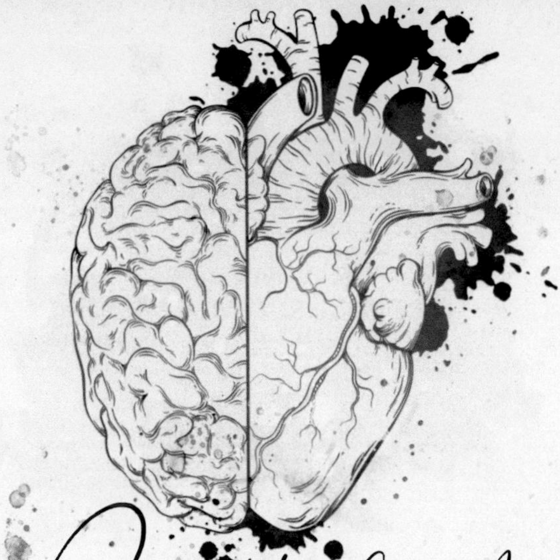

Capítulo 1

Enzo

Havia dois caminhos para seguir: *o certo e o errado.*
E eu sempre escolhia o errado.

No final, era como se o certo sempre fosse o errado para mim.

Cresci desse modo, e um vício que vinha da infância jamais seria mudado, apenas tendia a ser aperfeiçoado.

Meu pai viu isso em mim, e eu também via no espelho todas as vezes que me encarava.

Sabia que seria assim, não sabia? Pelo que escolhi viver, uma hora encontraria algo para encarar de igual para igual. E o que seria, senão um próprio Lehansters, como eu?

A tragédia da vida não era morrer, mas viver da forma errada, e esse sempre foi o meu modo.

Eu media meus passos, controlava a respiração de quem estava comigo, como um TOC[1], para manter-me no controle. Sabia que se tudo fugisse das minhas mãos, o errado seria apenas um vislumbre do que poderia acontecer.

E havia começado com outro Lehansters, uma volta inesperada e um poder que eu sabia que apenas nós tínhamos: *sedução e gosto por controle.*

Levantei, perturbado e desesperado pelo meu suor de prazer misturado ao da mulher embaixo do meu corpo.

Essa mantinha os olhos fixos em mim, como se o errado não importasse, apenas a foda que tivemos.

Não, no fundo, eu sabia o que ela também via como importante: *ver o susto no rosto do outro*, uma sensação de dominação emocional completa.

Eu também não me satisfazia assim?

Desviei o olhar e me levantei, consciente de que a merda estava esparramada pelo quarto. Não esqueceríamos tão cedo.

---

1. Transtorno Obsessivo-Compulsivo.

Senti-me indefeso pela primeira vez, como se diante de um igual, me sentisse mais fraco.

Afundei as mãos nos meus cabelos suados, na penumbra do quarto, pensando na porra que havíamos feito. *Ou melhor, o que eu, na tentativa de dar o que eu queria a mim mesmo, fiz.*

Ouvi seus passos sorrateiros ao sair da cama e a encarei.

Deus, como fiz isso?

Fechei os olhos, precisava recobrar a razão... Ainda queria fodê-la.

Foi tão difícil e tão desafiador.

Melhor do que as noites com qualquer submissa.

— Enzo... — chamou-me e dei as costas.

Seus dedos no meu braço, tentaram me puxar, mas me recusei. Afastei sua mão, mantendo a minha erguida.

— Não fale! — Era uma ordem.

— Você não tem esse direito de me mandar ficar quieta. — Ela não era submissa. Nem na cama, nem fora dela, já devia ter imaginado isso. *Era uma Lehansters.* — É apenas um homem e meu irmão, nada mais do que isso.

Sem saber lidar com o desafio imposto contra a redoma de controle que eu criei, avancei contra Anya e peguei-a pelo pescoço.

— Não discuta comigo. — A situação fugiu do controle, inclusive eu.

Arregalou os olhos, surpresa, e a empurrei contra a cama. Privei-me do contato que me perturbava mais.

Não pela merda que aconteceu...

Mas pelo que me fazia querer.

Eu não devia.

E não dever era também um perigo.

— Por causa do sexo? Ou por que somos irmãos? — O orgulho ferido.

Voltei a dar as costas para Anya, enterrei minhas mãos nos cabelos e neguei.

— Não discuta comigo. — *Só me obedeça e cale a porra da boca.* — Sou o homem dessa família e preciso de silêncio, preciso...

— Precisa compreender o que aconteceu.

— Não. — Não queria compreender. — Isso não pode sair daqui. — Encarei-a, sentada na cama. — O que aconteceu aqui permanecerá dentro dessas quatro paredes, Antone jamais poderá saber. — Seu olhar era inexpressivo, como se o fato não alterasse seus batimentos cardíacos.

Sorriu debochada, de um jeito que nunca fizeram comigo. Um desafio.

— Nossa família não é mais patriarcal desde que o nosso pai morreu. E se você vive de passado, Enzo, saiba que eu não. Não o vejo desde pequena, mas você continua igual, sempre igual. Um homem perdido em um jogo que não sabe como lidar, como se houvesse mais por baixo do que deixa transparecer. — Hesitou. — Se isso sair daqui. — Arqueou as sobrancelhas. — Saberemos que foi por sua causa.

— Minha causa?

— Você não tem poder sobre mim, nem como irmão nem como homem, então não me der ordens — sussurrou. — Porque quando atacada, eu costumo retribuir.

Fechei os olhos e enterrei o rosto nas mãos.

Se ela permanecesse na cidade, isso seria apenas o início do problema.

— Vá, se vista e vá embora. Não fale, não fale a merda que aconteceu aqui! Você tem ideia do que isso é?!

— Nós dois temos. — Não desviou a atenção. — Não fale, palavras ditas são mais pesadas do que quando guardadas nos pensamentos. Apenas pense que você também participou, é cúmplice nisso comigo.

Andei até a janela, que tinha vista para os jardins iluminados.

Em minutos, tudo poderia desandar, afundar e se tornar um completo caos.

— Mantenha-se afastada. Volte para a sua cidade, para onde estava...

— Não costumo obedecer quando não quero. Onde estava não era a minha cidade, esta é a minha, e pretendo voltar para casa.

— Você a abandonou quando nossos pais morreram.

— E você voltou quando eles morreram. Nunca estivemos direito no mesmo lugar, acho que agora é um bom momento para um reencontro de família.

— Você não compreende o que aconteceu? — Mirei-a sobre o ombro.

— Incesto é condenável, errado e não deveria existir, e por mais que eu não o veja há anos, na verdade, quase a minha vida inteira... você é um Lehansters, como eu. Não diga que eu não sei, acho que nós dois sabemos em que buraco nos enfiamos.

— Então pare! Pare de me desafiar, porra. Eu apenas quero esquecer. — Anya assentiu devagar, os olhos felinos.

De fato, não se importava como eu.

— E você vai conseguir esquecer?

— Apenas saia. Me deixe, nós dois esqueceremos.

— Eu esqueço fácil, já tive melhores, mas e você? — desafiou-me.

Perigosa demais para tudo o que construí mentalmente.

— Vá para casa!

Seus saltos ressoaram pelo quarto. Apoiei o braço na parede, ao lado da janela, na mira dos olhos de Anya.

E me lembrei da sensação de beijá-la.

Por que essa merda era tão boa?!

Tinha muito mais em jogo do que as aparências, e tarde demais percebi que, ao construir uma redoma de controle, me prendi nela.

Anya significava um risco, também poder.

E demonstrou que chegou para competir, ocupar o mesmo lugar.

Precisava colocar a cabeça no lugar, buscar Antone e me mandar dali, porque se eu ficasse, e ela também, não seríamos apenas irmãos, mas uma espécie de inimigos, buscando o ponto fraco um do outro. *E não* éramos assim?

Fechei os olhos, ciente de que ela ainda estava no quarto.

— O que aconteceu permanecerá aqui. Somos irmãos, mesmo que durante todos esses anos estivemos distantes, é a única família que nos resta, e você também sabe disso. Não era para ter acontecido, e provocações à parte, eu espero ser bem recebida em casa novamente. — Muito mais calma do que eu, foi objetiva: *éramos a única família que tínhamos*, e eu queria manter assim.

— Esqueça isso. Vá para casa.

A porta se fechou e bati a testa contra a parede.

Apertei os punhos. O soco que desferi contra a superfície chacoalhou meu corpo, a raiva me consumia por tudo o que aconteceu.

E por saber o que mudaria com o seu retorno.

Nunca fomos inimigos, mas sempre existiu a rivalidade.

Quando pequeno, mandado para internatos, poucas vezes a vi. O rancor que sentia por mim na época era palpável, talvez por ser o escolhido pelo pai, pela nossa criação. Mantive-me distante, dei seu espaço.

Com a morte deles, precisei voltar.

Antone necessitava de mim. E, com isso, Anya se mudou, como se a morte a afetasse o suficiente para ir embora. Ela não queria o nosso conforto, não queria os pêsames, apenas uma recuperação em silêncio, e não opinei sobre isso. Éramos o que restou da família, mas cada um era um ser individual.

Não foi essa garota que vi na cama, mas uma mulher buscando o seu lugar, a necessidade de domínio. Muito pior do que rancor.

E essa nova identidade de Anya seria perigosa para tudo o que eu escondia.

Quem ela realmente era? A velha irmã que criou uma rivalidade comigo, ou uma mulher disposta a me desafiar?

Neguei mentalmente e saí do quarto. Arranquei Antone de um dos outros quartos e o levei embora comigo.

Durante todo o caminho, me mantive calado.

— Cara, você vai ficar com essa cara de quem teve a pior noite de todas? — indagou, virando o resto da garrafa de uísque.

— É a terceira garrafa da noite.

— Você conta as minhas garrafas agora?

— Eu conto o que falta da nossa adega.

— Que diabo que está no seu corpo? Cacete, saímos agora de uma festa e tudo o que sabe fazer é me mandar!

— Sou seu irmão mais velho. — Mirei-o pelo canto do olho e Antone riu, debochado, voltando os olhos para a janela.

— Com quem transou?

— Uma desconhecida. E você com uma prostituta.

— É, está parecido.

Encarou-me por um átimo, como se percebesse que havia mais. Entretanto, como todas as vezes, não questionou.

Quando chegamos, Anya ainda não estava na casa. Estacionei e Antone desapareceu porta adentro, não antes de passar pela sala e pegar mais uma garrafa de uísque.

Eu sempre o controlei, era verdade.

Só que, por ele, era preocupação, por seu nítido vício em bebidas.

Antes de ajudá-lo, colocaria minha cabeça no lugar.

Fui para o quarto e me tranquei lá.

As pontadas de dor que passavam pela minha cabeça não eram de ressaca, mas vinham da pergunta: e se meu pai foi mais inteligente do que pensei?

Previu o retorno de Anya?

Como eu manteria o segredo longe dessa mulher?

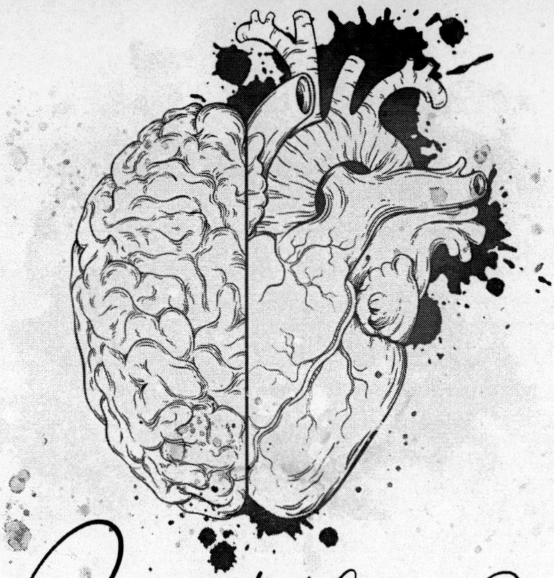

Capítulo 2

Enzo

Como um tapa na cara, acordei com o sol no meu rosto.

A consciência veio em seguida, do que aconteceu na noite passada.

Ser depravado e aceitar isso nunca foi um problema. Não, o problema era envolver a família. Anya poderia ser uma completa estranha, mas ainda era uma Lehansters, talvez mais parecida comigo do que eu quisesse.

Sua volta poderia significar uma união de nós três, ou o completo afastamento.

Temia que a segunda opção fosse a correta.

Por que ela voltou agora, quando todos os negócios estavam estabilizados, quando a confiança criada com Antone era tão forte?

Por que voltar agora, quando, enfim, conseguia deitar a cabeça no meu travesseiro e descansar, por saber que tudo estava dentro das minhas mãos?

Fechei os olhos e me recordei da Anya da infância, do pouco que a vi. Loira, apática, com certa mágoa no olhar, como se me odiasse por receber mais atenção.

Uma atenção patriarcal, enquanto ela ficava com a nossa mãe, que nunca buscou suprir sua carência. Não tínhamos uma estrutura familiar admirável. Antone se tornou apenas uma sombra.

Porém, éramos uma família, mesmo que um distante do outro.

E o que faltava em casa para Antone, ele supria comigo, um irmão mais velho que estava ao seu lado para tudo, e estaria sempre.

Levantei-me e fui ao banheiro.

Ela já chegou em casa?

Antes de descer, disquei para Nássia.

— Tão cedo — ronronou.

— Já passa das 9h, em pleno domingo.

— Achei que estava procurando algo mais além do que me informar isso. — Quieto, ela notou algum incômodo. — O que aconteceu?

— Minha irmã está na cidade.

— A menina?

— Ela não é uma menina. — Sentei-me na cama e fitei o meu reflexo no espelho defronte. — Ela está diferente, na verdade, não sei quem é.

— Você nunca soube. Desde que nos conhecemos, nunca disse algo sobre a sua irmã. — Pausou. — É estranho.

— Foi a educação que tivemos.

— Um erro do Otávio, não concorda?

Vindo do meu pai, nunca seria um erro, somente sujeira escondida.

— Podemos nos encontrar esta noite?

— Hoje não poderei.

— Por quê?

— Realmente precisa? — Assenti para mim mesmo.

Necessitava extravasar o que latejava nas minhas veias, o desejo por algo que não poderia ter. Errado, sórdido.

— Eu me viro — resmunguei, prestes a desligar.

O *não*, para mim, era tirar o *poder* das minhas mãos.

— Não, espere.

— Diga.

— Eu posso desmarcar, eram apenas negócios.

— Com quem?

— Com o meu advogado. E não, não transaria com ele.

— E se fizesse, sabe que seria castigada, não sabe?

— Sabe que, às vezes, um castigo cai bem?

— Não me provoque, Nássia, não agora. Não hoje.

— Madrugada difícil?

— Você não imagina. Espere minha ligação à noite. Quando eu chegar ao cassino, avisarei.

— Estarei lá mais cedo, Henrique é sempre receptivo comigo.

— Porque ele quer transar.

— Susano também.

— Susano é casado, e mesmo que seja um filho da puta com a esposa, não é daquele tipo que você gosta.

— Ah, não?

— Não. Você gosta que comandem, não negue.

— Por que você acha isso?

— Porque você pediu, não se lembra? Não fui eu quem começou, foi você quem me convidou.

Ouvi passos no corredor e me levantei.

— Estarei no cassino depois das 20h da noite.

— Vá sem calcinha — ordenei e a ouvi suspirar, desligando.

Saí do quarto a tempo de ver Antone nas escadas. Escondia um pequeno vidro de uísque dentro do sobretudo.

— Tão cedo? — gritei para ele, tentando alcançá-lo. Deu um pulo, *como um rato pego no flagra.*

— Cacete! Tão cedo? — debochou, me esperando.

— Aonde está indo?

— Por acaso não ouviu a campainha? Estou com uma maldita ressaca...

Na sala, reconheci a voz.

— Antone. — Era calma, como se fosse calculada.

Fria, como se previsse o que aconteceria; e rouca e fina o suficiente para me arrepiar.

— Anya? — Antone expressou o mesmo susto que eu estava sentindo.

Anya me deixara aos seus pés, de certa forma, durante as horas que passamos juntos.

O que aconteceria agora?

Uma reunião em família?

Esfreguei a testa e tentei me concentrar no que sairia da sua boca.

— Não está satisfeito em ver mais uma herdeira da família? — Não era apenas malícia, mas uma ironia felina.

— Estou, é claro que estou. Só não esperava...

— Ninguém esperava — murmurei, referindo-me à noite anterior.

— Mas estou aqui, isso não é bom?

— Meu Deus, claro que é! Entre. Você trouxe as malas? Eu estava pensando em ligar para passar um tempo em Lyon com você.

— Não estou mais lá. — Entrou na casa e me forcei a fitá-la sobre o ombro. — Ficarei aqui.

Antone tinha uma felicidade escancarada no rosto, enquanto eu só pensava na merda que fizemos.

Se ele soubesse... A ideia de incesto seria um escândalo. *Por mais que...*

Suspirei.

— Enzo. — Antone parecia uma criança. — Olha quem está em casa, finalmente!

— Demorou para voltar.

Não deixaria que ocupasse espaço, nem que se sentisse satisfeita.

— Estava me esperando? — A forma como sugeriu criou um calafrio pelo meu corpo.

Provocava-me.

Buscava me desestabilizar.

Uma maldade que eu conhecia bem. Eu também era assim.

Mais fácil prever o que não faríamos.

Um bom cigarro cairia bem, porém, prometi a mim mesmo que só fumaria se estivesse no fundo do poço.

Uma bebida cairia bem, mas era tão cedo que deixaria esse alcoolismo para Antone.

— Ah, aqui as malas! — Antone as pegou com o segurança. — Cara, vai ficar aí mesmo? — Insistiu que eu me aproximasse. Voltou-se para Anya. — Quando chegou?

— Ontem à noite.

— Por que não nos procurou?

Recusei-me a participar da conversa e fui para a sala. Sentado, observei nossa irmã.

Uma desconhecida minha por quase toda a vida.

Tudo parte de um plano.

Acomodaram-se nos sofás também. Notei seus olhos sempre em mim, enquanto conversava com Antone, que sugeriu apresentar a cidade para ela.

— Posso conhecer tudo sozinha, não se preocupe — respondeu *para mim*. — Acho que tenho uma boa memória.

Perdi a paciência e me retirei.

A fúria não era pela sua volta, mas por como isso aconteceu. O que me fez rir enquanto dirigia para qualquer lugar longe de casa.

A voz de Otávio, meu pai, estava na minha mente: *não confie. Não confie em alguém que seja parecido com você, porque em quem você irá se transformar será o espelho de alguém também, e a confiança vai além de família.*

Concebi, mentalmente, seu fantasma sentado no banco do passageiro enquanto dirigia em alta velocidade. E quis xingá-lo. Foi tão injusto comigo quando eu era uma criança. Projetou seus planos em mim, esculpiu-os na minha mente.

O celular me trouxe para a realidade.

— O que aconteceu com você?! — Antone indagou, furioso. — Saiu sem nem ao menos...

— Não estou bem.

— O que foi?

— Não, hoje não.

— Não faça isso. Nossa irmã recém-voltou, e você começa com os problemas.

— Ela sempre esteve longe.

— Não, você sempre esteve longe dela.

— Não se perguntou o porquê do seu retorno? Não achou simplesmente estranho ela voltar, sem aviso?

— Vá se foder! — resmungou. — Você é problemático. Tudo o que acontece, acha que envolve o seu mundo, como se tivesse alguma merda muito grande para proteger. Está sendo egocêntrico ao achar que tudo pode ser sobre você ou contra você.

— Não é assim?

— Ela é nossa irmã — enfatizou. — Converse com ela.

Ele estava certo. Eu me sentia um ladrão, sempre correndo da polícia.

Apertei o volante e suspirei.

Era culpa do nosso pai. Devia amá-lo ou odiá-lo?

— Desculpe-me, só preciso de um tempo.

— Conversará com ela?

Ri, nervoso.

— Não temos o que conversar.

— Como não? Que tal um: senti sua falta?! Você parece que nem a considera...

— Não diga isso — cortei-o.

De toda a minha fodida vida, os Lehansters eram a parte agradável.

Até Anya chegar.

Não a vi somente como família.

É, é isso.

Suspirei.

— Vou consertar isso.

— Hoje à noite levarei ela ao cassino — Antone contou. — Seja simpático com ela, irei apresentá-la aos nossos amigos.

— Não acho uma boa ideia. — Temia deixar Anya solta.

Era como se Otávio estivesse sentado ao meu lado e sussurrasse em meu ouvido: *não confie. Cuide do que é nosso e do que mantém você inteiro.*

— Irei levá-la mesmo assim.

— Apenas mantenha a boca do Henrique fechada, por favor.

— Está com medo?

— Não, mas meus assuntos só dizem respeito a mim. Nossa irmã não precisa saber da minha intimidade. — Antone desligou sem responder.

Impossível relaxar. A volta de Anya trouxe à luz os meus fantasmas.

Sem escapatória contra uma verdade: acomodei-me tanto a uma vida tranquila, sem a sombra do que deveria fazer, que me acostumei a essa normalidade. Acreditei que poderia continuar assim.

Sua chegada me recordou do jogo perigoso, aquele que tanto tentei esquecer. E do fato de que, ao começar, eu estaria sempre sozinho.

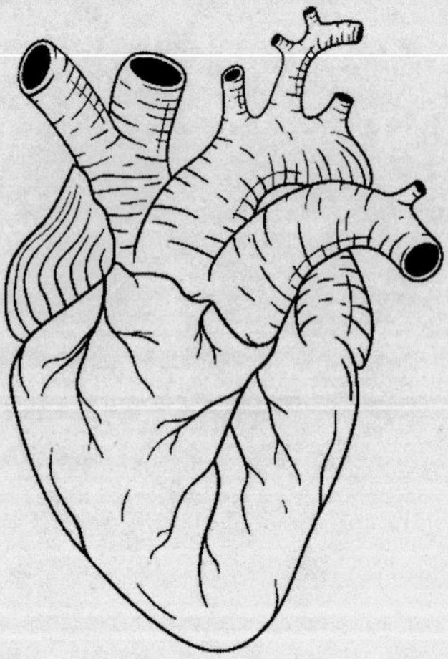

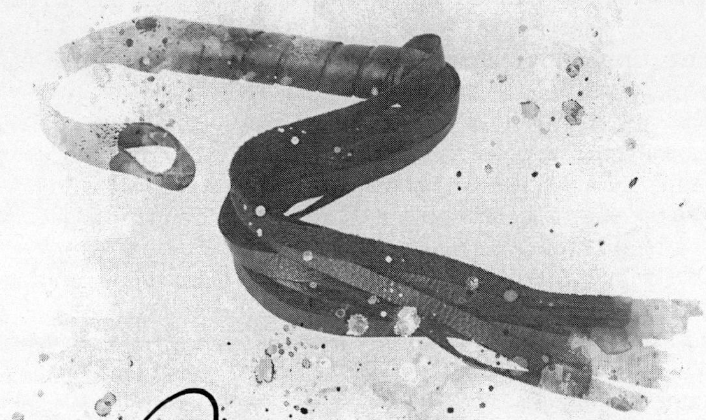

Capítulo 3

Anya

É mais fácil se tornar uma pessoa má do que boa.

Todos são maus, esperando uma oportunidade para deixar sua marca, como animais movidos pelo instinto. Não distinguem o bem do mal.

Não aprendi essa visão ao voltar para o que, agora, chamaria de casa. Não, foi quando meu pai deixou claro que, para ele, eu era apenas a criança que nasceu mulher, uma completa burra que jamais deteria o mesmo poder dos meus irmãos, pelo simples fato de ser *mulher*.

Minha mãe me colocou numa redoma de vidro, como se eu também fosse desse material e pudesse quebrar com o mínimo toque. Nos estudos em casa, fui enclausurada, como se me socializar fosse errado.

Ou eu era a errada.

Não poderia dizer que não senti dor com a morte dos meus pais. Ao mesmo tempo, aprendi a andar sozinha. E assim pude ir embora.

O mal e o bem são bons para mim, no entanto, sempre preferi confrontar a aceitar.

Não, aceitar não era comigo.

Gostava de ser assim, poderia ser destrutivo, mas também era uma proteção para não ser deixada para trás, ou ser tratada como fui a minha infância toda.

Antone nunca me olhou diferente, nunca me fez sentir estranha ou inferior, mas Enzo... No pouco que convivemos em nossa infância, parecia me enfrentar com o olhar, me julgar sem proferir palavras.

Sentia-me inútil em sua presença. Nunca tive a mesma sensação quando estava com Antone: *irmandade*.

Recíproco, muito provável.

Por isso, fui embora. Não queria ser uma sombra na família Lehansters, queria ser igual, e não poderia me tornar assim se permanecesse sob os cuidados de Enzo.

Ele nunca foi normal, sempre agradado por nosso pai, sempre *o escolhido*, o preferido. Entretanto, também não parecia ter sido feliz.

Só retornei porque, de todos os lugares que fui, nunca encontrei o meu lar. E, ao voltar, me deparei com um desconhecido para dominar.

Domínio. Completo controle sobre o prazer do outro, também mental. A entrega da confiança.

Era bom ter poder sobre as pessoas.

Eu experimentei os dois lugares: *submissa e dominadora*. Na submissão vi a mesma menina de antes, desamparada, sentindo-se inferior e dominada. Na dominação me encontrei, uma nova mulher que não permitiria alguém se sentir acima ou estar no comando.

Não obstante, o homem que conheci na cama também era um dominador, alguém com pulso firme e gosto pelo poder, alguém como eu.

Deveria ter olhado por debaixo da máscara, deveria ter compreendido que não era apenas parecido comigo, era minha família, exatamente igual.

Meu irmão, um trágico incesto que pareceu ser prazeroso demais para esquecer. Ele queria esquecer, e eu também.

Por mais que não existisse o amor fraternal por Enzo, ele ainda era meu irmão.

Por mais que fosse um desconhecido para mim, ainda era um Lehansters.

E como meu pai, ele quis mandar.

Mesmo no pior dos cenários, eu jamais aceitaria.

Iria provocá-lo para colocá-lo no seu lugar, deixaria claro que éramos iguais em poder e direito.

Enzo poderia ser o mais velho, um homem de poder e dominador, no entanto, ele aprenderia que eu também era. *Um gato criado no covil de lobos aprende a ser um lobo*, e não seria diferente comigo. Meus pais não criaram uma menina, fizeram uma mulher com sede por controle.

— Você costuma chamar a atenção assim? — Antone murmurou, surpreso ao meu lado.

— Um vestido vermelho sempre chama a atenção, mesmo se a dona do vestido não for a melhor do lugar.

Ele riu.

— Vão pensar que você é uma das minhas...

— Então você está com sorte hoje.

Atravessei o salão do cassino sem dar atenção aos olhares. Não me importava com as opiniões de terceiros.

Ao ver o olhar surpreso de Enzo, um homem tão centrado e controlador, me senti satisfeita. Continuei a caminhar ao lado de Antone, em direção aos sofás onde ele e seus amigos estavam.

— Enzo está com cara de poucos amigos — Antone cochichou.

— Ele sempre está com essa cara amargurada.

— Tente relevar um pouco, hoje ele não está bem.

— E não é sempre assim? — Encarei-o e ele negou.

— Enzo é calmo. Na verdade, ele é calmo quando tudo está do jeito que ele quer.

— E você costuma querer agradá-lo.

— É nosso irmão, acho que é certo fazer isso pela família.

Não respondi, me limitando a acompanhá-lo até as pessoas na mesa, que se levantaram com a nossa chegada.

— E aí? — Um homem de camisa social e loiro abraçou Antone. — Liguei para você ontem, mas seu celular só dava na caixa postal.

— Estava ocupado. — Antone deixou claro, com o sorriso, que estava transando. Serpenteou minha cintura com a mão e me puxou contra o corpo, mostrando-me como um troféu. — Essa é Anya, minha irmã.

— A famosa irmã que morava em outro país? — O amigo de Antone franziu a testa, e me desvencilhei do aperto.

— Essa mesmo. — Antone riu e estendi o braço.

— Muito prazer, Anya.

— Tom. Muito prazer. — O seu aperto foi firme o suficiente para atiçar a minha imaginação.

— Então trouxeram a irmã — outro homem falou e voltei minha atenção a ele, que se levantou. — Muito prazer, Henrique.

— Precisarei me levantar também? — a mulher negra, sentada ao lado de Enzo, perguntou com um tom de malícia, e a encarei.

— Não, não faço questão.

— Sou Nássia. — Apenas estendeu a mão sobre a mesa, e me sentei entre Antone e Tom.

Apertei sua mão.

— A acompanhante do meu irmão?

— Não. A sócia — enfatizou.

— Minha sócia, então.

Sorriu, constrangida e incomodada, e notei a passada de mão em sua perna. Enzo estava confortando-a.

Havia mais, muito mais entre eles do que sexo, e poderia ser um segredo bom para mim.

— Veio para ficar? — Tom perguntou e estendeu o braço sobre o encosto do sofá.

Homens gostavam de tentar o domínio na primeira aproximação, e eu gostava de enganá-los.

— Essa é a ideia. — Sorri. — Passei muito tempo longe.

— Não houve nenhum motivo específico para a sua volta? — Nássia perguntou e encarei Enzo, que estava sentado de frente para mim.

— A saudade pela família. — E adoraria completar: *a vontade de buscar o meu lugar.*

— E também o dinheiro — Henrique completou, sentado do outro lado de Enzo.

— Na verdade, não. Talvez eu seja diferente dos meus irmãos, não sou tão apegada ao dinheiro. Se não souber usar direito, não serve para nada. O que são milhões parados?

— Continua sendo dinheiro — Antone zombou.

— Apodrecendo. — Fitei Enzo, sem me preocupar com os olhares alheios.

— Eu cuido bem do dinheiro. — Ele arqueou as sobrancelhas e neguei.

— Cuidaremos.

— Antone disse que morava em Lyon. — Tom percebeu as farpas e nos interrompeu. — Já estive lá por algum tempo.

Voltei a encará-lo.

— É uma cidade bonita — Henrique completou, enquanto eu notava pelo canto do olho Nássia sussurrar no ouvido de Enzo.

— Mas enjoei. Acho que é um defeito meu, enjoar rápido dos lugares e das pessoas.

Tom, discretamente, deslizou a mão para as minhas costas e roçou os dedos no decote. O arrepio percorreu o meu corpo.

— Não costumo enjoar tão rápido assim — falou, tranquilo, e senti a mão de Antone contra a de Tom, arrancando-a do contato comigo.

Recostei no sofá, ignorando o confronto masculino, e encarei Nássia.

— Você costuma sair com os sócios que tem? — Gostava de deixar as pessoas em saia justa.

Ela arregalou os olhos, enquanto Henrique riu.

— Controle a língua, por favor — Enzo aconselhou.

— Estamos nos conhecendo.

— Não, não costumo sair com os sócios, Anya. — Nássia criou voz.

— Então por que a mão do meu irmão está na sua bunda?

Ela deu um pulo e Enzo movimentou o braço, afastando-se.

— É porque Enzo é bom de cama — Henrique disse, debochado. — Deve ter só meia dúzia de mulheres neste cassino com quem ele não tenha transado.

Sorri para Enzo com a malícia necessária para deixá-lo furioso.

— Se eu soubesse que o assunto seria como sou na cama — hesitou e inclinou-se para frente —, entre o meu sócio e minha irmã — e compreendi sua insinuação —, não estaria aqui. Não me darei o trabalho de ficar sentado e escutar. Se me permitem, tenho assuntos mais importantes.

Levantou-se e estendeu a mão para Nássia. Deram as costas e subiram pelas escadarias do cassino.

— Assuntos como sexo, só assim para acalmá-lo. — Antone riu.

— Hoje não é um bom dia para Enzo — Henrique concordou.

Continuei a acompanhá-lo com o olhar.

Não seria um bom dia para ele por muito tempo, e talvez para o resto da vida.

Seu incômodo era por causa do meu retorno ou por causa do sexo?

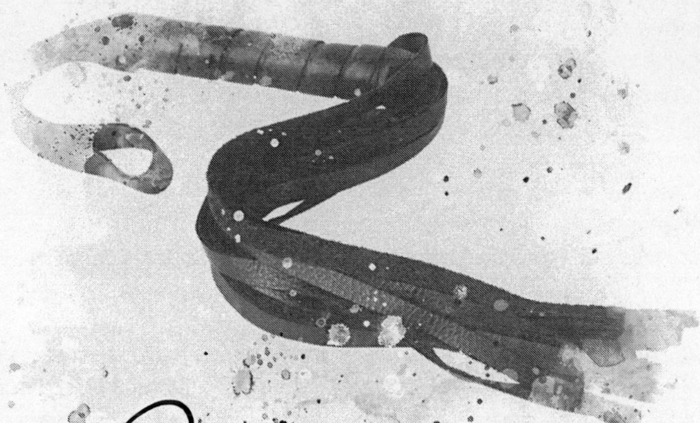

Capítulo 4

Anya

Era egoísta ao ponto de achar que a minha necessidade era mais importante do que a dos outros.

E não seria?

Cada um por si até que voltássemos ao pó?

Ninguém se preocupava realmente comigo, exceto Antone, então por que me preocuparia com alguém que não fosse minha família?

Era cruel, mas a realidade era vil e já não me julgava ou me culpava, gostava de ser assim.

Enquanto ouvia Antone conversar com Henrique, planejei no que essa noite se transformaria. Para mim e para quem eu queria importunar.

— Então ele ganhou? — Ouvi Antone animado, esvaziando o décimo copo. Notei no meu irmão não mais um vício, mas uma doença.

Enzo cuidava de Antone, ou era o contrário?

— O que você acha de ganharmos um tempo também? — perguntei para Tom, o amigo de olhos azuis do meu irmão, que durante a uma hora que se passou, tentou me seduzir. Ele era bom nisso, no entanto, eu já conheci tantos homens, que não caía nos jogos.

Tom me encarou, surpreso, e deixei que se iludisse. A noite com ele poderia ser boa, e talvez ele fosse gostoso na cama. Desci os olhos pelo pouco que aparecia do seu peito, pelo colarinho aberto da camisa preta, e peguei o seu copo. Tomei um longo gole.

— E Antone?

— Você realmente se preocupa com o meu irmão? — sussurrei no seu ouvido, roçando os lábios na sua pele.

— Somos amigos.

— Vocês, provavelmente, já dividiram mulher, o que é bem pior do que transar com a irmã do amigo.

Tom riu e cedeu, fitando Antone, que, distraído e bêbado, não notou os nossos movimentos.

— Você é direta. — Arqueou as sobrancelhas e notei que, diante da proposta feita por mim, ele vacilou.

Era simples, e eu compreendi: *ele gostava de começar e comandar*. Seria um desafio.

— Sou prática. — Sorri.

— Devo entender que é assim também na cama?

— Não, na cama gosto das preliminares. — Tom sorriu e me guiou para as escadas.

Entrelaçou os dedos na minha mão e subimos. Ignorei o olhar surpreso de Henrique.

Transar não era um problema, na verdade, sexo era prazeroso, e costumava ser viciada nesse prazer. No prazer de *ter*, de *dar* e de *controlar*. Porém, não era com todos. Escolhia a dedo, não queria um meio homem na cama.

Simples, direto e prazeroso para ambos os lados.

Um poder meu e uma aceitação do outro. Se Tom seria assim, descobriríamos. Sua aparência era boa o suficiente, e provavelmente poderia ser bom, mas algo me desafiava, algo escondido por seu jeito canalha.

— Ficou quieta agora.

— Não, quieta não, mas pensativa. — Iria descobrir.

Continuei subindo ao seu lado, analisando de modo geral todo o salão, todos os olhares em nós e as mulheres que fitavam Tom, como se estivessem no cio.

— Você costuma chamar mais atenção... — Pausei, sem completar a frase.

Não queria dizer *que Enzo*.

— É o charme. — Tom piscou um olho, com o sorriso safado.

Espero que não seja só o charme.

— Iremos para o primeiro andar? — perguntei ao perceber que ele estava prestes a entrar no corredor.

— Não costumo ir para os outros.

— Por quê?

— Porque gostamos de separar nossos lugares.

— Ah, é? — E ele estava caindo como eu queria.

— Sim. — Continuou me conduzindo pelo corredor iluminado com luzes amareladas. — Antone gosta da cobertura, algo alto e que possa ser louco como ele.

— Você gosta desse andar... — Esperei que continuasse.

— Sou modesto com os meus gostos.

— E o meu outro irmão? — Riu, negando, e parou diante de uma porta.

Puxou um cartão magnético, abriu-a e me fitou sobre o ombro.

— Enzo tem gostos peculiares, por assim dizer. Acho que não seria bom para uma irmã ouvir o que o irmão faz na cama.

— Você iria se assustar com os meus gostos e com o que gosto de ouvir.

— É? — Tom se virou, pegando-me pela mão e me levando para dentro do quarto.

Ligou as luzes para revelar paredes avermelhadas e uma grande cama com lençóis da mesma cor.

— Diga-me os seus gostos — pediu, sentando-se na cama, e parei.

Não contive o riso e avancei sobre ele.

Se eu dissesse, ele fugiria pela porta. Era melhor controlá-lo antes.

Apoiei as pernas na cama, sentei sobre o seu colo e envolvi seus ombros com os braços.

— Você é ligeiro com as mulheres? — perguntei contra os seus lábios.

Tom afundou os dedos nos meus cabelos e respondeu com um beijo, abrindo minha boca com a língua, para explorá-la com a dele.

Entrelacei-as, envolvendo a dele em uma dança erótica, tentando dominar sua boca. Suas mãos deslizaram pelas minhas costas.

Apertou minha bunda com veemência.

— Mais ligeiro do que eu gostaria. — Arfou e mordi o seu lábio, puxando-o com força. Desvencilhou-se do beijo, notando que eu dominara a situação. Agarrei sua camisa e comecei a abri-la, empurrando-o contra a cama.

Ele ergueu minhas mãos, pausando o ato.

— Vamos com calma.

— Você quer comandar — afirmei. Ele hesitou, como se isso nem fosse questionável, e não contive a risada. Ri, com o seu rosto preso na minha mão. — *Hoje. Faremos. Diferente.* — E, diante disso, arregalou os olhos. Me empurrou, sobressaltado.

— Acho que é um mal-entendido.

— É? — A ironia era boa.

— Não é assim comigo.

— Irá negar um bom sexo? — perguntei com deboche e Tom fechou a camisa, o olhar sério sobre mim.

— Acho que não vai ser bom para nenhum dos dois — falou, autoritário. Deu um passo para o lado, vislumbrando a porta atrás de mim. — Você é linda — apontou — e gostosa. É quente *pra* caralho, mas não é dessa forma que eu quero. Desculpe me, mas acho que vamos ter que passar a noite de forma diferente. — Ele queria me dar um fora com educação, e dei de ombros.

— Pode ir.

— Mesmo? — Levantou as sobrancelhas.

— Você também parece ser bom, mas não costumo insistir com homem que tem medo de ser dominado. — Fui franca e Tom pareceu abalado.

— Não sou medroso.

— Não disse isso.

— Vou nessa. — Avançou para a porta. — Obrigado pela noite, Anya. — Notei que estava louco para sair porta afora, mas não perderia a oportunidade de fazer o que eu planejara.

— Tom — chamei-o. — Só para não acontecer imprevistos, qual é o andar que Enzo costuma usar?

— O sexto. — E desapareceu porta afora.

Tom era bom na cama, notei isso com seu beijo, e queria ter conseguido dominá-lo. Seu fora foi o primeiro que recebi, mas não iria ferir o meu orgulho.

Não, ninguém era importante demais para me ferir desse jeito *novamente*.

Arrumei o vestido e saí do quarto. No elevador, apertei o número seis.

Era divertido ver Enzo fora do controle, já que ele foi educado para ser o mais centrado.

Iria provocá-lo, tiraria sua paciência, sua calma e até o que pudesse ser arrancado. Enzo entenderia, por fim, que eu era uma Lehansters também.

Caminhei devagar pelo corredor escuro, atenta a qualquer barulho, e ciente de que, se existia respeito entre eles, os donos, era porque existiam brechas.

Ouvi um gemido e parei.

Aproximei-me devagar e compreendi que estava vindo da porta do último quarto. De frente para a porta, esperei.

Minutos transcorreram, enquanto ouvia a voz de Nássia em um gemido, mas um completo silêncio por parte dele. Testei a fechadura e encontrei a brecha: *a porta estava destrancada.*

Abri devagar, em silêncio. A mulher estava apoiada de quatro na cama, as pernas abertas, e uma corda mantinha seus braços presos contra a cabeceira da cama. Enzo estava de perfil, transava com ela em completo silêncio e com os olhos fechados.

Seus cabelos suados me lembraram da noite passada, de quando estivemos juntos.

Fechei os olhos.

O suspiro escapou da minha boca.

A imaginação era uma merda, traiçoeira e cruel.

Queria atingi-lo, mas, apesar disso, também sentia desejo.

Abri os olhos, tentando esquecer, e dei um passo para trás.

O susto estampado no meu rosto.

Enzo parou, ainda dentro de Nássia, que, afundada na cama, perdeu o momento em que seu dominador não estava prestando atenção nela.

Sua atenção era exclusivamente minha, tão surpreso quanto eu.

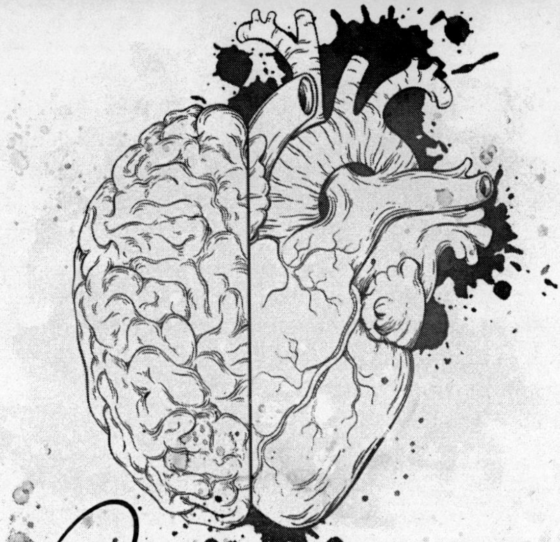

Capítulo 5

Enzo

Eu deveria ter paciência, fui criado para tê-la, para esperar o pior e aguentar, para saber a verdade e a realidade e, mesmo assim, me manter calmo.

No entanto, não era o que acontecia.

Perdi o controle de algo essencial: *minha raiva*.

E não controlar o estado emocional poderia me prejudicar diante de quem eu precisaria enfrentar. Ter o pavio curto era perigoso, me tornava vulnerável e suscetível a agir por fúria e não pela razão.

Meu pai, em um dos seus muitos sermões, dizia a verdade: *a sua mente vai quebrar você um dia, meu filho, se não se controlar.*

Quando esse dia chegaria? Seria ele um homem inteligente ou um grande filho da puta?

Não queria saber a resposta.

Por mais que eu o amasse como pai, o odiava como homem, e ao mesmo tempo em que sua morte foi lamentada, também fui libertado de uma sensação de constante manipulação e vigília.

Só que eu o via agora em Anya, uma réplica das suas artimanhas, e por mais que ela não tenha convivido quase nada com ele, ainda assim, me lembrava de partes da sua personalidade.

Uma terrível mulher, que não era burra nem fácil de enganar.

Estava parada na porta do quarto enquanto eu transava com Nássia, como se estivesse lá de propósito, para me infernizar.

Porra, *ela estava*. Queria o meu inferno.

E estava conseguindo me incendiar, como o fogo daquele lugar.

Acariciei a bunda de Nássia, mas com os olhos em Anya.

Deixei a raiva me atingir como o orgasmo, e gozei na minha submissa, satisfeito por ver o espanto no rosto de Anya.

Minha submissa caiu na cama, em silêncio.

Se Anya queria lidar comigo, aprenderia que eu não recuaria, mesmo com o sexo ou com o fato de ser uma Lehansters. Ela poderia ter o gênio de Otávio, mas eu convivi com ele, tinha os seus segredos e aprendi muito bem.

— Feche a porta, Anya, por favor. Não costumo ser assistido enquanto transo. — Não expressei a raiva na voz.

Nássia sobressaltou-se na cama, enquanto Anya deu as costas, sem me obedecer.

— Sua irmã? — Encarou-me e sentei. Puxei-a pelo tornozelo.

Acariciei-o devagar, enquanto seus pulsos permaneciam amarrados.

— Minha irmã — murmurei para mim mesmo.

Uma maldita construção familiar mal feita pelos pais.

— O que ela fazia aqui?

Ri, sem responder, e avancei contra a cama.

Puxei as cordas, libertei os pulsos de Nássia que, respeitando o meu silêncio, deitou-se contra o meu peito, e a abracei. Beijei os seus cabelos.

— Você está bem?

— Você sabe que sim — suspirou. — Apenas percebi que você foi rápido demais no final.

— Não gosto de ter minha privacidade invadida.

— A volta da sua irmã não parece ser a mais harmoniosa. — Levantou-se e acompanhei-a. Contornei a cama e ofereci um roupão.

— Problemas familiares — limitei-me a responder e ela riu.

Vestiu-se e se sentou outra vez.

— Você e seus problemas que jamais vai me contar, não é?

— Não é uma sessão para resolver os meus problemas, estamos aqui para satisfazer nossos desejos.

— E a amizade não conta? — Ri diante da sua pergunta e avancei até ela.

Segurei o seu rosto erguido.

— Meus problemas não são para amigos ouvirem, muito menos para serem contados. — Pressionei seus lábios com o dedo indicador. — Na minha cabeça ninguém entra.

— Por que eu não mereço essa confiança?

— Porque não diz respeito a ninguém.

— Não deixe Anya se aproximar tanto de você. Tenho medo.

— Medo da minha irmã?

— Ela não parece querer o seu bem, entende? Ela não parece ser tão boa.

— Ninguém é bom na minha família, e você sabe disso.

— Você entendeu o que quis dizer. — Demonstrou preocupação e dei as costas.

Peguei as minhas roupas esparramadas na bancada.

— Você não precisa se preocupar — ordenei, autoritário, e a mirei sobre o ombro, me vestindo. — Da minha família cuido eu.

— E quem cuidará de você, Enzo?

— Não preciso que alguém cuide de mim, e acho que nesses meses que estamos juntos você já percebeu isso.

Assentiu e se deitou.

— Você se vira, não é?

Sorri devagar e caminhei até ela, já vestido. Beijei-a na boca e dei as costas.

O nosso silêncio era bom, não precisava de palavras.

Fechei a porta e parei, tentei acalmar o tremor das mãos.

Eu fingia muito bem ter paciência, para não demonstrar a raiva na frente de Nássia ou de Antone.

Por dentro, ruía em fúria.

E precisaria descontar, descontar em alguém que merecesse, na pessoa que a causou.

Anya testou a minha paciência.

Provocou-me, e se não a enfrentasse, acreditaria estar na frente.

Caminhei firme pelo corredor e entrei no elevador. Desci para o salão principal. Cacei-a com os olhos, procurando seu vestido vermelho, e a vi sentada na ponta de uma mesa, ao lado de Henrique. Conversava com outra mulher. Avancei até a mesa e ao atrair todos os olhares das pessoas que estavam sentadas, segurei o seu pulso.

Puxei-a com força para o lado.

— Precisamos ter uma conversa.

Esquivou-se, afastou o braço do meu aperto e semicerrou os olhos. Henrique me olhava, surpreso.

Tinha perdido o fodido controle!

— O que pensa que está fazendo? — Furiosa.

— Colocando-a em seu devido lugar.

Não vacilei.

Segurei seu braço com força e a arrastei, colada ao meu corpo.

— Ei! — Henrique gritou, mas eu já estava de costas e não voltaria atrás da minha decisão.

Percorri o salão.

Ela permanecia calada para não chamar a atenção, tão furiosa quanto eu. Entrei no elevador e a empurrei contra a parede, satisfeito por estarmos a sós.

Apertei os seus braços.

— Vai bater em mim como nosso pai, Enzo? — Cuspiu as palavras.

— Não sou nosso pai.

Aquilo me desestabilizou.

— E o que fez lá embaixo?

— E o que você fazia na porta do meu quarto? — Enfrentei-a. Encarou-me e perscrutou o meu rosto sem responder. Eu a peguei no flagra. — Diga — sussurrei. — Diga o que queria.

— Você gosta de cordas, não é?

— Você gosta de assistir os outros transando?

— Não, nem todos.

— O que estava fazendo lá? — insisti.

Apertei com mais força os seus braços, enterrei os dedos na carne e Anya trincou os dentes.

— Tire as mãos de mim!

— Então fale de uma vez, porra!

As portas do elevador se abriram, deixando as pessoas assustadas. Com o pulso de Anya ainda preso na minha mão, a guiei para fora.

— Solte-me! — Anya puxou o braço, no entanto, mantive o aperto.

Ninguém escapava da minha fúria. Não no estado em que me encontrava.

Abri a porta de um quarto e a joguei dentro.

Tranquei-nos e o silêncio perdurou por alguns minutos.

Ela se sentou na cama, ainda na penumbra, e liguei as luzes amareladas dos abajures.

— Por quê?

— O quê? — sibilou, como se esperasse mais.

— Por que está vindo atrás de mim? — Mantive-me de costas.
— Eu não estou...
— Pare de mentir. — Exaltei-me e a encarei.

Seu rosto desafiador me fez compreender a minha irracionalidade: eu estava furioso porque era *ela* quem me enfrentava, uma mulher que eu desejava com violência e que eu não poderia ter. Representava a volta de tudo o que eu acreditava que havia morrido com Otávio.

Por esse motivo, arrancaria tudo o que poderia dela, todos os seus desejos, e a afastaria de uma vez, antes que trouxesse um inferno consigo e me tirasse dos trilhos definitivamente.

Antes que tornasse a fúria um sentimento constante, como fora em uma época.

Anya estava criando em mim os piores sentimentos ao me enfrentar.

Ela queria a minha destruição.

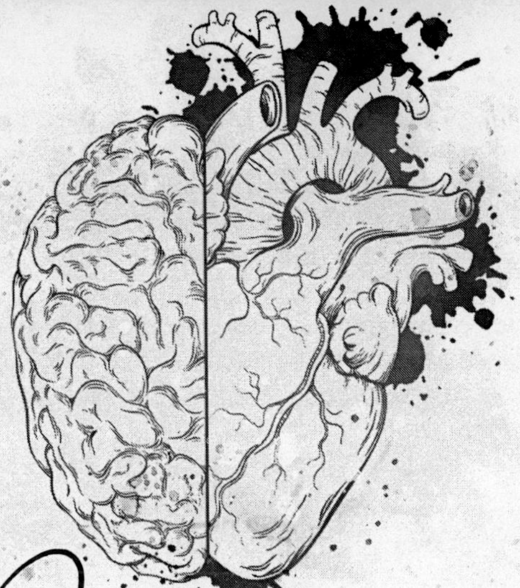

Capítulo 6

Enzo

Não fui moldado pelas minhas escolhas, elas foram dadas a mim ainda pelo meu pai, pela sua criação, e por mais que me escondesse embaixo do tapete, sempre seria um homem quebrado. Quebrado por não querer o que deveria fazer e por querer o que não poderia ter.

E por saber de segredos.

Quando se sabe o segredo de alguém, a visão sobre a pessoa muda. E quando se sabe de segredos demais, a nossa própria vida muda.

Não era assim comigo também?

Acomodado com a vida simples, controlada e sem o fantasma do meu pai me assombrando, até ter Anya de volta. Uma irmã que deveria ter ficado onde estava: *longe e distante de mim.*

Meu pai era cruel demais para prever cada jogada, e enquanto acusava mentalmente Anya de se parecer com ele, sabia que eu também era. Ele estava conseguindo o que queria, mesmo depois de morto.

Um grande filho da puta que criou nossa família desse jeito.

Entretanto, ainda era nosso pai e jamais poderia acusá-lo de todas as suas decisões. Iria até o fim de tudo o que ele planejou. No final, descobriria se ele ferrou com tudo, ou se foi o mais inteligente de todos.

E ir até o fim significava que colocaria Anya em seu lugar também. Ela queria me aniquilar, talvez por mágoa ou pelo que aconteceu. Apesar de que isso também não poderia ser culpa do nosso pai? Se não tivéssemos crescido longe, talvez tivéssemos a consideração de irmãos, como eu tinha por Antone.

E assim, não teríamos transado.

Seus planos eram mais do que sobre amor de família, porque não era amor, eram sobre *ele*, apenas sobre ele e sobre o que *precisava fazer*.

— Chega de mentir — exigi. Anya se levantou e me enfrentou. Diferente do que ela disse, não queria bater nela, não era o nosso pai. — Você volta acreditando que iríamos recebê-la de braços abertos, uma mulher que deu as costas e sempre se manteve distante.

— Eu ainda sou parte da família.

— Que família, Anya? A família que sempre esteve longe? Você deu as costas quando nossos pais morreram, e não negue seu rancor.

— Não estou negando — sussurrou. Eu também sussurrava, como se fosse perigoso falar em voz alta. — Mas não cobre de mim algo que nunca me foi dado. — O olhar dela estava parado sobre o meu.

Um vinco se formou na minha testa enquanto tentava entender o que dizia.

— Do que está falando?

— Afeto — falou. Fria. Dura. Sem hesitar. — Você não estava presente, não é?

— Nós nunca precisamos de afeto. — Não escondi o espanto.

Aquilo me pegou de surpresa.

Estava impaciente para arrancar tudo o que poderia e, ao mesmo tempo, com pressa para ir embora e tirá-la da minha frente. Ao encarar a sua força, só conseguia pensar em como poderia tê-la em minhas mãos.

Eu era um maldito homem quebrado mesmo.

— Você nunca precisou, não é? — Ela saboreou as palavras, ditou-as devagar e juntou as sobrancelhas. — Você e Antone estavam sempre juntos, desde novos criados longe, enquanto nosso pai adorava ir vê-los, passava meses com vocês, me deixando com a nossa mãe.

— Não foi bem assim. — Inclinei a cabeça para o lado.

Recordei os dias sombrios, os piores dias ao lado do nosso pai. Suas visitas eram para mim, não para Antone. Seus ensinamentos e segredos eram apenas meus. Dei as costas, sem conseguir sustentar o olhar diante da fúria que se refletia no de Anya, e esfreguei o rosto.

Suspirei alto.

— Você não estava presente, não é? Na verdade, você nunca esteve presente na minha vida — afirmou. — Nas minhas lembranças, só consigo imaginar um menino mimado e rabugento, que andava pela casa com nosso pai, nas poucas vezes que esteve lá. — Pausou. — Você não estava presente quando o que precisei foi de afeto.

— Nosso pai nunca deu afeto para nenhum dos filhos.

— Muito menos nossa mãe — completou e caminhei até a janela.

Fitei as luzes da parte de fora do cassino.

— Não me culpe pelos erros deles, Anya. Não temos uma relação de irmãos aqui e você também percebe isso... — Hesitei. Se eu completasse, entregaria um dos malditos segredos que sabia. — Nunca tivemos, da minha parte e da sua, e o sexo só deixou mais claro.

— Isso não me faz menos Lehansters.

— Não disse isso. — Olhei-a de canto.

— Então eu mereço estar aqui. — Seu olhar se inundou de raiva.

— Por que voltou?

— Não é por você, se é o que pensa.

— Então por que está me perseguindo? Por que isso tudo?

Anya levantou a cabeça, desviou os olhos para o teto e suspirou.

— Você não estava lá naquela tarde, não é? — Permaneci em silêncio, sem entender. — Eu não fui embora porque não queria ser uma Lehansters, eu fui embora porque queria ter uma vida.

— E você não tinha?

Ela abaixou os olhos e me atingiu com o ódio.

— Que vida? Você tinha aquela escola militar junto com Antone, vocês estudavam com outras pessoas, saíam, tinham nosso pai, vocês se divertiam. E eu? — Pela primeira vez deixou a completa fúria transparecer na voz. — Eu estudei em casa, fui criada por uma mãe submissa e depressiva, que vivia à base de medicamentos e me olhava com pena. Mas ela não tinha pena por sua filha não sair de casa, porque era isso que o nosso pai fazia comigo. Estudava em casa, não conversava com ninguém além dos empregados, e no dia em que eu fugi de casa... — Virei-me, sem esconder o espanto. — Nosso pai me buscou com a polícia, e ao invés de perguntar o que aconteceu, quais os motivos para a minha fuga, ele me espancou perante a nossa mãe, que manteve o mesmo olhar de pena. — Exasperou-se. — Mas você não sabia, não é? Porque você sim teve afeto, você era a estrela da família, o filho mais velho e homem. E não diga que não teve.

— O que quer que eu diga? — Tentei disfarçar o choque e comecei a compreender que eu só sabia de Anya o que o nosso pai me contou.

Não sabia como foi criada dentro da casa, muito menos sobre sua vida em Lyon.

Peguei-me querendo saber.

E senti raiva, muita raiva.

Por descobrir que ela foi espancada.

Sua revolta também era por isso?

Senti-me sujo ao pensar em como isso aconteceu.

— Quero que pare de me acusar e de me deixar no canto. Eu sou tão Lehansters quanto você. Voltei porque quero o meu devido lugar nesta família.

— E por que me atacar? Por que me tornar um inimigo?

Deu um passo na minha direção, aprisionou o meu olhar em seu quadril que, se movimentando, destruiu o restante da minha sanidade.

— Porque você é parecido demais com o nosso pai, e não me deixará ter a autonomia que criei durante esses anos em que morei sozinha.

— Quem afirmou isso?

— Não preciso que digam. Tudo o que não vivi na infância, eu aprendi durante esses anos, e reconheço quando um homem me vê como uma ameaça. — Deu mais um passo na minha direção. Passei uma mão sobre o rosto e fechei os olhos. Nosso pai estava dentro da minha cabeça, sussurrando o que disse uma vez sobre Anya: *mantenha sua irmã na linha sempre, filho. Não deixe Anya criar asas.*

Nunca havia dado importância. Eu a deixei ir embora, permiti que criasse asas e voasse para longe, porque não acreditava que iria interferir nos planos.

E acreditava que jamais iria precisar fazer tudo o que meu pai pediu e contou.

— Conte, Enzo. Conte a verdade também.

De punhos fechados, fitei o próprio assoalho de madeira escura, tão lustrosa com a cera passada, que senti vontade de cuspir para manchá-la, deixando-a como me sentia: *estragado.*

— Contar o quê? — Mantive o olhar abaixado.

— O que nosso pai falou sobre mim?

— Como assim? — Encarei-a, surpreso.

— Eu sou uma ameaça para você? — sussurrou, com os olhos tão imóveis que me causaram calafrios.

Era isso o que significava todos os pedidos do nosso pai para mantê-la quieta e distante?

Era isso que significava não a deixar criar asas, deixá-la nas sombras, como ele fez?

— Ele exigiu que eu jamais permitisse que você se aproximasse demais. — Lembrei-me de vários pedidos, não só sobre Anya. — E que nem fosse solta o suficiente.

— O que mais?

— Você nunca deveria casar. — Afrouxei o colarinho. — Ele queria você como criou.

— Por quê?

— Não sei, porra!

O balde estava enchendo.

— Você sabe.

— Porra, não sei! — Exaltei-me e a encarei, enfurecido.

Como era fácil me dar e tirar a paciência. E ela, quando me enfrentava e cavava fundo na merda dos meus segredos, fazia isso com agilidade.

Dominava a situação com maestria e as artimanhas, me desestruturando sobre o nosso pai.

Ele era o meu ponto fraco, no entanto, também era o dela.

— Não sei — sussurrei, ciente de que as minhas mãos tremiam de raiva, e fechei os olhos. — Eu não sei. Ele falou tanto, foram tantos anos, e eu preferi não entender tudo.

— É uma merda, não é? — Fria.

— O quê?

— Não saber. E ser passado para trás. — Avançou um passo. — Mas eu me casei. Comecei a destruir tudo o que nosso pai fez comigo, me libertei da redoma que ele construiu. Independentemente se era para me proteger ou proteger o mundo de mim, eu não quero. E é por isso que estou aqui, para manter meu lugar, para sentar na minha cadeira e dizer que há uma mulher Lehansters, que é tão forte e autoritária quanto os irmãos.

O calafrio percorreu o meu corpo e a fitei em silêncio, tentando digerir toda a merda espalhada.

Sabia também o porquê dos pedidos do nosso pai, era uma mentira quando disse que não.

Precisava mantê-la no escuro.

Era um fardo saber de tudo.

Os segredos eram fardos meus.

— Com quem você se casou? — Só consegui perguntar em um sussurro controlado.

A ira se alastrou pelas minhas veias, fechei minhas mãos.

Não deixe Anya criar asas.

— É importante?

— Você dividiu tudo com um homem?

— Esse é o motivo?

— Apenas conte a porra do que fez!

— Não, não sou burra. Quiseram criar uma mulher submissa e burra, mas criaram uma com raiva e revoltada. — Se aproximou. — E você estar furioso assim significa que sabe mais do que contou, além de que pretendia me mandar de volta para a bolha que fui criada. Você é a mão firme da família, é o líder, é o que comanda e gosta. — Percebi ironia. — Gosta de comandar e vi isso naquela cama. É por isso que eu o enfrento tanto. Desde que cheguei, quero impor o meu lugar, e só assim para você fraquejar e aceitar que há dois líderes nesta família. — Perdeu a vulnerabilidade e deu lugar à mulher disposta a me desafiar.

Ouvi em silêncio, e não pude negar a verdade nas suas palavras.

O quanto escondíamos um do outro?
Estava beirando o desespero. A pura falta de controle.
A informação de que se casou foi o estopim para essa saída completa.
— Quem?
— Adivinhe — sussurrou e deu as costas.
Antes que eu controlasse a fúria, segurei seu braço e a aprisionei diante de mim.
— Uma conversa só acaba quando eu digo. — Implacável para assustá-la.

Capítulo 7

Enzo

Eu poderia culpar meu pai por tudo e ser um filho que apenas tenta se vitimizar, mas eu não era assim, jamais seria.

Poderia odiá-lo e amá-lo na mesma intensidade, todavia, permiti que ele contasse os segredos, aceitei o seu plano e prometi realizá-lo.

Eu também não deveria me odiar por ter fadado minha vida a apenas esse caminho?

Todos, na verdade, são culpados, seja por decisões ou por omissões.

E não tinha escapatória, não mais com a volta de Anya, tão mudada e predadora.

Meu pai, no final, talvez tenha imaginado o que aconteceria.

Eu estava fodido. Não queria seguir o plano, mas precisava.

Ela estava casada, e se isso fosse mesmo verdade, haveria problemas, muitos problemas.

Muitos segredos, muitos planos, todos enterrados com o meu pai e trazidos de volta com Anya. Tudo o que foi planejado e orquestrado por uma mente diabólica que sobreviveu desde a KGB, um russo infiltrado e depois apenas um homem fingindo ser comum, seria destruído por um descuido meu.

E para o meu desespero, estava na hora de começar a acordar e entender de uma vez por todas que a minha vida jamais seria como eu sonhei.

Eu havia sido educado, mandado e aconselhado a seguir um caminho que só eu poderia fazer e saber.

Talvez nem fosse tão importante assim.

O que tornava a ideia importante não era sua existência para o mundo, mas o modo como ela foi introduzida desde que eu era pequeno. *Para mim havia se tornado grande desse modo.*

— É assim que trata as mulheres? — Enfrentou-me sem medo, e isso me tirou dos trilhos de vez. Joguei-a contra a cama e dei as costas.

Tranquei a porta.

O silêncio não era fácil para ela e muito menos para mim.

— Irá me manter trancada? Um cárcere? Faça, Enzo. Diga que eu só sairei daqui depois que conversarmos.

— Você sabe — sussurrei, parado de costas para ela. — Não complique a situação.

— Somos iguais.

— Não, não somos.

— Perderá a paciência aqui dentro, como percebi que você perde fácil. Você escolheu a mulher errada para prender. Eu vivi até os meus treze anos presa. Estou acostumada. E você, está?

— Por que faz isso? Por que tornar a situação difícil?

Fechei os olhos, em uma tentativa de acalmar a cólera que subia pelas veias.

— O que está difícil, Enzo? Conte-me, não consigo compreender.

— Você é cínica.

— E você é arrogante. Não entenda isso como um elogio, porque arrogância está longe de ser uma virtude. Você é arrogante e egocêntrico.

— Culpe o nosso pai por isso.

Ouvi sua risada irônica e apoiei os braços contra a porta, cansado demais de tentar acalmar a raiva.

— Estou cansado — sussurrei.

Senti-me em completo fracasso.

O quarto permaneceu em silêncio e agradeci por isso. Anya estava quieta, surpresa.

— Então pare. Ninguém está pedindo que continue. — Hesitou e continuou com a fala mansa: — Não mais.

— O problema são as nossas mentes. Quando quebradas, já não funcionam mais como antes. Você sabe disso, não sabe? — murmurei e a olhei sobre o ombro, ainda apoiado contra a porta. O meu cansaço a desarmou, como se acreditasse que não precisasse mais atacar. Talvez, sendo tão manipulador quanto ela, eu conseguisse iludi-la com ele.

— Às vezes há como resolver.

— E, às vezes, precisamos conviver com isso.

— Conte-me, Enzo. Conte-me os segredos da nossa família, e talvez eu...

— Não... Por que voltou?! — Não era uma pergunta para ela, mas para mim mesmo, e eu precisava aceitar.

— Você me odeia tanto assim? Odeia que eu represente uma ameaça para o seu poder na família, que eu tenha saído da minha bolha?

— Não, não tenho medo de que roube o meu lugar, porque, como disse, é meu. — Abaixei os olhos e fitei as suas pernas expostas pelo vestido. — Você não é uma ameaça para o meu poder. E não... — Voltei a encará-la nos olhos. — Eu não a odeio.

— Mesmo depois...

— Mesmo depois do sexo — completei e dei as costas. — É errado, e isso nós dois sabemos. — E era bem provável que ela deveria se culpar mais do que eu, *por saber menos*. — Poderia dizer que não a suporto, porque isso é verdade. Também porque fui criado prestando atenção na forma rancorosa com que me encarava, e isso nós dois sabemos que é verdade. Eu não gosto de você como uma irmã. — Fui sincero e percebi certa resistência em seu olhar. — Não fomos criados com laços de irmãos, e somos tão distantes que nem a reconheci na cama.

— Então, por que me tranca aqui com você?

— Porque... — Vacilei um passo na sua direção. A aproximação me causava arrepios. — Eu preciso que conte tudo o que fez. Necessito saber da porra do seu casamento — rosnei. — Porque sim, nosso pai pediu que eu a mantivesse na linha. E se você retornou, está na hora de entender isso.

— E você ainda me pergunta o porquê de confrontar você.

— Você sabia que seria assim, por isso desde a chegada me atacou.

— Não ficarei quieta, assistindo você me dominar, assistindo você me tratar como os nossos pais. Pode ser a porra de um Lehansters, mas eu também não o vejo como meu irmão, não o respeito. — Exaltou-se e se levantou. — E você admitir que nosso pai pediu que me mantivesse nesta redoma, só me faz querer sair mais dela.

Foi um erro contar.

— Você já sabia, não seja burra.

— Mas você admitir é uma certeza.

— Você não é uma mulher que precisa de certezas.

— Com certeza, não.

— Então fale de uma vez.

— Se eu contar... deixará você por cima. — Enfrentou-me com o olhar.

— Eu já estou por cima — concordei. — Apenas você que não prestou a devida atenção.

— Eu costumo comandar, Enzo, na cama e fora dela. Comando a minha vida, e se a minha decisão é mantê-lo fora dela, não haverá quartos ou mãos que irão me segurar.

— Você não me conhece. Não brinque comigo, há mais em jogo do que apenas as suas birras.

— Então, diga. Talvez assim você me convença.

Fechei os olhos, precisava me acalmar. Deixar a fúria ir embora, o controle retornar e encontrar o meio certo de fazê-la contar com quem estava casada. Depois a faria aceitar o meu domínio.

Era um jogo que mesmo contra a minha vontade estava voltando a jogar.

Um jogo no qual iria me sujar.

Era um suicídio mental.

— Os motivos do nosso pai...

— São dele — completou com deboche. — É isso que dirá?

— Não são importantes para você — disse, categórico.

— É a minha vida.

— É a nossa família. Eu sou um Lehansters, você é uma Lehansters. — Exaltei-me e apontei para ela. — Então conte de uma vez.

Anya permaneceu muda, deu as costas e caminhou até a janela.

Esperei, tentando ter paciência.

— Eu contarei — sussurrou. — Se você me contar qual é a grande importância disso para você ou para a nossa família.

— Nosso pai nunca contou — menti.

— Casei-me com um *russo*. — Suas palavras me causaram um calafrio insuportável e enterrei o rosto nas mãos. Não poderia ser verdade... Senti vontade de rir da minha desgraça. Continuou: — Eu era mais jovem, e ele mais experiente. Fiz loucuras das quais me arrependo, mas todo mundo tem algo na vida que prefere manter enterrado, não é verdade? — Fitou-me sobre o ombro. — Se a sua preocupação é o dinheiro, nos casamos com separação total de bens, em uma noite de total loucura da minha parte, e de prazer da dele.

— Onde ele está agora?

— Eu o abandonei. Abandonei porque foi um erro.

— E ele permitiu?

— Eu sei que está mentindo. E mesmo assim contei...

— Fez o que devia.

— Não. *Eu aprendi a nunca dar sem pedir algo em troca*. Descobri a nunca esperar o melhor das pessoas. — Encarou-me. — E como sei que não me dará por livre e espontânea vontade, eu arrancarei de você.

— Você está começando um jogo perigoso. — Arqueei as sobrancelhas. — E sofrerá no final...

— Por que não costuma perder?

— Porque não permito que se envolvam na minha vida. — Observei-a caminhar na minha direção. — Mesmo sendo essa mulher que quer impor sua presença.

— Não estou começando um jogo, Enzo. Na verdade, não ataco você por diversão. — Parou de frente para mim e aproximou o rosto. — Eu ataco você porque sei que se eu não o atacar, você me atacará.

— Você diz como se isso a protegesse.

— E não me protege... de um homem como você?

— Vai ser o melhor para você.

— Só eu sei o que é o melhor para mim.

— Pare, Anya.

— Enquanto você continuar, também continuarei.

No impulso, prendi o seu queixo entre os meus dedos, com tanta força que os afundei nas suas bochechas e a mantive imóvel contra mim.

— Então vá embora. Porque aqui será do meu jeito.

— Não estou pedindo que me aceite. Já estou aqui.

O desprezo gritava entre nós.

— Então será uma luta?

— Sempre foi assim. Se era plano do nosso pai ou não, isso é você quem poderá responder.

— Não, não era. — Fui honesto, com seu rosto colado ao meu. — Nosso pai não queria você assim.

— Ele me queria burra.

— Cega.

— Por que cega?

Calei-me. Disse mais do que devia.

Estava começando a desmoronar.

— O que mudará para você aceitar isso de uma vez? Do que precisa? Eu posso garantir conforto, eu posso garantir homens na sua cama, dinheiro o suficiente...

— E *voz*? Serei como nossa mãe?

— Ela não era tão infeliz.

— Você não convivia com ela, eu convivi. — Anya se exaltou e recuou, quebrando o nosso contato, e arregalei os olhos com a transformação. Sua calmaria anterior era um fingimento. Frio e calculado. Agora estava revelando um pouco de si. Compreendi mais da mulher que ela era: *uma farsa, escondendo sentimentos com uma frieza e manipulação de si mesma. O que ela via quando se olhava no espelho? Uma garotinha assustada ou uma mulher decidida?* — Sabe o que é uma mulher se dopar para dormir, Enzo? Ela era um fantasma pela casa.

Fechei os olhos.

Cada pedaço de mim começava a quebrar.

— Não estou dizendo para ser assim... — Foi o máximo que consegui expressar.

— Você tenta esconder que sofre. Chore tardiamente pela nossa mãe, já que não pôde mostrar fraqueza antes. — Jogou as palavras com desgosto.

Abri os olhos, marejados, e a fitei.

Não iria temer.

Era meu dever enfrentar.

— Essas são as minhas regras. Se você quer ficar perto da família, terá que aceitar de uma forma ou de outra.

— Não tenho medo de você ou do defunto do nosso pai.

Seus olhos verdes perscrutaram a loucura da minha expressão, e se aproximou.

Parada diante de mim, compreendi a última das insanidades que sentia: queria domá-la com força, e na força fui traído pelo desejo.

Toquei o seu rosto com as pontas dos dedos.

Refleti sobre tudo o que disse, e mergulhado na visão completa, senti tesão ao ter em mãos a mulher que me enfrentava com tanta coragem.

— Você deseja também, não deseja?

— Do que está falando?

Antes que eu pudesse prever, ela apertou o meu pau sobre a calça.

Recuei, sem compreender como ela poderia ser tão volátil nas emoções e situações.

— Você está duro.

Calei-me, me odiando por entregar de forma tão espontânea para ela um poder: *o sexo*.

— Não retorne a esse assunto.

— Por que é errado?

— Você não terá o controle dessa forma. — Tentei afastá-la, mas minha mão permanecia em seu rosto.

— Estou molhada. Vi que gosta de dominar.

Outra mulher.

Sem vulnerabilidade, sem raiva.

Outra máscara.

Tentava me seduzir ao oferecer o controle, como se isso não fosse fingimento.

Cedi, como um menino perdido, ou um homem quebrado.

Puxei seu vestido para cima com brutalidade e toquei na sua calcinha, sem tirar os olhos dos seus, que permaneciam estáticos, sem emoção e com completo controle.

— Está me entregando o controle do seu corpo assim, do nada? Agora, depois dessa discussão?

Não poderia odiá-la. Nesse maldito momento, passei a desejá-la por toda a força que emanava.

Senti a renda contra as pontas dos meus dedos, e os rocei outra vez, concentrado em seu rosto inexpressivo. Avancei para o meio das suas pernas, contornei os seus grandes lábios pelo tecido e o afastei, tocando na pele.

E para o meu desespero, Anya continuou imóvel, sem emoção.

Inexpressiva.

Aquilo fez a minha lucidez desabar.

Afastei os seus grandes lábios, sem disfarçar o tesão, e afundei dois dedos em sua boceta. Molhada, mesmo que o seu semblante mostrasse o contrário.

Era uma luta de dominação, para ver quem caía primeiro.

Desafiou-me com o olhar.

Queria provar que não estava afetada como eu.

Sabia que o sexo não significava apenas sexo, mas poder.

Agora estava me desafiando desse jeito. E na minha mente quebrada, no meu estado furioso e na ânsia de dominá-la, cedi ao seu jogo.

Capítulo 8

Anya

Eu era melhor que Enzo em dominar, e nós dois sabíamos disso.

Estava presa, mas consegui o que queria: *verdades*.

Ele confessou verdades sobre o nosso pai, e também concordou comigo em algo.

Não, também não o via como irmão, e talvez nunca o tivesse visto. Esse era o principal motivo de nós termos transado.

Nossa grande diferença na dominação era que Enzo parecia ser mais quebrado do que eu, pela convivência maior com o nosso pai e por esses segredos que eu caçaria até o final para ter, além de uma autoridade na família.

Ele parecia se julgar mais, pensar em demasia, enquanto eu gostava do limite.

Estar no extremo era prazeroso, porque não me preocupava com o que eu iria me arrepender.

Preferia arriscar e fazer.

Pela forma como fui criada, nasceu em mim uma ânsia por viver no limite, por fazer por mim o que ninguém mais faria.

Era um ataque para me defender, e agora mostraria que a vitória era minha, mesmo que estivesse com tesão também.

— Você sente, Enzo? — sussurrei.

Vi desejo e fraqueza em seus olhos. Ele já não conseguia esconder, enquanto eu ocultava o meu como uma profissional em esconder as emoções, tão fácil para uma mulher que passara a infância inteira escondendo medos e anseios.

Se o nosso pai criou bem um homem cruel, sua filha se saiu muito melhor.

Ele fechou os olhos e afastei a minha mão da sua, que segurava o meu rosto.

Eu o faria acreditar que estava no comando.

Deslizei os dedos pela sua camisa social, o peito definido que conhecera na cama, e parei no cós da sua calça. Enzo suspirou, como se lutasse para se afastar. No entanto, os seus dedos que me tocavam no meio das pernas diziam o contrário. Eles queriam me controlar. Enzo me fitava com tamanha luxúria, que seus olhos já não escondiam nada.

Por mais errado que fosse, eu permiti.

Era tesão demais. Uma completa loucura.

Seus dedos firmes roçaram nos meus grandes lábios, contornando-os, como se gostasse de apalpar a carne. Afundou dois dedos na minha intimidade, abrindo-a. Controlei minhas feições, deixando o prazer arrepiar o meu corpo. Ele notou minha afronta.

Seu polegar deslizou para dentro, com a maestria de quem sabia tocar uma mulher.

E com o desejo de quem não se dava por vencido.

Masturbou-me, provocou meu clitóris, saboreando-o em seus dedos, e fechei os olhos.

Eu já fiz isso antes: *controlar as emoções.* Porém, aquela situação com Enzo estava me pregando uma peça.

— Você sente? — repetiu a minha pergunta e arrastou meu rosto contra o dele, colando nossos corpos. Mantive os olhos fechados e sua mão avançou para a minha cabeça, enterrou os dedos nos meus cabelos, enquanto a outra continuava a me tocar. — Sente o controle, Anya? — Os lábios na minha orelha. — Porque você está molhada, molhada por minha causa. — E a mordeu. Os dentes na pele, puxavam-me para si. — Sente os meus dedos encharcados, tocando-a devagar? — E eles acompanharam sua voz grossa. Seu polegar tocou o meu clitóris em círculos precisos e fortes, dedilhando cada parte, e dois dos seus dedos me penetraram.

Firmes, ditando que ele iria me devorar com a mão.

— Ohhhh! — gemi contra o seu ouvido e Enzo roçou a ereção contra o meu ventre, me acariciando por dentro.

— Você quer gozar na minha mão? — Sua pergunta me fez abrir os olhos.

Recobrei a consciência de que tinha me deixado levar.

Não, esse não era o plano.

— Posso gozar? — zombei.

Acariciei a sua ereção sobre a calça. Ele gemeu em um suspiro profundo, que quebrou a minha frieza, e o apertei com força.

Seu pau estremeceu contra a calça.

— Então faça — sussurrei.

Ele suspirou.

Apertou o meu clitóris, pegando-o para si.

Arfei com a pressão.

Cada vez mais excitada, uma deliciosa sensação de lambuzar os seus dedos. Ocultou a face contra os meus cabelos.

— Por que faz isso?

Fechei os olhos.

Seus dedos apertaram meus grandes lábios, com extremo controle sobre a minha boceta, ao mesmo tempo em que seu polegar mantinha uma pressão firme em meu ponto, massageando-o em círculos, sentindo-o inchado e molhado.

O prazer embeveceu-me e enterrei as unhas em sua nuca, deixando uma marca de propósito.

O gozo subiu em ondas enquanto sentia os seus dedos voltarem a me foder.

Joguei a cabeça para trás, cedendo ao seu puxão em meus cabelos, e abri os lábios.

Um gemido escapou.

Não precisava abrir os olhos para saber que Enzo me fitava com autoridade, com um desejo ardente de me assistir gozar, *porque eu sabia*.

Seu corpo contra o meu dizia isso, sua ereção dura apontava o seu prazer.

— É bom estar em minhas mãos? — Sua voz ressoou com certeza.

Não respondi, presa no gozo que se alastrava em ondas pelo meu rosto, tornando meus mamilos rijos e minha pele arrepiada.

Arfei, levada para um prazer único, um esquecimento do restante ao meu redor, sentindo e respirando o êxtase que me deixava encharcada. Estremeci.

Meu clitóris latejou e gozei contra a sua mão, que abria meus grandes lábios e brincava com o meu orgasmo.

Fui arrastada pela sua voz grossa no meu ouvido.

— Não é delicioso? — sussurrou. — Não comandar?

O prazer me deixou extasiada, com a respiração entrecortada e a intimidade latejando.

O meu gozo escorreu por seus dedos.

Suspirei e me recompus.

Abri os olhos.

Encarei-o, devasso, ansioso para continuar. Com seus olhos aprisionados nos meus, serpenteei até o seu bolso e peguei a chave.

Avancei contra a sua face e o beijei na boca.

— Obrigada por me fazer gozar — sussurrei. — Como eu queria, um bom homem educado.

Afastei-me e arranquei a sua mão de dentro da minha calcinha.

Um vinco de confusão surgiu no meio da sua testa e uniu as sobrancelhas loiras.

— Você é louca. Quem fez o quê aqui?

— Você me fez gozar. — Dei as costas, já com o vestido arrumado. — Se eu não quisesse gozar, não teria... — Fitei-o sobre o ombro. — Agora você pode se tocar sozinho.

Enzo manteve o sorriso irônico no rosto.

— Você gozou por minha causa.

— E você irá se masturbar por mim. — Sorri e avancei na sua direção. Completei, ombro contra ombro. — Enquanto fiz você fazer todo o serviço. Obrigada.

Dei as costas, abri a porta e saí do quarto.

O seu silêncio era perigoso, no entanto, o gosto da vitória era espetacular.

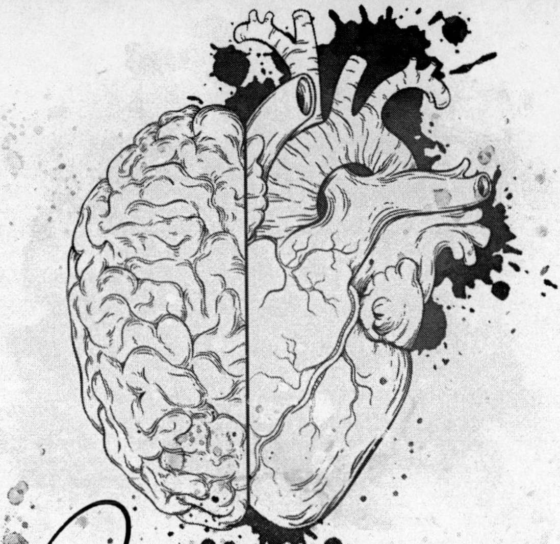

Capítulo 9

Enzo

Mantive os meus olhos fechados, mesmo com Antone parado ao meu lado, ao celular com alguma mulher.

Já não queria conversar, muito menos explicar.

Apenas queria limpar a minha cabeça do que aconteceu *há quase uma semana*. Ainda me sentia como se estivesse dentro daquele quarto, sendo enganado por Anya e passado para trás.

Gostei de *tê-la sob* controle, tive prazer em dar prazer, e então ela o arrancou de mim.

Perguntava-me se ela considerava a situação errada, ou sabia do mesmo que eu... Não tinha como ela saber, não havia como quebrar o vidro ao redor dela, apenas fortalecê-lo.

Suspirei, relembrando dessa merda.

Se nosso pai estivesse vivo, ele caçaria o marido e o mataria, mas eu não conseguiria fazer isso, não era eu.

Jamais pensei em matar.

Nunca pensei em sujar minhas mãos, mesmo que meu pai dissesse o contrário e me ensinasse a atirar e caçar.

O que eu poderia fazer agora?

Divórcio não resolveria a situação, independentemente da partilha, e Anya me enlouqueceria.

Durante a semana que se passou, ela se manteve sentada ao meu lado na empresa, entendeu todos os negócios, afrontou Nássia perante todos os outros sócios, e em casa se comportava como se jamais tivesse me permitido tocá-la.

Era manipuladora e extremamente versátil com as situações.

Enquanto eu apenas mantinha a sensação de querer mais, como se estivesse fodido por ter controle.

E eu estava.

Era uma vontade de botá-la em seu lugar, de domá-la.

— Foi por isso que você quis vir? — Antone desligou o celular.

— Faz tempo que não fazíamos isso.

Pensei nisso.

Andava de moto com Antone *há anos, em uma vida tranquila e apenas* com o fantasma do passado.

Agora era diferente.

Como se eu estivesse perseguindo a minha antiga vida para conseguir ter de volta a tranquilidade, quando, na verdade, precisava encarar tudo o que eu teria de enfrentar.

— Desde que troquei a Indian por essa beleza aqui. — Antone sorriu e acariciou o guidão da Harley.

— Uma igual a minha.

— Sempre gostei da sua.

— Sempre roubou a minha. — Ri, e Antone desceu da moto. Fitou a beirada dos precipícios que contornavam os vales de montanhas. — Será que Anya *não vai querer uma também?*

— Uma moto dessas não condiz com uma mulher...

— Cacete, você é machista! — Encarou-me sobre o ombro e desci da moto.

Meu irmão se sentou no chão e o acompanhei. Precisava desse momento com ele. *Era uma despedida da nossa velha vida.*

Permaneci em silêncio ao seu lado, aproveitando o sol e o vento, e Antone tirou a jaqueta de couro.

— Conte, cara. Estamos aqui para isso.

— Contar o quê?

— Sou um bom irmão, Enzo. — Levantou os olhos para o céu e me encarou de canto. — Percebo quando você não *está bem, mas deixo-o quieto.* Agora... — Negou. — *Agora* é diferente, há algo a mais que vejo, que não melhora.

— Continue sendo apenas um bom irmão. — Sorri.

— Não irá contar?

— Não tem o que contar.

— Tem a ver com Anya, não tem?

— Por que acha isso?

— Não sei. Pelo modo como vocês se tratam, vocês se detestam. — Deixou claro na entonação que não gostava disso.

— Não nos detestamos. — Eu a desejava, ela fez isso com a minha cabeça naquela noite.

Não era amor, não era paixão, apenas o desejo de um homem dominador para ter uma mulher que o desafiava.

— Então, qual o problema?

— Muitos problemas. — Fechei os olhos. — Nenhuma solução. Não tem a ver com a nossa irmã, apenas comigo.

— Então não irá contar? Viemos aqui para o quê?

— Para quebrar a maldita rotina que temos — murmurei. — Estou de saco cheio até daquele cassino.

Antone ficou em silêncio por alguns segundos.

— Henrique contou.

— Contou o quê?

— Que você sugeriu vender a sua parte. Por quê? Nós três construímos aquele negócio juntos, tem nosso nome lá, tem nossa grana e nossa diversão.

Porra, Henrique não conseguia manter a boca fechada! Ofereci a minha parte naquela noite, depois de Anya ter saído. Fiz a oferta porque em breve eu não estaria mais presente.

— Vocês dois dariam certo.

— Henrique não vai comprar, e eu também não. Deixe de ser um completo idiota.

— Eu apenas sugeri.

— Vamos, cara, vou insistir até você dizer. Que merda está acontecendo?

— Não é do seu interesse.

— Nunca foi, nosso pai sempre me deixou de escanteio e contava tudo para você. Tem a ver com isso?

Abaixei a cabeça.

Ri com tristeza da pergunta, e me lembrei de um dos momentos do qual ele se referia.

Tanto Antone quanto eu fomos mandados para uma escola militar, e, nas visitas, nosso pai apenas me pegava e me tirava de lá, dando algum presente para Antone se contentar.

— Veja bem, Enzo. — Meu pai uma vez falou, sentado comigo em um quarto de hotel, diante de um álbum com várias fotos. — Olhe bem para esses rostos. — Não era um pedido. No seu tom de voz sempre fora ordens. Ele mantinha os olhos verdes friamente parados em mim, para observar se eu realmente olhava, e pela sua expressão, que já deixava as rugas da idade e os cabelos loiros com entradas, ele estava bravo.

No álbum tinham várias fotos de homens, velhos, jovens e crianças, como eu era na época.

— Quem são eles?

— Eles são os Vory — respondeu sem hesitar. — Cada um dos membros desde a Guerra Fria.

Eu era novo, sabia pouco, mas conhecia a história russa, porque nosso pai era um russo. Quando ele abandonou a Rússia, conseguiu novos documentos, novo sobrenome e também uma ficha limpa por ser parte da primeira direção-geral da antiga KGB.

E também um filho da puta.

— Por que está me mostrando isso? — Eu já queria fugir. Ele puxou a cadeira até estar ao meu lado e debruçou-se sobre a mesa, paginando o álbum até a página final. — Aqui — ele murmurou, autoritário, e encarou-me friamente. — Além de eu apresentar a você tudo sobre esses homens, esse homem aqui. — Eu fitei a imagem do homem loiro e de olhos verdes. — Esse homem será a pessoa mais importante da sua vida.

— Por quê? — Diante da pergunta, o meu pai deu risada, acariciando os meus cabelos.

— Na minha próxima visita vamos começar. Irei ensinar tudo.

Eu levei o álbum, decorei os rostos, os nomes, as árvores genealógicas, o passado de cada um e sua posição hierárquica na Máfia Russa chamada Bratva.

— Você sabe que se precisar, eu vou estar aqui, não sabe? — Antone me acordou das lembranças.

— Eu sei.

— Não importa quanta merda for, nós podemos resolver.

— Somos Lehansters, é claro que resolvemos tudo.

— Você se lembra daquele dia em que eu me meti naquela merda toda?

— No bar do Clay? Levamos uma surra daqueles bastardos.

— E o Clay teve que pegar aquela arma e ameaçar todo mundo. — Antone riu.

— Mas depois acabamos tomando umas com o Toni.

— Ele continua lá — murmurou.

— Quem? Toni?

— Não, esse nunca mais vi. Ele era seu amigo, não meu.

— Não se aproxime dele — expliquei.

Precisava manter Antone seguro.

— Por quê? Ele não é seu amigo?

— Há uma grande diferença entre amigos e conhecidos. Toni — elevei as sobrancelhas — *é* um conhecido que deve favores a mim.

— Por que ele deve?

— Pelo motivo que você deve se manter longe dele. — Estava dando uma ordem. — Toni é o líder da gangue de motocicletas Devils, e tem ligação com todas as gangues e cartel. Traficam armas, além de drogas, e são mercenários quando precisam. Não é lugar para você se aproximar.

— E como um cara desses deve a você?

— Porque Toni foi pego. Um caminhão de coca foi parado aqui na cidade, e eu paguei a polícia para deixar passar.

— Você?

— As pessoas podem ser compradas.

— Não todas.

— Ofereça uma boa quantia e eu posso contar nos dedos quem dirá não.

Era uma péssima visão sobre o mundo.

A tentativa de aplacar o que sentia se tornou frustrada quando retornei para casa, após a tarde com Antone.

Ao encarar Anya em casa, *não conseguia controlar a vontade de possuí-la de uma forma que a faria se arrepender daquela noite.*

Tranquei-me no meu quarto e tentei me acalmar com um banho, ciente de que Antone *já estava se arrumando para ir* ao bar do Clay.

Não poderia ficar em casa sozinho com Anya.

Não, um dos dois precisava sair, e se não fosse ela, eu ligaria para Nássia.

Devia desculpas a ela, por todas as vezes que a cortei durante a semana. Ela não merecia minha mente quebrada, muito menos minhas crises de fúria.

Passei minutos debaixo da água, parado, tentando me manter frio, como Anya era.

Como ela conseguia ser tão dissimulada?

Tão distante e uma filha da puta tão grande, capaz de me deixar furioso?

Não era apenas ela.

Era o contexto.

Estava furioso por ser forçado a continuar o plano, por encarar toda a situação.

E por não ter quem eu queria na porra da minha cama.

Saí do chuveiro e me vesti.

Liguei para Henrique, avisando que o encontraria no cassino, e decidi que uma boa garrafa de uísque seria uma solução fácil. Ela não estava na minha visão quando saí de casa, assim como Antone, e lutei contra o desejo de acender um cigarro enquanto dirigia.

Deixei as chaves com o manobrista e entrei no cassino, avistando Henrique sentado com Tom e uma mulher desconhecida.

— E aí, cara, como está? Deu uma sumida nessa semana.

— Precisei esfriar a cabeça.

— Henrique contou que está pensando em vender sua parte do cassino. — Tom se mostrou interessado e peguei um dos copos da mesa, enchendo-o de uísque.

Tomei um gole, sentei-me ao lado de Henrique e encarei Tom.

— Não mais.

— Desistiu? — Henrique perguntou, surpreso.

— Vou manter esse cassino no nome dos Lehansters, sou o sócio majoritário.

— Qualquer mudança de decisão, estou aberto a negociações. — Tom deu uma piscada de olho. — Essa é Eva.

— Como a primeira mulher?

— Não dessa forma. — Ela sorriu, oferecendo a mão. — Sou a amiga de Tom.

— Amiga? — Olhei para ele. — Mudou a forma de chamar as mulheres?

— Cale a boca.

Apertei a *mão da mulher*. Tom envolveu com discrição os cabelos ruivos dela com a mão, aproximando-se.

— Eva é nova aqui — continuou a falar.

— Veio fazer o quê aqui? — Henrique entrou na conversa.

— Faculdade.

— *É um interrogatório?* — Tom indagou, incomodado, e neguei.

— E sua irmã? — Henrique se virou para mim, enchendo novamente o próprio copo. — Por que não a trouxe?

— Você quer se meter com ela?

— Não posso negar que ela tem pernas bonitas demais para só olhar.

— Boa sorte. — Tom gargalhou e arqueei as sobrancelhas, escondendo o desconforto.

— Por quê? — indaguei.

— Aquela mulher é o diabo! Como vocês têm uma irmã daquelas? — Tom virou o copo, sem se incomodar de contar com Eva ao lado. — Semana passada ela quis transar... — Henrique debruçou-se sobre a mesa, interessado, e olhei ao redor, irritado com o assunto. — Levei-a para cima, mas ela queria me dominar.

— Como assim?

— Fugi antes do sexo, o que *não costumo fazer.* Ela é uma Domme.

— Como pode saber, se não transou? — Voltei a participar.

— Eu conheço as mulheres, e você também. É fácil notar quando a mulher mente, quando ela é submissa e quando é louca.

— E Anya é louca, então — Henrique completou. — Gosto das aventureiras.

— E eu gosto que meus amigos mantenham a porra do pau dentro da calça quando pensarem em se envolver com a minha família! — Fui grosso o suficiente para Tom me encarar surpreso.

— Qual o problema? — Ele fez a mesma pergunta que Antone fez horas antes.

— Nenhum. — Desviei o olhar.

Tomei um longo gole.

— Nássia *não está dando conta?* — Henrique deu um tapa em meu ombro e refleti que estava há quase uma semana sem sexo. Iria enlouquecer desse jeito.

Tomei mais um copo, e conforme a noite passou, acabei a garrafa junto com Henrique, enquanto Tom transava com Eva em um dos quartos.

E quanto mais álcool eu jogava para dentro do meu corpo, mais em *poder* eu pensava.

E isso significava *Anya*.

Voltei para casa de madrugada, embriagado e sem me preocupar com a polícia. Eu subornava a maioria, e nunca fui parado nesse trecho da cidade. Eles conheciam a minha Mercedes, eles tinham a placa anotada e sabiam que não deveriam me parar.

Estacionei, notando a falta da Harley de Antone na garagem, e entrei na casa que, na penumbra, parecia estar vazia. Peguei-me pensando sobre onde Anya poderia estar.

E se ela estaria em casa.

Meu pai deveria estar se revirando no túmulo por me ver falhar em manter o plano seguro, entretanto, *não aguentava mais a raiva de ter o orgulho ferido, de ter perdido aquela batalha no quarto.*

Parei na porta do seu quarto e a abri devagar, para confirmar se ela saiu.

Mas o que vi despedaçou qualquer equilíbrio que me restava.

Deitada, na penumbra do quarto e com a cama embaixo da grande janela, eu a via pela luz de fora. Nua, com as pernas entrelaçadas no lençol, sem calcinha e com os seios erguidos.

Fechei os olhos, furioso comigo mesmo por me comportar como um animal, quando tinha tanto em jogo.

Ela deveria se condenar por isso, deveria achar errado, no entanto, também não se importava.

Recuei, fechei a porta e fui para o meu quarto, sem conseguir esquecer.

Sentei-me na cama, fitando a porta do closet.

Eu não deveria fazer isso, mas a ideia era um maldito vício, e eu precisava de um bom sexo.

Adentrei no closet e peguei uma das minhas maletas. Abri-a sobre a cama e puxei duas grossas cordas pretas e um separador de pernas.

Precisaria de um cigarro depois.

Saí do quarto e entrei no dela, trancando a porta.

Ela gemeu, adormecida, com os cabelos sobre o rosto, de bruços e envolta dos lençóis. Sua bunda empinada. Lembrei-me de quando nos encontramos na cama.

Fechei os olhos.

Seu filho da puta depravado.

É, eu era. E não tinha como mudar.

Larguei as cordas em silêncio sobre a cama e massageei seu tornozelo.

Sentei-me na cama.

Na penumbra, constatei algo.

Perdi a cabeça. Iria dominá-la.

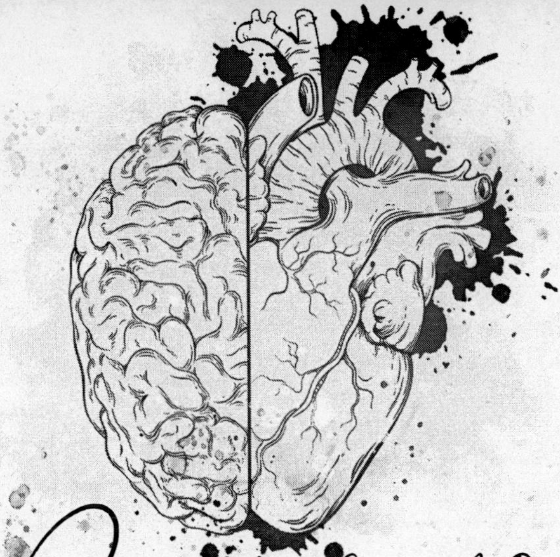

Capítulo 10

Enzo

Eu já não conseguia ver a linha tênue que separava o certo do errado. O fácil do difícil.

E o bom do cruel.

Estava em ambos os lados.

Havia o errado, o difícil, o cruel e o extremo.

E eu estava sendo levado além disso.

Enquanto observava Anya deitada na cama, adormecida sem perceber a minha presença, eu pensava nisso.

Em como sua volta me acertou dessa maneira.

A nossa sordidez era perturbadora. E ela parecia gostar.

Se o meu pai estivesse vivo, ele diria que eu estava perdendo a cabeça e que isso poderia ferrar com tudo o que ele construiu na vida e me passou.

Mas, no fundo do poço eu perdia a razão, e só conseguia pensar em como ela me usou naquele quarto.

E em como eu queria acabar com o meu desejo por ela na cama, uma luta interna que eu travei e o lado mais depravado venceu.

Descruzei os braços e saí da penumbra do canto do quarto, satisfeito por vê-la já nua na cama. Poupava trabalho para mim. Só *queria acordá-la para certificar que ela também* desejava.

Eu poderia ser um pouco sádico, mas não iria sentir prazer se ela não sentisse.

Parei no pé da cama.

Ela gemeu. Abri lentamente suas pernas, aproveitando sua posição de bruços. Anya estremeceu com o meu toque, mas, em seu sono profundo, *não acordou, e eu as* afastei até terem o espaço certo para caber o separador.

Coloquei-o, prendendo-o em seus tornozelos.

Esfregou o rosto, começando a despertar, e peguei as cordas, envolvendo-as em seus tornozelos e amarrando-os no pé da cama.

Ela abriu os olhos assim que dei o último nó, fitando-a de perto.

— Enzo? — Sua sonolência a deixava devagar, e mesmo assim parecia perigosa com o rosto contra o travesseiro.

— Você disse que não costuma dar sem pedir algo em troca. Eu também não. *Se eu dou prazer, eu também quero receber.*

Ela abaixou a cabeça, tentando mover as pernas nuas.

— O que você fez?

— Como uma dominadora, você deve conhecer o separador de pernas.

— Não estou perguntando sobre isso. — Fitou-me friamente. — O que pensa que está fazendo aqui?

— Você sabe que não se faz aquilo com um homem. — Hesitei, roçando os dedos na minha barba. — Com um homem como eu, Anya.

— Vai transar com a sua irmã? — Ela tentou me desafiar e seus lábios carnudos se curvaram devagar em um sorriso debochado. — Esperou para me pegar dormindo?

— Não, eu não tocaria em você até acordar.

— Então, por que estou com as pernas presas?

Sentei-me na cama e deixei a devassidão conduzir a minha mão até sua coxa exposta. Seus pelos se arrepiaram contra a minha palma e Anya manteve o olhar parado em mim. Acariciei a sua coxa e desci até o seu joelho.

— Não gosta de ser amarrada?

— Eu não gosto de ser dominada. — Enfrentou-me e voltei a encará-la.

— Mesmo por mim?

— Meu irmão.

— Pare de ser hipócrita! Você não pensou nisso quando fodeu a minha mão.

Arregalou os olhos, surpresa, e tocou a minha mão, fazendo-a parar sobre a sua coxa.

— Desamarre-me.

— Você quer mesmo? — Arqueei as sobrancelhas. — Quer mesmo negar o prazer que eu posso dar a você?

— Você diz como...

— Eu digo como o homem que viu você gozar e sentir prazer naquela cama — interrompi-a. — Por favor, chega de mentiras, chega de moralismo. Nós dois não temos pudores para ficar censurando um ao outro. Se você pensasse no certo ou errado não teria gozado comigo, e eu também não estaria aqui.

Ficou sem escapatória. Apertou a minha mão.

— E por que acredita que eu deixaria você me dominar?

— Porque, como você disse, me dominou naquela noite no cassino. — Inclinei a cabeça para o lado e sorri. — Estou pedindo o que dei a você.

E mesmo na penumbra, pude notar a nítida mudança nas feições de Anya, que antes mostravam certa emoção.

— Mas você gostou, não gostou? — sussurrou, felina. — Não gostou de ter me tocado, Enzo? Vire-me para cima e toque-me outra vez.

— Não. — Afastei a minha mão da dela e acariciei sua bunda. Contornei a curva junto com os olhos, ciente de que ela estava permitindo. — O que eu quero, a minha mão não fará tão bem feito quanto o meu pau.

— E se eu não quiser?

— Você costuma negar um bom sexo? — Encarei-a.

— Não estamos falando sobre *sexo* — sussurrou. Semicerrou os olhos, ainda com a cabeça deitada contra o travesseiro, o rosto virado de lado e os cabelos castanhos escondendo as costas.

— E do que estamos falando?

— Para nós *o sexo* não é apenas *trepar* — ela afirmou e sorri, gostando de ouvir a palavra saindo da sua boca.

— E o que é, senão trepar?

— O que o sexo faz você sentir sobre o outro? — perguntou, apoiou os cotovelos sobre o travesseiro e arqueou as costas. Mantive a mão sobre a bunda dela, sentado ao seu lado.

— *Controle*. Um fodido controle.

— E o que é controle? — Ela curvou os lábios carnudos.

— O que é controle para você? — ataquei-a e ela fechou os olhos.

— *É poder*.

— E você gosta de poder? — sussurrei, começando a sentir um maldito tesão ao pensar nisso.

Ela estava deitada, nua e com as pernas amarradas.

Ao meu poder.

Meu pau latejou dentro da cueca, duro e sem controle.

Suspirei, larguei a corda sobre o meu colo e massageei minha ereção.

— Somos doentes pelo poder, não somos? — murmurou com os olhos fechados.

— E você gosta de sentir o poder?

Não me contive.

Ergui a mão e dei um tapa forte em sua bunda.

O estalo ressoou pelo quarto.

Anya deu um pulo da cama e me encarou.

Diga que gosta.

— E se eu não disser? — Enfrentou-me.

— Eu posso senti-lo. — Era a devassidão na minha voz, e arrastei a mão para baixo do seu corpo, enveredando os dedos pelo seu ventre até tocar nos seus grandes lábios.

E eles estavam molhados.

— Consegue negar? — Afundei os dedos na sua boceta. — Consegue negar o que sente quando eu a toco aqui? — Rocei a ponta do meu dedo no seu clitóris, que estremeceu e inchou contra o meu toque. — Consegue negar que está louca para que eu a foda com a minha mão?

— E então, você me daria prazer novamente.

— Não. Transaria com você depois, quando estivesse bem sensível, para me sentir por inteiro. — Afastei a mão da sua intimidade e a levei para a minha boca, isso a faria suspirar. Anya me encarou e lambi os dedos lambuzados do seu gozo. — Você gosta de sentir?

— Mas você sentiria o meu orgasmo. Quem estaria mais sensível? — continuou segura, enquanto eu saboreava o gosto da sua boceta.

— Não, eu sentiria o seu gozo de qualquer jeito, mas você não me sentiria da mesma forma.

— Está disposto a fazer isso?

— Não, eu não quero transar com você dessa forma.

Suas sobrancelhas se ergueram, criando um vinco na testa. Voltei a massagear sua bunda, fitando-a. Uma posse gostosa, uma posse que algumas costumavam dar e poucas sentiam um real prazer.

Eu queria gozar dessa forma, levá-la ao extremo desse jeito e tê-la em minhas mãos. Apertei sua bunda e avancei para o meio dela, tocando na sua entrada.

Anya estremeceu e suspirou.

— O que o anal é para você? — perguntou.

— Completo domínio. — Fui franco. — O que é para você? Não quero a sua resposta pronta, me desafiando. — Sorri. — Seja honesta. Quanto mais você mente, mais eu a vejo como uma mulher covarde.

— Eu sou covarde por me proteger?

— *Não precisa de proteção agora.*

— Não preciso? — Arqueou as sobrancelhas com puro deboche.

— Estou machucando-a?

— Não. — Sorriu, e como se gostasse de me provocar, empinou a bunda, olhando-a sobre o ombro. — Sexo anal é prazeroso.

— Apenas prazeroso?

— *É uma sensação de explorar um novo prazer*. — Hesitou e encarou-me. — De dar um prazer ao nosso corpo de uma forma que não há como negar.

Assenti, era isso o que eu queria.

Ela me usou, mas eu não a usaria da mesma forma, eu a tomaria para mim nesta noite e iria explorá-la até o último toque, até o último gemido e suor.

De uma forma que ela jamais esquecesse.

Não iria brincar, *não estava em seu quarto para jogar.*

Deslizei os dedos pela sua bunda, contornando-a, e subi pelas suas costas. Rocei a mão para arrepiar sua pele.

Anya fechou os olhos, voltando a deitar o rosto contra o travesseiro.

— Dê para mim. — Apertei o seu rosto pelo queixo, mantendo-a imóvel, e encarou-me sem medo.

— E depois?

— Depois o quê?

— Eu precisarei dominá-lo.

— Não — contradisse-a. — Você já me dominou.

— E ficará assim?

— Você mesma disse. Somos irmãos. Somos dominadores, não podemos prolongar isso. — Acariciei o seu rosto. — Estaríamos traindo a nós mesmos.

— Olho por olho?

— E *sexo por sexo* — completei. — Dei o que você quis, me dê o que eu quero, sei que você também quer.

Vacilou. Compreendi pela forma franca como me encarou que estava travando uma luta interna, tão intensa quanto a que eu travava.

Ela queria me dar, transar, mas temia perder o orgulho ao fazer isso.

Encostei a ponta do dedo em seus lábios carnudos.

— Na cama esquecemos o orgulho.

— Fora dela nos lembramos.

— Não estou aqui para vê-la como uma submissa — disse, por fim, quebrando sua armadura de frieza. Diante do seu espanto, emendei: — Estou aqui para acabar com o meu desejo.

— Desejo por mim? É apenas um corpo.

— Não estou pelo corpo. — Entreguei-me *à ideia.* — Estou pela mente. Pela sua mente e por você ser forte. Eu gosto de *transar*, sou apaixonado por *foder*. — Sorri devagar. — Mas ter alguém forte na cama me *satisfaz* mais do que uma submissa.

— Porque é um desafio.

— Porque é difícil. Enquanto minha submissa se desfaz comigo, eu preciso lutar com você.

— Nássia é a sua submissa? — Entreguei-me sem perceber.

— Não vamos falar sobre ela, é desrespeitoso.

— Você é carinhoso com ela.

— Posso ser esta noite com você. — Eu precisava convencê-la.

Era um grande filho da puta escolhendo as palavras certas para ter poder.

Anya riu com ironia e fechou os olhos.

— Eu não sou a Nássia, Enzo. Não sou uma mulher buscando carinho na cama. Se eu quero transar, eu quero força, não delicadeza. — Encarou-me com a mesma força das suas palavras. — Carinho é envolvimento, um erro seu.

— Um erro meu?

— Você não é o primeiro dominador que eu encontro. — Estava falando devagar, para me atingir. — Eu me casei com um.

Afastei a mão do seu rosto, sem conseguir desviar o olhar.

— Por que está me contando isso agora?

— Para você entender que não sou mais uma submissa. Que conheço o domínio e também os erros. Se você se afeiçoa à sua submissa, como um compromisso de homem e mulher, um carinho de lealdade, já acabou a submissão. Ao mesmo tempo em que ela é submissa a você, você se tornou submisso aos sentimentos por ela.

Ela tinha razão, eu estava me quebrando também nesse lado da minha vida. Nássia também sentia que estava me perdendo.

E agora Anya começava a me manipular, achando os meus pontos fracos.

Fechei os olhos.

— Você conseguiu foder com a noite — resmunguei, e prestes a levantar, sua mão segurou-me pelo pulso.

— Somos irmãos, isso é errado — sussurrou. — Então precisamos parar.

— Você já conseguiu. — O balde transbordou e as minhas mãos tremiam em uma fúria extrema.

Eu era péssimo para controlar a raiva, e Anya provocava as piores crises de ira.

— Não. Você é igual a mim. Nunca descansaremos se não conseguirmos o que queremos. Se esta noite acabar dessa forma, virá ao meu quarto todas as noites, buscando uma forma de conseguir, e enlouquecerá a nós dois.

Encarei-a por alguns segundos.

— Está disposta?

— Como disse, é errado o que estamos fazendo, por isso precisamos parar. Eu tive o que quis, você terá, e então seremos apenas irmãos. Está disposto a se controlar? Você tem domínio de si mesmo? — Os seus olhos diziam que ela sabia a resposta: *não*. Eu não tinha, mas a oferta dela era válida e eu estava disposto a arriscar.

— Devo entender como um *sim*? — perguntei.

Peguei a corda outra vez.

Suspirou, aceitando o desejo.

— Prenda as minhas mãos. — Anya ergueu os braços contra a cabeceira preta da cama.

Um fodido tesão arrepiou a minha espinha e me fez trincar os dentes.

— Para sexo anal, a *Bondage é o melhor.*

Sorri, meu pau latejou dentro da calça com a ideia de que ela sabia o mesmo que eu. Conhecia o mesmo caminho do prazer e as formas para atingi-lo.

Seria um domínio meu, mas ela estaria ciente de cada passo.

Levantei-me, deixei a corda na cama, enquanto Anya permanecia deitada de bruços, com o separador de pernas mantendo-as afastadas, a bunda empinada e o rosto virado para o lado.

Seus pulsos se uniam acima da cabeça, me esperando, e comecei a desabotoar a camisa.

Tirei-a, movimentando os meus ombros, sentindo os meus músculos tensos, e um início de suor escorreu pelo meu peito.

Abri a calça, tirando-a junto com a cueca, e Anya sorriu, fitando a minha ereção.

— Precisarei de lubrificante — observou e assenti, extremamente excitado por ter os seus olhos desejando o meu pênis.

— Todo lubrificante que precisarmos. — Apertei minha ereção e a toquei, gemendo baixo para tentar aliviar o tesão um pouco.

— Deixe-me chupá-lo. — Arregalei os olhos com o seu pedido e neguei.

Não porque não queria, a imagem dela com o meu pau seria delirante, mas porque ela me dominaria.

Eu daria a ela a minha cabeça.

— Você tem camisinha? — Continuei me tocando e puxei o prepúcio, expondo a minha glande por inteiro, e vi Anya sorrir, me satisfazendo com a sua luxúria.

— Dentro da minha bolsa.

Dei as costas e olhei ao redor.

Encontrei a bolsa sobre uma bancada. Fui até ela, abri e peguei um pacote.

— Você costuma sair com camisinha — observei.

— E você costuma transar sem?

Neguei e voltei para a cama.

Larguei o pacote e peguei a corda, inclinando-me sobre o seu corpo. Amarrei os seus pulsos um contra o outro.

— Passe pela cabeceira da cama, mas deixe a corda frouxa, porque amo anal de quatro. — Anya estava me atiçando, me enlouquecendo como uma dominadora de mente, enquanto eu dominaria o seu corpo.

Fiz o que ela indicou e dei um nó, deixando a corda apoiada na cama, frouxa o suficiente para que ela ficasse de quatro na ponta da cama.

E Anya fez.

Arqueou as costas, apoiando-se nos joelhos, e apoiou as mãos na cama, de quatro, com as pernas afastadas.

Uma visão extasiante para mim. Masturbei-me, desejando não gozar rápido, porque eu queria mergulhar em seu corpo a noite inteira e tê-la de um jeito que nem o seu marido teve. Porque, porra, isso também me deixou furioso!

Peguei o preservativo, abri o pacote e o coloquei.

Contornei a cama na penumbra e parei diante da bunda de Anya, empinada para mim como uma oferenda.

Fechei os olhos, aproveitando a sensação de posse. Eu tinha mais prazer na possessividade.

Espalmei as mãos sobre a sua bunda, acariciando-a.

— E o lubrificante?

— Na primeira gaveta do guarda-roupa. — Ela jogou os cabelos para trás.

Dei as costas, abri uma das portas e puxei a gaveta, encontrando o lubrificante.

Voltei para a cama, me mantendo na mesma posição, e espalmei uma mão, subindo-a pelas suas costas.

— Está preparada?

— Você está? — zombou e apertei o lubrificante contra a sua bunda, lambuzando a entrada com ele. Acariciei o lugar apertado.

Iria explorá-la com os dedos antes, tocá-la até pegar no seu prazer e controlar o seu orgasmo.

Penetrei-a por trás com um dedo, o espaço era pequeno e apertado. Ela suspirou e o seu músculo se contraiu, apertando o meu dedo.

Vagueei com a outra mão até os seus grandes lábios e os abri, acariciando o seu clitóris. Anya gemeu e comecei a masturbá-la, tocando-a na frente e atrás.

Rebolou contra a minha mão, perdendo a tensão na bunda, abrindo-a cada vez mais, e adentrei com mais um dedo.

Belisquei os grandes lábios.

— Ohhh! — Ofegou, perdendo o ar com o meu aperto, e a penetrei com um dedo na frente.

Molhei minha mão no seu gozo e continuei a dedilhar os seus pequenos lábios, tocando-a por trás, abrindo o espaço para transar com ela. Anya enterrou o rosto na cama, mantendo os braços esticados e erguidos, presos, roçando os mamilos contra os lençóis.

— Diga, é bom estar em minhas mãos, não é? — Eu precisava ouvir, mas ela continuou com os gemidos baixos, sem me responder.

Tirei os dedos e apertei o meu pau, que se mantinha duro demais.

Gemi, me acariciando, e com a outra mão dei um tapa forte contra os seus grandes lábios, fazendo-a dar um pulo. Iria deixá-la vermelha de prazer.

O desejo me jogou no inferno, e senti o meu corpo queimar, ansioso. O suor escorreu pelas minhas costas, colando os meus cabelos na nuca, e me aproximei da sua bunda. Rocei a glande sobre ela, contornando as curvas, e senti o meu pau ser apertado. Toquei com a glande a entrada, e Anya ficou imóvel.

Empurrei.

Apertou-me, porém, eu já não conseguia parar. Afastei a mão da sua boceta e a segurei pelo quadril. Empurrei mais um pouco, sua bunda se contraiu contra mim. Minha ereção latejou dentro dela, ansiando para estar inteira, e gemi.

Desci uma mão até a sua bunda e apertei-a com força, tentando acalmar a tensão e o meu tesão.

Enfiei mais um pouco e perdi o controle. Ela gemeu em um grito e a penetrei por trás, acabando com a necessidade de me sentir sufocado dentro dela. Enterrei o meu pau até o talo, colando minhas bolas em sua bunda.

Inspirei.

O prazer era intenso, uma posse e um domínio sobre alguém que não podia ser dominado. Anya arqueou as costas e precisei me certificar se ela estava gostando.

Com o cacete em sua bunda, passei os dedos pela sua boceta e me lambuzei com o seu gozo. Ela estava sentindo mais prazer do que eu, e sem esperar me acomodar, puxei o quadril para trás, saí quase todo e me enterrei de novo, com força.

— Enzo... — Sua voz ecoou com um gemido e me perdi.

Ter o meu nome em sua boca me dava autoridade sobre o seu corpo.

Ela podia controlar melhor a mente, mas o corpo era meu.

— Porra! — rosnei e voltei a estocar com força.

Ela estremeceu, como se eu a rasgasse por dentro, e vi as suas mãos apertarem com força a corda. Estoquei mais uma vez, com brutalidade, empurrando-a para frente, e enquanto a masturbava com uma mão, envolvendo seu clitóris inchado com os dedos, avancei até os seus cabelos com a outra e os envolvi. Puxei-os com força para trás.

Anya gritou e exerci mais pressão, sem me preocupar com a dor.

O prazer subiu em ondas pelo meu corpo, meu pau foi espremido pelo seu aperto, latejou e estremeceu na sua bunda, causando um arrepio arrebatador.

Arquejei, trincando os dentes.

— Preciso ir com força — confessei a minha necessidade de ouvir nossos corpos batendo, sua respiração ofegante e o meu pau enterrado por completo de novo.

— Estou esperando. — Ela sabia usar as palavras.

Apertei sua bunda e a mantive imóvel. Penetrei-a com dois dedos na frente, tocando-a por dentro, e deixei Anya pingando. Seu gozo escorria pela minha mão até o pulso.

— Segure-se na corda. — Obedeceu, criando a pior das loucuras.

Eu estava explodindo.

Suas mãos apertaram a corda, esticando-a, e puxei sua bunda com força contra a minha ereção. Saí por completo de trás, mantendo o mesmo ritmo na frente, masturbando-a com a mão, tocando seu clitóris e explorando os seus grandes lábios, apertando-os e acariciando-os.

Segurei sua bunda e a penetrei com força.

— Ohhh!

Arremeti com violência, enquanto Anya tentava ficar imóvel, segurando-se na corda.

Eu a empurrava para frente com veemência, me acabando dentro dela, e a puxava de volta.

Seus gemidos se tornaram gritos, e dei um tapa em sua bunda, apertando-a e estapeando a pele sem parar.

Enterrei-me até o talo, empurrando sua bunda como se eu pudesse fodê-la mais, e repuxei com brusquidão os seus cabelos.

Exerci força e precisão com os dedos na sua boceta.

Apertei seus grandes lábios de uma vez só e Anya ofegou, estremeceu e gozou contra a minha mão.

Seu orgasmo era meu. Nesse momento seria apenas eu na sua pele, em seu prazer e nas suas lembranças.

Retirei o pau da sua bunda, descartei a camisinha e peguei outra embalagem com tamanha agilidade, como se minha vida dependesse disso.

Revesti-me com ela e penetrei na frente. Toquei o seu orgasmo, que deslizava pelos meus dedos também.

Minha ereção enterrada na sua boceta, e a carícia sobre o seu clitóris.

Curvei-me sobre ela e beijei as suas costas. Sua boceta apertou de forma insana o meu pau.

E tê-la escorrendo em minhas mãos era prazeroso demais para aguentar.

Tirei a mão da intimidade encharcada e arremeti com força, segurando sua bunda e enterrando os meus dedos nela. Resvalei para fora da sua vagina.

Gritei, invadindo-a por trás com extrema necessidade, em um vaivém violento o suficiente para balançar os nossos corpos e empurrá-la contra o colchão.

Ela gemeu, ofegante, e senti o meu pau ter espasmos dentro dela.

Rosnei entre os dentes e joguei a cabeça para trás.

Bati com brutalidade minha virilha contra a sua bunda, a mantive presa comigo e meu corpo arrepiou-se.

O êxtase invadiu o meu cérebro, desligando-o por completo. Me embeveceu, perdi a consciência sobre o resto, focado apenas no orgasmo. Gozei dentro da sua bunda, odiando a camisinha por me impedir de me liberar contra sua pele.

Gozei com violência, gemi e abaixei a cabeça, concentrado na visão de estar com o meu orgasmo enterrado na bunda dela. Liberei-me por completo. O meu corpo pareceu queimar e o prazer irradiou-se por todos os meus membros.

Era viciado pela sensação.

Porra, foder com ela era único, sublime.

Enlouquecedor.

Ofeguei, e com a respiração entrecortada e o suor escorrendo pelo corpo, me afastei.

Anya desabou para frente, também suada, e permaneceu imóvel.

Ainda estava extasiado, em um estado de dormência inebriante. Dei as costas e tirei a camisinha. Joguei no lixo do banheiro e voltei para o quarto, encontrando os seus olhos fixos em mim, enquanto esperava que eu a desamarrasse.

Mas eu não queria, ansiava a sensibilidade passar e voltar a transar, um vício descontrolado que não poderia alimentar.

Parei no pé da cama e acariciei os seus pés, tirei o nó. Abri o separador e libertei as suas pernas. Virou-se de lado, flexionando-as. Fiz o mesmo com os seus pulsos. Ela os esfregou e notei a vermelhidão.

Sentei-me ao seu lado na cama, seu olhar aprisionado ao meu, deitada de barriga para cima. Desci os meus até os seus seios e os toquei, acariciando os seus mamilos intumescidos.

Segurou a minha mão e avancei para o seu rosto, acariciando-o.

Ela me parou ali também.

Seu olhar me desafiou.

— Não me toque com carinho depois do sexo.

— Por quê?

— Porque não temos isso.

— Isso o quê?

— Esse tipo de relação. Nós não podemos ter.

Virei de modo a sentar de frente para ela.

— Do que está falando?

— Se for carinhoso, se você se apegar depois do sexo, irá querer repetir. — Hesitou e vislumbrou o meu desejo. — Iremos querer criar uma relação que, como irmãos, *não podemos ter.*

Apertei o maxilar, irritado, desejando falar com ela, mandar tudo para o inferno e foder comigo e com a merda que era minha vida.

— Isso não pode se repetir — concordei.

— Vá para o seu quarto.

Mantive a mão erguida, sem tocá-la, e perscrutei seu rosto, notando o tesão nela também. Ergui-me.

Peguei as cordas e o separador.

Seguiu-me com o olhar.

Recolhi as minhas roupas e caminhei para a porta, onde parei e a contemplei sobre o ombro.

— Não deveria ter sido tão bom.

Ela sorriu e assentiu devagar.

— Mas foi.

Abri a porta e saí do quarto, voltando ao meu.

Larguei os objetos e as roupas sobre a cama e entrei no banheiro, liguei o chuveiro, acalmando o meu corpo debaixo da água gelada.

A sensação de domínio não parecia me abandonar, e o desejo de estar dentro dela me manteve ainda mais furioso.

Soquei a parede ao lado do chuveiro, estressado para não deixar extrapolar. Me sentei debaixo da água, deixando-a escorrer pelo meu corpo.

Enterrei o rosto nas mãos.

Deveria controlar o meu corpo e a minha cabeça, não havia passado a infância inteira sendo instruído e comandado pelo meu pai para estragar tudo com sexo apenas.

Mesmo que eu não quisesse fazer o que era preciso, era o que eu *deveria*, e, por isso, o sexo não podia se repetir.

Saí do banho e me vesti.

Mandei-me do quarto, precisando de algo que mantivesse minha cabeça distante, longe do desejo e dos problemas que eu era.

Entrei no quarto de Antone, revirando suas gavetas.

Peguei um maço de cigarros e avancei para o jardim.

Sentei-me em um banco e agradeci o silêncio.

Acendi o cigarro e o traguei devagar. O gosto invadiu minha garganta e tossi. Fazia anos que *não fumava, e* prometi retornar apenas se estivesse fadado a continuar o que meu pai pediu.

Esfreguei o rosto.

Poderia mudar tudo, continuar a ser o homem que eu queria...

Traguei outra vez e soltei a fumaça, fitando o céu escuro.

Meu corpo se refrescou contra o vento noturno.

Suspirei, cansado.

Estava me quebrando cada vez mais, e esse era o caminho que eu deveria seguir. N*ão poderia olhar* para trás nem me envolver.

Encontrar o fundo do poço e não ser guiado pelo meu desejo de dominar. Eu deveria continuar.

Capítulo 11

Antone

Eu era bom no que eu fazia: *não me importar com nada, a não ser a minha família.*

Virei o copo, voltando a encarar Clay, que no canto da bancada do bar, pegava mais uma garrafa para nós. Eu era o cliente mais assíduo do bar *à* beira de estrada, e chegava a ser inusitado me ver aqui.

Mas eu gostava, nunca me importei com dinheiro ou com os luxos que meus pais deram a nós.

Gostava de ter um banco para sentar, uma bancada para me escorar, um copo cheio de uísque e duas pernas para se sentarem no meu colo. E aqui eu conseguia tudo isso, junto com uma boa conversa com Clay.

Enzo também costumava vir comigo, mas desde que nossa irmã voltou, ele largou de mão. Na verdade, muitas coisas mudaram desde o retorno dela, principalmente Enzo.

Eu poderia cavar fundo, no entanto, não era assim. Enzo compartilhava o que queria e aprendemos a nos relacionar desse modo.

Eu com o meu copo e ele com os seus segredos.

— Vai fechar o bar comigo de novo? — Clay se escorou na bancada na minha frente, deixando a comprida barba preta roçar na madeira.

Dei de ombros e virei mais um copo.

— Vamos ver como vai ser a noite.

— Ou vai arranjar mais confusão por causa de mulher?

Sorri, e com o copo na mão, apontei para ele.

— Sabe que não é uma má ideia?

— O quê?

Esfreguei o rosto, precisando de um cigarro.

Puxei o maço e acendi um, tragando devagar. A tranquilidade voltou. Estava preocupado demais com Enzo, com o que a sua inquietude significava, e o porquê desse maldito convívio ruim dentro de casa.

Eles pareciam se detestarem, enquanto eu amava a ambos.

— Vai ficar aí parado ou vai falar? — Clay resmungou.

— Sabe por que gosto de confusão, Clay?

Ele levantou as sobrancelhas, indicando para que eu continuasse. Apontei novamente o dedo e virei o copo, largando-o no balcão.

— Desembuche.

— Porque me faz sentir vivo. — Sorri.

— Não fica com medo de morrer?

— Não. Sabe por quê? Porque vou morrer de qualquer forma, Clay.

— Que visão pessimista do mundo. O que o seu irmão tem a dizer sobre isso?

Concordei e olhei para trás, sobre o ombro, fitando uma mesa ocupada por alguns motociclistas.

— Enzo está mais morto do que vivo — murmurei. — Algo está acontecendo.

— Com aquele arrogante? — Clay deixava nítida sua opinião sobre Enzo, mas também gostava dele. — Achei que estivesse morto, nunca mais deu as caras.

— Mas eu sei como fazê-lo dar. Sei como irei trazê-lo aqui de volta. — Apontei para Clay. — E você, trate de me salvar se eu precisar.

— Do que está falando?

Traguei o cigarro e apaguei contra o balcão de madeira. Só queria o meu irmão de volta, e ele sempre voltava quando precisava salvar a minha cabeça.

Coincidência ou não, uma mulher com uma saia preta, colada até contornar a bunda e uma jaqueta de couro, saiu do banheiro. Ela estava com os motociclistas e eu não conseguia negar que tinha uma boa bunda.

Passou e dei um tapa, fazendo-a pular, jogando os cabelos ruivos para trás.

— Você é louco?! — Exaltou-se e percebi a movimentação na mesa.

— Cara, se você destruir o meu bar de novo...

— Eu pago de novo — respondi e bati a mão na mesa, levantando-me do banco.

— Com uma bunda dessas é difícil não ficar louco. — Enfrentei a fúria da ruiva e ela abriu a boca, mas não escondeu um sorriso safado.

— Eu estou com outro.

— Eu pago o dobro.

— Não sou uma prostituta. — Ficou furiosa de verdade.

— Não disse que era. — Ergui as mãos.

Desceu os olhos pelo meu corpo.

— Esse lugar não é para você.

— *É no meio das suas pernas então?* — E com isso levei um tapa na cara.

— Ei — um motociclista gritou e a ruiva se afastou, cochichando algo em seu ouvido, que o fez me encarar furioso.

— Ligue para Enzo. — Joguei o meu celular sobre a bancada. — Diga que ele precisa vir salvar o meu rabo.

— Deus, o que fiz para merecer você como meu freguês? Não pode simplesmente ser um burguês?

— Não gosto de dinheiro, gosto do cheiro daqui. — Pisquei um olho para Clay e avancei na direção do homem.

— Está me chamando? — Parei entre as mesas de madeira.

— O que fez com Lola? — ele gritou.

— A ruivinha se chama Lola? — Voltei a encará-la. Lola permaneceu parada atrás da mesa rodeada de motociclistas que, *já em pé, me encaravam furiosos.* — Ofereci a ela um lugar melhor para se sentar.

— Está chamando a minha mulher de puta?

— Sua mulher? — Sorri. — E o que vai fazer diante disso?

Ele estralou o pescoço, os dedos e tirou a jaqueta de couro.

— Quebrar a sua cara.

— Deixe-o, Ramón — Lola pediu e olhei novamente para a jaqueta, fitando o símbolo da gangue.

— Los Hermanos? *São do México?* — Toni havia dito algo sobre eles, mas nada se comparava à gangue de Toni.

— Conhece? — Ramón perguntou e sorri.

— Não — desdenhei. — Achei que pudesse ser algo melhor.

— Venha cá, seu filho da puta!

— Você quer brigar? É isso? — Abri os braços e percebi que eu estava um pouco bêbado.

Era ótimo uma boa briga quando estava alcoolizado, assim não sentia a dor.

— Foi você quem começou.

— Vou entender se você não quiser.

— Quem você pensa que é? — E sem esperar eu responder, o motociclista avançou contra mim.

Senti o seu gancho atingir o meu queixo e os meus dentes estalaram dentro da boca.

Dei um grito, caindo contra o balcão.

— Porra, Antone! — Clay gritou, se afastando.

Tonteei, o meu queixo latejou, o sangue dentro da boca. Cuspi, tentando voltar a mim.

— Ligue para a porra do meu irmão antes que eu morra aqui! — gritei e fui puxado pela gola da camisa.

— Você é um animal mesmo, seu filho da puta! Gosta de apanhar?! — Ramón rosnou e sorri, dando um tapinha no seu rosto.

— Se você chama isso de bater — zombei e meu rosto foi virado com um soco. A dor se espalhou por toda a minha face e o agarrei, enterrando os meus dedos em seus olhos.

Ramón urrou, largando-me, e avancei sobre ele, socando-o, no entanto, por causa do seu dobro de tamanho, não fiz muita coisa.

Chutei-o com força, e enfiei um *jab*, atingindo-o em cheio. O motociclista tonteou e ouvi os outros da gangue gritarem.

— Vou te quebrar no meio! — Ramón me acertou. O sangue escorreu pela minha testa e meu supercílio pareceu inchado. Tossi, me engasgando com o sangue, e um gancho empurrou meus dentes uns contra os outros.

Gritei *e caí.*

Estava apanhando, mas isso também era certo.

— Se levante. — Ramón me puxou pela camisa e enfiei o sapato entre suas pernas, acertando suas bolas.

O seu murro fez minha cabeça bater contra o assoalho de madeira.

Tonteei, sem conseguir reagir, e o homem montou em mim, acertando-me mais uma vez.

E então fiquei surdo com um tiro, que no bar abafado ressoou pelos meus tímpanos. Ramón saiu de cima. Virei o rosto. Enzo estava parado na porta do bar, um revólver erguido para cima e os olhos autoritários em mim.

— Que porra está acontecendo?! — Ramón gritou.

— Saia de cima do meu irmão. — Sorri, satisfeito por Enzo parecer tão calmo.

O motociclista deu um passo para trás, erguendo as mãos. Levantei-me do chão e limpei o rosto, ou o sujei mais de sangue.

Enzo apontou para Ramón.

— Pegue sua gangue e saia daqui.

— Eu não tenho medo de uma arma, seu filho da puta!

— E de Toni? Conhece Toni? Acho que o cartel mexicano não ficaria satisfeito se um dos transportadores de coca deles se incomodasse com vocês.

Ramón riu, debochado, e então ficou em silêncio, sem reação.

— Não estou ameaçando. Vá, pegue a estrada de uma vez e não me faça repetir.

Ele olhou para Clay, que fez um sinal com as mãos para que fossem sem precisar pagar, e a gangue avançou, seguindo Ramón até a porta.

Enzo manteve a arma levantada e apenas observei, surpreso por vê-lo armado.

— Acho que posso ficar — Lola murmurou no canto do meu ouvido e sorri para ela.

— Não gosto de cadelas. Volte para a sua gangue. — E antes que ela me desse outro tapa na cara, agarrei seu braço. — Sabe que se demorar, é capaz de ficar na beira da estrada.

Deu as costas e saiu do bar.

Suspirei, aliviado e satisfeito por Enzo ter chegado. Era como eu queria.

Sentei-me na bancada, ciente de que tanto ele quanto Clay me encaravam.

— Para que tudo isso?

— Por que se mete nessas brigas? — Enzo avançou e me agarrou pelo colarinho.

— Ei! — Clay gritou e empurrei Enzo.

— Por que precisa foder com tudo, Antone? — continuou, e Clay empurrou uma garrafa pela bancada. Peguei-a, colando-a na testa para aliviar a dor com o vidro gelado. — Por que preciso vir essa hora da madrugada livrar você de apanhar?

Cerrei os dentes, irritado pela reação de Enzo. Não havia sido assim na última vez. Na porra do mês passado, quando me meti em uma briga, ele se sentou no bar e ficou *bêbado comigo, como nos velhos tempos.*

Também era verdade o que ele dizia, e pelo ódio que vi na sua face, não era comigo que ele estava furioso.

Deixei-o desabafar e descontar em mim.

— Diga. — Permaneci em silêncio. — Por que se arriscar dessa forma? Por que se envolver com gangues?

— Porque você sempre me salva. — Sorri e virei a garrafa, bebendo.

Enzo respirou, irritado, e se sentou ao meu lado. Abriu a gola da camisa preta e apoiou os cotovelos na mesa, enterrando o rosto nas *mãos*.

— Traga um uísque.

— Por conta da casa. — Clay ofereceu um copo ao meu irmão e continuei a encará-lo.

— Não faça mais isso — murmurou e virou o copo de uísque, batendo-o contra a bancada, sendo enchido outra vez. — O que vai acontecer se um dia eu não estiver mais aqui? — Fitou-me pelo canto do olho.

Um calafrio percorreu o meu corpo ao imaginar isso e neguei.

— Se for para falar merda, nem fale. O que quer dizer com você não estar mais aqui? Está pensando em ir embora? — Espantei-me.

Estava preocupado. Mesmo tendo apanhado, a ideia de perder o meu único suporte na confusão da minha vida me machucava mais. Nunca tive nada, o dinheiro nunca significou nada, e fora Tom e Clay, eu tinha a minha família. E era ela quem me mantinha em pé.

— Não. — Ele riu e ergueu a cabeça. — Não estou. Passe-me um cigarro.

Virei mais um copo, de saco cheio da sensação de que havia algo errado e que dessa vez eu não poderia ignorar. Se Enzo estava pedindo um maldito cigarro, era porque nosso barco estava afundando. Entreguei para ele de má vontade, mas Enzo simplesmente ignorou o meu olhar e acendeu o cigarro, tragando-o devagar.

— Deu uma sumida. — Clay puxou assunto, apoiando-se na bancada.

— Precisava esfriar a cabeça.

— E um bar *à* beira da estrada não é o melhor lugar para isso?

— Não desse modo. — Enzo desviou o olhar.

— Nossa irmã voltou. — Entrei na conversa.

— A menina da foto que você me mostrou? — Clay perguntou.

— Essa mesma.

— Se ela for como você — Clay me apontou —, nunca a traga aqui. Irão destruir o meu bar.

— Não, ela é mais parecida comigo — Enzo murmurou e virou o copo.

Clay gargalhou e eu sorri para Enzo, que aos poucos parecia voltar a ser o mesmo.

Senti um pouco de conforto em ter o meu irmão de volta, como se a sua companhia me mantivesse inteiro e protegido.

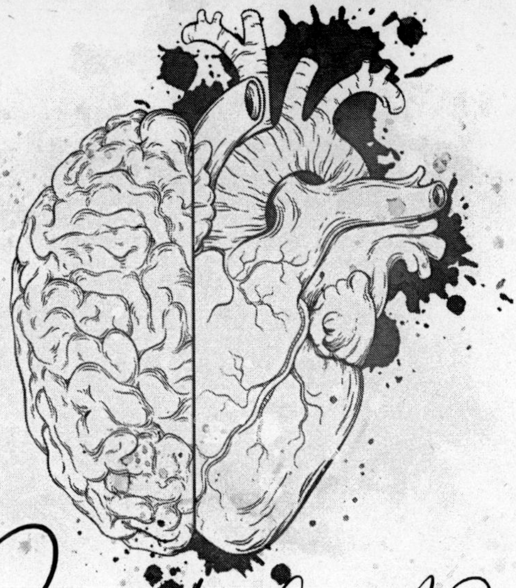

Capítulo 12

Enzo

Não tinha volta e eu sabia disso, enquanto fitava a tela do celular acesa na penumbra do quarto, pouco antes do sol nascer.

Antone retornou do bar comigo e cuidei dos seus machucados, como sempre fazia quando ele se envolvia nas malditas brigas. Um dia, quando eu não estivesse mais ao seu lado, ele poderia se matar desse modo.

Fechei os olhos, desejando que a bebida me deixasse mais bêbado ao invés de corajoso.

Bêbado eu poderia dormir, vaguear até o quarto de Anya e ser um mentiroso que enganava a si mesmo.

Porém, eu não estava tão bêbado, não mais.

E sentia uma péssima sensação de ressaca moral por pensar em quem estaria na linha quando eu discasse.

Enrolei e arrastei os dias para fazer finalmente o que devia.

O retorno de Anya foi o começo, e a briga no bar me deu uma boa causa: estava na hora de começar a colocar nos trilhos tudo que foi planejado pelo nosso pai.

Talvez assim Antone também melhorasse, visse em seus vícios os seus defeitos e os perdesse, enquanto eu me afundava.

Traguei o cigarro que queimava devagar entre meus dedos, me inclinei para frente e peguei o celular. Liguei para um *número que já sabia de cor.*

Chamou uma vez, duas vezes e na terceira fui atendido.

No silêncio do quarto sabia que era eu quem deveria começar.

— Sou Enzo Lehansters — falei, baixo.

— Ah! — Ouvi um suspiro rouco de uma voz já velha do outro lado. — Como está com o meu número?

— Meu pai me deixou quando faleceu.

— O seu pai?

— Otávio.

Outro suspiro e me acomodei na poltrona contra a janela.

— Devo entender que precisa de ajuda? É por isso que está ligando?

Esfreguei o rosto e me inclinei para frente, apoiando os cotovelos sobre as coxas.

— Você se lembra de mim?

— Nunca me esqueci de você, Enzo. Otávio o trouxe aqui em casa apenas uma vez, mas foi o suficiente.

— Então não preciso ligar apenas para pedir ajuda — afirmei.

— Então por que demorou tanto para ligar? — Ele não era burro, estava suspeitando de mim.

— Não é fácil — murmurei, sincero.

— Nada é fácil nessa vida.

— Mas Otávio complicou...

— As nossas duas vidas, não é? — Riu baixo. — Esperei por essa ligação por algum tempo, mas depois percebi que talvez a vida tranquila e com dinheiro fosse mais atrativa.

— E é.

— Mas?

— Mas não podemos dar as costas ao que nos foi dado.

— Você soa como Otávio. — Ele pareceu incomodado.

— Mas não sou ele — respondi e me levantei. Fitei o meu reflexo no espelho ao lado da porta, que refletia todo o quarto na penumbra.

— Não, eu sei que não é aquele filho da puta, e agradeço por isso.

Concordei em silêncio e senti o suor começar a brotar pelo meu corpo. Um suor frio que acompanhava o calafrio.

— Desculpe a hora — murmurei.

— *É preciso coragem para ligar, não é?*

— E um pouco de álcool.

— Não precisa de coragem, precisa de esperteza.

— E será que eu tenho?

— Por que ligou? — Ele foi direto.

— Porque quero vê-lo. Quero falar com você.

— Sobre negócios?

— Não. — Passei a mão pelo cabelo e fechei os olhos, tentando manter a voz firme. — Não precisamos falar apenas de negócios, precisamos?

— Está disposto a vir a Moscou?

— Ainda mora na mesma casa? — perguntei, me lembrando da velha casa de tijolos com dois andares.

— Sim.

— Katrina faleceu?

— Ano passado. A doença... *É* uma merda o nosso corpo, não é?

— *É a lei da vida.*

— Prefiro as nossas leis, você também não prefere, Enzo?

Não, não preferia, no entanto, a minha opinião já não era mais importante.

— Otávio me contou algumas coisas.

— Algumas coisas — repetiu, devagar. — Otávio me odiava, no fundo. Sempre me odiou, porque ele se juntou ao que tentou combater de início e percebeu que era fraco. Fraco demais.

— E como saberei se serei fraco? — Ao me ouvir, temi por isso.

— Meu filho, mesmo se eu quisesse você, jamais entraria por minha causa. Às vezes, precisamos fazer por merecer. Você compreende?

Abaixei a cabeça e puxei do bolso o maço de cigarros. Peguei um e o acendi devagar, tragando-o para me acalmar.

Não era raiva o que eu sentia, mas medo. Um fodido medo.

— Então não irei aí?

— Não. — Ele foi curto e grosso. — Vou mandar um dos meus aí, e então ele trará você aqui.

— Não confia em mim?

— Eu não confio nem na porra da minha sombra, quem dirá em você. Há anos não nos falamos, e por mais carinho que eu tenha por você, ainda assim, é um homem.

— Só assim para ter a sua confiança?

— Não, a minha confiança você só terá quando eu quiser. —Hesitou. — E como está o seu irmão?

— Antone deve estar dormindo abraçado a uma garrafa.

— Típico de um filho de Otávio.

— Não fale mal dele, é o meu irmão.

— Esqueci-me desse detalhe, mas não tenho nada contra aquele... — Pausou, sem completar, e me sentei na cama.

— Mandará alguém? — Queria desligar rápido.

— Essa semana. Esteja esperando e, por favor, receba bem o convidado.

— Um russo?

— *É claro que é um russo. Se estou enviando-o é porque confio nele.*

— Vladmir — chamei-o. — Apenas peça para quem você for enviar que seja discreto.

— Nós somos discretos.

— Antone vai enlouquecer.

— Aí o problema é seu. — E sem se despedir, desligou na minha cara.

Deitei-me na cama, e no escuro pensei na mulher no quarto ao lado, com quem eu transei horas atrás. Enterrei o rosto nas mãos, cansado de tudo.

E estava apenas no começo.

No começo do caminho a ser trilhado e no começo da sensação de querer dominá-la. Anya nunca esteve tão errada ao tentar adivinhar como eu era.

Viciado no poder que sentia ao dominar uma mulher no sexo e esquecer um pouco da minha vida.

Gostei da sensação que tive naquele quarto com ela, e diferente do que ela previu, não conseguia me dar por satisfeito.

O quão ruim Otávio foi como pai, para criar filhos desse jeito?

Fechei os olhos, me recordando dele outra vez.

Era época de férias, Antone estava em casa, mas eu fui levado para aulas de caça e tiro com o meu pai. Apenas nós dois em uma cabana com armas. Ele continuou a me criar como queria.

— Veja. — Apontou, agachado ao meu lado, entre as árvores. — É uma lebre.

Uma pequena lebre parada.

Com um rifle grande para um menino como eu era, o meu pai me envolveu com os seus braços e me ensinou a mirar.

— Você precisa ser como um animal — sussurrava. — Silencioso, focado.

— Por quê?

— Porque se você não atacar, eles atacarão. — E o seu dedo apertou o meu contra o gatilho.

O disparo me ensurdeceu e a bala atingiu a lebre.

O zumbido me fez tapar os ouvidos, soltando o rifle. Meu pai o pegou e deu um leve tapa nos meus ombros.

— Não mostre sua fraqueza.

— Não quero isso. — Encarei-o.

— O que você não quer?

Fiquei em silêncio, encarando-o.

— Você nasceu para isso, Enzo. Infelizmente, foi o destino.

Nunca acreditei em destino, assim como também sabia que os remédios para a minha mãe eram por minha causa.

— A minha mãe não aprova — murmurei, voltando a encarar o animal morto.

— Ela apenas não compreende que se você não for, eles virão atrás de um de vocês.

— E por que eu?

— Porque você é o mais velho, é o mais forte. Porque foi você... — Sua frase morreu no ar e ele deu as costas. — Siga-me.

Quando pequeno, ele me fez acreditar que eu era escolhido, dando a uma criança a ideia de poder e de ser melhor do que os outros.

Atiçou-me com a curiosidade e me fez interessar pela ideia e prometê-la. Fui seduzido quando criança, e agora, conforme eu crescia, começava a ver o perigo e a crueldade. Contudo, eu prometi. Estava nisso desde que me lembrava de que era uma pessoa, e não tinha como dizer não outra vez.

No final, ele estava certo. Por tudo o que eu já estava sabendo, deveria fazer isso.

Segui-o até a cabana e dentro dela me sentei ao seu lado na pequena mesa de madeira. Era outro álbum, sobre apenas dois homens, um dossiê completo que apenas o meu pai conseguiu.

Ele abriu e puxou a minha cadeira até o seu lado.

— Este — disse, apontando para um homem de cabelos loiros e olhos verdes. — Ele está para ser o Pakhan, Enzo.

— O Pakhan? — Ri como uma criança que acha graça e recebi um tapa no rosto, me calando.

— Nunca mais ria sobre isso. Não é uma brincadeira, não é a porra de uma piada! É sobre vidas, sobre nossa família e a porra do que você vai ser!

As lágrimas afloraram pelos meus olhos e engoli o choro.

— Vladmir está subindo...

— Ele não era o seu antigo amigo?

O meu pai ficou em silêncio e fechou os olhos.

— Não há amigos dentro da máfia, Enzo. Nunca se esqueça disso, não confie em ninguém, jamais.

Para um menino de onze anos eu ainda não entendia a sua história, apenas me lembrava de que o meu pai, de um homem bom havia se tornado o pior. Quem foi Otávio Lehansters, um pai de família, casado há mais de vinte anos, com três filhos? Era uma nova vida para um homem que escondia um passado.

Era o ano de 1980 quando o meu pai, atuava como um agente dentro da KGB. Invisível, sem assinaturas, sem fotos ou ligações. Por isso, foi designado para se infiltrar na máfia que começou dentro das Gulags na década de 1940. Essa começou a engatinhar nas "colônias" anos mais tarde. Era a antiga União Soviética ainda, e na antiga Piramida, como era chamada, começou a firmar-se na URSS.

O governo precisava também controlar a máfia dentro do próprio país, e como meu pai não era associado a KGB, sendo um dos agentes mais secretos, seria fácil se aproximar dos novos oligarcas russos que se aproveitaram da política nova do governo de aberturas, principalmente na área econômica e de estatização.

E dois nomes chamavam a atenção: dois banqueiros que tinham um histórico ligado aos criminosos mortos nas antigas colônias: Vladmir Petrovich Orlov e Kirill Ivanovich Kotov.

Ele precisaria se infiltrar, se aproximar e sabotar o que fosse necessário.

Mas a KGB jamais imaginaria que ele iria se tornar parte deles, adquiriria as estrelas, a confiança de Vladmir e também subiria a pirâmide hierárquica.

Ele não era apenas um "Shestyorka" lá dentro, mas, com o passar dos anos, se tornou parte do alto comando.

Quem ele realmente estava enganando, o governo ou os Vory?

A máfia, como meu pai me contou, nasceu ainda na Segunda Guerra Mundial, sendo chamada na década de 1950 como Piramida, sendo atribuída a criminosos que criaram grupos dentro das prisões, as famosas Gulags e futuramente colônias.

Na época da União Soviética, chegaram a comandar o próprio governo e escolher o seu presidente, mas a KBG, que antes agia em territórios estrangeiros, precisou focar no solo russo, lutando contra a própria máfia. Agora, tinha em seu território um tráfico grande de armas, drogas, pedras preciosas, sequestros, tráfico de mulheres e órgãos e sabotagens políticas. Mas havia mais, muito mais anos depois.

Anos que foram do meu pai, quando a máfia também chamada de Máfia Vermelha, Bratva no geral ou Vory v Zakone, um eufemismo para se referir ao grupo mais restrito da Bratva, os mais ricos e bem-sucedidos. E entre eles, Vladmir e Kirill, que estavam começando a atingir todos os territórios.

E na confiança com Vladmir, houve o começo de um segredo.

O que ele presenciou, sentenciaria os seus dias na KGB e dentro da máfia, e assim, já casado, decidiu se mudar, pedindo novas identidades para a KGB.

Com a sua partida, também acabou a confiança de Vladmir, que no início adorava Otávio, mas, no final, percebeu que ele poderia ser um grande filho da puta.

Ele poderia ser a cabeça responsável pelo quase assassinato de Kirill.

Mas Kirill não morreu, e sim sua amante.

Um acidente também matou um "Shestyorka" recém-entrado na organização. Kirill estava caçando quem comandou a explosão dos carros, e a partida de Otávio pareceu conveniente demais.

Isso era passado, e também o que eu precisava desenterrar.

Ele bateu o dedo contra o álbum, apontando para a foto de Vladmir.

— Vladmir vai desconfiar de você, Enzo.

— Mas ele sabe?

— Não. Sua mãe escondeu bem. Mesmo assim, vai ser um risco até você criar confiança. Ele suspeitará de você. Acima de tudo, irá protegê-lo se assim decidir, porque esse homem... — Meu pai virou várias páginas e apontou para um homem mais loiro, magro, extremamente branco e de olhos escuros. — Kirill vai querer a sua cabeça se sentir sua posição ameaçada. Ele estará velho e é bem provável que o filho, Nicolai, irá querer ocupar uma posição privilegiada.

— Eles me verão como inimigo. — Estava assustado.

— Se assim você os deixar ver. Não seja o inimigo.

— E o que eu serei?

O meu pai fechou o álbum e sorriu, virando a cadeira para me encarar.

— Você será como eles.

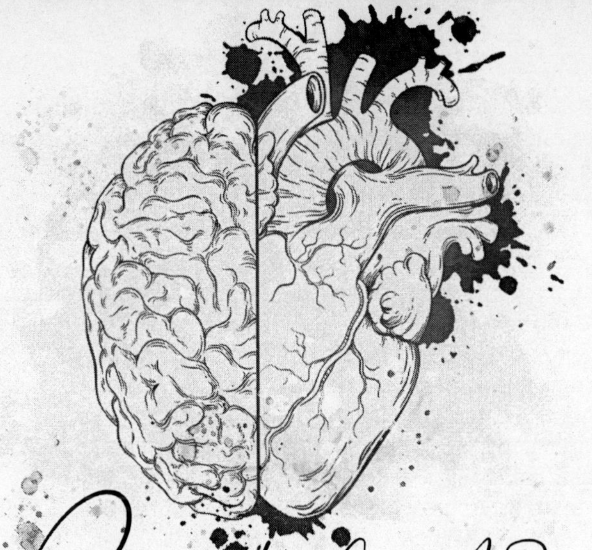

Capítulo 13

Enzo

Seria mais fácil acreditar na coincidência do que no destino?

— Ultimamente você anda quieto — Henrique observou o que até eu sabia.

— Não é só com você — Nássia concordou, sentada ao meu lado, ao redor da mesa. Cruzou as pernas, chamando a minha atenção, e acariciei suas coxas sobre o jeans.

— Alguns problemas. — Voltei a beber, focado em esquecer.

— Você está assim desde que a sua irmã retornou, o que é estranho. Enquanto Antone está animado… — Tom comentou.

Levantei os olhos, fitando os meus dois irmãos no balcão do bar do cassino, ambos sentados com Susano, conversando.

Não gostava de Susano, irmão de Henrique. Era um homem arrogante e uma cobra, liso demais para negócios. Henrique contou sobre o golpe que ele deu na própria esposa, assumindo todo o dinheiro dela.

Não gostava da ideia de Anya perto dele. Ela também não era tão burra. Provavelmente era mais inteligente do que ele.

— Meu irmão perguntou sobre Anya. — Henrique seguiu o meu olhar e eu o desviei.

— Diga para ele que não dará o golpe na minha família.

— Ele não precisa mais de dinheiro.

— Ele não faz isso pelo dinheiro, mas pela falta de caráter, e você só o protege porque é a sua família.

— Fazemos o possível pela família, não é?

— Susano precisa se ligar — Tom concordou. — Ele vai ser pego uma hora dessas.

— A esposa burra dele o livrará como sempre — murmurei. — Não é assim que funciona? — Arqueei as sobrancelhas.

— Cada casal com os seus problemas. — Henrique sorriu, irônico. — E você, Tom? Como está com Eva?

— Ficou em casa, não quis vir.

— Ela se assustou? — Nássia sorriu.

— Não, Eva não se assusta tão fácil. — Tom parecia satisfeito com a mulher.

Pensei nos negócios que aos poucos eu estava deixando cada vez mais nas mãos de Nássia, como se esperasse que ela substituísse a minha presença, já que Antone, mesmo na empresa, não era o suficiente. Ele não tinha a mão para os negócios e eu não deixaria nas mãos de Anya, não agora.

Os dois dias que se passaram, foram apenas para que eu, sutilmente, deixasse Nássia começar a ocupar o meu lugar, sem que percebesse.

Estava articulando todos ao meu redor com perfeito controle e apenas precisaria aguentar um maldito russo nos próximos dias.

Nesses dois dias, Anya agiu como se não tivéssemos transado. Isso me deixava temeroso com sua frieza e furioso com a minha falta de controle.

— Fiz uma pergunta. — Nássia pareceu incomodada, apertando a minha mão, e voltei minha atenção para ela.

— Como?

— Você quer sair daqui? Você está incomodado a semana inteira, mal fala comigo, mal liga, mal presta atenção.

Não respondi, virei o rosto, como se eu precisasse ficar de olho em Anya, que com um vestido preto, continuava a chamar a atenção de todos, inclusive a minha. Estava sendo um fodido territorialista com uma mulher que jamais deveria ser minha.

— Quem são? — Tom questionou, preocupado.

Dois homens altos, mais altos do que eu e Henrique, entraram no cassino, seguidos por quatro seguranças. O mais loiro, de olhos verdes e com o celular na orelha, varreu o lugar com o olhar.

— Vamos ver quem são — murmurei e tomei o resto do uísque que tinha no copo.

Temia que fosse o meu visitante.

Ambos me avistaram e inclinaram a cabeça para baixo, deixando claro que era comigo.

Levantei-me, largando o copo.

— Deixem comigo. — E sem esperar Henrique me contradizer, dei as costas.

Aproximei-me deles, ainda parados na entrada.

— Bem-vindos — murmurei, enfiando as mãos dentro dos bolsos.

— Fomos à sua casa, mas disseram que estaria aqui — o loiro respondeu em russo e compreendi que seria do jeito deles.

Ia ser complicado contornar a situação, principalmente porque Antone se aproximava, *já bêbado*.

— Chegamos em má hora? — o outro indagou.

— Péssima hora — respondi em russo, uma língua que fui obrigado pelo meu pai a aprender. — Poderíamos conversar amanhã?

Se entreolharam, e sem dizer nada um para o outro, o mais loiro puxou um celular do bolso.

— Aqui tem os nossos números. Ligue-me por esse aparelho — sussurrou e senti a mão de Antone no meu ombro.

— Quem são os estrangeiros? — Pelo seu olhar ligeiro viu as tatuagens nos pescoços de ambos.

— Velhos conhecidos — respondi curto e peguei o celular, guardando-o.

— Velhos conhecidos — debochou.

— Já estão de saída, não estão? — Arqueei as sobrancelhas.

— Sou Nicolai. — O que entregou o aparelho continuou a falar em russo. — Tenham uma boa noite. — E ambos deram as costas, desapareceram, me deixando com uma maldita sensação.

Fechei os olhos, ainda imóvel, decidindo a mentira que iria contar.

— Quem são eles? — Antone já estava bêbado, começava a falar alto demais.

— Conhecidos.

— Que porra, Enzo! *São conhecidos de quem? Seu ou de* Anya?

Um vinco se formou entre as minhas sobrancelhas. Sem entender, encarei Antone sobre o ombro.

— O que Anya tem a ver com isso?

Deu de ombros e recuou.

— Quando eles chegaram, ela simplesmente correu para cima, como se estivesse fugindo de alguém. Vai saber — respondeu grosseiro e deu as costas, irritado por se sentir fora do assunto.

Passei uma mão sobre o rosto, ciente dos olhos de Tom, Henrique e Nássia sobre mim.

Algo estava errado.

— Ei — chamei Antone, que parou, sem olhar para trás. — Anya subiu?

— Se enfiou em um dos quartos, eu acho.

Eram coincidências demais. Se tinha alguma ligação, eu estava com a corda no pescoço. Anya parecia estar também.

— Está indo atrás dela?

— Não venha — respondi para Antone antes que ele perguntasse e atravessei o salão, ignorando os olhares curiosos e a preocupação de Nássia.

Entrei no elevador e percebi que não sabia em qual andar ela estava.

Apertei o primeiro e esperei.

Saí pelo corredor, conferi as portas fechadas e vi uma aberta no final. Avancei. *Não eram* permitidas portas abertas em quartos de hóspedes, e os quartos desocupados estavam vazios.

Parei diante da porta entreaberta e a abri.

Uma mulher devastada dentro do quarto, com o rosto manchado em lágrimas.

— Anya? — Ela levantou a cabeça, mais surpresa do que assustada.

— Saia daqui — resmungou.

Entrei e fechei a porta.

Levantou-se e caminhou até a janela. Esperei paciente, como se fosse obrigação dela falar.

No entanto, o quarto permaneceu em silêncio, e me sentei, cansado da confusão que estava acontecendo. Nos últimos dias, mesmo com Anya sem me afrontar, estava vivendo no meu limite, com os nervos exaltados e furioso na maior parte do tempo.

O meu envolvimento com os Vory e a ideia de que apenas deveria considerar Anya uma irmã me deixava exausto.

— Por que fugiu?

— Do que está falando?

— Você pode ser boa em mentir, mas não nesse momento.

— Você não me conhece. — Afiada como uma faca, fitava-me sobre o ombro.

— Não, eu não a conheço mesmo. — Levantei a cabeça. — Não conheço a mulher que você se tornou. Na verdade, nunca conheci nem a menina que você era.

— Que família nós somos.

— Se refere ao fato de termos transado?

— Não. Não só o fato do sexo, mas da forma como fomos educados. Que tipo de pessoas nós somos? Não somos bons, e isso eu sei. Talvez Antone se salve, mas você não é bom, muito menos eu.

— Você também não me conhece.

— Não preciso conhecê-lo para saber como é.

— Por que diz isso?

— Porque se você fosse bom, não se envolveria com certas pessoas.

Aquilo me incomodou, deixava claro que ela sabia quem eles eram.

— Estamos falando dos meus convidados?

— Por que está fazendo isso? — Anya *não era burra, e pelo seu tom de voz, não iria ficar quieta até descobrir.*

— Não posso ter conhecidos?

Riu, debochada, e levou as mãos até o rosto, limpando-o.

— *É por causa do nosso pai, não é?* — Virou-se e me encarou. — Eu sei que ele era russo.

— Do que está falando?

— Agora é você quem mente.

Respirei fundo, desistindo de manter a porra das aparências. Seria do seu modo, então. Levantei-me e avancei até ela.

— Por que está desesperada? Por causa dos russos? Por causa dos Vory? Você os conhece, não conhece?

— O que eles fazem aqui?

— O que você tem com eles?

— O que você... — enfatizou. — Tem com eles?

— Negócios.

— A porra de negócios. Ninguém inteligente negocia com eles.

— Então é uma burra, porque algum envolvimento também tem.

Ficou em completo silêncio e enfrentou-me com o olhar.

— Não irá dizer?

— Como disse, não somos boas pessoas. O que podemos fazer com os segredos dos outros? — sussurrou, o olhar cravado no meu.

— Posso protegê-la.

— E de você? Se eu der os meus segredos, quem eu serei, senão uma mulher dentro das suas mãos?

— Você é a minha família. — Exaltei-me, irritado por ela apenas pensar em atacar e contra-atacar, quando o assunto era tão sujo quanto a *máfia*. Era família, e Otávio foi bom em fazer isso: criar a vontade de proteger quem era da família, independentemente se tinha ódio ou qualquer outro sentimento envolvido. E também porque em meu vício, precisava manter quem eu queria dentro do meu controle, e Anya se revelou uma mulher forte demais. — Você é a minha irmã.

— Se houvesse essa consideração...

— Não comece — interrompi-a. — Não comece a jogar a merda em nós.

— Consegue deitar a cabeça à noite e dormir tranquilo?

— Sexo nunca foi o problema para mim.

— Não estamos falando disso.

— E você está desviando do assunto — ataquei-a e abaixei a cabeça, sem tirar os olhos dela. — Sei que há uma disputa aqui, não podemos negar isso. Quer impor o seu lugar na família e eu quero mantê-la no mesmo lugar de sempre. — Manteve-se em silêncio. — Estamos disputando um poder que também se reflete na cama, por isso que eu ainda a quero — confessei. — Por isso que ainda *não consegui esquecer, como se precisasse saciar o meu ego, mas isso não significa que eu a machucaria.* — *Quando o meu pai pediu que eu a mantivesse na bolha de vidro, protegendo-a.* — Preciso que me conte. — *Para que não foda os meus planos.*

— Você é mais honesto do que pensei. *Não consigo ser assim.* Aprendi a viver uma mentira, porque a família Lehansters que aparentava ser repleta de amor, de bons ensinamentos, pais rígidos e irmãos inteligentes, era, na verdade, uma família dissimulada, com dois meninos crescendo com um pai cruel e uma menina crescendo com uma mãe viciada em remédios para esconder a falta de amor que havia.

— Não fale desse jeito. — Sentia raiva ao vê-la com ódio assim.

— *Não espere honestidade da minha parte*, quando o que sei fazer é me proteger para manter o meu lugar.

— Apenas quero ajudá-la.

— Mande-os embora — sussurrou. — Faça isso pela sua família.

No fundo, eu queria. Queria ligar para Vladmir, mandá-lo para o inferno e continuar a ser apenas um Lehansters, mas não era assim, fiz escolhas com o meu pai e precisava honrar. Só assim estaríamos seguros.

Era um plano premeditado.

De olhos fechados, levantei uma mão e toquei o seu rosto. Anya suspirou e permitiu que eu roçasse os dedos em sua bochecha.

— Conte-me. Sei que a nossa disputa não acabou, mas jamais usaria isso.

— *Não sabe o que faria se estivesse no limite.*

— Conheço os meus limites.

— Ninguém os conhece — disse, ríspida.

— Quem são eles para você?

Afastou-se, deu as costas e fitou a janela.

— Dê-me algo.

— O quê? — Aproximei-me dela, e rente as suas costas, inspirei o cheiro dos seus cabelos. Estava tenso, no estresse, sentia necessidades maiores.

— Um segredo por outro.

— Você usaria os meus.

— E você teria um meu.

— Isso é doentio.

— Fomos criados assim.

Era verdade, existia uma necessidade de poder entre nós dois, e se eu quisesse saber o que poderia atrapalhar os meus planos, precisaria dar algo para Anya.

Algo que valesse para ela, mas que não pudesse me destruir.

— Um segredo por outro?

— Não estou mentindo — murmurou e volveu a face até se aproximar da minha.

Iria dar o que queria, para ter o que eu precisava.

Uma troca justa para duas pessoas que aprenderam a atacar.

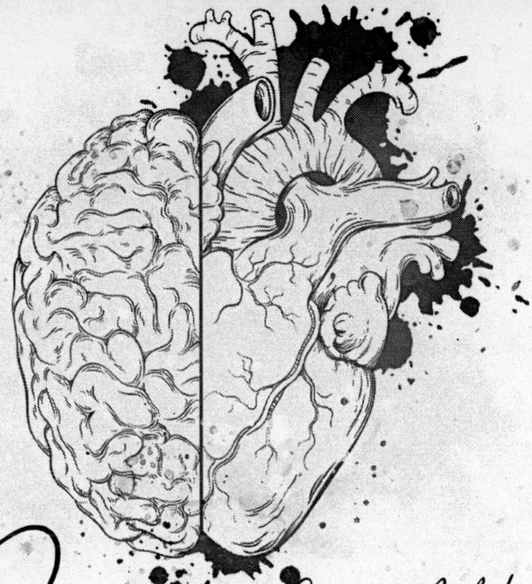

Capítulo 14

Enzo

— Há tantos segredos assim? — Sorriu, parada frente a frente comigo.
— Peça a um louco para contar cada uma das suas alucinações.

— E então teríamos uma vida inteira dentro de uma loucura — completou.

— O que espera de mim?

— Você é quem me pediu.

— Tenho medo — sussurrei, cabisbaixo. Levantei apenas os olhos e vi o rosto surpreso de Anya.

— Medo do quê?

— Dos Vory.

— Por que continuar?

— Há outra forma? Não. Não há. Tenho medo de estar colocando uma corda no meu pescoço, mas se precisar puxá-la, o farei.

— Tudo isso por quê?

— Um segredo por vez. — Sorri.

— Isso não foi um segredo.

— *Não costumo contar o que penso para as pessoas.*

— Nem para Nássia?

— Não. Apenas sabe o que eu quero. Ela. — Hesitei e olhei ao redor. — Ela sabe quando estou com problemas, mas não conto o que penso e o que acontece. — Voltei a encará-la. — Ou o que sinto.

— *Não está transando mais com ela.*

— Como sabe?

— Pelo jeito como ela me olhou. Acusou-me com o olhar e só pude calcular isso.

— Ela não sabe — sussurrei.

— Ela jamais saberia, mas acredita que há algo por trás.

— Todo mundo está percebendo.

— *É só você parar de deixar transparecer.* — Estava me provocando.

— *Não estou deixando*... — disse entredentes.

Anya levantou a cabeça.

— Sou casada com um dos russos.

— Qual? — Seu segredo arrepiou o meu corpo.

Muito pior do que imaginava.

E mal sabia que iria piorar mais.

— Nicolai, um russo que encontrei em Budapeste, com quem aceitei experimentar o mundo do sadomasoquismo pela primeira vez. — Manteve a voz firme e isso me surpreendeu, no entanto, os seus olhos a traíram. *Havia medo.* — Ele foi o meu único dominador, e na loucura dos poucos meses em que estive com ele, aceitei me casar. Casamos com separação total de bens. Nicolai nunca esteve preocupado com quem eu era ou com a minha família, e nunca contei. — Hesitou e notou o meu olhar de alívio. — Mas ele me amava. Nunca me preocupei com o que ele poderia sentir, o sentimento dos outros não é importante para mim. Fugi, ele jamais permitiria que fosse de outro jeito, e bem... — Sorriu. — Ele não conseguiu me encontrar até agora.

— Ele não tocará em você.

— Não é assim tão fácil — murmurou. — Ele é perigoso.

— O que ele faz?

— Ele faz parte do tráfico de cocaína em Budapeste, que faz ligação com São Petersburgo. Tornou-se um Vor, porque eu vi as suas tatuagens na época.

— Nicolai? — murmurei outra vez o nome e ela assentiu.

— Peça para eles irem embora.

— Não posso. — Mantive a autoridade.

— Você não pode ou não quer? — desafiou-me. Toquei no seu pescoço e envolvi-o com a mão.

— Como você se tornou — pausei e a encarei, apertando o seu pescoço — isso?

— Submissa?

— De um Vor.

— Há tanto a se experimentar no mundo, como eu poderia dominar sem saber qual era a sensação de ser dominada?

— Isso é loucura. Se ele a vir...

— Nicolai me procurou em todos os lugares, caçou-me por todos os países.

— Por isso você escureceu os cabelos? — Larguei o seu pescoço e toquei em seus fios tingidos de castanho.

— *Às vezes precisamos nos reinventar.*

Fechei os olhos, novamente cansado.

Era uma merda muito grande. Precisava saber quem era esse Nicolai, e então algo me atingiu.

Uma lembrança péssima da época que fui levado para Moscou com o meu pai, quando já estudava sobre os Vory e sobre Vladmir e Kirill.

Kirill tinha um filho semelhante ao pai, chamado Nicolai.

Trinquei os dentes, enfurecido ao perceber o quão ferrado eu estava.

Havia uma chance muito pequena deles não verem Anya no tempo em que ficassem na cidade. *Não obstante*, tinha uma chance muito grande de Nicolai ser o homem que poderia me ver como ameaça.

Kirill *já me odiava quando criança, o que seu filho sentiria do homem que ameaça seu posto?*

E agora havia Anya, a mulher que se casou com ele, que era minha irmã e a mulher que me atraía para a cama.

Estava com as mãos tremendo de nervoso e raiva, e por isso as fechei, escondendo-as.

— Vá para casa.

— Não.

— *É para a sua segurança.*

— Trancar-me em casa para a minha segurança?

— Se Nicolai a pegar, eu... — Hesitei e a encarei sobre o ombro. — Há um limite até para mim. Se eu chegar a ultrapassá-lo, terá consequências. Estou cansado da sua birra, das bebidas de Antone. — Exaltei-me. — Eles são os malditos Vory. Não são uma máfia de fachada ou a porra de uma gangue, eles vivem assim, lucram e gostam disso. Se eu precisar escolher entre eles e você...

— Não preciso ouvir o que já sei.

Ergui as sobrancelhas, sem entender.

Caminhou até a saída do quarto, a fúria em cada passo.

— O que você está fazendo?

Ela abriu a porta.

— Preciso de uma bebida do Antone, se você não se importa. Parabéns, conseguiu o poder que queria: uma irmã furiosa, presa em casa, porque não competirei a minha cabeça com o plano do nosso pai. Sei que há algum maldito plano para você recebê-los como convidados. Faça e se ferre de uma vez. Sinta-se um maldito, porque é o que é, e tenha medo, muito medo, como estou sentindo.

— Eu não...

— Não insista em negar quando você já ganhou, mas não espere paciência ou afetividade da minha parte. — Seus olhos me acusaram. — Somos uma família quebrada, continue nesse caminho, enquanto cada um se afunda de um jeito.

Deu as costas e fechou a porta.

Crispei os lábios, irado.

Gritei.

Era para ser direto, sem contratempos ou percalços.

Eu deveria ligar para Vladmir, manter contato, aceitar seus pedidos, me tornar o homem que eu não queria ser.

E por fim me tornar um Vor.

Se tornar cruel e a pior espécie de pessoa era tão difícil quanto se tornar bom, exigia um desejo de cair na lama maior do que tentar se sentir bem, e isso estava me quebrando. *Não via a luz no fim do túnel e temia que jamais houvesse.*

Nada poderia mais dar errado, precisaria contornar a situação e manter a cabeça fria.

Sentei e peguei o aparelho que eles me deram.

Chamou apenas uma vez, e Nicolai me atendeu em russo.

— Sei que é tarde.

— Algum problema?

— Podemos nos encontrar amanhã?

— Onde? — Estava calmo.

— Sem conhecidos. Passo o endereço por mensagem.

Desliguei.

Nicolai agora já não era apenas alguém que iria me levar até Vladmir, ele era uma ameaça e poderia chegar até o fundo de tudo.

Estava sem saída.

Que formas existiam para tirá-lo do caminho sem o matar? *A ideia de assassinato era assustadora.*

Temia ficar com sangue nas mãos, me sujar tanto e não me reconhecer mais.

Passei a noite no cassino, trancafiado em um quarto com o serviço do hotel e afundado em uma garrafa, compreendendo o quanto Antone se sentia confortável com a embriaguez.

Nássia tentou contato, mas apenas mandei-a cuidar dos negócios, não iria aparecer por um bom tempo, e quando me ligou depois disso, apenas desliguei o celular.

Precisava de um tempo sozinho para a minha cabeça. Organizar uma parte por vez.

Quando o sol surgiu contra o meu rosto, acordei fedendo *à* bebida.

Fui para casa, Antone deveria estar desesperado já, talvez até Anya se perguntasse onde eu estava.

— Onde você estava, cara?! — Ouvi-o gritar no pé da escada. — Fui para a empresa e Nássia disse que você mal respondia às mensagens.

Fechei a porta de casa com um zumbido de ressaca no ouvido e a cabeça latejando.

— Tive uma noite daquelas — menti. — Estou com a cabeça explodindo.

Antone permaneceu parado no alto da escada.

— Anya me contou quem eram aqueles caras. Contou tudo, até o que aconteceu com ela. *É louco*?

— Anya tem a língua muito grande... — *E coragem também.*

— Você irá mandá-los embora. — Desceu a escada.

— Podemos conversar depois? Preciso de um banho e de algum remédio.

— Não, não podemos. É sempre assim. Sempre do seu jeito, independentemente se for certo ou errado. Acha que não vejo você se afundando? Todo dia parece que perco um pouco do meu irmão e não posso fazer nada.

— Não é assim. — Encarei-o.

— *É assim. A bebida não me deixa ver a muralha que está sendo construída entre nós, mas estou de saco cheio.*

— Não arranje desculpas para o seu alcoolismo.

Ele manteve o olhar duro e apontou para o meu peito.

— Diga que os mandará embora.

— Não posso.

— Eles vão levar Anya, sabe disso — sussurrou. — Não somos nada perto deles.

— Isso vai mudar.

— *É?* — Arqueou as sobrancelhas, debochado. — Diga-me como, vamos.

— Apenas fique quieto — ordenei, irritado, e avancei para o lado, querendo um banho e a minha cama. Antone se jogou na minha frente, acabando com a minha paciência. Agarrei-o pelo colarinho, levantando-o do chão. — Fique quieto! *Não é assunto seu*, muito menos de Anya! Cale a maldita boca, porque sempre preciso limpar as suas bagunças e sujeiras, então se essa for a minha vez de fazer merda, deixe-me em paz! — explodi e joguei-o para o lado, ignorando o seu olhar.

Subi a escada.

— Não coloque os pés naquela empresa nesse estado! — gritou.

— Não se preocupe — gritei de volta e desapareci pelo corredor, me enfiando dentro do quarto e debaixo do chuveiro.

A noite transcorreu rapidamente, as horas passavam como se tivessem pressa em me levar até os russos. Vesti-me o suficiente para parecer sério, mas sem vontade de ir, como se agora, diante do que precisava fazer, eu travava.

Mas não tinha volta.

Dirigi devagar até o antigo hotel aos arredores da cidade, o qual eu passei o endereço. Já estava escurecendo e esperava não ser visto.

Adentrei pela recepção e fui levado até o segundo andar, onde dois homens me esperavam dentro de um quarto. Com o coração na boca, entrei, vendo-os sentados ao redor de uma pequena e redonda mesa, sob uma luz amarelada e com a fumaça saindo dos seus charutos.

— Então você veio — Nicolai murmurou e sorriu, se levantando.

— Não poderia deixar de vir — respondi e engoli a porra do medo.

Ele me abraçou.

— Lembra-se de mim, Enzo?

— O filho de Kirill?

— Meu pai mandou lembranças.

— Logo irei vê-lo. — Sorri e dei leves tapas em seu ombro, vendo em seus olhos como me odiava.

— Esse é Aleksei, está sendo um dos nossos.

Ofereci a mão, cumprimentando o homem cheio de tatuagens, vestido com um sobretudo, assim como Nicolai, e um charuto na mão.

— Muito prazer — Aleksei cumprimentou-me em russo e voltou a se sentar.

Nicolai puxou uma poltrona para perto, oferecendo-a a mim.

Sentei-me, fitando os dois russos que continuavam a tragar um charuto.

— Fuma?

— Ainda não — murmurei e Nicolai ajeitou-se.

— Não gosto de perder tempo, se é que você me entende. — Retomou a falar em russo. — Isso significa que eu estava em Bucareste quando Vladmir me mandou para cá, parando os meus negócios — falou calmo, para que eu sentisse o peso das suas palavras. *Aceitou o pedido de Vladmir com má vontade.* — Você fez contato com ele?

Não entregaria a minha cabeça para Nicolai tão fácil.

— Vladmir não contou o que conversei com ele? Se não falou, também não irei contar. — Mantive a conversa em russo. — Não sei o porquê estão aqui, a não ser para me levar até ele.

— Vladmir pediu que viéssemos conversar com você antes. Não somos uma casa de putas. — Nicolai sorriu.

— Bem, estou aqui.

— Você conhece a nossa história? — Foi a vez de Aleksei perguntar e apenas assenti. — Então sabe onde está enfiando o rabo?

— Meu pai era um Vor.

— Um filho da puta!

— O passado é passado, Nicolai. Não me culpe pelos erros dele.

— Não estamos aqui para envolver desavenças, Vladmir foi categórico nisso — Aleksei interveio. — Não somos como antes, como o seu pai conhecia, Enzo.

— Eu sei.

— Sabe que nosso negócio não é limpo, não é?

— É claro que eu sei, não sou burro.

— Por que quer entrar? Por que agora? Você nunca foi preso, tem uma ficha impecável, por que se sujar desse jeito?

Era uma boa pergunta a ser feita, e enquanto eu pensava em como responder, Aleksei se levantou. Caminhou pelo quarto e desapareceu nas minhas costas.

— Algumas pessoas nasceram para se sujar — respondi. — Acho que é o sangue.

— Sabe o que eu acho, Enzo? — Nicolai se inclinou para frente, apoiou os cotovelos nas coxas e largou o charuto no cinzeiro. — Acho que isso cheira mal, muito mal. Até porque... — Sorriu. — Vladmir também desconfia. O bostinha loiro e metido a ser filho da puta junto com o pai, Otávio.

— Ele está morto.

— Um fantasma incomoda ainda mais que um vivo. Vladmir me contou, ele confia em mim. Sou a porra de um Brigadier, Enzo! Sabe o que ele me pediu?

— O que ele pediu? — Enfrentei-o.

No mesmo momento, os meus cabelos foram puxados para trás.

Dei um pulo e uma sacola de plástico foi enfiada na minha cabeça, me sufocando. Tateei, desesperado, para os lados. Minha garganta ardeu, o ar fugiu dos meus pulmões e a visão se tornou embaçada.

Lutei contra Aleksei, que mantinha a sacola apertada.

— Ele pediu que arrancássemos de você o motivo de desejar entrar — Nicolai sussurrou contra o meu rosto e o saco foi tirado. Ofeguei, puxei o ar e esfreguei o rosto, tentando controlar o tremor por todo o corpo. — Quem mandou, Enzo? — Puxou a minha cabeça pelos cabelos.

Cuspi em seu rosto o sangue da minha boca e ele me deu um tapa.

— Se controlem — Aleksei ordenou.

Nicolai deu as costas.

Respirei fundo, tentando retomar o controle, e Aleksei voltou a sentar-se.

— Foi a polícia? Descobriram sua ligação com Vladmir?

— Por que isso?! — perguntei, irritado.

— Ninguém entra para a Bratva com uma ficha como a sua. Ninguém inteligente — Nicolai respondeu de costas. — Todos nós sabemos que Otávio era um antigo membro da KGB também, e na verdade nunca soubemos qual era o seu verdadeiro lado.

— Meu pai se comprometeu até o último fio de cabelo com vocês.

— Tenho minhas dúvidas — murmurou e me fitou sobre o ombro.

— O que eu preciso fazer para provar?

Nicolai voltou a sentar.

— Vamos levá-lo para Moscou, e lá fará um trabalho para nós. Se você se sair bem, Vladmir irá considerar algo, senão, ele permite que volte e fique calado aqui. Por mim, eu o mataria aqui mesmo.

— Porque sou uma ameaça para você.

— Nem eu, nem meu pai confiamos em um Lehansters.

Observei o quanto ele engoliria a própria língua ao saber que se casou com uma, mas Nicolai cortou os meus pensamentos ao se levantar outra vez e começar a desabotoar o sobretudo.

— Antes, Vladmir pediu que mostrássemos um pouco sobre nós. Diferente de vocês, nossa história é contada pelo corpo. Sem tatuagens, somos folhas em branco — continuou. — Eu sou o que o meu corpo conta, o que fiz em minha vida e a minha família. — Jogou o sobretudo no chão, desabotoou a camisa social e ficou nu da parte de cima. Fitei suas tatuagens enquanto ele continuava: — Sou membro da Bratva, um Vor dos Vory v Zakone e um Brigadier vermelho, filho de um Brigadier também, Kirill Ivanovich Kotov, um dos mais velhos. Sou um Vor desde os meus vinte anos, subindo lentamente com os meus irmãos nesse rio vermelho dentro do inferno congelante da neve branca, vendo o demônio soviético e vencendo-o. Vendo a neve branca do meu país se tornar vermelha, como minha família, a Bratva. Sou o descendente dos sobreviventes contra a KGB. — Sua voz fria cortava o silêncio do quarto. Sob a luz amarelada, as tatuagens eram reveladas. — Sou Nicolai Kirinovich Kotov, filho de Kirill Ivanovich Kotov, um Brigadier da Bratva desde seus vinte anos, quando era um bancário na Rússia e na Áustria. Ele construiu seu império do zero, sendo pisado pelos soviéticos. Enfrentou a KGB com orgulho ao lado de Vladmir, subindo lentamente como Vor. Tornou-se Torpedo, e durante os anos tornou-se o braço direito de Vladmir. Eu nasci em uma família que já possuía um membro da máfia. — Nicolai pausou e apontou para as ombreiras medievais tatuadas em preto e cinza em cada ombro. — Essas representam a descendência de um membro da máfia, uma ligação direta com alguém que já é um Vor — falou sem tirar os olhos de mim, e então apontou para as duas caveiras desenhadas dentro de cada ombreira. — Representa que já assassinei pessoas, que sou um assassino. Quando entrei para a Bratva, aos vinte anos, tive que mostrar lealdade e obediência, me encarregando de ajudar os membros em todos os tipos de negócios, desde a esconder cadáveres, assaltar bancos, sequestros e assassinatos. Eu era um *Shestyorka*, um faz-tudo para eles. — Hesitou, vendo a minha expressão se tornar sombria. — Mostrei lealdade, respeito e dei minha vida para eles. Demonstrei que sou servo deles, de realizar suas vontades sem questionar, e assim, aos vinte e cinco anos, mesma idade do meu pai — hesitou e abriu um sorriso frio —, tornei-me um Vor com o cargo de Byki, um protetor pessoal do chefe, nosso Pakhan. — Nicolai apontou para as estrelas desenhadas nos ombros. — As estrelas representam a minha vida dedicada à máfia, o símbolo Vory v Zakone, um Ladrão pelo Código. — Assenti devagar. Eu sabia sobre as estrelas desde que meu pai havia me mostrado as dele e me dito que eu também as teria. Era um pesadelo dentro de outro. — Tenho mais duas estrelas tatuadas próximas dos ombros, indicando o meu alto nível de hierarquia dentro da máfia — ele disse e apontou para as outras estrelas. — O pequeno crucifixo no meu peito representa que sou um ladrão — explicou e apontou para um crucifixo desenhado em preto e cinza no meio do peito. Desceu com o dedo, roçando na barriga até a tatuagem de um gato. — Significa que sou um ladrão, que cometi o meu crime sozinho, e isso é uma boa sorte para mim. — Pausou, analisando a minha expressão, e mantive-me quieto. Abriu os braços e mostrou uma tatuagem de crepúsculo com aves no céu, desenhada no braço esquerdo. — Diz que nasci livre e que morrerei livre. Não me preocupo com as leis, as únicas regras que sigo são as que eu faço na minha cabeça. Muitas pessoas russas não têm um destino, mas eu não sou um deles — continuou e apontou para um texto escrito no antebraço direito. — Está escrito: *respeite a minha casa como respeita a sua vida. Minha promessa sempre será cumprida e a sua sempre cobrada, honre com sua palavra e será o meu irmão.* — Nicolai sorriu devagar e sabia que ele pensava o mesmo que eu: *nunca nos consideraríamos irmãos.* Virou-se de costas, mostrando uma grande catedral desenhada nas costas com três torres. — Passei três anos na prisão russa, por causa de um roubo contra o Primeiro-ministro, mas saí livre, após esses três anos. Cada coluna representa um ano que passei lá. — Virou-se de frente e apontou para as cinco insígnias militares, três tatuadas acima do mamilo esquerdo e duas acima do mamilo direito. — Todas as minhas ações positivas para a Bratva. — Apontou para a crista perto da clavícula, com uma insígnia da SS. — Sou respeitado por todos por nunca ter dedurado ninguém, mesmo sofrendo tortura. — Estendeu as mãos na minha direção, revelando desenhadas nos dedos, caveiras pequenas, e uma em cada dedo da mão direita, enquanto apenas quatro dedos da mão esquerda estavam desenhados. — São pessoas importantes que matei pela máfia. — E, para o meu espanto, começou a tirar a calça e ficou apenas de cueca. Perscrutei o seu corpo inteiro tatuado. — As estrelas em meus joelhos *são porque não me ajoelho e nem me dobro diante de ninguém e de nenhuma forma*, mesmo divina. As estrelas nas minhas canelas significam o meu alto cargo na máfia e que meus passos são guiados pela direção a favor dos meus irmãos. O caminho na minha panturrilha é porque permaneço em atividade e continuarei.

— E o rosto de uma mulher coberto pelo véu? — perguntei, apontando para a parte interna da panturrilha.

— O rosto escondido é o rosto da mulher que amei e perdi.

Aquilo me causou calafrios ao pensar em Anya, e assenti devagar. *Não poderia enfrentar Nicolai como eu* fiz antes, isso só o faria querer arranjar uma forma de chegar até mim de vez, e se isso acontecesse, ele também poderia encontrar Anya.

— Vejo o porquê Vladmir confia em você.

— Um elogio vindo de um Lehansters?

— Não quero manter a desavença. Nossos pais. — Hesitei. — Otávio e Kirill tinham desavenças que não precisamos ter. Entendo a desconfiança de ambos. — Encarei Aleksei, enquanto Nicolai voltava a se vestir. — E posso dizer que no lugar de vocês, teria torturado mais.

— A tortura não foi ideia de Vladmir. — Nicolai sorriu. — Eu queria ouvir você desesperado.

— Por que me mostrou as tatuagens?

— Para você entender, que se quiser ser um Vor, também as terá. Sua história será contada por elas — Aleksei respondeu. — Não queremos um virgem, muito menos um menino.

— Já matou alguém? — Nicolai perguntou, direto.

— Não.

— E o que pensa sobre assassinato?

Eram as perguntas que o meu pai botou na minha cabeça, e eu apenas precisava calar as minhas emoções e responder como ele me ensinou.

— Se é necessário, é o único caminho. A diferença é que nunca precisei.

— Ainda — Nicolai completou. — E Antone? Você tem um irmão, pelo que Vladmir contou.

— Antone *não sabe de nada.*

— E como reagirá quando você for conosco?

Passei as mãos no rosto. Antone iria enlouquecer.

— Ele precisará aceitar — respondi mais para mim mesmo.

— Está disposto a colocá-lo no devido lugar, se precisar? — Aleksei perguntou.

— O que for necessário.

— Confesso que você se saiu melhor do que eu imaginava — Nicolai disse com uma risada debochada.

— E o que esperava?

— Talvez um homem medroso querendo ter um ego ainda maior.

— Tenho um ego grande — admiti. — Mas sei onde me enfio.

— O que sabe sobre a Bratva? — Aleksei perguntou, curioso, e olhei ao redor, pensando em tudo o que me foi ensinado.

— A história conta por si só, mas há mais, muito mais — murmurei. — Vocês ainda comandam muito por baixo dos panos, principalmente dentro da própria polícia e das prisões. A maioria dos grandes crimes no território europeu ainda são seus, inclusive — arqueei as sobrancelhas — alguns atentados.

— Sua vida nunca mais será a mesma.

— Estou ciente disso. — *Sempre estive ciente.*

— *É casado?* — Aleksei perguntou, fitando as minhas mãos.

— Não.

— *É bom manter uma vida discreta.*

— Sou discreto — respondi firme, encarando-o, e então meu celular vibrou dentro do bolso da calça. Nicolai se levantou, se dando por satisfeito, e o imitei. — Se era isso o que precisavam de mim...

— Ficaremos de olho. — Deu as costas, segurando o sobretudo nos braços.

— Quando partiremos? — perguntei para Aleksei.

— Apenas semana que vem. Precisamos ver sobre a importação da coca, nosso antigo Torpedo foi preso em Bucareste e estamos analisando algumas opções. *— Eu sabia que se estavam na cidade, Toni estava sendo a alternativa para eles.*

— Negociar com gangues não é ser discreto — comentei e Aleksei sorriu.

— Toni? Não, são muitos problemas, jamais negociaríamos com gangues de motociclistas, a polícia está sempre de olho — concordou, acompanhando-me até a porta, enquanto observava pelo canto do olho Nicolai discar um número no celular. Aleksei abriu-a e Nicolai acenou para mim.

— Se importa se passarmos uma noite no cassino? — perguntou e encarei-o, sem saber o que responder.

Não poderia mentir sem deixar suspeitas.

— Sintam-se à vontade.

— Obrigado.

Dei as costas, o suor frio escorreu pelas mãos e desci até o saguão, precisando de algo para esfriar a cabeça.

E esse algo seria sexo violento e sem pausa.

Puxei o celular, vendo uma chamada perdida de Tom, e disquei para Nássia.

— Achei que já tinha se esquecido de mim.

— Encontra-me no cassino? — perguntei, entrando no carro.

— Já estou aqui. Posso esperá-lo no carro?

— Deve. — E desliguei.

Anya precisava se manter em casa, longe de Nicolai, mesmo que ele não imaginasse.

E longe das minhas *mãos*.

No estado em que me encontrava, a ter iria me enlouquecer de vez.

Era poder, era ego e era medo.

Uma necessidade animalesca de sentir apenas a dominação, que me acalmava e me fazia esquecer a vida que estava trocando.

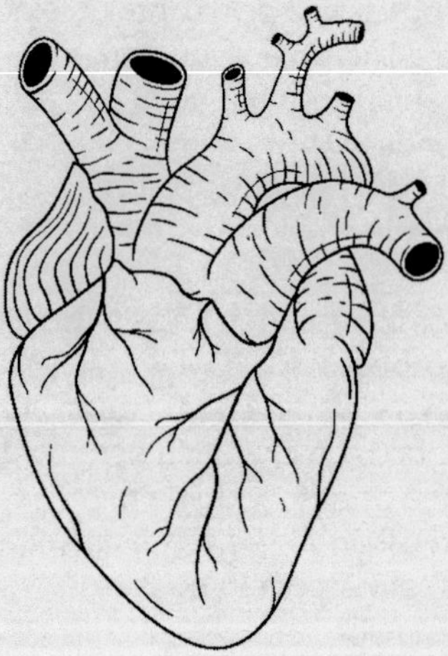

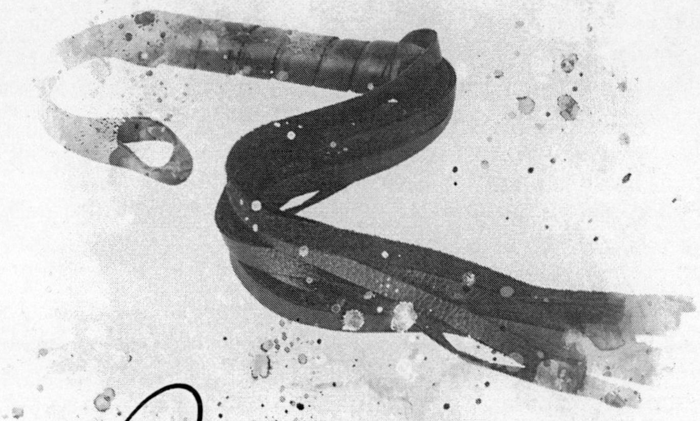

Capítulo 15

Anya

Dê um segredo para alguém e estará dando uma arma.

Se estiver carregada ou não dependerá das situações e dos motivos para usá-la.

Não seria isso o que fiz com Enzo?

Dei um segredo meu, enquanto ele me enganou com palavras? Porque foi isso o que ele fez, entregou emoções, mas não segredos, como se soubesse que não sei lidar bem com emoções.

E durante todos os dias que se passaram, me senti vulnerável por ele saber. Preferi também contar para Antone, como se ele pudesse me proteger de Enzo se em algum momento eu precisasse. No entanto, Enzo estava começando a se tornar diferente. Tinha algo de errado nele ou uma sutil mudança acontecia dentro do homem que eu encontrei na cama e o de agora.

Por culpa do nosso pai e da nossa mãe, aprendi a controlar minhas emoções, me sentia confortável na frieza e na distância, mas, ainda assim, sentia medo de Nicolai.

Quando o encontrei em Budapeste, estava brincando com suas emoções e não tinha ciência do homem que era. Entretanto, quando dei a submissão, ele quis mais, e aceitei o pedido de casamento. Não era pela festa ou pelo compromisso que ele queria, mas pela ideia de que eu seria completamente dele, e na minha loucura compreendi a realidade do que ele era: um mafioso e também um homem violento.

Não havia escapatória de forma tranquila, e a fuga foi a minha melhor jogada.

Pelo mundo busquei me esconder, satisfeita com o fato de que ele jamais chegaria à minha casa, até encontrá-lo no cassino de Enzo.

Da frieza passei para o desespero, sem controlar as emoções ao me lembrar das noites em submissão.

Eu já não queria, mas Nicolai me forçava a continuar. Uma raiva silenciosa crescia dentro de mim, e a atração que sentia se transformou em ódio, por ele não compreender que eu já não o queria. Ele gostava de me torturar, como se fosse um desafio, e então escapei das suas mãos. Nasci livre, e mesmo com meus pais desejando que eu crescesse dentro de uma bolha de vidro, sentia extrema necessidade de ser livre, sem ser de posse de alguém.

Eu bastava a mim mesma.

Mas o que significava agora entregar uma história a Enzo?

O quanto ele me tinha diante disso?

E o que poderia acontecer com Nicolai tão perto?

Se ele descobrisse que eu era uma Lehansters e estava tão perto, haveria duas alternativas: deixá-lo me levar ou matá-lo, e não abriria mão de quem eu era para ir com ele.

Sentia um medo sufocante e silencioso, um pavor que só provei uma vez: quando o meu pai me bateu pela segunda vez, porque eu já conhecia como era e isso tornou o medo pior.

O suor escorria entre os meus seios enquanto esperava na sala, sozinha.

Enzo e Antone foram para o cassino como todas as noites, e mesmo depois desses quatro dias que se passaram, tentei me manter distante de Enzo, como se ao me aproximar, me tornasse vulnerável.

Não estávamos mais falando sobre irmãos, mas sobre poder, e ele detinha mais do que eu.

Fechei os olhos, me lembrando das suas mãos firmes, me segurando, apertando a minha bunda com força, me mantendo imóvel na cama. Era agressivo, violento e gostava de força. *Não era apenas agressão, mas um controle absoluto do corpo.*

A campainha me acordou dos pensamentos e atendi a porta, recebendo a mulher que estava sendo paga: Eva.

— Seus irmãos não estão em casa? — Ela estava preocupada com o nosso plano.

— Não. Você não trabalha para uma virgem. Entre.

Seguiu-me até a sala e me sentei, fitando-a por segundos em silêncio. Gostava de encurralar as pessoas no silêncio, elas se sentiam intimidadas.

— Por que estou aqui?

— Porque eu a chamei.

— E por quê? Não estou fazendo o que quer?

— Transando com Tom? — Arqueei as sobrancelhas. — O que fazem na cama não é da minha conta. Eu não paguei você para se apaixonar, lembre-se disso.

— Você não me deixa esquecer.

— Eu gasto bem o meu dinheiro. Se eu paguei você, tirei-a daquele bar de dançarinas e paguei sua faculdade e apartamento, é porque quero que faça bem feito.

— Estou fazendo.

— Conte-me um segredo de Tom, então. Estão juntos há quanto tempo? Duas semanas?

— Não é tão fácil assim — murmurou, fitando as mãos juntas no colo. — Tom não se abre fácil. Ele é bom em ter várias mulheres, porém, acho que estou conseguindo tê-lo só para mim. *Já me levou na casa dele, mas...*

— Mas? — repeti, arqueando as sobrancelhas.

— Ele ainda não se abriu. Precisa se sentir confortável comigo, precisa... — Hesitou e percebi que Eva também estava se envolvendo. Sorri, saboreando a ideia de que eu tinha poder sobre isso. — Precisa aprender a me amar, só assim confiará. Por que está fazendo isso com ele?

— Porque sou boa no que faço.

— E o que você faz?

— Ser cruel quando preciso e ter as pessoas na minha mão. Aprenda, não espere as pessoas machucarem você, faça primeiro. — Levantei-me, encerrando a curta conversa. — Não podemos ser vistas juntas. Se não tem nada para mim ainda, continue. Se encontrar algo que seja um segredo dele, algo que o torne vulnerável, me ligue.

Levantou-se e seguiu-me até a porta. Abri-a.

— E não se esqueça de que você trabalha para mim. Quem a mantém nessa elite sou eu, não é o Tom — afirmei e Eva assentiu, calada. Deu as costas e foi para o carro.

Depois que Tom escapou, sendo o primeiro homem a me dar um fora, ele precisaria aprender que as coisas eram do meu jeito. Iria tê-lo de algum modo, se não era na cama, era no poder dos seus segredos, e Eva, uma mulher a quem eu, há um bom tempo, dei emprego, apartamento e uma conta bancária recheada, em troca de futuros favores, poderia agora ser usada e me mostrar sua lealdade.

Não era um trabalho difícil, mas seria complicado ela não se apaixonar. Meus irmãos jamais poderiam saber, Tom era o melhor amigo deles.

Fechei a porta e fitei as horas no celular. Estava muito cedo e não queria ficar em casa, ao mesmo tempo em que Enzo me mandou ficar.

Mas há uma grande diferença entre mandar e obedecer, e eu não iria obedecê-lo.

Talvez uma noite no cassino não fosse um risco tão grande.

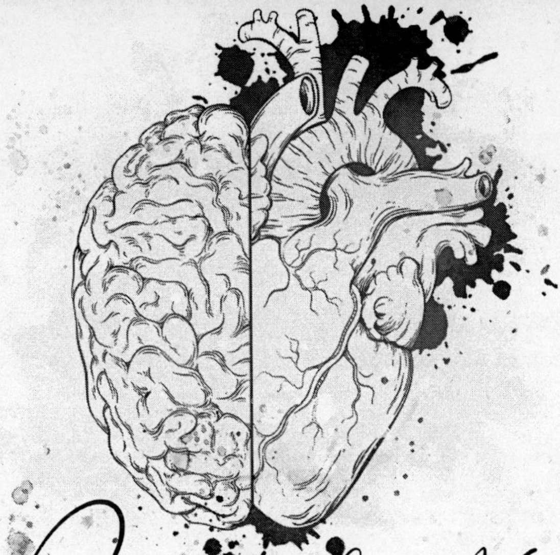

Capítulo 16

Enzo

A obediência é a alma do ser, nunca pode ser conquistada da mesma forma como é sentida, e Anya *não tinha obediência dentro do seu ser, seus olhos já expressavam isso toda vez que me encarava.*

Enquanto eu desejava mandar, ordenar e dominar, ela jamais faria as minhas vontades, nem os meus pedidos, e isso me deixava louco.

Louco porque eu tinha a minha submissa, uma mulher experiente, mas a sua submissão já não estava mais me satisfazendo.

Desejava outra, e por não poder ter Anya, precisava me afundar mais, aumentar o nível e perder a cabeça com Nássia.

— Estenda as mãos para frente — ordenei para Nássia, que nua, de quatro na cama, ergueu os braços e agarrou as argolas penduradas na parede acima da cabeceira. Acariciei sua bunda erguida, roçando os dedos devagar na curva que a sua lombar fazia, e envolvi os seus cabelos na minha mão. Puxei sua cabeça para trás. — Segure firme nas argolas — sussurrei no seu ouvido e contornei a cama. Prendi seus pulsos nas argolas, mantendo-a esticada. Apertei com força, e na penumbra do quarto a vi sorrir. — Mais?

— Mais — concordou e apertei com mais força. Voltei a me posicionar atrás dela e acariciei sua bunda com as mãos. Ela suspirou, deixando a voz ressoar pelo quarto, e deslizei as palmas pelas suas coxas nuas, abrindo-as.

— Irei amarrar as suas pernas também — avisei e envolvi os seus tornozelos com as cordas. Amarrei-as nas argolas, nos pés da cama.

Era o meu quarto do cassino para noites assim com Nássia, projetado para mim, um segredo que apenas Henrique, Tom e Antone sabiam.

— Você passou a semana inteira sem me encostar — murmurou e assenti, parado atrás dela, fitando-a de quatro, sustentando-se na frente pelos braços amarrados e esticados e as pernas flexionadas e presas. *Bondage* me dava prazer, um total controle e entrega. — E então está assim. Quem está brincando com você, meu amor?

Apoiei os joelhos na cama e me curvei, puxei sua cabeça para cima pelos cabelos castanhos.

— Ninguém está brincando comigo. Conhecemo-nos muito bem para saber como é importante uma noite como essa.

— Não é uma comemoração.

— Não me questione, *meu amor* — sussurrei. — Fique quietinha hoje. — Pressionei meu indicador contra os seus lábios. — Não questione, apenas peça quando atingir o seu limite. Não estou aqui para conversar sobre o que acontece na minha cabeça.

— E quando será isso? — Ela sorriu e chupou o meu dedo.

— Talvez um dia. — Esse dia nunca chegaria.

Afastei-me e me aproximei da minha maleta.

— Vou amordaçá-la.

— Hoje não — contradisse-me, e já com a mordaça na mão encarei-a.

— Por quê?

— Posso controlar.

— Será punida se não o fizer.

— Eu sei.

Larguei a mordaça na maleta e peguei dois prendedores de mamilo, um gancho de plug anal e mais uma corda fina.

— Vamos chegar ao seu limite hoje?

— Está disposto?

— *É o que* quero — sussurrei.

Também queria chegar no meu limite.

Necessitava.

Sentei-me na cama ao seu lado e fitei-a.

— Vou amarrar o plug pelo seu pescoço e também pelos pulsos, está bem?

Suspirou e assentiu.

Envolvi seus pulsos afastados pela corda fina, e com ela transpassei seus braços, envolvi o seu pescoço com uma volta, fazendo a junção das pontas na sua lombar, deixei a corda esticada pelas suas costas e voltei para a maleta.

— Vamos devagar, temos a noite inteira para nós — sussurrei mais para mim mesmo, e diante da maleta, desabotoei minha camisa.

Abaixei a calça e mantive-me apenas de cueca preta. Peguei um lubrificante, disposto a começar.

— Deixe-me beijá-la primeiro — sussurrei, *já ajoelhado na beirada da cama*, e enterrei o meu rosto em sua intimidade.

Nássia gritou um gemido e afastei os meus lábios, dando um tapa com força na sua boceta. Ela deu um pulo, suspirando, e prendi um dos seus grandes lábios com os dentes. Gemeu, e chupei o seu clitóris inchado, tocando-a com a mão.

Afastei o rosto e me levantei, espalhando lubrificante pela sua bunda, tocando na entrada.

Ela estremeceu e notei que iria gemer, mas engoliu a voz para não ser punida.

A cada punição eu aumentava a força, e às vezes ela gostava do limite das punições.

Toquei sua entrada na parte de trás e penetrei um dedo, mantendo-a relaxada. Apalpei suas coxas e comecei a masturbá-la na frente.

Um gemido escapou dos seus lábios e ela riu.

— O que eu falei? — murmurei.

— Eu gosto — disse, riu e estapeei-a na intimidade, enterrando os meus dedos em seus grandes lábios.

Invadi-a, apertando o seu clitóris entre os meus dedos e seu gozo encharcou minha mão. Continuei a penetrá-la com dois dedos por trás, abrindo o espaço e relaxando a sua musculatura. Afastei as mãos e peguei o plug anal, amarrando sua argola nas cordas esticadas das suas costas e voltei a tocá-la na frente para relaxar.

— Conte o que sente.

— Sinto os seus dedos.

— Não fisicamente, sabe disso.

— Sinto a sua força.

— A minha força?

— Quando me toca.

— Continue — sussurrei e continuei a masturbá-la, roçando a bola do plug anal na entrada da sua bunda.

— Os seus dedos me tocam com força, demonstrando a sua necessidade de me ter nas mãos, não de forma física, mas de posse. Uma necessidade de ter o meu prazer entre os seus dedos, de caçar o meu orgasmo.

— E o que isso causa em você? — sussurrei contra a sua bunda e mordi a carne macia com força, penetrando-a com o plug anal enquanto masturbava-a na frente.

— Orgasmo — Nássia gritou um gemido e suspirou.

— Deixarei passar essa como forma de carinho — sussurrei e acariciei sua bunda, me erguendo.

Ela balançou os braços e o pescoço, deixando claro que estava gostando da sensação do plug penetrando-a.

— *É gostoso.*

— Eu sei que é gostoso — murmurei e abaixei a cueca, tocando-me com a visão. — Mas ainda estamos no início.

Larguei o meu pau, continuei a masturbá-la com as mãos, enquanto Nássia se movimentava de prazer e ao mesmo tempo continuava a mexer o plug anal com os movimentos do corpo.

Ouvi-a arfar, engolindo os gemidos.

— Sem gemer, controle-se — sussurrei e larguei os seus grandes lábios. — Gosta de estar no meu domínio?

— Amo.

— Por quê? Por que sou bom?

— Não, não só por isso.

— Pelo quê, então?

Afastei-me da cama para puxar o espelho que havia no canto do quarto.

— Porque você é intenso, há algo em você que não encontrei em nenhum outro.

— Devo entender isso como um elogio?

— *É um elogio. É* o jeito que você faz, mexe não apenas com o meu corpo.

Posicionei o espelho na lateral da cama e fitei o seu rosto mergulhado em prazer por ele.

— Gosta de se ver?

— O que acha?

— Acho que precisamos de mais. — Voltei a pegar os prendedores de mamilos e me sentei ao seu lado na cama.

Abaixei-me, deslizei para baixo do seu corpo e abocanhei o seu mamilo direito, chupando-o com força.

Nássia ofegou, conseguindo controlar o gemido, e tive o seu mamilo entre os meus dentes, mordiscando-o, chupando-o com força.

Afastei o rosto e coloquei o prendedor de mamilo, exercendo mais força do que a minha mordida.

Ela gemeu entredentes, tentando conter-se.

— Isso mesmo — sussurrei e chupei o seu seio esquerdo, deixando o seu mamilo vaguear dentro da minha boca e já intumescido, prendi-o no prendedor. Afastei-me, fitando-a pronta para mim. — Está gostando?

— Muito — sussurrou e jogou a cabeça para trás, de olhos fechados.

— Olhe — ordenei e a fiz me fitar pelo espelho.

Comecei a me masturbar na sua frente, me tocando até fazer as veias saltarem e a minha glande se lubrificar com o líquido pré-ejaculatório.

— Ohhh! — Nássia gemeu, com os olhos fixos na minha ereção, e neguei com a cabeça.

Ela sabia que tinha gemido.

Levantei a mão e dei um tapa forte em sua bunda, fazendo-a dar um pulo e engolir o gemido.

Voltei a me masturbar.

— Quer que eu a penetre?

— Sim.

— Se gemer, irei parar pela metade.

Apertei sua bunda, que penetrada pelo plug, mantinha-se empinada, e passei os dedos pelos seus grandes lábios extremamente molhados.

Rocei a glande neles e fechei os olhos.

Afundei meus dedos na carne da sua bunda, mantendo-a imóvel, e empurrei o quadril para frente, penetrando-a com força. Ela jogou a cabeça para trás e enrosquei os meus dedos em seus cabelos, fazendo-a arquear as costas para movimentar o plug.

Minha ereção latejou dentro dela, apertada, e a senti rasgar conforme me acomodava dentro, reivindicando o meu espaço.

Dei mais um tapa forte na sua bunda e sua intimidade encharcou o meu pau, relaxando.

Penetrei-a com mais brutalidade, me enterrando até as bolas.

— Se precisar que eu pare, diga — sussurrei, ciente que eu precisava ir até o fim.

Estoquei com força, e enquanto a penetrava na frente, puxava os seus cabelos e o seu corpo, mantendo o plug na sua bunda.

Estapeei, deixando marcas vermelhas, e me curvei para frente.

Enterrei-me com força, empurrando o seu corpo para frente, e a fiz nos observar no espelho, ver o reflexo da minha dominação sobre o seu prazer. Nássia engolia o gemido enquanto a minha voz ecoava pelo quarto.

Estoquei com força, começando a suar, e o atrito dos nossos corpos acompanhava os meus gemidos.

— Está liberada.

Nássia gemeu comigo, em êxtase contra o meu pau. Enterrei com força, arremetendo nela, encharcada, e gozei também.

Meu corpo explodiu em prazer, me levando para o esquecimento dos medos e dos problemas. Todos os meus músculos relaxaram e minha mente esvaziou.

Nela permaneceu apenas um nome, que no auge do orgasmo escapou em um gemido: *Anya*.

E isso fodeu com a noite.

Suspirei e fitei o rosto mergulhado em prazer de Nássia. Ela não tinha ouvido.

Saí de dentro dela e me afastei, dando as costas.

Enterrei o rosto nas mãos, furioso por ter Anya me assombrando até no orgasmo.

— Aconteceu alguma coisa?

— Nada. — Dei um sorriso falso. — Nada. — Acariciei sua bunda vermelha e beijei-a devagar.

Desamarrei-a, tirei os prendedores e o plug anal e os deixei de canto. Deitei-me na cama com ela.

— Estava com saudades dessa forma — sussurrou, *já aninhada ao meu peito.*

Acariciei os seus cabelos e beijei-os.

— Preciso dizer algo a você que não irá gostar.

— O quê?

— Peço que entenda que não é com você.

— O que foi, Enzo? — E de submissa ela se tornou uma mulher forte na minha frente, sentando-se ao meu lado.

Fiz o mesmo, acariciando o seu rosto.

— Partirei em uma viagem em breve — expliquei, arqueando as sobrancelhas. — Quero que assuma o meu lado na empresa.

— Por isso desapareceu a semana inteira?

— Sim.

— *É* apenas isso?

— Não. — Fechei os olhos. Tomei essa decisão durante os dias depois de ter transado com Anya. Era loucura, mas Nássia *não era mais suficiente para mim, an*siava por uma disputa de cama. E também tinha o que eu precisava fazer em Moscou. Estava mudando, temia que Nássia se assustasse com o homem que encontraria quando eu voltasse. Seria melhor um final digno para nós do que o seu pavor com o meu fundo do poço, porque era isso o que eu estava buscando. — Estou dispensando-a.

— Não.

— Sim. Não *serei mais o seu dominador.*

— Por quê? — questionou, engolindo a emoção.

Não era do seu feitio chorar. Acariciei o seu rosto, decidido a ser honesto.

— Eu confio em você e sei que daria a sua vida para mim se precisasse. — Concordou com a cabeça. — Mas não estou viajando a negócios, estou indo para encontrar uma parte minha que é feia, que talvez a assuste.

— Eu amaria você mesmo assim.

— Mas eu não serei mais o homem que você merece, e como seu dominador, sei o seu limite e o que merece na vida. Amo-a como amigo, e nós dois sabemos disso. Jamais a machucaria, e, por isso, será melhor para nós dois.

— Conte-me. Deixe-me ajudá-lo — implorou e pegou as minhas mãos, beijando-as.

— Não — sussurrei, afastando-as da sua boca. — Há segredos que poderiam custar muito de você e não a quero envolvida. Você foi a melhor submissa e é a melhor amiga que eu poderia ter. E por isso está livre. Talvez encontre alguém, talvez Tom...

— Não — respondeu e riu. — Tom é um grande amigo, transamos uma vez.

— Eu...

— Mas não rolou mais nada depois, e nem ele nem eu conseguiríamos nos ver mais do que como amigos.

— Entendo, mas peço que compreenda que é maravilhosa e não é por você que estou dispensando-a. *É pelo que eu irei me tornar.*

— E por quê? Por que fará isso? Qual o motivo? O dinheiro não é o suficiente?

— Não é pelo dinheiro.

— Então é pelo quê?

— *É pela família* — respondi. Fechei os olhos, pensando no meu pai e em tudo o que contou.

Era por proteção também.

— Mas...

— Não peça mais. — Puxei-a pelas mãos. — Venha tomar um banho comigo.

Ciente de que Nássia se tornou apenas uma amiga, tomei banho com ela. Durante o banho, suas mãos buscaram mais do que o meu corpo, tentaram encontrar algum sentimento, mas nada havia.

Esperei-a se vestir depois do banho e a acompanhei pelo elevador, consultando a hora no relógio. *Não era tão tarde, provavelmente Henrique e Tom ainda estavam no bar, já que* Antone partiu para o bar do Clay.

— Tom não trouxe a namorada, acho que acabou — Nássia cochichou no meu ouvido ao nos aproximarmos da mesa que eles estavam.

— Achei que já tivessem ido embora — Henrique disse, animado. Nássia se sentou ao lado de Tom, cumprimentando-o e perguntando diretamente sobre Eva.

Sentei-me ao lado de Henrique.

— Ela quis ficar em casa.

— Cuide desse *em casa*, Tom. Eu ficaria de olho.

— E a irmãzinha? — Henrique perguntou.

— Em casa também — respondi seco e fiz sinal para o garçom trazer uísque.

Comecei a pensar em Nicolai, em como ele estava tão perto de Anya e como isso era perigoso. Em tudo o que eu passaria com eles quando partisse.

— Falei com Susano outro dia sobre o projeto automobilístico. — Henrique continuou a conversar com Tom sobre o assunto de antes e me mantive quieto, prestando atenção no copo servido à minha frente.

— Estou investindo. Planejei semana que vem partir para Munique, o que acha de vir conosco?

— Nássia vai — murmurei e sorri para ela, que sem reação apenas concordou. Olhei para Henrique. — Irei viajar, é provável que Antone apareça mais aqui para assumir a minha ausência, mas em breve retorno. — *Eu esperava.*

— Vai para onde? — Tom perguntou.

— Rússia.

— Falando em russos — Henrique murmurou e olhei para frente.

Nicolai estava acompanhado de Aleksei, ambos entravam no cassino. Soquei a mesa em fúria. Tinha me esquecido que aceitei eles no cassino.

— Com eles? — Nássia perguntou, preocupada.

— Melhor não saber — resmunguei e me levantei. — Precisarei receber os meus convidados, peço que permaneçam aqui, não são tão simpáticos.

Tom esboçou um sorriso debochado e deu uma piscada.

— Não gosto de ser putinha.

— Não estou sendo putinha — resmunguei e dei as costas.

Caminhei até os russos e Nicolai me seguia com os olhos, sem esconder o sorriso irônico.

— Somos importantes — murmurou quando eu parei na sua frente. — Estamos sendo recebidos pelo dono. — Ele observou ao redor.

— Devo esperar uma recepção dessas nos seus negócios?

— *É claro*. Sempre será bem-vindo. — Era uma mentira e nós dois sabíamos disso.

— Podemos beber algo por aqui? — Aleksei perguntou.

— Uma vodca, talvez? — Sorri, educado.

Não era local e nem momento para criar intrigas com Nicolai, precisava tê-lo no controle e também calmo, assim eu passaria despercebido, partiria com eles e Anya estaria longe do seu dominador.

Fiz um gesto para o garçom, pedindo uma vodca.

— Por minha conta — murmurei.

— E como andam os negócios?

— Meu pai deixou tudo encaminhado e temos sócios bons. Fui ensinado desde novo.

— *É, é sempre bom ser ensinado desde novo* — Nicolai concordou. — Otávio ensinou algo sobre lavagem de dinheiro?

— Não — menti.

— Mas Otávio fez, e muito. Acho que parte da sua fortuna é graças a isso.

— O que entra agora é honesto.

— Honestidade é uma palavra duvidosa, é tão fácil de ser usada e tão difícil de ser praticada — Aleksei murmurou e ficou em silêncio enquanto o garçom servia as bebidas. — Fui honesto no início da minha vida também e me fodi. Aprendi a apanhar, a prisão é uma boa escola também, sabia? E, no final, meu trabalho hoje em dia é muito honesto para mim, não para os outros.

— Você fala com orgulho sobre honestidade — Nicolai continuou. — O que restará desse orgulho quando se tornar um Vor?

Aquilo estava me torturando, me matando por dentro, e sentia os pedaços do meu ser se quebrando.

O que restaria de mim depois de tudo?

Por que o meu pai me pediu isso?

Por que para mim?

Fechei os olhos, agoniado.

— *É questão de se acostumar* — murmurei.

— *É questão de ter bolas ou não* — Nicolai murmurou. — E eu acho que você tem, desavenças à parte. Apenas acho que você não quer se sujar.

— Como matar um porco sem se sujar?

— Alguns conseguem, outros deixam o porco escapar.

— Se estou aqui é porque quero e não vou fugir. Só não associarei o que sou como um Vor, com o que sou como um Lehansters. Não deixarei o nome da minha família na lama.

— O seu irmão já não faz isso?

— Cuidado com a língua. Acho que conhece a ideia de respeitar nossos irmãos, ou não?

— Não associará. O nome Lehansters aqui continuará bem comum, afinal... — Nicolai hesitou e olhou para Aleksei.

— Veremos isso em Moscou.

— E quem é a bela? Cliente de vocês? — Aleksei perguntou com devassidão e virei a cabeça sobre o ombro. Apavorei-me ao avistar Anya na entrada do cassino.

Foi como ser jogado no inferno.

Era ela, o seu dominador, meu inimigo dentro da máfia e eu.

Continuou a caminhar, chamando a atenção com o vestido preto delineando os seios, os lábios carnudos pintados de vermelho e o quadril que balançava de um lado para o outro. Tive a certeza de que ela era a dona da minha loucura e que jamais iria obedecer as minhas ordens.

Capítulo 17

Enzo

Havia uma encruzilhada.

Dois caminhos e duas ideias: o fácil e o difícil.

Se escolhesse pelo fácil, talvez no final sentisse menos felicidade, havendo menos percalços e assim menos conquistas.

Se escolhesse pelo difícil, talvez não chegasse ao final. Se chegasse, haveria uma completa felicidade.

Voltei os meus olhos para a mulher parada na entrada, com a expressão imersa em completo pavor. Ela recuou.

— Anya. — Ouvi a voz de Nicolai sair em um grunhido, estendi a mão e agarrei o seu braço apoiado na mesa.

— Fique aqui! — ordenei com os olhos tão frios quanto os dele.

O meu pai, no final, criou bem o seu filho, pois no momento do disparo, nos segundos de gatilho puxado, toda a minha raiva se esvaía, toda a minha emoção escapava das minhas mãos e havia a calmaria da frieza.

Lembrei-me dos segundos quando, já mais crescido, segurando a espingarda, ele dissera para mim: *devagar. A calma é sua amiga, ela jamais tirará o controle de você. Seja frio.*

— O que ela faz aqui? — Nicolai rosnou, puxou o braço do meu aperto e se levantou. Fiz o mesmo e ergui as mãos.

Encarei-o com mais autoridade do que ele. *Porque era eu no comando, eu era mais poderoso do que ele e deveria deixar isso claro.*

— Vamos ficar todos calmos — sussurrei. — Deixe-a.

Ele arregalou os olhos e me encarou.

— Você conhece a minha esposa?

— A sua esposa é a minha irmã. — O inferno era essa frase e todo o sentido que existia nela, desde o fato de Anya ser esposa de Nicolai, passando pela ideia de que eu a queria na minha cama, até o que significava ela ser a minha irmã.

E depois de dita, não havia volta.

— Uma Lehansters? — murmurou, mortificado, e arqueou as sobrancelhas. — Anya é a sua irmã? Filha de Otávio?

— Filha biológica de Otávio. Ele a teve quando chegou aqui na cidade.

Seus olhos voltaram a fitar a mulher parada na entrada.

— Ela é rica — sussurrou. — Mais do que eu.

— Você não se casou com ela por dinheiro.

— Ela é minha...

— Ela é a porra da minha irmã, jamais será sua! — Ultrapassei o meu limite.

Nicolai me fitou de forma demorada, perscrutando o meu rosto.

— Ela é a minha esposa, eu tenho total direito sobre a minha submissa — rosnou, e mandei à merda qualquer calma e tentativa de manter as aparências. Nicolai também deixou claro isso. — Ela fugiu de mim.

— E você não tocará nela. Deixe-a ir.

Avançou pela mesa e apontou o dedo contra o meu rosto.

— Cale a maldita boca, seu merdinha! Vladmir pode arrancar o meu rabo se ele quiser, mas Anya, a minha esposa, irá embora comigo! — grunhiu.

Primeiro, jamais toleraria ele falar comigo dessa forma.

E segundo, foda-se, era Anya.

Era uma mulher que eu queria na cama e também era a minha família. Fui criado para proteger e ser um completo sociopata no limite das minhas emoções.

Dei um tapa contra a sua mão. Ignorei o grito de Aleksei para que parássemos, avancei contra a mesa e segurei Nicolai pela camisa.

— Aqui quem dá a porra das ordens sou eu! Minha família, meu negócio!

O soco me acertou em cheio. Caí contra a mesa, chamando a atenção de todos os clientes, e esses se levantaram assustados.

— Ei! — Henrique gritou do outro lado do salão e Nicolai avançou, correu na direção de Anya. Me levantei a tempo de vê-la subir pela escadaria, às pressas e apavorada.

Esfreguei o punho contra o meu lábio cortado, o meu supercílio ardia.

O sangue escorreu pela minha bochecha.

— Parem os dois! — Aleksei ordenou, furioso. Segurou-me pelo ombro e o empurrei.

— Cale a sua maldita boca, seu russo de merda! — gritei e me afastei, ignorando os olhares apavorados.

Só conseguia pensar em uma maldita coisa: se ele colocasse as mãos em Anya, eu o mataria.

Irracional, no extremo das minhas emoções e levado por elas, acabaria com qualquer decência moral ou medo.

Ultrapassaria os limites.

— Anya. — A voz de Nicolai ecoou pelo cassino.

Corri, e antes de pensar na merda que estava fazendo, ataquei-o por trás. Pulei em suas costas, derrubando-o. Ele gritou, se virou com brutalidade e caí de costas contra o piso.

As pessoas ao redor gritaram desesperadas e senti o peso de Nicolai sobre mim.

O murro me atordoou.

Urrei, os ossos do meu rosto sendo esmagados. Busquei o seu rosto e dei um soco, sem proteger o meu, e Nicolai encaixou um gancho.

Meus dentes rangeram e afundei os meus dedos em seus olhos, tentando machucá-lo. Ele gemeu, xingou-me em russo e se esquivou. Agarrei suas pernas, jogando-o no chão, e decidi revidar, ciente de que o sangue empapava o chão.

— Você! — gritei e soquei o seu rosto, batendo-o contra o piso. Ele fechou os olhos, atordoado. — Jamais! — urrei e esmurrei-o com mais violência, afundando minha mão em sangue. — Foderá Anya novamente! — gritei a plenos pulmões e parei, ofegante.

No silêncio, ouvi um gatilho atrás de mim.

— Saia com calma de cima de Nicolai, seu filho da puta de merda! — Era Aleksei, o cano contra a minha cabeça. — Ou estouro os seus miolos e limpo a cabeça de cada burguês filho da puta que está presenciando. Sabe o que é limpar um local, Enzo? É não deixar testemunhas. Nem a porra da sua irmã!

Ergui as mãos, ciente de que estava fodido, e Nicolai abriu com dificuldade os olhos, já inchados e empapados de sangue. Bateu a cabeça no piso e começou a rir, transformando a risada em gargalhada.

— E você cale a maldita boca, Nicolai, não tenho saco de limpar a sua merda!

— Você é meu empregado, filho da puta!

— Sou dos Vory, não seu.

Levantei-me, com as mãos erguidas e a porra do orgulho no chão por ser intimidado dessa forma.

Virei devagar, fitei Aleksei nos olhos e ele fez sinal com o revólver para que eu abaixasse as mãos.

— Vou matar você — sussurrei para ele. — Sabe por quê?

— Você tem culhões para me ameaçar assim. Por quê? Porque é a porra de um Lehansters, filho de um bastardo da máfia que poderia trabalhar muito bem para a KGB?

— Vladmir *não contou, não é?*

— Contou o quê?

— *É melhor não saber* — respondi e sorri, debochado. — Vou ter que aprender a limpar o seu rabo sujo depois de morto.

— Abaixe a arma, Aleksei — Nicolai ordenou. — Chega de chamar a atenção.

Aleksei me encarou e abaixou a arma. Ouvi as pessoas ao redor correrem apressadas e Henrique estava no celular, provavelmente ligando para a polícia.

Eu teria que pagar e eles precisariam esquecer.

Mas Nicolai não iria se esquecer de Anya.

Encarei o russo na minha frente, que guardava a arma dentro do sobretudo, e senti a mão de Nicolai no meu ombro.

— Não costumo deixar um homem vivo para contar que me acertou.

— Irá me matar? *É isso que fará?*

Hesitou e percebi que desde o início era blefe. Ele sabia que se puxasse a porra do gatilho e disparasse na minha cabeça, a próxima cabeça a ser estourada seria a dele, por Vladmir, seguida pela cabeça de Kirill.

— Você acha que eu tenho medo de Vladmir? É isso?

Virei, encarando-o, e apontei para o seu rosto todo machucado, igual ao meu.

— Então pegue a porra da arma e dispare contra mim — ordenei. — Estou aqui na sua frente, mas a minha irmã — hesitei e apontei para a escadaria — se livrou de você, fugiu e o abandonou, e será assim. Se você encostar...

— Encostar como eu já encostei? — interrompeu-me, debochado. — Já fodi tantas vezes com Anya, sabia? Aquela boceta é boa, meu irmão, e a submissão dela é inigualável.

Cerrei o punho, prestes a dar mais um soco em Nicolai, mas ouvi o barulho da polícia.

— Vamos! — Aleksei gritou. — Vamos! — voltou a berrar, autoritário. Nicolai sorriu e o agarrei pelo sobretudo.

— Não acabou, seu filho da puta! Há dois caminhos para nós. — Precisava pensar rápido e salvar não só Anya, mas tudo o que o meu pai buscou fazer. — Agora pense bem. — Pausei e bati com o dedo contra a sua têmpora. — Se você ligar para Vladmir e contar que irá me matar porque eu estou impedindo-o de chegar até Anya, o que acha que acontecerá? O que vocês costumam fazer com a porra das mulheres das famílias?! Conte-me! Por que escondeu o casamento dos Vory? Escondeu, não estou certo? Queria que Anya fosse sua, mas se soubessem, até o seu pai foderia com ela, porque é isso que vocês fazem com as mulheres.

— Seu desgraçado!

— Isso é assunto nosso! Se você levar para a Bratva, eles foderão com ela e é capaz de matarem-na por ser filha de Otávio. O que o seu pai faria com ela? — perguntei, retórico, e semicerrei os olhos.

— Vamos! — Aleksei gritou e avançou, puxando Nicolai pelo braço, e esse escapou das minhas mãos.

Deu as costas, sem tirar os olhos de mim, e parou na entrada. Ele pareceu querer dizer algo, no entanto, Aleksei o puxou e desapareceram pelo hall.

Olhei ao redor, já para o salão vazio, restando apenas Henrique, Tom e Nássia, e essa disparou na minha direção, mas dei as costas.

— Não me siga — ordenei e subi a escadaria.

Precisava conversar com Anya, encontrar uma saída ou talvez um conforto para a dor no meu corpo e na minha alma, que implorava que eu parasse essa autodestruição.

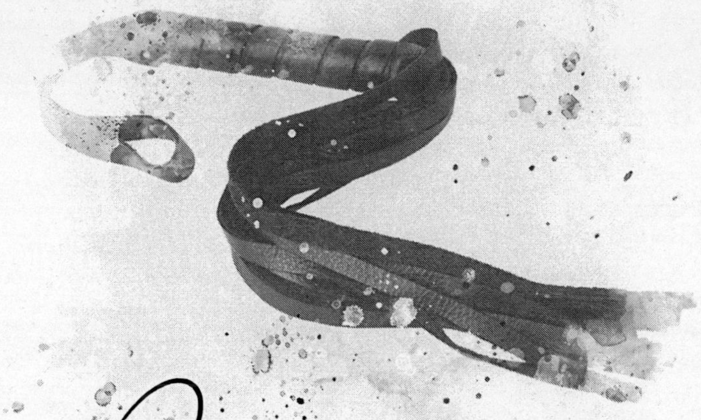

Capítulo 18

Anya

O medo é um sentimento cruel, que nos desarma e nos torna vulneráveis nas mãos dos outros. Desmascara o mais frio e o mais insensível dos homens, e coloca no lugar da certeza o pavor, transformando homens em cachorros enjaulados, com medo do dono.

Eu não tinha dono, mas tinha medo.

E enquanto ouvia a minha própria respiração dentro do escuro do quarto, tremia, suava frio e relembrava a última noite que tive com Nicolai antes da fuga.

Já não queria mais, queria liberdade, dominar, e eu o odiava. Nicolai achava que o contrato da dominação, junto com o casamento, iria me segurar. Ledo engano.

Chorei, sem me importar em parecer fraca. O meu pai estava morto e eu estava sozinha na porra de um quarto.

Eu poderia ser fraca ali.

Enterrei o rosto nas mãos e estremeci ao me lembrar do toque de Nicolai, de como ele roçava os dedos pelos meus mamilos toda vez que me amarrava e me amordaçava.

Abri os olhos e fitei o meu reflexo no espelho.

A maquiagem borrada, meus olhos inchados.

Vulnerável.

Ele me submeteu, torturou e me machucou. Nicolai nunca se importou com os meus limites.

Ser dele e satisfazê-lo era o que queria, e eu tinha pavor por conhecer o quão cruel ele era.

Um Vor, também traficante de cocaína, assassino e um homem frio.

Como Enzo poderia competir com ele?

Estava temendo por mim, não via outra saída senão enfrentá-lo e fazer o impensável: *matar Nicolai.*

— Você não precisa ter vergonha. — A voz grossa de Enzo ressoou pelo quarto e fitei-o sobre o ombro, parado na porta, apoiado com o braço na parede.

— Eu não estou com vergonha.

— Então por que está sentada no escuro?

— Para pessoas como nós, a luz machuca.

— Não — sussurrou e ligou a luz do abajur ao lado da porta. Entrou no quarto e nos trancou. — Eu não a vejo assim — afirmou e cruzou os braços.

Virei, encarando-o. Sua sobrancelha estava cortada e o seu lábio machucado.

— Você brigou...

— Nós protegemos a família — interrompeu-me. Um vinco surgiu na sua testa. — Mesmo que você não queira.

Assenti e Enzo suspirou, preocupado, ignorando a dor.

— *Não pedi para você se envolver.*

— Não faço isso porque pediu ou não. — Caminhou até parar na minha frente. Ajoelhou-se e pegou as minhas mãos. — Não somos bons, eu, você e Nicolai. Não buscamos o bem das pessoas e nem fazer o bem, e entre nós três, eu quero ser o pior.

— Do que está falando?

— Nós dois sabemos como Nicolai é. Eu o conheço ainda antes de você. Nosso pai me levou para a Rússia. — Hesitou e percebi que ele estava contando apenas o que queria. — E *lá conheci Nicolai e* Kirill. Ambos são psicopatas, eles não se importam com decência ou moralismo. O que é difícil para nós, é fácil para eles. E por sabermos como Nicolai é, também sei que ele não a deixará.

Levantei os olhos, fitando o meu reflexo, e senti raiva.

— Vou enfrentá-lo.

— Você é uma mulher.

— Posso ser mais forte do que você.

— Não digo por isso. Nicolai, de certa maneira, a protegeu da Bratva. Se eles soubessem, seria obrigado a permitir que todos a usassem, como uma escrava sexual deles. *É assim que funciona com os* Vory. A mulher nasce na família para servir, para casar ou simplesmente para ser vendida ou ser escrava sexual dos outros. Não há respeito com as mulheres, é uma realidade diferente da nossa e — hesitou — estou disposto a protegê-la de Nicolai, porque você é a minha família, mesmo que tenhamos transado, que não haja afeto familiar ou qualquer merda. — Fitou a cama em que eu estava sentada.

— Obrigada — sussurrei e continuei engolindo o pavor. *Não iria demonstrar fraqueza para ele.* — Mas eu recuso a sua ajuda.

— E será levada de volta para o inferno que devia ser com ele?

— Posso me cuidar. — Afastei as mãos e me levantei da cama. Enzo se sentou e dei as costas. Avancei até o espelho e passei as mãos na face, limpando o borrado.

— Que porra! Mesmo quando eu quero protegê-la, você busca me atacar?

— *Não estou* atacando você, mas sei como funciona para nós dois. Você me ajudará e assim estarei devendo um favor, estarei em dívida com você, e me cobrará.

Trincou os dentes e enterrou o rosto nas mãos, curvado para cima, irado.

— Você é louca.

— Nós dois somos.

— Estou fodido, se é isso o que você quer ouvir. Fodido com toda a situação. Preciso ir embora com Nicolai. — Exaltou-se em completa fúria. — Mas não poderei fazer isso se você estiver envolvida dessa forma. Ele machucará você. —

Abaixou a voz e arqueou as sobrancelhas. — Estou cansado. Estava vivendo feliz, em uma maldita ilusão de que não precisaria me envolver com eles.

— Eles quem?

— A Bratva. Nosso pai fazia parte e eu também precisarei ir, entende isso? Você acha que é fácil? Acha que é fácil abrir mão de uma vida calma e confortável para me enfiar com homens como Nicolai? Acha que não tenho medo? Tenho a porra do medo, Anya! Estou completamente fodido, porque não queria continuar com essa merda, mas preciso, então me ajude. Cale a boca e aceite a porra da minha ajuda, porque estou disposto a ir até o fim para livrar você de Nicolai.

— Você está fazendo isso por mim ou por você?

— Faço por mim — respondeu, direto, curvado para frente e cansado. — Não é amor o que sentimos, muito menos paixão, é doentio, porque eu não a amo. Sinto *ódio pelo que* faz com a minha cabeça. Você pode não dominar o meu corpo, mas está dominando a porra da minha mente. Eu a quero embaixo do meu corpo e sob o meu domínio, como um homem que vê um troféu e precisa conquistá-lo para afagar o orgulho, no entanto, não posso. É doentio e depravado. E essa sensação está acabando com o meu controle. Estou furioso e disposto a enfrentar Nicolai não por você, mas pelo meu maldito orgulho diante do fato de que ele... — suspirou, os olhos tempestuosos em mim. — Dominou-a enquanto eu não consegui. *Não ficarei quieto enquanto existir o seu dominador perto de você.*

— Então você quer proteger a porra do seu orgulho, não eu.

— Você também. É a minha família, nosso pai nos criou assim e eu faria isso mesmo se não houvesse esse sentimento envolvido.

Fiquei sem reação *diante da sua sinceridade.*

Esse era um daqueles momentos em que eu também deveria ser sincera.

— *Não sinto o mesmo* — menti. Não iria entregar as emoções para Enzo. Temia que no final quem se quebrasse fosse eu. — Mas entendo.

— Então não complique a porra do meu negócio. Confie em mim, me obedeça ao menos dessa vez e me ouça — pediu. — Preciso que você se mantenha afastada de Nicolai. — Estava exausto emocionalmente. — E também de mim. *Já não conheço o meu limite e não sei o que fazer.*

Avancei um passo, e sob a luz do abajur me surpreendi.

Havia lágrimas em seus olhos.

Enzo precisava de conforto, de um lugar para desabar, uma forma de lidar com o turbilhão de emoções que estava sentindo.

Eu estava sendo cruel com ele.

— Pensei em matá-lo — sussurrei, sem conseguir tirar os olhos das lágrimas que ameaçavam cair. A sua dor me desarmou, o seu sofrimento me tocou e compreendi que estava tentando me proteger de um envolvimento que já acontecia.

— Você já matou antes?

— Não.

— Eu também não, e não gostaria. — Arqueou as sobrancelhas. — Depois de sujo, você nunca mais volta a ser o mesmo.

— Então, o que sugere?

Suspirou e abaixou a cabeça, esfregando os olhos.

— *Não sei.* — Sua voz se tornou chorosa. — Só estou cansado dessa maldita vida.

Avancei até ele. Mesmo lutando contra as emoções, não conseguia negar a vontade de tocar nele, de saber que o homem forte e duro que ele era estava na minha frente, exausto e buscando conforto.

Eu era cruel e orgulhosa, mas também estava sendo levada à loucura.

— Então pare — sussurrei, agachada *à* sua frente. Toquei no seu rosto, levantando-o, e Enzo me encarou. — Respire por uma noite, esqueça o nosso pai ou qualquer problema da sua vida. Amanhã você encontrará uma saída e... — Hesitei. Estava com ódio por ser atingida dessa forma com a sinceridade de Enzo. Por isso, recuei e aceitei o seu pedido. — Estou disposta a aceitar a sua ajuda, mas não posso pedir que o mate.

— Se eu precisar...

— Eu o matarei. — Acariciei a sua bochecha. — Não quero que suje suas mãos por um problema meu.

— E eu não quero que ultrapasse esse limite — sussurrou, cobrindo as minhas mãos.

— Eu... — Quando estava prestes a me tornar mais vulnerável, a porta abriu.

— Enzo? — Nássia espiou, fitando o homem sentado na minha frente. Ele a encarou, surpreso. — Estava preocupada com você. Podemos conversar?

Fechei os olhos.

Sempre seria assim, e sempre me machucaria ao ser jogada como segunda opção.

— Não. Estou conversando com Anya. Não tenho nada para contar a você.

— Mas...

— Estou sendo claro! — ordenou com autoridade e mantive meus olhos fixos nela, saboreando a sensação da sua derrota. Senti-me no devido lugar: *o primeiro.* — Não há nada para conversarmos sobre o que aconteceu e estou bem.

Ela deu as costas e fechou a porta.

Encarei-o, surpresa, e Enzo pegou as minhas mãos e me puxou com força.

Sentei-me no seu colo, satisfeita por ele ter ficado.

Era doentio, ele estava certo, mas no auge do que estávamos vivendo, queria confortá-lo. Queria me confortar com um homem disposto a alcançar o mesmo limite que eu.

Envolvi seu quadril com as pernas, o vestido levantou, e ele segurou o meu rosto dentro das mãos.

— Diga que não sente nada... — Autoritário.

— *Não sinto nada.*

— A porra que não sente! — Subiu a *mão* espalmada pela minha nuca, enterrou os dedos nos meus cabelos e os puxou. — Se você não sentisse, não estaria sentada no meu colo.

— Você me puxou.

— Você cedeu.

— Depois do que disse, como poderia não ceder? — Passei um dedo sobre os seus lábios entreabertos enquanto rebolava em seu colo, e rocei a minha calcinha em sua ereção. — Se o seu conforto é sexo — sussurrei em seu ouvido —, posso satisfazê-lo. Sem amarras. Sem pudores. Sem julgamentos. Só eu e você dentro desse quarto. — Beijei a sua orelha.

Enzo segurou os meus cabelos com brutalidade e senti a dor no couro cabeludo. Seus lábios calaram os meus e me beijou.

Sua língua deslizou pelos meus lábios, invadiu minha boca e explorou-a com desejo.

Ditou um ritmo acelerado e profundo, dominou a minha língua com a sua, com força o suficiente para me fazer arfar contra os seus lábios, e joguei a cabeça para trás. Espalmou as mãos nas minhas costas e desceu com a boca pelo meu queixo, mordendo-o.

Sua língua deslizou, macia e molhada, pelo meu pescoço, e marcou a minha pele com chupadas fortes.

— Ohhh… Enzo! — gemi o seu nome e enterrei os meus dedos em seus cabelos.

Sua língua lambeu a ardência na minha pele e mordeu o meu ombro. Puxou o vestido para baixo. Meus seios saltaram para fora, arrepiados, e abaixei o olhar.

Enzo manteve minha cabeça imóvel pelos cabelos e deslizou um dedo pela aréola do meu seio, detalhando-a. Suspirou, o olhar dominador sobre o meu corpo, e tocou no meu mamilo, arrepiando-o. Sorri, excitada, e o formigamento nos meus grandes lábios se alastrou para o meu ventre, me encharcando de tesão.

Apertou o meu bico, passou a língua sobre os lábios e o abocanhou.

— Ohhh! — gemi e arqueei as costas, com o mamilo dentro da sua boca. Sua língua o lambeu em círculos precisos e firmes, e chupou como se mamasse com desejo de mais.

Empurrei sua cabeça contra o meu seio, e ele afastou os lábios, mantendo o contato apenas com a língua. Contemplou-me e vagou para o meio deles. Avançou para o outro seio e chupou com força. Apertou o mamilo entre os dentes e os senti rasparem em uma mordida leve.

Enzo mamou com brutalidade.

Meu mamilo ardia dentro da sua boca, sendo envolvida com a ferocidade da língua, e fui jogada para o lado.

Avançou sobre mim, afastou o rosto dos meus seios e se deitou sobre o meu corpo, me prendendo na cama.

— *Não quero apenas conforto físico. Preciso aliviar a minha mente antes de estar completamente fodido*. — Conforme falou as palavras morosamente, elevou as sobrancelhas, unindo-as. Não *estava explicando*, ordenava. — E se transarmos agora, estarei fodido. O sexo e a sordidez *são os meus vícios*, e estou colocando você no meio deles.

— Vai negar uma noite comigo?

— Vou negar foder de vez a minha cabeça. Preciso… — Fechou os olhos. Estava sem forças para sair de cima. — Preciso organizar a minha cabeça.

Levantou-se, deixando a ausência do peso do seu corpo. Encarei-o, espantada, e Enzo deu as costas, abriu a porta e saiu.

Sentei-me.

Ele estava certo.

Neguei o conforto mental para ele, buscando proteger a minha cabeça.

Deslizei a mão pelo vestido e toquei os meus grandes lábios molhados. Afundei dois dedos contra o meu clitóris. Poderia me satisfazer sozinha enquanto Enzo buscava encontrar sua mente quebrada.

Não queria que ele soubesse. No meio do meu pavor, do desespero e da frieza, me peguei envolvida no jogo com ele.

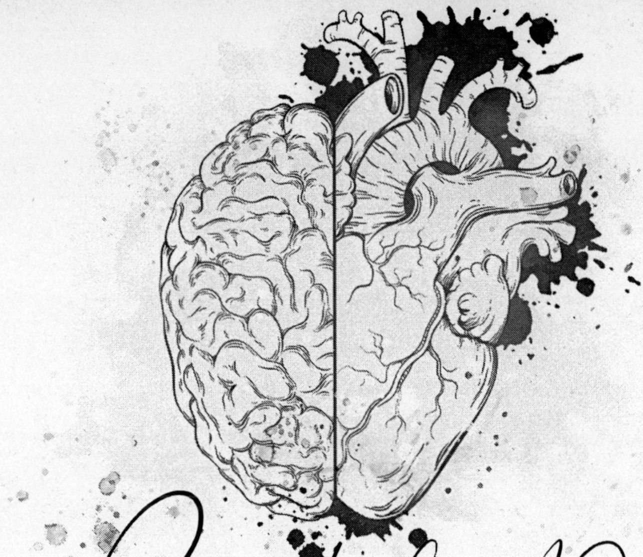

Capítulo 19

Enzo

Desejava desesperadamente que Anya me salvasse, quando, na verdade, ela apenas estava me levando para mais baixo.

Acelerei a Harley, iluminei toda a estrada e o vento me fez sentir livre pelo, que acreditava ser, a última vez antes de ir para a Rússia.

Enquanto pilotava relembrei do meu pai, em uma das suas últimas conversas. Ele havia sido duro, sabia o que estava pedindo para mim.

O custo seria a minha alma, e eu estava decidido a continuar, pelos motivos que ele me deu: *a família e a proteção.*

— Nunca perguntei a você como se sentia em relação a tudo isso — ele havia murmurado, sentado ao meu lado na antiga cabana alugada.

— Isso nunca foi o importante.

— Você é o meu filho, sabia disso? Eu sempre o amei como um filho e me orgulho de ter tido você.

Neguei, e naquela época já pensava em tudo que teria que abrir mão, em tudo o que sentiria, a dor que iria aceitar para abandonar a moral e a vida limpa.

— A mãe me odeia.

— Ela ama você também, é o filho dela, como ela poderia? — ele sussurrou e apoiou uma mão sobre o meu ombro.

— Ela nunca vem nos visitar.

— Porque ela sofre. Ela também sabe o que eu decidi para a sua vida. Ela sofre por isso.

— E Anya? Por que deixá-la no escuro?

— Você sabe o motivo.

— As mulheres não são fracas, pai. Vocês pensam errado.

— Esse é o meu medo — sussurrou e levantou os olhos para o céu escuro sobre nós. — Esse é o meu medo, de que ela não seja fraca.

— E então tudo poderia ser resolvido.

— Você está com medo.

— Não.

— Não se envergonhe por isso. Comigo você pode sentir medo, e confesso que durante muito, muito tempo, senti medo. Ao vir para a cidade com a sua mãe, pensei que a polícia me pegaria, pensei que tanta merda deixada para trás viria me buscar.

— Mas você está me ensinando a enfrentá-la.

— Porque eu sei que o que fiz no passado e também no que me envolvi, retornaria para assombrar vocês, e você é o mais forte.

Fiquei em silêncio por um bom tempo, repensando tudo o que eu sabia, e então encontrei um dos meus medos.

— E se der errado? E se eu for morto?

— Até lá, precisará dizer para Antone e Anya se protegerem. Um Vor, um bom Vor, costuma matar toda a família da sua vítima. Se você morrer, lembre-se: Antone e Anya estarão seguros para sempre, mas se você falhar e abrir a boca sobre a verdade, bem — deu de ombros —, tudo pelo que lutei terá sido em vão.

Eu estava com raiva.

— Você só luta por um filho.

— Você aguentaria ver alguém sofrer? Diga-me? Você sabe o que eles fazem, sabe como eles são.

— E está pedindo que eu me torne igual.

O meu pai se levantou e deu-me um tapa, jogando-me contra o piso da varanda.

— Somos iguais, nunca duvide disso. Nunca se conforte em uma vida boa.

Esfreguei o rosto dolorido e o encarei.

— E eu deveria me orgulhar disso?

— Deveria. Você botará medo, você intimidará e terá poder, meu filho. Mais poder do que eu jamais tive, e sabe por quê? — ele gritou e apontou para o chão. — Levante-se de uma vez!

Obedeci, e parado ao seu lado, ele se ajoelhou, agarrou o meu rosto e me encarou.

— Porque você vai se sentar na porra da cadeira de Vladmir. Você se tornará o líder, e um líder precisa ser ensinado desde pequeno. Sabe como você protegerá a nossa família? Sendo o líder dos nossos inimigos, a porra de um Vor no mais alto cargo, e sim — hesitou —, eu me orgulho de você. Enquanto eu fracassei em ser bom e apenas da KGB, enquanto fracassei em matar Kirill, Ivo e foder com a vida de Vladmir, você conseguirá.

— Vladmir poderá desconfiar demais de mim.

— Olhe para você, é igual a ele. Eu e Vladmir somos muito parecidos, infelizmente. No escuro eu poderia me passar por ele e ele por mim, um baile de máscaras sem rostos. E você será assim também. Ninguém conhece tão bem você como eu, e jamais deixe que alguém conheça, porque isso é fraqueza. Não confie em ninguém, está me ouvindo? — ordenou, apontando um dedo contra o meu rosto. — Não confie nem em quem parece querer ajudar você, nem em seus irmãos.

— Antone jamais...

— Jamais — bravejou. — Você é sozinho, sempre será. Se um dia contar para alguém a verdade, será morto dentro dos Vory.

— E o menino que eu vi lá, Nicolai?

— Ah, sim. — Sorriu. — Será igual ao pai, então tome cuidado, pois eles são espertos. Nicolai verá você como o inimigo pronto para tirar o seu posto, porque Vladmir está se tornando velho, assim como Kirill. Seu sucessor, pelo sonho de Kirill, é Nicolai, o seu filho.

— Mas...

— Mas se Vladmir se levantar e indicar você para ocupar o seu posto, ninguém recusará.

— Eles podem querer me matar antes.

— Por isso, só conte quando for a hora. Por enquanto, Vladmir não contará para ninguém.

— E se ele contar?

— Ele o protegerá. Irá ajudá-lo, Enzo. Um homem sempre se orgulha do seu filho.

Senti o poder abaixo do guidão da Harley enquanto eu acelerava e pensava que se eu apenas largasse o controle e deixasse sem comando, tudo poderia acabar.

Mas então eu teria me tornado um covarde, e o meu pai havia criado um homem sem medo.

Decidi não me julgar mais, não pensar no que aconteceria, *só no que merecia. Noites com* Anya, isso sim.

Ri ao pensar na ironia.

A mulher de quem deveria me manter distante, que eu deveria fazer crer na irmandade, era a que eu mais queria que me desejasse.

Avistei o bar ao longe e diminuí a velocidade.

Estacionei a moto e tirei o capacete. Guardei-o dentro do baú traseiro e entrei no bar.

— Lehansters — Clay gritou do balcão.

— E aí? — Acenei para ele e apoiei-me no balcão. — Onde está o meu irmão?

— Antone saiu com uma gostosa por aí.

— Mais uma?

— De duas uma: ou seu irmão tem um pau grande ou sabe trepar bem.

Ri e aceitei a garrafa de cerveja que ele ofereceu. Tomei um longo gole.

— E o que está rolando? — Ele apontou para o meu corte.

— Uma briga.

— Não diga que se envolveu com os russos. — Ouvi a voz de Toni, que apoiou a mão no meu ombro e sentou-se ao meu lado.

— Ouviu algo?

— Sabe, seu sócio pode pagar bem os policiais para abafar as merdas. — Sorriu e piscou um olho. — Mas eu pago melhor.

— Eles se envolveram com a minha família.

— Costumo dizer que mato quem se envolve com a minha família. — Toni pegou uma garrafa de cerveja. — Mas os russos costumam limpar a casa quando um deles é morto, então, nesse caso, acho melhor saber onde enfia o rabo, menino.

— E eu sei — murmurei e bebi mais um longo gole. — Preciso conversar. — E com isso deixei claro que Clay não participaria da conversa. Ele era um bom comigo, mas amigo de Antone, e isso significava que contaria cada palavra.

Dei as costas, acompanhei Toni até uma mesa e me sentei.

— Problemas?

— Muitos. Estou de partida, Toni.

— Porra, como assim?

— Vou com os russos.

Curvou-se para frente, apoiou uma mão na mesa e bebeu um gole da garrafa.

— Se está metido em problemas, posso ajudar e livrar você dessa.

— Estou indo por vontade. — Sorri. Em partes era verdade.

— Você sabe onde está se metendo?

— Com a Bratva.

— Que vida — Toni murmurou, acariciando a barba escura e um pouco grisalha. — Sabe que eles vão acabar com você antes, não sabe?

— Por isso quero falar com você.

— Manda. Estou ao seu dispor.

— Quero que fique de olho em Antone, e não o deixe se envolver com gangues ou em brigas. Ele faz isso para chamar a atenção.

— Como sabe disso?

— Conheço o irmão que tenho. É sempre a mesma história, e Antone vai querer ir atrás de mim depois que eu for.

— Mas ele sabe?

— Sabe que muitas coisas mudarão quando eu for.

— E voltará?

— *É claro que sim*. Ainda serei um Lehansters.

— Mas está disposto a ser um Vor. — Hesitou e apontou para mim. — Vejo muito dos meus homens mudarem quando mando matarem pela primeira vez, quando cheiram pela primeira vez e assim se fodem pela primeira vez. Depois de bater a bunda no fundo do poço, é perigoso quebrar as pernas na queda e nunca mais sair dele.

— Quantos homens você já perdeu?

— Quer saber quantos homens meus eu matei, quantos foram mortos por outras gangues ou que se mataram?

— O total.

— Perdi a conta de quantos enfiei uma bala na cabeça, mas aqueles que foram mortos pelos outros ou que se mataram, esses nunca me esqueci — sussurrou. — Eu me responsabilizo por isso. Teve uma vez, um jovem que resgatei de outra gangue, novo e perdido na vida. Ensinei a parte da lavagem e do tráfico, mas não iria ensiná-lo a atirar e matar tão cedo, porém ele precisou. E depois de ter matado, ele se deu um tiro. — Deu de ombros. — Erro meu.

— Você ainda me verá — murmurei e Toni negou, o olhar sentido.

— Não. Se você for, quando voltar não será o mesmo homem que vejo agora. Faça como eu, quando decidi ter essa vida: *olhe-se bem no espelho agora*, para nunca se esquecer de quem um dia foi e quem um dia poderá voltar a ser se tentar muito. Normalmente, é no meio desse caminho que muitos se perdem.

Assenti, bebi o resto da cerveja e encarei Toni por segundos, em silêncio.

— Já se apaixonou?

— Eu?

— Sim.

— Já. Todo mundo que já viveu bem nessa vida amou alguém. O problema não é amar, mas deixar de amar — sussurrou.

— O que aconteceu com o seu amor?

— Ela me deixou — Toni disse, riu e bebeu de novo. — Disse que eu era perigoso demais, que ela morreria ainda em uma das minhas brigas. E sabe o que é pior? É que era verdade. Por isso, por amá-la, eu a deixei ir.

— E ela foi?

— Não. Encontrei o corpo dela numa vala. Mataram-na por uma rixa da gangue. O enterro foi enquanto eu estava preso, acusado de a ter matado.

Fiquei em silêncio, sem saber o que responder, e ele riu.

— Esse é o problema. Amar dói, é pior do que qualquer arma que já passou na minha mão e fez mais estrago em mim do que qualquer bala, mas sabe por que estou contando isso?

— Por quê?

— Porque vale a pena. Quando tudo parecer uma merda, você poderá pensar em alguém.

Ouvir aquilo fez o meu corpo doer e bebi o último gole da cerveja, disposto a continuar na minha decisão.

Antes de ir para a Rússia, eu mandaria qualquer julgamento para o inferno e iria passar as noites com Anya.

Ela aceitaria e, se no final, eu me apaixonasse, partiria do mesmo jeito. Anya *não iria se envolver do mesmo modo, e eu jamais poderia esperar que se apaixonasse também.*

Eram escolhas e rumos a serem tomados.

— Foi boa a conversa — murmurei. — Preciso ir.

— Irá atrás da mulher?

— Que mulher? — perguntei, já de pé, surpreso com Toni, e esse se levantou, sorrindo.

— A mulher que pensou quando me perguntou sobre sentimentos.

Ri e assenti devagar.

— Se soubesse...

— Não preciso saber. A única pessoa que precisa saber é você mesmo. E se isso faz bem, quem sou eu para dizer que não? A vida é muito dura para criticar demais.

— Obrigado.

— Sabe onde me encontrar. — Deu uma piscadela e foi para outra mesa. Acenei para o Clay e saí do bar, disposto a buscar Anya na cama.

Ela me comandaria ou eu a dominaria, estava pouco me fodendo para isso, contanto que, no final, eu a tivesse.

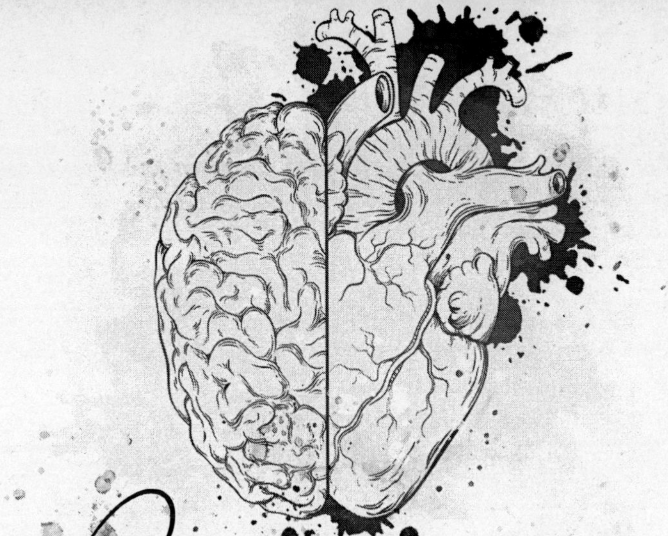

Capítulo 20

Enzo

Que meu pai me perdoasse por arriscar tanto assim o que ele construiu.
Em minha mente eu visualizava Anya deitada nua na própria cama, como se estivesse à minha espera.

E eu iria chegar.

Foderia com ela.

Os portões da casa se abriram e adentrei.

Estacionei a Harley, entrei na casa, subi a escada e vagueei até o quarto de Anya, lembrando-me de ter sido informado que ela tinha ido embora do cassino.

Abri a porta e permaneci imóvel, fitando o quarto vazio.

Tudo organizado, como se ela não tivesse voltado. Peguei o celular.

Disquei para Antone, mas seu celular apenas chamou, e *não sabia o número dela.*

Apoiei o braço contra a porta e disquei novamente para Antone. Tocou uma vez, duas, na terceira ouvi sua voz cansada.

— Não posso ter nem uma foda em paz?

— Anya *não está em casa* — murmurei. Fitei o seu quarto na penumbra e fechei a porta. — Falou com ela?

— Nossa irmã deve estar em algum canto. Anya também não é santa.

— Porra, Antone! Nicolai a viu!

— O russo? — A preocupação era evidente.

— Sim. Eu o enfrentei, mas Anya *não está na porra da casa, não deve estar no cassino e...* — Pausei. Se eu perdesse o controle, perderia a cabeça.

Massageei minha testa, pensando sobre Nicolai.

— Você acha que ele pode, você sabe...

— Tem o número dela?

— Sim.

— Passe-me por mensagem — ordenei e desliguei.

Minhas mãos tremeram com o que eu imaginava e fechei os olhos. Apertei o celular e esse vibrou com a mensagem de Antone.

Anotei o número e disquei, mas caiu direto na caixa postal e isso confirmou as minhas suspeitas.

Liguei para Henrique.

— Está tudo bem?

— Preciso que localize um número.

— Sabe que não faço isso. — Tentou disfarçar.

— Sei que vigia a porra do seu irmão! Guarde sua vergonha para outros momentos, porque preciso localizar Anya.

O silêncio confirmou que ele pensou o mesmo que eu.

— Ela sumiu.

— Sim.

— Mande o número — pediu. — Já envio a localização para você.

Desliguei e enviei a mensagem de Antone. Desci as escadas, mas antes passei no meu quarto e peguei um revólver.

Jamais pensei em usar, na verdade, eu temia, entretanto, nesse momento apenas queria matar qualquer desgraçado que estivesse com ela.

Saí de casa disposto a trazer Anya de qualquer forma.

Já estava fora de mim quando entrei no meu Porsche e esperei a mensagem de Henrique. *Já tinha perdido a cabeça em pura raiva e fúria antes de* receber o endereço, e quando esse chegou, abandonei a sanidade.

Era um hotel *à* beira da estrada, velho e quase fechando as portas, e não tive dúvidas de que era o local perfeito para Nicolai.

Acelerei, iluminando todo o jardim, e disquei para Antone novamente.

— O que foi, cara?

— Se der alguma merda, preciso que esteja com o celular perto e em casa.

— Como assim?

Tremia. N*ão era medo,* mas *fúria.* Tinha sangue nos olhos, meu suor frio escorria e meu coração acelerava a cada quadra que eu chiava os pneus.

— Farei o que for preciso para tirar Anya das mãos daquela merda de russo!

— Não faça merda.

— A merda já está feita. — Desliguei.

Joguei o celular no banco do passageiro, ouvindo-o vibrar com as ligações de Antone. N*ão queria alguém que me* fizesse clarear as ideias. Estava movido pelo ódio e queria continuar assim.

Acelerei mais, voando pelo asfalto ao redor da cidade e compreendi o que o meu pai havia me dito uma vez sobre matar: *quando você precisar fazer, não pense. Apenas faça, sinta a adrenalina e coloque na maldita cabeça que era preciso. Só assim podemos acalmar nossos demônios.*

E o meu estava solto, com um revólver carregado e com raiva.

Tinha medo de sujar as mãos, contudo, tinha uma fúria maior ainda, e imaginar Anya em perigo, nas mãos de Nicolai, era o suficiente para não me fazer hesitar.

Avistei o hotel ao longe, as luzes acesas e sem nenhum movimento no térreo. Diminuí a velocidade e aproximei-me, estacionei na frente. Desci, cobri a arma atrás da calça com a camisa e entrei.

— Senhor? — O recepcionista, um homem velho, saiu de trás de um balcão. Puxei a carteira e arranquei uma nota de cem.

— Eu quero os russos — ordenei. — Em que quarto?

O velho arregalou os olhos e recuou.

— Não sei do que está falando.

— Eu quero a porra dos russos! — gritei e joguei a nota contra ele, que deu as costas e correu para o balcão. Puxei a arma e apontei na sua direção. — Dê-me um motivo para não puxar o gatilho.

Deveria me envergonhar por ameaçar um inocente, no entanto, como já sabia, eu não era mais o mesmo.

— Estão no primeiro andar. Quarto 103 — o velho gritou e ergueu os braços, tremendo de medo.

— Saia do hotel e não ligue para a polícia — ordenei e dei as costas, ainda com a arma na mão.

Subi as escadas.

Anya. Ninguém, além de mim, tocaria nela. Ninguém iria ameaçar a sua vida. Fui ensinado a protegê-la, mesmo que fosse necessário a manter nas sombras.

Eu poderia perder a minha alma, mas levaria a de Nicolai junto.

Caminhei devagar, passo por passo, buscando ouvir algum barulho, como um predador prestes a matar.

Mantive a arma na mão e os olhos fixos na porta do quarto 103. Parei em frente e chutei com força, escancarou-se e revelou o interior do quarto.

Aleksei deu um grito e levantei a arma, adentrando no quarto. E então percebi que eu realmente aprendi direito. Mesmo no ódio, na raiva e no temor, ao erguer a arma, minha mão se manteve imóvel.

— Ei! — Aleksei gritou. Ergueu as mãos, vestido apenas com uma calça e uma camisa, com um cigarro na mão.

Olhei ao redor, os meus olhos pararam na mulher caída no chão do quarto, com marcas vermelhas pelas pernas e braços, provavelmente feitas por alguma corda apertada, o vestido rasgado...

Apagada.

— O que vocês fizeram com a minha irmã? — Mantive a frieza na expressão, mesmo que por dentro eu explodisse.

Fitei o russo sob a luz amarelada dos abajures e olhei para Nicolai, parado ao lado de Anya.

— Com a minha esposa, seu bostinha.

— Você é um filho da puta!

— Eu tenho direito sobre ela. — Nicolai abriu um sorriso frio. — Anya é minha.

Engatilhei o revólver, apontando-o para Nicolai.

— Vou estourar os seus miolos, sabe por quê? Porque estou pouco me fodendo para a sua máfia ou para qualquer ameaça que possa fazer!

— Vladmir não irá protegê-lo se matar um Vor — Aleksei alertou, entretanto, Nicolai manteve-se imóvel, apenas perscrutando o meu rosto e confirmando o que eu sabia: *Vladmir iria me proteger*.

— O que fizeram com ela?

— Deu para passar a mão, mas sabe como é, gosto de ter a mulher acordada, e Anya apagou dentro do porta-malas até aqui.

— Sabe o que vai ser bom? — disse entredentes e dei um passo para frente, mantendo a mira na testa de Nicolai. — Vou adorar ligar para Vladmir e pedir ajuda para limpar os seus miolos da parede.

— Faça — Nicolai sussurrou. — Seja homem e estoure a porra dos meus miolos. Ou é um covarde?

Queria matá-lo, mas, ao mesmo tempo, estava travado entre a moral, o certo e o que eu desejava.

A ideia de matar, de sujar as mãos, era assustadora e me congelava diante do ato. Suei frio, imaginei o que restaria de mim quando me olhasse no espelho e pensasse que havia tirado uma vida.

— Você é covarde — Nicolai sussurrou e antes que eu conseguisse puxar o gatilho, fui jogado para o lado, empurrado com força por Aleksei.

A arma voou da minha mão e gritei, enquanto Aleksei, caído sobre mim, tentava pegar a arma. Empurrei-o e senti o seu punho fechado contra o meu rosto. Ossos contra ossos. O sangue quente escorria dos cortes abertos e agarrei seus punhos, socando-o também. Derrubei-o para o lado.

O grito de Anya me distraiu.

Fui jogado para o lado e Aleksei me acertou com veemência. Urrei, chacoalhando-me embaixo dele, o cabelo grudado no sangue que escorria. Ardia e latejava, mas a fúria me deixava cego.

Aleksei me acertou e tonteei, engolindo sangue. Tateei para o lado e senti a arma contra a palma da minha mão.

Não havia momento para pensar.

Era eu ou ele. Ele ou Anya.

A minha alma ou a porra do caminho que decidi.

Escolhi.

Puxei a arma, ergui-a entre os socos. Mais rápido do que qualquer raciocínio, meu dedo apertou o gatilho. A adrenalina percorreu o meu corpo, a explosão acelerou o meu coração. O limite foi cruzado.

O estouro me jogou para trás e cérebro espirrou contra mim. Arregalei os olhos, fitando a cabeça explodida de Aleksei, que sobre mim permaneceu por alguns segundos, até cair para o lado.

Empurrei o corpo, apavorado.

— Seu filho da puta! — Nicolai gritou em russo e recuei, levantei-me.

Encarei-o e apontei contra ele.

— Fique onde está!

Precisava de um tempo para me recuperar da visão.

Limpei o rosto, a arma ainda apontada para Nicolai, a *ânsia ao notar que havia sangue e miolos na minha roupa.*

Olhei de relance para o corpo que, caído contra o chão, empapava-o ao redor. Uma grande poça de sangue, a cabeça com um grande buraco e estraçalhada acima da testa.

— Você está morto, Enzo.

— Cale a porra da boca! — Encarei Nicolai. — Anya, venha para cá.

— Não! — Nicolai ameaçou agarrá-la e Anya avançou contra ele, acertou o seu rosto com um soco e correu na minha direção.

Segurei-a com um braço, mantendo-a rente ao meu corpo.

— Ligue para Vladmir — ordenei.

— Quem você pensa que é para me dar ordens? — Nicolai estava furioso.

— Quem está com a arma apontada na sua cara. Ligue agora!

Ele ergueu as mãos e suspirou.

— Sabe por que eu vou obedecer? Porque vou adorar ouvir da boca de Vladmir que você vai morrer. — Pegou o celular e discou.

Esperei, enquanto notava pelo canto do olho a tentativa frustrada de Anya em esconder o seu pavor.

— Eles tocaram em você?

— Você o matou.

— Eles tocaram em você? — Ditei palavra por palavra.

— Não — respondeu seca e voltou a encarar Nicolai que, com o celular no ouvido, esperava Vladmir atender.

— Pakhan — chamou-o, minhas mãos tremeram.

— Não trema — Anya sussurrou.

— Temos um problema — Nicolai continuou. — Enzo. — Hesitou e me encarou.

— Conte a porra da verdade! — ordenei e ele negou.

Apontei para os seus pés e puxei o gatilho. A adrenalina do poder da arma tinha me fascinado e apavorado.

Nicolai deu um pulo.

— Eu sou casado! — Nicolai gritou. — Porra! Eu me casei com a irmã de Enzo há um tempo e eu a encontrei aqui.

— Continue.

— Tentei sequestrá-la, mas Enzo nos encontrou e explodiu a porra dos miolos de Aleksei. — Pausou e arregalou os olhos, fixos em mim. — Você não me mandará matá-lo? Aleksei era um Vor... — Ficou em silêncio. Minutos transcorreram e ele desligou o telefone, com o rosto em choque.

— O que ele disse?

— Preciso levá-lo até Vladmir — Nicolai retrucou a contragosto.

— Não poderá tocar em mim?

— Não será intocável para sempre, seu desgraçado.

— E o que Vladmir disse sobre a minha irmã? — Precisava saber, era essencial para o plano.

— Ele aparentemente não se interessou.

Assenti e fiz um sinal com a cabeça na direção do corpo.

— Limpe essa bagunça.

— Você é um assassino. Está confortável com isso?

— *Não sabe do que eu seria capaz*. Não me teste.

Ele estava certo. Só que não era o momento para me atormentar com isso. Depois poderia fitar o fundo do meu poço e a merda que eu sentiria diante de ter matado.

Sujo, não pelo sangue que respingou na minha roupa, nem pelos meus machucados. A sujeira era interna e essa sensação nunca passaria.

— Vamos embora — Anya sussurrou.

— Limpe isso, ou você terá um interrogatório com a polícia — ordenei. — Aqui a polícia é minha, Nicolai. Meu nome não vai ser citado, mas não dou a mínima para o seu.

— Você não é o único que pode se safar, mas eu limpo, porque você é um virgem nisso. Está assustado e jamais saberia limpar a própria bagunça. — Ele deu um passo e apontou na minha direção. — Mas Aleksei era um irmão e isso nunca será esquecido. Pode passar o tempo que for, a sua cabeça está ferrada comigo.

— Já era assim desde o início. O meu pai deveria ter feito bem o trabalho dele e acabado com o seu pai. — Abaixei a arma e peguei Anya pela mão, avançando para a porta.

— Amanhã! — Nicolai gritou. — Amanhã à noite partimos!

Abri a porta, ignorando o maldito russo, e Anya soltou a minha mão, afastando-se. Fitei-a sobre o ombro. Ela avançou na direção de Nicolai que, surpreso, *não previu o soco. Ela o* acertou com força e deu as costas, voltando para o meu lado.

Sorri para Nicolai que, furioso, apenas nos encarava de volta.

Eu sabia que Vladmir me salvou, mas talvez o que me esperava na Rússia fosse ainda pior.

Anya entrelaçou os dedos com os meus e isso, de certa forma, me confortou.

Protegi-a enquanto me matei aos poucos. Tornei-me um assassino, mas, por ela, faria de novo.

A que preço? Apenas com o tempo eu descobriria.

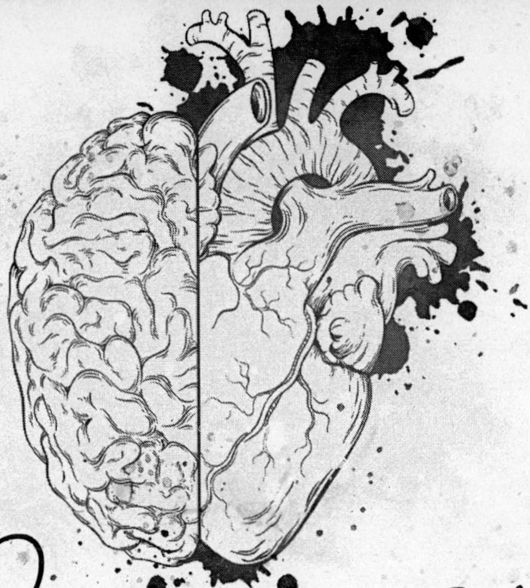

Capítulo 21

Enzo

Estava certo nas minhas decisões.

A impressão que eu tinha era que a partir do momento em que criávamos convicções para continuar, certezas nas nossas escolhas, era mais fácil seguir pelo caminho escolhido.

Eu queria ser bom e agora via isso.

Desde pequeno ansiava ser um homem bom, mas não era para isso que eu fui criado. No fim, entendia os motivos que o meu pai me deu, todas as suas verdades e explicações. No fundo do poço, eu, enfim, conseguia entender que sempre iria me sujar.

Essa era a promessa feita de um filho para um pai, e iria até o fim para cumprir.

Aceitei o dever que o meu pai pediu, entrei em conflito dentro de mim mesmo sobre o certo e o errado.

Eu, até então, sabia distingui-los.

Agora, não mais.

*Não dev*eria medir a altura do poço, só deveria me jogar e mergulhar sem medo.

E a minha jornada apenas estava começando.

O assassinato de Aleksei não significava apenas a morte dele, mas do homem bom que eu tentei ser. Arranquei um pedaço de mim, que era para ser puro, e o manchei de vermelho.

Simples, realista e direto.

A bala explodiu a cabeça de Aleksei e roubou minha alma, e agora eu sabia que seria apenas o primeiro, mas não o último.

Puxei o gatilho não apenas de uma arma, mas de um plano arquitetado pelo homem que foi o meu pai, um antigo agente da KGB, um Vor dos Vory v Zakone e o homem mais cruel que eu já conheci.

Enquanto dirigia em silêncio, ciente de que Anya não tirava os olhos de mim, sentia o sangue colado na minha roupa e a sensação de sujeira na minha pele.

A roupa seria descartada, mas a sensação só tendia a piorar.

No fundo, Anya também sabia, por isso chorava calada ao meu lado. Não estava assustada por causa de Nicolai, era uma mulher mais forte do que o nosso pai jamais imaginou. Mais forte do que eu.

Enquanto eu não conseguia separar sexo de sentimento, ela apenas me buscava pelo prazer.

E, mesmo sabendo de todos os segredos que poderiam amenizar a situação entre nós, me culpava por transar. Ela apenas aceitava que existiam extremos que apenas nós ultrapassaríamos.

— Você não falou nada o caminho inteiro.

— Não há o que falar — respondi tão seco que ela se revestiu de orgulho.

— Temos um homem morto.

— Não. *Eu* tenho um homem morto, você apenas foi a vítima de uma situação que fugiu do controle.

— Deveria ter parado.

— Qual seria o outro fim? Havia outra saída?

— Você pensa assim para não se culpar.

— E você não conhece os meus limites para não me culpar.

Permaneceu em silêncio por mais alguns minutos e limpou as lágrimas do rosto, fitando os prédios pela janela do carro.

— Fiquei assustada.

— *É claro que ficou* — concordei. — Eles poderiam ter...

— Não — interrompeu-me. — *Não me assustei tanto com Nicolai. Eu o conheço, sempre soube do que seria capaz*, e sim, tenho medo dele. Mas sentir medo é diferente de se assustar.

— Então com o quê?

— Com você. Não foi o meu irmão que eu vi naquele quarto. Não foi o homem com quem estive na cama que eu vi nos seus olhos.

— Você viu o nosso pai — sugeri e ela negou.

— Eu vi algo pior.

Pisei no acelerador e apertei com força o volante de couro, descontando a minha raiva em silêncio. Estava furioso pelas acusações de Anya, porque elas eram verdadeiras.

Agora as ideias estavam começando a clarear.

O caminho, as sensaç*ões e as emoções. Tudo* claro dentro da minha mente.

— Melhor se acostumar. Não sou o homem que imagina.

— Prefiro não imaginar, o que eu ganharia com isso?

— Sempre precisa ganhar algo em troca? Nunca está bom o suficiente? Precisa ser sempre essa...

— Essa? — desafiou-me.

— Essa manipuladora do caralho — sussurrei, estressado.

— Não estou questionando o que eu ganharia em troca. Mas não há futuro para nós, não dessa forma. Você se envolveu, admita. Não é apenas sexo mais, é uma obsessão doentia sua.

— Você também se envolveu — acusei-a.

— *É claro que me envolvi.* — Riu, irônica, e a mirei. — *Não sou nosso pai, muito menos nossa mãe, apenas prefiro negar a admitir e me deixar levar*. Ninguém ganhará nada aqui. Nem eu e nem você. Somos irmãos sem afeto, criados e mantidos distantes, sem laços afetivos. Esse foi o nosso erro, e por isso nos vemos de forma diferente, como um homem e uma mulher.

— E não podemos — concordei.

Permaneci em silêncio, não havia mais nada para falar.

— E o que faremos?

— Sobre?

— Eu ainda quero transar com você.

— Está tão envolvida quanto eu nesse jogo.

— Prefiro acreditar que tudo acabará — suspirou. — Você irá para a Rússia, sei que isso acontecerá mesmo se eu pedir que fique.

— E pedirá?

— Ouviria o meu pedido?

— Não. — Fui sincero.

— Não pediria. *Não, eu t*raria o diabo para a Terra para mantê-lo aqui, mas isso tudo é plano do nosso pai, sei que era um homem inteligente. Tudo está acontecendo por um motivo, e eu só preciso descobrir qual.

— Se o nosso pai não queria que você soubesse, talvez seja melhor não saber. Apenas se mantenha afastada.

— Então, será assim?

— Assim como? — Arqueei as sobrancelhas.

— Está se tornando um homem diferente.

— Não. — Ri. — Apenas estou me deixando ser o que realmente sou. — E com isso encerrei o assunto, ciente de que era verdade.

Chegaria um dia em que eu poderia ter medo de mim mesmo? Anya parecia me acusar que sim.

Entrei pelos portões da casa e estacionei. Anya desceu em silêncio e adentrou primeiro na casa. Saí do carro e a segui.

— Você está bem? — Antone desceu as escadas e veio ao nosso encontro. — O que aconteceu?

Anya não respondeu de imediato.

— Nicolai me dopou e me sequestrou. Provavelmente queria minha submissão novamente, ou me levar embora.

— Você não parece abalada — Antone murmurou, incomodado.

— Nicolai não tinha poder o suficiente para me assustar. É preciso muito mais para me tocar. Ele é fraco e jamais me atingiria.

— Matei Aleksei — interrompi o discurso frio e dissimulado de Anya.

Antone arregalou os olhos.

— Fez o quê? — Encarou-me, perplexo. — Matou um mafioso?

— Era a nossa irmã ou ele. O que é mais importante? E você continua bêbado. Vá tomar um banho.

— *Vão matar você?* — Antone parecia desesperado. Ri, agarrei-o pela nuca e dei leves tapas.

Mesmo com os seus defeitos, eu o amava.

— Não. — Expressei despreocupação. — Está tudo bem.

— Enzo irá para a Rússia amanhã — Anya anunciou de forma seca e a encarei. Estava me desafiando.

— Como assim? — Antone perguntou, perturbado.

— Preciso resolver algumas coisas.

— Não me diga que irá encontrar Vladmir, cara!

— São assuntos inacabados.

— A porra que são! Ele vai acabar com você, independentemente do que o nosso pai tenha dito — Antone gritou, *bêbado e bravo, enquanto* Anya apenas observava calma.

— Fique quieto — exigi. Mais um pouco e ele falaria demais. — Nós dois sabíamos que um dia eu iria.

— Porra! — Escondeu o rosto nas mãos. — Porra! — E pareceu chorar.

Deu as costas e tentei alcançá-lo.

— Ei! — gritei, mas ele bateu na minha mão e avançou para a escada, disposto a beber mais. Era um vício sem fim, que Anya precisaria cuidar na minha ausência.

E essa eu encarei furioso.

— Por que fez isso?

— Não acha que o nosso irmão merecia saber? — questionou e sorriu de forma diabólica.

— *É* uma pessoa fria. Acha que isso é um jogo? Acha que pode controlar a situação apenas com palavras? — Aproximei-me do seu rosto, rente aos seus lábios. — Acha que é a porra de uma brincadeira? *Não é.* Gosta de brincar com as pessoas, de manipular, mas essa é uma fodida situação que jamais estará em suas mãos. — Desafiou-me com o olhar. Retribuí a intensidade.

O verde-claro impetuoso, os olhos grandes pintados, a forma como os seus lábios eram carnudos e como ela retribuía com a mesma força o olhar, estava me intimidando. Levei a mão até a sua face e a acariciei.

Rocei os dedos por sua bochecha, toquei os seus lábios e os abri com o polegar.

— *Não quer...*

— Você é forte — sussurrei.

— Nós dois gostamos disso.

— *É por isso que não devemos* — afirmei e ela continuou a me fitar.

Senti a necessidade varrer a lucidez, o desejo forçar a minha ereção contra a calça, e deslizei a mão para dentro dos seus cabelos.

Eu a queria com a porra da força que me mantinha diante dela.

Queria com tanta violência.

Beijei-a, abri seus lábios e enfiei a língua, urgente.

Posse, obsessão doentia e um envolvimento errado.

Anya segurou o meu rosto, retribuindo o beijo, e tocou a minha língua com a sua. Envolvi-a, determinando o ritmo profundo, e deslizei com a outra mão até a sua bunda, apertando-a com brutalidade e colando os nossos corpos. Precisava me enterrar nela, mesmo se isso significasse ser a última noite.

Explorei sua boca devagar, com precisão, tocando em sua língua e envolvendo-a em uma dança erótica, devorando-a com os meus lábios contra os seus, pressionando-os para que permitisse que eu avançasse mais com a língua. Ela empurrou a minha e invadiu a minha boca com a sua, tomando posse também. Permiti.

E então ouvi a porta do andar de cima se fechar com força.

Antone.

Anya deu um pulo para trás, apavorada.

Coloquei um dedo sobre os lábios, sinalizando para que ela ficasse quieta.

— Ele não viu.

Transtornada por ter cedido, deu as costas e subiu a escada. Observei-a, o vestido rasgado e os braços machucados.

Anya, em nenhum momento, pediu conforto ou afeto.

Passou por toda a situação de forma dura e fria.

Como conseguia? Que espécie de mulher nossos pais criaram?

Subi atrás dela, mas quando cheguei no alto da escada, *já tinha desaparecido dentro do quarto. Fui até o de* Antone e abri a porta, fitando-o parado na sacada, com uma garrafa de uísque.

— Você jamais encontrará paz nos vícios — anunciei a minha entrada e fechei a porta.

Ele permaneceu em silêncio e estagnei ao seu lado.

— Você diz isso por experiência própria?

— *É claro.*

Ele riu, melancólico. Apoiei uma mão em seu ombro.

— Sempre serei o seu irmão, sempre serei um Lehansters e estarei aqui.

— Como estará, se partirá amanhã?

— Voltarei.

— Como, Enzo? Em que estado voltará? Tudo o que você me contou sobre Vladmir, sobre a merda que o nosso pai...

— Calma.

— Não. Não somos bons, eu sei disso, mas eles são piores.

— Sempre soubemos eu iria atrás da Bratva.

— Por causa daquele filho da puta do nosso pai!

— Não, sabe que tem mais envolvido do que isso.

Ele assentiu e bebeu mais um longo gole.

— Você matou uma pessoa. Como está?

— Destruído. Sujo.

— E fará de novo, não fará? Eles o obrigarão.

— Se eu for um Vor, sim.

— Se? — repetiu, tenso.

— Há tanto a provar. Um longo caminho pela frente. Mas eu voltarei.

— Mudado?

— Todos mudam.

Bebeu mais. Peguei sua garrafa e virei-a. Senti o gosto amargo da bebida.

— Você sabe que precisa parar, não sabe? Beber desse jeito irá destruí-lo também.

— Somos todos uns viciados. Ainda não descobri a merda do vício da nossa irmã.

— Anya é viciada em controle — contei. — Gosta de mentir, manipular e brincar com as pessoas.

Antone apenas riu e pegou a garrafa.

— Pare de ir ao bar do Clay, está bem?

— Por quê?

— Se você se envolver em uma briga, eu não estarei aqui.

— Posso pedir para o Toni.

— Não — ordenei. — Eu conversei com Toni. Ele está disposto a ajudar se for preciso, mas, por favor, não faça ser preciso. Toni é tão ruim quanto a Bratva. Uma gangue de motociclistas é um clube, é uma irmandade, e o que rola lá dentro é barra pesada.

— Somos pesados.

— Não desse modo. Você não é assim, apenas cuide desse seu vício de bebidas e brigas.

— Sou um encrenqueiro, é isso?

— Você é o melhor de nós três, apenas tente continuar sendo.

Ele concordou e ficou em silêncio por alguns minutos.

— Não se culpe pela morte daquele russo, ele merecia.

— Matar muda a perspectiva de muitos aspectos da vida.

— Mesmo assim. Ele merecia.

— Mas eu merecia ter esse peso? — Dei um tapa nas suas costas. — Deixe que da culpa cuido eu, está bem?

— Você vai mesmo amanhã?

— Amanhã à noite.

— E quando volta?

Fitei os portões altos da casa, os jardins, e pensei nessa pergunta. Isso o meu pai nunca me contou, mas eu sabia. Não seria uma viagem curta.

— Espero que em breve. — Afastei-me. — Vou tomar um banho e descansar. Amanhã vamos dar uma volta nós dois, o que acha?

— Sabe que sim.

Saí do quarto e fui até o meu.

Parei na penumbra do quarto, sem vontade de ligar a luz, e fitei o meu reflexo no espelho em uma das paredes.

O meu rosto estava machucado, com sangue, os cabelos sujos. Minha roupa com marcas escuras e passei as mãos nos cabelos, tentando aguentar.

O meu pai esperava muito de mim, quando eu, na verdade, ainda não era tão forte. Porra, estava lutando contra as lágrimas ao pensar que matei uma pessoa, independentemente se ela era boa ou ruim.

Tirei a camisa. A dor, que até então a adrenalina não havia permitido sentir, me invadiu de forma crua. Despi-me e larguei as roupas em um canto, para que depois as jogasse fora.

Entrei no banheiro e me fitei novamente no espelho.

O que mais eu precisaria aguentar?

O quanto mais haveria pelo caminho?

Liguei o chuveiro e entrei debaixo.

Apoiei as mãos contra a parede e desabei em um choro silencioso.

Chorei ao lembrar do meu pai e da minha mãe, de toda a minha infância, de Antone ao meu lado todo o tempo.

Iria para a Rússia, conviveria com Vladmir e aceitaria começar a dar as cartas: tornar-me um Vor, entrar para a Bratva.

Chorei debaixo do chuveiro pela moral que seria destruída, pelo que estaria disposto a fazer e como isso iria me transformar cada vez mais.

Limpei o meu corpo de todo o sangue e saí do chuveiro. Pelo espelho notei a porta do banheiro fechada. Alguém tinha entrado enquanto eu estava no chuveiro. Abri-a devagar, o lugar estava na penumbra.

Parada no meio do quarto, apenas de roupão e cabelos molhados, Anya me encarou. Mordeu o lábio inferior, as lágrimas se sustentando no olhar.

Nu, caminhei até ela.

Não aguentaríamos sozinhos os nossos pedaços.

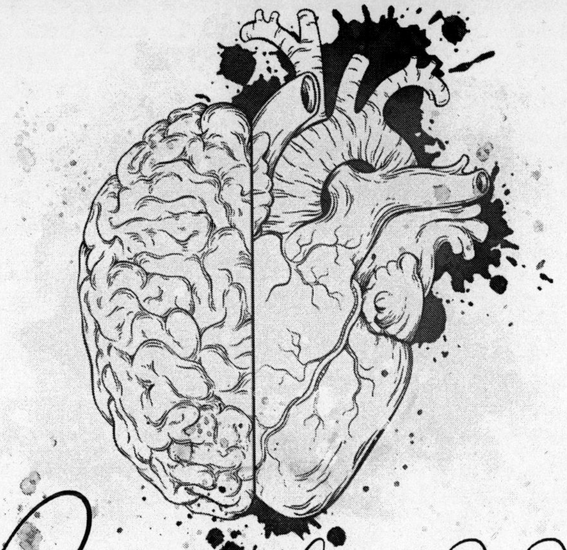

Capítulo 22

Enzo

Havia algo que era impossível de negar: a necessidade que sentíamos de enfrentar qualquer julgamento para nos arriscar.

A ânsia de fazer o errado se tornar certo para nós.

E o desejo doentio de não conseguir parar.

Continuei a encarar os seus olhos verdes, deixando a dor transpassar pelo meu semblante.

Anya tocou no meu rosto. Fechei os olhos, aceitando o roçar dos seus dedos na minha pele.

— Eu poderia pedir que ficasse.

— Não faça isso.

— Por que irá ferir o meu orgulho?

— Você não é uma mulher que aceita um não, e essa seria a minha resposta. Estragaria o momento — sussurrei e ri, melancólico. — Por que está aqui?

— Não queria que eu estivesse?

— Me deu as costas lá embaixo.

— Somos irmãos. Isso é errado, muito errado.

— Não é assim que nos sentimos.

— Temos sentimentos estranhos, somos pessoas estranhas. Não podemos comparar o certo com o que sentimos.

— E você se preocupa com o certo? — Seus olhos adquiriram o brilho das lágrimas. — Você está se tornando vulnerável diante de mim, isso também é certo?

— Não. — Sorriu. — Mas se você está de partida, talvez eu não seja tão dura como você pensa.

— Não *sabe o que penso*.

— Então aproveite — sussurrou. — Porque talvez seja o único momento em que me verá assim.

Assenti, compreendendo o significado da frase.

— Por que *não tirou a máscara aquela noite?*

— Gosto do perigo.

— Era anonimato.

— E o anonimato é libertador. Podemos ser quem quisermos com uma máscara, nos comportar sem julgamentos ou pré-conceitos da sociedade. Com máscaras, podemos nos aventurar por um anonimato de prazer e sensações.

— Um prazer perigoso para olhos curiosos.

— E por que você não tirou?

— Era um desafio — contei. — Você tentou me dominar e mesmo com máscara não se sentiu intimidada por um homem dominador. Você *é* forte.

— Diz que sou forte, mas eu o vejo como alguém mais forte.

— Teria puxado o gatilho sem hesitar se fosse necessário?

— Para me salvar. — Hesitou. — E para salvar você e Antone, sim.

— E se arrependeria?

— Não.

— Então você é mais forte do que eu.

— Não se arrependa — pediu e segui com o olhar a minha mão pelo seu rosto. Toquei sua bochecha, delineando os seus lábios carnudos e voltei a encará-la.

— Partirei amanhã.

— Eu sei.

— N*ão sei quando voltarei* — contei uma verdade que estava me assombrando.

— Uma semana? Um mês?

— Provavelmente mais — murmurei.

— O que farão com você lá? O que você fará?

Se eu contasse todo o plano, toda a história e os motivos, Anya seria ágil e ligaria todos os pontos. Daria tudo para ela e ficaria sem nada.

Ela queria os segredos, era do feitio dela.

— Pare — sussurrei.

— Conte — exigiu. — O que fará? Você se tornará um Vor para o quê? — Estava me interrogando, seduzindo-me com a fragilidade para invadir a minha mente desde o começo da conversa.

Uma dominadora de mente. E eu estava caindo.

— Pare. — Engrossei a voz.

— Não.

Recuei.

— Por que faz isso? Por que precisa mexer nos segredos dos outros?

— Por que você não pode dá-los?

— Você os usaria contra mim — acusei-a. — Você fode todos os momentos que poderíamos conversar com essa sua obsessão de assumir o controle quando, porra, não há controle nenhum. Ninguém está conseguindo controlar a situação — gritei, exausto. — Por que faz isso?

— N*ão sei quem será você quando voltar* — confessou.

— E por isso precisa de segredos meus para se proteger — completei sua ideia. — *É por isso, não é?*

— Você é uma incógnita para mim. N*ão sei como manipulá-lo, como dominá-lo ou adivinhar os seus passos.*

— E por isso precisa se proteger?

— Está me ferrando junto com você. — Ergueu as sobrancelhas. — Eu o odeio.

Neguei. Passei uma mão sobre a minha barba rala e continuei negando.

Estava prestes a explodir, e diante de toda carga emocional que sentia, simplesmente me larguei e me deixei ultrapassar os limites.

Avancei na direção de Anya e agarrei o seu rosto, impedindo-a de escapar. Arregalou os olhos, assustada com a minha brutalidade.

— Que porra que você me odeia, eu também queria conseguir — sussurrei contra os seus lábios, os olhos fixos neles, desejando tê-los para mim. — Mas não consigo mais odiá-la.

Vi a luta em seus olhos: tentava se manter distante, dura e forte, no entanto, estava cedendo.

Caindo em seu próprio jogo de sedução.

— E algum dia conseguiu me odiar?

— Não — sussurrei. — Você é um diabo na minha vida, não consigo odiá-la na mesma intensidade com que desejo foder com você.

— Mesmo sendo...

— Pare de jogar essa merda sobre nós! Toda vez que você fala, tenho a impressão de que, na verdade, gosta da ideia.

— Você gosta?

— Gosto de foder com força, e com você é ainda melhor — assumi o desejo de uma vez e Anya sorriu.

— Você gosta de força? — Abriu o roupão e deixou-o cair no chão. Nua. — Eu adoraria vê-lo tentar.

— Dominá-la? — Seus olhos desceram para os meus lábios.

— Se entregar.

— Você quer que eu entregue a minha fodida mente, é isso o que busca.

— Não é o que todos buscam? Um poder extremo sobre o outro, capaz de manter as nossas mentes tranquilas.

— Não. Nem todos buscam machucar os outros com os próprios segredos.

— Eu não busco machucar você — sussurrou e acariciei os seus lábios com o polegar.

— Não. Você aprendeu que para se proteger é necessário apunhalar alguém.

— Que culpa eu tenho da minha criação?

— Não culpe sempre a criação pelos seus erros.

Desci o olhar pelo seu pescoço, a visão do seu corpo exposto: *nu, deliciosamente nu para ser tocado.*

Suspirei.

— Eu deveria ir embora, se você não está disposto. Quero a sua mente, a sua total entrega. Quero que esteja aqui não como um Lehansters ou um irmão, mas como foi naquela primeira noite: alguém sem amarras.

— E como você seria?

— Eu seria apenas uma mulher disposta a ter prazer, a se entregar para um anonimato em que não precisasse me proteger.

— Esquecer quem somos?

— E viver o que sentimos. Mas se você não está disposto, então esta será a nossa despedida.

Agachou-se, prestes a pegar o roupão do chão, mas segurei o seu braço.

Eu precisava dela, antes que fosse tarde demais.

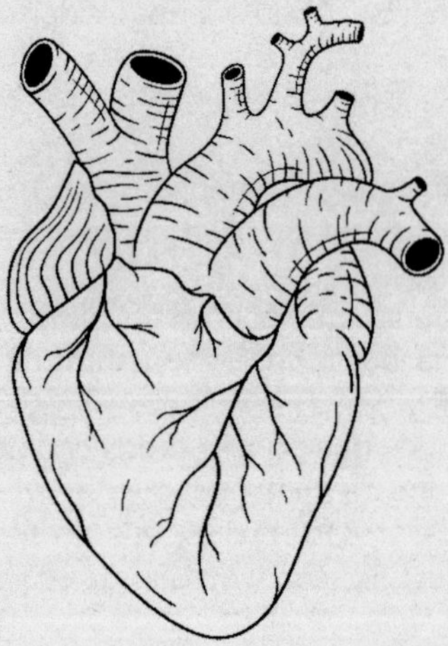

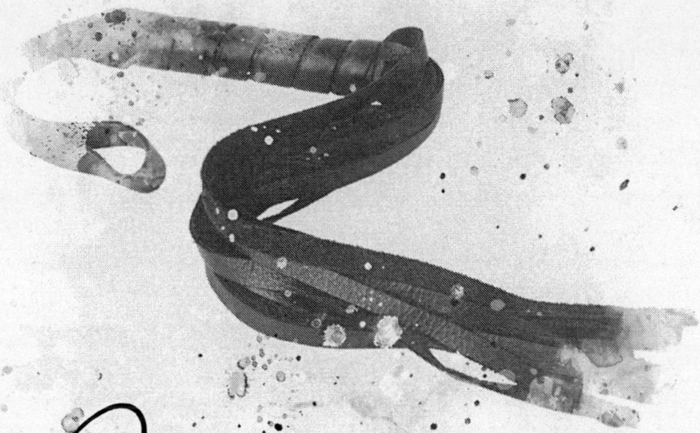

Capítulo 23

Anya

A sedução era uma arma, não usada para conseguir sexo, mas para convencer as pessoas do que eu queria que elas fizessem.

Enzo estava certo, eu era praticamente viciada em poder e dominação mental. Gostava que as pessoas estivessem debaixo das minhas mãos, dominadas pelas minhas ideias e esperando o momento certo para me obedecerem sem perceber.

Tentei jogar com Enzo, atraí-lo para mim e agarrar os seus segredos, pois de todos os homens com quem estive, Enzo se tornou o homem mais imprevisível que eu já conheci.

Ainda estava abalada por causa de Nicolai. Enquanto eu mantinha uma imagem fria, me *esforçando* para me manter dura, isso também me destruía por dentro.

Era uma luta constante em guardar emoções. Temia ser atacada ao me tornar vulnerável.

No entanto, no meu próprio jogo me traí. Passei a ansiar não apenas os segredos de Enzo, mas o seu toque.

O poder era traiçoeiro. Quanto mais eu tinha, mais fora de controle eu ficava. E quanto menos eu tinha, mais cruel eu era.

— Você veio até aqui — desafiou-me. — Você também queria.

— Sou instável — sussurrei. Esquivei-me e me ergui. — Gosto de ser agradada.

— Gosta de ser agradada? E se eu não a agradar?

— Irá me perder.

— E algum dia eu a tive?

— Nunca alguém me terá.

— Então por que está no meu quarto?

— Porque você queria transar comigo.

— E como poderia saber?

— Eu entendo os homens.

— Está dizendo que está me decifrando?

— Não. Você não.

— Por quê?

— É instável demais.

— *É perigoso demais?* — sugeriu.

— Mas eu poderia adivinhar — cortei-o.

— E o que eu quero agora, consegue adivinhar? — Alcançou minha face e empurrou uma mecha de cabelo da bochecha, acariciando-a. — Consegue adivinhar a necessidade que eu sinto diante de tanto estresse? O quanto eu preciso de um descanso mental?

— Isso não seria um descanso.

— Ah, não. Não seria. Mas que graça teria se fosse apenas um sexo comum?

— Não gosta de sexo comum?

— Nós não somos comuns. — Sua mão deslizou para o meu pescoço. Fechou-a ali.

— *Não serei dominada.*

— Não estou tentando dominá-la. Mas não gostaria de foder comigo esta noite, exatamente como sugeriu?

— Sem luta de egos?

— Apenas pelo prazer que eu posso dar a você, e pelo que você me dá. Uma despedida especial.

Sorri e saboreei as palavras que me excitavam.

— O que há de especial nisso? — perguntei em um sussurro. Queria provocá-lo. Observei seus olhos verdes, os seus lábios entreabertos, a sua mandíbula quadrada e o seu rosto com hematomas.

— Porque somos únicos um para o outro. Somos doentes pelo poder. Doentes pela dominação. Temos o melhor sexo, e é por isso que estamos nos viciando nele. — Acalcou os dedos na minha pele, aproximou os lábios e sussurrou no meu ouvido: — Um vício fodido nosso, porque não há outros homens mais extremos do que eu, e não há mulheres mais fortes do que você.

— E como será hoje?

— Hoje *nós* nos entregaremos, como uma despedida que eu e você merecemos. — Mordeu a minha orelha.

— Talvez então eu encontre um homem melhor quando você for. — Segurei o seu pulso. — Então terá que dar o seu melhor. — Desci a mão para o seu ventre.

Contornei as veias que o delineavam e cheguei ao seu pau.

Duro, babando pela cabeça.

Adorava pegar no pau dos homens, um domínio único, um prazer que estava em minhas mãos.

Rocei os dedos pelo seu pau, trilhei uma subida por cima das suas veias saltadas e acariciei a glande. Puxei devagar o seu prepúcio para baixo. Ele gemeu no meu ouvido e enterrou os dentes no meu ombro.

— *É gostoso?* — perguntei, sem receber a resposta. Assim como eu, ele estava resistindo à ideia de se entregar. — Para isso dar certo, nós dois precisamos...

— Se entregará?

— Você fará?

Vacilou e compreendi que ele queria.

Agachei antes que previsse e agarrei o seu pau, abocanhando-o. Enzo gemeu, enterrou as mãos nos meus cabelos e insistiu que eu o chupasse por completo, mesmo que a posição não facilitasse.

Chupei o que consegui e deslizei a língua, enquanto subia os olhos pelo seu ventre trincado, a barriga com hematomas e os seus olhos fixos em mim.

Sorri com o seu pau na boca, e a afastei, mantendo o contato com a língua. Contornei as suas grossas veias, subi até o prepúcio puxado e chupei a sua glande. Eu era a dona do seu prazer nesse momento, e ele estava entregue a mim.

Dê para uma viciada em poder um pouco de controle, e ela se perderá por completo.

E eu me perdi no corpo de Enzo.

Gemeu, ressoando a voz grossa pelo quarto silencioso, rosnando a cada chupada forte que eu dava em seu pau, em cada lambida que eu fazia em suas bolas expostas, e as acariciei enquanto brincava com a língua pela extensão da sua ereção.

— Ohhhh, Anya! — Ofegou, estremeceu e jogou a cabeça para trás.

Apertei a base do seu pênis e toquei-o devagar, descendo com a boca e subindo lentamente. Suas mãos acompanhavam o movimento apoiadas na minha cabeça, e me afastei. Levantei-me.

Colou os nossos lábios, abriu os meus e invadiu a minha boca sem delicadeza. Explorou-a, enquanto as suas mãos deslizaram pelos meus seios, apertando os meus mamilos intumescidos até eu gemer de prazer e dor.

— Adoraria bater neles.

— Bata. — Arquejei. Estávamos nessa juntos. Não havia dominação, mas parceria.

— Você gosta?

— Não faça uma mulher repetir, talvez na segunda vez ela mude de ideia — sugeri e fechei os olhos ao sentir o tapa forte contra o meu mamilo esquerdo, sensível. Dei um pulo contra o seu corpo, sentindo o meu corpo entrar em uma tensão enlouquecedora, para então sentir o relaxamento prazeroso que inundava a minha intimidade.

— Você não mudaria de ideia, não é esse tipo de mulher — ele rosnou e beliscou o meu mamilo, torcendo-o devagar no meio dos dedos.

— Ohhh! — gemi, jogando a cabeça para trás, e Enzo a agarrou pela nuca. Senti a sua língua iniciar uma descida desde o meu queixo e começar a vaguear para o meu busto. Envolvi os seus ombros. Ele abocanhou o meu mamilo dolorido e avermelhado, brincando com o outro. Senti-o dentro da sua boca, os seus lábios pressionando o meu peito e a sua língua deslizou pela aréola ao redor, detalhando-a com a ponta. — Enzo. — Deixei o seu nome escapar e ele riu, mordendo com força o meu mamilo. — Ohhhh! — Mamou com força.

Sua língua deslizou para o meio dos meus peitos. Ele inspirou, lambendo a pele, e em seguida ergueu a cabeça.

— Vamos nos lembrar dessa noite por muito tempo — confessou.

— Você está começando a se envolver mais.

— Não diga que você não — exigiu e fechei os olhos.

Eu iria me odiar por muitas noites por causa dessa entrega.

— Sim — respondi, sendo sincera pela primeira vez sobre esse assunto.

Enzo puxou as minhas coxas. Envolvi o seu quadril com elas. Suas mãos apertaram a minha bunda e rocei as palmas das mãos pelos seus músculos tensos pelo meu peso.

— Sentirá a minha falta?

— Não — sussurrei contra os seus lábios, desafiando-o. — Não sinto falta de outras pessoas.

— Você não é tão fria.

— Não *deveria se envolver mais.*

Sorriu, autoritário o suficiente para não querer responder, e caminhou até a cama, me carregando no colo.

Ajoelhou-se e largou-me contra o lençol.

Abri as pernas, deixando-o se aninhar no meio delas.

— Não diga que não gosta de um sexo oral. — Deslizou o peito contra o meu de propósito, para roçar nos meus mamilos. Vagueou até o meio das minhas pernas e ajoelhou-se na beirada cama.

— Sabe fazer direito?

Passou a língua sobre os lábios.

— Diga-me depois que gozar. — Beijou minha boceta, e diferente do que os homens normalmente faziam, de chupar devagar e tentar descobrir como lidar com a intimidade alheia, Enzo avançou direto para o meu clitóris, prendendo-o com os dentes.

— Ohhhh! — gritei com o contato violento. Estremeci com a penetração de dois dos seus dedos. Ele os mexeu dentro de mim, tocando-me enquanto chupava o meu clitóris. Sua língua deslizou ao redor dele, não para explorar, mas para deixar claro que estava sob a sua posse.

Explodi em prazer, o gozo subiu em ondas.

Fechei os olhos, permitindo que ele me conhecesse no íntimo.

Sua língua lambeu a umidade dos meus grandes lábios, enquanto ele me penetrou com três dedos. Contraí a musculatura e ele sentiu a minha pressão.

— Relaxe — sussurrou. — Guarde as suas forças para quando eu estiver dentro de você.

Eu era exigente, e ele queria ultrapassar as minhas expectativas. Adoraria que ele conseguisse, mas me foderia se realmente atingisse.

Sua língua me lambeu e abriu os meus grandes lábios outra vez, tentando me penetrar com ela. Gemi o seu nome e afundei as minhas mãos nos seus cabelos, empurrando a sua cabeça contra a minha boceta.

O prazer me arrepiou, e esse foi aumentado pela ausência da sua boca.

— Sem camisinha hoje. — Não era um pedido.

Permaneci em silêncio até ele entender que não haveria ordens.

— Podemos?

— Confia em mim?

— Você é uma Lehansters, não é burra.

— Faça-me gozar e então poderá mergulhar no meu orgasmo.

Enzo voltou a enterrar a boca contra os meus grandes lábios e me chupou.

— Ohhhh! — Arfei, deixando-o me possuir com a boca. Rebolei contra a sua língua. Tocou o meu clitóris com ela em círculos firmes e contínuos, deixando-o avolumado e extremamente molhado. Suas mãos apertavam a minha bunda, me ergueu um pouco da cama e chupou o meu ponto com extrema necessidade.

Ele queria me comer, me engolir e tomar de mim qualquer sanidade.

Ofeguei, começando a sentir o meu corpo estremecer, entrar em uma sensação única de delírio, onde eu já não pensava mais, e com habilidade ele lambia o meu clitóris, com força entre chupadas e carícias.

Gozei contra a sua língua, que gulosa tomou tudo de mim. Ele chupou os meus grandes lábios.

E então a ausência se fez.

Encarei-o, surpresa.

Enzo se ergueu, autoritário.

— O seu prazer agora é meu.

— O nosso. — Mantive as pernas abertas, sua mão passou por debaixo do meu corpo e o cobriu com o seu.

O seu pau roçou na minha boceta, e no meio do orgasmo senti a sua glande abrir os meus grandes lábios. Sua mão se espalmou contra a minha bunda e a outra o manteve apoiado na cama.

Colou as nossas testas, olhos nos olhos, atento a cada prazer explícito no meu rosto, o seu peito definido contra os meus mamilos, os seus braços musculosos prendendo-me e as suas costas musculosas arqueadas.

— Você deve estar deliciosa.

— Prove. — Rebolei contra a sua glande.

Enzo empurrou o quadril. Sua glande abriu a minha boceta e me penetrou inteiro.

Forte.

Seguro.

E bruto.

Gemi em pleno orgasmo, me sentindo rasgar inteira para abrigar o volume da sua ereção. Beijou-me, abafando nossos arquejos.

Ofeguei, sentindo o orgasmo intenso enquanto o seu pau se acomodava na minha intimidade, banhando-se em meu gozo, mas Enzo não esperou mais, e talvez não aguentasse mais.

Empurrou o quadril, colando as bolas contra os meus grandes lábios, e jogou a cabeça para trás. Sua mão empurrou com força a minha bunda contra a sua ereção e ele saiu quase inteiro, voltando a se enterrar com brutalidade.

— Enzo...

Os seus ombros, tensos, se movimentaram, pareceu se engrandecer sobre mim. Sua mão apertou com força a minha bunda, empurrando o meu quadril para cima, aprofundando a penetração.

Arremeteu.

Uma necessidade doentia de força.

Acabei-me no orgasmo entre suas estocadas, sem controlar os gemidos desconexos. Ele percebeu e deu um sorriso de satisfação. Estocou sem pressa, observou o pau entre nós, o vaivém lento. Entrou e saiu. Abriu-me, se lambuzou.

Levantou minhas pernas, forçou-as para frente e enterrou-se até o talo.

— Assim! — Arfou, satisfeito.

E meteu com violência.

Meu corpo inteiro se arrepiou com a visão do seu, suado, entregue.

Ele gemeu em um vaivém forte.

Estremeci, o segundo orgasmo me devastou.

Gozei ao vê-lo ofegar entre uma investida e outra.

Os seus músculos estavam tensos pelo esforço em manter as minhas pernas erguidas, para me sentir inteira em seu pau. A sua necessidade de me fitar em cada segundo do sexo e a forma como o seu rosto expressava o prazer intensificava as minhas emoções.

Já não estávamos transando rápido, mas devagar. Em estocadas duras, profundas e envolventes.

E estávamos fodidos por isso.

— Ohhhh, Anya! — gemeu o meu nome.

Senti a extensão da sua ereção deslizar pelos meus grandes lábios. Sua glande lambuzada roçou e me penetrou outra vez.

Duro, forte e enlouquecedor.

— Gozarei dentro.

Gozou. As estocadas quentes, com a sua porra, se acabaram dentro de mim. Seu gemido, entredentes, acompanhou o meu. Por um instante, ele travou. E aprisionou o meu olhar no dele.

Esqueci que não devíamos, que eu não devia me envolver.

Desejava sentir mais e mais.

Mais dele.

Mais de mim.

Mais de nós.

Enzo caiu ao meu lado na cama, exausto.

— Estamos fodidos — sussurrei, a respiração entrecortada.

— Por quê?

— Quer que eu vá para o meu quarto?

— Agora? — questionou, surpreso, e sorri, fitando-o, deitada lado a lado.

— Sim, depois do sexo.

— Não, quero que fique.

— Por isso estamos fodidos.

— Por que eu quero que fique? — Elevou as sobrancelhas até formar um vinco, curioso.

— Porque eu também quero ficar.

E então vi o seu sorriso de satisfação.

Arrastou os travesseiros e estendeu o braço para que eu me deitasse em cima, e assim o fiz, aninhando-me em seu peito duro e com o seu cheiro.

— Eu não deveria dormir, e se Antone vier... — tentei argumentar.

— Antone *não entra no meu quarto sem a minha permissão.*

— Mas...

— Pare — murmurou, ainda ofegante. — Faça a minha despedida ser memorável.

— E ela não foi?

— Foi.

Os segundos entre nós pesaram, massacraram o meu peito.

— Eu ficarei — sussurrei mais para mim mesma.

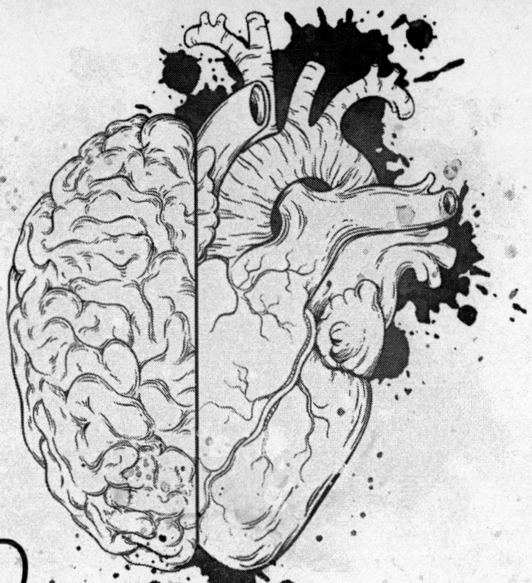

Capítulo 24

Enzo

— Somos tão errados — Anya sussurrou.

Fitei seu rosto contra o meu peito, não tinha notado que estava acordada.

— Não diga isso.

— Sabe que é verdade.

— E o que é inteiramente verdade na nossa vida? O que não pode ser mudado, fingido ou mentido?

— O sangue. Isso é a nossa família.

— Não. — Sorri. — Eu não considero família pela ligação sanguínea, mas pelo afeto.

— Nós não temos esse tipo.

— Agora temos afeto. Não é o mesmo sentido por Antone, mas ainda é. — Hesitei. — Eu a protegeria até a morte.

Desviou o olhar para o teto, ocultando suas fraquezas.

— Eu também iria até o fim por você, mesmo que já estejamos no fim.

— Não. — Virei seu rosto pelo queixo, forçando-a a me encarar. — Estamos apenas no começo das nossas vidas.

— Que vida você terá?

Acariciei sua bochecha com o polegar.

— O que fará depois que se tornar a maior acionista junto com Antone?

— Você não me respondeu.

— *Às vezes, é melhor guardar os sonhos e pesadelos. Eles não ficam tão bonitos quando contados.*

— Está com medo?

— Não. — Fui sincero. — Nosso pai criou um homem que não sente medo, acredite nisso. Não *tenho medo de torturas,* nem da morte ou do sofrimento. Talvez apenas tenha medo da perda, mas hoje eu só tenho você e Antone, e estão seguros aqui.

— Mas você não estará. Nunca pensou em como Antone se sentirá? — Notei pelo seu olhar que ela queria dizer algo mais.

— Diga — sussurrei, passando os dedos pelos seus lábios.

— E em como eu me sentirei depois dessa noite?

— Você se envolveu?

Riu, cabisbaixa, mordeu os lábios devagar e fechou os olhos.

— Vocês são dois Lehansters, saberão seguir em frente. — Surpreendi-me quando abriu os olhos, que estavam marejados. — Você não é fria.

— As máscaras, na maioria das vezes, *são proteções. Proteções para esconder o monstro dentro de nós,* que *é capaz de tudo.*

— Você não é um monstro.

— *Não sabe do que sou capaz* — murmurou. — Não se engane com as aparências.

E então, com a sua frase, me lembrei do que o meu pai havia dito: *não confie em ninguém.*

Estava difícil demais não confiar nela.

— Estarei bem. Sei o que estou fazendo.

— Sabe? — Arqueou as sobrancelhas.

— O nosso pai me criou para isso.

— Para ser um Vor? *É isso o que fará lá, mas por quê?*

— Porque é necessário. — Fui seco, começando a me proteger das suas perguntas.

— Necessário para quem? Para você ou para um morto?

— Não fale assim.

— Mas é a verdade. Você está indo por causa de uma promessa e de uma educação que o nosso pai deu a você, mas não por você — acusou-me.

Talvez um dia ela entendesse.

— O que fará? — perguntei outra vez, cortando-a, e Anya se sentou na cama.

— Vou arranjar alguém para ocupar o seu lugar.

— O meu lugar? Alguém teria essa capacidade?

Puxou o lençol para se enrolar e segurei o seu braço, impedindo o movimento.

— Não — sussurrei. — Fique como está.

Mirou-me sobre o ombro e enfrentei o seu olhar.

— Não, a maioria dos homens aceita a submissão para me ter —respondeu. — O dinheiro compra muitas coisas, até as pessoas.

— Não *transe com quem se interessa pelo dinheiro.*

— Pela beleza — continuou.

— Faça-os sofrerem.

— Pela posse.

— Ninguém terá posse sobre você. Somos Lehansters, uma família antiga, tradicional e a mais poderosa daqui. Somos donos de nós mesmos.

Cobriu a minha mão com a dela e sorriu com pesar.

— Não posso ir com você?

— Para a Rússia?

— Mesmo se fosse para o inferno... talvez o diabo se assuste comigo.

Permaneci em silêncio, pensando em seu pedido.

Jamais poderia lev*á-la*, mas a ideia era sedutora. T*ê-la ao meu lado*, longe dos olhos alheios, das pessoas que sabiam que éramos irmãos.

Tê-la apenas como mulher.

Era uma loucura que eu jamais poderia fazer.

— O diabo poderia se apaixonar por você.
— Você seria o diabo?
Buscou algo na minha expressão.
— *Não estou apaixonado*.
Ocultei meus sentimentos.
— Posso ir?
— Não — cortei-a. — *É perigoso. Nicolai estará lá e...* — Hesitei, pensando em tantos problemas que isso daria. — *É melhor não.*
— E se não voltar tão cedo?
— *Não voltarei tão cedo*.
— Poderemos ir visitá-lo. — Incluiu Antone na conversa.
— Não. — Impassível. — Não quero vocês lá. É um problema meu, é um assunto apenas meu, não precisam ir e eu não quero.
— Sabe por que me protejo? — Prendeu o meu rosto entre as mãos. — Por causa de momentos como esses.
— Intimidade?
— Quando eu me envolvo, as pessoas me atacam.
— Não estou atacando. — Cobri as suas mãos com as minhas. — Estou de partida, é diferente.
Fechou os olhos, negando a me dar a fraqueza existente neles.
— Eu precisava do nosso pai, queria abraçá-lo, queria que ele se orgulhasse de mim e dissesse que não havia problema em eu ser mulher.
— Ele amou você, sempre amou — sussurrei. — Talvez mais do que a todos nós.
— Não minta — respondeu seca e irônica. — Precisava dele, até o momento em que *já não mais precisei*. Quanto mais eu queria, mais notava que nada me dava. Ele era violento e temperamental. E então precisei da nossa mãe, me envolvi emocionalmente com a única mulher que poderia me proteger, que poderia me dar assistência e afeto, mas ela também se virou de costas, assistiu calada.
— Isso não significa que eles a atacaram — concluí.
— A omissão também é uma forma de ferir, e talvez seja uma das mais cruéis. Daqueles que eu mais precisava de afeto e atenção, nunca tive. Fui atacada por aqueles com quem me envolvi. Desde pequena aprendi a atacar antes. É melhor ser uma anti-heroína forte do que a mocinha fraca da sua própria vida.
— Você não é má.
— E você não sabe o que é ser bom para dizer quem é mau.
— Somos dois filhos da puta, não é mesmo?
Ela sorriu.
— E eu estou atacando-a?
O sorriso esmoreceu.
— Não devia ter transado com você, mas transei. Nem dormir aqui, mas dormi, e no final pedi para que me levasse junto. Depois de tudo isso, você irá mesmo assim, e eu ficarei sozinha. Também é uma forma de ataque o envolvimento que deixei acontecer.
— *Não tenho intenção de machucá-la.*
— Nem todos que matam têm intenção, mas puxam o gatilho.
Sua frase me incomodou.
— Não fale assim.
— Você sabe que acabará aqui, não sabe? — continuou. — Não somos assim.
— Assim como?

— De esperar. Você disse que demorará, e eu não aceitarei sofrer. — Hesitou. — Por você.

— *Não quero que sofra por mim, e quero que continue sua vida.* — Mas sabia que eu iria sofrer. Por tudo feito, por tudo dito e por todas as emoções.

— Você também continuará? — perguntou e puxei-a pela mão. Anya aceitou e a abracei contra o meu peito.

— *É claro que* irei — menti.

Beijei o alto da sua cabeça. Afastou-se.

— Pare.

Levantou-se da cama.

— Aonde está indo?

— Embora — respondeu e vestiu o roupão. Permaneci em silêncio, fitando-a. Anya o fechou e parou frente a frente comigo. — *É melhor acabarmos por aqui,* antes que seja tarde para nós dois. Você irá e diante disso não tenho poder. Prefiro me afastar a me envolver mais e sofrer.

— Esse é o nosso adeus?

— *É*. Espero que consiga o que tanto busca, e que volte como foi, mesmo que eu já não acredite mais nisso.

— Ainda serei...

— Não. — Fechou os olhos. — Não complete a frase.

— Adeus, Anya — sussurrei.

Ela deu as costas e abriu a porta, mas, antes de sair, olhou-me sobre o ombro.

— Você foi a parte boa disso tudo.

Fechou a porta.

Cobri o rosto ao pensar na sua frase, tão verdadeira para ela e para mim.

Uma lágrima, silenciosa, escorreu pela minha face. Carregou consigo o peso das palavras e do que o futuro me reservava.

Antone

— Ainda não abrimos! — Clay gritou ao me ver na porta do seu bar e sorriu. — Ainda é de manhã, preciso fechar.

— Pago o que for — murmurei. — Só preciso... — hesitei e dei de ombros — de um pouco de bebida e silêncio.

— Com o dinheiro que você tem pode comprar quantas garrafas quiser.

Parei contra o balcão e puxei a carteira.

— Então eu pago para você deixar o bar em minhas mãos por hoje.

— Está louco? — Clay riu.

— Quanto por um maldito dia, Clay? — Sentei-me, apoiando os braços no balcão. Ele esfregou o rosto e se acomodou do outro lado do balcão.

— Não precisa me pagar, cara. Só me diga, o que aconteceu?

Suspirei e fechei os olhos.

— Enzo está indo embora.

— Como assim? — Acendeu um cigarro e ofereceu o maço. Peguei, acendi um também e apontei para uma garrafa de uísque.

— Preciso de mais bebida.

— Bebeu quanto já? — Ele pegou a garrafa e dois copos, servindo-os.

Pensei em quanta bebida, mas eu era assim.

Às vezes, era melhor não estar sóbrio, para não pensar tanto.

Enquanto Anya e Enzo viam poder em ser um Lehansters, eu via desgraça. Apenas desgraça, nada mais benéfico ou vantajoso.

De que me adiantava todo dinheiro, todas as porcarias que poderiam ser compradas, se o pai que tive estava mais preocupado em encaminhar o meu irmão mais velho para uma fodida vingança e a minha mãe estava mais dopada do que acordada, criando minha irmã, que na primeira oportunidade buscou se libertar das amarras que colocaram nela?

Fui deixado de lado, mas durante a minha vida nunca me importei, como se ter Enzo ao meu lado fosse o suficiente.

Nem ele conseguiu acabar com o meu vício.

O álcool acalmava a péssima sensação de estar vivendo uma vida em que eu não queria, de estar apenas observando a vida passar e em como eu já não me importava com nada.

Nada mais era importante, a não ser a minha família, então o álcool era uma bênção para bloquear o restante, até que Enzo decidiu ir.

O que eu faria diante disso tudo? Beber.

Porém, temia que isso já não fosse o suficiente.

— Não vai responder? — Clay me acordou do delírio.

— Responder o quê?

— Está bêbado. Enzo sabe que está aqui?

— Eu deveria estar na empresa, mas... — Hesitei e dei de ombros. — Também já não me importo. O dinheiro entra, sai, entra e é cuidado do mesmo maldito jeito.

— Então ele não sabe?

— Também já não dou a mínima. — Tomei um gole da bebida.

— Como não dá a mínima? Seu irmão está indo embora para onde? Brigaram?

Ri, neguei e virei o copo, batendo-o no balcão. Peguei a garrafa e servi mais, deixando o cigarro aceso na boca. Traguei devagar.

— Nunca brigamos. Enzo sempre foi um fodido centrado, pronto para assumir erros, resolver problemas e ser o politicamente mandão de sempre.

— E você sempre fez a merda.

— Nao, nao. Eu sou o louco da família. E sabe? É um bom apelido.

— Vá para casa dormir.

— Enzo está indo para a Rússia com mafiosos.

— Máfia? — repetiu. — Cacete! *Não sabia que vocês estavam envolvidos com eles. É por dinheiro? Negócio?* — Bebeu um longo gole.

— Não. — Neguei com o dedo, segurando o copo. — Isso é algum assunto pessoal de Enzo. Sei meio por cima. — Hesitei e pisquei um olho. — Mas é segredo de família.

— E pelos segredos da família devemos manter a boca fechada e levá-los conosco para o túmulo. — Ouvi uma voz rouca e velha ressoar pelo bar e olhei para a porta, encontrando Toni parado, com os cabelos negros presos em um rabo de cavalo, o cavanhaque escuro e grisalho e a jaqueta do clube.

— Não sabia que ouvia a conversa alheia — acusei-o. Ele riu e sentou-se ao meu lado.

— Sirva-me um copo também, Clay. Estava passando e vi a sua Harley, Antone. — Ele apoiou o cotovelo no balcão e me encarou. — Vende por quanto?

— Não vendo.

— *Não precisa dela* — insistiu.

Eu estava perdendo a linha, a cabeça e qualquer lucidez. Sem o meu irmão não restava muito, a não ser Anya. Não *queria ir para a empresa, não queria simplesmente ficar no bar.*

E Toni se tornou uma ideia.

— O que tenho que fazer para fazer parte dos Devils?

— Enzo não permitiria.

— Enzo está indo embora. Sou só eu na cidade — argumentei. — Tenho influências, Toni, não tanto quanto Enzo, mas tenho um fodido dinheiro sem fim que pode ajudar você. Tenho a polícia, advogados e...

— Não — ele me interrompeu. — Isso é encrenca com Enzo.

— Tem medo do meu irmão?

— Não. Tenho respeito. Enzo foi claro quando conversou comigo.

— Que eu não deveria entrar no clube?

— Que ele queria você fora de confusão.

— E o seu clube é confusão? — Dei de ombros. — Bem, é uma oferta válida e estará de pé ainda.

— Fique com sua Harley e seu dinheiro — cortou o assunto e se levantou. Deu um tapa no balcão e me encarou. — E outra, sua ficha é limpa. Não aceitamos fichas limpas. É melhor manter a sua assim: bonita e limpinha como uma nota boa de dinheiro.

Concordei.

Se esse era um problema, iria resolvê-lo.

— Toni. — Ouvi a voz de Enzo, parado na entrada do bar.

— É uma reunião familiar em plena 9h da manhã — Clay murmurou.

— Enzo — chamei-o e sorri. — A que devo a honra?

— Bebendo tão cedo? — questionou e Toni deu as costas, avançando até ele.

— Lehansters. — Deu um leve tapa em seu ombro e saiu. Voltei a encarar Clay, Enzo se sentou ao meu lado.

— Sirva-me uma dose também.

— Irá beber?

— Estou de partida, é claro que irei beber. — Riu.

Esfreguei o rosto, pensando nisso, e Clay educadamente foi para os fundos, nos dando privacidade.

Enzo tomou a dose servida e me encarou.

— Está assim por causa disso, não está?

— Oh, você pensa! — Sorri.

— Não fique assim. Ainda voltarei, ainda seremos irmãos.

— Você sofre. — Apontei para ele. — Eu sofro. Você se fode, eu me fodo. É assim que funciona conosco, é essa parceria que temos. Eu amo você.

— Eu também amo você — ele respondeu e me puxou. Abracei-o com força.

— Não vá — sussurrei.

— Nós dois sabemos a resposta.

— Ao menos me mande uma mensagem, diga um fodido "oi" e que está bem.

— Direi — concordou.

— Demorará a voltar?

— Você merece saber. Eu não voltarei tão cedo, mas tentarei ficar em contato. Apenas pare. — Afastou o copo. — Dê um descanso, vá para casa, durma e siga a sua vida. Sempre soubemos que seria desse jeito.

Assenti.

— *É, sempre soubemos, não é?* — concordei. — *É como a morte. Sabemos que está lá, esperando, mas não queremos ir ao seu encontro.*

— Saia desse bar, não se meta em confusão. E quando eu voltar, contarei tudo. — Ele pareceu querer prometer e me levantei.

— Que horas irá?

Puxou o celular do bolso e fitou as horas.

— Final de tarde. Nicolai passará em casa.

— Então, vamos para casa — pedi, dando um tapa em seu ombro. — Não quero que passe o último dia aqui comigo em um bar.

Sorriu, puxou uma nota de dinheiro e a colocou sobre o balcão.

— Vamos dar um descanso para o Clay — murmurou e saiu de *ombros dados* comigo.

Não sabia quais seriam as minhas consequências, mas quando Enzo fosse, eu iria entrar para os Devils.

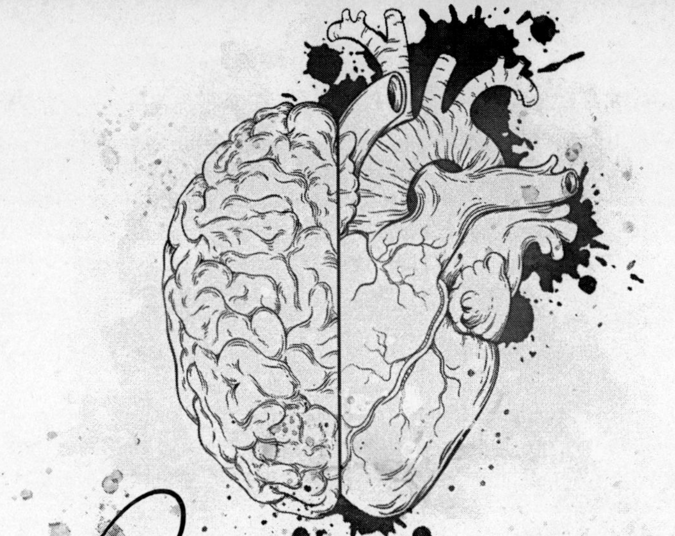

Capítulo 25

Enzo

Havia uma cova.

Nela estava enterrado o homem que eu havia sido, e enquanto eu jogava terra com a pá sobre a minha própria sepultura, sabia que jamais retornaria a ver o meu velho eu.

Enterrado pelo que eu fui, jamais iria visitar a minha sepultura. Por vergonha. Por medo. E por temer ver o quanto havia me tornado ruim.

Se não visse o velho bondoso, o novo cruel seria menos impactante para a minha moral duvidosa, a minha ética podre e os meus princípios jogados no lixo.

Por fim, o apenas Enzo Lehansters havia se deitado com o seu pai, em um sono profundo, e sofreria ao ver um novo Enzo, um Vor apunhalado pela Bratva, uma máfia doente por poder, por negócios e por um controle fodido do próprio país.

Uma máfia que de boa só possuía uma coisa: os túmulos luxuosos dos seus membros mortos.

De resto, até os vermes que comiam os mortos eram melhores, mas eu estava me juntando a eles.

O passado já não estaria mais enterrado com meias verdades. Eu estava deixando-o ressuscitar com mentiras construídas em pilares firmes e cruéis. E uma boa mentira, muitas vezes era melhor do que uma péssima verdade, dependendo do ponto de vista e do caráter do indivíduo.

Estava indo para Moscou ao encontro seguro e talvez derradeiro com Vladmir, enquanto esse mandou Nicolai permanecer na cidade, como se precisasse ficar de olho nos meus irmãos.

Minha consciência estava tranquila com Antone. Ele não havia aceitado a minha partida, sofreu e chorou.

Anya era traiçoeira. Havia algo nela que não era possível confiar, talvez sua motivação anti-heroica de pensar em si mesma antes mesmo do bem e do mal.

A ideia de Nicolai estar perto dela abalava o meu emocional.

Adormeci durante a viagem que me levava em uma escala direta até Moscou, e ao chegar lá fui recebido por um segurança, que me guiou para os arredores da cidade.

Uma casa de pedras se ergueu entre uma trilha, rodeada de altos muros e seguranças, e ali Vladmir me esperava. Desci do carro e ergui a gola do sobretudo, sendo açoitado pelo vento gelado de inverno. Flocos brancos de neve caíram do céu escuro e o segurança parou ao meu lado, enquanto outro segurança, próximo à porta, a abriu.

— Enzo. — O sotaque arrastado de russo irrompeu o silêncio e avistei Vladmir, um homem de meia-idade, loiro e de olhos verdes, parado na porta.

Avancei, as mãos geladas dentro dos bolsos, e as tirei para abraçá-lo. Precisava engolir a porra do orgulho e deixar a boa educação me levar. Ser falso e manipulador.

Era o meu pescoço ou o dele.

— Pakhan — sussurrei em seu ouvido ao abraçá-lo.

— Deixe disso. — Deu as costas e adentrou na casa. Segui-o e a porta fechou-se atrás de mim. Observei mais um segurança parado ao longe, a lareira acesa com o fogo crepitando em frente aos grandes sofás marrons e um tapete chamativo de algum couro de animal sobre o assoalho de madeira. — Vodca?

— Acabei de chegar de viagem — murmurei em russo.

— E uma boa vodca cairia bem — ele insistiu e notei que não havia como contradizê-lo.

— Uma boa vodca.

— Eu só tenho as melhores — ele se gabou e fez um sinal para o segurança que, obediente, pegou uma garrafa na adega e trouxe com dois copos. Sentei-me em uma poltrona, frente a frente com Vladmir, e observei as suas rugas se formarem em sua testa. Estreitou os olhos, mirando-me de canto. Retribuí o seu olhar frio, deixando explícito que eu não iria me intimidar. Havia uma grande diferença entre respeitar e se tornar um capacho. O silêncio perdurou por mais alguns segundos e, por fim, ele suspirou. — Como você está? — Manteve a conversa em russo.

Dei de ombros.

— Conte-me sobre um bom homem que se sentiu bem em ter sangue nas mãos — murmurei.

— Stalin — Vladmir respondeu e bebeu um longo gole. Fiz o mesmo, esperando a sua explicação. — Entenda, Enzo. O que é um homem bom para você pode ser diferente para mim. Ser bom tem muitos sentidos, muitas posições morais, éticas e sociais. Stalin foi um grande homem para mim, porque impediu a tomada de Hitler, foi um ótimo ditador. Mas para muitos não passou de um homem sangrento.

— O seu ponto de vista sobre o que é bom favorece a si mesmo.

Ele sorriu e deu uma piscadela.

— Diga-me quem, hoje em dia, não pensa no próprio rabo primeiro. E os raros que não pensam são os primeiros a perdê-los. — Ele hesitou e deu uma gargalhada, mas permaneci insondável. Bebi devagar. — Viajou bem?

— Foi uma viagem longa.

— Não gosta de lugares fechados? — A sua pergunta me incomodou e neguei com a cabeça.

— Não gosto de me sentir preso.

Assentiu.

— Um espírito livre não precisa reparar nos estados físicos do lugar.

— Tenho um espírito livre demais.

— E como deixou os seus irmãos? — Ele franziu a testa. — Na verdade, essa foi uma pergunta que me fiz quando Nicolai me ligou. Você tem uma irmã?

— Sim.

— Mais velha?

— Um ano mais nova. — Continuei sucinto.

— Ah, quando Otávio foi embora, então. Foi bom para a Nádia ter uma filha.

— Mulheres sempre são uma bênção — afirmei, ciente de que Vladmir não pensava o mesmo.

No machismo enraizado dentro da Bratva, mulheres quase sempre eram joguetes políticos, feitas de aparências para satisfazer o ego masculino, ou então eram objetos de tráfico.

— Como é o nome dela?

— Algum interesse específico? — desafiei-o com o olhar.

— Apenas me pergunto o motivo de Otávio nunca ter citado-a em nossas conversas.

— Talvez a resposta seja a própria Bratva — retruquei, direto, encarando-o, e arqueei as sobrancelhas. — Nunca pensou que talvez Otávio tivesse medo de surgir uma proposta de casamento de alguns dos Vory, e por respeito ele não poderia negar? O meu pai queria protegê-la do passado dele, e fez o certo.

— O seu pai... — Vladmir sorriu e concordou.

— Anya, respondendo a sua pergunta — continuei. — Ela odiava o nosso pai, mas foi bem-educada.

— Uma boa mulher, então.

— E por isso estou aqui, para dizer que como *é* a minha família, eu busco respeito, Vladmir — pedi. Ele juntou as sobrancelhas, sem compreender, e expliquei: — Minha irmã, na juventude, casou-se com Nicolai sem saber do que ele fazia parte ou como era. Provavelmente foi numa noite de bebedeira e porre. Nicolai é dominador e abusivo, e por isso, Anya fugiu.

— Fugiu do casamento?

— Ela tem o direito de arrepender-se. Tem o direito de se proteger. Mas, ao mandá-lo para a cidade, ambos se encontraram.

— Foi por isso que matou Aleksei.

— Sim. Foi por isso. Nicolai desrespeitou a minha família. Acredito que você preza o respeito acima de tudo, não é? Eu também. Eu o cacei na cidade e encontrei a minha irmã machucada e sedada em um quarto de hotel. Entre brigas e discussões, onde Nicolai queria impor a sua vontade, acabei por atirar em Aleksei.

— Um acidente, então? — Vladmir perguntou, extremamente debochado.

— Não. Eu o matei por querer. Mirei na fodida da sua cabeça e estourei os seus miolos.

Permaneceu estático, fitando-me, insondável.

— Arrepende-se?

— Sim. — Fui sincero.

— Não faça isso. Se for para se sujar, que faça bem feito. Se for para ser punido, que seja por algo que não se arrepende.

Franzi o cenho, pensando sobre o que ele queria dizer com isso.

— Não importa — murmurei. — A minha consciência é apenas da minha conta.

— Posso ajudá-lo — sussurrou. Pela entonação da sua voz eu sabia que não era um pedido. — Eu não gosto que matem um dos meus. Se fosse outra pessoa, eu mesmo julgaria e esfolaria vivo, mas é você e com esse contexto, não posso tirar-lhe a razão.

— Apenas entenda que mesmo casados, eu não quero Nicolai perto de Anya. Sei que ele ficou na cidade, mas peço que ligue para ele e ordene um afastamento da minha irmã. Em breve acabarei com esse casamento, é um direito dela.

— Entendo o seu pedido. Se fosse a minha família, eu teria castrado Nicolai.

— Não tive a oportunidade.

— Se ele encostar em Anya novamente, você terá. Tem a minha palavra, filho.

Concordei em silêncio.

— Estou feliz em estar aqui — murmurei e tentei esboçar um sorriso.

— Não, não está.

— Por que diz isso?

— Porque você teme, não é? Disse que tem sangue nas mãos, então não está preparado para ter mais.

Fitei o fogo na lareira, ciente de que era verdade. A puta verdade difícil de digerir.

— E o que posso fazer? Queria vê-lo.

— Você quer me agradar.

— E eu não poderia? — Estava insistindo nisso.

— Claro que poderia. Na verdade, a sua ligação me surpreendeu, não esperava uma reaproximação sua, ainda mais que se passou um bom tempo desde que Otávio faleceu.

— Precisei de um bom tempo.

— Katrina não pôde ter filhos. Eu já sou um velho — ele continuou. — Entenda, preciso colocar alguém de confiança no meu lugar. Não só referente *à* fortuna, mas você sabe.

— Não confia em Nicolai?

— Nicolai é o reflexo de Kirill. Querem ocupar o meu cargo a qualquer custo e esperam o meu primeiro escorregão para me derrubarem.

— E por que você não os derruba primeiro?

— Você pensa parecido comigo.

— N*ão diga que eu não estou pronto* — exigi e me curvei para a frente. — Eu estou aqui para vê-lo, mas também para me tornar o homem que eu quero ser.

— E qual é o homem que você quer ser?

— Sabe como se vive sem medo?

— Sendo o medo de todos — Vladmir completou. — O único monstro que deve nos assustar é o nosso.

— Deixe-me ficar pronto. Quero ser um Vor, quero crescer com a Bratva e ser a sua confiança, o seu braço direito, recuperar a ausência roubada por Otávio — declarei, confiante, tentando passar a segurança nas palavras e nos olhos.

Vladmir me analisou por minutos. Perscrutou o meu rosto e pareceu ponderar. Ele não era burro, muito menos fácil de manipular, e eu sabia que já não poderia mais fingir.

Eu precisava ser.

— Você está certo. — Notei tristeza em seu olhar. — Mas você matou um Vor, Enzo. Não foi um homem, foi um irmão, e mesmo que eu o defenda com unhas e dentes, como já fiz, mesmo que eu o proteja, há aqueles que buscam o seu julgamento.

— O meu julgamento? — O calafrio percorreu o meu corpo.

— Eles entendem que o julgamento correto não é aplicável a você devido à linhagem. Chamam isso de regalia, e eu concordo e apoio. — Ele pausou e levantou-se.

Pegou um charuto sobre a mesa no canto e o acendeu, tragando-o devagar. Senti a minha boca salivar por um maldito cigarro que pudesse me acalmar.

— E do que essa regalia me livrou?

Virou-se de costas e acenou com a mão para o segurança sair. Assim que ele se retirou, Vladmir tragou devagar, deixando a fumaça subir lentamente, ondulando sobre a luz amarelada dos abajures luxuosos. Reparei nos animais entalhados, na riqueza da podridão de um mafioso.

— Assuntos privados não precisam ser ouvidos por empregados. Aprenda a não confiar em ninguém.

— O meu pai já disse isso.

— Então aprenda novamente, porque vejo uma cumplicidade explícita entre você, Antone e Anya.

— Não.

— Pare de mentir para você mesmo, filho. Está se apunhalando sozinho. Antes que seja tarde, confie apenas em mim.

— E o que me garante que você não me apunhale? — murmurei, ciente que estava andando em areia movediça, mas iria continuar.

— Nós dois sabemos o que... — respondeu. — Mas, respondendo à sua pergunta, eu o livrei da morte.

— Eles iriam me matar?

— Não se mata um Vor e sai ileso. — Olhou-me sobre o ombro. — Você tem a coragem de um Vor, isso todos sabem, mas não tem a mentalidade ainda. — Virou-se de frente. — Sabe como criamos os monstros?

— Como?

— Com coragem. — Sorriu. — E apenas você conseguirá se salvar do tormento que cria. O monstro que nos assusta somos nós mesmos. Você cria e destrói a si mesmo quando precisa, quando é necessário para sobreviver. O ser humano é apenas um animal evoluído, mas não deixa de ter instintos para a sobrevivência. Só você poderá se salvar, e fará isso quando for preciso. Aprenda isso de uma vez e não será morto tão cedo. A Bratva *são irmãos, e sabem que todos são animais, por isso temos nossos códigos de honra, nossas próprias leis. Somos filhos das nossas leis, um* Vory v Zakone sem se importar com a fodida lei do país. Quando se mata um Vor, nós matamos quem assassinou um dos nossos. Nós esfolamos, torturamos e assassinamos diante de todos.

Engoli em seco, sem conseguir esconder o suor que começava a escorrer pela minha testa, e pensei na porra do julgamento. Jamais havia imaginado isso, jamais pensei que seria castigado pela morte de Aleksei.

O calafrio nasceu junto com o terror.

— Você me livrou disso? — perguntei, inseguro, e ele assentiu.

— *Não permitiria que o matassem, você é inestimável para mim.*

— Eles sabem? — perguntei, surpreso, e Vladmir sorriu, negando.

— Não. Apenas eu e você. Mas, ainda assim, intercedi e expliquei que a minha relação com Otávio tornou você o meu menino. — Vladmir pausou. — Eles aceitaram, porque conheceram Otávio e também você quando pequeno, se lembra?

— Sim — murmurei, sem querer recordar a merda que havia sido. As lembranças me assombraram por algum tempo.

— Assim, eles decidirão o seu julgamento. Será julgado e sentenciado na frente de todos, no nosso local oficial e perante todos os membros.

— Eles não terão piedade.

— Não espere que tenham. Eles querem ver o quão forte é, e eu sei que é. Orgulho-me de você porque sei o talento que tem, a força e estrutura mental para aguentar. — Avançou e parou diante de mim. — Então, não importa qual seja a sua punição, não fraqueje. Mostre a força, permaneça em pé, filho. Seja o homem que eu sei que é.

— Eu permanecerei.

Não iria me curvar, seria o começo com a cabeça erguida, e mesmo que me faltassem forças para aguentar a dor e a agonia, *não choraria.*

Não seria fraco.

Eu era um Lehansters.

— Está ciente disso?

— Quais são as punições?

Vladmir esfregou o rosto e pensou.

— Normalmente, quando matam um futuro Vor, mas que ainda não mostrou realmente fidelidade, nós arrancamos o dedo da mão de quem o fez. Quando o assassino é um dos associados, e entende-se por assim aqueles que não são Vory, mas que trabalham para nós, raspamos sua cabeça, espancamos, bifurcamos a língua e cortamos os negócios. Os Vory que nos traem, *nós tatuamos em sua testa para que todos saibam quem é o traidor*, e os que tentaram suicídio, nós tatuamos a corda em seu pescoço. Um Vor morto por um Vor é homenageado, e o assassino é morto, assim como toda a sua família. Não deixamos ninguém para contar a história, é assim que se sobrevive.

Concordei, começando a perceber que a história ouvida era menos chocante do que a vivida. E eu teria que vivenciá-la. Senti o peso das minhas escolhas, o peso do medo e o quanto eu teria que lutar mentalmente.

— Por isso, não se arrependa.

— Eu me arrependo de matar — contei a verdade. — Mas o faria novamente se fosse preciso proteger Anya. Estou disposto a receber a punição.

Vladmir sorriu e apagou o charuto no cinzeiro sobre a mesa.

— Quando será o julgamento?

— Em breve. Mas como Kirill intercedeu e solicitou que eu não presidisse, por haver afeto por você, ele é quem decidirá a data.

Arregalei os olhos, mais temeroso. Kirill iria foder comigo.

— Você não irá presidir?

— Não, e tive que concordar com Kirill.

Levantei-me, já cansado.

— Depois disso poderei me tornar um Vor?

Vladmir, parado distante, com a mão apoiada sobre a mesa ao lado do sofá, me fitou.

— Não. Para se tornar um Vor é preciso muito mais do que aguentar uma punição, muito mais do que apenas sujar as mãos, e sim banhar-se no sangue.

Permaneci quieto e ele compreendeu que eu estava assustado.

— Mas você vai conseguir. Estarei aqui, e você sabe o sangue forte que corre nas suas veias. Pode tentar ser bom, mas uma vez sujo, sempre será assim. E pegará o gosto, como eu peguei.

Aquilo me repugnou, apenas concordei.

— Preciso dormir — murmurei, sobrecarregado demais.

Dei as costas e fui na direção do corredor.

— Enzo — Vladmir me chamou em um sussurro e parei. Mirei-o sobre o ombro. — Enquanto estávamos conversando, notei certa emoção.

— Como assim? — Estremeci em pavor.

— Eu não o julgaria se o seu monstro não fosse a crueldade, mas as emoções sentidas na cama por uma mulher que não deveria foder.

Concordei, acuado. Dei um sussurro de boa noite e fui para o corredor. O segurança parado lá me guiou para o quarto escolhido e adentrei, sem me importar com as luzes.

Ele captou a minha emoção ao falar de Anya, e, provavelmente, *já sabia mais sobre mim. Vladmir era perspicaz*, e de todos os segredos que eu escondia, ele conseguiu a minha maior fraqueza.

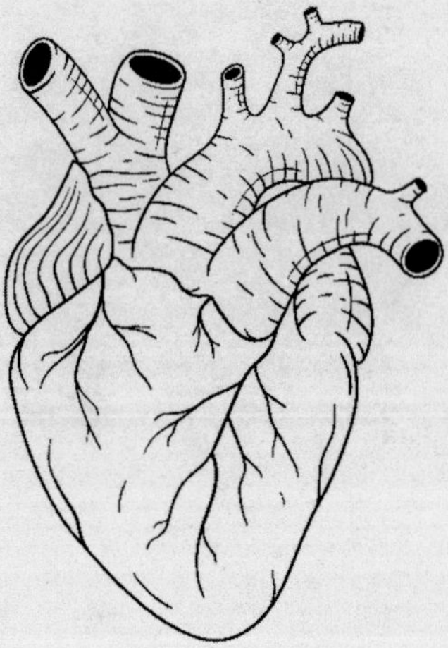

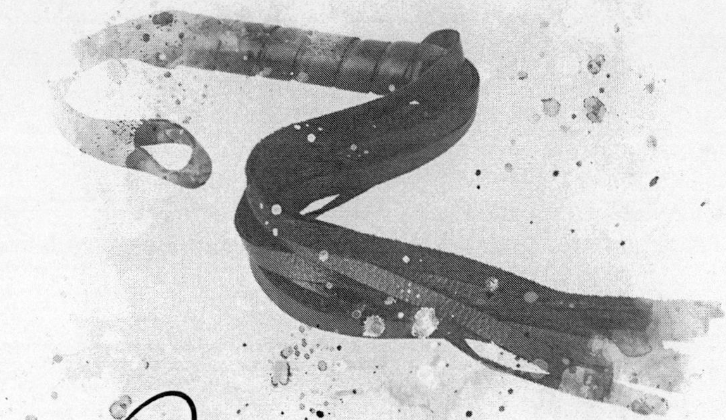

Capítulo 26

Anya

Abri os olhos no escuro do quarto, molhada, desejosa e ciente que eu estava sentindo o perfume de Enzo, mas ele não estava mais na maldita casa, muito menos na cidade ou no país.

E por isso me sentia apunhalada.

Presa em uma armadilha que eu havia visto ao longe, mas que mesmo avisada, caminhei até ela e me envolvi em suas teias. Viciada, atraída e envolvida, quando Enzo apenas planejou me deixar para consumar o plano do nosso pai.

Eu, mais uma vez, me sentia machucada.

Ouvi o celular vibrar em algum canto da cama. Arrastei-me pelas cobertas e o atendi.

— Acordada ainda.

— Enzo. — Deitei a cabeça nos travesseiros. — Já chegou?

— Já. Estou na casa de Vladmir.

— Na toca do diabo.

— Não sabemos quem realmente é o diabo.

— Como está?

— Você quer que eu a acalme ou que eu a apavore?

— Você não teria essa capacidade — menti.

— Estou com medo — sussurrou.

Fiquei em silêncio, apenas fitando a escuridão, temendo que ela engolisse Enzo e me levasse junto.

— Volte.

— Não posso.

— Você não quer.

— Se eu pudesse, estaria transando com você.

— Estou aqui — sussurrei.

— Muito longe.

— Foi você quem criou essa distância — acusei-o, sem emoção na voz. Estava blindando-me contra a catástrofe que seria caso ele demorasse a voltar. — Demorará?

— Tenho um julgamento.

— Um julgamento? — Sentei-me na cama.

— Eu matei um Vor. A máfia não perdoa.

— Eles matarão você?

— Não. Vladmir intercedeu, mas não sei o que irei enfrentar.

Envolvi o corpo com o lençol e saí da cama. Caminhei até o guarda-roupa, o abri e fitei a mala no fundo.

— Estou indo arrancar você desse inferno.

— Se você vier, o meu inferno começará — afirmou.

— Por quê?

— Quero você e Antone seguros.

— E você?

— Se preocupa comigo, então?

— Você fez isso comigo.

— Eu poderia fazer mais... — sussurrou, malicioso, e continuei parada em frente ao guarda-roupa.

— Mas não há mais tempo, há?

— Gostaria que houvesse.

— O que eles farão com você? — perguntei, retórica. Depois de muito tempo senti algo que achava não ser mais capaz: compaixão. Estava envolvida demais com Enzo, ele estava tocando em partes do meu emocional que fugiam do meu controle.

— Irão me julgar pelo assassinato.

— Você não deveria ter feito isso.

— Se eu não fizesse, talvez Nicolai e Aleksei não parassem. *Não deixaria que eles a levassem.*

— Era problema meu.

— Quero protegê-la.

— Eu não pedi. — Estava sendo ingrata, mas não queria que Enzo fosse julgado por um problema meu.

— Não fiz porque pediu, fiz porque eu quis.

— Por eu ser a sua irmã? — Toquei na ferida.

O silêncio perdurou e fechei os olhos, sorrindo.

— Não é isso? — insisti.

— Estou apaixonado por você.

— Você não deveria falar isso. — *Não consegui conter o sorriso de satisfação. Era uma carícia* ao meu ego, mas também me apunhalava, envolvendo-me e criando sentimentos.

— Não sei como será depois. Prefiro contar agora.

— Mudaremos tanto? — perguntei, amargurada.

— Espero que você não. — Pausou. — Não dirá nada?

— Não posso dizer que estou apaixonada.

— Por quê? — questionou depois de um tempo em silêncio.

— Ao dizer, tornaria realidade um sentimento que pretendo manter escondido. Talvez na cama você descubra, quando voltar.

— Talvez demore muito tempo.

— Então precisaríamos nos reconhecer um no outro novamente.

— Posso pedir algo? — Ele pareceu fraquejar.
— Está realmente com medo — sussurrei.
— Não deixe Nicolai perto de você.
— Ele não se aproximou.
— Mantenha distância, por favor. Não posso perder a cabeça aqui, não antes... — Pausou.
— Sei me cuidar.
— Não faça eu me preocupar com você.
— Estamos em um grande dilema — sussurrei. — Porque amo um bom perigo.
— Posso ser perigoso para você quando eu voltar.
— Não me decepcione — suspirei. — Está em Moscou? — Mudei de assunto.
— Sim, Vladmir mora aqui.
Ele estava me dando o que eu queria, e continuei a manipular discretamente a conversa.
— Moscou é tão grande quanto eu me lembro?
— Não vi ainda, estamos um pouco longes do centro. Já veio aqui antes?
— Numa das minhas viagens.
— Vou desligar — disse sem vontade.
— Você foi o melhor homem com quem já estive. — Entreguei uma parte de mim que mantinha escondida.
— Eu já sabia.
— Não, não sabia.
— Espero que eu continue sendo.
— Isso apenas o tempo dirá. Boa noite, Enzo.
— Boa noite — sussurrou e desliguei o celular.
Joguei-o na cama e puxei a mala.
Estava decidida a ir para a Rússia e interferir em todo o plano de Enzo, trazê-lo de volta e acabar com o meu sofrimento.
Não gostava de perder o controle, odiava sentir emoções, elas me tornavam vulnerável demais.
Eu precisava me proteger e o único jeito era acabar com o que me feria. Iria trazer quem eu queria para perto de mim e passaria por cima de todos.
Enzo estava certo, nós dois estávamos mudando, e eu nitidamente percebia que havia um egoísmo crescente dentro de mim: não me importava com bem ou mal, com o certo ou errado, apenas com o que eu queria.
Uma doença que se alastrava pelo meu coração e o endurecia por dentro, me corroía e me apunhalava ao notar que não havia mais frieza, mas um desejo extremo por Enzo.
Peguei o roupão sobre a cama e me cobri. Puxei algumas roupas e comecei a dobrá-las dentro da mala sobre a cama. Iria partir no primeiro voo.
Comecei a enchê-la e então ouvi o barulho da porta.
— Anya. — Era a voz de Antone.
— Entre.
Abriu a porta e fitei a garrafa na sua mão. Estava preocupada com ele também.
Sentei-me na cama.
— Sente aqui comigo. — Bati na cama ao meu lado.
Ele se arrastou e se sentou.
— Está fazendo as malas?
— Irei atrás de Enzo — contei a verdade.
— *É perigoso. Não faça isso.*

— Enzo está lá, também é perigoso para ele. — Pausei. — Pare de beber, não adianta se enterrar na garrafa.

— Os vícios amenizam a vida.

— Não, eles mascaram o que é necessário enfrentar. — Puxei a garrafa da sua mão e a coloquei no chão. — Como você quer que eu vá, se você também está caído no chão aqui?

— Eu não estou caído no chão.

— Prometa que ficará em casa e sóbrio — pedi. — Desde que eu cheguei só o encontro bêbado ou com cinco carteiras de cigarro por dia. — Hesitei. Antone era o caçula, o único irmão que me acompanhou e se preocupou comigo. — Não me faça interferir.

Puxou-me e me abraçou com força.

— Amo você.

— Eu também amo você. — Retribuí o abraço. — Mas não faça mais merdas.

— Prometo. Agora me deixe ajudá-la a fazer a mala e ver um avião para você.

— E o que fará quando eu for?

— Ficarei em casa. — Levantou-se.

— Faça isso mesmo. Nicolai está na cidade, ele pode suspeitar de algo.

— Ele não quer que você vá?

Levantei-me. Dei as costas e continuei a guardar as roupas na mala.

— Na verdade, acredito que Vladmir não quer que interfiram na merda que deve estar acontecendo lá.

— Como você sabe?

— Enzo me ligou. — Hesitei e fitei o rosto surpreso do meu irmão. — Ele está com medo.

— Do que farão com ele lá? — Antone parecia saber mais do que eu.

— Como assim?

Suspirou e apenas balançou a cabeça.

— Por que ele está com medo? — Percebi que assim como ele guardava os meus segredos, também guardaria os de Enzo.

— Irão julgá-lo pela morte de Aleksei.

— Aleksei iria machucá-la.

— Ele era um Vor.

— Ele era um filho da puta, isso sim — Antone resmungou e eu fechei a mala.

— Irei resolver a situação — afirmei.

Conversei mais um pouco com Antone, livrando-o da garrafa. Ele decidiu tomar um banho e sair com Tom.

Esperei ouvi-lo dentro do próprio quarto, me sentei na cama e peguei o celular. Disquei para um número que eu sabia de cor.

— Eva — chamei-a assim que ela atendeu.

— Tom está no banho, não posso falar muito.

— Irei viajar — avisei. — Irei dar-lhe outra ordem. Continue com o que está fazendo, mas preciso que fique de olho no meu irmão, Antone. Venha vê-lo uma vez por semana no mínimo, e se ele perguntar, diga que me conheceu em uma noite no cassino e está fazendo um favor para mim.

— Ele não sabe se cuidar?

— Não me questione. Apenas faça o que eu ordeno.

Desliguei sem esperar a resposta.

Consultei pelo laptop os horários de voos e liguei para o aeroporto. Reservei um lugar para mim no primeiro voo da manhã.

— Anya? — Antone me chamou depois de um tempo e saí do quarto, encontrando-o arrumado no corredor. — Irei ver o Tom.

— Tome cuidado — murmurei e o abracei.

Não saberia quanto tempo eu levaria com Enzo em Moscou, ou como seria.

— Sabe que sei me cuidar.

— Sei que Enzo livra você das consequências das merdas que faz.

Despediu-se na porta e saiu, escolhendo um dos carros de Enzo. Observei-o atravessar os portões e fechei a porta, me sentando na sala em silêncio.

Temia o que encontraria na Rússia e o que eu teria que enfrentar. Medo por mim e por Enzo.

Estava envolvida demais. Presa, mas sem correntes, sendo arrastada por ele sem coleira. Porque não eram cordas que me prendiam, mas uma paixão que me corroía por dentro.

Necessitava ir atrás dele.

A campainha ressoou, acordando-me do devaneio.

Consultei a hora no celular e conferi pelo olho mágico. Minhas mãos tremeram ao me lembrar das noites com ele tempos atrás, da sua tentativa de me sequestrar e de como Enzo matou Aleksei.

Meu coração acelerou e respirei fundo, disfarçando o meu pavor em uma frieza e controle absoluto.

Eu era uma Lehansters e não me deixaria abalar.

Atenderia, iria manipulá-lo, enfrentar o que ele pensava em fazer e me livrar dele.

Abri a porta para Nicolai.

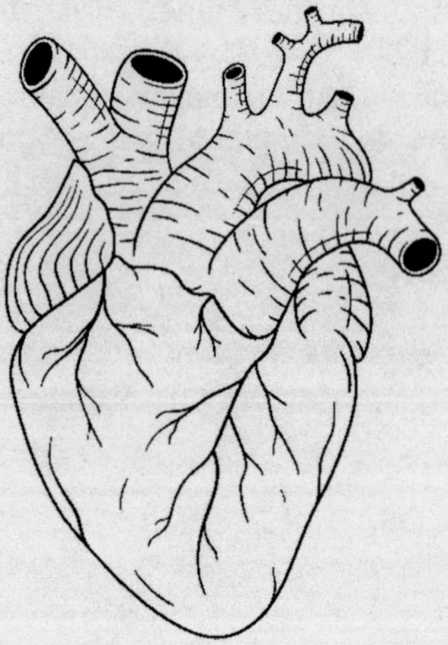

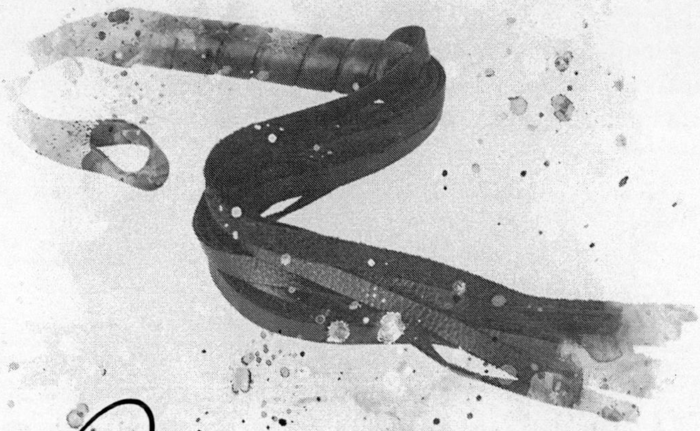

Capítulo 27

Anya

No limite da loucura descobrimos quem nós somos de verdade. Sem máscaras, sem princípios ou moral, apenas um limite que não é definido por bem ou mal, e sim por desejo e determinação.

Até aonde você iria pelo que anseia?

Eu iria até o final da lucidez para proteger a minha vida, a minha mente e o meu coração.

E, nesse momento, iria até o inferno para buscar Enzo. Cavaria a minha crueldade necessária e descobriria do que eu seria capaz de fazer.

Eu era uma Lehansters, não havia justiça limpa para mim, não porque eu não merecesse, mas porque o perigo fazia parte das nossas vidas, desde a cama até os vícios.

E eu tinha uma mente descontrolada, poder nas mãos e desejos insanos. Buscaria usar a máscara necessária para intimidar quem eu quisesse, e correria atrás das minhas vontades. Poderia culpar Enzo por ter me abandonado, como eu o culpava parcialmente, e assim acreditar que ele me apunhalou por me envolver e depois me deixar.

Eu me sentia assim com os meus pais, por que seria diferente com ele?

Sabia o motivo. Por causa das suas palavras no telefone. O homem mais instável que eu conheci estava apaixonado, e, diante disso, eu perdia o controle.

Nicolai não seria o suficiente para me impedir de ir atrás de Enzo, e mesmo que ele fosse o meu irmão, *já não me importava* com o incesto.

— Estou na cidade — sussurrou e abriu um sorriso.

— Eu sei que está, senão não estaria me incomodando, parado na porta da minha casa. — Fria, buscava *não deixar transpassar o pouco de receio que tinha dele.*

Mostrar medo era dar poder, e isso eu jamais faria.

— Acho que começamos mal. — Arqueou as sobrancelhas. — Muito mal.

— Na verdade, nunca devíamos ter começado — o cortei.

— Ah, não diga que não gostava das nossas trepadas.

— Das suas trepadas? — corrigi-o com sarcasmo e mantive a expressão calma. — Eu não o culpo por se apaixonar por mim. Ter a minha submissão é demais para um homem. Na verdade, é demais para mim. Eu prefiro dominar a me submeter.

— Podemos negociar os termos. — Semicerrou os olhos.

— Não há como negociar, porque não há o que discutir.

— Somos casados.

— Um casamento nunca segurou uma pessoa.

— Você diz isso por você.

— Eu digo por nós. — Curvei os lábios em um sorriso malicioso. — *Não me diga que um casamento o segurou para que não transasse com outras?*

— Você também fez isso.

— E muito bem aproveitado. — A ironia era uma roupa gostosa de vestir.

— Você ainda está com raiva pelo que eu fiz.

— *É claro que estou* — respondi seca. — Eu tinha que ter denunciado você.

— Você sabe que uma denúncia *não faria nada comigo.*

— O dinheiro compra poder, não é? — perguntei, retórica. — Eu deveria, mas não senti e nem fiz — menti sobre os meus sentimentos. — Porque eu não me importo com você, e não me importar quer dizer que eu também não me afeto por suas crueldades ou atos insanos.

— E o assassinato? — Ele estava testando os meus limites.

— Sou filha de Otávio.

— Você nunca matou antes.

— Não tenho problemas com isso — menti. Nicolai não precisava saber.

— Enzo foi para Moscou — murmurou e tentou observar pela fresta da porta. Puxei-a e a mantive rente ao meu corpo, impedindo-o de ter um campo de visão.

— Não preciso de informações, sei o que o meu irmão faz.

— Sabe que ele não voltará tão cedo? — Ele sorriu devagar, felino e feroz.

— Eu sei — retruquei.

— Sabe quanto tempo?

— O tempo necessário.

— Anos. — Sua voz áspera me causou calafrios e pensei na questão de anos.

— Você não saberia.

— Eu sou um Vor. Sei o que é necessário para se tornar um.

— Mas...

— Enzo é especial? — ele perguntou com um meio sorriso. — Não há tratamento especial nas cadeias russas para um Lehansters.

Fraquejei, deixando a emoção transpassar pelo meu rosto surpreso, e ele se satisfez com isso.

— E por que Enzo seria preso? — Tentei manter a compostura, mas por dentro estava cavando uma cova.

— Deixe-me entrar e posso contar para você.

— Deixe-me responder de forma educada. *Não preciso dos seus favores. Se eu quero, eu tenho e descubro do meu jeito.*

— Por ser uma Lehansters?

— Não. — Sorri, maliciosa. — Por ser eu mesma. Não peço favores, eu cobro-os, e se eu precisar de você, irá saber.

— Por que está me atacando? — Ele inclinou a cabeça para o lado, perscrutou o meu rosto e apoiou uma mão contra a porta.

— Acredite, quando eu o atacar, você saberá.

— Está com medo de abrir a porta para mim?

— Não o quero na minha casa — afirmei impassível. — Não o quero na minha porra de vida, muito menos perto de mim. Estou sendo clara e objetiva?

— Está sendo do jeito que eu quero — ele rosnou e avançou. Empurrei a porta contra ele, espantada com a sua brutalidade repentina.

Em força bruta eu perdia.

Mas não em inteligência.

Empurrei outra vez a porta em vão, tentando barrar a sua invasão, mas Nicolai, em um grito, a empurrou com tanta força que me derrubou. Caí contra o piso de cerâmica e agarrei o meu roupão contra o corpo. Engatinhei para trás, ciente de que ele iria me agarrar, e me joguei contra a escada.

— Vadia! — bradou e avançou. O meu grito ecoou pela casa. Estava assustada, mas não apavorada, como eu queria que ele pensasse. Levantei-me a tempo de correr pela escada, com Nicolai em meu encalço, e avancei contra o corredor.

— Anya! — gritou. — Vamos embora hoje! Chega de se esconder com a sua família, chega de me desrespeitar! *Não há irmão aqui, não há Enzo aqui*!

Mas há eu, completei mentalmente.

Minhas mãos tremiam, sentia o sangue ferver pelo meu corpo e a respiração se tornar entrecortada. Joguei-me contra a porta do meu quarto na penumbra do corredor e olhei sobre o ombro. Nicolai avançava devagar, ele sabia que estávamos sozinhos.

Abri a porta e entrei, me ocultando no escuro.

— Anya! — urrou, arrastando o sotaque russo, e abri o guarda-roupa. Puxei uma maleta e a abri, atirando-a contra o canto da cama.

— Estou aqui — sussurrei e o fitei, parado na porta.

— Sabe que eu gosto de uma caçada. — Sorriu. Relembrei-me dos piores momentos com ele, quando em uma loucura busquei fugir da sua cama, lutando contra a submissão. Noites antes de fugir, noites antes de odiá-lo mais.

— Sabe que está caçando o caçador.

— Você não é como eu.

— Mas posso me tornar pior. — Crispei os lábios e ele avançou. — Não ligue a luz.

— Gosta do escuro?

— A escuridão é reconfortante, não acha? — Abri o roupão. — Se você me quer, será do meu jeito.

Estava tremendo por dentro. Desmoronando em cada batida frenética do meu coração.

Mas se Nicolai continuasse no meu caminho, não conseguiria partir para a Rússia, livrar Enzo do destino que ele buscou, e a ideia da cadeia estava martelando devagar na minha cabeça. Eram pontadas tentando me fazer crer que era verdade. Enzo poderia ser trancafiado numa cela podre e suja.

O que sairia de lá?

E para que eu pudesse ter o meu caminho livre, precisava tirar Nicolai dele, assim como o meu medo.

— Está oferecendo o seu corpo? — Ele suspeitou. Nada poderia ser dado fácil. Precisava manipular da forma correta, jogar o seu jogo e ganhar.

— Não, estou oferecendo um acordo.

— Não era você que não queria?
— Não, eu ainda não quero. — Fui honesta. — Eu o odeio.
— Gosta de transar com ódio?
— Não. Sinto vontade de arrancar as suas bolas, na verdade — sorri devagar —, mas se eu não der o que quer, fará na força, não é?
— Você gostou daquela noite.
Lembrei-me da última noite na sua casa, quando ele extrapolou os limites, usou a força bruta e me assustou de verdade.
A memória gelou a minha espinha e o calafrio se intensificou. Não, não seria da mesma maneira, eu me tornei outra mulher.
— Ela me ensinou que devo impor a minha força — sussurrei.
— E por que está recuando agora? — Deu mais um passo para dentro do quarto.
— Porque sei que você não parará.
— E me dar hoje mudará o quê? Eu irei querê-la amanhã e depois.
— Depois de hoje irei precisar de um tempo. Fique na cidade, me espere, eu apenas preciso de um tempo — murmurei. — Organizar a minha vida aqui e aproveitar que Enzo não está. — Hesitei e percebi que ainda não passava a verdade. — Enzo mudou. Ele está diferente. — A verdade poderia ser surpreendente. E traiçoeira. — Depois que ele matou, não se reconhece, eu não o reconheço, e parece mais o meu pai do que nunca.
Assentiu.
— Você está com medo dele?
— Sim — afirmei.
— E acha que ele poderá fazer-lhe mal?
— Você conheceu o meu pai?
— Sim. Otávio era um traidor.
— Nós nunca saberemos — concordei, quando, na verdade, eu já não tinha mais ideia do que ele estava falando.
— Sei que ele tentou matar o meu pai. Todos sabem.
— Pergunto-me se o motivo é realmente importante.
— Um homem precisa esconder os podres, e só se esconde quando se silencia quem sabe.
— O seu pai trairia um Vor?
— Otávio era um maldito infiltrado, era isso o que ele era. Pertencia à KGB.
— O meu pai era um Vor, não duvide disso.
— Então, por que ele partiu tão rápido depois do acidente? O que o fez correr? — Nicolai semicerrou os olhos. Aquilo cutucou a minha curiosidade.
— Mantenha-me longe de Enzo, trate-me bem, e eu aceitarei ficar ao seu lado. — Hesitei. — Sem submissão. Sem força.
— E qual graça teria?
— Você me teria — retruquei.
Ele ponderou e percebi pelo seu olhar que mentiria.
— Aceito. — Era mentira.
Deslizei o roupão pelo corpo e o deixei cair no chão.
— Deite-se na cama, por favor.
— Tenho a impressão de que está em choque, Anya, em uma síndrome de aceitar o seu sequestrador.
— Aproveite-a então.
Observei-o tirar os sapatos e olhei para a cabeceira da cama. Era o meu quarto, era do meu jeito e ainda havia as amarras lá.

— Tire a calça também, não quero ser a única pessoa nua no quarto.

Ele vacilou e obedeceu. Tirou a blusa, deitou-se e me encarou apenas de cueca.

— Subirá direto? — sugeriu, tocando a ereção, e contornei a cama.

Se eu o chupasse, seria para arrancar-lhe o pau.

Então sim, eu subiria direto sobre o seu corpo.

— Vamos deixar o melhor para depois, o que acha? — Tentei parecer mais maliciosa do que cruel e apoiei o joelho na cama. Joguei a perna por cima do seu corpo e me sentei contra o seu ventre, deixando-o de cueca.

— Estou achando-a estranha. — Hesitou. — Você está planejando algo.

— Você acha?

— Posso afirmar que irá falhar — continuou. — Eu e você na casa, isso significa que não há irmão para salvá-la. Na força, eu venço.

— Eu sei. — Dei de ombros, escondendo o medo de falhar, e curvei-me para frente. Apoiei os cotovelos no alto da sua cabeça e rocei o meu nariz no dele. — Lembra-se quando nos conhecemos?

— Naquele cassino?

— Eu era virgem — sussurrei. — Virgem no mundo do sadomasoquismo.

— Eu o apresentei para você.

— Estava deslumbrada. Um homem comigo, uma menina ainda. O deslumbramento acabou depois do casamento.

— Nos casamos rápido demais, é isso o que quer dizer?

— Você se aproveitou da minha ingenuidade como o monstro que era.

— Você gosta de monstros — retrucou e sorri. Enrolei os dedos nas cordas da cabeceira e as desamarrei devagar.

— Sou um monstro também? — Eu precisava distraí-lo.

— O que é ser um monstro para você?

Puxei as cordas.

— Um monstro é aquele que assusta as pessoas.

— E nós dois assustamos?

— Você sim. — Pausei, tentando reunir todas as forças necessárias, e devagar fiz um círculo com a corda, uma espécie de nó de carrasco contra a cabeceira. — Eu... — Parei e avancei contra a sua cabeça.

Era apenas uma tentativa.

E em sua distração envolvi com rapidez sua cabeça com a corda e a puxei contra a cabeceira. Nicolai agarrou-me pelo pescoço e deu um grito.

— Louca!

Dei uma joelhada contra a sua ereção. Berrou de dor, tentando puxar a corda que apertava o seu pescoço, e me levantei de cima dele.

— Sou um monstro também! — sussurrei, ignorando os seus gritos furiosos, enquanto ele tentava tirar a corda.

E ele tiraria se eu não agisse rápido.

Contornei a cama, *tão apavorada por dentro que não escondi o tremor das mãos e a respiração ofegante.*

— Está com medo. E precisa estar — exaltou-se. — Eu foderei com a sua vida.

Puxei uma corda da maleta aberta e o vi se chacoalhar na cama, tentando se livrar da outra. Agarrei sua mão, tentou lutar. Agarrou-me com a outra mão e no fervor do momento esbofeteei o seu rosto. Ele me deu um soco fraco, mas que me jogou contra a cama.

Chutei-o, tentando desvencilhar-me dele, e deitada na beirada da cama estiquei o braço contra a maleta no chão. Rocei os dedos por todos os objetos e puxei uma varinha de choque elétrico. Liguei-a no máximo, batendo-a contra o rosto de Nicolai.

Ele gritou e o chutei outra vez, me soltando das suas mãos.

A corda da cabeceira afrouxou, e em meio *à* dor o golpeei na cabeça. Ele urrou. Joguei-me da cama e me arrastei pelo chão. *Não conseguiria mais segurá-lo*.

Vesti o roupão. Ao passar pelo guarda-roupa vislumbrei a mala. Puxei-a e saí correndo do quarto, ouvindo Nicolai gritar.

Eu suava frio, tremia de pavor.

— Anya! — A sua voz ecoou mais potente.

Corri pela escada e passei pela sala, procurando, desesperada, por uma chave.

Avistei uma delas, e em uma corrida pela vida a peguei, avancei para a cozinha no outro cômodo e abri a porta da garagem.

Apertei o controle e um Escalade se ligou no canto.

O meu coração batia rápido demais e ouvi o grito de Nicolai perto.

Fui até o carro, joguei a mala no banco detrás e abri a porta do motorista. Entrei e tranquei todas as portas.

Abri a porta da garagem, ciente de que estava me denunciando.

Nicolai apareceu na porta, entre a cozinha e a garagem, de cueca, furioso.

Em meio à loucura e ao medo, sorri para ele.

— Sua cadela!

Pisei no acelerador, chiando os pneus, e saí da garagem. Acelerei em direção aos portões fechados, abri-os pelo controle e passei por eles.

Não voltaria para casa tão cedo, não antes de ir atrás de Enzo.

Era uma loucura, mas todos nós tínhamos isso no sangue.

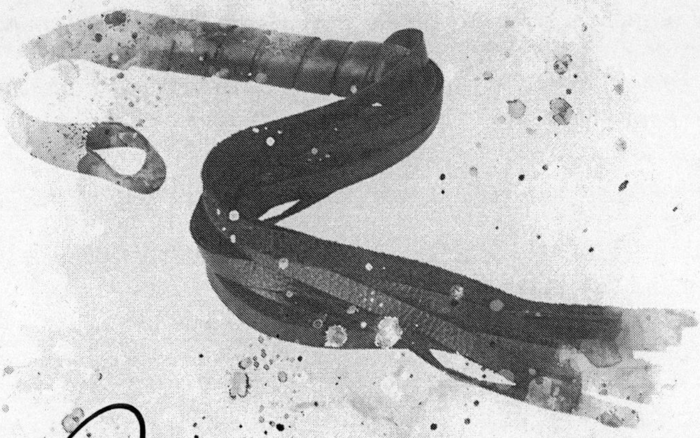

Capítulo 28

Anya

Fechei os olhos e encostei a cabeça contra a janela do avião.

Estava com dor pelo corpo inteiro devido à adrenalina que senti durante toda a corrida dentro de casa e a força bruta de Nicolai.

O que eu encontraria quando chegasse a Moscou?

Em que estado Enzo estaria?

Quando ele partiu, senti medo dele e por ele.

Houve uma mudança, sutil no começo, mas que começava a rondar cada canto escuro do quarto em que estávamos, transformando o problema em um monstro, e por mais que eu não tivesse o sangue nas mãos, percebi que isso mudava uma pessoa.

Mudou Enzo.

E se foi para melhor ou para pior, apenas descobriria quando o encontrasse.

E como ele reagiria.

Era um tiro no escuro, uma roleta-russa, com a arma apontada na minha têmpora, e a cada sacada eu esperava a bala atingir os miolos e estourar, como aconteceu com Aleksei. Teria consequências esse assassinato.

Saber que Enzo sujou as mãos por minha causa tornava a brutalidade explicável e até tolerável, como se o meu egoísmo estivesse criando lentamente um monstro dentro de mim.

E não éramos todos monstros buscando uma forma de calar a maldade e andar nas sombras?

O meu pai fez bem o seu trabalho comigo e com Enzo, mas falhou miseravelmente com Antone, porque a maldade refletida em mim e em Enzo não estava nele.

Havia certos vícios incontroláveis, cada um preso com amarras e mordaças, apaixonados pelo próprio carcereiro.

O avião começou a se inclinar, iniciando o pouso, e consultei o horário no relógio. Era de manhã ainda, e mesmo com o fuso horário diferente, precisava continuar.

O medo jamais iria me parar, as consequências precisavam ser aceitas, e enquanto eu observava os passageiros com suas vidas pacatas e tranquilas, eu arquitetava cada próximo passo.

Saí do avião com a minha mala e procurei um táxi pelo aeroporto.

Disquei para Antone.

O telefone tocou uma vez, tocou a segunda.

— Onde está?

Fitei o taxista que me levava para um hotel.

— Estou na Rússia — contei e o silêncio confirmou que Antone estava fodido.

— Como foi tão cedo?

— Peguei o voo da noite. Por que não me atendeu ontem?

— Estou fodido — sussurrou.

— Está em casa?

Engoli o susto, a porra da preocupação e qualquer traço que expressava as minhas emoções.

— Não quero que se preocupe comigo.

— Responda.

— Assaltei uma relojoaria. Roubei um colar que vale a minha moto.

— Por que fez isso?

— Preciso de uma ficha suja.

— Se Enzo souber...

— Quando ele souber eu estarei na cadeia.

— Por que fez isso? — Estava preocupada. Tinha Enzo de um lado, envolvido com os Vory, e Antone com a polícia. — Não estou aí para livrar você, muito menos Enzo.

— Por isso eu fiz. Não quero a ajuda de vocês.

— Apanhará na cadeia.

— Eu não me importo.

Fechei os olhos.

— Qual o motivo?

— Não quero um nome limpo quando a minha cabeça não está, nem uma vida calma quando é tudo fingimento. Quero entrar para os Devils, e precisava sacrificar algo.

— O seu nome.

— Não estou na lama, ou, na verdade, sempre estive.

— Se entregue — ordenei. — Seja digno.

— Eu farei isso, mas primeiro preciso ir para casa.

— Não vá. Se entregue. Na prisão você estará mais protegido do que fora dela.

O silêncio pairou.

— Nicolai apareceu ontem.

— Filho da puta!

— Eu o prendi na cama — falei, baixo. — E fugi. Ele se soltou e provavelmente está furioso.

— Estou na merda aqui.

— Sempre estivemos e sobrevivemos. Se entregue. Nicolai não tocará em você se estiver com a polícia.

— Posso matá-lo.

— Nunca fez isso antes. Pare de querer ser alguém que não é. — Fui seca o suficiente para fazê-lo entender que já não era apenas um jogo.

— Posso pedir para Toni.

— Não envolva mais pessoas. Faça o que eu digo. — Hesitei. — Confie em mim, não posso ir atrás de Enzo preocupada com você.

— E sabe onde ele está?

Fechei os olhos.

— Ainda não.

— Ache Vladmir, eles estarão juntos.

— Sei onde ele mora — murmurei. — O problema não é esse.

E eu sabia qual era.

Como eu chegaria até Enzo se Vladmir *não permitisse?* Cavaria até o inferno para alcançá-lo, porque eu era uma Lehansters, e mesmo que em solo russo isso não significasse nada, ainda estava dentro de mim, correndo pelas minhas veias: a necessidade de me impor e de ter o poder.

— Traga-o de volta.

— Não duvide de mim.

Desliguei e o táxi estacionou. Paguei e entrei no hotel antigo.

O vento de inverno açoitou o meu rosto e o cobri com a gola do sobretudo, sendo castigada pela neve.

Estava doente de desejo, que me prendia com as correntes e me arrastava pelo chão, e enquanto eu entrava no hall do hotel, apenas conseguia pensar sobre os meus próximos passos.

Eles seriam decisivos se eu conseguisse destruir de vez os planos do nosso pai, ou talvez os descobrir, porque isso poderia ser a resposta dos motivos que levaram Enzo a construir sua própria ruína.

Éramos tão quebrados, que o motivo verdadeiro poderia destruir os cacos, ou juntá-los.

Na minha concepção de quem era o meu pai e de como ele era, a tendência seria destruir.

Entrei no quarto e acendi as luzes, fitando a cama impessoal de hotel arrumada, as pesadas cortinas vermelhas escondendo o céu acinzentado de inverno e sob a luz amarelada do abajur. Inspecionei cada mobília de madeira escura.

Tranquei a porta e larguei a mala de canto, sem necessidade de abri-la.

Se eu avisasse Enzo que eu estava em Moscou, ele enlouqueceria, não por causa de controle e poder, mas porque isso significaria perigo. Perigo para nós, e talvez para o que ele planejava.

N*ão me importava* com o seu plano, ele iria ser julgado, e eu caçaria até o diabo para impedir que ele fosse submetido a qualquer tortura nas mãos dos filhos da puta russos.

Disquei para o número que ele me ligou. Tocou até cair na caixa de mensagem. Disquei outra vez.

— Não era para você me ligar. — Escutei a sua voz grossa do outro lado da linha e sorri, deitando-me na cama.

— E se eu corresse perigo?

Ouvi a sua risada baixa.

— Então você estragaria os meus planos.

— Abandonaria tudo para me salvar?

— Está perguntando isso por causa do que eu falei.

— Não gostou do que falou?

— Não — respondeu, sendo sincero.

— Deu-me certo poder.

— Não era o que eu queria.

— Nem sempre temos o que queremos.

Ele suspirou.

— Você não me respondeu de volta. Está se protegendo de mim ou é uma forma de atacar?

— Se eu o atacasse, você saberia — sussurrei. — Mas é preciso mais, Enzo, mais do que apenas palavras para me ter.

— Você está me fodendo.

— Estou longe de você, como eu poderia?

— Está em casa?

— Sim.

— Não queria que ligasse. — Ele pareceu sofrer.

— Por quê?

— Porque acabou.

— Como poderia acabar se nem começamos?

— Começamos quando você gozou comigo — respondeu. — Quando o vício por poder nos levava para a cama.

— Mesmo que...

— Irmãos, é isso o que dirá, não é? Conte-me, o quanto isso a deixa molhada?

— Está me tornando uma mulher depravada.

— E você não gosta de ser assim? Ou se importa? — Foi direto e fechei os olhos.

— Nicolai apareceu — contei e o ouvi xingar baixinho. Um baque surdo anunciou que ele socou algo.

— O que ele fez?

— Nada que importe nesse momento.

— E Antone?

— Está seguro. — Apenas não disse onde.

— Preciso desligar — ele me cortou. — Eu, eu estou... — ele suspirou e hesitou.

— Está na casa com Vladmir? — Eu precisava dessa certeza antes de arriscar o meu pescoço.

— Não, estamos fora da cidade.

— Por quê?

— Por que precisa saber? — Ele estava me sondando.

— Tenho medo do seu julgamento. — Parecia uma mentira e ele riu, mas, no fundo, entre a merda que eu sentia, era a verdade. Uma verdade irônica que me levou até Moscou.

— Quando eu voltar dele, poderei ligar — murmurou.

— Quando voltar — sussurrei. — Está indo para o seu julgamento? — Levantei-me da cama e caminhei até a janela.

Afastei a cortina e fitei o céu mais carregado. A neve caía lenta, como um prelúdio para o que eu iria fazer.

— Vladmir conseguiu que Kirill fizesse hoje. — Manteve a voz segura e autoritária. — Quanto mais cedo fizerem...

— Mais cedo voltará?

— Não, eu já disse. Não sei quando voltarei para casa.

— E não sabe onde será?

— Estamos falando da Bratva. Não queira saber os lugares protegidos por eles.

— Mas... — E então a ligação foi cortada.

Mantive os olhos fixos na janela e o celular contra a orelha.

Eu poderia ter continuado a minha vida. De certa forma, se eu permitisse que Enzo fosse julgado, mantido com os Vory e se tornado um deles, a minha vida estaria livre da sombra do nosso pai.

Eu poderia manter a casa, o meu total controle e dominar.

Teria a liberdade e a necessidade realizada.

Mas, depois de tê-lo na cama, de ouvi-lo dizer que estava apaixonado e adentrar na loucura de ter um homem que eu não conseguia controlar nem prever os movimentos, de que me adiantaria todo o resto?

Enzo havia conseguido a minha cabeça, mesmo que não soubesse, e, se dependesse de mim, nunca saberia.

Por isso, eu precisava salvá-lo.

Era errado, perigoso, traiçoeiro e proibido, mas não conseguia aceitar um fim.

A loucura era mais prazerosa quando a tínhamos juntos.

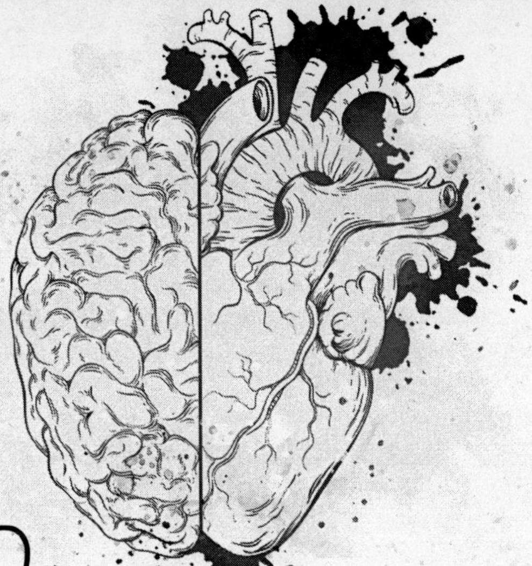

Capítulo 29

Enzo

A conversa com Anya estava na minha cabeça. O tempo todo. Sem cessar.

Estava apaixonado.

O motivo por ter confessado não era o amor. Queria que Anya soubesse antes que o tempo passasse e que esse velho Enzo morresse.

Senti necessidade de entregar o que restou de mim, antes que Otávio e Vladmir tomassem tudo.

Durante o percurso, Vladmir permaneceu calado. A paisagem desoladora foi torturante. Odiava o branco. O negro nunca antes foi tão maravilhoso quanto agora. Preto como minha vida.

Não sabia para onde estávamos indo, muito menos se seria mesmo o julgamento. Durante aquela manhã, saberia os próximos rumos que tomaria. Para melhor ou para pior.

Curvei os lábios em um sorriso forçado. Era para pior.

Na penumbra das pálpebras fechadas, recordei outra memória. Tão crua e vil.

— Não me contou sobre Antone...

— Esqueça o seu irmão — meu pai disse. A fumaça do cigarro percorreu o ar frio da varanda da cabana. — Antone tem uma vida diferente da sua.

— Ele não pode mesmo saber?

— Segredos são para serem guardados. Você se preocupa com o seu irmão?

— Sim...

— Então feche a boca. Conte mentiras, crie ilusões. A mentira é a melhor arma nesse mundo. Proteja-o com as mentiras. Proteja os Lehansters.

Com dez anos, queria entender o quanto deveria proteger. Se era necessário. Uni as mãos no colo e me encolhi.

— Sabe, Enzo — Otávio suspirou. — Parte de mim morreu quando deixei a Rússia. Era um patriota com orgulho. Servi com orgulho, e caí com o igual fodido sentimento.

— Nunca me falou... — Queria dizer: a verdade.

— Melhor nunca saber.

— Eles sempre suspeitarão que você os traiu.

— Implantar a dúvida — meu pai disse, satisfeito — é muito difícil. Como poderiam me matar, se eu fosse inocente? E se eu fosse culpado? Nunca dê a certeza para alguém. É como dar a sua cabeça.

— Eles perguntarão...

— Você não terá a resposta, filho. — Olhou-me autoritário. — O que fiz pela KGB e pela Bratva, morrerá comigo. A quem servi de verdade... Você encontrará a resposta dentro da casa dos ladrões.

— Na Bratva? — Ele assentiu. — Como assim?

— Somos parecidos, Enzo. Você ainda é novo para entender todas essas palavras. Ordem, obrigação e aceitação. Quando for mais velho, e chegar o momento...

— Terei isso também? — Apontei para as marcas apagadas em seus dedos. Meu pai esfregou as mãos.

— Tinta preta. Não consegui remover completamente.

— As tatuagens. — Ergui o olhar. — Também?

— Já falei. — Engrossou o tom. — Você será o diabo lá dentro. Aquele que trairá os ladrões.

— Eu sei.

— E também será um deles.

— Não entendi o que tenho...

— Ainda é criança. Infelizmente, preciso ensiná-lo desde pequeno. Preciso entrar na sua cabeça, ser parte de você.

— E se eu...

— Não diga que terá medo! — Meu pai olhou-me furioso. Ergueu uma mão e resistiu em estapear o meu rosto. — Não demonstre dor. Não demonstre choro. Não demonstre sentir. Para você causar dor, você precisará adorá-la.

Fitei a colina coberta de neve à frente.

A mesma cor da neve que fitava agora.

Aceitar a dor.

Esfreguei as mãos, que mesmo depois dos dias passados, permaneciam sujas de sangue. Tenderia a piorar.

Só queria ir para casa, escolher o que fazer e dizer para o meu pai que não era o filho que ele desejava.

Entretanto, Otávio estava morto, e seu treinamento doentio, vindo dos soviéticos, surtiu efeito. Não correria da promessa. Era pelos Lehansters, não por mim, muito menos apenas pelo meu pai.

Deixei o nó na garganta arder.

— Lembro-me de você pequeno — Vladmir murmurou em russo. Assenti para que continuasse. — Na primeira vez que Otávio o trouxe para a Rússia, se lembra?

Jamais esqueci. Aqueles dias foram traumáticos. Chorei por noites seguidas, engolia o choro diante do meu pai e desejava que algo de bom acontecesse na minha vida.

— Lembro. Foi assustador.

Vladmir sustentou o olhar por algum tempo.

— Pergunto-me como você será daqui a cinco, dez anos.

— Tenho medo de saber.

— O medo passará. Você precisa acreditar nisso.

A cada milha que o carro avançava, sentia-me um fodido. A ideia do julgamento parecia cada vez pior.

Porra, o que aconteceria comigo?

Mantive o olhar fixo na janela. Sem fraquezas.

— Não precisa sentir medo. Você sairá inteiro de lá — continuou a falar. — Por mais jovem que seja agora, por mais imaturo, virgem e puro, aprenderá a ser um de nós. Provará isso.

Fui engolido por outra recordação.

Fria, dura. Cruel demais para uma criança.

Quando pus os pés pela primeira vez na Rússia, era um menino. Não tinha mais do que sete anos, não entendia todos os ensinamentos, tudo o que era passado, só entendia que deveria ficar de boca fechada.

Também não compreendi, na época, o porquê do choro silencioso da minha mãe. Otávio me carregou por toda Moscou, me mostrou a Praça Vermelha, a Catedral O Cristo Salvador, vi o Kremlin e a Catedral de São Basílio. Para um menino, estava deslumbrado, via o lado nobre e belo da cidade.

Até ser levado para a área de classe média baixa que ficava aos arredores de Moscou. O berço da Bratva, da máfia Vermelha, nascida nas prisões, na URSS. E na terrível pobreza e traição.

O distrito Solntsevo continha prédios antigos, casas, prostituições nas ruas e violência. Uma casa discreta, contudo, diferente das outras, se destacava. Seus tijolos à vista eram receptivos, e quando o meu pai me levou para lá, conheci Vladmir.

Muitos homens entravam e saíam, acompanhados de mulheres. Não via muitas crianças, apenas Nicolai, que grudado em Kirill, me repudiou desde o início.

Fui apresentado para todos os homens bem-vestidos que acompanhavam Vladmir. Otávio me oferecia como um troféu, e no terceiro dia em solo russo, fiquei aos cuidados do chefe, enquanto o meu pai fodia com as putas que a Bratva fornecia.

— Sabe manejar uma arma, filho? — Vladmir perguntou, acariciou os meus cabelos e me guiou para os fundos da casa.

— Sim, senhor.

— Otávio ensinou?

— Aprendi a caçar.

— Caçar. — Riu da inocência e me deu um pequeno revólver. — Caçaremos diferente hoje.

— Quais animais? — Olhei-o com surpresa.

— Animais astutos — Vladmir zombou e fui levado. Dentro do carro, notei que éramos protegidos por mais dois veículos. Andávamos sem pressa, de propósito.

O solavanco que senti foi a batida de um outro carro no nosso.

Diziam que seria divertido, e, quando desci, me deparei com um homem comum, de joelhos no asfalto, lágrimas nos olhos e um pedido de desculpas. Ele abaixou a cabeça e beijou os pés de Vladmir.

O russo loiro, que foi apresentado como Kirill, chutou o homem. Deixou-o cair de costas.

— Gosta disso, menino? — Vladmir perguntou.

— O quê? — Estava assustado demais.

— Saque a arma.

Neguei. Toquei no cabo. O revólver, dentro da bolsa pendurada no meu ombro, não parecia o certo.

— Pegue! — Engrossaram a voz comigo e o puxei.

— Sabe engatilhar?

As lágrimas se juntaram nos cantos dos olhos. Olhei aflito para Vladmir. Sua mão cobriu a minha.

— Está tremendo demais.

— Não quero...

— Assim, olha. — Seu polegar forçou o meu e destravei a arma. Fechei os olhos.

— Não é um animal — balbuciei e o som do tiro me fez gritar. Larguei a arma, apavorado com o sangue que empapava a roupa do homem no chão. O buraco no pescoço borbulhava em sangue. O homem se engasgou, jogou as mãos para cima e outro tiro foi dado. Sua testa explodiu. Tapei os olhos.

— Foi Kirill! — Riram de mim, enquanto eu gritava desesperado. O loiro guardou a sua própria arma e chutou o corpo para o acostamento.

— Eu...

— Não foi você, criança — Kirill debochou. — Não tem nem um pentelho nesse pinto. Maldito menino que nem deve ter culhões também.

Chorei durante a volta para casa.

Tive pesadelos todas as noites em que estive lá. E todos os dias, assisti aos assassinatos. Vi sexo sendo trocado por notas, e meninas magrelas, que estavam desnutridas, sendo vendidas.

Quando retornei para casa, estava mudado. Chocado. O meu pai não se importou, disse que era aprendizado. Era uma preparação para o mundo que eu iria abraçar.

Seria o início da destruição.

Nunca me esqueci do som do disparo.

Nem das risadas.

Ou da neve que só me remetia ao vermelho do sangue.

— Naquela época, vocês fizeram de propósito, não fizeram? — indaguei, retornando à realidade.

— Quando esteve aqui? — Vladmir indagou, calmo.

— Sim, quando me fizeram acreditar que eu assassinei aquele homem.

— Otávio pediu. Ele queria saber se aguentaria um futuro perto de mim. Era um desgraçado, aquele verme — resmungou.

— Era uma criança.

— Nossas crianças aprendem cedo. Nicolai matou o primeiro homem aos nove anos. Kirill o ensinou.

— Naquela época eu só caçava.

— E hoje já matou um homem. Evoluímos. *Fazemos o que é necessário.* Não importa o medo. Você não atirou naquela vez porque não era preciso. Matou Aleksei por necessidade.

— Aonde quer chegar?

— Nunca saberemos se, quando criança, se precisasse, não mataria.

— Não teria a mesma...

— Oh, por favor! — Vladmir suspirou, ergueu as mãos e procurou uma carteira de cigarro. — Você está moralmente abalado ainda. Está sofrendo pelo sangue nas mãos. Pediu para ser um Vor, pediu para que eu conversasse com você. Não discurse comigo, Enzo. O seu discurso de nada vale nas ruas que viverá. A sua índole boa de nada adianta, quando o que busca é estar ao meu lado. Quero um homem no meu lugar, e só posso confiar quando tiver culhões.

— O fato de fazer não significa que eu concorde.

— Uma hora ou outra, irá concordar. Será o jeito. — Pausou. As rugas ao redor dos seus olhos se tornaram mais profundas. Olhou-me com curiosidade. — O que fará se aceitarem o que pretendo propor? Minha palavra é a última, meu filho. Eles a levarão a sério. Pretende mesmo seguir esse caminho?

Olhei para fora. A neve caía mais grossa, o sol estava começando a ser escondido por nuvens cinzas.

Não queria. Essa era a verdadeira resposta.

Não queria olhar para o fim da estrada.

Fitei minhas mãos. No meu dedo direito um pequeno anel de ouro reluzia.

— Te darei orgulho. — Ergui os olhos e encarei Vladmir. — Estou com um fodido medo...

— Sinto o cheiro do medo — concordou.

— Mas não irei parar... — Tinha mais por detrás da frase. Mais do que Vladmir entenderia. — Não vou parar.

Vi admiração no seu rosto. Os lábios finos e sem cor se curvaram para cima.

— Mostre para Kirill quem você é. Foda-se Otávio!

E que se fodesse os meus desejos individuais também.

Anya e Antone estariam seguros.

A cada segundo estava difícil pensar pelo bem maior. O medo estava me comendo por dentro, e quanto avistei a velha casa, feita de tijolos claros, rodeada pela neve e carros escuros, meu coração fraquejou.

Meus olhos marejaram.

Apertei as mãos em uma vã tentativa de me acalmar, ciente do olhar detalhista de Vladmir sobre mim.

Coloquei as luvas e aguardei o carro contornar a casa.

— Enzo. — Vladmir curvou-se para o meu lado. Olhei-o, surpreso pela aproximação repentina. — Escute, filho. Sua vida está apenas no começo. É aqui, agora, que ela começa.

Elevei os olhos para a casa. A porta do carro foi aberta e saí, sendo açoitado pelo vento frio.

Era aqui que parte de mim morreria.

E um novo eu nasceria.

Caminhei ao lado de Vladmir. A casa estava com todas as cortinas fechadas, oculta para o mundo exterior, e homens armados permaneciam pelo perímetro. A porta foi aberta por um segurança, e deixei Vladmir adentrar primeiro.

Segui-o em silêncio.

— Coloque-o aí — ordenou em russo. Vi-o guardar o celular em um cesto aveludado. Fiz o mesmo. O hall de entrada, feito de pedra, era rústico, nada acolhedor, e o aposento seguinte seguia o mesmo padrão. Móveis antigos, feitos de madeira polida e escura, pesavam na decoração, e alguns homens conversavam na sala.

— Pakhan — sussurraram com educação assim que Vladmir entrou. Esperei embaixo do arco, observando a cena. Seguranças estavam espalhados no aposento. A lareira crepitava em um canto, e os sete homens, vestidos com camisas sociais, cumprimentaram Vladmir com respeito.

— Iuri. — Pakhan retribuiu o aperto. — Voltou de Nova Iorque essa semana?

— A tia está ótima por lá.

— Kirill *já chegou?* — se dirigiu a outro homem, um russo alto, com o pescoço tatuado. Suas mãos estavam escondidas por luvas, o cabelo loiro cortado em um estilo moicano, caído para a lateral. Cobria parcialmente uma cicatriz na cabeça.

— Ainda não, senhor.

— Mikhail, soube do incidente.

— Está sob controle, meu senhor — respondeu com extremo respeito. O olhar abaixado. Raspei a garganta e adentrei.

Todas as cabeças se voltaram para a minha direção. Odiava aquela sensação de impotência. Contemplaram-me com desconfiança, enquanto Vladmir se servia de vodca. Encheu um copo e o tomou inteiro. Entregou para um dos seguranças ao cochichar algo que fez o empregado dar as costas e passar por mim.

— Ah, é verdade — falou calmo. — Esse é Enzo Lehansters. — Apontou na minha direção.

— Obrigado — murmurei. Vladmir veio até o meu lado, apoiou a mão em meu ombro e empurrou-me com discrição para frente.

— Vocês já ouviram falar dele.

— O caso de Aleksei — Mikhail concordou.

Ergui a cabeça e enfrentei o seu olhar julgador. Pouco me fodia quem ele era. Não era dele que sentia medo.

— O assassinato de Aleksei — Vladmir o corrigiu, os olhos intimidadores. — Enzo é um velho conhecido.

— Aleksei era um Vor — Iuri observou.

— Sou filho de Otávio — expliquei, com o russo desgostoso ao meu lado.

— Ah, sim. Lehansters.

— Que fim aquele velho encontrou? — Mikhail perguntou. Sentou-se e apontou uma poltrona por perto. — Eu era um dos novatos quando toda aquela merda aconteceu.

— Morreu em um acidente de carro. Perdi ambos — contei. Sentei-me no local indicado, com Vladmir em meu encalço, sentado ao lado.

— Fatalidades, não? — ele sussurrou para mim e deu uma piscadela. Aquilo me incomodou.

— Um caminhão os pegou. Não sobrou nada da Mercedes.

— E o motorista do caminhão? Ferraram com ele?

— Morreu no acidente também. — Fitei minhas mãos. Porra, precisava de um uísque!

— Vodca? — Vladmir percebeu e ofereceu um copo.

— Obrigado.

Tomei um longo gole, sendo o centro das atenções dali. O lugar era impessoal, nada de objetos, apenas uma decoração simples, tapetes, cortinas e os móveis. No centro das poltronas, uma pequena mesa estava posta com as bebidas e charutos. Fitei o cigarro em um canto.

Salivei.

Esfreguei a mão no rosto. Como era difícil aguentar. Nem nos piores momentos com Otávio, imaginei o quão terrível seria.

Estava na merda.

— Matou alguém antes de Aleksei? — Iuri puxou outro assunto.

— Não.

— É um virgem entre nós. — Riu com os outros russos, que pouco se interessavam em conversar.

— Demorará muito? — murmurei para Vladmir.

— O tempo que precisar.
— Por que Kirill ainda não chegou?
— Enzo, o que qualquer um de nós faz, por enquanto, *não é assunto seu — retrucou e me calei.*

Por dentro fervia de raiva, com vontade de mandá-los para o inferno. Bando de russos filhos da puta!

Com os olhos pregados no fogo, me lembrei de Anya. O que ela estaria fazendo? O quanto eu poderia estar feliz, longe daquilo tudo, vivendo uma vida que desejava?

Algum dia eu teria felicidade, ou no fim morreria com os planos do meu pai?

Engoli em seco. Otávio nunca disse o final. Não planejou o que acontecia depois do sucesso. Minha vida não era tão importante quanto o objetivo.

— Senhores, peço desculpas pela demora. — A voz rouca de um velho se sobrepôs às conversas e elevei o olhar. Um homem de cabelos loiros escuros, um bigode da mesma cor e um rosto oval, carregado de rugas, chegou à sala. Retirou o sobretudo preto e o chapéu que protegia a cabeça.

— Kotov — Vladmir o chamou pelo sobrenome.

— Tive problemas com Nicolai, ele acabou... — Parou de falar ao olhar para mim. Segurou a mão do Pakhan apertada, mas os olhos cravados em mim. — Lehansters.

— Nicolai teve problemas com o quê? — Levantei-me.

— Com a sua irmã.

— Anya costuma dar problemas a quem a incomoda. Ele deve ter feito isso. — Retribuí a intimidação.

Era de Vladmir que eu tinha medo. O resto, foderia com prazer. Otávio me ensinou a ser um grande filho da puta quando precisasse. No limite do nervosismo e da fúria, eu encontrava o limbo. Uma calmaria que me deixava cruel e frio.

— Aleksei morreu por aquela cadela! — praguejou em russo.

— Então não deveriam ter se metido com ela! — retruquei na mesma língua. — Se tivessem guardado os fodidos paus dentro das calças, Aleksei não teria perdido os miolos!

— Por que me chamou aqui, afinal, Vladmir? — Kirill me ignorou. — Se é o julgamento...

— Sabe que é, Kirill. Abaixe o tom da sua voz. Enzo está comigo.

O silêncio reinou na sala. Pakhan *não seria desrespeitado.*

— Desculpe-me — o velho russo murmurou.

— Precisamos conversar a sós sobre isso. Depois passaremos aos outros.

— Por que o trouxe? — Olhou-me com asco.

— Porque Enzo está comigo. O que decidirmos aqui, será feito.

— Nicolai está voltando — informou ao dar as costas e pegar um copo. — Ordenei que...

— Você não ordena nada, Kirill. Ligue para o seu filho e mande-o ficar de olho nos irmãos de Enzo...

— Aqueles animais fugiram do controle — comentou e bebeu a vodca.

— Como assim? — O vinco de preocupação surgiu na minha testa. Respirei fundo e enfiei as mãos nos bolsos da calça.

Que merda tinha acontecido?

Kirill apreciou o meu nervosismo.

— Seu irmão mais novo perdeu a cabeça. Roubou uma loja e está preso. Sua irmã está em solo russo.

— Anya está aqui?!

Arregalei os olhos e dei as costas. Que inferno estava acontecendo na minha vida?! O que ela pretendia fazer?

Antone estava...

— Disse que meu irmão está preso? — Volvi a encará-lo.

— Sim. Roubou uma relojoaria. Pelo que entendi, não pagou a fiança e nem pediu ajuda. Talvez — deu de ombros — goste de receber um pinto no meio da bunda.

Retesei o maxilar. Estava perdendo a fodida calma.

— Vladmir, eu...

— Irá sentar-se, aguardar o seu julgamento e aceitar que não temos controle sobre os nossos irmãos — ordenou, categórico. — Não estamos aqui para discutir sobre sua família. — Pausou e deu um passo na minha direção. — E se tudo transcorrer como esperamos, essa, Enzo, será a sua família.

Abaixei o olhar, porque se perdurasse mais um instante, o mandaria para o inferno junto com o meu pai.

— Vamos para a sala ao lado — Kirill sugeriu e Vladmir concordou. Juntos, desapareceram, e desabei em um sofá.

Minhas mãos suadas mostravam o nervosismo.

Meu coração acelerado revelava o quanto eu não estava pronto para me destruir.

E a minha mente só focava nos meus irmãos. Eu daria minha vida por eles, os protegeria da merda toda.

No fundo, nunca seria um Vor. Independentemente do futuro, seria sempre um Lehansters.

Capítulo 30

Antone

— Alguém? Temos um filho da puta playboy aqui — o cara que dividia a cela comigo gritou.

Cocei a cabeça. Cacete, não aguentava mais aquele cheiro de mijo!

— Vadias, deixaram uma das suas aqui — bradou outra vez.

— Poderia calar a boca? — resmunguei para o homem sentado no chão, no outro canto da sala. — Não estou feliz com a sua bunda aqui também.

— Esse lugar não é para você. Ligue para o seu irmão — o policial falou, parado contra a grade. — *Não irá durar muito* se o transferirmos, Antone.

Sorri debochado.

— Estou muito preocupado com o meu rabo.

— Deveria estar.

— Obrigado pela preocupação, mas do meu saco cuido eu.

— Por que assaltou?

— Você é um dos corruptos que o meu irmão paga todo mês?

— Foda-se! — o policial resmungou e deu as costas. — Enzo que me desculpe, mas você merece um pouco de sofrimento.

— Não tenha medo do meu irmão! — gritei. — Ele não está pela área!

— Por que roubou? — o cara que berrava antes perguntou. Olhei-o na penumbra da cela.

— Se mijou aí no canto?

— Se não está satisfeito, moça, pague a sua maldita fiança e enfie o seu dinheiro no cu.

— A sala fede porque ontem prendemos um mendigo, Antone. E ele mijou bem aí.

— Obrigado, xerife Landemberg. Vou lembrar de lavar minhas roupas — falei para o homem negro que tinha acabado de entrar.

— Já ligaram para o Enzo? — ele perguntou ao outro policial.

— O celular dá na caixa postal.

— E a irmã?

— Eles não estão na cidade! — bradei. — Desistam, precisarão me aguentar!

— Por Deus, cacete! Vou pagar a sua fiança! — o cara que dividia a cela comigo reclamou. Levantou-se e deixou a luz da delegacia iluminar o seu rosto. O moicano loiro o deixava com uma expressão de selvagem, assim como a barba comprida, loira. Meus olhos recaíram na jaqueta. Tinha o emblema de um diabo branco, em forma de caveira, com detalhes em vermelho.

— Devils — murmurei.

Ele virou a cabeça devagar e me olhou com indiferença.

— Sabe ler.

— Vocês dois, pelo amor de Deus, parecem duas crianças! — Uma voz conhecida invadiu o lugar.

— Pelo amor de Deus, me arranque daqui logo! — o membro do clube falou.

— Não aguenta a minha companhia? — Ergui-me, frente a frente com ele.

— Zay, cale a maldita boca! — Toni se voltou para os policiais. — Devo quanto desses dois?

— Vai pagar para o Lehansters também?

— É minha culpa.

Zay me olhou com curiosidade.

— *Tô* dentro, Toni?! — berrei.

— Quer entrar para o clube? — Zay perguntou, seco.

— Sabe pensar.

— Você não merece entrar, Antone. Não é o seu lugar.

— Você não me conhece para dizer isso.

— Não, te conheço bem. Todos aqui na cidade já ouviram falar das suas loucuras. Lá não é uma boate ou um puteiro.

— Quem decide, Zay? É você ou Toni?

— Os dois — o policial chamou, parado na porta da cela. Abriu-a. — Podem sair. Estão liberados.

— Cacete de noite! — Zay bradou.

— Pode dizer, *moicano*, que adorou a minha companhia.

— Se você o botar no clube, muitos não se contentarão com isso, Toni — Zay afirmou, parado diante do presidente. — Antone *não vestirá o diabo*!

Deu as costas e se mandou.

— Tenho um serviço para você, Zay. Espere-me lá fora — Toni ordenou e volveu o olhar para mim. — O que tem na cabeça, menino?

— Coragem. É isso o que eu tenho.

— Não importa o que fez, não vou aceitá-lo.

— Por quê? Não sou bom o suficiente?

— Porque não é vida para você, Antone. Não é o seu lugar.

Fiquei quieto. Por dentro, me perdia cada vez mais.

— Venha cá. — Toni ergueu o braço e me acompanhou para fora da delegacia. Fitei as duas Harleys do clube estacionadas. Zay fumava um cigarro na beira da rua. — Você tem irmãos. Você tem dinheiro...

— Não tenho uma vida.

— Tem uma. Olhe só — disse e apontou para o motociclista de moicano. — Zayne passou três anos preso por matar um homem e desová-lo em frente à delegacia da cidade onde morava. A maioria dos meus filhos são assim. Não abraço um filho porque pediu, mas porque merece.

— Só porque não matei...

— Não é isso o que eu quero dizer, menino. — Engrossou a voz e apertou o meu ombro. — Quero dizer que não é o seu mundo, Antone. Você tem uma Harley que comprou sem esforço, mora em uma mansão, tem empresas, empreendimentos e nada em uma piscina de dinheiro. Se eles pudessem, você acha que foderiam uma vida regada no luxo para ser um fora da lei? Não andamos de Mercedes, não temos as melhores mulheres, muito menos o luxo. *Não andamos de colarinho ou sapatos caros. É uma vida que você trocaria.*

— Não me importo com tudo isso. Não é felicidade...

— Caralho, garoto! Devils *não é para você*!

Senti-me perdido e quis um maldito copo de uísque. Muito uísque para esquecer a vida que estava levando. Enzo na Rússia, perdendo sua vida para aqueles russos... e Anya... Anya também partiu.

Eu só queria uma vida. Queria meu irmão e minha irmã. Minha família. Queria ter algo.

— Tem um cigarro? — pedi.

— E o que Zay falou é verdade — continuou, me entregando um cigarro. Acendi-o e enfiei o isqueiro no bolso. Traguei. O gosto na boca adentrou a garganta. A gostosa sensação de calmaria me envolveu. — Você não será aceito...

— Posso fazer com que me aceitem.

— Você não comprará os meus homens. Eles podem ser muitas coisas, mas os *diabos não são comprados. Eles te darão uma surra se sugerir isso.*

— Não foi isso que sugeri.

Calei-me. Fitei a fumaça subir pelo cigarro. Zay conversava com alguém no celular, e Toni manteve o olhar pregado no céu estrelado.

— Me indique, Toni.

— Menino, não insista nisso.

— Então me verá muito nessa delegacia ainda.

Ele abriu a boca para responder e a fechou. Fungou e jogou o cigarro. Ajeitou o colete do clube contra a camisa de malha.

— Não sei no que está envolvido com o seu irmão...

— Enzo?

— Sim. Sei dos Vory. Não quero me envolver com uma máfia dessas, Antone. Já temos problemas o suficiente para enfrentar no clube. E o clube é uma família, não vou meter os meus meninos com problemas de máfia.

— Não estou envolvido com eles.

— Você não. Seu irmão foi claro que não quer você metido comigo.

— Enzo está longe, Toni — reclamei e joguei o cigarro. — Que merda, sei cuidar da minha vida!

— Não, não sabe. Esse é o perigo de indicar você...

— Então me dê um voto de confiança, cacete — resmunguei. Apoiei a mão no seu ombro. — Se depois de tentar, não me considerarem digno de usar o diabo, vou entender. Antes...

— Vá para casa, Antone — Toni cortou o assunto e empurrou a minha mão. Afastou-se, indo em direção a Zay. — Z, ligou para Ottis?

— A entrega vai ser feita amanhã à noite — o outro respondeu.

Observei-os conversarem mais baixo, subirem em suas Harleys e sumirem pela rua.

Estava completamente só. Uma família cheia de segredos que já não chegavam até mim, um irmão enforcado pela máfia...

Passei as mãos pelos cabelos.

— Ouvi sua conversa, Lehansters. — O xerife parou ao meu lado. — Toni está certo. Lá não é o seu lugar.

— E onde é, Thomas? — Encarei-o. — Porque, caralho, gostaria muito de saber! A merda do dinheiro fodeu a mente da minha família e eu sou um pobre coitado que não se acha.

— É melhor ser um pobre coitado do que ser um dos *diabos*. Pense bem. Você, nesse momento, não tem tantos problemas para lidar.

— Eu sei...

— Vou verificar uma chamada. Vá para casa.

Deu um tapa nas minhas costas e foi para a viatura. Puxei o celular e tentei ligar para Anya. Caiu direto na caixa postal. Estava preocupado com o que poderia acontecer naquele país. No que Enzo passaria.

E sentia que Anya *não seria capaz de pará-lo.*

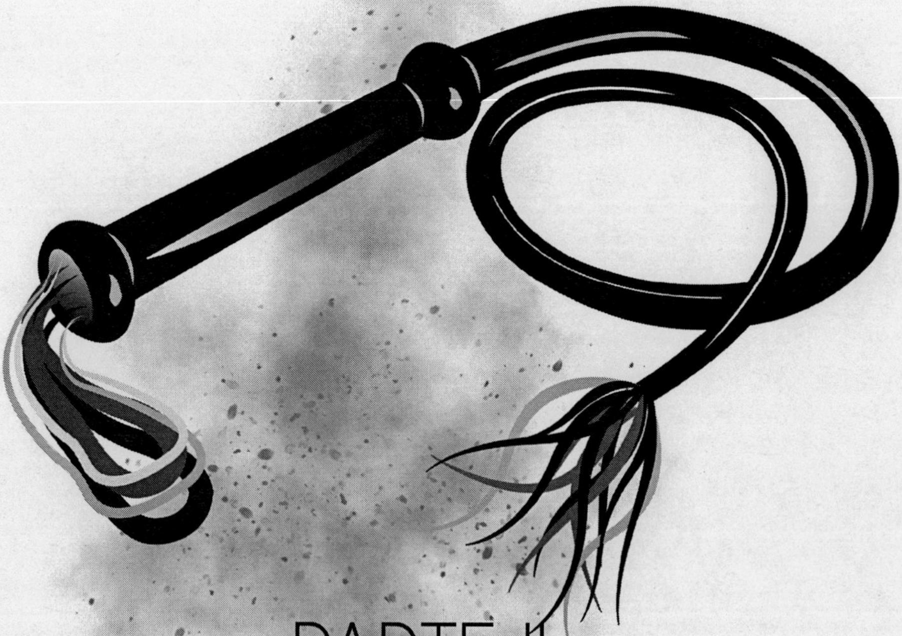

PARTE II

Destruição

Preciso ser cruel
para ser bom.

Hamlet - Shakespeare.

Capítulo 31

Enzo

O poço nunca parece profundo, até chegarmos ao seu fim. Ao olhar para cima, veríamos a escuridão nos engolir.

Me sentia assim durante todas aquelas malditas horas sentado entre os russos. O uísque não estava ajudando, muito menos o cigarro. Vícios me foderiam ainda mais.

Como se fosse possível piorar.

Mikhail perguntou sobre minha vida, me interrogou sem a menor vergonha, e precisei responder com a mesma educação. Estava cagando para a porra dos russos, mas meu pai sempre me aconselhou. *Eu precisava conquistar a confiança da maioria.*

Eu precisava ser aceito.

Quem seria depois disso, já não sabia. Alguém completamente diferente e o homem que eu mais odiaria.

— Por que Vladmir admira tanto você, quando Otávio era um bosta? — Iuri perguntou em russo.

— Porque não sou o meu pai — respondi seco.

Ele arqueou as sobrancelhas, quieto. Ponderou e sorriu.

— Você está enganado. Otávio era uma cobra. Sempre soubemos. Era um enfiado na nossa irmandade...

— Ele nunca traiu vocês.

— Você não conhece o pai que teve.

— E você não me conhece — retruquei. — Apenas Vladmir sabe quem eu sou.

Levantei-me, de saco cheio daquele lugar. Olhei para as paredes escuras, os quadros impessoais, as pessoas que circulavam.

— Preciso tomar um ar. — Olhei ao redor. — Alguém tem mais um maldito cigarro?

— Um presente para os pulmões. — Mikhail ofereceu o maço e peguei.

Passei pelos seguranças, que me olhavam inexpressivos, e abri a porta. O vento cortante me recebeu com força e fiquei sozinho na penumbra do dia. O sol já não mais existia no céu, as nuvens carregadas o cobriam, e desejei ter pegado o meu sobretudo na poltrona.

Acendi o cigarro e traguei.

Uma, duas, tantas vezes até acabá-lo.

Estava com medo do que decidiriam. Ter a ideia e imaginá-la era diferente de enfrentá-la e viver o momento.

Otávio não me preparou o suficiente, sabia disso.

Minhas mãos entregavam o pavor, o batimento cardíaco me fazia sentir-me um fraco, um maldito que não conseguiria se manter na linha até o final do dia.

A porta abriu atrás de mim e Mikhail saiu. Puxou um maço e fumou ao meu lado.

Sua barba escura não ornava com os cabelos tingidos de loiro e quase raspados. Os olhos verdes tinham rugas ao redor, mostrando uma vida sofrida.

— Por que está aqui? — murmurou. — Não quero saber de assassinato, Lehansters. Quero saber qual é o seu fodido interesse na gente.

— O único que precisa saber é o seu Pakhan.

— Aí é que se engana. — Riu. — Não queremos um apadrinhado dentro da nossa casa, muito menos um filho de Otávio. — Aproximou-se ameaçador. — Se foder com a gente, Lehansters, garanto que pedirá misericórdia. E não é o que temos aqui.

— Não existe misericórdia, Mikhail. — Enfrentei-o. Estreitei os olhos e senti o sangue ferver nas veias. As minhas mãos imploraram para que eu perdesse o controle. — Aleksei soube muito bem disso.

— Fique na linha. Um passo em falso seu, e garanto que te darei para Nicolai te esfolar vivo.

— Aquele desgraçado sabe que não vai ser fácil — murmurei e acendi outro cigarro.

— O que espera de hoje? Acha que seu julgamento será leve?

— Como assim? — Olhei pelo canto do olho.

— Kirill irá te levar para o inferno. Por mais que todos respeitem o Pakhan, Kirill é o segundo no comando, tem voz... e tem razão. Todos querem descontar a raiva pela morte do nosso irmão, mesmo que respeitem você... mesmo que gostem de você.

— E você gosta de mim? — Sorri, irônico.

— Você gosta dos russos?

— Não. — Fui franco.

— Também não gosto de você.

— Então estamos bem. — Puxei a fumaça. Mantive-a dentro da boca por segundos e a deixei sair pelas narinas. A neve caía fraca na nossa frente, e, protegidos pelo telhado, apenas sentíamos o vento.

— Não. Nunca se está bem aqui.

— Eu estou — menti, sem olhá-lo.

— Por enquanto... — disse e jogou o cigarro para a frente. Deu um tapa nas minhas costas. — Por enquanto... Vladmir não é tão bondoso quanto acha.

Entrou, me deixando com a ideia de que, talvez, eu estivesse sendo enganado.

Estava?

Esfreguei a mão no rosto e rocei os dedos pela barba loira, que estava crescendo.

Senti uma vontade monstruosa de conversar sobre tudo. Não aguentava mais guardar, carregar sozinho. As lágrimas se formaram antes do que previ e deixei escorrerem pelas bochechas.

Deixei que lavassem o meu temor.

Ao fechar os olhos, o que vi foi a cabeça de Aleksei estraçalhada. Os miolos explodidos, respingados em mim e o cheiro de sangue. Parecia sentir o gosto na minha boca.

A saliva travou na garganta. Porra, como conseguiria olhar no espelho no final de tudo? Esfreguei os dedos nos olhos, tentando parar o choro. Otávio não pensou na minha destruição. Pensou na dos outros, eu era apenas um efeito colateral, e precisaria lidar com o fato de que seria levado para baixo, junto com eles.

Funguei, tentando aguentar a situação. Não tinha ideia do que me esperava. O que sabia era o que o meu pai contou. Algo sobre testes, sobre provar lealdade... sobre merecer as estrelas.

Faria de tudo para conseguir.

— Enzo? — A porta se abriu abruptamente e sequei as lágrimas. Puxei outro cigarro e o acendi, para disfarçar.

— Vladmir? — murmurei.

— Como está? — Pousou a mão no meu ombro, a outra estava dentro do bolso, e me fitou.

— Fodido de medo. — Ri. — Mas estou bem.

Estava nervoso.

— O medo nos faz fracos. E nos faz humanos. É como o amor.

— Os Vory vêm primeiro, não é?

— Não pode deixar as emoções desviarem o seu discernimento. O que é preciso, é feito. Não se foge do destino. Otávio sabia disso... até Nádia.

— Minha mãe também não foi a melhor das mulheres.

— Mas aguentou o suficiente do seu pai, por isso ele a levou daqui.

— E Katrina? — Olhei-o. — Sofreu durante o câncer?

— Deixei-a com a família dela. Não temos a obrigação de sacrificar os negócios para cuidar dos doentes.

Fiquei quieto. Uma frase de Antone veio à minha mente. *Machista*.

Tinha um pouco disso dentro de mim, não dava para negar. A criação era parte da culpa. E banhava a Bratva. Usavam mulheres para os negócios, fodiam com as próprias famílias. A mulher deveria ser inferior para esses homens.

— E antes, Vladmir?

— Antes o quê? — perguntou. Os olhos, intimidadores, analisaram cada traço meu.

Olhei-o. O verde parecido com o meu, as rugas ao redor, a pele branca com pontos em vermelho por causa do frio.

— Sua primeira esposa.

— Ah! — suspirou. — Sim. Aquela eu amei. Tentei protegê-la, estávamos no início de tudo. A União Soviética era difícil. Éramos caçados por sermos os maiores bandidos. — Fitou-me com malícia e deu uma piscadela. — Mas não éramos, não é mesmo? Lara, minha primeira esposa, serviu da sua maneira. Foi obediente, me amava ao ponto de tolerar tudo. Não levantou a voz uma única vez.

— Morreu no parto, não é?

— Otávio contou. Sei que sabe toda a história... — Ergueu o olhar para o céu. — Tudo o que aconteceu naquela maldita semana.

— Se não tivesse acontecido, não estaríamos aqui.

— Devi isso para Otávio. Ele não se importou comigo, cumpriu o pedido da Lara.

— O que você teria pedido?

— Não teria deixado, Enzo. — O olhar carregado deixou claro que era verdade. — Lara foi egoísta. Foi seu único erro na vida... E, por isso... — Pausou.

— Por isso? — Engoli em seco. Não podia deixar o susto transparecer.

— Ela não morreu porque deu *à* luz.

— Não? — Fiquei consternado.

— Não. Aquela russa, que amei tanto, me traiu no final. Fez o que fez. E eu fiz o que foi necessário. Nunca se esqueça. — Apontou o dedo, categórico, imponente e ameaçador. — Nós, homens, precisamos fazer o que é necessário.

— A matou? — Precisava ouvir aquilo. O meu nojo por aquele homem cresceu incessante no peito.

— Asfixiada. Matamos a saudade um do outro. Ela sabia que seria assim.

Preguei os olhos no chão.

Porra, meu pai não contou isso! O que mais eu não sabia?

A ideia de ser intocável por Vladmir foi aniquilada. Se ele matou a mulher que amava, seria capaz de tudo.

— Não se arrepende? — indaguei em um murmúrio.

— Não. Um dia você entenderá do que um homem é feito.

Anuí. Não tinha mais o que conversar. Era muito para a minha cabeça.

— Conversei com Kirill. Seu julgamento será depois de amanhã.

— E como será?

— Sua parcela de culpa foi aliviada, Enzo — sussurrou. Mirei-o de canto.

— De que maneira?

— Kirill queria a sua cabeça. Seria mais fácil me tirar do jogo assim no futuro...

— E?

— Ivo foi o oposto.

— Ivo?

— Não se lembra, não é?

— Não o vi aqui — expliquei.

— Ele estava lá dentro, esperando por mim. Ivo gostava de Otávio, talvez o único que sentiu essa afeição. Por consideração *à* velha amizade deles, foi contra a sua morte.

— Kirill queria me matar? — perguntei, atônito.

— Quer — afirmou, inexpressivo. — Ivo sugeriu que testássemos você. Falei do seu desejo de conseguir o nosso orgulho, de ser um homem com a nossa honra. — Fiquei em silêncio e ele emendou: — A Bratva é parte de quem é, Enzo. Respeitará isso?

— Estou aqui, não estou?

— Não quero saber da presença. Quero saber do seu coração. Será nosso, inteiro nosso.

— Sei disso.

Mantive o olhar distante.

— Já se perdoou?

— Do quê?

— De ter matado.

— Não. Nunca irei, Vladmir. Não sei como funciona para você — apertei os dentes —, mas sinto a sujeira nas mãos o tempo todo, e essa sensação me engole cada vez mais.

— E o que sobrará de você quando precisar fazer outra vez?

— Isso... — Sabia que não iria sobrar nada. — Só o tempo dirá.

— Ótimo — sussurrou, com os olhos fixos em mim, insondáveis. — Estou ansioso para saber, porque uma parte do seu julgamento o fará matar de novo. Talvez — sorriu, como se fosse um bom conselho e estreitou os olhos — você pare de se atormentar com isso e vire um homem.

— Porra!

— Não se mata um Vor e sobrevive para contar. Essa é a nossa regra. Agradeça por ser a exceção, ou senão estaria sendo esfolado vivo nesse instante. Arrancaríamos a sua pele com óleo quente e o deixaríamos morrer devagar.

— Obrigado — respondi seco.

— Não me agradeça. Não fiz quase nada.

— Fez o suficiente. — Joguei o resto do cigarro no chão e enfiei as mãos no bolso. — Posso ir embora?

— Pode. Está liberado. Vá para a minha casa.

— Eu...

— Não ficará longe dos meus olhos.

Ele não confiava em mim. O caminho iria ser longo, difícil e sangrento.

— Obrigado — murmurei e dei as costas. Afundei as botas na neve e caminhei em direção ao carro.

— Ei. — Ouvi a sua voz e travei. — Esqueceu o seu celular.

Suspirei, aliviado. Não aguentaria mais as malditas palavras vindas dele.

— É verdade — murmurei, volvi até a porta e adentrei. Peguei o aparelho dentro do cesto e fui para a sala. Kirill conversava com Mikhail e parou de falar no instante que me viu. Não abri a boca. Peguei meu sobretudo e me mandei.

Ao passar por Vladmir, ele me segurou pelo braço.

— Não enfrente Kirill — sussurrou. — Deixe-o comigo.

— Por quê? — indaguei, curioso, a testa franzida e os lábios entreabertos.

— Porque ele *é melhor que você. Sabe ser pior também. Você é um cachorro perto de um lobo, não faz parte da alcateia, Enzo. Ele devorará você vivo.*

— Obrigado pelo conselho.

Vladmir assentiu, dispensando-me, e parti para o carro. O motorista acelerou, deixando para trás aqueles russos desgraçados.

Abri a caixa de chamada e notei o número de Toni. Disquei de volta.

— Graças a Deus, pensei que precisaria me virar com o seu irmão sozinho. — Foi a primeira coisa que disse ao atender.

— Antone? — Cravei os olhos no motorista, que prestava atenção na conversa.

— Tive que tirar o seu irmão da cadeia.

O que Kirill tinha dito era verdade.

— Que porra ele fez?!

— Quer entrar para o meu clube.

— Devils?

— Sim.

— Não, Toni.

— Ele não está preocupado consigo mesmo, Enzo. Está perdido. É um pobre menino perdido.

— Então cuide dele...

— Não posso fazer isso — sussurrou. — Sei que devo favores...

— Então faça, Toni. Não voltarei para aí tão cedo.

Ele hesitou.

— Demorará quanto?

Olhei para a neve do lado de fora do carro.

— Anos.
— O que tem na cabeça, filho?
— Você tem problemas, eu também tenho — falei curto. — Resolva os seus, Toni. Meu irmão se tornou seu problema. Tire-o da prisão...
— Já fiz isso.
— E cuide dele. Não quero Antone nas ruas com vocês.
— Não posso prometer...
— Terá. Não aceito outra resposta! — afirmei, categórico. Toni ficou calado e continuei: — Nós dois sabemos o quanto de valas escondidas vocês têm pela região, o quanto a Narcóticos quer vocês. Não prometo livrá-lo da próxima.
— Thomas...
— O xerife não tem autoridade nessa parte da cidade.
— Ah, é, você é quem comanda.
— O dinheiro comanda — corrigi-o. — E eu sou o que mais tem. Não quero Antone envolvido com tráfico, muito menos com desovar corpos. Não quero sangue — encarei minha mão — nas mãos de mais um Lehansters.
— Você tem sangue nas suas — concluiu.
— E terei mais do que gostaria. Apenas faça isso.
— O que posso sugerir — hesitou — *é* torná-lo um *Prospect*, Enzo.
— Que porra, Toni! *Já disse...*
— Senão ele não irá parar. Irá fazer merda atrás de merda, buscando aceitação. É só isso o que Antone quer, aceitação. Posso indicá-lo, e durante nove meses, tento mantê-lo na linha, longe dos negócios. Só nas ruas...
— E depois desses nove meses?
— Os Devils *não o aceitarão. Ele não vestirá o diabo.*
— Prometa — exigi.
— Prometo. Sob a minha liderança, Antone *não se tornará parte do clube.*
— Então faça. — Desliguei sem me despedir.
Cerrei os dentes em puro ódio. Podia ouvi-los ranger. Estava explodindo, queria enfiar minhas mãos na cabeça e arrancar meu cérebro para desligá-lo. E queria gritar.
Gritar para o mundo que eu não estava preparado.
Antone *não merecia,* Anya *não sabia onde estava se metendo...*
Anya. Suspirei e fitei o celular. Liguei para ela. Chamou diversas vezes e não atendeu. Enviei mensagens. Queria saber em que inferno estava planejando tornar a minha vida. Por que veio atrás de mim?
Se Otávio imaginasse o quanto eu me envolveria com Anya, teria me castrado. Eu teria feito o mesmo.
Porra, o plano de uma vida poderia ser perdido por ela.
— Poderia me...
— Não, senhor — o motorista me interrompeu. — Tenho ordens diretas para levá-lo até a casa.
Calei-me.
— Está bem.
Aceitei o caminho, quieto pelo resto da viagem, e quando avistei a casa coberta de neve, cercada de seguranças, pensei em como, às vezes, o bem maior poderia nos destruir.
Em como o meu pai sempre seria o meu fantasma, orquestrando tudo.
E eu seria o meu próprio destruidor.

Capítulo 32

Enzo

Não preguei os olhos durante aquela manhã.

E também não me olhei no espelho do quarto ou do banheiro. Não queria ver o meu estado, as olheiras carregadas ou a expressão confusa.

Não queria enxergar o medo que sentia.

Ouvi quando Vladmir retornou. Seus passos foram para o outro canto daquela casa. Não falou comigo durante o dia. Desapareceu com seus negócios e eu permaneci trancado no quarto. Antone *não atendia o maldito telefone,* Anya desapareceu... e tudo o que eu podia fazer, me foi tirado. Odiava perder o controle da situação. Detestava ser privado do meu poder.

Quando saí do quarto, já era de noite, sem notícias dos meus irmãos nem de Vladmir.

Procurei-o pela casa e só encontrei os seguranças. Sentei-me em um canto daquela sala, com o calor da lareira e da calefação me distraindo da tempestade da neve que desabava do lado de fora.

Tentei outra vez.

O telefone de Anya tocou sem resposta, e na terceira tentativa do de Antone, ele atendeu.

— Pensei que teria que procurar o seu corpo no necrotério — rosnei, irritado. — Que porra, Antone!

— Boa noite para você também, maninho.

— O que tem na cabeça? — Ele ficou quieto. — Sabe que tentei ligar o dia todo?

— Pensei que não daria sinal de vida.

— Não estou morto...

— O irmão que conheci? Tenho certeza de que morrerá.

— Fala como...

— Por favor, Enzo. Não sou mais um adolescente que acredita nas suas mentiras. Eu as tolero, apenas... — Não completou a frase. Respirou fundo. — Se me ligou tanto, já deve saber o que aconteceu.

— Toni me ligou.

— Sim...

— Devils, Antone? — interrompi-o. Onde ele estava com a cabeça? Jamais me foderia desse jeito com vontade. Não entraria num clube por desejo, muito menos jogaria fora toda a segurança. Se tivessem me dado uma escolha, não estaria na Rússia, *não estaria me preparando para sofrer.*

No entanto, era Antone.

O alcoolismo era pouco.

Os cigarros muito menos, e tampouco se preocupava com a segurança.

O que ele faria sem mim? Como iria sobreviver.

Fechei os olhos.

— Diga que vai desistir — implorei. Lembrei-me de quando éramos crianças, de quando, fora às idas do meu pai, éramos apenas irmãos comuns. Antone sempre foi dependente emocionalmente de mim, e eu, quebrado, não ajudava em nada.

— Não vou, Enzo. Você fez suas escolhas, e eu as minhas.

— Não foram escolhas, sabe disso.

— Foram. Poderia...

— Não, não poderia — disse entredentes. — Sabe o que nosso pai fez comigo. Sabe... — Desisti. Meus ombros desabaram e esfreguei o rosto. — Estou cansado, Antone. Cansado da minha vida. Não vejo muitas razões para continuar a esperar algo bom, a ter felicidade. Não vejo uma melhora, quando tudo o que vejo no futuro é uma escuridão, como se soubesse que mais cedo ou mais tarde, um abutre sobrevoaria sobre o meu corpo para me comer.

— Que coisa mórbida de se dizer.

— Tão mórbido quanto querer a própria morte. É isso o que está fazendo.

— Não estou...

— Conheço você. — Ergui os olhos. Vladmir cruzou a porta de entrada, acompanhado por três seguranças. Foi seguido de Ivo, que ao me ver, sorriu.

— Um clube não é brincadeira. Não são amantes de motos que sobem nelas e se divertem. São negócios, é uma vida. — Pausei. Ivo sentou-se à minha frente, olhando-me com curiosidade, e Vladmir fez o mesmo. Continuei, sem me importar com a atenção deles. — Toni trabalha com o tráfico das cidades vizinhas. Ele leva e traz para o cartel. Armas, coca, a maioria das drogas, e corpos, Antone. É uma vida perigosa. Não desista da sua por burrice!

— Não estou desistindo.

— Está, está fazendo essa merda! — Exaltei-me. — Está fodendo consigo mesmo porque não estou aí! E quando eu não existir mais?! O que fará? Cavará o meu túmulo e se deitará ao meu lado? Você precisa viver. Precisa parar... — Aquilo iria doer. — Parar de precisar de uma família.

— Foi tudo o que sempre precisei — choramingou, sem aguentar a pressão.

Senti-me destruído.

— Então tenha Anya ao seu lado. Ela o ama na mesma intensidade e faria tudo o que faço.

— Preciso de você, Enzo.

— Vou voltar.

— Quando? — Fungou.

Olhei para Vladmir que, com as sobrancelhas unidas, me observava.

— Não tenho ideia — menti. — Devils *não será sua família.*

— Toni me aceitou — contou. — Disse que serei um *Prospect.*

— São nove meses.

— Vou conseguir.

— Vai sujar as mãos...

— Como você.

— Não queira ser como eu. Não há nada de bom nisso. Não sou um cara para ser admirado ou desejado. Não sou um exemplo de homem.

— Sempre foi o suficiente para mim.

— Amo você. Faça o que peço. Cuide do cassino, cuide dos negócios. Proteja Anya com a sua vida, volte para Tom, para Henrique... Esqueça os *diabos.*

Desliguei sem esperar a resposta e desviei o olhar. Segurei as lágrimas, sentindo ardência nos olhos.

— Às vezes, a família é uma merda — Ivo sussurrou.

— Amo a minha.

— Ama a loucura.

— Somos todos loucos. Estamos sentados aqui — ergui a cabeça —, conversando sobre família, quando há pessoas morrendo ao nosso redor.

— É o mundo, filho. — Vladmir entrou na conversa. — É uma caçada, uma mata fechada, onde o primeiro a ser caçado morre, e o mais forte vence.

— E somos os mais fortes? — indaguei.

— Precisamos ser. Precisamos comandar, nascemos homens. Vory v Zakone é o que comanda aqui.

— E como faço para comandar na minha família? — Estava cansado.

— Com medo. É preciso botar medo nas pessoas. O respeito é necessário.

Assenti.

Disse que tem uma irmã — Ivo perguntou, curioso.

— Nasceu um ano depois que eu.

— Mas... — Silenciou-se. Vladmir o encarou para que continuasse. — Erro meu — completou, com os olhos cravados em mim.

— É uma mulher. Otávio não a quis perto da Bratva, por isso se mudou naquela época — expliquei, mas algo passou por ele. Ivo sabia mais do que demonstrava.

— Anya. É um nome bonito. É russo?

— Não sei dizer.

— Parece ser.

— Está interessado? — Irritei-me.

— Não, apenas gostei de saber.

— Ivo veio vê-lo. — Vladmir sorriu. Inclinou-se contra a mesa e puxou um charuto. Acendeu-o e ofereceu a caixa. Neguei, assim como Ivo.

— Como o *Obshchak*[2], ajudei Vladmir a aliviar a sua culpa, Enzo. O defendi contra Kirill.

— Obrigado — suspirei.

— Fiz isso por Otávio, não por você. Não o conheço, o vi somente naqueles dias. Não me faça arrepender-me de ter decidido aliviar o seu lado.

— Não farei.

Era tanta pressão.

Ele estendeu a mão na mesa e fitei suas tatuagens iguais aos dos outros.

2 Bookmaker

— Tive grande apreço por Otávio, e o vejo em você.

— Não os acho tão parecidos — Vladmir resmungou. — Otávio tinha certa covardia que não vejo em Enzo.

— Otávio comia quieto. — Ivo sorriu, sugestivo. — Era o mais esperto de nós. — Volveu o olhar para mim. — Mas não estou aqui para falar do passado, e sim do futuro, Enzo. Tanto eu — apontou para o russo loiro ao lado —, como Vladmir, depositamos certa esperança de ver você um homem feito aqui dentro. Você contatou o Pakhan por livre e espontânea vontade, mas acabou indo a julgamento.

— Não busquei assassinar...

— Mas fez. Sem arrependimentos. Sem acusações. Matou.

— Sim.

— Tentamos ajudá-lo. Kirill *não aceita pouco, nem os outros. A única alterativa que Vladmir conseguiu, e que f*oi sugestão dele, é para você tentar se tornar um irmão futuramente. Primeiro, fará o que mandarmos.

— Um criminoso das ruas? — indaguei.

— Fará o serviço que pedirmos. Parte do que acontecer amanhã, será isso.

— E o que mais?

— Não posso entregar muitos detalhes. Não estou sendo honesto com os outros irmãos ao vir aqui. Como disse, por Otávio, faço isso. Aconselho a não fraquejar amanhã. Não deixe brechas. E aceite tudo o que proporem. Acate de cabeça baixa, engula a porra do seu orgulho e se sinta inferior aos Vory.

— Por quê?

— Porque senão eles te matarão.

— Mas... *não foi aliviado? — Olhei confuso para Vladmir.*

— Eles te pegarão na rua. Arranjarão um jeito de foder com você.

— E se eu fizer o que pedirem? — Esfreguei as mãos para passar o tremor.

— Talvez sobreviva.

— V-vou me... — gaguejei e olhei assustado para eles. — Vou me lembrar disso. — Firmei a voz.

— Sei que lembrará. — Sorriram juntos e Vladmir fez um sinal para o segurança parado embaixo do arco. — Ivo trouxe um presente — falou com prazer.

O rosto do russo ruivo estava todo enrugado em satisfação, os olhos fixos nos meus, os lábios curvados em um sorriso.

— Deveria agradecer? — Ergui as sobrancelhas.

— Não. — Balançou a cabeça. — Precisa tirar esse nervosismo.

Meus olhos cruzaram com os da menina que entrou na sala. Vestia um sobretudo vermelho; os cabelos, da mesma cor, realçavam a pele clara. Não deveria ter mais do que quinze anos.

— Como é? — Não me contive. Juntei as sobrancelhas, chocado. Levantei-me. A russa caminhou até o meio das nossas poltronas, guiada pelo segurança, e me olhou com temor.

— Divirta-se — Ivo sussurrou.

— Eu... — Não encontrei palavras. — Ela é uma menina — falei, assustado, para Vladmir, que a olhava com desejo no semblante.

— Não!

Virei o rosto. A jovem estava quieta, obrigada a tentar me seduzir, sem saber merda alguma.

— Porra, é uma menina! Peguem uma...

— Sente-se, Enzo. — Vladmir engrossou a voz e o desafiei, sem obedecê-lo. Ele se levantou, caminhou e me empurrou contra a poltrona. — Quando eu mandar, precisará obedecer.

— Não foderei com uma menina, Vladmir!

— É um presente. — Sorriu e apontou para Ivo. — Do seu chefe.

Puxei o ar, dilatei as narinas e forcei o maxilar. Tremia de raiva.

Eram nojentos. Queria pular sobre eles e apagá-los com tantos socos que esqueceriam da boceta que falavam. Queria fodê-los da pior maneira, e me peguei desejando matá-los.

Devagar, com frieza. Queria fazer agora.

— Ele não quer, irmão. — Ivo se ergueu. — Eu aceito a minha própria oferta.

Sua mão pousou no ombro da menina, puxando-a. Queria pará-lo, tirar aquela criança da sala, enviá-la para algum lugar seguro. Queria tirá-la da prostituição. O nó na minha garganta desceu para o peito, queimando-me por dentro.

No entanto, não era a hora.

A guerra de consciência me apunhalou.

Quebrou minhas pernas e me acovardou.

Se me rebelasse nesse momento, o resto... estaria acabado.

E eu também. Toda a inteligência do meu pai teria sido em vão e nunca estaríamos protegidos.

Desviei o olhar enquanto Ivo chupava os pequenos peitos.

— Vou para o quarto.

— O jantar...

— Não estou com fome — interrompi Vladmir.

— Precisa aprender muito, Enzo — ele murmurou assim que passei, me recusando a ver o que acontecia. Rumei pelo corredor e fechei a porta do quarto com força.

A penumbra foi reconfortante.

Lembrou-me, mesmo que por um momento, de como eu era, do que, até então, não convivia.

O calafrio passou assim que deixei as lágrimas virem. Coloquei as mãos na cabeça ao me afastar da porta e o primeiro grito me sobressaltou.

A jovem gritou outra vez e ouvi risadas de fundo. Estavam praticamente estuprando-a na sala. Sentei-me na cama.

Meu coração batia furioso, estava perdendo o controle emocional. Tapei os ouvidos, mas ainda ouvia os gritos do que, era bem provável, ser uma penetração forçada.

Era uma criança... Meu Deus!

A bile estomacal avançou contra a minha garganta e corri para o banheiro. Atirei-me no vaso e vomitei o pouco que tinha comido durante o dia. Sentado no piso frio, abraçado à cerâmica arredondada, fitei o líquido amarelado.

Senti-me podre por deixar aquilo acontecer, como um cúmplice.

O que, nesse momento, eu poderia fazer?

Enfrentá-los iria me garantir uma bala na cabeça, assim como na da menina. Precisava manter a calma. E na guerra dentro da minha consciência, disse a mim mesmo que, no final, eu acertaria as contas.

Os gritos continuaram por minutos, enquanto convencia a mim mesmo que eles pagariam no final, que agora não podia fazer nada, teria que seguir o plano.

Mataria cada um que estava naquela sala. E livraria aquele peso.

Ri contra a tampa do vaso. A menina gritou outra vez.

Era uma bela mentira. Jamais esqueceria daquilo, e matar não limparia a minha consciência.

— PORRA! — gritei e soquei a tampa. Esmurrei tantas vezes até parti-la e cortar as minhas juntas. A dor me fez bem. Aliviou a fúria e passei a mão contra a boca, calando o choro.

Arrastei-me de volta para a cama, no centro de um quarto simples, com janelas que davam para o jardim e as cortinas pesadas que as escondiam. Cruzei as mãos contra a barriga e fitei o teto, grato pelo silêncio.

Pensei em Anya.

O incesto também era depravado.

Se ao menos ela soubesse... não seria assim, como ela imaginava. Não seria tão errado.

Fui cruel também quando disse que estava apaixonado? Sim, fui vil comigo mesmo, entreguei as minhas forças para ela. E foi o mesmo que nada. Condenei Anya a pensar nisso durante todos os anos que iríamos passar longe um do outro.

A luta na minha mente sobre o certo e o errado me fez chorar durante toda aquela noite, e quando acordei no dia seguinte, estava pior.

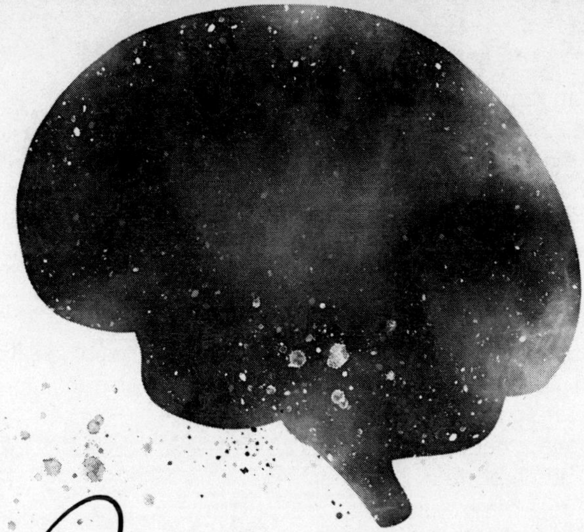

Capítulo 33

Enzo

A chuva fina de inverno caía devagar sobre a calçada perante uma grande construção antiga, com abóbadas escuras, erguidas diante do céu nublado.

Permaneci dentro do carro, em silêncio, ao lado de Vladmir. Observei outros carros estacionados, rodeados de seguranças. Homens, vestidos de sobretudo, saíam deles e adentravam a construção antiga.

Os olhos verdes de Vladmir eram intimidadores sobre mim, e minha respiração se tornou pesada. Porra, estava contando os malditos minutos para entrar e enfrentar a merda que estava por vir.

Era o momento do julgamento. Mal consegui comer durante o dia, pensando sobre aquela menina.

E sobre o que o futuro me guardava.

A gota de suor brotou, mesmo no frio, e escorreu pelas minhas costas, colando a camisa na pele.

Não escondi o nervosismo. Era impossível conseguir e, no fundo, Vladmir aceitava e tolerava minha fraqueza.

Minhas mãos estavam brancas, suadas e trêmulas, a respiração entrecortada, e podia jurar que a minha expressão era de pânico. Vladmir admirava-me com tranquilidade.

O medo me deixou travado.

Apertei as mãos com força. O que me esperava dentro daquela velha igreja? Seria demais para a minha cabeça?

Eu era forte o suficiente para aguentar?

Observei os pilares altos da entrada do que parecia ser da época renascentista. Os tons velhos, mofados e escuros, não me passavam calmaria.

— Não precisa sentir medo, Enzo. Já basta ontem...

— Um homem não é medido pela sua coragem, mas pelo seu medo. Medo do que precisa enfrentar... e do que enfrenta.

— Um homem sem medo é aquele que detém o poder.

— Eu não detenho porra nenhuma. Tenho um fodido medo do futuro — confessei. — E isso me faz melhor, acredite. Pelo menos tenho algo dentro de mim... que tenho medo de que quebre.

— E o que é?

— Meu caráter. — Olhei-o nos olhos. Enfrentei sua intimidação. — Seria o fim da linha.

— Como assim, meu filho?

— Posso me quebrar de diversas formas — semicerrei os olhos, fitando o chão do carro —, mas se falhar miseravelmente em conservar pelo menos o caráter, então uma bala será o melhor caminho.

— Que não seja a bala de outro, mas a sua. — Seu conselho foi um tapa na cara e Vladmir abriu a porta.

O vento da noite fria trouxe os pingos de chuva. Vladmir caminhou sobre a neve fina e fiz o mesmo. Olhei para a cúpula acima da construção.

Precisava superar esse medo. Seria apenas um a mais.

Sairia inteiro, precisava manter essa esperança. Pelo menos agora. Não sabia como seria o fim de tudo, mas estava apenas no começo.

O celular marcou 22h. Segui o russo que se dirigia para a entrada do lugar. Como da outra vez, fui obrigado a depositar o celular dentro de um cesto. As portas pesadas de madeira, que seguiam a curva do arco que as desenhava, foram abertas. Fitei dois homens de terno, parados em cada lado do corredor. Vladmir continuou e fui engolido pela penumbra.

Todos tinham tatuagens pretas, que contavam alguma história doentia.

— Tire o casaco e entregue para o próximo empregado.

Obedeci, já sentindo frio diante da fina camisa social que vestia. Enfiei as mãos nos bolsos do jeans. O corredor acabou em um salão arredondado. O piso, feito de cerâmica reluzente e acinzentado, refletia as chamas das diversas velas espalhadas sobre os candelabros compridos, todos dourados, contornando as paredes escuras, curvadas. No centro do salão, mais de setenta homens estavam em pé. Formavam um círculo, vestidos de túnicas pretas, que escondiam o corpo e revelavam apenas os pescoços, alguns tatuados.

Travei. Vladmir notou e me olhou sobre o ombro.

— Continue.

— Eu...

— Continue — ameaçou. Engoli a porra do medo. Precisava destruí-lo. — Seja forte como eu espero.

Fiz o que pediu e adentrei no círculo. A atmosfera sob a luz das velas era carregada, e no amarelado da luz, tentei fitar os rostos. Kirill era um deles, assim como Ivo e Mikhail. Os outros eram Vory que eu não conhecia. A maioria tinha barba rala, cabelos escuros e curtos.

Meus olhos se encontraram com os de Kirill. Uma ameaça velada estava implícita. Ele deu um passo à frente, saindo do círculo, e entregou a túnica para Vladmir.

— Obrigado por vir.

— Você presidirá — Vladmir respondeu. O mal-estar se instaurou. O calafrio me tonteou e volvi o olhar para os Vory. Todos focados em mim.

— Obrigado. — Abaixou a cabeça e se dirigiu a mim. — Está disposto a aceitar o seu julgamento ao invés da morte, Enzo Lehansters?

— Sim.

Por dentro, eu ruía.

— Está disposto a aceitar todas as nossas decisões?

Seu olhar me dizia que foderia o quanto pudesse comigo.

— Estou. — Minha voz se manteve firme.

Por dentro, queria gritar, chorar e urrar para que me tirassem dali, para que me dessem a minha velha vida e que Otávio escolhesse outro.

Como era difícil fazer algo visando o futuro, para que o pior não acontecesse com quem amávamos.

— Cada um aqui, hoje, perdeu um amigo, um irmão, uma parte da nossa história. Aleksei era nosso irmão, e você é o assassino dele. Saiba que mesmo com o nosso perdão, sempre será aquele que tem o sangue dele nas mãos — exclamou para que todos ouvissem. — Você, para mim — falou, franco —, *não merecia essa pena. Merecia muito mais. Alguns concordam, outros discordam.* — Seu olhar parou em Vladmir por alguns instantes. Retornou a mim. — Hoje é um aviso. Um lembrete, Enzo, para que nunca mais pense em assassinar um homem nosso. Um Vor é intocável, é um irmão, é um superior. — Assenti. O calafrio percorreu a minha espinha. Sentia o coração sufocar o meu peito e *só sabia repetir a mim mesmo que sairia inteiro. Sim, o suficiente para continuar.* — *Sua pena é leve. Muito leve. Está disposto, não é?*

— Sim.

— Irmãos — declarou. Percorreu com o olhar o recinto. — Hoje será a exceção. Pela morte do nosso irmão, não deixaremos impune esse homem. Após esse julgamento, que irei presidir, a dívida de Enzo conosco estará quitada. Será proibido revidar pela morte de Aleksei.

— Não fraqueje — Vladmir murmurou e se afastou. Posicionou-se no lugar de Kirill, e esse, ao meu lado, se voltou na minha direção.

— Tire a sua roupa — ordenou, impassível.

Desabotoei a camisa devagar, com a mesma sensação de como se estivesse em uma estrada deserta, pilotando a minha Harley, e abrisse os braços.

De encontro para a morte. Era a mesma emoção: impotência.

Cada botão demorou um segundo a mais do que o normal. Minhas mãos tremiam demais, minhas juntas estavam congeladas.

Um homem poderia sofrer ao se corromper?

Empurrei a camisa pelos meus músculos, empurrei o choro para baixo e empurrei o meu orgulho até os pés.

Despi-me dos três.

Deus. Existiria ainda algum homem bom dentro de mim? Seria possível viver além disso?

Abaixei a cabeça. Os meus olhos ardiam, mas não derramaria as lágrimas ali.

Da minha casa, do meu lar, do homem que era admirado e temido por ser bom e ter poder, ali estava como um rato dentro dos russos, humilhado, acatando ordens e deixando-me destruir.

Uma destruição de dentro para fora.

A camisa caiu no chão. Abri a calça jeans e a empurrei para baixo.

— A cueca também.

— É necessário? — Travei o maxilar.

— É necessário que você se dispa de todo o orgulho, Lehansters.

Eles queriam me foder.

Tirei os sapatos e empurrei a cueca para baixo, revelando meu pênis amolecido, coberto de pelos loiros. Estava nu, sem meias, sem calça e ergui a cabeça.

— Por ter matado um homem nosso, sofrerá uma pena. Por ter agido com crueldade com ele, terá outra. E por ele ser um Vor, parte interna nossa, terá uma terceira — explicou. — Acatará sem reclamar cada uma. — Jogou as palavras. — Escute até o final, se tiver alguma maldita dúvida, fale, e depois, aceite.

— Sim — murmurei, petrificado. Meus olhos estavam arregalados, fixos em Kirill. Meu pomo de adão subia e descia a cada engolida forçada.

— A primeira sentença será a dor física. Sofrerá o suficiente para nunca se esquecer, para saber que, quando se mexe com um dos nossos irmãos, não sairá inteiro disso. Parte sua sempre será nossa. — Assenti. Não pisquei. Não engoli. E não precisei respirar. Estava focado. — A segunda parte será a dor psicológica.

A dor psicológica... o que significava? Otávio não me contou sobre julgamentos o suficiente. Sabia da carnificina, da crueldade... estava apavorado por dentro e frio por fora.

— E a terceira parte. Se juntará a Dimitri Ivanovich Sokolov — apontou para um russo ruivo, de olhos escuros e um cavanhaque ralo — como um *Torpedo* nosso, um assassino de aluguel. — Arregalei os olhos. — Para o assassinato do deputado Ygor Ivanovich Soloyiov.

— Assassinato? — Uni as sobrancelhas, aturdido. Porra... Não...

Ali, no meio de todos, me lembrei do meu pai.

— *Está vendo aquele servo?* — *disse numa caçada.* — *É um animal, como nós, como aquele homem que você viu morrer na Rússia. Você fará isso, filho. Olhe-os como animais. Mate-os.* — *E quando eu disse que não queria, que era errado, ele respondeu:* — *Se quer ter o sucesso no que planejamos, matará. Se quer fazer o que é preciso, matará. Se quer acabar com quem pode aniquilar nossa família, mate. Não hesite. Não pense na integridade ou no bem. Não pense. Não seja humano. É isso que a vida cobrará de você. Não estou perdendo o meu tempo aqui para ser um covarde. Você fará. Eventualmente nos tornamos o que não queremos ser. Não há espaço para ser um bom homem e um homem que acerta as contas. Um deles morrerá, e sabemos qual vai ser.*

Elevei os olhos.

— O que é mais um corpo? — Kirill perguntou, irônico. — Você já sujou as mãos.

— Posso recusar?

— Enzo — Vladmir me chamou e olhei-o. — Ordem dada, ordem acatada.

Assenti. Precisava de nervos de aço.

E não ter consciência.

— Podemos continuar? — O russo na minha frente arqueou as sobrancelhas.

— Podemos.

— Essas são as suas sentenças. Deverá cumpri-las de acordo com as nossas ordens. Sem falhas. — Apoiou a mão no meu ombro. — É a sua única chance, Lehansters. Agradeça, estamos sendo bons.

— Obrigado.

Fechei os olhos.

O silêncio foi mortal. Quis gritar para que ele não existisse. Nunca foi *tão perturbador.*

— Enzo Lehansters, filho de Otávio Lehansters, chamado de Andrei Borionovich Orlov em nosso país, antigo membro da KGB, traidor da polícia e um irmão. Sua sentença começa agora. Suas perguntas já foram feitas, não levantará a voz, não dirá uma única palavra. Se manterá em completo silêncio até o final. — Assenti. Minha boca estava seca. Eu tremia tanto que era possível que vissem. Eu suava. Meu peito tinha pequenas gotas do pavor. — Ajoelhe-se perante nós.

Meu corpo, dormente, obedeceu.

No silêncio, flexionei uma perna. Encostei o joelho contra o piso gelado. A outra perna fraquejou e cedi. Uni minhas mãos contra a virilha, sentindo um peso monstruoso nas minhas costas.

Nada tinha.

Era mental.

Fitei o chão, e ao erguer os olhos, vendo todos os Vory em pé, diante de mim, soube que era nesse momento que começaria a queda.

Lenta. Dolorosa.

E inevitável.

Apavorado, mantive-me focado em Kirill. Tentei manter-me frio por fora, não transparecer o medo.

— Mikhail, passe-me o chicote.

Arregalei os olhos. Do fundo do salão, um dos membros pegou uma maleta preta. Quebrou o círculo ao cruzá-lo e parou na minha frente. Entregou a maleta e voltou ao seu lugar.

Ele me esfolaria vivo.

Tinha certeza.

Não havia limites, todos foram quebrados.

— Receberá vinte chicotadas, nu, perante todos. Tente — diminuiu o tom de voz — não parecer uma mulher.

Por Deus, queria avançar e enforcá-lo com as minhas próprias mãos! Queria gritar que eram todos doentes, lunáticos e sádicos!

Filhos da puta que mereciam morrer!

Permaneci em silêncio.

O bom e velho fantasma do meu pai na minha cabeça, sussurrando: *vá até o fim. Seja o fim deles.*

Fixei o olhar em uma parede acima das cabeças. Seria lá que aceitaria a dor. Abraçaria o sofrimento, seria um afago ao caminho seguido.

O quanto eu suportaria?

Kirill suspirou e se agachou na minha frente. Depositou a maleta no chão e a abriu. Um grosso chicote de couro, comprido, com dez tiras, estava dentro. Puxou-o pelo cabo e o ergueu.

Fitei as tiras.

Grossas, largas.

Feitas para marcar.

Furioso, apertei os dentes.

Aterrorizado, assenti para que continuasse.

Fechei os olhos e mantive a cabeça erguida. Não entregaria o meu orgulho para aquele homem.

Não, ele seria intocável. Não fraquejaria.

— Conte comigo, Lehansters. Cada chicotada.

Anuí no descontrole do meu nervosismo. Com as mãos unidas na frente, deixei minhas costas inteiras para o homem que se posicionou diante delas.

O ar parecia denso.

Os olhos, todos em mim.

Senti-me oprimido, fodidamente pesado ali.

Não iria chorar, nem um gemido sequer. Sofreria em silêncio. Seria forte por mim, por Otávio e pelo futuro.

Com os olhos pregados no teto escuro, meu último pensamento antes que ouvisse o estalo do chicote no ar foi Anya.

Vi seus lábios carnudos, sua voz, seu toque.

E desejei estar com ela.

Era a diaba na minha vida, mas acalmava os outros demônios.

O estalo no ar foi seguido do impacto. Senti as dez tiras unidas contra o meio das minhas costas. Minhas terminações nervosas explodiram. Senti a carne queimar, a pele arder e os olhos quererem marejar. Mordi a língua para aguentar a dor, que atravessou o meu peito e causou calafrios pelo corpo. Engoli o gemido junto com o gosto do sangue e puxei o ar que me faltava.

Tremi dos pés à cabeça.

— Conte.

— Um. — A voz saiu entrecortada.

Fechei os olhos.

As tiras estalaram no ar, voaram para baixo e atingiram minha pele vermelha. Fraquejei de dor.

Porra, como doía!

Estavam arrancando o meu couro, a minha lucidez.

Engoli em seco. Apertei as mãos até as juntas doerem, mas nada ardia mais do que as minhas costas que, em contato com o ar, pareciam estar em brasas. Queria chorar, mas não deixei a vermelhidão surgir. Mantive-me forte.

— Dois. — Minha voz foi segura, firme, escondi a devastação.

E na aflição senti o couro abrir minha pele, ir de encontro com a carne, rasgar-me por fora como me despedaçava por dentro.

Cerrei os dentes, quase partindo-os. Como latejava.

Sentia nos ossos.

— Três.

O silêncio foi um alívio. Logo cortado pelo estalo, pela descida e pela sensação de ser levado ao extremo. O urro morreu na garganta, as lágrimas ficaram entaladas e senti os braços dormentes.

Nem sentia a porra das mãos mais.

Meu sangue escorreu quente pelas minhas costas. Kirill estava cortando a minha carne. Era como fogo sobre a pele.

— Quatro. — Mantive a voz fria. Não revelava a dor.

E essa foi pior na quinta chicotada. Tive um espasmo inconsciente contra o chão. O ar faltou, tonteei, porém, aguentei.

— Cinco. — Perdi a força na voz.

No sexto estalo, a violência se alastrou pelo meu corpo. Uma das tiras se enterrou na carne, mergulhou no sangue e ficou lá. Parte da minha lombar foi acertada e o grito de agonia parou na minha boca. Freei-o antes que escapasse. Minhas pernas queriam ceder. Lutei. Juntei todas as minhas forças.

— Seis.

Abaixei o olhar. Todos me olhavam com admiração e satisfação. Gostavam do sofrimento alheio.

A brutalidade do chicote na sétima me desnorteou. Por um momento, apaguei, ainda ajoelhado. Não conseguia raciocinar direito.

Abri os olhos. Meu corpo estava ardendo, oscilava entre o sentir e o vazio. Sentia o sangue escorrer na minha bunda, deslizando pelas minhas coxas e chegando ao piso.

— Sete.

Esperei. Kirill deu-me alguns segundos.

As tiras atingiram os meus ombros, avermelhando-os e tomando mais lugares.

— Oito — gemi, furioso por vacilar, devastado pelo sofrimento. — Nove — rosnei ao sentir o couro abrir espaço, afundar-se, unir-se ao meu corpo.

Na décima, arrancou a pele dos meus ombros. Engoli em seco, semicerrei os olhos e segurei o desespero.

A dor era tanta que senti ânsia.

— Dez.

O chicote subiu ao ar e desceu com o peso da minha vida.

Fui fraco, e, com a violência, caí para a frente. O gemido morreu na boca e apoiei as mãos no chão, de quatro, lidando com a dor da décima primeira chicotada.

— Volte para a posição, Lehansters.

Assenti. Mordi o lábio inferior para não chorar. Tremia. Vi o sangue no chão. Respirei fundo e ergui o tronco. Minhas costas arderam com o movimento e me calei. Parei como antes. Mãos na frente, o desespero enterrado em cada parte de mim.

— Onze — contei.

A dor lancinante me transpassou na décima segunda chicotada. Logo chegaria tão fundo, que jamais cicatrizaria.

Nunca, na verdade, voltaria ao normal.

— Doze. Treze. — Quase gritei depois de sentir mais carne ser arrancada. O sangue espesso coçava. — Quatorze.

Continuei firme em não demonstrar a dor.

— Quinze.

Porra, era uma tortura! Sentia dor na carne, dentro do cerne de todo o meu ser. Tremi tanto que pensei que morreria.

— Dezesseis.

Era insuportável. Não sabia o quanto aguentaria. O lugar rodava. Não sentia os braços. O corte latejava, ardia e esfriava ao mesmo tempo.

— Dezessete. — O estalido explodiu o que restava de mim. Agonizei. — Dezoito — gemi. Sem pausa e sem misericórdia. A *décima nona chicotada deixou-me com as costas inteiras* em carne viva. — Dezenove.

Perdi as forças.

— Vinte.

Era a última.

Talvez a morte fosse melhor...

A dez tiras se enterraram, fincaram contra os meus músculos, os dilaceraram, respingaram sangue e me derrubaram. Desabei contra o piso e perdi parcialmente a consciência. O negrume me engoliu.

— Ele apagou? — Ouvi alguém dizer. Tentei responder, no entanto, estava destruído.

— Algeme-o.

Não entendi. Por quê?

Duas mãos me puxaram pelos pulsos. Fui arrastado, deixando um rastro de sangue. Já não sentia o restante do corpo. Sabia que ali estava aberto, precisaria de pontos... precisaria de algo para suportar.

O metal gelado circulou um dos meus pulsos e fui forçado a sentar. Entreabri os olhos.

— Está consciente, seu merda?! — Alguém deu-me um tapa na cara e assenti.

Tinha fracassado com o meu orgulho. Desabei no final. No entanto, cumpri parte do julgamento. O que vinha agora?

Sentado, forcei a carne aberta. Latejou, queimou e me açoitou. Meu pulso direito estava algemado, elevado até uma algema feita de metal, presa em correntes no teto. Fizeram o mesmo com o esquerdo.

De braços abertos, quase contra uma parede, me sentia perdido.

Quem era o velho Enzo? O que sairia dali?

Kirill parou na minha frente.

— Está consciente?

— Preciso estar? — Ergui os olhos.

— Sim. Para a sua segunda sentença, precisa.

— Estou.

Cuspi sangue no chão. Parte do meu lábio inferior estava dentro da minha boca, de tanto mordê-lo.

— Então, tragam-na.

— O quê? — consegui falar. Meus olhos pararam na menina que vi na noite anterior.

E se achei que a tortura de antes era o pior, era um completo engano.

O inferno começava agora.

A ruiva gritou.

Estava com um vestido, debatia-se nos braços de Ivo, que a segurava com afinco, com um nítido prazer nos olhos. Arrastou-a até a minha frente.

— O que irão... fazer? — perguntei em torpor. Que se fodesse a minha dor!

— Amávamos Aleksei, Enzo, era nosso irmão. — Olhei-o sem entender. Ivo parou no centro do círculo, perto o suficiente para que eu o visse. E o círculo já não era bem um, metade estava aberto, para permitir a minha visão. — Ontem, Vladmir e Ivo viram a sua preocupação com essa menina. Há uma bondade em você, uma que precisa ser aniquilada. Sofremos com a perda, mas ela é engrandecedora, endurece os fracos, enriquece os pobres e encoraja os covardes.

— Não... — Ainda não entendia.

— Ajoelhe-se, *cadela!* — Ivo rosnou. Agarrou os cabelos ruivos da jovem e a forçou contra o chão.

Fitei Kirill, que parado ao meu lado, contemplava a cena.

— Uma vida... por uma vida — sussurrou.

Arregalei os olhos.

Ivo desferiu um tapa contra o rosto da jovem.

— NÃO! — explodi, insano. Joguei meu corpo para frente, sem me importar com a dor. Eles não poderiam fazer isso. — NÃO! — berrei a plenos pulmões. Meu grito ecoou pelo local.

A menina chorou, gritou quando outro tapa foi desferido. Uma violência gratuita.

Vladmir se uniu, e os dois, juntos, arrancaram as roupas dela.

— NÃO! — gritava. Puxava os meus pulsos. As costas reclamaram, mas eu não ligava. O metal das algemas se enterrou contra os pulsos. Puxei mais, não podia permitir. — Não... — gritei, urrei, chorei. — Parem! — berrava aos prantos. As lágrimas se espalharam pelo meu rosto assim como o sangue respingava do meu corte, enquanto me chacoalhava contra as correntes.

A jovem foi jogada no chão. Gritava e tentava proteger o rosto dos socos. Mãos grandes demais, afundaram-se nas mãos pequenas, abriram cortes. Chutaram-na contra o piso, atingiram a cabeça e o sangue empapou o cabelo.

PORRA! Era minha culpa! Demonstrei... preocupação. Mais sangue.

Odiava Vladmir e cada Vor. E sentia o mesmo pelo meu maldito pai.

Ela se debateu, rastejou, e Ivo a segurou pelos cabelos. Cuspiu em seu rosto e a estapeou. A menina perdeu a consciência e caiu de frente. Viraram-na e socaram seu rosto.

— PAREM, SEUS DESGRAÇADOS! PAREM! — vociferei. — PAREM! — Chorava tanto, que soluçava. Tremia tanto, que estava fora do controle. Meu emocional estava destroçado. Todo o meu corpo doía com a brutalidade com que me jogava para frente. — DEIXEM-NA! AHHHHH! — Meu grito preencheu o lugar assim como o som dos ossos se partindo. Eles chutaram o rosto da menina já morta. O sangue escorria do nariz, da boca... O rosto estava deformado, e mesmo assim não paravam.

Abaixei a cabeça e chorei em silêncio. Estava apavorado com aquilo. Chocado demais.

Estava destruído.

O meu gemido de dor escapou dos lábios e não me importei. Foderam com o meu psicológico. Era uma desconhecida, mas ver um inocente morrendo... *Não sairia dali inteiro.*

Solucei.

— Tirem esse corpo daqui — Vladmir ordenou, limpando os sapatos e as mãos no pedaço de vestido que não estava sujo. Olhei-o com nojo.

O silêncio mortal perdurou por minutos. Arrastaram o cadáver para fora, esperaram que eu me recuperasse. Minutos não seriam suficientes, tampouco horas.

Estava petrificado. Em choque. As lágrimas desciam, mas já não emiti som.

— Soltem-no. Chegamos *à última parte.*

Olhei o russo desgraçado. Atordoado, não consegui falar nada. Fui ao chão assim que as algemas se abriram.

— Faremos aqui mesmo.

— Farão? — Parei de quatro e ergui a cabeça.

Uma outra maleta preta foi levada, e dessa vez um russo, vestido com a túnica, permaneceu.

Kirill se agachou ao meu lado.

— A pedido do nosso Pakhan, você será tatuado, Lehansters.

— Não... isso não estava...

— Ordens são ordens! — Vladmir trovejou e o enfrentei.

— Não estava no acordo! — gritei. — Não estava...

— Tatuem-no agora! — ele ordenou.

Tentei me levantar, em vão. Kirill enterrou a mão nas minhas feridas e urrei de dor. Caí de bruços e o russo com a maleta sentou-se ao meu lado.

— O método não será comum. Será por escarificação — explicou e se dirigiu ao outro. — Onde posso fazer? As costas estão...

— Na nuca.

— Não... — Tentei ter forças. Fui abandonado pelo meu próprio corpo.

Mesmo entorpecido pelas chicotadas, senti o metal afiado contra a minha pele. Gritei. Duas mãos seguraram a minha cabeça, outras seguraram os meus ombros abertos e ensanguentados. O bisturi rasgou minha pele. Forcei o corpo, sem sucesso. As lágrimas brotaram e deslizaram pelas laterais dos olhos.

Porra, era o inferno!

Estava me devastando, me pisoteando e me deixando no chão.

Senti o metal perfurar, adentrar e me machucar. Cortes em cima de cortes. O suficiente para deixar a cicatriz.

— AHHHHH! — berrei de tanta aflição. Estava louco. Fora de mim. Queria correr dali, matar cada desgraçado que se divertia com a minha dor.

E no meu lamurio, continuaram a me machucar. Rasgar mais e mais a pele e a carne, sem que soubessem que também matavam parte de mim. Bradei tanto que fiquei rouco. As lágrimas secavam e outras caíam por cima.

Minhas costas latejavam, o sangue da nuca se misturou com outro, e, aos poucos, fui perdendo cada um dos sentidos, assistido por todos os Vory.

Desisti da guerra.

Parei de lutar com a minha consciência e desmaiei.

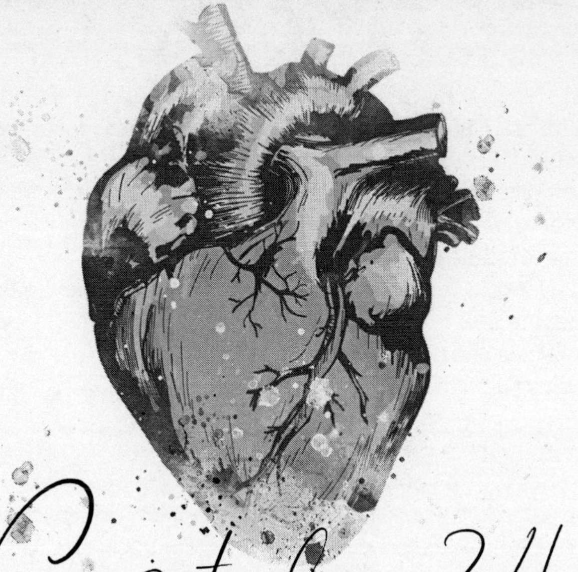

Capítulo 34

Anya

Nunca senti tanto medo antes.

Abracei meus joelhos, tentando entender onde eu estava. O corpo, ali, fedia a sangue. Era a mesma menina que vi antes, mas agora estava morta, deformada. Aos poucos, uma poça se formou ao meu lado.

Sabia onde tinha me metido, mas não demonstraria medo. Não daria esse prazer para mais homens iguais a Nicolai.

Estava ali pela família. Pelos Lehansters.

E por Enzo.

Fitei a porta de metal e me perguntei quando descobriram a minha chegada. O quanto de poder detinham naquele país? Entraram no meu quarto de hotel com facilidade, me apagaram e me carregaram no meio de muitas pessoas.

Era comum a violência, quase banal.

Se pensavam que eu iria implorar, que iria ser uma mulher submissa, que chorava e se desesperava... nunca se surpreenderam tanto. Não abri minha boca. Não expressei emoção. Dentro do meu próprio jogo, eu era a melhor em fingir. Aguentaria o que fosse, ultrapassaria qualquer extremo, mas não seria frágil para eles.

Sobressaltei-me com a porta abrindo. A penumbra foi iluminada pela luz amarelada e fitei um russo ruivo. Olhou-me com curiosidade e as rugas se formaram no canto dos olhos.

— Se vê que é filha de Otávio mesmo — resmungou em russo. — Tão... a cara dele!

— Se diz por não temer homens como você, tenho orgulho de ser filha dele — respondi na mesma língua e o homem encarou-me com assombro.

— Homens como eu? Não ensinei ainda como sou...

— E não ensinará. — Levantei-me. — Se quisessem foder comigo, já teriam feito. Mas não farão, não é? — Sorri. — Não quando sabem que o que fará Enzo ficar na linha sou eu.

Ali, no seu olhar, tinha a resposta. Eles queriam me usar para acalmá-lo.

Dei um passo para frente.

— Irão me levar até ele?

O russo avançou, fechou a porta e nos deixou na penumbra. Mantive-me imóvel, firme, inabalável.

— As mulheres não pedem aqui.

— Não, elas não têm vida, eu sei como é.

— Sabe?

— Conheço homens como você — retruquei.

— Não, você nunca conheceu homens como eu, porque se tivesse, não teria essa boca suja comigo. — E o tapa finalizou sua frase. Sua mão virou o meu rosto com violência. A pele latejou e levei a mão até a bochecha. Um pequeno corte ardia embaixo do meu olho e revidei o olhar.

Queria matá-lo. Daria tudo para vê-lo chorar, como desejei tanto para Nicolai...

Enzo estava certo quando disse que eu era forte? Mais forte do que ele? Sofreria na mesma intensidade, se estivesse no seu lugar?

— Gostaria de sentir o seu sangue, cadela, nas minhas mãos. Adoraria te ouvir gritar e te passar para os meus irmãos... — Hesitou. — Mas há coerência no que disse. Aquele desgraçado precisa de você depois... — seus olhos pararam na morta — de ter visto essa pequena cadelinha morrer.

Fiquei calada, sem emoção. Deixei que o medo morresse no meu peito. Aquele homem não conheceria o meu desespero.

— Vou levá-la até ele — avisou e deu as costas. Abriu a porta e me olhou sobre o ombro. — Passe de uma vez.

Enxotei-o com o olhar. Desafiei-o com o semblante e saí daquele lugar.

No corredor iluminado, ouvi risadas grossas, xingamentos em russo e vozes femininas. Ao chegar *à* sala, homens estavam sentados, fumando charutos, com mulheres novas demais em seus colos, nuas e sendo usadas como mercadorias.

Nas mãos, tatuagens escureciam as peles, pescoços fechados, caveiras nos dedos, e vi o homem que invadiu o meu quarto.

— Ah... a minha nora — ele se dirigiu a mim, bloqueando o meu caminho. — Anya Lehansters, não é?

Não respondi. Olhei-o com desprezo.

— Nicolai me contou no telefone...

— Agradeça que ele ainda tem bolas para conseguir falar — sussurrei. — Fui bondosa com ele.

— Entendi o porquê gostou de você — debochou.

— Precisamos ir, Kirill — o russo atrás de mim murmurou.

— Ivo, Vladmir já está no carro. Espera por vocês — concordou e deu passagem.

Andei, rodeada de homens que queriam me manter na linha. Jogaram-me o meu sobretudo, e o vesti, escondendo a camisa que vestia. As calças eram finas, e, ao sair da casa, o frio me açoitou.

Fui até o carro, a porta foi aberta e adentrei. O silêncio sepulcral foi acompanhado de olhos interesseiros em mim. Vladmir e Ivo me comiam com o olhar, que durante todo o caminho não foi desviado.

A neve grossa caía no meu ombro enquanto caminhava pela entrada da casa. Dentro, os móveis escuros eram acompanhados de quadros com imagens perturbadoras, muitos seguranças e luzes amareladas.

— Levem-na até o quarto dele — Vladmir ordenou para um segurança. — O médico já saiu?

— Sim, senhor. Finalizou o que precisava. Deixou alguns medicamentos para dor e indicou que o visitante ficasse em repouso por alguns dias.

— Entendi — Vladmir admitiu, desgostoso. — Siga-o. — Dirigiu-se para mim e me empurrou contra o segurança, que apertou o meu braço e me arrastou pelo corredor. Puxei meu corpo do aperto e esfreguei o pulso.

— Não preciso ir *à* força.

— Como queira. — Continuou pelo corredor *à meia-luz*. Subimos as escadas de madeira, feitas com um corrimão polido e tapetes escuros. No segundo andar, continuei até ser deixada diante de uma porta. — Ele está aqui. Também ficará — disse e a abriu.

O quarto estava na escuridão, quieto e perturbador. O segurança fechou a porta assim que entrei, e aguardei em silêncio até os meus olhos se acostumarem.

No centro, uma cama de casal ocupava quase metade do quarto. Duas janelas, uma em cada lado da cama, mostravam a neve caindo contra o vidro. Um espelho na parede do lado direito refletia o guarda-roupa no lado esquerdo, e uma porta para o banheiro. Tapetes escuros escondiam o assoalho de madeira, e vi o vulto de Enzo deitado de bruços.

— Enzo? — chamei-o.

Sem resposta.

Estreitei os olhos. Nas suas costas, curativos compridos o suficiente para chegar dos ombros *à* lombar, escondiam algum machucado. Coloquei uma mão na boca e deixei o assombro me assolar.

— Enzo...

Devagar, me aproximei. Seus olhos estavam fechados, os cabelos suados, e tinha sangue seco pelo pescoço. Liguei o abajur ao lado da cama e fitei o único machucado visível. Era algo escrito. Um nome.

— *Andrei Vladmirovich Orlov...*

Ele gemeu ao ouvir minha voz e as pálpebras tremeram. Coloquei a mão no seu rosto e me sentei no chão. Seus olhos se abriram e os ergueu para me ver. Susto estampou o seu rosto.

— Anya? — Arrastou a voz.

— Estou aqui...

— Está aqui... — Formou um vinco na testa, tentando entender. — Por quê? O que...

— Vou levá-lo para casa.

Seu olhar parou no chão assim que falei *casa*. Uma lágrima escorreu pelo canto e ele engoliu em seco.

— Não existe mais voltar para casa, desculpe-me... Terá que voltar sozinha — suspirou.

— Já cumpriu...

— Eles a machucaram? — Volveu a me fitar.

— Não.

— E esse corte?

— Não conseguiriam me machucar desse jeito. Não estou ferida, e você sabe disso. — Mantive a força que ele precisava ver. — Mas você...

— Estou arruinado — admitiu. — Estou...

— O que fizeram?

Enzo tentou se virar e gritou de dor. Apertou os olhos e deixou mais lágrimas saltarem.

— Fique como está. — Empurrei os seus ombros e ele retornou a desabar na cama. Ficou calado por um bom tempo, me deixando ver toda a vulnerabilidade.

— Por que veio? Não quero você aqui. — Quebrou o silêncio.

— Sabe que eu não ficaria parada, não aceito ordens. Precisava fazer algo.

— Não há o que você possa fazer aqui.

— Posso levá-lo embora.

— Não vou... Não tão cedo, Anya.

— Por quê?

— Tenho mais... coisas para fazer — balbuciou. — Não quero vê-la no meio desses russos, no meio dessa violência. Por favor. — Encarou-me. — Pelo menos uma vez, me escute. Fique longe de Vladmir... ele a foderá, como fez comigo.

— O que fizeram? — insisti. — Que nome é esse?

— Nome? — perguntou, confuso.

— Está escrito na sua nuca.

— Ah... — ele suspirou. — Vladmir quis pisar em Otávio. Usou-me para isso, mesmo que o nosso pai esteja morto. *Orlov* — repetiu o nome. — Ele sabe que há mais, porra!

— Vladmir sabe do que planeja?

— Sabe que sou uma águia. Vejo distante, e ele também. Vemos um futuro...

— É o que pretende fazer? — Estava conseguindo chegar no cerne dos segredos de Enzo.

— Não... — gemeu. — Não tente entender.

— Por que permitiu? — A raiva me corroeu por dentro. Não era esse o homem por quem enfrentei os russos, por quem quase matei Nicolai. Não era um homem que abaixava a cabeça. — Por que deixou esses desgraçados te machucarem?

— Porque eles machucariam vocês, minha família.

— Não somos bem uma família, sabe disso.

— Por Deus, cacete! — rosnou de dor. Impulsionou o corpo para cima, retesando os músculos dos braços, e se jogou de lado. — Ahhhh! — urrou ao roçar as costas no lençol, e me adiantei. Ergui seus ombros e tentei acomodá-lo contra a cabeceira.

Enzo se sentou. Seus olhos avermelhados estavam molhados, os lábios franzidos de dor e a barba começando a se tornar comprida.

Sentei-me na ponta da cama. Seus ombros estavam cansados, os músculos marcados pela força que fazia com os punhos fechados, e dei o tempo que ele precisava para aguentar as pontadas.

— O que fizeram nas suas costas? — indaguei sem malícia alguma. Ali, naquela penumbra, no pior cenário que eu poderia encontrar... me despi das minhas artimanhas, como Enzo fez.

— Me chicotearam... — Esfregou o rosto.

— Deixaram na carne viva? — sussurrei.

— Pior. Muito pior. O que sei é que não aguentei. Foram malditas vinte chicotadas. Uma atrás da outra... — Seus olhos vagaram perdidos pelo quarto. — Depois eu a vi morrer.

— A menina?

— Como sabe? — Olhou-me, chocado.

— Jogaram o corpo no lugar onde eu estava.

— Onde você estava? Que porra! — Cobriu o rosto com as mãos trêmulas. Seus dedos estavam machucados.

Fisicamente, Enzo estava destruído. Temia o que restou no interior.

— Quando cheguei *à* Rússia, alguém estava de olho.

— Eles sempre estão de olho — interrompeu-me. — Não importa o lugar, não importa quando. Há homens em todos os lugares.

Tinha mais do que queria dizer. Revelava que não estaríamos seguros outra vez.

— Preciso avisar Antone?

— Não... Ele tem Toni. Toni consegue enfrentar quem for atrás do Antone.

— Do clube?

— Sim. Antone se tornará um *Prospect*.

— Um o quê? — Balancei a cabeça.

— Um novato. Toni ficará de olho nele por mim, alguém precisa. — Fitou-me acusador. — Já que nós dois estamos aqui.

Fixei o olhar nas suas pernas nuas. Vestia uma cueca preta, revelando os pelos loiros das coxas.

— Por que nosso pai fez isso conosco? — questionei numa confissão implícita.

— Porque a vida o fez assim.

— Não dessa maneira, não assim. Não somos culpados pelos pecados dos nossos pais.

— Mas precisamos arcar com as consequências deles.

— Poderíamos ter sido uma família...

— Somos.

— Não, não somos — repliquei. — Talvez com Antone, mas nós dois... O que acontecerá?

Enzo engoliu em seco. Respirou fundo e a sua expressão se tornou pesada.

— Você voltará — disse, devagar, elevando as sobrancelhas, unindo-as. — Continuará a sua vida, ocupará a minha cadeira. Dentro da família, dentro dos negócios.

— Enzo...

— Você é capaz. É melhor do que eu em todos os aspectos.

— Não disse que não — concordei. — E se eu não quiser?

— Você voltou pelo poder, não por mim. Voltou para ter o seu direito, e eu estou lhe dando total apoio nisso. — Curvou-se para frente e pegou a minha mão, cobrindo-a com as suas. — Confio em você para isso, para manter o sobrenome Lehansters, para manter nosso poder naquele lugar e para colocar Antone nos trilhos.

— Voltei pelo direito e encontrei você no caminho.

— Um homem não é capaz de te parar, Anya, você não é esse tipo de mulher. — Sorriu com certa melancolia. — Não dessa maneira.

— Amar não é o suficiente para mim, para nós.

— Não. Nenhum sentimento é capaz de nos parar quando temos um objetivo à frente. Nenhuma emoção nos convence a desistir.

Fiquei quieta. Enzo me fitava com uma ansiedade tamanha, que jamais vi antes.

— Não sou burra — suspirei. — Sei que está jogando as palavras comigo.

— É um jogo perigoso.

— Aceitamos jogá-lo naquela noite.

— Não, aquela foi o acaso.

— E se não tivéssemos transado? — falei em voz alta a ideia. A emoção que senti refletiu nos olhos verdes de Enzo, na expressão cansada e impetuosa. — Estaríamos nessa situação?

— Eu estaria. Você, provavelmente não.

— Por que estaria?

— Porque o que fiz... fiz porque precisava. Você não é a causa.

— Não haveria Nicolai... — Desviei os olhos, furiosa com aquele filho da puta.

— Seria diferente. — Sorriu, cabisbaixo. — Mas eu estaria aqui do mesmo modo. Talvez não todo ferrado.

— E como está por dentro?

— Por dentro é apenas problema meu.

Cravei meu olhar no dele. Tentei entendê-lo, no entanto, Enzo escondia-se.

— Você assombra os meus pensamentos, Enzo. Não consegui esquecer o que disse.

— Fui cruel.

— Foi traiçoeiro.

— É um traço nosso.

— Não esperava desse modo.

— Eu também não.

— Então por que fez? — perguntei.

— Porque temi que não tivéssemos outro momento como aquele.

— E não estamos vivendo agora?

Ele negou.

Inclinou-se e beijou a minha mão, em um gesto que não esperava. Tirei-a antes que me afetasse, mas foi em vão.

Não conseguia parar de olhá-lo, desejá-lo naquela fraqueza. Naquela intensidade com que me olhou, deixou explícito a quebra brutal dentro de si, o quanto precisava de mim.

Não queria que Enzo me mostrasse isso, porque, ao precisar, eu perdia minhas armas.

Perdia o jogo.

E talvez a lucidez.

Estaria em um estado que fugi diversas vezes.

— Não faça isso... — supliquei. Seus olhos se encheram de lágrimas e elas extravasaram, revelando um homem desesperado, tão quebrado e afundado no peso que carregava, que o controle foi a última base a cair.

E quando desabou, me levou junto.

O nó se instaurou na minha garganta. Afogou-me em um pranto silencioso.

Olhos nos olhos, compreendi a imensa escuridão do meu irmão, do homem que deveria amar fraternalmente, e que, no entanto, se embrenhava no meu interior de outra forma.

Corrompendo-me, tornando-me insana, instável e imoral.

— Não sou o mesmo... — sussurrou, com as lágrimas iguais as minhas, deslizando pelo rosto, serpenteando a barba. — Algo foi mudado, despedaçado e moldado de forma diferente. Nosso pai me contou muitos segredos desde que era muito novo, e nem todos eu posso aguentar. Otávio... — Travou. Não queria falar, não confiava em mim. Ele tinha esse direito, também não confiaria. Os segredos eram as minhas balas. — Otávio me contou muitas coisas que só um adulto poderia entender a gravidade. Era um menino, queria brincar, ter atenção, afeto, e não o peso que ele me deu.

— Você teve afeto.

— Não mais que você. Nossa mãe — ele respirou fundo — se dopava por minha causa.

— Por quê? — balbuciei.

— Porque ela não queria ter consciência do que o nosso pai fazia comigo.

— Enzo... — Balancei a cabeça. Tentei entender.

— Otávio me preparou desde novo para esse momento, para cruzar a linha da moral, do individualismo. O que eu quero, não é o que preciso fazer. E o que é necessário fazer, torna o meu desejo inútil. Nosso pai me fez entender desde novo onde me enfiaria, o quanto eu sacrificaria e o que poderia me tornar. Nossa mãe sempre soube... de tudo. Ela sabia de todos os segredos.

— Quais segredos?

— Pare. — Fechou os olhos. — Ela sabia o suficiente para buscar um fim nos remédios. Se pudesse, teria tido uma overdose, com certeza.

— Ela o amava mais...

— Ela amava nós três, mas um filho... — Abriu os olhos. — É um filho. Otávio também nos amou, da sua maneira.

— Isso é amor? Ensinar seu filho desde pequeno a se destruir?

— Ensinou-me o que era certo. Mesmo com todas as suas explicações e ensinamentos, não foi o bastante para me preparar para viver e experimentar. — Lacrimejou outra vez. — Isso dói como o inferno. Fecho os olhos e vejo sangue para todos os lados. Vejo-me no sangue e me pergunto o quanto isso custará para a minha cabeça.

— Pare, por favor. — Desci do meu pedestal e engoli o orgulho. Arrastei a bunda na cama, até colar minha lombar na sua coxa. — Ainda há tempo.

— Vá embora — pediu. Largou minha mão e cobriu minha bochecha. Sua pele quente acariciou a minha, seu polegar grande tocou os meus lábios, contornou-os e os abriu. — Não foda com tudo.

— Eu teria esse poder?

— Você é a mulher mais poderosa que conheci. — Sorriu. — E tem esse poder sobre mim. Vá embora, preciso de você longe, segura, e só estará se estiver distante o suficiente das minhas mãos. Perderei o controle aqui...

— Foda-se o maldito controle! *Não quero competir aqui, não estou para seduzir... — confessei*, angustiada. — Quero salvar você.

— Esse poder você não tem. — Manteve o sorriso no rosto.

— E quem tem?

— Um homem que está enterrado a sete palmos.

— Abomino nosso pai.

— Um dia poderá sentir o mesmo por mim. — Apertou os olhos e tocou-me no rosto. Detalhou com a ponta dos dedos a minha mandíbula, a minha boca, e afundou a mão nos meus cabelos, atrás da orelha. Entreabriu os olhos. — Não quero que me odeie como eu me odiarei — sussurrou em pura dor.

Encontrei o meu coração.

Ele bateu forte, se entregou e me deu de bandeja.

Joguei-me contra Enzo, ignorando onde estávamos, seus cortes ou o quanto significava o ato.

Seus braços nus e musculosos me envolveram, apertando-me contra o seu corpo, e beijei-o.

Sua barba roçou no meu rosto, arranhando-me; seus lábios abriram os meus, deixando os nossos hálitos se misturarem, as línguas se enfrentarem.

Envolvi a sua com desejo, busquei-a com desespero.

O gemido escapou dos meus lábios, seu peito colou no meu e Enzo me puxou para o seu colo.

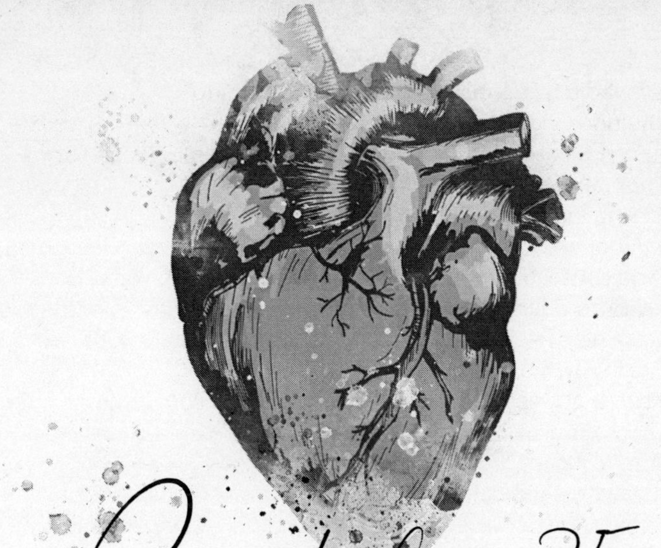

Capítulo 35

Anya

O quanto estávamos no chão?

O quanto fracassamos em dominar um ao outro?

Na penumbra daquele quarto, esquecemos o que éramos.

Ignoramos o incesto, qualquer podridão que poderia existir dentro de nós.

Selvagens em pura emoção, destituídos de controle...

E do meu próprio orgulho.

Envolvi o quadril de Enzo com as coxas e sentei sobre o seu colo. Suas mãos voaram para a minha bunda e segurei seu rosto próximo ao meu.

— Pare-me — pedi.

Ainda tínhamos lágrimas nos olhos.

— Não consigo parar... não tenho mais controle. — Acariciei o seu rosto, os lábios rosados, a barba loira, os olhos arredondados e verdes, sombreados por cílios.

Sua mão empurrou a minha cabeça e me beijou outra vez. Nossas línguas se envolveram, acalentaram uma *à* outra, em uma dança erótica, sem ritmo, sem pressa. Enzo se inclinou contra o meu corpo e um gemido de dor escapou dos seus lábios.

— Não...

— Porra, eu preciso. Preciso me afundar em você — gemeu contra os meus lábios e roçou os dentes sobre eles, mordiscando-os. Seu hálito quente me arrepiou e contemplei os seus olhos tão perto dos meus.

— Será a última vez, não será?

— Sabemos que sim.

Colei nossos lábios.

Atritei minha virilha contra a sua ereção apertada pela cueca e deslizei a mão pelo seu peito nu.

Tão delicioso, duro e quente.

— Ohhh! — gemi, com as suas mãos apertando a minha bunda.

Seu cheiro invadiu as minhas narinas e respirei fundo.

Tirei o sobretudo, jogando-o em algum canto, e fiz o mesmo com a blusa. Apenas de sutiã, vi o desejo extremo em seu olhar, que me devorava.

Fiquei em um impasse.

Uma batalha travada.

Ele tinha um domínio.

Ele estava me conseguindo ter em suas *mãos*... Ou era o contrário?

— Não... — Enzo puxou o meu rosto para perto, deixando a mão repousada contra o meu maxilar. — Não estou tentando ter o controle sobre você... nem quero isso neste momento.

Meu peito subiu e desceu acelerado, cobri sua mão com a minha e toquei os seus lábios com a outra.

— Vou sair machucada.

— Quando não nos machucamos? Desde a primeira fodida vez...

— Queria que voltássemos para ela — confessei. — Longe das identidades...

— Dentro do anonimato.

Assenti.

— Esqueça quem somos nesse quarto. Apenas... vamos aproveitar esse último momento, depois você irá embora... — Franzi a testa, prestes a interrompê-lo, e seu indicador parou sobre os meus lábios. — Não, não diga o contrário. Você é livre, é indomável, não poderá ficar aqui.

Abri os lábios e chupei o seu dedo, levando o seu olhar comigo. Lambi-o e sorri, para que imaginasse sua ereção no lugar. Enzo deixou o suspiro escapar e mordeu o lábio inferior, que possuía pequenos cortes.

— Queria ir com força. — Fechou os olhos, com raiva.

— Não pode...

— Que porra!

— Aprenderemos a ir devagar... Hoje...

— Faça... — hesitou — o que quiser.

Sorri, satisfeita.

Estava se entregando de vez.

Segurei o seu rosto pelo queixo e beijei os seus lábios. Deslizei com a língua pelo seu pescoço e me afastei. Desci da cama, e sob o seu olhar selvagem, tirei os sapatos, despi a calça e a calcinha.

Minha intimidade estava nua... e molhada.

Desejosa por senti-lo.

Enzo agarrou a cueca e a puxou para baixo, engolindo a dor explícita no rosto.

Sua ereção saltou para fora, rosada, com as veias circulando a extensão, retesadas. Agarrou a base do pau e o tocou devagar, deixando o prepúcio revelar toda a coroa rosada da cabeça.

Lambi os lábios.

— Não sabe como fico quando me deseja assim... você tira o meu controle... — confessou, masturbando-se.

Abri o sutiã, revelando meus mamilos intumescidos, e subi na cama.

Tirei sua mão da ereção, e, ajoelhada ao seu lado, me inclinei.

Chupei-o devagar, a língua deslizou sobre a cabeça.

Enzo suspirou. Forcei os lábios pela extensão, engolindo mais...

Enzo gemeu. E então deixei que adentrasse na minha garganta. Latejou, enlouquecido, e ele gritou um gemido. Agarrou os meus cabelos e me forçou para baixo.

Aguentei o máximo que consegui e deixei-o escapar, lutando contra a força imposta pela sua mão.

— Ohhh... — gemeu.

Suguei-o, lambuzei sua pele com a saliva e fiz o mesmo com as bolas. Enzo gemia sem parar, perdendo qualquer luta interna. Não, ele estava me dando o domínio.

E na nossa intimidade, precisei de mais.

Levantei a cabeça e encarei os seus olhos banhados de luxúria.

Abri as pernas e avancei sobre ele, me sentando.

Ele engoliu a dor nas costas e se inclinou para trás, apoiando-a na cabeceira. Sua glande roçou pelos meus grandes lábios, se enterrou na minha boceta molhada e me penetrou.

Sentei-me, assistindo o meu prazer refletido no rosto dele.

Suas mãos voaram para os meus cabelos, e cavalguei, respeitando o seu limite de sofrimento.

Seu pau resvalou para fora, acariciou-me e volveu a me devorar por dentro.

Tocou-me inteira, até o fundo.

Meu gozo escorreu pelas suas bolas e aumentei o ritmo.

Lento. Rápido.

Gostoso. Intenso.

Apertei o seu quadril com as coxas, enterrei as unhas nos seus ombros musculosos e colei nossas testas.

Olhos nos olhos, quebramos todas as armaduras.

Éramos apenas um homem e uma mulher no auge do prazer.

Meus gemidos se misturaram aos dele. Seus olhos se ofuscaram de tesão, e a minha boceta apertou o seu pau.

Desci com as unhas pelo seu peito, deixando um rastro vermelho, arrancando-lhe um grito que beirava a dor.

Enzo perdeu o controle sobre si.

A dor se tornou lancinante, vi isso em seu rosto, mas ele ignorou. Segurou os meus pulsos e me jogou para o lado. Elevou-os para cima da minha cabeça e me fodeu com força.

Bruto, intenso e com urgência.

Joguei a cabeça contra os travesseiros, cruzando as pernas contra a sua bunda, e deixei que se afundasse até o talo, em um vaivém violento, chacoalhando a cama.

O suor brotou pelo meu corpo, enquanto sentia o seu pau inteiro dentro de mim, latejando, enterrando-se.

E ditando que eu jamais esqueceria da sensação de tê-lo no meio das pernas, de ver os seus cabelos loiros sendo jogados para frente e para trás, enquanto impulsionava o corpo selvagemente.

Cerrou os dentes, os olhos revelaram o quanto tinha de sentimento envolvido.

E deixei que visse o mesmo em mim.

Puxei-o pelo pescoço, colando os nossos corpos. Os bicos dos meus peitos roçaram na sua pele, seu quadril bateu com veemência contra a minha virilha.

— Anya — ele gritou o meu nome assim que puxou os meus cabelos e enterrou as mãos no meu couro cabeludo.

Travou, sentindo o meu orgasmo começar.

E ele chegou violento, sem aviso, sem piedade.

— Ohhhh... — Ofeguei.

Meu ventre queimou, meu peito pareceu explodir e fui jogada para longe da realidade.

Só ouvia a respiração pesada de Enzo. O senti arremeter fundo, seu corpo suado contra o meu e o seu perfume colado na minha pele.

Estava imersa no gozo.

O êxtase se tornou avassalador.

— Eu... — Arquejei.

Não poderia deixá-lo partir.

Ele era o meu prazer, o meu extremo.

Enzo apoiou as mãos na cama e se curvou para trás, estocando devagar. Gozou comigo, quente, espesso e potente.

Senti-o me inundar, se apossar sem ter a intenção, e, no orgasmo, seus olhos aprisionaram os meus.

Estávamos no mesmo mundo, dividindo o mesmo prazer.

Foder se tornou parte de nós, era uma necessidade.

O orgasmo me devastou, deixou-me insana, e apenas pude senti-lo me queimar por dentro, atear fogo em cada nervo, embriagando-me.

Ele desabou ao meu lado, de bruços, e respirou fundo, tentando se recuperar. Fiquei em silêncio e fitei o teto escuro.

O que aconteceria agora?

Sempre planejava as situações. Essa não foi planejada.

Enzo fez o que nenhum homem conseguiu: encontrar o meu coração.

As lágrimas se formaram em silêncio. Travei o choro na garganta e lutei contra.

— Fique hoje comigo — ele pediu. Não respondi. Na escuridão do quarto, minutos se passaram. Sua mão pousou no meu rosto, desceu para o queixo e o virou para me ver. — Não pense no amanhã. Não quero pensar.

— Precisamos pensar.

— Eu sei. — Largou-me e se arrastou para o centro da cama. Observei-o se acomodar de lado e me esperar. — Mas, hoje, deixaremos fechada essa caixa de Pandora que existe em nós. Os monstros saem amanhã.

Ri da sua metáfora e deixei que me abraçasse por trás, de uma forma que tornava o nosso envolvimento inevitável.

Sairia dali despedaçada, apaixonada e frágil.

Diferente da mulher que tentei me tornar.

Enzo tinha esse poder, mesmo que eu não confessasse.

— Poderíamos viver sem esses monstros?

— Faz parte de quem somos. Desse mundo... tão *pesado. — Sua mão pousou na minha barriga e encaixei a minha embaixo da sua. Entrelacei nossos dedos e os fitei.*

— Poderíamos, um dia, ter momentos sem esses julgamentos? Sem essa sensação?

— Um momento apenas para o nosso prazer...

— Um evento para o nosso prazer, como foi o primeiro.

— Adoraria que existisse — ele concordou. — Não seríamos Lehansters. Não seríamos lados opostos em um cabo de guerra.

— Seríamos puro orgasmo, sem pudor.

— Uma caixa de Pandora aberta... — concordou. — Sem medo de ver o que está sendo libertado.

Fechei os olhos e lembrei-me da primeira noite. Seu rosto mascarado, suas mãos grandes sobre mim, sua luta na cama.

E o gosto da dominação.

— Pandora — repeti.

— Se... — Hesitou. Senti os seus lábios contra os meus cabelos. — Quando eu voltar, e estiver muito mudado, espero que me reconheça na cama.

— Nos reconheceríamos em qualquer lugar e em qualquer situação.

— Eu sei que sim... — Tinha medo em sua voz. Um medo desesperador, de que talvez nem ele pudesse se reconhecer.

— Farei isso.

— Fará o quê? — Sorriu.

— Criarei um evento para nós. Algo para que nos lembre... que nosso prazer está acima de qualquer pudor, julgamento ou nome. Um evento onde não há certo ou errado, apenas desejo.

— Pandora — ele afirmou. — A nossa Pandora.

— Nossos monstros revelados sem vergonha.

— Crie. Faça, mesmo que demore anos... mesmo que...

— Você *verá*. É errado. — Pensei novamente nas nossas relações. — Sei que é — pausei —, contudo, não consigo evitar. Você conseguiu me envolver como nenhum outro homem, e, por isso, farei Pandora. Mesmo perdidos, que sigamos caminhos diferentes, essa parte nossa existirá, para que ninguém entenda, apenas sinta o que sentimos.

Ele beijou os meus cabelos e ficou quieto.

Minutos depois, ouvi a sua respiração pesada. Adormeceu de cansaço, enquanto permaneci acordada, pensando sobre Pandora e sobre o dia seguinte.

Quando acordei, Enzo já não estava na cama. Vesti-me, ouvindo passos do lado de fora, e já no banheiro o ouvi chamar dentro do quarto.

— Estou aqui. — Revesti-me com a frieza, mas essa foi desarmada assim que vi o seu olhar sobre mim.

Apaixonado. Domado.

— Reservei o seu voo.

— Fez o quê? — Arqueei as sobrancelhas.

— Você vai embora hoje — afirmou, parado no meio do quarto, também vestido. — Não a quero aqui.

— Será assim? — Sustentei o olhar inexpressivo. — O fim?

— Não é o fim, mas a sua salvação.

— Enquanto você...

— Não pense em mim — suspirou e jogou a cabeça para trás. Colocou as mãos nos cabelos. — Volte a só pensar em você.

— Acha isso certo?

— É o melhor para você. — Pensei sobre o plano. Era o melhor para ambos. — Vladmir ordenou que eu cumprisse parte do julgamento hoje.

— Não está em condições.

— Ele está pouco se fodendo para isso, Anya. Não vou ficar nessa casa durante a noite, e não posso deixá-la aqui... perto deles.

— Vou para o hotel.

— Vá para casa... por favor. — Travou o pomo de adão, o olhar fixo em mim.

— Ao menos ligará? Antone precisa de você — menti.

Eu também precisava saber como estava.

Na verdade, tudo era mentira. Não iria embora.

— Ligo. — Fechou os olhos.

— Leve-me para o hotel — ordenei. — Apenas nós dois.

— Vladmir não vai deixar.

— Foda-se aquele russo!

— Ei, ei! — Enzo avançou e colocou as mãos na minha cintura. — Eles não farão mais parte da sua vida. Vou com você até o hotel... Algum motorista nos levará, e, de lá, vá para o aeroporto.

Beijei-o, escondendo a mentira, e parti com ele.

No caminho, sob o olhar do motorista que nos levou, mantivemo-nos calados, não demonstramos afeto. Ao me deixar no hotel, Enzo novamente pediu que eu pegasse o primeiro voo para casa. Segundo ele, Vladmir estava permitindo que eu fosse embora sem problemas, então eu devia partir. Enfatizou tanto, como se soubesse que não tinha um real controle das minhas decisões.

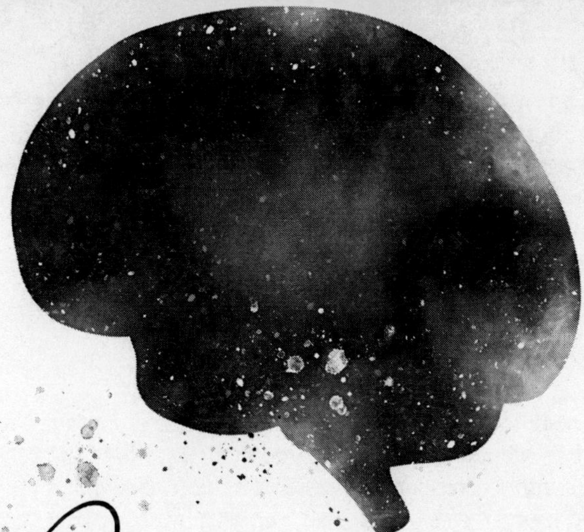

Capítulo 36

Enzo

Parte de mim estava morto.

Eu sentia esse vazio, essa ausência completa do homem que fui.

Na cama, com Anya, não consegui dominá-la.

Fracassado, deixei que tivesse o resto de mim.

Ela não merecia pouco, não merecia a merda dentro da cabeça, mas era o que tínhamos. Suas certezas eram baseadas em migalhas, enquanto eu mantinha toda a verdade comigo.

Para protegê-la.

Para Otávio, eu deveria protegê-la por ser uma Lehansters. Por ser *família*. No entanto, não era só por isso. Era por mim, por ter permitido aquela mulher invadir a minha mente. Não foi consciente, lutei contra. Anya era terrível quando queria, e foi isso que a fez me ter nas mãos.

Sentado na penumbra da cama, fechei os olhos.

— Chegará um dia, Enzo, que a consciência irá pesar — meu pai disse. — Não fraqueje quando chegar. Foque no futuro. Foque — apontou para uma certidão de nascimento posta sobre a mesa de madeira daquela cabana — no que deve ser feito.

— Quantas mortes? — indaguei, com meus onze anos de idade, perdido ao começar a entender todo o plano.

— Quantas precisar. O poder precisa ser tirado deles, de dentro para fora. O mal precisa acabar.

— Eu também serei cruel, não serei?

— A bondade é fraca. Tão fraca que se torna poeira. Será vil. Precisa se encontrar nessa lama, para aniquilá-la.

— Não... — balbuciei, e com ódio nos olhos, fitei meu pai. — Minha mãe chora toda vez que me vê... já não conversa comigo direito, pai.

— Ah... — Otávio suspirou, acariciou os meus cabelos loiros e fechou o velho álbum também aberto. — Nádia sofre. Ela sente a dor que virá, todo futuro que o seu filho perderá, e talvez... — Hesitou. — Sabe que não há muitos anos... O psiquiatra da família tenta acalmá-la, mas... — Deu de ombros.

— Muitos anos para o quê?

— Você carregará esse fardo, só você. Não deixe respingar em seus irmãos.

— Então me conte tudo...

— Em seu devido tempo.

— Já foram anos...

— Você sabe o necessário.

— O que virá em seguida? — perguntei, assustado. Levantei-me da cadeira abruptamente. Ela caiu em um baque surdo e meu pai desceu a mão até o meu pescoço. Tossi, tentando escapar do seu olhar raivoso e da força exagerada.

— Depois da morte deles, nada mais importa. Tente sobreviver a tudo isso e estará no lucro, Enzo. — Meus olhos lacrimejaram. — Mas jamais pense em parar antes de finalizar o que estou mandando. Jamais hesite. É mais do que vingança pessoal, é terminar um legado que deixei. É fazer o que eu deveria... — O aperto afrouxou e meu pai tirou a mão do meu pescoço. Empurrou-me com força e bati contra a parede de madeira. — Vladmir, Kirill, Ivo, Nicolai... Todas as principais cabeças da Bratva precisam encontrar um fim. Todos que me conheceram... — Encarou-me. — Todos que possam saber daquela época. Só assim, os Lehansters estarão seguros. — Apontou para mim. — Você matará um por um.

— E você e a mãe? — choraminguei.

— Não estaremos vivos... Não mais.

— Não será tanto tempo... Será?

Otávio suspirou, sentado na cadeira, e apoiou os cotovelos nas coxas.

— Venha cá... — Obedeci e parei na sua frente. Pousou a mão no meu ombro e contemplou-me em silêncio. — É preciso aceitar a morte quando ela vir. Todos morrem, mas as minhas palavras, as minhas ordens — bateu o indicador na minha têmpora — estarão aqui. Estarei vivo na sua cabeça.

E ele estava, como um fantasma orquestrando por detrás da cortina.

Esfreguei as mãos no rosto e fitei o horário pelo celular. Anya mandou uma mensagem avisando que estava embarcando, e não consegui acreditar. Era ardilosa, manipuladora, e se fosse tão fácil assim convencê-la, algo estaria errado.

— Enzo? — Vladmir bateu na porta. Gemi ao me levantar. A pontada de dor transpassou as minhas costas, e minha carne parecia queimar.

— Estou aqui.

Abri a porta.

Ele me encarou dos pés à cabeça, vestido com um sobretudo, os cabelos loiros e os olhos verdes como os meus.

— Mikhail chegou. Preciso conversar com vocês dois.

— Estou indo. — Olhei para trás. — Vou me trocar e já o sigo... — hesitei —, senhor.

— Está bem, filho. — Deu um leve tapa no meu ombro e saiu.

Podia odiar o meu pai na mesma medida que o amava, mas Vladmir criava em mim um sentimento além do ódio. Ivo e ele orquestraram o meu julgamento, e mesmo na calmaria, eu sabia o quão cruéis eram.

Nada passava despercebido.

Fechei a calça jeans e coloquei um sobretudo preto sobre o suéter. Segui pelo corredor. Embaixo do arco da entrada da sala, três seguranças se mantinham em postos. Mikhail conversava distraído em uma poltrona, enquanto

Vladmir acendia um charuto. Puxei o cigarro, que já fazia parte da minha rotina, e me acomodei perto deles.

— Dimitri passou mais cedo lá.

— E como está?

— Chegaram mais duas francesas e uma chinesa.

— Novas?

— Duas de quinze e uma virgem. Talvez possamos usar uma para transportar a coca. Nosso estrangeiro também ligou para Ivo essa manhã.

— Ah, sim, Ivo me contou. Pedi que ofertasse o plutônio, conseguiriam fazer duas nucleares.

— Qual será a tarefa? — interrompi-o, de saco cheio de ouvi-los. Mikhail me olhou, impassível, e Vladmir sorriu.

— O Torpedo, Dimitri, irá com você. Ele já sabe o que precisa fazer — Mikhail começou.

— Ygor estará hospedado no prédio Four Seasons, quarto 504. Amanhã ele terá uma conferência na cidade. Sua esposa e filha estarão, esta noite, em um jantar com a família. Veio sozinho, com seus seguranças e representantes. — Vladmir largou o charuto no cinzeiro da mesa, no centro das poltronas, e se levantou. — Usarão. — Pausou e disse debochado: — Sabe usar uma arma, não é? — Não esperou a minha resposta e continuou, o olhar meticuloso sobre mim, as rugas afundadas na pele. — Usarão a SR-1, para caso algo saia dos planos. É uma semiautomática que perfura coletes *à* prova de balas, e após o matarem... Esquartejem o corpo, coloquem em sacos pretos e levem para Ivo. Os cachorros comerão os pedaços.

— Por Deus... Que porra!

Meu estômago se revirou e coloquei as mãos na cabeça.

— Eu sei. — Mikhail riu. — Às vezes, a morte é a melhor saída. Se arrepende?

Olhei-o com desprezo.

— Vá se foder! — Levantei-me e me aproximei de Vladmir. — Eu mato Ygor, mas não encostarei na merda do corpo, Vladmir. Não o picarei! — Elevei as sobrancelhas até franzir a testa. — Essa parte não estava no julgamento. — Ele sorriu e apontei o dedo na sua cara. — Vou cumprir com o combinado, nada além disso.

— Claro — concordou. — Dimitri fará o serviço pesado.

— Era isso?! — Perdi o controle. Deveria manter a voz baixa, respeitá-lo, seguir os ensinamentos de Otávio. No entanto, era muito fácil deixar a fúria me domar. Era guiado por ela, e, no limite, cedia.

— Era. — Vladmir me desafiou com o olhar. — Agora sente essa maldita bunda aí e cale a boca. O carro levará vocês a cinco quadras de distância. O resto será a pé, às 9h. Subirão para o quarto e o matarão. Bóris desativará as câmeras da escadaria por vinte minutos. Será o tempo que terão.

— E se não der tempo?

— Dará. Façam direito, que sobrará minutos.

Fechei os olhos. Não via um fim para o inferno.

— Sua irmã já foi embora?

— Sim.

— Nicolai está de olho em seu irmão. Logo mais, saberemos quando ela pousar.

— Por quê?

— Porque não quero os filhos de Otávio enchendo a porra da minha paciência aqui!

Desabei no sofá.

Calado, deixei que conversassem entre si sobre o tráfico de mulheres que orquestravam, sobre infiltrados em outros governos e toda a sujeira que faziam em plena luz do dia, sem serem parados pela polícia ou qualquer entidade. Não, eles dominavam por debaixo dos panos.

Jantei com Vladmir e me recusei a prolongar qualquer conversa. Meu pensamento só estava no maldito momento em que precisaria assassinar alguém.

Matar Aleksei ainda pesava na minha alma. Dizia a mim mesmo que foi preciso. Era eu ou ele.

A menina morreu por minha causa, mas não nas minhas mãos.

No entanto, hoje, eu mataria um homem que sequer conhecia ou sabia se merecia morrer.

Fui para o meu quarto perto do horário. Tomei um longo banho e pensei outra vez nas palavras de Toni: queria olhar para mim uma última vez. Olhar como Enzo Lehansters, um homem que queria ser tão bom e tinha um caminho obscuro para trilhar.

E foi o que fiz.

Parado, diante do espelho, nu, apoiei as mãos úmidas contra o vidro e fitei-me por minutos. Meus ombros estavam vermelhos, minhas costas cobertas de curativos, e a cada respirada funda, doía. Minha barba já estava começando a ficar comprida, e logo seriam os meus cabelos.

Apertei o maxilar, tornando o meu rosto mais quadrado, e arqueei as sobrancelhas loiras.

— Porra! — disse em um murmúrio. — Só quero que acabe.

Dei as costas, sem saber que por muito tempo não me veria novamente.

Vesti um moletom, cobrindo com o capuz os meus cabelos. Protegi minhas mãos com luvas e me agasalhei com um sobretudo. Enfiei o celular no bolso da calça jeans, calcei as botas e saí do quarto. No corredor, ouvi um sussurro.

— Tem certeza? — Era Vladmir. — Vamos seguir com o combinado.

Aproximei-me devagar e o vi desligar o telefone.

— Ah, está aí — disse sem preocupação. — O carro já está esperando. Dimitri também. *Vá*. — Avançou até mim e colocou uma mão no meu rosto. — E me dê um maldito orgulho, filho. Mostre... que *é mais do que Otávio criou.*

— Sim. — Fechei os olhos.

— Nos veremos... — murmurou.

Dei as costas e continuei o meu caminho até a porta. Dois seguranças me acompanharam. O frio cortante me atingiu em cheio, fechei o sobretudo e respirei fundo. O Escalade estava estacionado, com a neve ao redor. Enfiei-me dentro do carro, para fugir do frio, e encontrei um russo de cabelos escuros, uma longa barba e tatuagens que desciam do pescoço e chegavam até as mãos.

— Enzo? — perguntou em russo.

— Dimitri?

— O próprio. — Sorriu e deu a mão. — Fui encarregado para auxiliá-lo hoje, para que tudo ocorra bem. Em breve será um de nós, tenho certeza.

— É... — *Não queria.* — Espero.

— Já passaram o que precisa ser feito?

— Ygor, não é?

— Trabalho fácil. Juntamos os pedacinhos e puft. — Fez um gesto com as mãos. — Desaparecerá como se nunca tivesse existido.

— Ficou quanto tempo preso? — indaguei o óbvio.

— Dez anos nos campos. Pego por assassinato. Não tinha histórico, não fui para a máxima.

— É daqui? — O carro arrancou, nos levando por entre as ruas abarrotadas de carros e neve.

— Sibéria. Sabe o que acho? — Olhou-me com ironia. — Dizem que o inferno é de fogo porque não conhecem aquele lugar. Congelei, cara, naquele campo. Acordávamos às 5h da manhã, trabalhávamos como condenados, e o vilarejo mais perto estava a milhas de distância.

— Melhor que uma máxima — resmunguei.

— Ah, com certeza! *Lá não virei uma vadia. E você?*

— Nunca fui preso — contei.

— Nada?

— Sou conhecido de Vladmir. Estou por indicação.

— Cara... — Bateu a mão no meu ombro e soltou um longo suspiro. Não completou e senti um calafrio.

Vislumbrei a Praça Vermelha. Four Seasons ficava próximo, e do quarto teria uma vista maravilhosa. Entretanto, *não estava lá para admirar a porra da Rússia.*

Contornamos o lugar e o carro se afastou. Estacionou no meio-fio.

— Esperarei aqui — o motorista avisou.

Saí para o frio. Flocos de neve caíram nos meus ombros, sobre minha barba, e a minha pele foi açoitada pelo vento.

— Porra, frio do caralho! — Dimitri gargalhou ao meu lado. Puxou o capuz e apertei o meu contra o rosto. Esfreguei as luvas umas nas outras, enquanto o russo colocava as dele.

— Temos pouco tempo — alertei, acelerando o passo.

— Vinte minutos é tempo suficiente. Toma. — Estendeu a mão e me ofereceu a arma. Segurei-a e observei cada detalhe do cano, o silenciador na ponta. Vi na outra mão de Dimitri uma maleta comprida.

— O que tem aí?

— Tudo para não deixarmos vestígios.

Caminhamos pela calçada escura, sem chamar atenção das pessoas ao redor. A neve caía devagar, o silêncio era quebrado pelo barulho dos carros, e me senti fora do corpo. Um espectador ansioso para saber o que aconteceria em seguida.

Dobramos várias esquinas, lado a lado, passos calculados, dois ladrões de vida na penumbra. Avistei a Praça Vermelha ao longe. Sentia tanto frio, que mesmo com as mãos dentro dos bolsos, pareciam congeladas.

Não sentia mais o meu rosto, o corpo parecia travado, e mergulhado nas luzes da Praça, pensei em como seria se tivesse outra vida.

O quanto seria bom... *O normal.*

— Está vendo? — Apontou.

Com uma grande calçada acinzentada da praça Manezhnaya, o hotel se erguia em uma arquitetura que reproduzia a fachada do antigo hotel Moskva.

Luzes iluminavam os pilares de entrada. Pessoas circulavam pelos lugares, e conforme nos aproximávamos, meu coração acelerou. As batidas me ensurdeceram, bombearam sangue o suficiente para me fazer tremer e suar.

Travei diante da fachada.

— É luxuoso, não é?

— Sim...

— Um dos melhores de Moscou. — Bateu nas minhas costas. — Vamos. Os seguranças já sabem.

— Como é?

— Apenas continue. — Ignorou a minha pergunta.

Passamos pelas portas envidraçadas e chegamos ao lobby. O branco mármore predominava nas paredes, a cerâmica do chão reluzia toda a sofisticação do lugar, que era composto por poltronas claras e tapetes na cor verde ornando com a decoração. Plantas em vasos compunham o ambiente, além de mesas rodeadas de cadeiras.

— Por aqui. — Dimitri me cutucou. Segui-o para o lado das escadarias.

Sorrateiros, passamos pelas portas dos elevadores e chegamos às escadas, também claras, com corrimões dourados, na lateral da parede.

Subimos devagar, para não chamar a atenção. Sem olhares curiosos sobre nós, passamos pelo segundo andar, que tinha *hóspedes no parapeito que dava para o saguão principal.*

No terceiro andar, Dimitri acelerou o passo e pensei nos vinte minutos.

Porra. Eu tremia demais. Respirava com dificuldade e sentia calor. Era um *frio do inferno*, mas estava suando, sufocado pelas roupas.

— Preciso respirar. — Ofeguei.

— O caramba que precisa, continue!

Fui empurrado escada acima e apertei o cabo da arma dentro do meu sobretudo. Parecia ser tão simples, mas eu conseguiria puxar o gatilho outra vez?

Deixaria o sangue escorrer por mim?

Iria me tornar um completo assassino? A sangue frio?

Engoli em seco.

Respirei pela boca, a pressão era demais para aguentar. Se eu vacilasse, me matariam, sabia disso. Dimitri não hesitaria.

Passamos pelo quarto andar. Todas as coisas boas da vida estavam se esvaindo em cada degrau, em cada batida deixada para trás. Quando alcançamos o quinto andar, travei.

Olhei para o corredor claro, os tapetes em tons de bege e preto.

— Aquele lá — Dimitri apontou para o quarto 504.

Assenti e deixei que fosse na frente. Não havia seguranças. Estávamos sozinhos.

Parei, colado nas costas do russo, que puxou um cartão do bolso e o passou na porta. O estalo do destravar me sobressaltou e ele empurrou a porta.

O primeiro cômodo tinha grandes janelas com detalhes em madeira e cortinas claras. Poltronas estavam dispostas ao redor de baixas mesas. Os tapetes também eram claros, mas trabalhados em detalhes escuros, assim como os quadros abstratos nas paredes. No lado direito, um arco levava para o quarto.

— Feche a porta — Dimitri sussurrou. Olhei para trás, o corredor permanecia vazio.

Saquei a arma e fechei a porta.

Fitei as juntas brancas dos meus dedos, de tanto que apertava o cabo. Tremia o suficiente para saber que erraria um tiro.

— Está ouvindo? — O russo parou embaixo do arco. Um vinco surgiu na minha testa assim que arqueei as sobrancelhas.

— O quê?

— O barulho de água. Ele está tomando banho.

— Vou fechar as cortinas. — Avancei até as janelas e ocultei o que aconteceria. Segui para o quarto. A cama de casal tinha uma cabeceira na cor azul-marinho, ornando com os travesseiros e contrastando com o branco dos lençóis. Em cada lado, mesinhas sustentavam abajures no mesmo tom de azul. Assim como o outro ambiente, o tapete ali também era claro.

De frente para a cama, a porta do banheiro estava entreaberta. Dimitri fechou as cortinas dali também, e rumei para o lugar onde a vítima estava.

Parei diante da porta.

— Fique calmo — sussurrei para mim mesmo. — Caralho, você consegue.

Você será melhor do que eu. E também muito pior!

Otávio parecia estar na minha cabeça.

Empurrei a porta com o cano do silenciador.

O banheiro era feito de mármore branco. No canto oposto da porta estava uma imensa banheira oval. O boxe de vidro do chuveiro estava ao meu lado direito, e ao esquerdo o móvel de mármore da pia, com imensos espelhos. Eles refletiam um senhor de meia-idade, cabelos escuros, um bigode e olhos fechados, repousando a cabeça na banheira. Uma música de Jazz tocava ao fundo.

Quis gritar, aniquilar a calmaria, no entanto, ela logo acabou, assim que ele abriu os olhos e me viu com a arma levantada.

Precisei segurá-la com as duas mãos, numa tentativa de mantê-*la* imóvel.

— QUE PORRA ESTÁ ACONTECENDO?! — o russo gritou.

— Fique calado!

Ele se levantou, nu, deixando a água esparramar. A adrenalina explodiu pelas minhas veias. Meu coração bateu frenético e minha mente parecia viajar a milhas de distância. A barriga saliente estava nua, o peito coberto de pelos. Só precisava deixar uma bala lá.

Só. Precisava. Apertar. A. Porra. Do. Gatilho.

E que eu morresse no caminho.

Que toda a parte boa se esvaísse.

Era agora.

O limite cruzado.

— Calma, menino. — O russo ergueu as mãos.

— Atire de uma vez, caralho! — Dimitri gritou.

Minhas mãos tremeram. Encaixei o dedo contra o gatilho e encarei os olhos castanhos do Ygor.

— Eu preciso, *cara*. — Balancei a cabeça ao falar, com as sobrancelhas erguidas. — Fui mandado... Por favor...

Tentei encontrar a mesma força que tive quando matei Aleksei. Mas naquela vez foi diferente. Era por Anya. Ela era a minha loucura. Aqui seria brutal.

Minhas mãos tremeram e vacilei. Respirava com dificuldade, meu corpo parecia frio e não correspondia ao que eu mandava. Não conseguia ter controle. Fazia parte do plano, era para ser feito... mas eu não tinha essa força.

Eu era um Lehansters, não um Vor.

— SOCORRO! — Ygor gritou, e antes que eu previsse, se atirou contra mim.

Suas mãos voaram para a arma, acabando com a distância, e em fração de segundos eu estava no chão, embaixo do velho, que tentava arrancar a arma.

Meu dedo, travado contra o gatilho, parecia petrificado.

Porra, não conseguia puxar!

Não conseguia matar.

Estava tão chocado com a brutalidade da verdade, que meus olhos ficaram vermelhos, enquanto eu rolava contra o piso de cerâmica.

— SOCORRO! — o homem continuava a gritar. Joguei-o para o lado e esmurrei o seu rosto. Ele tonteou e acertou-me em cheio, jogando-me contra o vidro. Bati meus cortes e urrei de dor. Ygor se arrastou e voltou a me cobrir.

O tiro me ensurdeceu.

Arregalei os olhos. A bala atingiu a cabeça por trás e pedaços do couro cabeludo explodiram contra o meu rosto. Berrei, tentando limpar os miolos espalhados. O corpo permaneceu ajoelhado no meio das minhas pernas por segundos, até cair.

— QUE PORRA! — gritei e ergui o olhar.

Dimitri estava parado no meio do banheiro, com a arma apontada.

— Se quer o trabalho bem feito, precisa criar culhões, seu desgraçado! Quase fodeu com a noite!

Empurrei o corpo, enojado pelo cheiro e pelo cérebro aberto que via. Sangue jorrava, criando uma poça pelo banheiro.

Levantei-me, afundado no vermelho. A bile estomacal subiu e corri para a pia. Vomitei o que tinha comido horas antes, enquanto ouvia a risada baixa de Dimitri.

— Pelo menos alguns pedaços já temos... — zombou.

— Não consigo.

— O seu trabalho, otário — apontou a arma para mim —, era matar. E eu picava. Agora invertemos.

Olhei para o corpo branco, todo manchado de sangue.

— Não consigo, porra!

— Merda! O que Vladmir tem na cabeça?!

— NÃO SEI! — berrei outra vez. Estava nervoso, fora de mim. Chorei em silêncio, pensando no maldito corpo que jazia no chão. — QUE PORRA! — Soquei o mármore e a mão de Dimitri pousou no meu ombro.

— Você matou, Enzo. Vamos manter assim. Se Vladmir souber que você se acovardou, será o seu fim.

— Mas...

— Me ajude a cortar.

Deu as costas e voltou para o quarto. Fitei o corpo em silêncio.

— Toma. — O russo me ofereceu uma das facas e se ajoelhou sobre o sangue. Vi quando puxou a mão e começou a cerrá-la. Ossos, nervos, pele e mais sangue. Engoli o vômito.

Esfreguei minhas mãos na testa.

Era um filho da puta covarde. Não atirei, e muito menos ia cerrar o corpo.

Travei, observando o sangue esguichar de cada corte. A mão se tornou um pedaço e Dimitri me olhou.

— Pegue o saco preto no quarto.

— Está bem... — murmurei, cabisbaixo, odiando-me a cada segundo. Fazia parte daquilo, mesmo sem matar.

Cheguei ao quarto, e de costas para o arco oposto, me agachei. Abri a maleta e puxei os sacos.

Petrifiquei-me quando ouvi o estouro no outro ambiente. Passos.

Meu coração parou.

— MÃOS PARA CIMA! — gritaram atrás de mim.

Capítulo 37

Enzo

A pancada me atordoou.

Cacete.

Tentei piscar e fitei o russo. Sangue escorreu da minha testa e do meu supercílio.

— Filho da puta! — Dimitri gritou ao meu lado.

Não estávamos mais no hotel. Levados com algemas, nos enfiaram em carros pretos e seguiram para fora de Moscou.

Seria acusado de assassinato. Estava fodido.

Agora me encontrava numa cela fria, com uma mesa de madeira e cadeiras. Não tinha câmeras, apenas um policial com um porrete, usando-o para nos bater como animais.

— Que porra aconteceu?! — sussurrei para Dimitri, que estava caído contra a parede no outro canto.

— Fomos pegos, seu imbecil! — ele gritou em russo. — Nos entregaram.

— Como assim? — Arregalei os olhos.

— Armaram para nós! FODERAM COM A GENTE!

— Vladmir... — Antes que conseguisse finalizar a frase, a ponta do porrete me atingiu em cheio no rosto. Urrei de dor e senti o meu nariz latejar, quebrado. O sangue quente escorreu pelas narinas, deslizou pelos meus lábios e pingou no meu queixo. Virei o rosto e encarei o policial.

— SEU FILHO DA PUTA! — Enlouqueci e agradeci por estar sem as algemas. Pulei contra o russo e o meu punho foi em cheio no seu rosto, jogando-o para trás. — SABE QUEM EU SOU? — gritei, enfurecido. O policial, caído, tentou levantar as mãos, mas as agarrei. Torci os seus dedos. Senti o estalo dos ossos contra as minhas mãos. Arranquei gritos do desgraçado e caí sobre ele. Meu joelho acertou seu estômago, meu soco atingiu o nariz. O osso se partiu contra as minhas juntas. No outro golpe, seus dentes rangeram e o sangue empapou o rosto.

Descontrolei-me. No auge da loucura e violência, mandei para o inferno qualquer perigo.

Precisava descontar a minha raiva.

Soco atrás de soco. Urro atrás de urro. Sangue encharcando as minhas mãos, espirrando para o meu moletom.

Era um animal solto, louco e furioso.

— Vai matá-lo, seu otário! — Dimitri tentou me puxar, sem sucesso. Tinha perdido a razão.

Até ouvir o som do tiro.

Dei um pulo para trás e ergui a cabeça. Vladmir estava parado na porta, a arma apontada para o chão e os olhos cravados em mim.

— Para cumprir a porra de uma ordem, você não consegue, mas matar um policial é fácil. Matar um subordinado meu, como Aleksei — disse entredentes. — Vamos, Enzo. Arranque os dentes desse homem. Faça uma massa dos ossos, e te juro que não verá o dia de amanhã...

— Você não faria... — vociferei, ajoelhado contra o corpo. Sangue seco e miolos antigos colados na roupa, já sem o sobretudo. E também sangue novo, empapado nas minhas mãos, cabelos e rosto. — Você... — Vladmir apontou a pistola na minha direção.

— Nem piscaria, meu filho. — Sorriu. — O que a vida nos obriga a fazer... Não há amor, paz ou família que nos salve. Saia de cima desse homem, encoste na parede e vire de costas.

— O car...

— Não estou pedindo. — Manteve a arma apontada.

— Faça o que o chefe pede, seu imbecil! — Dimitri rosnou, já de costas.

Ergui-me e recuei. Apoiei as mãos sujas contra a parede. Abaixei a cabeça e fitando as minhas botas manchadas de sangue, refleti.

Meu pai nunca me disse que eu seria preso, que eu estaria condenado em um solo russo... E jamais acreditei que poderia ser uma armadilha.

— Não confiamos abertamente. Mesmo com tudo em jogo, mesmo que o carinho que eu sinta por você seja grande. — Ri da sua frase. Se isso era carinho, não queria imaginar o ódio. — Para os meus negócios, preciso de um homem lapidado, com confiança em si mesmo, e um em quem eu possa confiar. E só poderei ver isso em você, se estiver no chão. Tão sujo quanto nós. Tão imundo que se torne parte desse mundo. — Senti o cano contra a minha cabeça. — Pedi que me desse orgulho. Agora é o momento de começar a sua caminhada para atender esse pedido.

— Te dar um fodido orgulho? — murmurei.

Ouvi passos ecoarem pela sala, alguém mais estava ali.

— Soldado — Vladmir ordenou. — Jogue Dimitri em alguma cela. Esse Torpedo era um traidor. Não precisamos de putas com bolas. — Franzi o cenho ao olhar para o russo ao meu lado, que apertava os olhos e blasfemava.

— Quem contou? — Dimitri perguntou.

— Nossos olhos.

O soldado o puxou da parede e o arrastou para fora. A porta foi fechada, nos mantendo sozinhos. Vladmir se afastou, ouvi o arrastar da cadeira e virei a cabeça sobre o ombro. A arma repousava sobre a mesa. Ele apontou a cadeira à sua frente.

— Vamos, sente-se. Está na hora de termos a verdadeira conversa.

— Até agora... não foi nenhuma? — indaguei, debochado.

— Ah, não. Não uma conversa entre um homem que tem o poder de te fazer implorar pela morte e um menino que precisa aprender muito.

— De que adianta essa conversa, se estou preso? — Caminhei até a cadeira e me sentei.

Recostei as costas, exausto e com muita dor. Os pontos pareciam abrir, a carne queimava. Apertei os punhos contra as coxas abertas e fitei o moletom cobrir o jeans sujo.

— Depois. Muito depois.

— Depois o quê?

— Quando sair daqui.

— Então ficarei mesmo preso? — Arregalei os olhos. Coloquei as mãos na cabeça. Não esperava esse rumo. Já estava despedaçado por tudo, amedrontado com o plano do meu pai... Preso, na Rússia, seria o meu fim. — Não pode fazer isso!

— Posso e vou. — Vladmir apoiou a mão na mesa. — Quem você acha que comanda esse país por debaixo dos panos? Quem dita as ordens nas ruas? Dentro das prisões?

— A Bratva.

— Nascemos em uma época terrível para este país — sussurrou. — Era tudo tão difícil. As prisões, as mentiras da antiga União. Tantas traições. Aprendemos a comandar, a cuidar do que é nosso.

— E o que isso tem a ver com a minha prisão?

— Lapidado — repetiu com um sorriso presunçoso. — Quero você lapidado para mim. Não quero um filho de Otávio. Quero um Vor. Foda-se o seu nome. Aqui, você esquecerá que um dia foi um Lehansters. Esquecerá o sobrenome, a antiga família ou qualquer merda que deixou no outro país.

— Estava disposto a entrar para a máfia, Vladmir. — Apoiei a mão na mesa, espalmando-a. Ditei palavra por palavra, furioso, e me inclinei para frente. — Entrei em contato por livre e espontânea vontade. Queria vê-lo, queria estar perto e ajudá-lo. — Elevei as sobrancelhas e cuspi a palavras. — Foda-se o julgamento, sabia que apanharia, que sofreria. E faria tudo de novo. Mas aqui. — Engrossei a voz. — Aqui é traição!

— Nunca disse que você seria livre, Enzo.

— E por que mereço estar preso? Fiz o trabalho que você... — apontei o dedo com violência — pediu, seu desgraçado!

— E isso é *parte do caminho. Quer estar ao meu lado? Quer ter a honra de ter as estrelas e ser chamado de irmão? Conquiste-a, seu menino mimado. Nada vem fácil. Você não é intocável por minha causa, muito pelo contrário, quero que me prove o seu valor.*

Engoli a raiva.

Olhos nos olhos.

Ele via a minha fúria. Via a vontade que eu tinha de pular sobre a mesa e bater sua cabeça tantas vezes que enfiaria a madeira até o cérebro.

Permaneci parado. Punhos contra a mesa, o ódio inflando.

— Acha que posso traí-lo? — perguntei ao pensar que, talvez, eu precisasse calar minha boca e aceitar. Já estava afundado na merda, já tinha começado o que Otávio queria. Agora precisava encarar e finalizar.

Se isso significava ficar preso, faria. Se significava deixar Vladmir acreditar que estava no controle, deixaria.

— Não. Não acho isso. Mas acho que precisa crescer, que precisa provar da violência, da dor e da loucura, para saber usá-las.

— E aqui é o meu lugar?

— Seu lugar é ao meu lado. No entanto, para isso — também se inclinou sobre a mesa —, preciso acabar com a lembrança que existe daquele filho da puta em você.

— Meu pai?

— Aquele maldito Otávio.

— Achei que tivesse ainda um resquício de respeito.

— Está na hora de pôr as cartas na mesa, meu filho — Vladmir sussurrou, ameaçador. As mãos espalmadas mostravam os dedos cobertos de caveiras e anéis de ouro, e o sobretudo mostrava parcialmente uma tatuagem que começava no pulso. — Deixei que acreditasse que havia dúvida sobre ele. — Semicerrou os olhos. As linhas de expressão surgiram junto com as rugas. O rosto, liso de barba, era branco. Os olhos verdes como os meus. — Eu e Ivo sempre soubemos. Nunca contamos para Kirill, pois sabíamos que se ele soubesse, iria atrás de vocês. Por respeito *à* Nádia, que sempre ajudou as mulheres, deixamos vocês intocados.

— Sabiam do quê? — indaguei, irritado.

— Da traição.

— Qual traição? — Estreitei os olhos também.

— Seu pai era membro da KGB...

— Ele traiu o governo...

— Não. — Vladmir riu. — Ele queria nos trair, Enzo. A tentativa de assassinato que teve, semanas antes de ele decidir partir, trocar de identidade e recomeçar, foi orquestrada por ele.

— Como pode ter tanta certeza? — Inclinei a cabeça para o lado e fiz pouco caso, dando de ombros.

Eu sabia da verdade.

— Anos depois — suspirou e se recostou, relaxado — encontramos os documentos da KGB. Otávio era um antigo soldado. Foi encarregado de se infiltrar na nossa organização e foder com os líderes.

— Você está vivo...

— Kirill era a maior ameaça na época. A ascensão dele na hierarquia era gritante. Era de se pensar que ele poderia liderar em breve. O carro explodiu, e a sorte é que matou apenas os seguranças e a amante. Encontramos os documentos assinados por seu pai, confessando *à* KGB a tentativa frustrada e entregando que nunca foi o traidor deles... Otávio Lehansters era o nosso traidor.

— Como encontraram? — O medo percorreu o meu corpo como um maldito espírito encostado no meu ombro.

— Quando a União Soviética entrou em colapso, parte dos membros da KGB se tornaram nossos. Entenda, o governo estava em crise, houve uma boa oferta de crédito, nós crescemos, os bancos se tornaram nossos... Dominamos o mercado em meses. Os homens vão para o lado que é vantajoso. Esse lado era o nosso. Entregaram os traidores.

— Porra! — Esfreguei as mãos no rosto.

— Kirill nunca soube. Consegui o comando antes dele e queimei os documentos. Pelo seu bem e pelo bem de Nádia.

— Não minta, Vladmir... sabemos que só foi por mim.

— Amei a sua mãe — contou sem preocupação.

— Você o quê?

— Nádia se revezava entre nós. Sabe, mulheres são putas. Todas elas, independentemente se são casadas ou não, gostam de um bom pau e de dar o rabo.

— *Não fale assim* da minha mãe! Ela está morta, seu desgraçado! Viveu dopada de medicamentos...

— Por que acha isso?

— Eu vi. — Hesitei. Não contaria que ela se dopava por minha causa. O fardo era meu. Os pecados, exclusivos. Minha mãe sofreu por saber de toda ordem que Otávio estava dando, das minhas lições e futuro. Era mais fácil viver à deriva da sociedade. — Vi ela definhar.

— Tenho uma parcela dessa culpa. — Sorriu. — Nádia me amou mais do que amou Otávio, mas tínhamos uma grande diferença: eu já era casado, minha mulher estava grávida, tinha uma esposa submissa que aceitava todas as traições, aceitava todas as merdas, e, na verdade... gostava. Diferente de mim, Otávio não via as mulheres como... como elas são. Ele respeitava Nádia de certa maneira, não a deixava ser tão usada por nós.

— Por isso a levou embora.

— Ah! — Riu. — Sabemos, filho, o porquê de eles terem ido embora. No fundo, sempre pensei que poderia também ser coincidência, toda a merda daquela semana e a tentativa de assassinato de toda a família de Kirill. Depois dos documentos, pensei que tudo veio a calhar para Otávio. Foi uma jogada de mestre... se posso dizer. Nádia teve que ir. — Deu de ombros. — Lara fez o que devia, e estávamos tão perdidos, ameaçados. Temíamos que nos matassem, quando, na verdade, o culpado era seu pai. Ele nos enganou...

— Por que não nos matou, então?

— Eu fiz. — Vladmir assentiu.

Calei a boca. Não entendi na hora.

Encarei-o, estarrecido. Minhas mãos se tornaram geladas. Meu coração parou.

— Quando, outro dia... você disse... — Foquei meu olhar na mesa, no nada. Estava perdido em ideias.

— Ivo e eu mandamos estourar o carro do seu pai. Disseram que foi acidente, mas não foi. Implantamos uma bomba, acionamos um caminhão, e, na hora certa, seus corpos explodiram e foram pelos ares. Poupamos os filhos em uma exceção, porque você é valioso, de certa forma. Não era hora de matá-lo.

— Você matou os meus pais?

— Otávio nos traiu. Não sairia impune. Ele também sabia. Mais cedo ou mais tarde, descobriríamos. O erro dele foi não ter matado Kirill. Se tivesse feito, duvido que teria partido. Não, ele teria continuado, iria matar Ivo e depois arrancaria a minha cabeça.

— Não foi por isso que ele foi embora... — Tentei entender.

— A mentira contada foi que queria proteger você. Como não sabíamos quem era a pessoa por trás dos atentados, foi a melhor solução.

— PORRA! — vociferei. Apoiei os cotovelos na mesa e escondi o rosto nas mãos.

— Isso nos leva à questão da sua prisão. Não quero ver a educação daquele filho da puta traidor em você. Para isso, vou criá-lo novamente. Vou educá-lo da minha maneira.

— Como se eu fosse como ele.

Estava sendo forte. Tinha desmoronado por dentro, imaginando que meus pais foram assassinados e que o causador estava sentado na minha frente.

Precisava ter muito sangue frio.

Respirei fundo e fechei os olhos. Toda a minha força de vontade para enganá-lo, e ser tão traiçoeiro quanto meu pai, surgiu.

— Não precisa ser assim. Não penso...

— Não importa o que diga. Os seus atos dirão por si.

— Que porra, Vladmir! Me manterá preso? — Perdi a paciência e me levantei. A cadeira caiu para trás abruptamente e ele também se ergueu. — Acha que sobreviverei neste inferno?

Ele ajeitou o sobretudo e sorriu debochado. Era macabro.

— Se for forte... sobreviverá. — Deu as costas e abriu a porta. Ao sair, parou e olhou-me sobre o ombro. — Pedirei que peguem leve com você por esses anos... — Fechou e me deixou sozinho, com o peso das palavras.

Anos.

— AHHHHH! — O grito entalado saiu. As lágrimas extravasaram antes que eu voltasse a ter controle, e me atirei contra a porta de metal. — VLADMIR! — urrei, enlouquecido. O choro banhava o meu rosto, e caí de joelhos, colando a testa no metal. — PORRA! — Bati os punhos. — POR QUÊ?! — implorei. *Não era mais para Vladmir.*

Era para o fantasma do meu pai.

Do meu cruel, odioso e articuloso monstro.

— POR QUÊ?!! — Minha voz grossa ressoou pela sala e me sentei sobre os pés. Estava ajoelhado, caído, aos prantos, em um desespero tão profundo.

O quanto eu precisava me quebrar? O quanto seria difícil?

Teria um fim?

Eu precisaria arrancar cada parte minha, cada lado bom, despedaçar o meu caráter, orgulho e vida... pelo bem maior da família?

Por que eu? Por que esse peso?

— ODEIO-O! — gritei. Abaixei a cabeça e enterrei o rosto nas mãos. Destruído, não conseguia calar o medo do futuro, do que passaria e o que isso me tornaria.

Chorei tanto, como nunca. Nem mesmo quando meus pais faleceram, nem quando o pavor da perspectiva do futuro me assolou pela primeira vez.

Ali, nas lágrimas, eu despia minha alma e aceitava o peso na consciência.

O monstro que precisava nascer.

Uma despedida de mim mesmo.

Balancei o tronco para frente e para trás, acalentando a mim mesmo. Soluços passavam pela minha garganta, e quando a porta abriu de novo, elevei os olhos inchados e avermelhados para o carcereiro.

— Sua cela está pronta — ordenou. — Levante-se, detento.

Assenti. Calado. Afugentado.

Tinham conseguido arrancar a porra da coragem. Tinha ouvido falar sobre as prisões, sobre as pressões e violência.

Nunca imaginaria que estaria nessa posição.

Ao me erguer, o guarda avançou com brutalidade, deu-me um tapa nas costas e me forçou a curvar para frente.

— Aqui, exigimos respeito de animais como você! — Algemou minhas mãos nas costas e fitei minhas botas sujas de sangue. — Passará por uma inspeção, receberá suas roupas limpas e não terá direito de falar — cochichou no meu ouvido. — Loiro de merda, aqui temos um tratamento especial para quem mata um político.

Fechei os olhos.

Iria suportar.

Não mais pelo plano. Que se fodesse o meu pai, o meu ódio aumentava. Ele nunca disse que eu sofreria por anos, nem falou a respeito de toda a violência que cairia sobre mim. No fundo, ele ocultou porque sabia que eu fraquejaria.

As lágrimas pingaram no chão assim que fui empurrado para frente. Caminhei curvado, saí da sala, e ao passar na porta ao lado, aberta, travei.

— PARE! — Dimitri gritou, ajoelhado no chão, no mesmo momento que o porrete do guarda, parado atrás dele, atingiu o alto da sua cabeça. O couro cabeludo voou. Seus olhos se esbugalharam e me fitaram. — Fuja — balbuciou em silêncio.

Outra pancada me fez dar um pulo. Sangue espirrou para o lado, parte do osso à mostra, os cabelos banhados de sangue, e esse escorreu no meio da sua testa, deslizou pelo nariz e pingou na barba.

O choque me atordoou.

— Continue, seu desgraçado! — Fui empurrado para frente e pude ouvir outro baque contra a cabeça do russo. Pelo corredor estreito, iluminado pelas lâmpadas amareladas, paredes claras e pisos escuros, me senti acuado.

Vladmir iria tirar tudo de mim aos poucos: primeiro, minha bondade, minha família, minha identidade, meu sobrenome.

Depois, minha consciência.

O que sobraria?

O mal era capaz de corromper, e esse era o caminho que os dois homens mais vis da minha vida arquitetaram.

Desci as escadas, e mais dois guardas me seguiram. Levado para uma pequena sala, pude tomar um banho e recebi roupas limpas. Uma camisa branca, calça de tecido escuro e sapatos.

Os guardas, em silêncio, ambos de cabelos escuros, com *Ushanka* cobrindo os cabelos, se aproximaram outra vez.

— Já posso ir — falei. Um deles atacou com força os meus joelhos com o cassetete. Gemi de dor e me segurei contra a parede para não cair. Minhas costas ainda latejavam e pensei se sobreviveria com os machucados.

— Não tem o direito, seu merdinha, de dirigir a palavra a nós! *Só abrirá a boca quando pedirmos! Fique nessa sala*! Seu chefe trouxe uma visita.

Neguei com a cabeça, sem entender.

Colei minhas costas contra a parede e puxei o ar, tentando aguentar.

— Aguente, porra! — disse para mim mesmo.

Os passos ecoaram fora da sala, e com as mãos apoiadas nas coxas, inclinado para frente, com a lombar contra a parede, levantei a cabeça.

Anya estava parada na porta, e nunca tinha visto tanto desespero quanto agora em seu rosto.

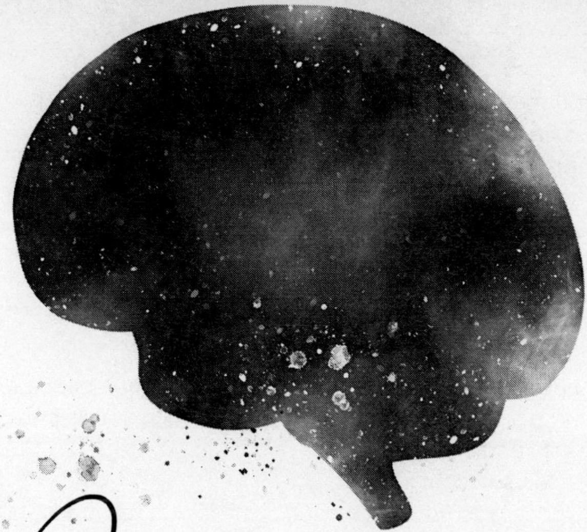

Capítulo 38

Enzo

Nossos olhos, poderosos um sobre o outro, nos dominaram.

Não sei quanto minutos Anya ficou parada. Só sei que ficou. Ali, exposta, frágil, tocada ao me ver naquele estado.

Virei o rosto, aniquilando o contato visual.

— O que faz aqui? — Passei a mão na bochecha e limpei a lágrima que deslizou.

— Um russo me buscou... — balbuciou, em choque.

— Não era... — Hesitei. — QUE PORRA! — explodi, os punhos apertados, e joguei a cabeça para trás. — Vá embora, Anya.

Dei as costas.

A porta se fechou.

Apoiei as mãos na parede, e, cabisbaixo, apertei os olhos. Sentia o cheiro do seu perfume. Fiquei calado, e ela também não falou. Era pesado demais, as palavras não expressavam as perspectivas fracassadas de futuro.

No silêncio tinha muitas perguntas e também muitas certezas.

— Machucaram você?

— Não — respondi seco, lutando com toda a minha garra para não desmoronar na frente daquela mulher. Apertei tanto os olhos, em vão. De cabeça abaixada, sentia toda a carga nos meus ombros, retesados, com os braços estendidos contra a parede.

— Feriram você?

— Não! — repeti autoritário e apertei o maxilar.

— Sabe o que estou perguntando. — Anya também manteve a firmeza.

— Não quero a sua pena. Não quero o seu amor. Quero a sua partida, agora! — ordenei, furioso, entredentes, e me virei.

Seus olhos estavam tão vermelhos quanto os meus sob a luz amarelada que banhava a sala.

— Não obedeço a ordens.

— Não estou mandando... — suspirei. — Estou pedindo.

— Por que está aqui?

Esfreguei uma mão na testa.

Anya se antecipou e caminhou até uma das cadeiras dispostas ao lado da mesa na lateral do lugar. Sentou-se e me olhou para que eu me sentasse. Seus cabelos castanhos caíam sobre o sobretudo branco, e me sentei *à* sua frente.

— Por que veio?

— Fui trazida.

— Por que não foi embora?

— Porque não quis — respondeu, *ríspida. — E porque queria levá-lo comigo.*

— Agora é impossível. — Sorri amargurado. — Partirá sozinha.

— Por que está aqui?

— Isso não é da sua conta.

Ela abriu a boca e retornou a fechar. Seus lábios carnudos, pintados de um tom escuro de vermelho, franziram.

— Sempre te disse que ficaria. Sempre alertei você de que esses segredos são apenas meus.

— Segredos que ferem a si mesmo. Que matam parte de quem é.

— E que me mostram o caminho. Não é algo a ser compartilhado. Não é como se... — Pausei.

— Como se? — insistiu.

— Se tivesse escolha — fechei os olhos — desde o início da minha vida, tudo teria sido muito diferente. Você não teria sofrido os efeitos colaterais, Antone *não se afundaria nos vícios em busca da própria cova, e eu não teria* tanto tormento quanto agora. Se — enfatizei e a encarei — tivéssemos tido uma família normal, uma vida comum... Sem um pai que olha apenas para o passado e uma mãe que mira o futuro, eu a teria feito feliz. Eu teria compartilhado todos os momentos, todos os segredos. E admiraria o seu lado mais cruel, até as nuances do bom.

— E você não admira?

— Sabe que sim. — Assenti. — Admiro-a tanto, que ultrapassei todos os limites por você, e acabei... — suspirei. — Acabei aceitando parte do que tínhamos.

— Lutamos tanto pelo ego um do outro, para pisar e dominar... Lutamos tanto — sussurrou e se inclinou sobre a mesa. Suas mãos se apoiaram no metal e fitei as luvas pretas que cobriam os dedos. — E acabamos aqui, fadados a aceitar que nenhum ganhou — admitiu. — Esse é o fim, não é? Pandora foi uma ilusão... Nossa guerra de poderes, dentro e fora da cama, nunca teve um futuro. Não... — Anya fechou os olhos e balançou a cabeça. Uma lágrima escorreu pesada contra a sua face. Contemplei-a. Sua fragilidade entregue. — Mesmo se não estivéssemos nessa situação, não poderíamos. Somos loucos como nossos pais.

— Somos irmãos — afirmei. — Somos sangue do próprio sangue. Não poderíamos continuar...

— Você continuaria? — Fitou-me, ansiosa. Ela derrubou todas as máscaras, sem fingimento. Era a linha final. — Se a sociedade não nos julgasse, se... ninguém soubesse, você continuaria?

— Sabemos a resposta.

— Você a disse no telefone — concordou.

— E você? A sua consciência... — Meias verdades. — É mais pesada do que a minha sobre isso. Teria continuado?

— Não sou normal. Não cresci em uma família comum, não sou uma mulher que conseguiria casar, se acomodar, ter uma casa e filhos. Você me imagina assim? — Sorriu, mas tinha tristeza no olhar. — Imagina Anya Lehansters levando seus filhos para a escola? Grávida?

— Não. — Fui sincero.

— Também não imagino você como um pai tranquilo, carregando uma criança no colo. Somos quebrados. Nós três. Se somos errados — deu de ombros —, parte dessa culpa é nossa e parte da nossa família. Que obrigação temos de respeitar uma sociedade que apenas julga? Que direito eles têm de decidir os nossos sofrimentos? Ou de afirmar o certo e errado, quando a maioria das opiniões são baseadas em desejos egoístas? Somos feras soltas, e não... eles não têm o direito de impedir minhas ações.

— Teria continuado. — Deixei explícita a sua resposta.

— Você revela o meu lado sombrio — sussurrou devagar, palavra por palavra, me atingindo como balas. — Faz com que eu queira conquistar o mundo na força, na brutalidade... e que mostre o meu lugar.

— Não fui eu quem a tornou assim. Foi você mesma.

— Você intensificou essa sensação quando disputou esse controle comigo. Abriu... a minha caixa de Pandora. E eu gostei.

— Mas esse momento já passou — falei, realista.

— Sim. — Concordou com a cabeça e sua voz fraquejou. Uni as sobrancelhas, franzindo a testa. Anya estava lutando para não chorar de verdade. Fitou as próprias mãos sobre a mesa, espalmadas. Engoliu devagar e respirou fundo. — Me sinto impotente aqui. Odeio me sentir assim. Odeio não conseguir dominar a situação, ver o desfecho e realizá-lo. — Levantou a cabeça e revelou a sua dor. — Odeio vê-lo sofrer, e mesmo com todo o meu poder, ser inútil.

— Nunca esteve nas suas mãos. — Estendi as mãos, também me inclinando sobre a mesa, e segurei as suas. — E nem nas minhas. Não sei mais o dia de amanhã, nem as próximas horas. Não sei se sobreviverei, se... — suspirei e abaixei o olhar. Acariciei as suas mãos e puxei a luva da direita. Ela permitiu. Dedo por dedo, fui tirando, revelando sua pele macia, exposta e arrepiada. Os anéis de ouro, finos, reluziam, e as unhas estavam pintadas de preto. — Se conseguirei sair vivo da Rússia. Isso não te torna menos poderosa. Se fosse há meses, me odiaria em admitir para você, e talvez, jamais falasse isso. Não daria esse gosto. — Sorri. — Mas, no fim, quando não vemos mais o futuro, aceitamos abrir mão desse orgulho. Você — Anya inspirou profundamente — me tem, bem aqui. — Toquei a palma da sua mão com o polegar, esfregando-o. — Conseguiu por direito, por sedução e por inteligência. Conseguiu porque é a única mulher que vejo dobrando os homens, conquistando o mundo e não se importando com definições impostas pela sociedade. Me levou à loucura, me fez não desejar a minha antiga submissa, e nem estar enfrentando esse momento. — Cada palavra venceu a minha batalha interna. Chorei na sua frente, em puro desespero por estar ali. Preso, na Rússia, sem saber a saída. Estava com um fodido medo e precisava compartilhar antes de ficar sozinho... Antes de me sentir solitário outra vez, cumprindo as ordens do meu pai. — Estou com muito medo — sussurrei entredentes. — Estou com medo de perder o que resta de mim. Não estou falando dos planos, nem do que Otávio idealizou. — Tentei *não entregar a verdade, apenas o que sentia dentro do peito. — Digo de mim. De quem tanto sonhei, de quem tanto idealizei. O que farei quando tudo o que orquestrei acabar? Terá algum lugar no mundo onde eu possa me sentir bem? Sem...* ter perdido meu caráter? Sem ter me perdido dentro dessas grades, dentro dos russos?

— Ainda continuará a ser um Lehansters — murmurou com tanto sofrimento quanto eu. As lágrimas deslizaram por suas maçãs, revelando um pouco da mulher que ela era, sem os fingimentos. — E se precisar — fungou —, eu ajudarei você a se reencontrar com o homem que um dia foi.

— Não — neguei. — Não quero que pense em mim durante esse tempo.

— Somos amantes. Somos família. Como esquecer?

— Você tem uma vida pela frente. Longe de mim, longe dessa merda toda.

— E você? — perguntou, ameaçando revelar o desespero. — Não podemos ligar para advogados... pelo menos tentar? Alguma coisa podemos fazer, temos dinheiro, ligações...

— Aqui é solo deles — expliquei. — Eles comandam tudo, Anya, por debaixo dos panos. Essa prisão...

— De segurança máxima — ela murmurou e tentei esconder o espanto.

— Foi tudo orquestrado para me manter aqui, para me tornar parte deles. Não sairei daqui até que eles queiram.

— E quando?

— Anos. — A realidade pesou e tirei as minhas mãos das dela. Cobri o rosto, apoiando os cotovelos na mesa.

Chorei sem me importar com a sua presença. Desabei com tanta dor e pavor... que quando elevei o rosto, com os olhos molhados, as bochechas assoladas pelas lágrimas, Anya *não se aguentou. Levantou-se e contornou* a mesa, chegando até mim.

Esquivei-me.

— Não. — Dei as costas ao dizer.

— Enzo...

— Vá embora. Por favor. Não... Não se aproxime.

— Você está sofrendo.

— E você não faz mais parte disso. Apenas... Você me deixa vulnerável — sussurrei e a olhei sobre o ombro, passos de distância. — Quando a toco e a vejo, anseio por uma realidade que, pelo menos neste momento, jamais poderei ter. Você é um vislumbre de uma vida que desejo e que é inalcançável.

— Você é quem está dando um fim...

— Desapareça, Anya. — Engrossei a voz.

Precisava mandá-la embora.

Se estivesse em seu modo determinado, ardil e traiçoeiro, eu aguentaria.

Exposta, tão entregue quanto eu, e revelando seus próprios sentimentos, me fazia sofrer. Fazia-me odiar a própria vida, e seria muito fácil me dobrar, arrancar segredo por segredo e me convencer a desistir de tudo.

Ela tinha tanto poder que não poderia imaginar o que era capaz de fazer com a minha cabeça.

Uma mente tão quebrada e agora sem esperança.

— Não costumo olhar para trás...

— Nem eu — menti. Olhava todos os segundos.

— Deixe-me tentar ajudá-lo.

— VÁ EMBORA! — gritei contra ela, e em um ato de loucura, ciente que isso a faria me odiar, querer se afastar, avancei. Agarrei o seu pescoço, medindo força o suficiente para assustá-la e não a machucar, e apertei-o com brutalidade. — VÁ EMBORA DAQUI, PORRA! É MINHA IRMÃ, É UMA MULHER, E VAI COMANDAR A NOSSA FAMÍLIA! SAIA DAQUI, ANYA! *VÁ FODER COM OUTRO HOMEM, SEJA A VADIA QUE GOSTA DE SER!* —

urrei contra o seu rosto, afundando os dedos em seu pescoço o máximo que conseguia. Cuspes respingaram na sua face e ela não se importou.

Ali estava. A mulher que diante da ameaça se tornava pior.

Retaliava com frieza. Seus olhos verdes me fitaram furiosos. Ela estava descontrolada, enfurecida.

As lágrimas deslizaram violentas e os seus lábios tremeram, completando a sua feição de loucura.

Seu tapa me atingiu com força e a soltei.

Ela deu as costas. Fechei os olhos enquanto ouvia os seus passos se afastarem.

Minha última visão, quando ergui os olhos, embaçados de lágrimas, foi suas costas.

Anya *não olhou para trás.*

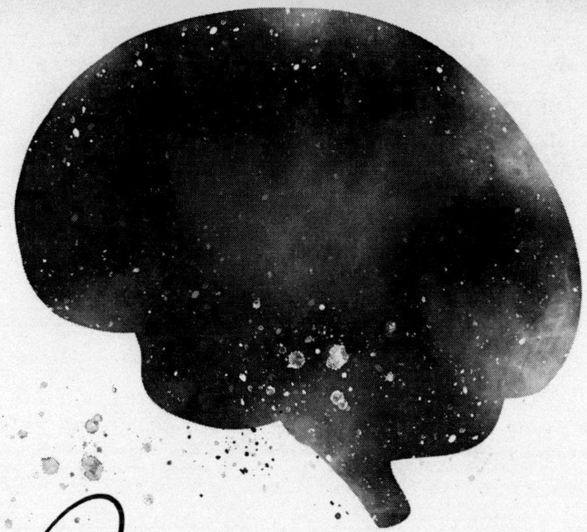

Capítulo 39

Enzo

O inferno começou naquela prisão.

Depois que Anya saiu, curvado, fui levado para uma cela que media 4,5 m^2, sozinho, sem janelas, sem vista para o corredor.

Primeiro, era encarcerado por grades, e logo após, uma porta de aço foi fechada. Pude ouvir uma terceira porta.

Meu crime não era para uma prisão de segurança máxima. Ali deveria ter presos de prisão perpétua, assassinos dos mais variados tipos e até canibais.

Vladmir me queria ali.

Depois de algumas horas, sentado sob uma luz amarelada, que me deixava atordoado pelo desespero de compreender que aquelas quatro paredes seriam a minha companhia, as portas foram abertas. Três carcereiros adentraram, me algemaram e me chutaram para fora. Curvado contra a parede do corredor, os ouvi conversar em russo. Explicavam que cada ordem dada, precisava ser cumprida.

Assenti com silêncio e o primeiro soco na nuca me atordoou.

— Responda com: sim, senhor — o outro resmungou no meu ouvido. — São pedaços de lixo que vivem aqui. Não merece ser tratado como um humano.

Respirei fundo e o terceiro saiu da minha cela.

— Limpo.

— Jogue-o de volta — rosnaram. — Vladmir quer que a gente o lembre todo dia como é sentir dor. — Encarei-o ao ser levado novamente, e dentro da sala, senti o punho do primeiro guarda no meu rosto.

Não revidei. Se o fizesse, seria espancado até a morte. Eram lunáticos e poderiam perder a razão em segundos. Sentiam-se donos dali.

Um dia, eu revidaria.

Um dia, eles não esqueceriam que eu era um Lehansters.

O soco atingiu o meu olho, e não consegui abri-lo. Minha pele latejava, minhas costas ainda doíam como um inferno, e logo os outros dois guardas se juntaram. Caí no chão gelado e um chute atingiu o meu estômago. Gemi de dor, tentando proteger o rosto.

— É uma cadelinha!

— Se Vladmir permitisse, foderíamos com ele. — Outro riu. — É um sortudo do caralho!

— Nossa obrigação é apenas deixá-lo vivo — o terceiro debochou. Mais chutes contra o meu abdômen.

As pontas das botas acertaram as minhas mãos, adentraram nos meus dedos, rasgaram a pele, atingiram meus lábios, cortando-os. Meu nariz sangrou, algum chute atingiu o meu ouvido e o zumbido começou.

Sangue escorreu dos meus braços, sentia dor pelo corpo todo, e um deles atingiu minhas costas.

Urrei desnorteado.

— Ei, ei! — gritaram com ele. — As costas não! O chefe foi explícito de que precisava de cuidados ali. Esse imbecil não pode morrer por uma fodida infecção.

Tentei manter os olhos fechados.

Eles continuaram por minutos, até que se dessem por vencidos e me deixassem lá, jogado no chão. Fecharam as três portas, e, no silêncio, deitei-me de costas para o chão. Gemi de dor e tentei engolir o máximo que conseguia. O sangue escorria de algum ponto das minhas costas, além do nariz, das mãos e dos lábios.

A lâmpada amarelada era fraca. Iluminava os cantos da sala, mas jamais alcançaria a escuridão que se criava dentro de mim.

Deixei o choro chegar. Senti-me um covarde por chorar tanto, no entanto, era brutal. Meu psicológico estava desmoronando, minuto após minuto.

Segundo após segundo, Vladmir conseguia o que queria.

E também Otávio.

Olhando para o passado, entre o choro silencioso, deitado na minha cela, refleti o quanto me enganei. Mesmo com medo, no conforto da minha casa, do meu sobrenome, achei que seria fácil. Que eu conseguiria impor a minha vontade, e mesmo ferido, retornaria quase inteiro.

O quanto eu fui fraco. O quão enganado fui. Não quis ver a realidade que se projetava além, apenas os meus desejos. Tinha me convencido que era só o que o meu pai disse. Nada mais. Não seria tão terrível.

A máfia era crua, impiedosa, machista... e sangrenta.

Entrar era difícil. Dentro, era impossível se manter limpo. Meus pais sabiam, e, por isso, minha mãe sofreu tanto. A morte para ela seria um alívio, melhor do que ver um filho se tornar um Vor.

E ao pensar nos meus pais, o grito de fúria irrompeu pelos meus lábios. Enterrei as mãos nos cabelos. Aquele filho da puta os matou. Explodiu os seus corpos e agora me queria ao seu lado.

Meu pai sempre soube que o seu fim aconteceria, apenas... eu não vi. Jamais contaria para Anya ou Antone. Eles sempre ficariam longe dessa merda. Era para o bem deles. Tentei me convencer.

Tentei ser forte.

Chorei por horas em silêncio, até uma pequena portinhola na porta ser aberta e me entregarem um prato. Arrastei-me até lá e peguei o que era uma mistura de sopa. Comi devagar, e minutos depois abriram para que eu devolvesse.

O silêncio era brutal.

A solidão, enlouquecedora.

Não soube quando a noite chegou, e nem se já era outro dia. O sangue seco grudou na roupa e ainda não conseguia dormir. O choque travou todo o meu sistema. Deitado na fina cama, apenas pensei no passado, nas noites com Anya e em como eu desejava que ela superasse.

Não iria me reconhecer quando nos víssemos outra vez. Era melhor, para ambos, que o Enzo que ela conheceu fosse uma lembrança.

E que o novo a assustasse o suficiente para mantê-la longe.

Não pelo incesto. E sim pelos segredos.

Quando adormeci, pensei em quanto, por tanto tempo, lutei para ser bom.

E eu seria... Bom em chegar até o extremo do pior lado meu.

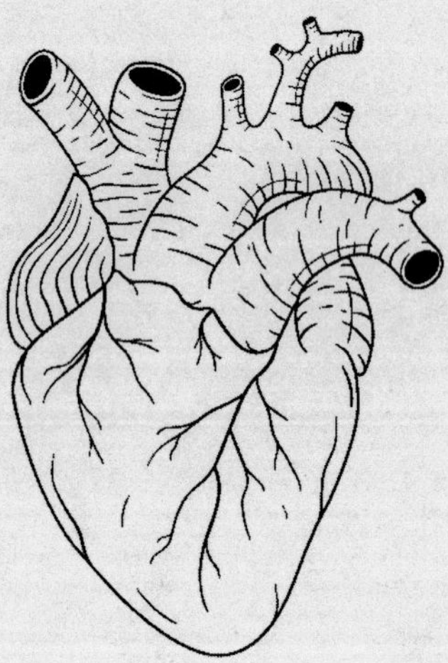

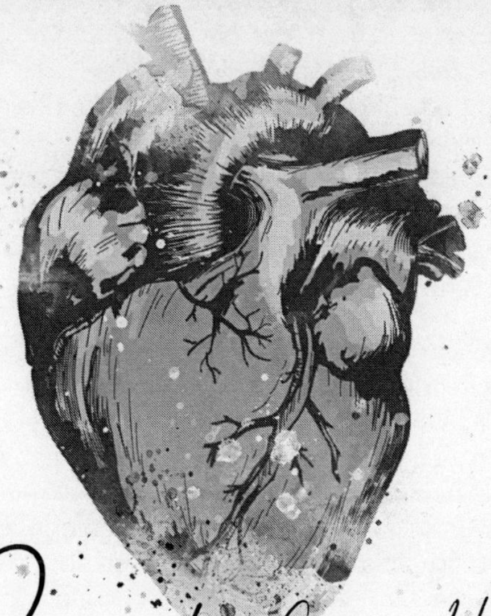

Capítulo 40

Anya

Vislumbrei as luzes da cidade conforme o avião decolava.

Quem eu era ali, sentada na janela, desmoronando em lágrimas?

Não a Anya que eu construí por anos, lutando para que nada me atingisse, para que o meu coração fosse apenas meu e a minha mente mais afiada do que uma faca.

Enzo encontrou o meu coração, mesmo que eu tivesse lutado tanto.

Ele o encontrou e o fez sangrar.

Quando dei as costas naquela prisão, não foi pelo que falou. Talvez ele acreditasse que me enganou. Não era enganada tão fácil. Conhecia o pior das pessoas e as mentiras estampadas nos semblantes. Doeu mais nele do que em mim aquelas palavras. Não me atingiu, porque sabia o motivo de gritar, de tentar me ferir.

Se não fizesse, estaríamos os dois no chão, devastados pelo momento.

Enzo estava sofrendo comigo naquela cela, mais do que eu, que mesmo com todo o meu controle, conseguiria suportar. Por ele, fingi estar brava.

Por ele, dei as costas.

Cada minuto que eu ficasse a mais, seria um sofrimento. Cada segundo a mais, ele se lamentaria pelo caminho, e eu por não ter poder o suficiente.

Sua dor seria prolongada.

Em um ato de bondade e paixão, fiz o que pediu.

O que encontraria de mim quando pousasse e fosse para casa sem Enzo?

O que diria para o meu irmão?

O quão fracassada eu era?

As lágrimas escorreram devagar.

De todas as maneiras éramos errados, e, mesmo assim, não aceitava. Não me importava com ligações familiares, com o que as pessoas poderiam dizer.

Não fomos criados como irmãos.

Não o amei como um.

O que via era um homem capaz de me deixar fora dos eixos, de revelar mais de mim do que eu descobri a minha vida toda.

E esse mesmo homem agora tinha um futuro devastador, fadado a estar preso, a estar em uma máfia que desgraçava. Por quê? Quais eram os seus motivos?

Segredos nunca pareceram tão terríveis como agora. Era culpa do meu pai. Otávio era um grande filho da puta, e jamais o perdoaria pelo que faria Enzo passar.

Mesmo morto, ele estava presente. Mesmo comido pelos vermes, era um fantasma pendendo sobre nós.

Precisava ser forte, e diferente das palavras finais de Enzo, eu não abriria mão de esperá-lo. Se ele realmente me conhecia, sabia que não era persuadida fácil.

Pandora seria o meu primeiro passo.

O segundo seria arrancá-lo daquela prisão. Desceria até o inferno se fosse preciso, contudo, não aceitaria deixá-lo naquele estado.

O limite era algo a ser ultrapassado, nunca iria me parar.

Toquei a lágrima que deslizou pelo meu rosto. Enzo chorou na minha frente e o desespero que vi era quase palpável. Senti sua dor, e, pela primeira vez, quis pegá-lo em meus braços e destruir qualquer barreira imposta.

Quis dizer que haveria um final para tudo aquilo.

Agora, milhas de distância, me perguntava se haveria mesmo.

Se seria como esperávamos. O que esperávamos?

Irmãos. Família. Segredos.

Ódio disseminado, paixão enlouquecedora.

Não poderíamos ser todas as situações.

Suspirei, exausta por tentar aguentar aqueles russos. Nicolai era tão igual. Agora sabia de onde seu gênio tinha surgido e também descobri o quanto fui louca em me casar com ele.

Tudo o que queria era o seu fim. A sua morte.

A morte de todos que poderiam nos fazer mal. No entanto, desejar a morte de alguém também não me tornava vil?

Pouco me importava. Era egoísta o suficiente para passar dessa noção. Bem e mal eram conceitos que eu não estava disposta a refletir. O importante era o que eu queria, os meus objetivos.

E o que eu esperava.

Adormeci devagar, e quando acordei, estava chegando.

Travei no aeroporto, com a minha mala e um táxi. Não queria ir para casa, porque ao entrar, a realidade pesaria. Puxei o celular do bolso, e ao discar para Antone, me lembrei que Nicolai estava na cidade.

Chamou duas vezes.

— Anya? — Arrastou a voz, sonolento.

— Está em casa? — perguntei ao entrar no táxi.

— Sim... *São 5h* da manhã...

— E Nicolai?

— Não precisa se preocupar...

— Antone — chamei sua atenção. — O que aconteceu? — Virei-me para o taxista e passei o endereço.

— Estou com algumas pessoas...

— Aqueles motoqueiros?

— Eles podem nos proteger.

— E quem nos protegerá deles?

— Não é bem...

— É sim. Só entre no jogo, se souber jogar. Uma hora a sua sorte acaba, e quem protegia você, se torna o seu inimigo íntimo. — Pensei em Enzo ao falar.

Éramos o oposto disso nesse momento.

— Não sabe parar, não é? Porra, lembra tanto o Enzo... — Sua voz morreu ao dizer.

— Estou indo para casa.

— Ainda está em Moscou? — perguntou esperançoso. — Conseguiu?

— Estou na cidade, em alguns minutos estarei aí. — Fitei minha mão contra a bolsa. — Enzo ficou. Não consegui trazê-lo.

Antone desligou sem qualquer outra palavra. Não retornei. O que ele sentia, eu também sentia.

Completo fracasso em proteger a família.

O táxi estacionou diante de três Harley-Davidson estacionadas em frente à escadaria, já no terreno da casa. Ao sair, notei que todas as janelas estavam fechadas. Não tinha movimento, apenas um segurança na parte detrás da casa.

Adentrei e fui recebida pelo perfume de Enzo.

Ele comandava aquela casa, era dele. Tudo ali, reformado para o seu gosto, tinha o seu toque.

Ele era quem carregava a imponência. O quanto almejei aquilo, seu lugar, todo o seu poder... O quanto o odiei.

— Antone? — Fechei a porta e o cheiro de cigarro e álcool me atingiu. Fui para a sala, os sofás estavam ocupados por homens vestidos de jeans e coletes escuros.

— Chegou? — Antone indagou, parado atrás de mim. Olhei-o sobre o ombro.

— Mande-os embora — ordenei.

— Pega leve — murmurou e passou por mim. Parou perto de um sofá e cutucou um dos motociclistas. — Ei, Z.

— *Ãh?* — O homem de moicano loiro deu um pulo e sua mão voou para a arma caída sobre o tapete. Piscou repetidas vezes e me olhou. — Oi?

— Minha irmã já chegou, acho melhor irem...

— Sua irmã? — O loiro sentou e me analisou de cima a baixo.

— Tire as botas do meu sofá! — falei autoritária. — Peguem suas motos e saiam daqui!

— É assim que agradece por livrarmos a bunda do seu irmão daquele russo? — O homem se levantou e parou na minha frente. — É assim que nos trata? — Tinha algo ali que me lembrava Enzo. Talvez o formato do rosto ou os olhos verdes.

— Não pedi por ajuda. Não quero a ajuda de foras da lei como vocês. Antone pode fazer parte — olhei-o de canto — disso, mas eu não. Não são bem-vindos aqui.

— Ótimo! — o motociclista bravejou e bateu palmas. Os outros dois se levantaram em um pulo.

— Que gostosa — um sussurrou ao me ver, e dei as costas.

— Vocês têm dois minutos para saírem daqui, ou chamarei a polícia e direi que invadiram a minha casa...

— Ela é louca, Antone? — o de moicano inquiriu, enquanto eu me dirigia para as escadas.

— Apenas faça isso... Z. Toni vai ficar furioso se a polícia pegar vocês.

— Vamos nessa — um outro concordou e deixei de ouvir as vozes ao chegar no segundo andar. A mala ficou no hall, junto com toda a minha vontade de recomeçar ali.

Passei pela porta do quarto de Enzo e parei na minha. A penumbra do lugar me acalmou e suspirei. Olhei-me no espelho. Não parecia a mesma, estava cansada, devastada. Exposta do mesmo jeito quando fugi de Nicolai, ou quando parti pela primeira vez sozinha, rumando para Lyon.

As olheiras estavam profundas, o corte no meu rosto revelava a agressão daquele russo, e o meu cabelo estava bagunçado.

— Anya? — Antone bateu na porta e o contemplei pelo reflexo do espelho. — Como você está?

Ergui a cabeça e respirei fundo.

— Estou bem.

— O caralho que está, olha para você! — Me apontou com a garrafa de uísque que segurava na mão. — Nem parece...

— A mesma? — Virei a cabeça sobre o ombro. — A crueldade nos muda.

— Como assim?

— Não sei o que sobrará de Enzo lá, essa é a verdade — sussurrei e me virei por completo. — Não sei se restará algo.

— Por que ele não voltou com você? — murmurou, com os olhos já marejados. — Por quê?

— Enzo está preso. Foi acusado do assassinato de um político. Está nas mãos de Vladmir — contei a verdade. Antone *não merecia mais mentiras. Se eu pudesse salvar apenas um da família, não mediria esforços. — Eu tentei — suspirei. — Tentei tanto...*

Antone cobriu os olhos com os dedos, apertando-os, e chorou, cabisbaixo. Chorou alto.

Permaneci imóvel, fria como gelo, quebrada o suficiente para não aguentar a dor de outro.

— Desculpe-me...

— Você não tem culpa — negou e me olhou. — Fez mais do que eu.

— Não fiz nada.

— Foi até lá! — bravejou. — Tentou. Que porra! — Esmurrou a porta. A garrafa caiu contra o tapete em um baque surdo e Antone entrou no quarto. Sentou-se na cama, corcunda, acabado. — O que faremos? Que diabos faremos? Como... — Fraquejou. — Ele está sofrendo? E o julgamento?

— Eles o feriram. Chicotearam suas costas o suficiente para arrancar a carne. Tatuaram-no com um nome em russo, o fizeram tentar cometer assassinato e ele viu uma inocente ser morta. Enzo não está bem. Vladmir o feriu de uma maneira que talvez ele nunca mais se recupere.

— Meu Deus! — Antone cobriu o rosto e desabou em pranto. Forcei-me até ele e acariciei sua cabeça. Ele se agarrou ao meu quadril e escondeu o rosto na minha barriga. — Ele não merecia isso... Não. Depois de vê-lo tão feliz. Ele queria coisas diferentes.

— Otávio queria isso.

— Como o odeio!

— Eu também... Eu também!

— Precisamos tirá-lo de lá. — Elevou os olhos, implorando.

— Vou ligar para os melhores advogados, mas *não sei se conseguiremos. Não temos poder nenhum naquele país. São animais, comandam por baixo, fazem o que querem... Enzo está em uma prisão de segurança máxima sem motivo, mas está lá.*

— Eles o matarão.

— Não acho que farão isso. Matar. — Desviei o olhar. — Matar acaba com a dor. Deixá-lo lá, no escuro, faz nascer o pior.

Sua mão agarrou a minha e Antone a beijou.

— Você também o ama... também está sofrendo.

— Eu não... — Hesitei.

— Somos irmãos, no final. Somos o que resta, precisamos um do outro para ter um caminho. O que é ser um Lehansters sem nós três? Nossos pais eram ruins, não somos uma família estruturada. — Ergueu as sobrancelhas. — Estamos aqui um pelo outro. Ao menos isso eles deixaram para nós. Essa sensação de obrigação em proteger o nosso sangue.

— Precisamos aceitar o fracasso — disse a mim mesma —, se nossos advogados não conseguirem.

— Eu irei...

— Eles me bateram, Antone, poderiam ter feito pior. Me levaram para a prisão e me usaram para torturar Enzo. O que farão com você? Será uma arma contra o nosso irmão. Não queira morrer tão rápido.

— QUE PORRA!

— Vá tomar um banho — cortei o assunto. — Durma, depois poderemos tentar.

— Depois? — Levantou-se. — Enquanto tomo banho, sabe-se lá o que acontece com Enzo.

— E o que poderemos fazer? — Enfrentei-o. — O que espera?

— Eu...

— Você está bêbado, agora não é hora! — Empurrei-o para a porta. — Preciso de um banho também!

— Não vou dormir — resmungou ao passar para o corredor. — Espero você na sala.

Fechei a porta e fiquei calada outra vez.

Estava viciada em poder e sedução com Enzo.

Sem ele ali, o lugar parecia vazio.

Tomei um banho para tentar tirar aquela sensação sobre o meu corpo, aquele cheiro que os russos pareciam ter deixado. O pavor e a crueldade tinham se impregnado.

Depois, vestida com um roupão, não desci para a sala.

Enzo era sincero quando disse que eu caçava segredos para usá-los. Dessa vez, precisava dos dele para ajudá-lo, mesmo que no futuro isso pudesse mudar.

Abri a porta do seu quarto e a fechei. O seu cheiro ainda estava lá, os lençóis pretos organizados, algumas fotografias em porta-retratos e objetos pessoais. Passei a mão pelo balcão e abri a primeira gaveta. Celulares antigos, papéis inúteis e fotografias. Nas outras, mais velharia acumulada. Procurei pelo guarda-roupa, sem sucesso, e quando me ajoelhei sobre o tapete, meus olhos se fixaram em uma caixa antiga, debaixo da cama.

Puxei a caixa e a abri. Dentro, encontrei uma foto que me fez ter raiva. Otávio sorria, abraçado a Enzo. Ele, pequeno e loiro, segurava uma espingarda, e meu pai segurava um coelho morto pelas orelhas. Várias outras fotos no mesmo estilo estavam na caixa, e então um envelope preto me chamou a atenção. Abri-o.

Eram cartas para a minha mãe, de Enzo.

O nó se instaurou na minha garganta.

"Já faz alguns meses que apenas o pai vem me ver". Um trecho dizia. *"Sei que talvez não me ame como ama os meus irmãos... Ou Anya. Esperava ao menos uma carta nesse Natal. Ao menos que viesse para o colégio me ver. Antone pergunta tanto, o pai apenas nos diz que você está se recuperando da tentativa de morrer. Por que quer morrer?"*

Larguei a primeira carta e peguei outra. Ele parecia estar mais velho.

"Não as envio mais. O pai disse que você não as lê. Deixa todas guardadas em uma caixa. Tentei ser um bom filho. Tentei seguir todos os conselhos do meu pai. Preciso também dos seus. Às vezes, o caminho parece escuro, tão escuro, que eu não consigo entender."

A outra tinha uma data mais recente. Nossa mãe já estava morta.

"Peguei esse costume. Não escrevo para você. Apenas escrevo. Às vezes releio o que já escrevi. Às vezes quero voltar a ser criança para fugir. Não há escapatória, há? Somos moldados por nossos atos impensados e nossas escolhas feitas antes mesmo de termos consciência dos efeitos. Muitas vezes, as fazemos ainda crianças, ainda crentes de que algo bom resultará no futuro. Não vejo esse futuro. Não vejo algo bom. Vejo sangue e a mesma escuridão de quando criança. Entendo os pedidos do meu pai, entendo a dor da minha mãe e as promessas feitas em silêncio para que eu desse um fim para cada envolvido do passado. É um legado sangrento e vingativo. Também é uma forma de proteger o que restou. Antone e Anya precisam dessa proteção. Anya não está, talvez nunca volte, e desejo que desapareça, que fique longe."

Guardei o restante das cartas. Nenhuma dizia algo importante que pudesse me levar até Vladmir, que pudesse ser usado. Todas me faziam sentir a escuridão de Enzo.

Devolvi a caixa para o lugar e procurei por Antone. Encontrei-o dormindo no sofá, com uma nova garrafa aberta. No silêncio do nascer do sol na janela, fitei o seu rosto tranquilo.

Antone me entregaria os segredos de Enzo, se isso pudesse ajudar?

Capítulo 41

Enzo

Estava perdido nos dias.
Nas horas e no lugar.

Quando dormia, não descansava, e quando acordado, aquele lugar fechado me deixava perturbado. Passava horas fitando a câmera que me monitorava vinte e quatro horas por dia. E me perguntei se Vladmir poderia me ver.

Se era essa a sua forma de ter controle sobre mim.

A comida, trazida uma vez por dia, era escassa, a água era pouca, e precisei aguentar os socos e chutes. Às vezes, o médico examinava as minhas costas. Contou que ficariam cicatrizes grossas por toda a pele. Não teria o que fazer, era uma marca.

Precisava aguentar. Otávio estava certo.

Eu precisava ser forte.

O fundo do poço não era para ser assustador, mas acalentador.

Eu precisava aceitar essa forma.

Não soube quantos dias se passaram. Meu rosto estava com cortes, meus olhos roxos, meu pulso parecia deslocado, e enquanto a dor das costas diminuía, outros lugares estavam doloridos. Era tratado pior que um animal, deixado ali, jogado e, muitas vezes, desligavam as luzes.

Em meio ao barulho da minha consciência, não sei quantos dias depois, encontrei uma paz.

Encontrei um caminho. Era fácil deixar ser dominado e aceitar o que a vida ditava. Não fui criado assim, e o meu pai me fez desse modo por um único motivo: não nasci para obedecer.

Esperei.

Aguardei o que provavelmente eram dias. Comecei a contá-los pela comida.

Depois, pelas vistorias.

Eram duas por dia, seguidas dos espancamentos, cada guarda revezava. Gostavam da violência, se alimentavam com ela.

E o que descobri após quinze dias, me deixou atordoado.

Depois de algum tempo, já não nos assustamos mais com a violência. Nós nos acostumamos com ela, se torna parte do dia. Parte do que somos. Já não causa raiva, ódio ou dor. Em mim, eu aceitei. Eu deixei que usassem a força.

No vigésimo dia, mostrei que mesmo preso, mesmo sob o olhar de russos, eu continuava sendo um filho de Otávio.

Eu era um Lehansters.

Aguardei a vistoria. Sentado sobre a cama, fitei a porta de metal enquanto abriam as outras. Minha barba, comprida e loira, estava cobrindo parte do meu rosto. Os cabelos também já estavam mais compridos, e alguns músculos atrofiados.

— Seção quatorze — um carcereiro gritou. — Detento, abaixe a cabeça!

Levantei-me e fiz o que pediu. De braços para trás e cabisbaixo, fitei as botas grossas dentro da cela. As algemas frias circularam os meus pulsos e um tapa contra os meus machucados nas costas me fez rosnar de dor. Inclinei-me para frente, fui forçado a andar curvado para não entender a planta da prisão.

— Para fora!

— Sim, senhor — murmurei.

Minha cabeça foi encostada na parede, e pelo canto do olho, observei um guarda adentrar outra vez na cela. Os outros dois permaneciam atrás de mim.

Sorri.

Que me fodesse.

Que fossem brutais.

Não ficaria mais naquele estado.

Antes que previssem, me virei abruptamente e chutei um dos guardas, que voou contra a parede do outro corredor.

— PARADO! — O outro carcereiro avançou com o cassetete e mesmo com os braços para trás, algemados, fui ao seu encontro. Dei um pulo e o chutei. Derrubei-o e o envolvi com as pernas, sentindo o porrete contra a minha virilha.

Como animais, urramos.

Eu, de pura raiva; ele, de dor.

Girei com seu pescoço no meio da minha perna flexionada e cuspi em seu rosto avermelhado.

Mãos agarraram o meu rosto, puxando-me com força, e fui jogado para trás. Caí de costas e o espasmo do choque percorreu o meu corpo.

Meus olhos giraram na órbita em agonia e levei um soco contra o nariz. Quebrou-o. O sangue escorreu pela minha boca. Um novo chute atingiu meu estômago. Gritavam e xingavam em russo, os três, descontando toda a raiva.

O que apanhou me agarrou pelos cabelos e me ergueu do chão. Fitei minha própria poça de sangue.

— Cadelinha de Vladmir, seu bostinha! Agora entenderá que nosso chefe apenas pediu que não o transformasse em uma mulherzinha ou o matasse... — Riu, debochado. — Aqui é do nosso jeito!

— Tragam-no para a sala — um outro gritou. — Vamos ensinar para esse rato como são as regras aqui!

Mesmo com dor, jogado no chão, com os três sobre mim, fitei-o.

E comecei a gargalhar.

Ri tanto, que os calei com a minha loucura.

Olharam-me confusos e um puxou a arma do coldre, apontando-a para mim.

— Qual a graça, seu fodido de merda?

Ri. Minha risada ressoou pelo corredor.

Joguei a cabeça para trás, libertando toda a insanidade.

— Vamos fazê-lo parar de rir!

Um murro me acertou em cheio, atordoando-me. Agarraram o meu cabelo e me puxaram com força. Fui jogado para frente, caí de quatro e seguraram as minhas algemas.

— Vamos rir outra vez, Enzo — o guarda zombou, me forçando a levantar. — Logo, nós três estaremos rindo também.

— ANDE! — gritou o outro, com a arma apontada contra a minha têmpora. — Costumamos levar os desajustados para a solitária. Contudo, você merece algo especial. Estamos há semanas desejando por isso, obrigado por ser tão rápido.

Semanas.

Estava certo. Já tinha passado algum tempo.

Caminhei com dificuldade. Respirava pela boca, o sangue continuava a pingar, minhas feridas latejavam e alguma costela estava quebrada.

— CONTINUE! — ordenaram, me empurrando.

Olhei para cada porta igual a minha. Quantos assassinos, estupradores, canibais e loucos estavam ali?

O lugar era frio, com cores pálidas e muito metal. Os guardas, vestidos para aguentar o inverno da região, zombavam de mim.

Paramos diante de uma porta comum e um deles a abriu. Escadarias que levavam para baixo. Seguimos por elas e quase me arrastei para chegar até o final.

Era mais frio, minha roupa não me esquentava o suficiente e tive um acesso de tosse no final.

Cuspi sangue e fui levado adiante.

Uma mesa estava posta na pequena sala mal iluminada pela lâmpada amarelada. Mesa e cadeiras de madeiras, assim como um armário colocado em um canto.

— Sente esse verme ali. — Jogaram-me contra uma cadeira e puxei o ar, aguentando as pontadas que perpassavam o meu corpo.

Perdi parcialmente a consciência ali, sentado. Tive vislumbres deles conversando em um canto. Um abriu o armário e puxou uma grande bacia.

Encheram-na de água e a puseram na mesa à minha frente.

— Sabe que gostamos da dor, Enzo? — um dos guardas sussurrou atrás de mim. — Sabe por quê?

— Porque se sentem no fodido poder. *É apenas a porra de uma ilusão, seu desgraçado*! — Gargalhei.

Meus cabelos foram puxados com força e inclinei a cabeça para trás. O russo cuspiu no meu rosto e, sem que eu visse, outro empurrou um saco contra a minha cabeça.

Tudo escureceu. Senti o ar fugir dos pulmões, a adrenalina explodiu pelas minhas veias e o desespero veio com um impacto que me fez debater na cadeira.

Abri a boca para gritar, e o plástico do saco invadiu-a, liquidando o meu ar. Meus pulmões lutaram, arregalei os olhos e tentei erguer os braços, mas foi em vão.

Estavam algemados.

Não conseguia respirar.

Não conseguia gritar.

Meu corpo entrou em colapso, e antes que piorasse, o ar voltou.

O saco foi tirado e respirei fundo. Senti o puxão contra o couro cabeludo e mãos empurraram minha cabeça com força para frente.

A água tocou o meu rosto. Imergiram minha cabeça na bacia, sem me dar tempo de recuperar todo o ar, e na busca por esse, não consegui trancar a respiração.

A água invadiu as minhas narinas, desceu queimando e me desesperei outra vez. Balancei a cabeça contra as mãos que a seguravam com força. Meus olhos ardiam, meu corpo lutava, meus pulmões pegavam fogo.

Fui jogado para trás.

Ergui os braços, notando que tinham soltado as minhas algemas. Esfreguei o rosto, numa tentativa de ficar lúcido.

Os russos me olhavam com prazer.

— Coloque as mãos na mesa.

— Vá se foder!

— COLOQUE A PORRA DAS MÃOS NA MESA, SEU LOIRO DO INFERNO! — o mais alto urrou.

Não fiz.

Enfrentei-o com o olhar.

Precisariam me forçar. E foi o que fizeram.

Dois avançaram contra mim e puxaram os meus braços. Gritei de dor quando o terceiro deu a volta na minha cadeira e calcou os dedos nas minhas feridas que custavam a cicatrizar.

Fraco, eles conseguiram espalmar as minhas mãos contra a mesa de madeira.

— Vamos! — o russo atrás de mim gritou, mantendo-me sob controle através da dor. Cada grito que saía de mim era um pedaço do meu orgulho ferido.

Da minha alma despedaçada.

Fitei as mãos do russo sobre as minhas, e antes que eu sequer tivesse noção do que iriam fazer, duas facas foram cravadas.

Meu grito partiu meu cérebro ao meio.

Perdi a razão.

Enlouqueci de uma vez só, urro atrás de urro, lágrimas de dor enquanto sentia a pele queimar contra as lâminas, fincadas nas minhas mãos até estarem cravadas na madeira da mesa.

Os guardas as soltaram. Essas começaram a ficar banhadas do meu próprio sangue e eu as olhava atônito.

A dor era tanta, que nem parecia real.

Lancinante. Entorpecedora.

Cruel.

— OH, MEU DEUS! — gritei a plenos pulmões.

Não tentei mover os braços, aquilo só iria piorar... e então minha cabeça foi jogada violentamente para a frente, contra a bacia que permanecia entre as mãos cravadas.

Em puro reflexo, para não me afogar, tentei erguer os braços, cravando mais as adagas. Bradei dentro da água, engolindo o suficiente para queimar a garganta. Meus olhos se arregalaram, comecei a ter espasmos entre a dor e a sensação de me afogar.

Aquilo não era tortura.

Era o próprio inferno. E o diabo zombava de mim, cuspia contra o meu rosto e esperava a minha morte.

Inspirei a água. Meu cérebro lutava bravamente, meu corpo começava a desistir. Já não sentia as mãos, o líquido quente pingava dos pulsos.

Ergueram-me outra vez, e um rosto se prostrou ao meu lado.
— Aguenta mais? — Riu.
Tentei responder e tive um acesso de tosse. Cada engolida era fogo contra a garganta. Olhei para as mãos, dormentes de tanta dor, banhadas no sangue.
As facas foram puxadas. Senti a lâmina contra a carne subindo, passando pela pele, mexendo no sangue. Gritei outra vez e puxei as mãos até o meu colo.
Meus olhos ardiam, enxergava embaçado e pude escutar os três conversarem baixo atrás de mim.
— Ele está chegando — um suspirou e apoiou a mão no meu ombro. — Se livrou. Queríamos brincar um pouco mais.
— Ele? — repeti.
— Vladmir.
Respirei fundo, aliviado. No final, tinha conseguido o que queria.
— Vamos deixá-lo aqui. Neste estado, esse verme não consegue nem se levantar.
E era verdade.
Estava no limite das minhas forças, não me mexi enquanto eles subiam as escadas, e ao ouvir a porta ser aberta e fechada, desabei contra a mesa. Empurrei a bacia para longe. Ela derrapou e caiu da mesa. O baque surdo do plástico junto com a água não alterou o meu estado.
Apaguei contra o meu sangue.
Quando acordei, pude sentir outra presença.
— Achei melhor deixá-lo descansar — Vladmir murmurou, calmo.
Pisquei repetidas vezes até retornar à consciência, e ergui a cabeça que pendia sobre um braço esticado.
— Eles... — tentei falar. — Vão me matar.
— Se você morrer, quer dizer que não serve para os meus propósitos.
Gemi ao tentar ficar ereto na cadeira, e ao puxar os braços, não aguentei a dor. Duas lágrimas rolaram enquanto fitava as minhas mãos ensanguentadas.
— Preciso de um médico — exigi.
— E você terá.
— Preciso sair daqui. — Olhei-o sério. — Espera que eu me torne o quê neste lugar? Um selvagem? Um demônio? — Franzi a testa. — Não restará nada de mim quando vir me buscar. Nem do meu lado bom, muito menos o do ruim.
— Será uma folha em branco para mim.
Neguei. Balancei tanto a cabeça que por um momento achei que tivesse enlouquecido.
Comecei a rir. Entre risos, lágrimas pesaram nos meus olhos e desabei no choro.
— Não aqui... Vou morrer aqui. Se aqueles russos desgraçados não me matarem, alguma infecção me foderá. — Encarei-o. — De todas as maneiras, já não sei quem sou. Já não quero lembrar quem um dia fui, sabe por quê?
— Por quê? — Ele ergueu a cabeça, curioso.
Os olhos, semicerrados, carregados de rugas, me perscrutaram.
— Porque lembrar me faz querer morrer. Me faz ver a diferença que há entre o agora e o antes. E que já não há volta.
— Nunca há.
— Então... — Engoli o resto do orgulho. — Coloque-me em outro lugar, mas não aqui. Não nessa podridão... Nessa loucura!
— Amanhã você estaria completando um mês nessa prisão.
— Um mês? — Arregalei os olhos.
O meu pensamento voou para a única pessoa que permaneceu nele: Anya.

— Você aguentou bem. Perdi onze homens meus aqui. Alguns, claro, conseguiram se suicidar. Outros, os guardas não foram tão bondosos, como foram com você...

— Alguém sobreviveu?

— Nicolai. — Vladmir sorriu. — Agora entende?

— Entendo o quê? — indaguei, irritado.

— Se quer ser um Vor, se quer me encher de orgulho, precisará pisar no homem que quer o meu posto. Precisa ser melhor e pior que Nicolai. Necessita da minha confiança e da minha aprovação, Enzo, e eu só a darei para um homem que a mereça.

Abaixei a cabeça. Parei o olhar sobre o meu sangue na mesa.

— E até agora, não estou fazendo tudo o que pediu?

— Não matou aquele homem.

— Eu falhei. — Assenti. — Foi meu erro. Não falharei outra vez.

Vladmir ficou em silêncio. Analisou cada traço meu, minhas mãos, meus ombros caídos.

— Posso transferi-lo.

— Não posso ser solto? — sussurrei.

— Não — respondeu, irredutível, e se levantou. Segui-o com o olhar. Ele parou ao meu lado e apoiou a mão no meu ombro. — Irá para o Campo 17. Sinta-se grato por isso.

E deu as costas.

Engoli o choro. Esperei que os guardas voltassem, e quando apareceram, não eram os mesmos. Carregaram-me até a ala médica, fui medicado, tratado e tive as mãos enfaixadas. Horas depois, coberto com casacos, enfrentei o frio da Sibéria e descobri que o Campo 17 era um inferno gelado.

Capítulo 42

Antone

O que restava para um homem que tinha desistido de viver?

O fundo de uma garrafa já não parecia ser o suficiente.

Nunca foi, na verdade.

Procurava-me em várias, como se eu pudesse me achar em algum vidro vazio.

Ou como se eu pudesse buscar meu irmão através do álcool.

A realidade era tão pesada, que beber me dava algumas horas de felicidade falsa. Certa euforia que me fazia esquecer o quão pobre eu era de espírito, o quanto estava arruinado por não conseguir me suportar... e em como, de uma só vez, sentia-me um completo fracasso.

Não deveria depositar todo o meu desejo de viver e sonhos em outra pessoa, porém, sempre foi assim. Enzo era o meu irmão mais velho, um exemplo e o meu norte. Perdê-lo me fez perder a direção.

Sem ele ali, me sentia um completo fracassado.

Anya *não era diferente.*

Sabia que seu olhar parado, nas várias vezes que o silêncio reinava na casa, tinha a mesma merda que o meu: sentíamo-nos inúteis, devastados pelo fracasso.

Incompetentes em proteger a família.

Eu me afundei no álcool, e Anya se afastou, calada, fechando-se em seu próprio mundo, impossível de penetrar.

Como tentamos fazer algo. Ela gastou tanto com os advogados que daria para comprar metade da cidade... e mesmo se gastasse o dobro, não conseguiríamos.

Nem perto chegamos. Nem um vislumbre.

A sensação de impotência era dominante, e, por isso, enquanto Anya ainda insistia, eu já não. Recolhera-me, conformado de que, por mais que nos esforçássemos, Enzo estaria onde estava, e seria assim.

Os Devils *não eram as melhores pessoas do mundo, muito pelo contrário, eram* foras da lei. Toni estava certo quando afirmou que lá não era o meu lugar.

Um burguês no meio da criminalidade. Mas, onde era? Não era na mansão, não era na empresa.

Sentia-me tão perdido, que simplesmente cumprir com todos os pedidos dos membros, por ser um *Prospect*, me distraía. Seguir adiante sobre a minha Harley me acalmava e tornava o meu dia menos ruim.

Já não ia mais às festas, larguei *mão da minha vida de luxo, e a empresa estava nas mãos de* Anya. Ela sabia botar mais medo do que Enzo, era mais intimidadora, e também ficou com toda a frente do cassino.

Anya era boa assim.

Dominava e comandava sem esforço. Todos, em questão de tempo, a respeitavam, obedeciam e a viam como uma espécie de mulher intocável. Não conseguia entender o poder dela. Não entendia o quanto ela e Enzo eram tão parecidos em personalidade.

— Ficará com essa cara de bunda até quando? — Clay puxou a garrafa da minha mão e passou um pano sobre o balcão de madeira.

Traguei o cigarro, deixei a fumaça escapar e formar um círculo contra a minha boca.

— É a única que tenho, meu amor. — Dei uma piscadela para ele.

— Toni não quer te ver bebendo.

— Agora tenho uma babá até no bar? — debochei.

— O que acontecerá se a polícia pega você na moto, bêbado?

— Sabe o que acontece. — Dei de ombros.

— E se você bate em um carro inocente?

Aquilo me pegou. Abaixei os olhos e fitei as minhas mãos contra a madeira.

— Sinto falta dele — sussurrei.

— Eu também — Clay suspirou. — Sinto falta daquele diabo. De certa forma, com ele por perto, não tinha medo de ver o seu fim. Agora, sei que está nas nossas mãos.

— Obrigado por se preocupar comigo, mas não precisa...

— É claro que precisa. O que Enzo fará do meu rabo se voltar e te encontrar enterrado?

Ri e neguei. Tentei puxar a garrafa da sua mão.

— São 8h da manhã. — Clay deu as costas. — Estava prestes a fechar o bar quando entrou. Se quer beber, vá para casa.

— Porra, não posso mais nem beber.

— Ordens de cima, ordens de cima.

Suspirei, tão cansado que apoiei os cotovelos sobre o balcão.

— Enzo não voltará, nem sei se está vivo.

— Se estivesse morto, pode apostar que já teriam mandado o corpo em pedacinhos. — Outro entrou na conversa e olhei para a porta do bar. Z estava parado, o moicano loiro caído para o lado, a barba loira desenhada e os olhos verdes cansados.

— Vejo que não sou o único bêbado em plena manhã.

— Estou morto. — Z se sentou ao meu lado e fez sinal para Clay, que o serviu com uma dose. — Acabei de cavar duas valas.

— Eles cagam em cima de nós — concordei.

— Ser *Prospect não é fácil*. — Z riu. — Pelo menos você só fica com as coisas boas.

— Tenho que limpar todas as motos, aquela oficina, toda a merda que fazem, até a casa de alguns — reclamei.

— Eu tenho que enterrar corpos e outras coisas — retrucou. — Troco fácil.

Gargalhei, Z me acompanhou. Olhamos para o bar vazio.

— Estou precisando esfriar a cabeça, o que recomenda? — Z perguntou. Ele era tão louco quanto eu.

— Aqui não arranjarão briga, se é o que querem. — Clay entendeu o que buscávamos.

— Não dissemos nada. — Ergui as mãos.

— Vão para casa, vou fechar.

Levantei-me antes de Z e parei ao seu lado. Com a mão apoiada em seu ombro, me inclinei.

— A propósito, encontraram dois corpos na rodovia. Acho melhor falar com Toni.

— Puta merda! — Z xingou e dei as costas.

Fora do bar, fitei a Harley estacionada e coloquei o capacete. Quando acelerei, pude me sentir um pouco mais leve.

O vento sobre os meus braços, a velocidade ganhando da decepção que era a vida. A sensação de liberdade sobre a estrada, diferente do aprisionamento que o dinheiro me causava.

Aos poucos, a rodovia ganhou casas, prédios, pessoas, trânsito. Pela cidade, fui me afastando da área periférica e avançando pelos bairros mais luxuosos. A diferença era gritante.

A mansão da família Lehansters era a mais luxuosa dali, e poucos minutos depois a vi, imponente no final do bairro. Acelerei e adentrei pelos portões.

Estacionei a moto em frente à escadaria e abri a porta.

A casa estava silenciosa, até ouvir um barulho no andar de cima.

— Anya?

— Estou aqui — gritou e surgiu no topo da escada.

— Está atrasada.

— Você dormiu? — Examinou-me.

— Sim. — Dei de ombros. Era mentira.

— Está bêbado — afirmou, o olhar me analisou dos pés à cabeça.

— E você, atrasada. — Dei as costas e fui para a sala. Joguei-me no sofá, com o início da ressaca martelando na cabeça.

— Você precisa parar... — Começou a descer a escada. — Parar de estar sempre bêbado.

— Sou assim — murmurei.

— Não, não é. — Anya parou ao lado do sofá, fitando-me de cima. — Às vezes penso em levá-lo...

— Não me diga AA — debochei. — Imagine minha apresentação: oi, eu sou um Lehansters. Sim, provavelmente faço parte da empresa que é dona do seu terreno ou comprou a casa da sua mãe e construiu um prédio no lugar. Meu irmão mais velho está fodido, preso na Rússia e com um bando de mafiosos que são sanguinários, além, claro, de ter matado uma pessoa. Não posso esquecer o quanto é doentio pensar nisso. Sabe o que acho? — Arqueei as sobrancelhas, retribuindo o seu olhar. — No final, é capaz de eles me oferecerem uma garrafa e beberem comigo.

— Percebeu o que falou?

— A piada? Adoro uma boa piada.

— Você falou apenas sobre a família — seu olhar suavizou por um momento, no entanto, suas palavras foram duras —, e você? Quando irá parar de viver pelos outros e viverá por você? Não será jovem para sempre, o tempo é cruel e passa rápido. Quando decidir viver, talvez não o tenha mais. O que sobrará? A família continua. Enzo — hesitou e pude ver a fraqueza em seu olhar —, mesmo que não saibamos como está vivendo, está sobrevivendo com o que escolheu. Eu sigo o meu caminho, e você? Quando decidirá viver? Você não é uma criança para que eu o obrigue a aceitar as falhas. É com elas que precisará aprender.

Deu as costas e se afastou.

As palavras eram cruas sobre mim, e mesmo quando saiu da casa, continuei pensando.

— Talvez não tenha mais motivo para querer... — murmurei.

Sozinho, ali, me levantei e abri a adega. Peguei uma garrafa de uísque e a abri. Tomei um longo gole, sentindo-me mais leve. Menos para baixo.

Mais iludido.

A campainha soou pela casa e esfreguei o rosto.

Era tão cedo.

Fui até a porta, e ao abrir encontrei uma mulher de cabelos ruivos, um rosto preocupado e olhos verdes. Era familiar, mas tão embriagado, não conseguia me lembrar.

— Acho que errou de casa.

— Preciso falar com a Anya.

— Minha irmã? — Arqueei as sobrancelhas. — E quem é você?

— Já nos conhecemos — murmurou, agitada. — Sou a namorada do seu amigo Tom, Eva.

— Ahhh! — Estreitei os olhos. — O que quer com a minha irmã?

— São assuntos particulares.

Anuí.

Desci os olhos para as suas pernas, mordi o lábio ao fitar os seus seios parcialmente expostos pelo decote, e ao retornar para o rosto, me surpreendi com o seu olhar na mesma intensidade.

— Minha irmã não está, acabou de sair... Posso ligar para ela — disse e abri espaço. — Caso queira esperar.

— Obrigada. — Adentrou.

O seu perfume invadiu as minhas narinas, e pela primeira vez, algo além do álcool nublou os meus pensamentos. Fixei os olhos nela, aturdido. Seus cabelos ruivos cobriam os ombros, a calça jeans torneava as pernas, e senti sua presença atrás de mim quando a conduzi para a sala.

— Não sou o melhor anfitrião no momento, mas é o que temos. — Ofereci o sofá para ela e me sentei na poltrona de frente.

— Não é meio cedo para beber? — perguntou, educada.

— Às vezes acho que é tarde demais.

— Ainda é de manhã.

Sorri, sem responder, e puxei o celular do bolso. Disquei para Anya, que atendeu na segunda chamada.

— Sua amiga — falei, irônico. — Eva está aqui. Disse que é um assunto urgente. — Pausei e fitei a ruiva. — Está sentada aqui no sofá, na minha frente, aguardando você.

— Peça para esperar, em meia hora estarei aí — ordenou. — E, Antone, não faça perguntas.

Desliguei sem responder e volvi o olhar para a mulher.

— Negócios ou sexo?

— Como é? — Eva arregalou os olhos.

— Você e a minha irmã. Conheço-a muito bem. Anya *não tem amigas. Não é como se vocês fossem papear sobre o* dia a dia, sair para alguma festa ou bar, ou simplesmente contar segredos. Ela não é assim, isso significa que são negócios ou sexo.

— Não sou bissexual.

— Então são negócios — concluí.

Eva desviou o olhar.

Não queria estar ali, era nítido. Observou toda a mobília, as fotografias escassas, os objetos, e retornou a me fitar.

Intensamente.

Curiosa.

Tomei um longo gole de uísque, sem tirar os olhos dela.

Eu não era um filho da puta. Longe disso. Só que algo naquela mulher me deixava instigado. Tom era um grande amigo, era a mulher dele... E, porra, não conseguia não retribuir aquele olhar.

Sua presença conseguiu fazer o que até então, nenhuma outra fez: me fez esquecer da bebida.

— Está tudo bem? — indagou.

— Por que não estaria?

— Tom, às vezes, comenta de você. Está preocupado — contou. — Há dois meses que você não liga, que não aparece nas festas ou no cassino.

— Cansei dessa vida de boceta, festa e dinheiro — falei franco e Eva ficou calada. — Desculpe-me pelos modos. — Sorri, presunçoso. — Apenas quis ser honesto.

— Apenas dê algum sinal de vida para ele. Tom se preocupa com você, é um dos melhores amigos dele.

Grande amigo eu era.

Cobiçando Eva, desejando abrir aquelas pernas, ver o cabelo vermelho contra os meus travesseiros. Agora entendia o que Tom viu nela. Aquele olhar que poderia incendiar a cama.

Ela tinha um ar doce, quase angelical. Não obstante, seus olhos diziam que poderia ser tão devassa quanto eu queria.

— Quer um conselho também? — murmurei. — Não fique muito próxima da minha irmã. Ela não é uma boa influência para você.

— Obrigada.

— Sinto que esse conselho não adiantou em nada, não é?

— É, não adiantou. — Sorriu e espalmou as mãos contra as coxas. — Aquela moto lá fora é sua?

— É uma Harley. E é o meu amor. — Antes que controlasse, deixei escapar: — Quer dar uma volta? Sabe, enquanto espera a minha irmã.

— E-eu... — gaguejou.

Ela queria.

Levantei-me e estendi a mão.

— Vamos, não é como se eu fosse levá-la para o inferno.

Eva riu e aceitou, tão eufórica que não conseguiu esconder na expressão.

Eu a guiei para fora de casa e dei um capacete preto para ela. Ajudei-a a colocar e subi na moto.

Eva subiu atrás de mim.

Suas coxas contra o meu quadril, suas mãos cruzadas no meu abdômen e o queixo sobre o meu ombro, me fizeram perceber que, talvez pudesse ser loucura, mas algo nela me incendiou. Um fogo se alastrou e me fez querer dar a volta ao mundo com ela colada ao meu corpo.

— Será inesquecível — gritei e acelerei a Harley.

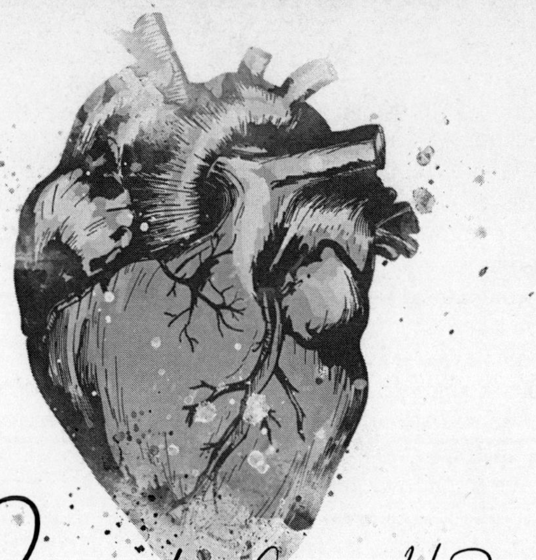

Capítulo 43

Anya

— Transfira a reunião para às 14h30 — ordenei ao me levantar da cadeira. A secretária nova (a outra demiti no meu segundo dia ali, por ter sido funcionária há muito tempo de Enzo) assentiu, calada, e deu as costas. Organizei as pastas sobre a mesa, cada detalhe que antes era do Enzo.

Não esperava essa abertura. Quando adentrei na sua sala, tudo estava organizado para mim. Ele tinha me passado o seu poder sobre aquele lugar. Deu-me a cadeira da empresa.

— Devo avisar aos outros acionistas? — indagou, parada na porta.

— Menos Nássia — murmurei. Vi que uma pergunta se formou nos seus lábios, mas, sob o meu olhar, ela saiu muda.

Precisava ir para casa.

Eva não era uma mulher muito inteligente, e se abrisse a boca demais, Antone contaria para Tom.

Não que isso pudesse se transformar em algum problema. Não tinha o meu nome metido ali, apenas conversas. Eva iria se sujar sozinha, ela sabia disso. Nessa história, a única a sair perdendo era ela. O dinheiro a comprou.

Dei as costas para a cadeira e avancei para fora da sala que tinha a predominância na cor branca. No corredor, avistei as secretárias na recepção. Passei por elas.

— Qualquer imprevisto, avisem-me. Estou de saída — ordenei. Ambas assentiram em silêncio e parei diante do elevador.

Apertei o botão, consultando que já tinha passado quinze minutos desde que Antone me ligou.

Odiava que as coisas fugissem do controle. Precisava ser do meu jeito, e Eva aparecer lá não era o combinado. As portas se abriram e meu olhar recaiu sobre olhos esverdeados, uma pele negra contrastante com a camisa branca.

— Já saindo? — Nássia sorriu.

— Chegando a essa hora?

— É o meu horário. — Ela deu passagem e estendi a mão, impedindo a porta de fechar.

— Nássia — a chamei assim que ela saiu. Olhou-me sobre o ombro. — A propósito, se esse é o seu horário, deveria seguir o meu, já que eu sou a acionista majoritária. Do contrário, poderá perder algumas reuniões, como a de hoje à tarde.

— Posso tentar...

— Não precisa, sua presença não é importante hoje. — Tirei a mão e deixei as portas se fecharem.

Sozinha, me virei e fitei o meu reflexo no espelho.

O batom vermelho me lembrava um desejo que há dois meses crescia dentro de mim. Uma necessidade doentia de fantasiar um momento que até então não consegui esquecer.

Pandora era um fantasma.

Era uma ideia nascida no pior momento, que libertava os desejos meus e de Enzo. Já fazia dois meses que não tinha notícias suas... Deveria continuar, esquecê-lo como ele queria. No entanto, era uma obsessão, e era família.

Queria ele inteiro. Queria-o vivo.

Foi o único homem que chegou ao meu íntimo, me desarmou e não ficou para assistir a vitória.

Toquei meus lábios carnudos e fechei os olhos. Ainda me lembrava da luta na cama, da guerra de egos e do roçar da sua barba sobre a minha pele. Era uma vergonha admitir. Minha cama ficou vazia nesses dois meses. Meu desejo não era saciado nem pela imaginação, pois nenhuma se comparava a ele.

As portas se abriram, acordando-me para a realidade, e olhei para cada funcionário que me dava passagem, que respeitava quem estava no comando.

Adentrei na Mercedes e o motorista me levou para casa. No caminho, disquei para Antone. Ninguém atendia, e meu primeiro pensamento causou um calafrio.

Ele não trairia a amizade de Tom. Não seria capaz disso.

Não foderia com os meus planos.

Pedi que acelerasse, e quando estacionou em frente à casa, notei a ausência da Harley de Antone. Suspirei, aliviada, *e saí do carro. Subi a escada e abri a porta.*

O silêncio respondeu todas as perguntas. Eles não estavam ali.

— Antone? — indaguei. — Eva?

Fechei os olhos para me controlar. A raiva raspava a calmaria do meu semblante. Trinquei os dentes e avancei para a sala, onde insistia o toque do celular de Antone. Vi-o sobre a poltrona, e, ao pegar, não atendi de imediato.

Era um número de fora.

Com outro código.

E esse número me lembrou de dois meses atrás.

Levantei a cabeça. Não tinha empregados ali, nem os seguranças. Apenas eu e aquele maldito aparelho.

Sentei e respirei fundo. Levei-o até a orelha e atendi.

— Antone? — A voz grossa, profunda e levemente rouca de Enzo encheu a minha mente. Fiquei calada. — Está aí?

— Enzo... — murmurei. Enfim ele ligou. E não foi para mim. — Está vivo, então.

— Anya. — Pausou. — Está com o celular do Antone?

— Obrigada por perguntar se estou bem, irmão — enfatizei a última palavra.

Todos os dias desejei saber como estava.

Todas as noites, ansiei por ele na cama.

E durante os dois meses, acreditei que o seu silêncio significava a prisão, as piores situações inimagináveis.

Privei-me de parte de mim, da parte mais perigosa, egoísta e fria, por um homem que arrancou o meu coração do peito e o fez bater.

— Desculpe-me. — *Não era um pedido sincero. Ele continuou*: — Não tenho mais o seu número. Nunca o decorei.

— E o de Antone sim — concluí.

— Como você está? — ele sussurrava.

— Melhor do que você.

— É claro que está. — Riu, mas não era uma risada de felicidade. — Não tenho muito tempo...

— Antone *não está em casa.*

— Não precisa ser com ele, posso falar com você também.

— O que quer? — perguntei, irritada. Mais comigo mesma do que com ele.

— Obrigado — murmurou. — Obrigado por tentarem.

— O quê? — Deixei transparecer a surpresa.

— Os advogados... Todo o dinheiro por fora, tudo. Sei que foi mais você do que Antone.

— Mas se eles chegaram...

— Chegaram até Vladmir. Sabe como aqui funciona. É do jeito deles, não do nosso. Sou um ninguém aqui, apenas... — Hesitou e não finalizou.

— E onde está agora?

— Ainda estou preso.

Meus ombros desabaram.

Recostei-me na poltrona e engoli em seco. Estava odiando-o com o meu egoísmo inescrupuloso, quando, na verdade, Enzo ainda estava preso.

— Naquele lugar? — O nó na garganta se formou.

— Não — disse, aliviado. — Trouxeram-me para um campo. É frio, um frio insuportável, e quase não descansamos. Trabalho o dia todo... mas *é menos solitário. Conheci outros, não fico trancafiado em uma cela quatro por quatro...*

— Quanto tempo aí?

— Manteve a palavra de cinco anos.

— Sinto muito. — Pisquei repetidas vezes. Não queria chorar. Enzo notaria o timbre da minha voz. A dele parecia carregada. — Eles ainda machucam você?

— Não. Não mais.

— Não há nada que podemos fazer?

— O que era possível, vocês já fizeram. Liguei para agradecer e pedir — hesitou. O silêncio revelou que também segurava o choro — que *não tentem mais. Não fiquem sofrendo por mim aqui. Foi a minha decisão*. — Sua voz foi autoritária. — Apenas eu preciso viver isso.

— Antone está se afundando na bebida — contei.

— Tire-o dessa. Sei que é capaz.

— Não sei se sou...

— Você é. Sempre foi.

Fiquei muda. Enzo também. Segundos se passaram em que apenas acompanhei a sua respiração pesada.

— Sinto a sua falta. — Entreguei parte da minha fragilidade.

— Também sinto a sua.

— Quando você voltar...

— Não — interrompeu-me. — *Não* sei quando voltarei, como voltarei e se voltarei. Sentimos a falta um do outro, e é só isso. Precisará seguir em frente, como eu farei. Precisaremos matar essa sensação.

— Se arrepende?

— Já conversamos sobre isso.

— Estou perguntando agora. — Fui imperativa.

— Nunca.

A ligação foi encerrada.

Fitei o número tão focada, que me sobressaltei com a porta abrindo e Antone e Eva gargalhando. Larguei o celular sobre a poltrona e elevei os olhos para eles, silenciando-os.

Antone sabia que tinha passado do limite. E Eva sabia que estava na minha mão.

— Chegou? — Ele abriu os braços, largando os capacetes em algum balcão pelo caminho, e passou as mãos nos cabelos loiros.

— Se divertiram?

— Um pouco.

Eva estava calada, imóvel, apenas aguardando.

— Não tem coisas para fazer além de ficar dando voltas com a namorada do seu amigo? — indaguei, frente a frente com Antone, que diante do meu ataque, não retribuiu.

— Desculpe-me — murmurou. — Achei que...

— Eu me ofereci — Eva o interrompeu e deu um passo na nossa direção. — Vi a Harley e pedi para experimentar. Nunca tinha andado em uma.

— Tom deve ter uma coleção. — Sorri para ela. — Talvez seu namorado a satisfaça mais do que o meu irmão bêbado.

— Não precisa ser sempre cruel com as pessoas. Nem todas têm um estômago como o seu. — Antone deu as costas. Voltou-se para Eva. — Desculpe-me pela situação, Eva. Espero que... isso fique entre nós. — Ergui a cabeça ao ouvi-lo, captando mais do que eu gostaria.

— Claro — ela concordou.

— Para fora — sussurrei para ela. Antone travou no pé da escada, mantendo o olhar sobre nós, e dei as costas. Guiei Eva para fora, longe dos seus ouvidos curiosos.

O sol sobre nós iluminou os cabelos ruivos dela, e os meus castanhos com a raiz loira despontando.

— Desculpe-me. — Virou-se assim que fechei a porta. — Sei que não...

— *Não*. Você não deveria ter aparecido aqui — sibilei. — Não deveria ter subido na moto do meu irmão, provavelmente ter dado a boceta...

— Eu não... — Arregalou os olhos.

— E querer defender a dignidade dele na minha frente — continuei, ignorando-a. — Sabe o que acho? Está muito confortável na sua cobertura, no seu conversível — apontei para o carro estacionado — e fodendo com um homem loiro de olhos azuis. Está favorável demais, talvez agora comece a achar que está no controle.

— Sei que não estou.

— É bom que saiba. — Endureci a voz, frente a frente com ela, e estreitei os meus olhos. — Porque o seu castelo de cartas desmorona com um simples sopro meu. Um simples sopro. Estou sendo clara? — Anuiu e fixei o olhar sobre ela. Fria, calculista. Uma parede de gelo. — Por que veio?

— Tom... — suspirou. — Tom quer que moremos juntos.

— Já?

— Sim, ele é apressado. Nunca vi um homem tão...

— Rápido? — sugeri.

— Não... intenso. Entende? Ele não consegue acompanhar o passo lento de um relacionamento, quer tudo. Não existem metades, passos... Tom quer morar junto e sabe-se lá quando irá sugerir um casamento — Eva sussurrou, preocupada. — O que farei se ele sugerir?

— Diga não.

— Mas...

— Está apaixonada? — Arqueei uma sobrancelha e Eva desviou o olhar. Deixou-o vagar pela casa e fechou os olhos. Balançou a cabeça.

— Não. Não amo Tom, em nenhum momento cheguei a amá-lo. Não que ele não seja um homem incrível. Ele é, o sexo dele é maravilhoso, o modo como me trata, como sonha... mas *não me permiti apaixonar. Tenho carinho por ele, como um amigo. Não quero que se machuque...*

— Que jogo perigoso você foi se meter, então, se a sua preocupação é não o machucar. O fato de espioná-lo para mim já o machucaria o suficiente. Não se engane. — Hesitei. Olhos nos olhos, vi o quanto me temia. Sorri, satisfeita. — Não sou a única que está manipulando aqui. Enquanto você me condena por ser quem orquestra tudo, porque sei que pensa assim, não se esqueça o montante de dinheiro que rolou para isso. Você trocou Tom no exato momento que aceitou o meu dinheiro.

— Eu sei.

— Lembre-se disso sempre, e não foda mais com a porra do meu irmão!

— Eu não fodi com ele — retrucou, irritada. — Sei o que aconteceria.

— Não, você não sabe. Antone pode ser amigo de Tom — falei calma —, mas eles são bem diferentes. O que tem de limite no seu namorado, falta no meu irmão. Em um segundo você pode colocar tudo a perder, qualquer palavra errada... Antone é esperto, pode não parecer, mas ele capta tudo o que acontece.

— E como esconderá o que temos?

— Eu darei o meu jeito. — Sorri. — Porque sou a pior de todos dessa família. Eva abriu a boca e se calou outra vez.

— Agora vá. Tom enlouquecerá com a sua ausência.

— Não... Disse que precisava fazer algumas compras.

— Passe em alguma loja. Não deixe brechas — disse e dei as costas, ciente que Eva permanecia no mesmo lugar.

— Há outra coisa que quero falar. — Hesitou assim que travei a mão na fechadura.

— O que é?

— Um ex-namorado meu está na cidade, tenho medo que...

— Você quer que eu o tire daqui, é isso? — Olhei-a sobre o ombro. Eva assentiu.

— Se Tom descobrir o meu passado, talvez todo o seu plano desande. Não quero que ele saiba sobre os trabalhos e comece a perceber as diferenças da Eva que eu sou agora para quem eu era antes.

— Como é o nome dele?

— Alexander. Alexander Bancker. Está trazendo um carregamento da empresa do pai e ficará pela cidade durante a semana. Soube disso porque conseguiu o meu número e perguntou se poderia me ver.

— Respondeu? — Eva negou. — Não responda. Bloqueie o número. Darei um jeito — suspirei — de tirá-lo hoje da cidade.

— Obrigada.

— Não é um favor para você. Estou me livrando do que pode me atrapalhar — respondi secamente e abri a porta. Antone estava sentado em uma poltrona. Seus olhos se fixaram em mim e ele sorriu, debochado.

— Acabou os negócios?

— Eu não me envolvo nos seus assuntos, fique afastado dos meus — disse ao passar e Antone me seguiu com o olhar.

— Ei. — Parei no alto da escada. — Não faça mal para Eva ou Tom.

— Desde quando eu faço algum mal? Você me acha cruel?

— Não, não é cruel, mas é parecida com Enzo. Nunca sei quem se queima com o fogo de vocês.

— Normalmente, queimo apenas quem eu quero. — Sorri.

— E Eva está na sua lista?

— Fique mais preocupado em trair o seu amigo do que com o que farei. Se fizer isso, será tão vil quanto eu. — Afastei-me, deixando-o com a sensação ruim das palavras.

Não aceitaria ser atacada.

Não estava bem. Não estava estável.

Enzo no telefone tinha me tirado dos eixos, tornou-me vulnerável, e, nesse modo, eu só sabia ser o meu pior lado.

Atravessei o corredor e fui para o meu quarto. O escuro era reconfortante, e pela milésima vez daquele segundo mês, olhei para a cama.

Pandora precisava nascer. Eu necessitava disso.

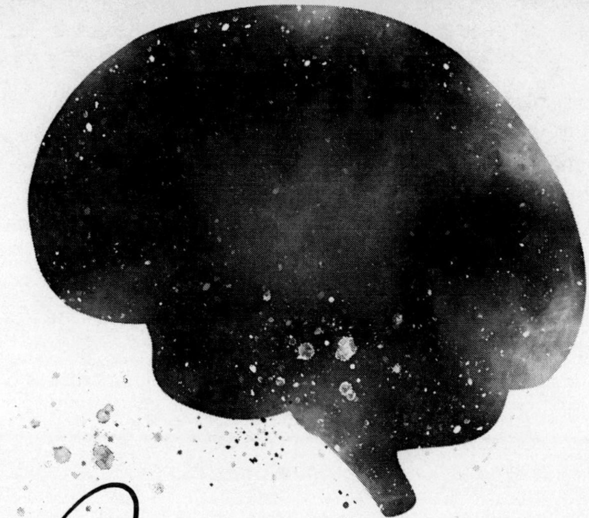

Capítulo 44

Enzo

— Está quarenta e sete graus negativos hoje. É um puta frio, irmão — Andrei sussurrou, tentando se agasalhar ao máximo com as poucas roupas que eram fornecidas para nós.

— Não aumentará a temperatura hoje — concordei, sentado na cama daquele quarto que dividíamos com mais dois presidiários.

— Eles querem nos foder, é isso que penso todos os dias que preciso levantar *às* 5h da manhã, para fazer esses exercícios e começar a trabalhar.

— Estamos melhor do que se estivéssemos em outros lugares — murmurei e me levantei.

Era verdade, e tentava me convencer todos os dias daquilo. Eram quatro meses já, um naquela de segurança máxima, três neste Campo.

Se eu só visse o pior, não aguentaria os cinco anos.

— Só dou atenção para você porque temos o mesmo nome, cadela — Andrei debochou e apenas sorri. Tínhamos o mesmo nome. Nos meus registros ali, Vladmir me colocou como Andrei, o nome tatuado na minha nuca.

Enzo, assim como ele queria, se tornou passado.

Lehansters, aos poucos, estava sendo coberto de vermelho e branco.

E logo não lembraria da bondade.

— DETENTOS — o grito irrompeu pela porta. O guarda, coberto para o frio da Sibéria, nos esperou.

Vesti o casaco, que não protegia o suficiente, e segui Andrei para fora da sala. Atrás de nós, Russell e Yerik caminhavam em silêncio, com os roxos dos espancamentos do dia anterior.

Não tinha sido fácil.

Nunca era.

O *pátio* era rodeado pelas cercas de arame farpado, altas, de metais, tão sóbrias e cinzas, que junto com a neve que cobria todo o lugar, causava solidão.

Tudo ali era solitário, não importava com quantos dividíamos o dormitório. Olhar ao redor nos fazia pensar o quanto estávamos à deriva da sociedade.

Excluídos, marginalizados.

Bandidos que não mereciam se socializar. Era assim que diziam.

— EM POSIÇÃO! — Os dez soldados parados na frente das fileiras de presos gritaram em uníssono.

O vento soprou sobre nós sem piedade, gelado, e perdi a sensibilidade do rosto. O frio extremo fazia minhas pernas e braços ficarem dormentes, e, às vezes, alguns sofriam de hipotermia.

Andrei, na fila ao lado, sofria do mesmo jeito, aguentando como dava. Os polichinelos esquentavam, mas a cada pausa para outros exercícios que precisávamos obedecer à risca, o organismo voltava a esfriar, e era quase impossível aguentar.

Às 6h fomos liberados. O sol não havia nascido ainda, o breu do lugar era desesperador no início.

Muitos jovens choravam. Alguns, por terem furtado ou estarem envolvidos com drogas, passavam meses a anos ali. Tudo o que falavam era como nunca mais desejavam pisar o pé naquele lugar.

Na oficina, que era disposta em vários armazéns monitorados, sentei-me ao lado de Andrei e liguei a máquina de costura.

Ganhávamos por dia, éramos obrigados a trabalhar, a costurar as roupas que usávamos e também as dos soldados. Fora isso, também precisávamos ajudar em reformas, em fabricar materiais de construção e reparos do lugar.

Não tínhamos pausa. O dia se arrastava seco, frio e em silêncio.

— Setor 5 — um soldado gritou para nós horas depois. — Pausa para o almoço.

— Estou morto de cansaço — Andrei reclamou.

— Você só resmunga — desabafei. — Está aqui há quanto tempo?

— Dois anos, cara. E ainda tenho dezessete para cumprir — contou. — Vou enlouquecer, sabe que vou.

— E se pudesse pedir alguma redução?

Abri a porta para o pátio e o vento cortante atacou o meu rosto. Cobri-o com a mão, avistando o refeitório no outro canto.

— Eles não me darão. Na verdade, foi aliviada a sentença.

— Você poderia pegar muito mais?

— A princípio, era para ser quarenta anos. Meu advogado conseguiu reduzir para dezenove.

— O que fez mesmo? — Andrei estava começando a se abrir apenas agora. Os dois meses em que nos aproximamos era pouco.

— Matei os dois homens que estupraram minha filha. — Cuspiu contra a neve que se acumulava no canto do pátio. — Como sou negro, não foram bondosos.

— E sua filha?

— Está com a mãe.

— Sinto muito, cara — murmurei e apoiei a mão no seu ombro. Ele esfregou a cabeça raspada e negou.

— Não faz mal. Mesmo se eu pegasse perpétua, não mudaria nada. Teria matado aquele... — diminuiu o tom de voz — aquele russo desgraçado.

— Era conhecido seu?

Parei diante do refeitório e peguei um prato. Serviram-me sopa e esperei por Andrei.

— Era um policial. — Ele sorriu ao dizer. — Agora entende, não é? Aposto que se fosse o oposto, eu branco e policial, não teriam me fodido.

— É um preconceito fodido.

— Está enraizado neste país. Não deveria ter vindo para cá, devia ter ficado na França, onde era o meu lar. Contudo, minha esposa queria vir.

— Sua esposa? — Elevei as sobrancelhas e fui ao seu lado para uma das mesas afastadas das outras.

— Ex. — Deu de ombros. — Ela quis esperar. Disse que eu não era o errado, mas não seria justo com ela. Dezenove anos é uma vida.

— Fez o certo. — Sentei-me e levei a colher até a boca.

A comida era insossa, sem tempero ou qualquer sal. Era isso ou nada.

— E você? — Olhou-me curioso. — Nunca conta nada.

— Não sou interessante — murmurei e desviei o olhar. Outros presos também se acomodavam nas mesas, e pude vislumbrar várias tatuagens.

— Qual é, se não fosse uma pessoa no mínimo interessante, não estaria aqui. — Riu.

— Matei um homem — respondi, sucinto.

— Ruim, bom? Fez algo para você?

— Não, foi a sangue frio — menti, olhando-o de canto. — Mandaram-me fazer, e eu fiz. — No fim, a culpa da morte de Ygor recairia em mim. Era o que deveria conter na minha ficha lá dentro.

— Não conhecemos as pessoas por fora — Andrei murmurou, também comendo. — No mínimo, pensariam que seria o contrário. Eu, o bandido; e você, branquelo e loiro, seria o mocinho.

— A cor da pele não define quem somos — concordei. — Muito menos um nome ou sobrenome. O que define é o que fazemos diante de um problema.

— Se arrepende? — Andrei perguntou, curioso. — Sabe, se soubesse que passaria por isso, faria mesmo assim?

— Não. Não me arrependo, mas, se pudesse, não faria.

— Meio contraditório, não? — Largou a colher sobre o prato.

Tomei o restante da minha sopa, pensando na minha frase, e ao acabá-la, afastei o prato.

— Não posso me arrepender do que fiz. — Fitei-o e me virei, sentado de pernas abertas no banco, com Andrei na minha frente, de lado. — Não posso ter remorso das escolhas que foram tomadas. Se voltasse, teria feito diferente. Decidir de outra forma é diferente de se arrepender.

— E se não tivesse outra forma?

— Faria do mesmo modo. — Assenti. — E estaria aqui. Esse sou eu, não posso renegar o modo como estou me criando.

Andrei refletiu sobre o que disse. Balançou a cabeça, pensativo sobre si.

— O que seremos quando pudermos sair? Sua pena é de cinco anos, não é?

— Sim.

— É pouco tempo — suspirou. — Está quase livre, cara.

— Faltam cinco anos quase. — Sorri.

— Não são dezessete.

— Você também poderá recomeçar.

Andrei anuiu. Percebi pelo seu olhar parado acima das cercas que tinha algo mais. Ele pensava em algo que não me contaria ali, agora.

Ergui-me, levando o prato para o refeitório, e ao voltarmos para os armazéns, notei outra vez os prisioneiros com as tatuagens nas mãos.

Eram da máfia. Enfiados ali para me vigiar.

— Quem são? — Andrei apontou com a cabeça para eles.

— Nunca os vi antes.

— Também não. — Apressou o passo. — Mas não gosto daquelas tatuagens.

— Por quê?

— São da máfia. Não é coisa boa. O que fazem nas ruas... Esses capangas...

Fiquei calado e tomei o meu posto.

Como poderia concordar, se o meu plano era me tornar parte daquilo? Quando, diferente daquele Andrei, eu sairia para me tornar pior?

Meu pensamento foi tomado pela ligação de dois meses atrás.

Era como se pudesse ouvir Anya na minha cabeça, rendendo-se aos poucos.

Se fosse em outra época, eu teria praticamente gozado com esse domínio instantâneo, com essa entrega.

Agora, me sentia errado.

Com ela por perto, meu objetivo estava em risco, minha descida seria travada. E o seu futuro poderia estar em jogo.

Tinha feito o certo, por mais que depois chorei em silêncio. Afastá-la seria o melhor caminho para nós dois. Precisava deixá-la no escuro, acreditar na família, na história.

A verdade seria cruel demais.

Quando a noite caiu, deitado na cama, no escuro, pude ouvir Russell conversar baixo com Andrei. Fiquei calado, ouvindo-os sobre algum plano de fuga.

Não queriam que eu soubesse. Andrei estava arquitetando para fugir.

Dezessete anos era muito tempo para ele, disse-me. Preferia morrer a ficar ali.

— Não faça isso. — Deixei de lado a discrição. Ambos pararam. No escuro, me sentei na cama. — Estarão mortos antes de chegarem aos trilhos.

— Porra, Andrei — Russell rosnou. — Disse que o loiro estaria dormindo.

— Não me importo em saber. — Apoiei as mãos no lençol, sobre minhas pernas abertas e flexionadas. — Não vou dedurar.

— Se fizesse... — Era uma ameaça velada.

— Mas escutem o que digo. Quantos vocês já souberam que escaparam daqui? — Ficaram em silêncio. — Esse silêncio é uma boa resposta. Querem ser os primeiros ou os próximos a morrerem?

— Os primeiros.

— Deixe-me te contar — sussurrei. — Não existe primeiro aqui. Só mortos, Andrei. Se fosse fácil, você não acha que teria uma boa chance de já ter acontecido antes?

— Estou estudando o lugar, cara.

— Não basta! Vão matá-lo. — Hesitei. — Já vi muita gente morrendo em um curto espaço de tempo, *não quero ver o seu corpo.*

— Estão de caso? — Russell debochou do outro lado e Andrei riu.

— Não sou gay, se é essa a pergunta — respondi por ele.

— Tem alguém esperando por você lá fora? — Russell continuou.

— Por mim, talvez minha filha.

— Por mim, o diabo. — Sorri no escuro.

Desejava que fosse um diabo de calcinha, pernas torneadas e lábios carnudos. No entanto, sabia que era um russo que eu odiava.

— Aqui está melhor para você do que lá fora — Russell zombou. — Irá querer fugir também?

— Não. Cinco anos eu aguento. Se fugir, estarei morto em breve. — Eles ficaram calados. — O que você fez, Russell?

— Tráfico em grande quantidade. Estava levando para os irlandeses. Fui pego.

— Quanto tempo?
— Dez anos. Entrei há sete meses.
— Quem espera por você lá fora?
— Meus irmãos. Austríacos escondidos em Kiev.
— Eles continuam com a mercadoria?
— É o que nos mantêm vivos. Nesse mundo, ou você se torna fera, ou é comido por uma.
— Às vezes se tornar fera também é uma forma de ser devorado — ponderei e me deitei. — Não façam merda, irmãos, ou serei eu quem terá que cavar a cova de vocês.
— Jogue flores, não se esqueça — Andrei debochou, também voltando a deitar.
Diferente deles, não dormi.
Com as mãos cruzadas embaixo da cabeça, pensei nos homens novos do lugar. O que estavam fazendo ali?
Nos três meses, tive paz. Vladmir desapareceu, os espancamentos cessaram e as minhas feridas conseguiram cicatrizar parcialmente. Os machucados nas mãos estavam quase curados, e agradeci por não ter perdido os movimentos. Os médicos dali eram brutais, não nos davam anestesia ou calmantes... mas fizeram um bom trabalho. Meu nariz estava no lugar.
Passei uma mão na barba comprida. Os cabelos estavam presos em um pequeno coque no alto da cabeça, também já compridos.
Aqueles homens ali eram estranhos. Tinham sido colocados, mas para o quê?
O motivo fui descobrir semanas depois, quando desisti de esperar por algo, quando acreditei que era apenas coincidência.
Andrei continuava com o plano de fuga com Russell. Nada o faria mudar de ideia. Nem minhas reclamações, nem os cachorros que latiam sem parar perto das cercas.
Muito menos os diversos soldados com fuzis e as câmeras de monitoramento vinte e quatro horas.
Ele queria ter uma luz, e, no final, desisti de querer ser a escuridão.
— Fiquem quietos — sussurrei quando eles conversavam baixo sobre a fuga, já tarde no quarto, na penumbra. Andrei me olhou, surpreso, e apontei para a porta. — Ouço passos.
— Porra! — Russell se jogou na cama. Ambos se cobriram e fingimos dormir.
Ouvi quando a porta do quarto foi aberta. Os passos cessaram no meio das camas de metal. Duas de cada lado, sem janelas, apenas móveis para pertences como roupas.
— Qual é? — um russo perguntou.
— É o loiro — o outro respondeu e apertei os olhos.
— Só o que mandaram — alertou o primeiro.
Esperei.
Assim que senti as mãos contra mim, me joguei para frente. Golpeei o nariz do homem com a testa. Ele engoliu o grito e cambaleou para trás. Puxei o travesseiro e o empurrei, saltando da cama.
— Agarre-o — o russo gritou, com a mão no nariz, que escorria sangue.
Andrei também se levantou, assim como os outros dois do quarto. No escuro, corri para o canto, buscando enxergar.
Não tínhamos nenhum objeto para atacar, seria na mão, como animais.
Mesmo na penumbra, pude ouvir o clique do gatilho.
Travei. Meus olhos se acostumaram com o breu e pude vê-los.

A arma estava apontada para Andrei, que parado no meio das camas, encarava o homem de quase dois metros, cabelos ruivos e mãos tatuadas.

O outro estava sentado na minha cama, com o travesseiro contra o nariz, que escorria sangue.

— Que merda está acontecendo?!

— Não é com vocês, desgraçados! Estamos procurando por Andrei!

— Há dois de nós — Andrei respondeu.

Respirei fundo e dei um passo para frente. Ergui a cabeça, enfrentando-os.

— Sou eu.

— Filho da puta! — o de nariz machucado rosnou.

— O que querem?

— Sabe o que queremos.

— Não, não sei.

— Fomos mandados. — Foi a resposta.

Russell, Andrei e Yerik me olharam, curiosos.

— Foi ele? — Limitei-me a perguntar.

— Não precisamos responder — o outro interrompeu. — Apenas venha com a gente.

— Para onde?

— Não sairá daqui, se é o que pensa... É apenas um presente de boas-vindas. — O homem com a arma a apontou para mim. — É um convite, por enquanto. Não me obrigue...

— E os guardas? — Yerik perguntou.

— Eles não vão incomodar, não é? — Avancei, sem resistir.

Se eles estavam portando uma Glock, era porque podiam fazer o que queriam. Não eram presos de verdade. Vladmir começou a agir.

— Sabe muito bem — eles concordaram e ergui as mãos, em rendição.

— Vou com vocês. — Juntei as sobrancelhas e encarei Andrei. — Apenas não machuquem os outros.

— Não estamos interessados nessas merdas aí, só venha com a gente.

Concordei e parei entre eles.

— Andrei... — Russell me chamou sobre o ombro. Engoli toda a porra do medo, não deixei transparecer nenhum pavor e mantive o olhar firme e autoritário sobre ele.

— Está tudo bem.

— Se você diz — suspirou, aliviado.

Andei com o cano da arma colado na minha nuca, e os dois russos atrás de mim. Saímos do quarto, e, no corredor, descalço e apenas com a roupa que forneciam, comecei a tremer de frio.

— Está muito frio aqui — reclamei, ainda com as mãos erguidas.

— Continue — um deles ordenou. — Ali. — Indicaram com a ponta da Glock para portas duplas no final. — Entre ali.

— O que querem? — Tentei olhar para trás, mas bateram na minha cabeça com o cano.

— Continue, seu loiro de merda! *Não estamos aqui para responder perguntas.*

Caminhei pelo chão gelado, sentindo calafrios pelo corpo.

Cada passo parecia uma agulhada de frio nas solas, e quando passei pelas portas, o calor da calefação me abraçou. O choque de temperatura me fez respirar fundo e fui empurrado para frente.

Vi três cadeiras de madeira, uma mesa e uma caixa. Um cheiro fétido inundava a sala que, quadrada, não possuía janelas nem câmeras.

— Sente — o que portava a arma ordenou.

Continuei a andar, observando que no canto direito havia uma maca. No esquerdo, nada. Eram paredes brancas, vazias.

Ergui os olhos, semicerrando-os. A luz amarelada balançava no lustre de plástico amarelo e sujo.

Sentei e os encarei.

— E agora? — perguntei secamente, sem demonstrar o mínimo de medo. Não daria isso para eles.

Não, qualquer desespero ou pavor, guardaria para mim.

O ruivo guardou a arma e coçou a barba comprida, enquanto o outro sentou-se na cadeira à minha frente e puxou a pequena mesa que continha a caixa.

— Tire a camisa, Enzo — chamou-me pelo nome e se virou para o ruivo. — Rurik, traga a toalha.

— O que...

— Tire a maldita camisa!

Cerrei os dentes e me levantei. Puxei-a pelas mangas, deixando o pouco do frio do lugar tocar nas minhas cicatrizes em relevo nas costas. Larguei a camisa sobre o encosto da cadeira e, prestes a sentar, fui interrompido.

— De costas! — Rurik mandou, retornando com uma toalha preta. — De frente para o encosto.

Encarei-o e desviei o olhar para o outro.

Tentei entender. Observei a caixa preta, grande e quadrada.

O calafrio perpassou o meu corpo, meu coração acelerou gradativamente enquanto me virava, e, de pernas abertas, sentei-me contra o encosto. Apoiei os braços e deixei minhas costas expostas.

— Temos um código aqui, Enzo. Você está preso. Você pertence ao que Vladmir quer. Precisa ter sua história, precisa aceitar ser um de nós.

— Entendi... — Abaixei o olhar e inspirei profundamente.

— Precisa aguentar a dor.

— Já aguentei muito pior.

— Percebi. — Rurik roçou os dedos pelas minhas cicatrizes. — Quantas?

— Vinte.

— Queriam ver o seu sangue.

— E viram.

Não estava tão calor, mas o suor brotou na nuca, embaixo dos cabelos presos. Era puro nervosismo, a loucura raspando a superfície para me tirar do controle psicológico.

Eu precisava dessa gaiola de calmaria. Não podia explodir.

Cada dia daqueles quatro meses me tornaram um homem mais paciente, mais consciente.

Já estava ali, não podia retornar. Não podia fraquejar ou me arrepender.

Já estava distante do homem que um dia havia sido, já afastei Anya o bastante, e já no caminho, agora precisava seguir.

Esses quatro meses me fizeram aceitar. Fizeram-me desistir de lutar contra a minha consciência.

Estava feito. Estava decidido.

Ouvi o barulho da caixa sendo aberta, os objetos sendo remexidos. Olhei sobre o ombro e aquilo me deixou aturdido. Era um barbeador elétrico adaptado com agulhas e ampolas de tinta. Um maldito equipamento sem a função correta, sem esterilização ou qualquer maldita limpeza.

— Porra! — Fechei os olhos.

— Não se preocupe, beleza, não usamos em mais ninguém. Por enquanto está livre de doenças.

— Não poderiam...

— Cale a boca e se vire de uma vez. — Rurik empurrou minhas costas. Apoiei a testa contra os braços, sobre o encosto da cadeira, e fechei os olhos.

Engoli em seco quando ouvi o barulho do barbeador.

— Temos uma boa notícia para você — o outro falou. — Vladmir pediu que fossem três.

— Três o quê?

— Domos. Torres da catedral. — Fiquei calado enquanto ele falava. Tentei lembrar do que, há tempos, Nicolai contou.

— Anos?

— Sim. Serão três.

— Não cinco — concluí.

— Parece que Vladmir deu um presente a você. Seja grato.

— Claro. — Sorri, com o rosto escondido voltado para baixo.

Eu seria muito grato por tudo.

Faria ele aproveitar cada suspiro final, cada dor lancinante antes de morrer.

— Será em cima das suas cicatrizes.

— Pode cobri-las — concordei.

— Não será muito grande... — Rurik comentou. — Precisaria de uma grande tatuagem para cobrir tudo isso.

— São lembranças...

— Claro que são — ambos riram —, adoramos lembranças na pele.

— Uma bela maneira de contar a história — continuei, irônico.

A agulha, seguida do som irritante, tocou a minha pele nas costas, em um lugar liso. Senti as fincadas, a sensação indescritível de ter a pele queimando por pontadas, a tinta manchando-me.

A tatuagem me manchava como o sangue se espalhava pelas minhas veias e me lembrava que eu continuaria sujo.

Assim que a agulha fez o trajeto e trabalhou sobre o relevo da cicatriz, trinquei os dentes de dor. O local ainda estava sensível, se recuperando, e ter aquela lesão sobre ele era uma tortura. Sentia dez vezes mais, a queimação era fogo.

Quente, rasgando e arrancando a minha pele.

— Precisa de alguma bebida?

— Um uísque seria bom.

Ouvi Rurik se afastar, e segundos depois colocou uma garrafa de vodca na frente.

— Não temos o seu gosto aqui.

— Também serve. — Mantive a firmeza na voz.

Não iria chorar ou mostrar a minha dor. Não, ninguém mais a veria.

Esses quatro meses estavam me tornando duro. Não queria mais chorar. Não queria que vissem o meu sofrimento.

As partes quebradas da minha mente permaneceriam apenas comigo.

Tomei um longo gole da vodca e trinquei os dentes. A pressão da agulha, ferindo a pele, arrancando sangue, tingindo-a, desenhando devagar a catedral com as três torres, era excruciante. Queria chorar, gritar e reclamar. Mantive-me em completo silêncio, bebendo vários goles para aguentar.

Não foram uma, duas ou três horas. Passaram-se mais de cinco. Sem pausa para que eu pudesse aguentar ou respirar.

Sem piedade.

Cinco horas em que o único conforto foi a garrafa de álcool e o silêncio dos dois russos. Apenas o barulho do barbeador preenchia o ambiente.

O calafrio era contínuo sobre a pele e por diversos minutos eu perdi a consciência, em uma tentativa de aguentar a aflição. Ele estava chapando de preto, passando a agulha por lugares que esteve antes, arrancando partes das cicatrizes, machucando-me outra vez.

E quando acabou, cobrindo as minhas costas com a toalha preta, enquanto o suor frio escorria pelos fios desprendidos do coque e eu repousava a cabeça no encosto da cadeira, soube que mais uma parte minha tinha morrido.

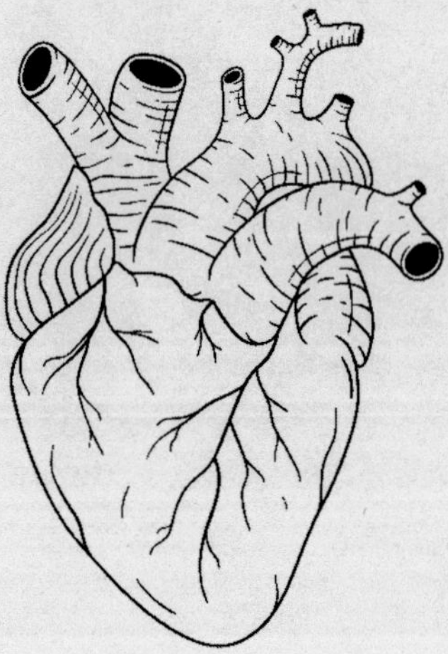

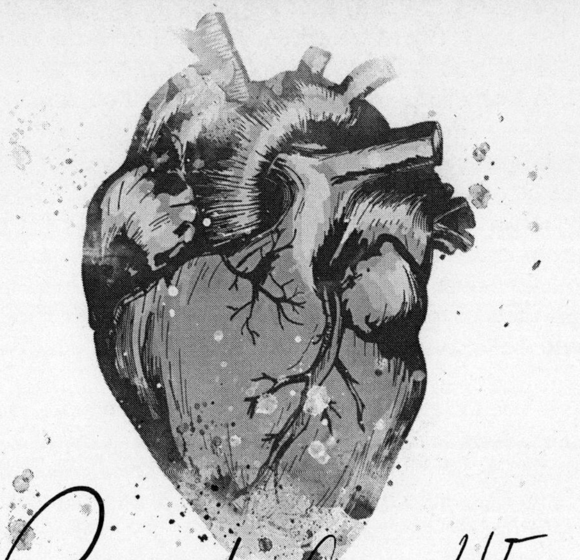

Capítulo 45

Anya

Observei cada detalhe da renda sobre o fundo preto.

A forma da máscara me fascinava. Cobriria metade do rosto, revelaria os olhos, a boca... e esconderia o suficiente.

Máscaras para se libertar. Para ver o lado selvagem, depravado e liberto.

Por que tornar o sexo um tabu?

Por que torná-lo *tão rígido?*

Era prazer, puro e simples.

O que queríamos, poderíamos ter se o outro, ou os outros, também desejassem. Com consenso, tudo era possível. E nada era errado.

O pudor era uma necessidade doentia da sociedade de ditar regras, quando, na verdade, esse conceito era ilusório.

O que era certo para mim, poderia ser errado para o outro.

— Quantas gostaria de encomendar, srta. Lehansters? — a senhora perguntou, parada do outro lado do balcão.

— Cinquenta. — Sorri. — É uma festa particular.

— Todas pretas?

— Sim.

— Mais algum pedido?

— Gostaria que não constasse o meu nome no recibo, conseguiria fazer isso? — Abri a bolsa ao dizer e puxei duas notas. Depositei sobre o balcão. — Gosto de discrição.

— Não temos problemas quanto a isso. — A senhora pegou as notas.

— Sexta-feira, pela parte da manhã, passo para pegar. — Dei as costas e coloquei os óculos escuros. O sol da manhã aqueceu os meus ombros escondidos pela camisa preta e deixei os cabelos voarem com o vento.

O motorista abriu a porta do carro e adentrei.

— Ainda não entendi a sua ideia — Antone murmurou, sentado ao meu lado.
— Qual parte? — Tirei os óculos.
— A que você pretende dar uma festa?
— Por que não posso?
— E por que daria? — Bufou. — Pelo amor de Deus! Faz cinco meses que estamos atrás de Enzo...
— Eu estou, você quer dizer — corrigi-o e Antone semicerrou os olhos. — Porque tudo o que você fez foi me prometer que iria para uma clínica, mas continua se embriagando dia e noite. Está indo para o cassino forçado hoje.
— Essas clínicas são para jogar dinheiro fora.
— Você está jogando fora a sua vida, a cada gole ingerido. Sabia, não sabia? Logo Toni vai te dispensar daquele lugar...
— Não envolva o clube com isso...
— Então pare. Pare antes que você me deixe sozinha naquela casa.
Ele ficou calado, tinha cutucado a sua ferida.
O motorista estacionou em frente ao cassino que, junto com Henrique, eu administrava. No início tinha sido difícil entender o funcionamento. Ele foi resistente em me passar os papéis, todas as movimentações. Entretanto, depois que percebeu que as minhas mãos eram melhores que as de Enzo, confiou em mim toda aquela parte.
Desci do carro, seguida de Antone, e o forcei a me dar o braço, acompanhando o meu passo. Adentrei o lugar, cumprimentei os seguranças e segui em direção à área reservada.
Os olhares recaíram sobre nós e sorri.
Adorava causar espanto, choque e intimidação. Era o meu melhor ataque, tão rápido e puro.
— Seu sorriso presunçoso não colabora com a cena, maninha — Antone debochou ao meu lado.
— Qual cena?
— Algumas mulheres já detestam você.
— Que culpa eu tenho? — Arqueei as sobrancelhas. — Se cuidassem da própria vida, não teriam tempo para ficarem me olhando.
— Não posso negar. — Assentiu e notei Henrique se acomodar em um dos sofás ao longe.
Em seguida, Susano, o seu irmão, sentou-se ao seu lado, junto com uma mulher.
— Aquela loira... — Deixei a frase morrer.
— Gisele. É a esposa de Susano. Pelo que soube, ela o obriga agora a levá-la aos lugares. Caiu nos ouvidos do pai dela que Susano a trai todas as semanas, e ela — Antone deu de ombros — deixa, submissa.
— Que desperdício — murmurei e refleti sobre aquele casal. — O dinheiro é dele ou dela?
— Eles possuem fortuna. Gisele detém o maior patrimônio. É quase o triplo do dele.
— Susano está tentando manter a galinha dos ovos de ouro dele.
— Com certeza. — Antone assobiou baixo. — Mas com aquela mulher, eu não transava com outra. Olha para aqueles seios fartos, os lábios...
— Não precisa foder com ela verbalmente ao meu lado — chamei sua atenção. — Passo a vez.
— *Às vezes esqueço.*
— Já percebi.

— E você? Nunca vejo falar de algum homem, não se envolve mais?

— Gosto de manter minha vida pessoal só para mim, desculpe — murmurei. No entanto, era verdade.

Cinco meses sem sexo era uma loucura. *Não conseguia sentir prazer quando pensava que Enzo estava preso, sendo torturado e mantido nas piores condições.*

— Henrique gosta de você.

— Ele é parecido com Tom — expliquei e olhei de canto para Antone. — Tenho gostos peculiares.

— Ah, sim! Outro dia, quando encontrei com Tom, ele me contou.

— Voltaram a conversar?

— Depois — pausou e desviou o olhar — que a namorada dele foi lá em casa, decidi ligar para ele. Sei lá. — Fez pouco caso. — Acho que me afastei das pessoas que queriam o meu bem.

— Deveria escutar essas pessoas. Nossos conselhos são para o seu melhor.

— Eu sei que é. — Antone tirou a minha mão do seu braço e a segurou entre as suas. — Amo você.

— Também te amo.

Ele largou minha mão, já distraído com uma ruiva no bar, e me deixou sozinha pelo restante do caminho. Continuei a me dirigir até a mesa e parei em pé ao lado de Henrique.

— Acho que não conheço a sua esposa? — perguntei para Susano.

— Ah, claro! — Ele se levantou de prontidão, assim como Henrique, que todas as vezes salivava na minha presença. Era fácil ver quando um homem desejava estar no meio das minhas pernas. Ele deixava isso claro. — Essa é a minha esposa, Gisele.

— Prazer. — Inclinei-me para frente e abracei-a. — Sou Anya, sócia desse cassino junto com o seu cunhado.

— É a irmã do Enzo, não é?

— Isso mesmo. — Mantive o sorriso contra a minha vontade. — Estou ocupando o seu lugar enquanto ele não retorna.

— E teve notícias dele? — Henrique indagou enquanto eu me sentava à sua frente. Fiz sinal para o garçom.

— Ainda não. Apenas há três meses, quando me ligou de Moscou. Mas está tudo bem — afirmei, calma —, *são apenas negócios.*

— Sei — Henrique murmurou, desviou o olhar e coçou a barba rala e castanha.

— Não é estranho estar envolvida com negócios um tanto masculinos? — Gisele perguntou, *tímida. Olhei-a com curiosidade.*

— E por que administrar cassinos e uma empresa seria masculino? Soa um tanto machista. Somos mulheres, mas não significa que somos incapacitadas, pelo contrário, podemos do mesmo modo. Igualmente — respondi de forma educada e me voltei para o garçom. — Um licor.

— Dois uísques — Susano pediu.

— Eu... — Gisele começou e ele a olhou de canto.

— Você nada, meu amor. — As palavras foram baixas e duras. — Não deveria beber.

— E por que ela não deveria? — interferi, inclinando-me para frente. Apoiei os cotovelos na mesa. — Toma algum medicamento?

— Não...

— Quero que ela engravide.

— E você quer?

— Anya, não se meta no meu casamento. — Susano cravou o olhar no meu. — Não é educado.

— Não é educado você ditar o que a sua esposa deve ou não fazer. — Henrique forçou uma tosse e se acomodou no sofá. Na sequência se inclinou e sussurrou algo no ouvido do irmão.

— Traga alguma bebida leve para ela — pedi ao garçom.

Ambos os homens da mesa me olharam incrédulos, e Gisele soltou uma risada baixa. Pisquei para ela e me acomodei também.

— É de costume se envolver na vida dos outros? — Susano *não se aguentou.*

— Você não imagina como. — Sorri, presunçosa. Mantive os lábios assim, o batom vermelho chamativo e o olhar fatal sobre ele. — E quando decido me envolver, não sobra muito para contar a história.

— Acho melhor irmos embora, Gisele — ele determinou. Pegou-a pelo pulso e a puxou do sofá. Segui-os com os olhos, em silêncio.

O garçom serviu as bebidas e levei o copo até a boca.

— Não provoque o meu irmão, Anya, não sabe como ele pode ser louco.

— Não tenho medo dele e não ficarei calada quando o vir com a esposa. — Desviei o olhar do casal e o cravei em Henrique. — Ela sabe que ele a trai com a primeira bunda que vê, por que continua casada?

Henrique passou a mão nos cabelos curtos e recostou no sofá, cansado de tentar resistir à minha presença.

— Bem... — Decidiu contar. — Gisele ama Susano. Se conheceram ainda no colégio. Sempre foi apaixonada pelo jeito cafajeste dele, rolou algumas vezes ainda naquela época. Susano namorou outras, e quando Gisele adquiriu ações na empresa do pai, Susano voltou correndo. Casaram-se pouco tempo depois, só que Susano...

— Ele o quê? — insisti.

— Ele não consegue se manter apenas com uma mulher. Não desse modo. — Assenti, com a mente a mil por hora.

Eu era o capeta, sabia que era. E gostava de ser.

— Mesmo ela sendo bonita como é?

— Gisele é um amor, faz tudo por ele, até engravidar.

— Então ela não quer?

— Não, nunca desejou. Susano enfiou na cabeça que precisa de um filho.

— Entendi. — Volvi meu olhar para a porta.

— O que está pensando?

— Como assim?

— Sua cara não me engana. Pelo pouco que convivemos, quando seus olhos procuram por algo, e fica assim — balançou a cabeça —, com essa expressão de quem pretende matar e foder nas próximas horas, sei que coisa boa não vem.

— Estava pensando em convidá-lo para uma festa que darei mês que vem na minha casa — provoquei. A cabeça debaixo desligava a de cima.

— Festa? — Ajeitou o colarinho frouxo da camisa.

— De máscaras.

— Algum motivo específico?

— Apenas para gastar dinheiro e ter diversão.

— Muitos convidados?

— Apenas cinquenta.

— Pode contar com a minha presença — concordou. — Pretende convidar o meu irmão?

— Com certeza. Ele e Gisele.
— Susano *só vai...*
— Só irá se a levar. Senão, será barrado.
— Não comece, Anya, é sério.
— Não brinco também. — Virei o copo após dizer. O álcool percorreu a minha garganta e fechei os olhos. Larguei-o sobre a mesa e me levantei. — Sempre estou séria — sussurrei e dei as costas.

Indo em direção aos escritórios, senti o seu olhar em mim ainda e sorri. Era fácil tê-lo nas mãos.

Ao olhar para trás, trombei em alguém. Volvi-me, encontrando um homem de barba rala, escura, uma pele bronzeada e olhos esverdeados.

— Desculpe-me. — Segurou-me pelos braços.
— Sem problemas. — Esquivei-me.
— Sou Armando. Armando Constancer.
— Prazer, Armando. — Esbocei um sorriso e continuei a andar.

Antone *já tinha desaparecido,* se enfiado em algum quarto. Fui para um dos escritórios e passei parte da noite lá, longe de mulheres curiosas e homens sedentos por sexo.

Quando retornei ao salão central, decidi subir para um dos quartos. A cada degrau, notava um olhar novo na minha direção, uma promessa velada de noites insanas. As pessoas perdiam tempo demais em uma noite, esquecendo-se de uma vida inteira.

Quantos relacionamentos eram trocados ali, naquelas mesas e sofás? Diversões ocupando lugares de compromisso?

No primeiro andar adentrei pelo corredor. Parei diante da porta do quarto que sempre reservava, e assim que o abri, uma outra porta foi aberta.

Travei, ouvindo uma voz familiar, e estreitei os olhos.

Entrei no quarto e deixei uma fresta. Eva saiu do outro quarto, ajeitando a blusa e os cabelos.

— Tem certeza? — Deu uma risada.
— Venha cá. — Ouvi a voz familiar.

Duas mãos masculinas agarram a cintura dela, que riu, sendo puxada para trás.

— Pare, alguém pode nos ver...
— Não verão. — Escancarou a porta e Antone parou, colando o corpo de Eva ao dele. Sua mão serpenteou para debaixo dos cabelos e levou a boca dela até a dele.

Beijaram-se devagar, roçando os quadris, mãos ansiosas sobre as roupas.

— Preciso ir. Tom pode aparecer por aqui, e, se me vir, não terei como explicar.
— Amanhã, então? — Antone a segurou pelo braço.
— Eu ligo.

Fechei a porta e a ouvi passar na frente. Na penumbra do quarto, me senti cruel, fria e calculista.

A maioria das pessoas não era como eu. Não arquitetavam. Eram piedosas, sentimentais e até bondosas.

Eva escolheu a mulher errada para enganar.

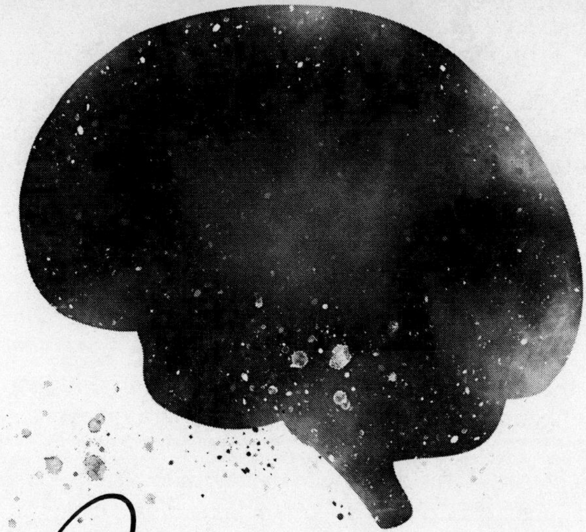

Capítulo 46

Enzo

No extremo norte da Sibéria, onde estávamos, era sempre frio.

O branco da neve cansava, às vezes o sol não aparecia, e a noite era uma escuridão sem fim.

O trabalho era intenso, e, aos poucos, precisei de algo a mais além de Andrei para libertar os meus demônios. Um soldado me forneceu um caderno e um lápis, mesmo contra as regras, e nas madrugadas em que lamentava o passado, passei a escrever sobre ele.

Pouco, sem linha poética ou romantismo.

Era cru, era como eu me lembrava.

A tatuagem ainda ardia. Andrei não comentou, muito menos Yerik ou Russell. Todos sabiam o que significava.

Todos só sabiam de uma pequena parte.

— Vai ficar aí ou almoçará? — Andrei perguntou ao se levantar da máquina.

— Vou com você.

— E as costas?

— Ainda dói *pra* cacete — resmunguei. — Quando deito e roço no tecido, parece que queima.

Ele assentiu e passamos para o refeitório. Com os pratos em mãos, nos dirigimos para uma das mesas distantes.

Os dois capangas de Vladmir continuavam ali, monitorando-me. Seguiam-me com o olhar, cada ato meu era vigiado e provavelmente contado.

No fundo, eu fervia de raiva.

Queria que fossem obrigados a sentir dor por serem parte daquilo tudo. O meu descontrole arranhava a superfície todas as vezes que os via. Entretanto, me controlava mais do que nunca.

— Acho que até o fim do ano nós iremos conseguir — Andrei murmurou.

— Aquilo?

— Sim. — Elevou a colher até a boca e fiz o mesmo, tomando a sopa.

— E o que farão? — perguntei e completei: — Sabe, se conseguirem?

— Vou embora, cara! Fodam-se esses russos, eu odeio esse país! Voltarei para a França.

— Podem te pegar antes de conseguir chegar lá.

— Prefiro arriscar a viver nesse inferno — Andrei suspirou. O olhar parado revelou o medo.

— Ei. — Aproximei-me. — Se conseguir, entre em contato com a minha família.

— Como é? — indagou sem entender.

— Eles não são desse país. Procure por Lehansters. Tenho muito dinheiro — contei. — Dinheiro o suficiente para te dar e para que possa começar do zero, onde quiser.

— Cara, não precisa — disse sem jeito, balançando a cabeça para os lados.

— Estamos aqui há quatro meses. Você *é o meu único amigo. É o único com quem* consigo conversar direito e criar alguma confiança. Isso vale para mim, Andrei. — Ergui as sobrancelhas até formar um vinco na testa. — Quero ajudá-lo. Não merece estar aqui, sabe disso. Não merece esse preconceito. Matou duas pessoas, porém, eram monstros que estupraram sua garotinha. Nesse mundo selvagem, nós precisamos matar as feras, não é?

Ele ponderou. Respirou fundo e abaixou o olhar.

— Não tenha vergonha em pedir. Tenho dois irmãos, um mais novo e uma mulher. Eles farão o que você pedir. Podem não ser os melhores... — Sorri ao lembrar de Antone, de toda a merda naquele bar... e de Anya. — No entanto, se alguém pede por ajuda, eles não negam.

— Posso mesmo?

— Deve.

Andrei sorriu.

As marcas de expressão pela vida sofrida surgiram ao redor dos olhos, a pele negra do queixo estava coberta pela barba acinzentada e pude notar os olhos marejados.

— Espero que alguém um dia o ajude dessa maneira, Andrei — disse. — Espero que o cara que encontre pelo caminho seja bondoso.

— Também espero — concordei e desviei o olhar.

Quem seria bondoso comigo, quando o que buscava era o contrário?

— E os seus irmãos? Não costuma ligar para eles?

— Liguei uma vez.

— E aí? — Tomei o restante da sopa e esperei por Andrei.

Empurrei o prato e ergui os olhos para os russos que me tatuaram. Eles encaravam-me sem disfarçar.

— Achei melhor parar — contei a verdade. — Não quero alimentar uma ilusão. Mesmo se eu sair daqui a três anos, não voltarei para eles. — Olhei para Andrei. — E mesmo que eu volte, nunca voltamos igual, não é? Quando algo se quebra, mesmo que colemos, não fica do mesmo modo. Acho que sou assim. Quebrado, remendado e quebrado outra vez. O que sobra não é o suficiente para ocupar o espaço do que um dia fui.

— Se eles o amam, aprenderão com o novo homem.

— Não há nada para aprender comigo, irmão. Não nasci para ensinar.

— E para o quê?

Para destruir, pensei comigo.

— Para colocar as coisas no lugar.

— E que coisas seriam?

— Melhor encerrar por aqui. — Sorri, amargurado, e me levantei.

Peguei o prato, seguido por Andrei. Largamos no refeitório e observei o pátio.

— Quando eu era jovem — ele começou a contar —, sonhava em ser médico. Curar, ajudar as pessoas. Perdi meu pai para o câncer nos pulmões. Éramos uma família humilde morando em Marselha. Minha mãe batalhou para sustentar meu irmão mais novo e eu. Morreram em um inverno, contraíram uma doença pela higiene precária do bairro.

— Sinto muito.

— Fomos criados de maneiras diferentes. Disse que sua família tem muito dinheiro. — Assenti. — Você não parece um burguês. Não parece um playboy filho da puta.

— Aprendi que dinheiro não traz felicidade. Tenho um irmão alcoólatra que, graças ao dinheiro, pode se afundar no vício. Também não fomos um exemplo de família.

— Por quê?

— Nossos demônios são melhores em segredo. — Pisquei para ele. — Se eu contar, ficará difícil mantê-lo vivo. — Andrei riu, levando para a piada, e fiz o mesmo.

— Enfim, depois da morte deles queria ser médico. Trabalhei muito, tentei estudar ao máximo. Dizem que a cor da pele não diz nada, mas, para algumas pessoas, eu era inferior. Foi uma fase difícil, até conhecer minha esposa.

— Ela o ajudou?

— Ela me mostrou que eu não podia nutrir o ódio por quem tinha a mente tão atrofiada pelo preconceito.

— Estava certa.

— Não me tornei médico — Andrei murmurou. — Era o melhor da sala. Sou inteligente, posso não parecer — gargalhou —, mas nesse corpo tem um pouco de cérebro.

— Por que não conseguiu?

— Na época disseram que não fui aprovado. Um tempo depois descobri que viram a minha ficha criminal, de quando fui pego por roubo.

— Roubou?

— Precisava comer, minha mãe tinha recém-falecido. Somos marcados pelo erro e não pelo acerto, não é? Se temos uma parte boa e outra ruim, darão valor para o vil, nunca para o bom.

— Não posso discordar. — Raspei os dentes no lábio inferior, mordendo-o.

Caminhei ao seu lado pelo pátio.

— Minha esposa pediu que eu deixasse passar. Outra vez, não pensaram na minha menina, quando foi estuprada. O centro das atenções foi um negro ter matado um branco.

— Que porra! — Aquilo me revoltava.

Era um assassino? Era.

Eu também era.

Era errado? Com certeza.

Mas o que você faria, se o que ama, indefeso e pequeno, fosse aberto, dilacerado e machucado, além de ser mantido vivo?

O que você faria se o que protege e zela fosse violado?

Uma faca na mão é um caminho sem volta, e também impossível de parar.

O instinto animal de defesa e ataque falava mais alto.

— Por isso, até o fim do ano, quando minha menina faz aniversário, quero estar lá, entende? — Andrei sussurrou. — Preciso estar lá. Não para cobrar minha esposa. — Hesitou. — Não, apenas quero dar o melhor para elas, mesmo que eu não fique junto.

— Vai conseguir — sussurrei e bati em suas costas.

No exato momento, os dois russos que me machucaram se levantaram. Caminharam e pararam no meio do caminho.

— Ei, vocês — Rurik gritou. — Viraram gays?

— Por quê? Está preocupado se eu vou querer a sua bunda? — retruquei, irritado. Tentava manter o controle, mas se provocado... perdia o pino da bomba.

E explodia sem consequências. Estava nesse nível. Uma raiva tão enraizada que nunca passava, que fervia e borbulhava, cozida devagar no cerne do meu centro nervoso.

— Resolveu criar culhões, seu bastardo?!

— Sempre tive, vocês que são duas cadelas... — Finalizei a frase com um sorriso que deixava subentendido o que significava. — Mandaram me provocar? É isso? — Abri os braços.

— Ei, irmão. — Andrei tentou me puxar pelo pulso e dei um tapa nas suas mãos.

— Deixe-me.

— Na verdade, não. Você — Rurik apontou — está entalado na minha garganta. É um bosta que não entendo o porquê está vivo e aqui. Não entendo a sua fodida proteção...

Os presidiários ao redor se afastaram.

— Não preciso de proteção, seu russo do inferno! Se quer vir, estou aqui. Garanto que a diversão maior ficará para mim. — Gargalhei e passei uma mão na barba comprida.

Rurik rosnou, estalou os dedos e avançou com toda a força do mundo.

Sua cabeça se encaixou na minha barriga, empurrando-me para trás. Desferi uma joelhada contra o seu rosto.

— Ohhhh, filho da puta! — ele urrou de dor.

Sangue jorrou e seu punho veio contra a minha face. Socou-me uma, duas, três vezes.

Tonteei, recuando.

Meu supercílio sangrava, meu nariz também, sentia os lábios cortados, e no quarto soco, segurei seu punho e o torci para cima, arrancando seu grito ensurdecedor. O osso aguentou a minha força, os dedos se contorceram.

Resistiu, até sentir o tremor.

Dei uma cotovelada em sua boca, senti os dentes trincarem. Meu urro foi abafado pelo seu brado de dor. Os presos ao redor gritavam, como se estivéssemos em um ringue.

Ele, furioso para arrancar a minha cabeça.

Eu, faminto para aplacar o monstro que crescia.

Sim, ele estava ali, na espreita.

Sempre esteve, pronto para se aproveitar da minha fraca dominação.

Rurik caiu no chão e avancei.

Seu chute atingiu o meu queixo. Voei para trás, o sangue escorreu pelas minhas gengivas, o engoli e senti o gosto metalizado.

Meu coração batia ensandecido, a adrenalina percorria todo o meu sistema, e caído no chão, sorri com o sangue entre os dentes.

Estava feliz por aquela sensação.

Olhei-o, se levantando, e não dei chance. Chutei-lhe com veemência. Seus olhos reviraram nas órbitas e algum osso se partiu do seu rosto.

Ele gemeu de dor, se contorceu, e perdi o controle.

Caí sobre o seu corpo e esmurrei. Meu punho contra o seu nariz. Senti pele com pele, a resistência acabando, o nariz partindo. Sangue gotejava, escorrendo dele para a minha mão. Direita, esquerda, eu suava como um louco. Eu gemia igual a um. E o sangue na minha frente me chamava.

Rurik perdeu a consciência e continuei como um animal.

— Andrei! — o meu amigo gritou. Eu não tinha mais noção. O rosto estava se deformando na minha frente, partes suas espirraram nas minhas feições.

— PARADOS! — O urro surgiu acima de mim. Mãos seguraram os meus braços e agradeci em silêncio por isso.

Eu precisava ser parado.

Contemplei o que fiz. Um fuzil estava apontado na minha direção, eu era segurado por três soldados: dois nos braços e um contra o meu pescoço.

Com os dentes trincados, olhei ao redor. Todos me observavam com espanto, descrença e certa satisfação.

O isolamento cria seres diferentes.

As prisões aprimoram o errado e corrompem o certo.

A solidão é a porta de entrada para a loucura. Passado por isso, estava sendo testado pela violência selvagem e gratuita.

— Levem-no para a solitária — ordenaram. — Tragam a maca.

Arrastaram-me pelo pátio, e ao passar por Andrei, travei. Os soldados me forçaram.

— Eu o matei? — indaguei.

— Não. — Ele fechou os olhos. — Onde estava com a cabeça?

Suspirei, aliviado, e deixei que me levassem.

Fora do pátio, dentro do prédio, empurraram-me para frente.

— Continue, seu sociopata!

Mirei-os sobre o ombro.

— Acha que é a maldita celebridade daqui? — um bravejou. — Que é um filho da puta que pode fazer o que quiser?

— Sou? — provoquei.

— A solitária é pouco para você.

— Precisam de muito para me assustar. Boto mais medo de que vocês — continuei.

— Ele está sacaneando a gente — o outro resmungou. — Merece ser morto.

— Sabem que se eu morrer em suas mãos, serão enterrados em uma cova ao lado da minha. Todos juntos em um único buraco.

— É um maldito verme, Konstantino. — O terceiro cuspiu no chão e vislumbrei atrás dele o guarda com o fuzil.

— OS QUATRO, PARA A SOLITÁRIA, AGORA! — urrou para nós.

Continuei, seguido por eles. Desci as escadas, ciente que não seria apenas aquela cela.

No andar inferior, mais quente, as luzes eram fracas, o barulho de alguma fornalha soava ao longe, e parei no meio de uma sala com vários armários, várias mesas e telefones antigos.

— Utilizavam esse Campo antes — Konstantino falou, também chegando. — As famosas Gulags de umas décadas atrás. Diferente do que pensam, aqui não era apenas uma prisão. Não era esse paraíso que é agora.

— Belo paraíso.

— Ah, pode apostar que é — o outro resmungou e logo estávamos em quatro lá. O quinto fechou a porta e desceu também.

— Morriam de podridão. *Doenças, tanto das malditas tatuagens que* vocês têm, como por serem ratos.

— Onde quer chegar?

— Então acabou-se. A URSS caiu, bandidos como você tomaram o poder.

— Bandidos que enchem os seus bolsos — corrigi-o, com a cabeça voltada para trás. — Vocês poderiam ter me parado antes, quando aquele preso me provocou. Deixaram, não sejam hipócritas. Deixaram, semanas atrás, me tatuarem. Deixaram espiões entrarem... Um deles está na enfermaria agora. Se são bandidos, deveriam ser combatidos por vocês, a segurança do país. Apesar disso, *é o contrário. A corrupção impera, então não sejam ingratos com quem enche a porra do bolso de vocês*!

O tapa estalou no ar, acertou em cheio o meu rosto e me fez piscar repetidas vezes.

— SOMOS OS SEUS SUPERIORES, IMBECIL! — urrou. — Cale a maldita boca!

— Farão *o quê?* — indaguei, com a mão cobrindo o lado do rosto que latejava. — Sou o revoltado aqui? Sou o que todos olham. Sou aquele que é mais monitorado. Por favor, não sou burro. Farão o quê? Tortura? Espancamento?

Konstantino percebeu o que eu queria dizer e esfregou o rosto.

— Tire as roupas — murmurou.

— Quer me ver pelado? — Inclinei a cabeça para o lado.

— Tire. As. Roupas — rosnou pausadamente.

Obedeci, grato pelo calor do lugar. Comecei pelo casaco fino, seguido pela camisa, a calça, botas e meias. Por fim, a cueca. E, nu, volvi o olhar para eles.

O guarda armado largou o fuzil e pegou uma Glock sobre a mesa.

Amam essa arma nessa porra de país.

— Coloquem a venda — ordenou. — Andrei... ou Enzo... Costumo pensar que chega um momento que podemos foder de vez com a nossa vida. Você diz sobre ser protegido — falou, caminhando pela sala. Segui-o com o olhar, enquanto o outro guarda abriu uma gaveta e tirou um pano preto de dentro. — E eu penso: o que vai acontecer se eu decidir ver os seus miolos? O que aquele chefe fará? Matará todo mundo? Já estamos mortos, não estamos? — Retribuiu o meu olhar. — Sente-se. — Apontou com a arma. — Hoje vamos transformá-lo em um animal.

— Já não somos todos?

— Um rato. — Sorriu, satisfeito.

— Precisará me matar. — Balancei a cabeça e caminhei para a cadeira. Sentei-me e a venda cobriu os meus olhos.

No escuro, senti a madeira gelada sob a minha bunda e o encosto nas minhas costas.

O ar pairava, o silêncio cortado pela fornalha perto.

Meu coração batia devagar, era sempre assim.

Acelerava até o momento crucial, e, na loucura, recuperava a calmaria.

Isso me tornava um louco?

Ouvi o russo engatilhar perto demais o cano contra a minha têmpora.

— Não tenho muito tempo de vida. Se Vladmir quiser me matar por estourar o seu cérebro, não vejo problema — sussurrou no meu ouvido. — O que quero não é a sua morte, quero a sua ajuda.

— Quer que eu dedure alguém — concluí.

— Ouvimos que há uma ideia de fuga pairando no ar desse Campo. A cada cinco anos, alguém tenta fugir. É sempre assim.

— As vozes também disseram que as mães de vocês eram gostosas.

Senti o choque do cano contra os meus lábios e cuspi sangue. A dor latejava.

— Quero nomes. Quero que conte quem pretende fugir.

— Se eu soubesse, até ajudaria a fugir. Adoraria ver a moral de vocês indo para o ralo.

Outra vez o cano contra a minha têmpora.

— Diga os nomes.

— Diga a Vladmir que estou feliz com os meus três anos. Como eu saberia de um plano de fuga, se ficarei tão pouco tempo?

Outro soco no meu rosto.

O líquido quente escorreu pela minha narina e senti deslizar sobre minha boca.

— É Russell? Yerik? Nikolai? Nabumih?

— Está com medo de apertar o gatilho? — contra-ataquei. Apoiei minhas mãos espalmadas contra as coxas. Foquei na minha respiração, calma, enquanto a dele estava acelerada. — É medo? Pode contar. Por que não aperta? Gosta de ver sangue? De sentir o cheiro da morte? Ou por que tem medo de morrer depois de se livrar do meu corpo? Pensa em alguma mentira?

— Seu desgra...

— Sabe que Vladmir pode vir pessoalmente, não sabe? Sabe que você é covarde, porque ao me matar... essa bala — sussurrei — também matará a sua família inteira. Cada filho, esposa e amante. Até um animal, se tiver. A casa é limpa, é sempre assim.

— Ahhhh, PORRA! — gritou, irritado, e afastou a arma.

Tirei a venda por conta própria e o encarei.

— Deixe-me na solitária. Vá descansar.

Ele urrou, fora de controle, e avançou contra mim. A cadeira caiu para trás. Fui junto, com o soldado sobre mim.

Seu punho acertou o meu queixo, meus dentes rangeram. Meus olhos reviraram, não tive tempo, não consegui respirar. Soco atrás de soco. Meu rosto ardeu, latejou, foi cortado. Gemi de dor, tentando pará-lo. Empurrei os dedos em seus olhos, com tanta pressão que senti a resistência do globo ocular.

Ele gemeu também e recuou. Esfregou as mãos nos cabelos e deu as costas.

— Levem-no para o final.

— Ele pode morrer... — um sussurrou.

— Foda-se! — o lunático berrou. — Tirem-no da minha frente!

Comecei a rir. A risada se transformou em gargalhada, e mesmo sendo arrastado nu, não parei.

Passaram pela sala ao lado, e a cada corredor que cruzávamos, sentia o frio.

No fim, uma porta de aço foi aberta, e o frio cortante me fez tremer dos pés à cabeça.

— Divirta-se no concreto gélido, seu desgraçado, e torça para não morrer de hipotermia! — Jogaram-me contra o chão, e antes que eu reagisse, seguraram os meus punhos e pernas e me algemaram em contato direto ao concreto gelado. Ali, o frio entrava direto, sem calefação, sem proteção além das paredes. — Alguns minutos aqui podem não te transformar em um rato, mas, com certeza, te farão saber quem está no poder.

Fechei os olhos.

Também aguentaria, porque o único poder existente sobre mim era o meu próprio.

O frio adormecia minha pele. Bati os dentes, tremi, transpirei, pensei que perderia a consciência.

Resisti.

Um dia mostraria o poder que crescia dentro de mim como um monstro.

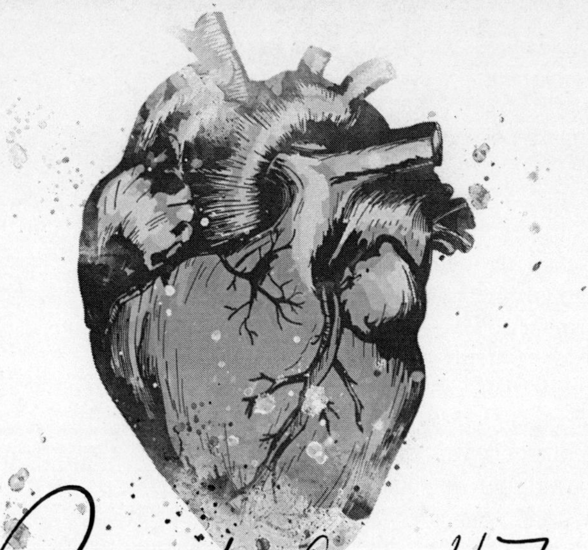

Capítulo 47

Anya

Alguns diriam que era uma noite perfeita. Outros, que alguns sonhos poderiam ser realizados.

Para mim, o conceito de Pandora estava além, e só poderia ser completo se Enzo estivesse lá.

Cobri o meu rosto com a máscara negra. Meus lábios, pintados com um batom preto, ornavam com o vestido rendado da mesma cor, com uma fenda até o umbigo. Uma das minhas pernas também era revelada pela abertura, e saltos grossos finalizavam.

Estava deixando o cabelo loiro retornar aos poucos... O castanho, cada vez mais claro, contrastava, e fechei os olhos.

Idealizei mãos grandes, sedutoras e impiedosas sobre o meu corpo.

Desejei uma voz grossa no meu ouvido e uma luta na cama.

— Está pronta? — Antone me acordou do devaneio ao abrir a porta.

O rosto coberto por uma máscara idêntica à minha, vestido com um smoking.

— Estou. — Ofereci minha mão e ele a colocou sobre o seu braço flexionado.

Atravessamos o corredor, e ao parar no alto da escada, contemplei a decoração.

Todas as paredes foram redecoradas em preto, assim como os tapetes. As janelas foram vedadas, e todo o lugar estava sob a luz de velas e LEDs vermelhos, criando uma atmosfera erótica e misteriosa. Dois seguranças, no lado de dentro, observavam e se comunicavam com os demais, que vigiavam o lado externo. Sem exceção, todos os cinquenta convidados estavam mascarados.

— Faça-me um favor? — pedi em um sussurro.

Durante aquele mês, me afastei de Antone. Estava irritada com sua traição com Eva, e não queria descontar nele. No estado em que se encontrava, não merecia.

— O quê?

— Não demonstre que está com Eva — revelei que sabia.

Ele se retesou dos pés à cabeça.

— Como...
— Sempre sei do que acontece.
— Porra...
— Não é a melhor hora para termos essa conversa, apenas... — Olhei-o. — Não estrague a minha noite nem a de Tom. E não se embriague tanto.
— Faz cinco dias que não bebo.
— Como é?
— É bom ter apoio — deu de ombros —, Eva me ajuda.
— Não faça um escândalo aqui.
— Não vou, tenho que me comportar, não é? — Deu uma piscadela.
— É um dos anfitriões.
— Está bem, chefe — debochou e me guiou para a escadaria.
Todas as cabeças se voltaram para nós.
— Pare no meio — sussurrei e Antone concordou.
Descemos devagar, passo por passo, e em uma altura que conseguia observar a todos, travamos.
— Vocês são convidados hoje, de algo que talvez aconteça outras vezes. É um desejo. — Sorri. — E acredito que seja de vocês também. Peço que seja sigiloso, e o que acontecer hoje, faça parte desse fetiche realizado por nós. Sintam-se libertos aqui. Todas as pessoas disponíveis estão dispostas a elevar esse prazer. — Dito isso, ouvi os passos das pessoas que eu contratei para aquela noite. Mulheres e homens de luxo. Antone olhou para trás, vendo as pessoas paradas, vestidas com máscaras que escondiam completamente o rosto e as roupas sensuais.
— Por que *não me contou?*
— Gosto de surpresas. — Voltei-me para os convidados. — Aproveitem.
Larguei o braço de Antone e desci sozinha.
Fui seguida por ele e pelas pessoas contratadas, que logo se juntaram aos convidados. Garçons mascarados, também pagos para ter sigilo, começaram a servir bebidas, e uma música baixa ressoou pelos cômodos que, sem os móveis pessoais, tinham enfeites eróticos, alguns objetos de sadomasoquismo e velas sobre candelabros.
Pelo canto do olho vi Tom acompanhado de Eva. Antone passou reto por eles, fingindo não os ver.
Continuei a procurar o que faria a minha noite espetacular. Durante aquele mês, cada vez que os via no cassino, via o olhar sofrido, a luta interna.
Estava na hora de libertá-los.
Alguns convidados sorriram para mim.
Retribuí e peguei uma taça de vinho. Beberiquei enquanto passava pelo arco para o próximo ambiente. Alguns casais *já* estavam sobre os sofás, beijando-se e buscando mais pele sem roupa. Alguns contratados satisfaziam outros, e os gemidos baixos me deixaram excitada.
O que Enzo sentiria em um lugar como este? Era assim que idealizava?
O que eu queria surgiu no próximo lugar.
Susano estava sentado no sofá, com Gisele ao seu lado. Ambos de preto, com as máscaras. Gisele tinha o quadril desenhado pelo vestido, os cabelos loiros presos em um coque e o olhar chocado, enquanto Susano deixava uma contratada sentar-se em seu colo e oferecer os seios.
No fim, sua esposa aceitava a traição, calada... e com certo receio de ser rejeitada depois.

Acelerei o passo, e assim que me aproximei, ele beijou a mulher. Gisele desviou o rosto e seus olhos se encontraram com os meus. Sorri, sem ter o seu sorriso de volta.

— Poderia parar, por favor? — ela cochichou para ele.

— Por que não se junta a *nós?*

— Poderia satisfazê-la também. — A mulher sentada no colo de Susano se ofereceu.

Gisele fechou os olhos, constrangida.

— Preciso de uma bebida — resmungou e se levantou. Susano a segurou com força pelo braço.

— Não me faça passar vergonha, Gisele. Se comporte e fique sem ser vista, em casa conversamos. — Hesitou e arqueou as sobrancelhas. — Você insistiu em vir, sabia como seria.

Ela deu as costas sem responder.

Não precisava tirar a máscara para que eu soubesse que estava chorando. Avançou pelas pessoas, pedindo passagem, e a segui. Um passo meu, vários dela.

Vi-a pegar uma taça de vinho de uma bandeja e se aproximou de um canto mais escuro, ocultando-se das pessoas e evitando ver a traição do marido. Continuei o meu andar lento e parei ao seu lado.

Com a taça na mão, a elevei aos lábios. Esperei, em silêncio, até que o seu olhar recaísse sobre mim, e sorri.

— Não está sendo uma boa noite para você — murmurei.

— Não, está...

— Susano está te traindo. — Encarei-a.

Gisele abriu a boca para negar e franziu a testa.

— Conheço você.

— Sim, nos conhecemos no meu cassino. Enfrentei o seu marido por você — contei.

Seus olhos se arregalaram com a lembrança e ela os desviou, envergonhada.

— Desculpe-me por aquilo, não gosto de levar minhas brigas para fora de casa.

— Vocês brigam? — perguntei, irônica, e bebi mais um longo gole. — Achei que ele apenas mandasse e você obedecesse.

— Não... — suspirou e desistiu. — Sim.

— Por que faz isso?

— Faço o quê?

— Deixa um homem te submeter? Você não precisa dele.

— Claro que preciso. — Virou a taça, buscando forças para continuar a conversa. — Eu o amo... Amo Susano demais.

— Mais do que a si mesma — completei. Gisele ficou calada. — Nunca amei alguém mais do que a mim mesma — continuei. — Por que se eu não me amar primeiro, quem o fará? — indaguei, sem esperar a resposta. — Amá-lo mais do que a si própria dá a ele a liberdade de pisar em você, de machucá-la e humilhá-la.

— Ele também me ama.

— Ama? Tem certeza? — Estava sendo diabólica. Sabia disso, mas não conseguia evitar a malícia. — Tive a impressão de que ele ama mais o próprio pau do que você.

— Meu Deus, não estamos tendo essa conversa, estamos?

— Estamos, enquanto o seu marido transa com outra mulher nesta mesma casa.

— Quer me machucar? — Gisele se voltou para mim e arrancou a própria máscara.

— Por que eu faria isso, quando você mesma se fere?

— Ele pediu para que eu ficasse longe de você, e percebo o porquê.

— Sabe o motivo, Gisele? — Encurtei o espaço entre nós. — Porque ele já pensou em foder comigo. Você não vale nada para aquele homem, a não ser uma boa conta gorda, e é isso, só isso. Ele não ama você, ama o seu dinheiro.

— As pessoas que amam também traem.

— Essa é a sua opinião?

— Com certeza... — Desviou o olhar, que revelou mais.

— Você já o traiu, não é? — Ela respirou fundo e assentiu. As lágrimas surgiram nos olhos verdes. — Susano usa isso contra você?

— Ele diz... que está no direito dele. Que eu o fiz sofrer, e agora ele precisa se acalmar sempre com as outras. Ele me ama, apenas está descontando o que causei. — Tentou se convencer. — Eu o traí quando mais nova, amava-o, contudo... — Balançou a cabeça em negativo. — Estava embriagada, com as amigas, e o homem era bonito, acabei cedendo. Estávamos em uma fase difícil, brigávamos muito.

— Concordo com você. — Olhou-me surpresa. — As pessoas que amam também podem trair... e se arrependerem. Fica a escolha da que foi traída aceitar, tentar perdoar e seguir. Vingança só demonstra que um dos dois não ama, Gisele. Nesse caso, sabemos quem é — sugeri. — Ele poderia ter acabado na época, ou perdoado, nunca pagar na mesma moeda.

— Você nem o conhece para falar dele.

— Não, não conheço, mas conheço homens o suficiente para saber os que valem alguma atenção e os que são piores que meninos na puberdade.

Passei a borda da taça sobre os lábios e esperei que Gisele desse as costas e saísse. No entanto, permaneceu ali.

— Ele bate em você? — ataquei.

— Como é? — perguntou, surpresa. — Não, isso jamais... nunca me agrediu fisicamente.

— Mas psicologicamente sim.

— Às vezes. — Juntou as sobrancelhas.

— Isso faz você ceder, não faz?

— Ele sabe usar todas as cartas contra mim. No fim, me sinto errada, entende?

— Errada por querer o melhor para si mesma?

— Ele diz que eu que causei essa ruína no casamento — desabafou. — E tenho medo de que seja verdade. Sempre me pergunto... Se eu não tivesse traído primeiro, talvez estivéssemos bem. Talvez, ele fosse bom. Temo estar perto de acabar.

— E qual o problema se acabar?

— Como vou sobreviver sem ele? É o meu marido... *é* o homem da minha vida.

— Que vida medíocre que você tem, então — murmurei, debochada.

— Não é medíocre ter algum amor.

— Você precisa ser a estrela da sua vida, não outra pessoa. Não existe homem da sua vida, e sim o homem que você escolheu para compartilhar a vida. Se ele não quer, não deve fazer falta. E sobreviver? Ele não alimenta você, não é o seu coração. Dói, machuca, contudo, não irá morrer no término.

— E a culpa? — Uma lágrima escorreu pelo seu rosto.

— A culpa? Cuspa-a na cara dele, porque você não tem culpa de nada.

— Estamos falando como se eu fosse fazer algo...

— É, também acho — murmurei. — Tenho a impressão de que essa conversa não dará em nada. No final, voltará para casa com ele, *já fodido por outra mulher, com o perfume de outra. Ele* se deitará, dormirá ao seu lado e não se importará com quantas lágrimas manchará a sua maquiagem. No dia seguinte, usará o seu cartão e dirá para você esquecer toda a merda de hoje. — Gisele murchou ao meu lado. — Estou errada?

— Sinto-me fracassada.

— Você se permite.

— Fala como se fosse fácil.

— Nunca é, mas quanto mais demorar para dar o primeiro passo, mais difícil se tornará.

— Ele pode mudar, não pode? — Agarrou-se às esperanças.

Sorri.

Eu era vil e maliciosa, porém, jamais enganaria uma mulher sobre homens.

— Um homem que está confortável com a esposa submissa, agredindo-a com palavras, mas mesmo assim transando no final, tendo muito dinheiro e carinho, irá querer mudar? Quantos homens que você conhece mudaram? Quantas mulheres continuam em um casamento humilhante por causa desse pensamento? Você mudaria, no lugar dele? — Não respondeu e dei por encerrada a conversa. — Bom, faça algum proveito da festa, há diversos homens aqui — sussurrei e dei as costas.

Antes que desse o terceiro passo, a ouvi:

— Espere.

— Sim? — Olhei-a sobre o ombro.

— O que sugere que eu faça? Tenho medo... Nem nos conhecemos direito e estou ouvindo sobre acabar com o meu casamento. Não quero sofrer mais, só não sei o que fazer.

— Quer ter certeza de que pode ser feliz sem ele?

— E como isso seria?

— Desprendendo-se dele... Venha comigo. — Ofereci a mão e Gisele aceitou. Entrelacei os nossos dedos e larguei a taça em uma bandeja.

— Onde iremos?

— Para um quarto.

— Mas... Você... — Calou-se assim que a fitei pelo canto do olho.

— Isso não é mais um casamento. Está na hora de você sentir prazer e ver que o homem que dorme na sua cama não faz nem metade do que deveria.

Continuei a guiá-la, e assim que avistei um dos contratados, fiz sinal.

O homem, com o rosto coberto por uma máscara, cabelos pretos e pele negra, com apenas uma cueca trabalhada escondendo o seu órgão, se aproximou. Reparei nos músculos deliciosos, no peito liso e marcado.

— Poderia nos seguir? — sussurrei para ele, que assentiu.

Dirigi-me para as escadas.

— Tem certeza? — Ela vacilou.

— Até o fim da noite, você terá.

— Anya. — Uma voz familiar me chamou e senti o aperto no meu braço.

Virei-me, encontrando Tom preocupado.

— Tom?

— Você viu Eva? Não a encontro...

Respirei fundo.

— Acho que a vi no andar de cima. Vou subir — falei apressada. — E digo que você está aqui embaixo, procurando-a.

— Eu posso subir...

— Não — interrompi-o. — O andar de cima não faz parte da festa. É uma área privada.

Tom retesou o maxilar e assentiu, irritado.

Larguei-o no pé da escada e subi depressa, com Gisele no meu encalço.

— O que ver lá em cima — ordenei —, ficará entre nós.

— Tudo bem, mas por quê?

— Porque há mais pessoas envolvidas — contei e alcançamos o alto da escadaria. Levei-a pelo corredor, com o homem musculoso nos seguindo a passos de distância.

Passei pelas portas fechadas, atenta. A música ali quase não existia, e logo ouvi gemidos.

Travei e afastei minha mão.

— Fique aqui — disse, autoritária, e me dirigi para a porta do quarto de Antone, uma das últimas do corredor. Não bati, a abri com violência.

A bunda do meu irmão, nua, ia para frente e para trás, os braços retesados pela força de fazer Eva ficar colada na parede. As pernas dela circulavam o quadril dele. Os gemidos cessaram.

Ambos me olharam aterrorizados.

Entrei, sem pudor ou vergonha, e fechei a porta com força.

— Estão fodendo com a minha paciência, é isso?! — sibilei. — Querem criar um escândalo na minha festa!

— Não, e-eu... — Eva gaguejou, colocou os pés no chão e abaixou o vestido. Passou as mãos pelos cabelos bagunçados.

— Cale a maldita boca! Conversamos depois. O seu namorado corno está lá embaixo, pronto para subir aqui. O que aconteceria se ele tivesse feito isso? Se fosse Tom no meu lugar? — Deixei implícita a pergunta. — Sabemos o que aconteceria.

Antone puxou a calça e, irritado, procurou pela camisa no quarto. Segui-o com o olhar, enquanto Eva me encarava, atônita.

— Está esperando o quê? — Voltei-me para ela. — Um sinal divino para descer? Desça antes que eu perca a cabeça e a arraste para baixo.

Ela engoliu em seco e saiu apressada, me deixando com o meu irmão.

— Por que precisa ser assim? — Sentou-se, já com a camisa sobre o corpo, desabotoada. — Tão cruel?

— Sou eu a cruel deste quarto? Tom confia em você, ama você como um irmão, e o que estava fazendo? Fodendo com a namorada dele!

— Não é assim. — Passou as mãos nos cabelos loiros. — Nós só...

— Ah, *não, estavam fazendo o quê? Não sou cega.*

— É passageiro... Sei que é.

— Não interessa se é uma ou dez vezes, continua sendo traição, Antone.

— Eu sei, eu sei! Cacete, é claro que sei! — Exasperou-se, com o rosto coberto pela aflição. — Mas ela me faz bem. Quando estou com ela, não penso na maldita sede que sinto. Não me sinto tão... fracassado. — Pausou. — Sinto-me amado.

— Eu amo você.

— Não é esse tipo de amor a que me refiro.

— Eva ama o namorado...

— Não, não ama — resmungou, cabisbaixo. — Ela não sente nada por Tom a não ser amizade. Contou-me isso outro dia...

— Estão juntos há mais de um mês, não estão? — Suavizei.

— Sim.

— Não é passageiro. É destrutivo. Se fosse para ela trocá-lo por você, já teria feito.

— Não sei por que ela não acaba com ele... — Ergueu o olhar triste. — Não o ama, não precisa do dinheiro dele... Aí poderemos...

— Poderão? — indaguei. — Como será isso? Eva acaba, aí você pega e explica o quê para ele? É Eva ou a sua amizade com Tom, sabe disso.

— Que porra! — Abaixou a cabeça e enterrou os dedos nos cabelos. — Preciso dela na minha vida. Sinto-me tão bem... Tão fodidamente bem com aquela mulher, que nenhuma outra parece ter importância. Ela me ajuda tanto, não me deixa ficar bêbado, se preocupa...

Estava em uma péssima situação.

Amava Antone, era o meu irmão caçula e minha única família.

Eva era minha responsabilidade. Era paga para espiar Tom, estava trabalhando para mim.

Se satisfizesse o meu coração e carinho por Antone, foderia o meu negócio. E vice-versa. Não queria ser cruel, porém, jamais perderia o jogo.

— Não é certo.

— Sei que não — concordou. — Mas não encontro solução.

— Precisa acabar — decidi.

Antone ficou calado, tão perdido que não tinha mais resposta.

O toque do seu celular cortou o silêncio e ele o procurou na cama. Sua expressão se alterou no instante que fitou a tela.

— Meu Deus... — sussurrou e atendeu. — Enzo?

Arregalei os olhos, chocada.

Aproximei-me, ansiosa, tentando não demonstrar o quanto estava me afetando.

— Está tudo bem? — Pausou. — Porra, estava tão preocupado! *Já fazia meses que não ligava... Não, eu sei, sei que não consegue telefonar muito daí. Como você está?*

Antone ergueu o olhar, cravando-o em mim.

— Como ele está? — sussurrei.

— Bem — respondeu no mesmo tom de voz e voltou a atenção ao celular. — Três anos e voltará? — Outra pausa. — Por que não? Que porra, Enzo! Seu lugar não é aí, sabe disso... Sim, e o meu não é com os Devils. Ainda sou um *Prospect* e estou me virando bem... Sim — resmungou. — Estou melhor, Anya está me cuidando. — Fuzilou-me com o olhar. — Parei de beber.

Antes que Antone pudesse me impedir, apanhei o celular da sua mão e dei as costas.

Colei-o na orelha e ouvi a respiração pesada.

— Enzo... — sussurrei sem esconder a emoção.

Na penumbra, sob o olhar de Antone, ansiei por ouvir a voz do único homem que destruía a minha confiança e dominação.

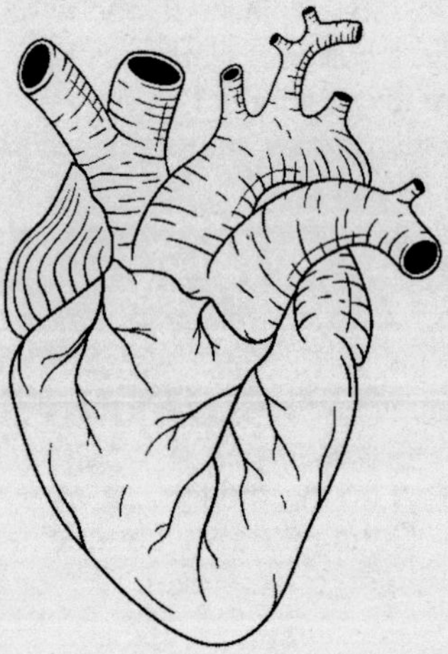

Capítulo 48

Anya

A respiração pesada dele cortava o silêncio do telefone.

— Enzo? — Não estava no controle.

Diante daquela hesitação, odiei-me por fraquejar.

— Anya — sussurrou.

— Como está? — Olhei para Antone. — Poderia me deixar sozinha?

— Sem problemas — murmurou a contragosto e saiu.

— Estou bem... Suficientemente bem.

— Ainda está preso?

— Sim, serão três anos.

— E depois? — Cravei o olhar no espelho. Meu rosto revelava toda a emoção contida na voz.

— Ficarei aqui. — Pausou. Falou devagar: — Não menti quando disse que era o fim. Não enganei você, precisa seguir em frente, porque para mim não há...

— Porque você não quer.

— Sabemos que não é assim. A merda que está sobre mim é bem maior do que poderia imaginar.

— Então conte.

— Não. — Ele riu. — O monstro se torna real quando damos voz a ele. Prefiro assim, meus segredos, seus segredos.

— E se eu não aceitar? — Caminhei até a cama e me sentei. — E se eu não aceitar a sua decisão de permanecer aí?

— Você... é uma mulher muito poderosa — declarou. — O suficiente para derrubar quantas pessoas quiser. Mas, dessa vez, eu poderia arruinar você. Guarde a sua força, a sua vontade, para outros. Não sou mais o mesmo.... não sou o velho Enzo que você conhece.

Um vinco se formou na minha testa.

Desviei o olhar para a janela, e, calada, refleti sobre o quanto os acontecimentos poderiam mudar uma pessoa.

— O que fizeram com você?

— Eles me espancaram, me torturaram de várias maneiras, como uma carne que passa em um moedor até estar pronta...

Fechei os olhos.

— Ainda poderíamos nos reconhecer.

— É uma doce ilusão. — Tinha ironia na sua voz. — Volte para a realidade. — Suas palavras me fizeram abrir os olhos. — Acabou. — Duras e cruéis. — Nesse momento, estou esperando uma mulher para me fazer esquecer do passado. Ao menos isso Vladmir não nega para mim.

— Ao menos uma parte sua se mantém quente.

— Ao menos uma não endureceu como gelo — murmurou. — E a sua?

— Nunca tive um coração, se é isso o que pergunta. — Blindei-me da maneira que sempre fazia. Dessa vez, sofri por isso. Em vez de ferir alguém, essa frieza me machucou.

— Nunca teve? Nem nos momentos que ficou comigo? Nem quando veio para cá... Por que veio?

— Porque somos uma família. — Levantei-me. — Porque é isso que significa ser um Lehansters. Lutar um pelo outro, ir até o fim.

— Não existe fim para nós, não da maneira correta.

— O extremo é só um limite a ser ultrapassado. Já o ultrapassamos. Quando dormimos, quando trepamos, quando fodemos com os nossos corpos e mentes...

— Quando mentimos para nós mesmos.

— Não... Isso não é ultrapassar — discordei com amargor. — Isso é se proteger.

— Lembro-me de uma conversa nossa.

— Estava certa em querer me proteger de você. — Calei-me.

Meus olhos revelaram o quanto Enzo me tornava vulnerável.

Passei uma mão pela bochecha quando uma lágrima deslizou.

— Estava. Eu... Apenas não aceitei na época. *Não via o motivo. Agora lhe dei* a causa.

— Tentamos nos convencer de algo impossível. Mesmo para nós, que somos quebrados, seria perturbador.

— Somos irmãos — afirmou. — Sempre seremos... É melhor mantermos assim.

— Diga para si mesmo todas as vezes que transar com outra. Todas as vezes que for dormir.

— Está com raiva?

Sorri maliciosa.

— Você me machucou, não permitiu que eu recuasse quando quis. E, de certa forma, tenho uma parcela de culpa. Preocupei-me com você e... — suspirei. — Deixei que ocupasse um lugar que nenhum outro homem conseguiu — confessei. — Contudo, não foi recíproco. Não, Vladmir talvez não precise se esforçar em revelar o seu lado sombrio. Nosso pai, no final, sempre ganha.

— Estava apaixonado — admitiu. — Não negarei. Precisei desse tempo longe para desapegar, para compreender que o que tivemos é isso: passado.

— Foi o suficiente para libertar os nossos monstros...

— E agora precisamos aprender com eles. Foi um erro. Foi uma maneira doentia de obter poder, sedução e era também uma obsessão.

— Somos quebrados. Não me surpreendo com as nossas escolhas. — Mais uma lágrima deslizou pelo meu rosto.

Seria a última.

— Agora você já sabe que não deve me esperar. Mesmo que eu retorne, leve o tempo que for, quando eu voltar, não será para você ou por você.

A minha parte frágil se tornou dura.

Estava na hora de voltar a ser a velha mulher, incapaz de se comover com os sentimentos dos outros.

A que atacava, ao invés de se sentir como presa.

— Você nunca me teve nas mãos. Sempre pensará em como seria a sensação de me ter. E todas as vezes, se lembre deste momento. O momento em que eu o deixei para trás. — Pausei. O nó na garganta, uma amostra do quanto eu precisava me superar. E o seu silêncio uma incógnita. — E eu não olho para trás. Nunca.

Desliguei o celular.

Fitei a ligação encerrada, o meu peito explodiu em milhões de pedaços, que pareciam afiados como a minha língua.

Clamavam por sangue como a minha mente, e cortaram o meu coração.

Gritei e joguei o celular contra a parede.

O aparelho se espatifou em um baque, suas partes caíram no chão, e quando me dei conta, também estava ajoelhada sobre o tapete.

Não importava o quanto Antone falasse do nosso irmão. Ou o quanto eu sentisse sua falta.

Enzo era passado.

O que acontecesse com ele na Rússia não seria mais importante.

Não era fácil de ser enganada. Sabia que fez de propósito ao citar todas aquelas palavras. Saber que ele tentou me machucar foi o máximo que aceitei.

Ninguém teria esse poder sobre mim. Ninguém, além de mim, poderia me ferir dessa maneira.

Não, nem Enzo teria esse direito.

— Está tudo bem? — A indagação veio da porta e Gisele estagnou.

— Estou no chão — sussurrei. — Quando uma mulher está no chão, algo está errado.

— Posso ajudar?

— O que sabe sobre um orgulho machucado?

— Você, com orgulho machucado? — Entrou e fechou a porta. — Não consigo imaginar, depois de tudo o que disse para mim — falou, cautelosa. — Pensei que fosse forte, que fosse...

— Sou forte.

— Por que perguntou?

— Quero a sua resposta. Já teve o seu ferido? — inquiri.

— Nesse exato momento, Anya. Firo a mim mesma só de pensar em Susano gozando com uma mulher, gemendo o nome de outra, sem se importar com quem o ama.

— Com você.

— Sinto-me inferior. Quem sou eu? Mereço esse desprezo? Parada ali, no corredor, enquanto aguardava por você, pensei sobre tudo o que disse.

— Pensou um pouco em si mesma — disse e Gisele anuiu.

— Pensei sobre aceitar Susano na cama — suspirou. — Sobre como permito que me tenha por baixo, que se aproveite de todas as minhas fraquezas, me manipule e me faça sentir... — Tentou procurar as palavras.

Espalmei minhas mãos contra as coxas, cabisbaixa.

— Faça se sentir menos mulher.

— Sem os meus direitos de ter amor, de ter carinho. De ter poder.

— Alguns homens pensam assim — Enzo veio na minha mente —, que podem controlar as mulheres. Que somos descartáveis ou que podemos ser manipuladas. Se esquecem que, talvez, no fundo, more não um anjo, mas um demônio, que pode incendiar tudo o que toca. Assim como eles podem ser... — elevei o olhar — temidos, nós também podemos. Diferente deles, podemos enganar, porque não temos uma fraqueza no meio das pernas. Não nos sentimos no poder.

— Como assim?

— Os homens são presunçosos, *são arrogantes. Todo mundo sabe que uma mulher não é capaz. Todo mundo é ensinado que uma mulher deve respeitar o seu lugar. Todo mundo é enganado* — falei de forma ácida. — Quando se aprende que uma mulher é desse modo e quando mostramos que uma parte nossa jamais será domesticada, somos repreendidas.

— É tão errado — Gisele murmurou.

— O certo não é sempre certo — sussurrei. — E o errado — fechei os olhos — é o ideal para alguns.

— Seria para nós? Não quero mais estar casada — confessou. — Estou cansada, despedaçada. Sinto-me usada, um lixo jogado por um homem que prefere outras mulheres.

— Porque não conheceu uma capaz de fazê-lo sentir medo. — Fitei-a. — Porque ele não sentiu o que é estar nas mãos de uma que o faça entender o quão frágil é.

Gisele sustentou o meu olhar.

No silêncio, compreendeu até onde eu queria chegar.

— Você seria capaz disso?

— Tenho medo de mim mesma. Tenho medo de quantos limites posso quebrar. E temo não ter controle. Se quer dor, se quer vê-lo sangrar...

— Queria ser como você.

Sorri e me levantei.

Encarei-a por demorados segundos.

Na intensidade do seu rosto, avancei contra Gisele. Minhas mãos se enveredaram nos seus cabelos loiros, presos no coque. Seus seios se colaram aos meus, e nossos lábios se encontraram sob a respiração ofegante.

Abri sua boca macia, senti o gosto do batom.

Sua língua pequena tocou a minha, e eu a dominei. Sem resistência, se entregou, suas mãos tocaram os meus ombros e a guiei para os meus seios.

Apertei seus dedos contra o tecido e volvi as minhas *mãos* para o seu queixo.

Nosso beijo se aprofundou, pude ouvi-la gemer.

— Já transou com uma mulher? — indaguei.

— Não... Eu...

— Conhece o seu próprio corpo? — Se calou. — É capaz de guiar as minhas mãos para os lugares que sente prazer? — Negou com a cabeça. — Nenhum homem fará o que nem você mesma faz. — Rocei o indicador no seu lábio inferior. — É capaz de manusear e acariciar o pênis de um homem, mas inútil para se fazer gozar com a própria mão.

— E você consegue?

— Não preciso de um homem para gozar — disse maliciosa. — Não preciso de um pau no meio das minhas pernas para ficar molhada. Faço isso sozinha.

— Me ensine — implorou em um sussurro. — Me ensine a não precisar.

— Não posso ensiná-la a ser forte. — Hesitei.

Seu olhar recaiu sobre o meu pescoço.

— Nunca tinha beijado uma mulher.

— Sempre seguiu o que a sociedade disse ser correto.

— Você já...

— Se eu já transei com uma mulher? — completei a sua pergunta e ela assentiu. — Já. Definimos homens e mulheres pelo órgão — expliquei, baixo. Meus dedos desceram, fizeram a curva do seu pescoço e encurtei a distância, posicionando os meus lábios no seu ouvido. — No sexo, somos apenas prazer. Apenas gozo ansiando por mais. O êxtase é uma sensação, não precisa de definições. Nesse abismo profundo do sexo — cada palavra era dita com a estratégia de ver sua pele arrepiar, enquanto meus dedos tocaram os seus seios por cima do vestido. Apalpei-os e Gisele arfou —, ser homem ou mulher não importa.

— Eu...

— Você está presa nessa consciência de que é errado deixar eu tocar o seu corpo, porque somos duas mulheres. — Assentiu. — Porque você não se considerava bissexual.

— Como assim? — Apoiou as mãos nos meus ombros, com as pernas fracas.

Lambi a curva abaixo da sua orelha.

— Gostar não significa que não transará mais com homens. É apenas liberdade. — Subi a mão até o seu rosto e o segurei firme. — Na cama. Em nosso corpo. Em deixar nossas peles provarem o que o mundo tem a oferecer.

— Não sei...

— Pudor. Você é puro pudor. — Joguei as palavras e recuei. Gisele se sobressaltou e notei pelo canto do olho o quanto sentiu a minha ausência. — Vá embora.

— Está me mandando embora?

— Tudo o que fizer hoje se tornará arrependimento amanhã, porque não tem certeza. Não chorou o suficiente — contei.

— E preciso chorar para ter certeza?

— Você não imagina o quanto o choro é libertador. — E, por isso, eu não queria mais chorar.

Libertava os meus medos, as minhas carências, as minhas fragilidades.

— E Susano — balbuciou. — Não posso... — Olhou-me preocupada. — Deixar aquele homem.

— Você deixará. — Joguei na sua cara. — Não tem força para seduzir nem uma mulher, quem dirá mandar em seu dono.

— Ele não é o meu dono — retrucou.

— Até não ser dona de si mesma, todos os homens se acharão donos.

Recuei.

Dei as costas e me voltei para a janela, que mostrava o jardim da casa. Podia sentir a presença *de Enzo pairando sobre aquele lugar*, onde morou tanto tempo.

Ele não era o meu dono.

Morreria antes que outro homem como Nicolai quisesse tomar de mim as minhas vontades.

— Ficará de olho nele?

— Quer que eu transe com ele? — indaguei, direta.

— Fará Susano sofrer?

— Você quer se libertar?

— Quero.

— Vá para casa. Deixe-o aqui. Não transarei hoje com ele, talvez nem amanhã, ou nunca. Pense, deite-se na sua cama, tão fria e vazia, e se pergunte se é assim que quer manter a sua vida.

— Como posso entrar em contato com você?

— Eu ligo.

Ela permaneceu mais alguns minutos. Queria falar mais, contudo, o meu silêncio definiu a conversa.

Ouvi seus passos, a porta abrindo e se fechando com veemência.

Pouco depois, um carro a levou embora.

Pandora tinha nascido na minha cabeça, criava braços e pernas nesta noite, mas seu coração continuava tão gelado quanto o meu corpo.

Enzo precisava ser passado, enquanto Pandora seria o meu futuro.

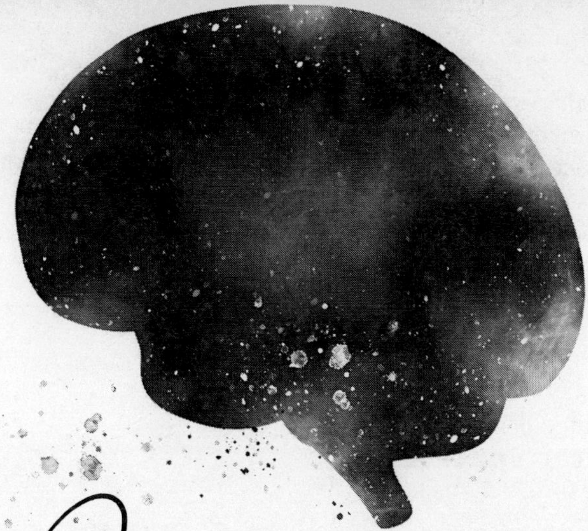

Capítulo 49

Enzo

— Acabou? — O guarda bateu na porta.

Abaixei o telefone, colocando-o no gancho, e dei as costas. Fui escoltado de volta para o quarto, enquanto o assobio do homem atrás de mim ecoava junto aos nossos passos.

Estava feito.

Decidido e com um ponto final.

O corredor parecia ser tão comprido que, pelo caminho, refleti se passei pouco tempo. Fazia um pouco mais de cinco meses desde que eu tinha colocado os pés em Moscou e aceitado o meu destino.

Pouco mais de meses que me fizeram ver o quanto eu fui feliz em uma vida que agora parecia ser de outro homem.

Meses que Anya chegou para varrer com toda a minha lucidez. Agora esse lado da minha vida estava acabado.

Precisava.

Se Anya chegasse perto demais, foderia com tudo. Deixei que estivesse a passos de descobrir segredos que poderiam mudar o que acreditava ser verdade.

Esse isolamento, essa crueldade, estava colocando a minha cabeça de volta ao lugar. Estava quebrando-me tanto, que podia ver com nitidez a trilha a seguir.

E já não me apavorava tanto.

Abracei de vez Otávio.

Parei diante da porta do meu quarto e fui jogado para dentro. Andrei, Yerik e Russell já dormiam.

Sentei-me na cama, na penumbra iluminada pelas janelas. A neve caía pesada e vagarosa. Ouvi a chave girar do lado de fora, trancando-nos.

— Conversou com a sua família? — Sobressaltei-me com a voz arrastada de Andrei, deitado na cama ao lado da minha, com um pequeno móvel separando-as.

— Sim — murmurei.

— Fazia tempo que não falava com eles.

— Você também não faz ligações, nem recebe visitas.

— Que louca seria a pessoa que traria uma criança para cá? Minha esposa... Minha ex — suspirou — queria vir, mas deixei que se fosse. Já conversamos sobre isso, não é?! Que vida darei a ela, mesmo se fugir daqui? Quero apenas minha filha por perto, não quero ser a infelicidade de alguém que amo.

— Entendo — concordei cabisbaixo.

— E você? Conversou com o seu irmão?

— Minha... irmã. — Enterrei as unhas contra as palmas, sentado na beirada da cama.

— E está tudo bem?

Anya *não olhava para trás.*

Não era esse tipo de mulher.

Seu orgulho ferido era capaz de machucar até os inocentes.

O que faria com um homem que a fez sangrar?

— Não sei. — Fui sincero.

— Brigaram?

— Tem um lado meu que não quero falar, Andrei. Temos nossos fantasmas.

— Sabe que não julgaria você, cara. Somos irmãos aqui, de certa maneira.

— Não... — Fechei os olhos. — O problema não é julgar, não me importo com as opiniões. O pior é dizer em voz alta o que me machuca. — Andrei não respondeu. — Precisava que ela parasse de me esperar, de lutar para que eu voltasse.

— Ela ama você.

— Não quero que ela tenha esperanças sobre mim. — Olhei-o de canto. — Assim fica mais fácil para continuar.

— É família — Andrei disse e se sentou. — Eles nunca nos abandonarão.

— Eu já me abandonei. Não quero que alguém tente me puxar de volta.

— Cara, que papo fodido é esse em plena madrugada? — Russell acordou do outro lado. — Estão planejando suicídio? Se fizerem isso, sabem que terão uma corda tatuada pelo pescoço, no mínimo...

— Não é isso — Andrei murmurou.

— Quando vocês pretendem fugir? — cortei o assunto.

Russell resmungou, esfregou o rosto e se sentou.

— Final do próximo mês. Entrar*ão* guardas novos, Yerik escutou outro dia enquanto retornava para a oficina.

— Vai mesmo? — Fitei Andrei de canto.

— São dezessete anos — murmurou. — Não quero perder minha vida aqui, não por algo que fiz por minha menina. Aquele desgraçado merecia...

— Se pegarem vocês, aumentarão a pena.

— Torço que não. — Sorriu, desanimado. — Vão me colocar na perpétua, com certeza. Negro que assassinou um branco? Me mandarão para uma de segurança máxima.

— Nem queira saber — resmunguei. Passei as mãos no cabelo e me deitei na cama. O teto escuro não me confortou e fechei os olhos.

— Ficou um tempo naquela prisão de segurança máxima, não foi?

— Um mês que pareceu um inferno.

— O que fizeram com você... *lá? Você sabe...* — Russell perguntou.

— Não me estupraram, porque sou protegido...

— Protegido por quem?

— Fui espancado, passei por momentos que me endureceram. A violência muda as pessoas.

— Sabemos como é — Andrei concordou.

— Ver o seu próprio sangue, a dor por todo corpo, não ter previsão de futuro, muito menos de quando as coisas irão melhorar, isso muda um homem.

— Meu velho me disse uma vez — Russell se deitou e continuou: — que podemos nos reinventar, que enquanto vivermos, ainda há chance.

— E onde está o seu velho agora? — indaguei.

— Morto. Morreu no Vietnã.

— Sinto muito.

— Minha mãe cometeu suicídio pouco tempo depois. A guerra também mudou as pessoas.

Fiquei quieto, não queria conversar.

Não conseguia esquecer a conversa com Anya, o quanto a mentira mascarava o que ainda sentia.

O quanto eu queria voltar, apenas voltar a ser um homem capaz de deitar-se na cama com ela e não ter medo do dia seguinte.

Ou de mim mesmo.

— Não quer ir conosco, Andrei?

— Não. Tenho só três anos...

— Se conseguirmos, você sabe que eles te pressionarão, não sabe?

— Sei. — Inspirei. — Nem o diabo conseguirá tirar palavras de mim, não se preocupem. O que guardo, costumo querer levar para o túmulo.

— Voltem a dormir, cacete, ou foderei a bunda de cada um com um maldito ferro! — Yerik resmungou do outro lado do quarto.

Caímos na risada, porque a desgraça era tanta, que o humor vinha com facilidade.

Não tardou para Russell e Andrei adormecerem.

Eu vi o sol nascer.

Vi a neve começar a derreter.

Fiz os exercícios sob um frio extremo, trabalhei como todos os dias, almocei a pouca comida que ofereciam, e quando vi os russos no pátio outra vez, eles recuaram.

Abaixaram a cabeça e demonstraram completo respeito. Vladmir tinha feito algo, dado alguma ordem. Voltei a ser intocável lá dentro, com o ódio dentro de mim, sem poder extravasar em socos ou brigas.

Ouvi o choro assim que passei com Andrei por uma mesa. Dois russos, de cabelos vermelhos, sardas e magrelos, estavam sentados em um canto.

— Quem são?

— Novatos. Chegaram esta manhã.

— Por quê?

Andrei se aproximou enquanto adentrávamos na oficina.

— Tráfico. Cinco quilos de maconha cada um.

— Vão voltar pior.

— Cara. — Ele riu. — Estão se mijando aqui. Já os ameaçaram agora pouco. Vão pedir no tribunal por redução de pena, no mínimo. Estão transtornados.

— Quanto tempo eles pegaram?

— O boato é cinco anos.

— Se durarem até lá — murmurei e voltei a me sentar em frente à máquina.

Assim como naquele dia, nos tantos outros que se passaram, fui me distanciando das lembranças.

No frio extremo do Campo, era mais fácil aceitar a crueldade, o caminho e até as ideias de Otávio, que jamais me abandonaram.

Durante a noite, retornava a pensar em Anya, em toda a última conversa. Um mês depois precisei recusar a ligação de Antone.

Não queria mais contato. Eles precisavam seguir. Eu precisava ficar.

Por eles, por mim.

Por um passado que poderia significar futuro.

Vladmir tinha olhos ali, uma fraqueza minha era o pior resultado. E se eu não estava aguentando ali, era porque não estava pronto para encarar a Bratva. Três anos precisavam ser o suficiente para me moldar, para reviver tudo o que Otávio me ensinou, falou e criou.

E matar tudo o que sonhei, desejei e todas as esperanças de ser alguém melhor.

Abri os olhos quando o grito irrompeu pelo quarto. Sentei tão depressa que Andrei fez sinal, na penumbra, para que eu calasse a boca.

— Estão tatuando os dois novatos.

Encarei Russell, também acordado.

No silêncio, aguardamos os gritos cessarem. Outros começaram. Choros, palavras gritadas, implorando para que parassem. Animais dentro de cercas, cobertos de neve, era isso que éramos. A prisão não era boa, nunca seria.

Piorava os falhos, aumentava a crueldade, e o que saía pela porta era a sombra do que um dia o homem foi.

Quando o silêncio voltou, nem eu nem Andrei voltamos a dormir.

Levantei-me e fui para a janela. A neve caía, a mesma paisagem durante todo os meses.

— Quando sair — disse, assim que Andrei parou ao meu lado —, ligue para os meus irmãos, não esqueça disso.

— A primeira coisa que quero fazer, cara — sorriu e apoiou a mão no meu ombro —, é ver minha filha. Minha menina. É só por ela.

— E por ela vai aceitar tudo o que eu tenho a oferecer, Andrei. Você precisa desaparecer.

— Acha que não sei? Já disse isso. Vou aceitar, porque se eu me tornar um perigo para a minha família, não tenho motivos para sair. Não quero prejudicá-los. Vou poder chegar — hesitou, com os olhos marejados de lágrimas — perto do aniversário dela. Lembro que quando bem pequena, ela aprendeu a cantar uma música. Todo aniversário, deixávamos cantá-la sozinha, antes de assoprar as velas.

— Vai voltar a vê-la assim — murmurei.

— Espero, espero... Meu medo é que ela tenha medo de mim, que quando crescida, me julgue... Fiz o meu melhor como pai, mesmo com a violência.

— Eles foram certos em estuprar uma criança? — rosnei, arqueei as sobrancelhas e me voltei para ele. — Foram certos em calar a boca dela com um pano e terem abusado de todas as maneiras? — Andrei ficou calado, tão furioso que mataria de novo se estivessem na sua frente. — O que a justiça faria com eles?

— A justiça é uma merda. — Encarou-me e cuspiu as palavras. — O poder é corrompido em qualquer lugar, em qualquer país.

— Eu compro pessoas com o meu dinheiro, sempre comandei onde morei. Sempre dei dinheiro para os mais corruptos e até para aqueles que se diziam corretos.

— Eles estariam vivos e livres. Tinham dinheiro para isso — contou. — E minha filha, se já não bastasse o abuso, sempre pensaria que os monstros estariam por aí, vivos. Posso morrer por isso, posso apodrecer, mas jamais me arrependeria. Quero vê-la cantando de novo, quero ver o brilho no olhar pequeno e quero que ela saiba que eu, o pai dela, a protegerá de tudo.

— Então não foi errado — resmunguei.

O *céu começava a clarear.*

Ele riu de forma amarga, e pude sentir o soco no estômago quando disse:

— Percebe o quanto estamos diferentes? Agora, a justiça é a violência. Matar é um ato certo. Somos animais ou pessoas? Somos vítimas ou justiceiros? Se o poder é corrompido, o que somos senão corrompidos pelo mal?

— Só se combate o mal, Andrei, com o próprio mal — falei.

Não era sobre ele, era sobre mim.

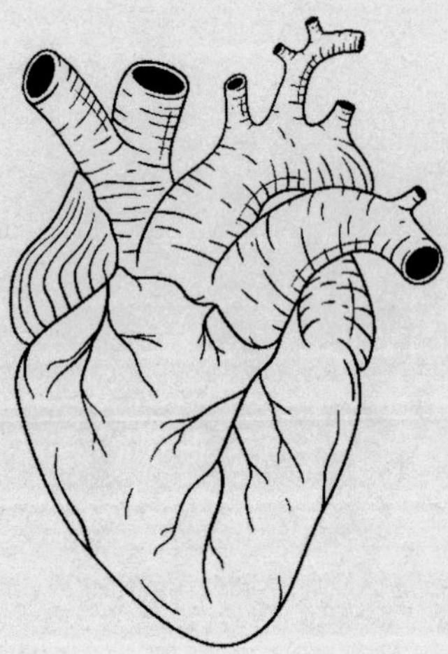

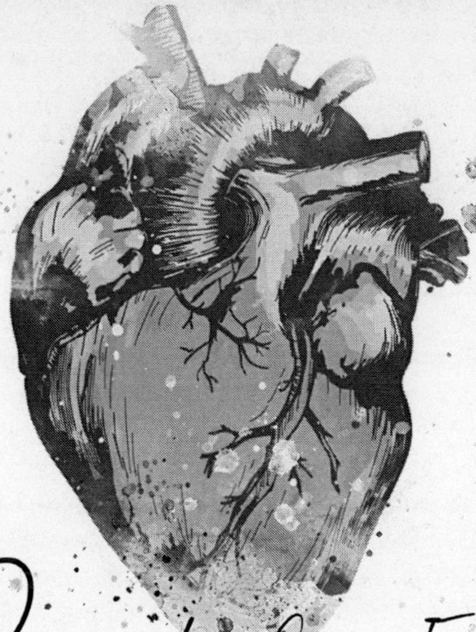

Capítulo 50

Anya

Minha bunda atraía o olhar de cada homem e de algumas mulheres do cassino. Discretos, com certo respeito pela mulher que poderia tirá-los de lá, eles demonstravam a luxúria velada pela elegância de terem os bolsos cheios de dinheiro.

No entanto, poderiam ser tão podres quanto o que usavam para se divertirem.

Parei diante da mesa onde Gisele e Susano estavam, acompanhados de Henrique e Antone.

— Achei que não viesse hoje... — Meu irmão se levantou, dando-me espaço.

Sentei-me entre ele e Henrique, frente a frente com Gisele, que com um meio sorriso, deixou claro que estava pronta.

— Um mês dentro daquela casa quase todas as noites. — Desviei o olhar para Susano. — E eu já me tornaria parte da mobília.

— Alguma bebida? — Henrique fez sinal para o garçom.

— Não, não ficarei muito.

— Quem é o da vez? — Antone sorriu, curioso.

— Digamos que... — Hesitei.

Do outro lado, avistei Tom acompanhado de Eva. Antone travou ao meu lado, tão machucado pelo término, que se levantou e não esperou que eu finalizasse a frase.

— Preciso beber — resmungou e se dirigiu ao bar, caindo no vício.

Eu conseguia cuidar de muitos problemas, poderia manipular várias pessoas, no entanto, quando se tratava de família, me tornava fraca.

Não conseguia fazer Antone parar.

Bebia todos os dias, desde quando acordava até a hora de dormir. Do uísque à vodca, e o cheiro de cigarro já estava impregnado no ar ao seu redor.

— Estamos de saída também — Susano resmungou ao fitar o relógio. — Henrique, amanhã então, tudo certo?

— Claro.

Sem se despedirem, ambos se levantaram e se foram.

Fiquei sozinha com Henrique na mesa.

— Está na minha hora também. — Levantei-me assim que Gisele passou pela porta do cassino.

— Você acabou de chegar.

— E agora estou indo — respondi seca.

Dei as costas, e ao passar por Eva, ela recuou, o rosto voltado para Tom, tão assustada pelas ameaças, que não ousava mais andar fora da linha.

Ela quis o dinheiro, precisava arcar com as consequências.

Passei pelos seguranças e peguei a chave da Mercedes com o manobrista. O carro de Susano dobrou a esquina assim que acelerei, e os segui a uma boa distância. Estacionou diante do portão e deu partida outra vez. Ele iria foder com alguma amante, enquanto Gisele ficaria sozinha em casa.

Aguardei até que ele desaparecesse e estacionei no seu lugar. Gisele entrou.

— Para onde vamos?

— Para um hotel.

— O do cassino?

— Não. — Sorri. Pisei no acelerador, os anéis rasparam no couro do volante enquanto dobrava as esquinas. Ela se mexeu, incomodada ao meu lado. — Está perturbada por trair?

— Não é isso... — suspirou. — Sim, sinto-me mal, por mais que não seja a primeira vez... É como se eu fosse a errada, como se eu fosse uma vadia...

— E qual é o problema em ser uma vadia? — Olhei-a de canto.

— Todos?

— Ser condenada pela sociedade? Ela paga as suas contas? Massageia a sua cabeça quando se deita na cama à noite?

— Não. — Voltou-se para a janela do carro.

— Ser vadia ou não, não mudará a sua vida. Ser feliz é a escolha certa. Se isso significa ser apontada por nomes, foda-se!

— Como consegue ser assim? — questionou, curiosa.

— Porque se eu não for, as pessoas me dominarão, me manipularão. Nessa selva de pedra, ou você manda, ou é o submisso. Ou é quem manipula as marionetes, ou é comandada como uma.

— Leões devorando leões.

— Você prefere ser a caça ou o caçador?

— Não seria melhor acabar com Susano, pedir o divórcio e...

— Você nunca fará isso no estado em que se encontra. Enquanto ele está no meio das pernas de uma mulher, neste momento, ainda fica pensando no que é melhor para ele. No seu lugar, ele não se importaria. — Fui franca. — As pessoas — engoli em seco — deixam de se importar uma com as outras.

— Isso é sobre a sua vida também?

— Um erro meu, que está no passado.

— Amou alguém?

— Amar... não. *Não amei.*

— Mas se apaixonou?

Não respondi.

Não queria essa vulnerabilidade. Já se passara um mês desde a ligação de Enzo. Porém, *não se passava uma noite em que eu não pensasse em como ele estava.* No que se tornou.

— Chegamos — cortei o assunto assim que estacionei diante do hotel. Dei as chaves para o manobrista e segui adiante, com Gisele ao meu lado.

Alguns olhares recaíram sobre nós e continuei o caminho até o elevador. Puxei a chave da bolsa e, diante do quarto, abri a porta.

Uma grande cama arredondada, com lençóis vermelhos, se revelou quando liguei as luzes amareladas. O lustre de cristal reluzia, em uma parede um quadro abstrato criava um clima mais elegante.

— Para que serve isso? — Gisele avançou na direção das algemas penduradas em suportes no teto rebaixado do canto direito do quarto.

— Para o nosso conhecimento. — Fechei a porta.

— Como assim?

— Está disposta a se conhecer?

— Eu já...

— Não. Quando você teve o seu último orgasmo? — Ela não respondeu e prossegui: — Quando você se tocou pela última vez? — Larguei a bolsa sobre a bancada e abri duas portas. Puxei uma maleta e a depositei sobre o móvel. — Me perguntou no carro se eu já tinha me apaixonado. Você já se amou?

— Ainda lembro do que disse... — murmurou.

— Não digo de amor-próprio. — Olhei-a sobre o ombro. — Pergunto se já se desejou?

— Isso seria estranho.

— Por quê? — Volvi na direção dela. — Alguma vez se masturbou?

— Não — respondeu apressada.

— Por que não quis?

— Susano disse que era errado.

— Porque ele poderia fazer o trabalho, não é? — Ela abriu a boca, contudo, não respondeu. — Porque ele não quer imaginar você independente dele até na cama.

— E que graça teria?

Sorri.

Apontei para a cama.

— Você descobrirá hoje. Tire a roupa.

— Achei que fôssemos conversar antes. — Recuou.

Sua expressão se tornou perplexa.

— E vamos — concordei. — Semana passada, quando liguei, você disse que não aguentava mais, que estava na hora de se libertar. Fiz um convite, você aceitou...

— Sim, eu sei.

Caminhei até a cama e me sentei. Bati ao meu lado para que ela também se sentasse.

— Palavras de nada adiantarão a partir de agora — expliquei e peguei na sua mão. — Não perdi minha virgindade com um homem maravilhoso, que me fez gozar, subir pelas paredes e me viciar no sexo — contei, o olhar firme sobre o dela. — Perdi com um homem mais velho, que apenas quis me foder, que não esperou que eu tivesse prazer, muito menos respeitou o meu tempo. Eu quis, ele fez. Só fui conhecer o verdadeiro sexo depois, quando um homem me deu prazer. Sexo sem prazer não é nada, é apenas dois corpos se unindo e metendo um no outro.

— Eu sinto prazer com Susano — murmurou sem me encarar.

— Sente? Consegue foder com ele sem pensar em que mulher ele meteu antes de você?

— Não precisa dizer isso. — Puxou a mão.

— A verdade machuca, mas é melhor que a cegueira. Consegue beijar o seu marido sem pensar nas traições?

Gisele respirou fundo, segurou as lágrimas e negou.

— O orgasmo da mulher está na imaginação, na mente. Se está presa em um acontecimento, machucada ou rancorosa, jamais gozará. Não de forma intensa.

— Eu... — Respirou fundo. — Estou disposta a recomeçar.

— E eu estou disposta a dar grande parte do meu tempo para você. No entanto, quero um retorno. — Fui clara.

— Como assim? Preciso pagar?

— Não. Não dessa maneira. Não preciso de dinheiro. — Minha forma de troca era outra.

Um domínio do indivíduo.

— E o que precisa?

— Você não trabalha, não é?

— Não, Susano administra a minha empresa.

— Primeiro, você não a tomará de volta, deixe que Susano se sinta confortável, continue com sua vida... Quero que você trabalhe para mim.

— Na sua empresa?

— Não. — Levantei-me.

Fui até a maleta e a abri. Entre os objetos de sadomasoquismo, peguei um cartão.

Entreguei para Gisele.

— Pandora — sussurrou.

— Pandora é o que quisermos. É um mundo nosso, a parte de uma realidade mergulhada em pudor e preconceito. É a nossa caixa, para que possamos libertar nossos males, nossos monstros. — Dizer isso me fez lembrar de Enzo, da última noite na mesma cama.

Fechei os olhos.

Gisele observou o cartão, leu a mensagem e me acordou das lembranças ao questionar:

— O que está propondo?

— Estou criando-a. É um clube anônimo. No momento, possui cinquenta nomes na lista, pessoas que sei que aproveitarão cada momento lá dentro e que manterão os eventos em sigilo. O primeiro evento foi aquela noite em que conversamos. Foi um teste e decidi seguir adiante, com algumas novas regras.

— Com máscaras e aquelas pessoas fantasiadas?

— Contratados agora. Pessoas que estou selecionando, capazes de seduzir, que possuem desenvoltura, confiança e — hesitei — beleza.

— E o que quer de mim?

Avancei sobre ela, segurei o seu rosto erguido e delineei o seu lábio inferior com o polegar.

Seduzi-a com o olhar, com cada suspiro. Gisele se aprisionou, manteve a atenção em mim.

— Quero você lá — sussurrei. — Quero que prove de cada prazer, que se sinta poderosa e que comande todas as pessoas contratadas.

Ela deu risada, se esquivou do meu toque e se levantou.

— Meu Deus, eu não conseguiria...

— Não estou pedindo que faça hoje ou amanhã. Vou espond-la para isso.

— E se Susano me ver? — Se desesperou, perplexa com a ideia.

— Ele irá ver — afirmei, satisfeita. — Ele é um dos convidados a ser membro. Quero você na frente dele, quero que a veja como uma mulher capaz de enlouquecer um homem. E quero que sinta na pele que é muito melhor do que todas as outras por quem ele te trocou. — Elevei o queixo. — Além disso, quero que Susano saiba que perdeu você e que as coisas irão mudar.

— E o que fará se ele perder a cabeça? — Gisele se acalmou.

— Vou tornar Susano meu submisso — contei a verdade. — Ele nunca mais será um homem livre, não olhará para o lado, não terá poder sobre o próprio corpo.

Ela ficou em choque.

Desabou na cama, de costas, fitou o chão, e por minutos não falou nada.

— É uma vingança por mim? — sussurrou.

— Não. É uma forma de mostrar para ele que as mulheres não são objetos e que ele não é poderoso o suficiente como acha. Isso não é sobre vingança, é sobre poder.

— Sou casada com ele.

— Quando isso acontecer, não será mais. Pedirá o divórcio e tirará a empresa das mãos dele. Será parte de Pandora e dona do próprio negócio. Será uma mulher desejada por muitos homens e poderá dominá-los à vontade.

— Não sei o que dizer.

— Está livre para sair por aquela porta. — Pausei. — Ou tirar a roupa e me deixar guiá-la até o orgasmo.

— Não sou bissexual.

— Não quero saber de orientação sexual. Tesão é tesão. Um momento ou outro não a torna isso ou aquilo. Nunca desejou beijar uma mulher antes, ao menos provar?

— Uma vez, quando era adolescente.

— Devia ter feito. Não é errado provar as coisas.

— Claro que é, algumas coisas...

— Beijar não é uma droga. Sexo não é capaz de matar.

Ela assentiu.

Espalmou as mãos, juntou coragem e jogou os cabelos para trás.

De pé, se despiu até ficar de lingerie rosa, e volveu na minha direção.

— O que preciso fazer?

— Deite-se. — Sorri com deleite, observei-a tirar os saltos e se deitar.

— Quero que confie em mim — falei autoritária. — Quero que me diga até que momento se sente confortável, o que a satisfaz e o que a deixa irritada.

— Por quê?

— Porque assim conheceremos os seus gostos, desde os mais depravados até os mais comuns.

— Está bem.

Desliguei as luzes e, à meia-luz do abajur ao lado da cama, puxei a palmatória, as algemas de couro, uma venda e tornozeleiras com afastador.

Gisele observava atenta, um tanto curiosa e insegura.

— Nada disso fará mal a você.

— Eu sei.

— Feche os olhos.

Ela vacilou.

Fui até a beirada da cama, depositei os objetos sobre a mesinha e toquei no seu rosto.

— Preciso que confie em mim. Se está aqui, é porque uma parte sua já possui essa segurança. Se não quiser, é só dizer.

— E você parará? — Assenti.

Ela fechou os olhos e os cobri com a venda. A ergui da cama pelos ombros e abri o fecho do sutiã. Seus seios desceram, e assim que se deitou outra vez, se empinaram, os mamilos rijos pelo frio, a pele arrepiada ao redor. Fiz o mesmo com as suas pernas e retirei sua calcinha.

Nua, elevei os seus braços acima da cabeça e os algemei. Quieta o tempo todo, me deixou afastar suas pernas e colocar as tornozeleiras.

— Está com medo? — Mantive a voz baixa.

— Um pouco.

— Sente o seu corpo arrepiado? — Anuiu. — Sente a adrenalina percorrendo as suas veias, criando aquele frio na barriga?

— Sim.

— Gostaria de ser tocada? — Ela não respondeu. Peguei um chicote curto e com várias tiras. Rocei-o no seu ventre. Gisele estremeceu e, sem perceber, um sorriso surgiu. — Qual a sensação?

— Inesperada.

Desci com as tiras para a sua vagina lisa. Ali, ela deixou um suspiro escapar, e avancei para as coxas.

— Gosta de ser tocada dessa maneira?

— Não sei responder...

— Por quê?

— É diferente.

— É gostoso?

— Sim... muito.

Acariciei suas pernas torneadas com o chicote, cheguei aos seus pés e retornei pelo mesmo caminho.

Ergui o chicote para que ela sentisse a ausência. Notei o arrepio pelo corpo, os mamilos inchados, o rosto tenso.

Sem avisar, chicoteei de leve sua intimidade.

Um grito escapou dos seus lábios.

— Não irei fazer força. Não quero que sinta a dominação. Quero que conheça as reações do seu corpo — expliquei. — O que sentiu?

— Receio.

— Por quê?

— Porque tenho medo da dor.

— E se ela for prazerosa?

— Não consigo imaginar.

Repeti e, desta vez, o grito se tornou um gemido.

— Gosta?

— Sim — confessou.

Larguei o chicote e me sentei na cama.

Avancei sobre o seu corpo e toquei nos seus grandes lábios. Ela arfou com a minha aproximação. A pele macia reagiu e afundei o dedo até seu clitóris já encharcado.

— Está excitada.

Era prazeroso vê-la tão entregue, tão necessitada e sob o meu controle.

Tentou mover as pernas, a tornozeleira a impossibilitou, assim como os braços. Seu corpo esguio, bem torneado e macio, era delicioso e tentador.

Continuei a masturbá-la-la, sem pressa, com o seu prazer em meus dedos. A carne molhada e maleável atritava contra a minha, e debrucei-me sobre o seu busto.

Lambi seu mamilo intumescido.

— Oh... meu Deus! — Arquejou, jogou a cabeça para trás e inspirou.

Seu seio erguido, arredondado e com a aréola rosada clamava por atenção, e voltei a lambê-lo.

Fiz a curva desde as costelas até o mamilo, e o mordisquei, o olhar atento em seu rosto.

— Gosta? — Assoprei sobre ele.

Rocei meus lábios no seu bico e chupei-o. Sua resposta foi um gemido ensandecido. Ela estremeceu embaixo de mim e o seu clitóris duplicou de tamanho contra os meus dedos.

Suas mãos se fecharam, ela impulsionou os braços em vão, buscando que eu saciasse o seu desejo.

Mamei com força, sem desviar minha atenção do seu semblante, com o seu mamilo sobre minha língua, dentro da boca, duro e suculento. Toquei-o no céu da minha boca, o aprisionei outra vez e chupei devagar.

Arquejou de forma contínua. Sua boceta pulsou na minha mão, seu corpo arrepiou e logo estava sendo levada. Fui para o seu outro peito, e enquanto a masturbava, acariciei o outro seio, dando atenção a todo o corpo.

— Anya. — Meu nome escapou entre os gemidos, o suor grudou os seus cabelos loiros contra a testa, seu corpo estava quente.

— Concentre-se em mim. Só em nós, nesse momento único que estamos tendo. — Busquei sua mente. — Esqueça o resto. Você é deliciosa. — Beijei o meio dos seus seios, aumentei a pressão contra o seu clitóris e a penetrei com o polegar.

Mais e mais molhada, pulsando contra minha palma, o corpo explodindo em prazer.

Masturbando-a, subi com a boca até a sua e a beijei. Seus lábios se abriram com urgência, sua língua buscou a minha e invadi sua boca.

Toquei-a de todas as formas possíveis, aprofundei o beijo e a dominei.

Seu corpo correspondeu ao estímulo e ela gritou, jogou a cabeça para trás e sucumbiu.

Gozou contra a minha mão, em um orgasmo que a deixou sem respirar. O suor escorreu pelo seu pescoço e não diminuí o ritmo dos dedos.

Elevei o seu êxtase, a fiz conhecer o próprio deleite, tão sublime e único que a faria repensar em todo o sexo maçante do passado com Susano.

Nas minhas mãos ela teria o verdadeiro clímax.

Capítulo 51

Enzo

Estava com medo por Andrei. Não queria criar mais laços, porque cada relação fodia com a minha mente.

Ter a amizade de Andrei ali, naquela prisão, foi inesperado. Ele se tornou um irmão nesse submundo tão violento, e pude compreender o seu lado.

Agora estava temendo que o seu plano não desse certo, que não tivesse luz no fim do túnel. Queria vê-lo fora dali, com sua menina, talvez com sua ex-mulher, e um futuro. Ele não merecia aquele mundo, seus motivos, para mim, eram certos.

Era loucura. Aceitar assassinato e vê-lo como certo.

Eu estava mudado.

Corrompido, mais quebrado do que jamais fui antes.

Otávio e Vladmir, unidos na minha cabeça, me tornavam um outro Enzo.

— Está preocupado?

— É amanhã, não é? — sussurrei no escuro do quarto.

— A troca de guardas.

— Os novos chegarão.

— Russell disse que será o melhor momento. Fizemos o mapa, temos as ferramentas — contou. — Nesses meses trabalhando, só pensávamos nisso.

— Cara. — Esfreguei a mão na testa e espantei uns fios de cabelo. — Se pegarem você...

— Estou morto de qualquer jeito — murmurou. — Você acha que depois de dezessete anos aqui, o que sobrará de mim? É o meu final. Se eu ficar, morro; se eu fugir, tenho ao menos uma chance.

— Você não sabe. — Cruzei os braços embaixo da cabeça. — Se conseguisse pedir uma redução, posso tentar...

— Não vou desistir, não agora, tão em cima da hora. Não quero mais três anos aqui, longe da minha filha, sem acompanhar o seu crescimento. Se eu tiver que esperar por uma redução, eles não me darão tantos anos, ainda perderei parte da vida, minha filha nem se lembrará que tem um pai, não...

— Ela sempre se lembrará de como tentou protegê-la.

— Não quero ser uma lembrança.

— Se eles te pegarem, é isso que vai se tornar. Acabou a chance de redução, qualquer merda que fosse pedir.

— Prefiro arriscar — resmungou. — Não vou me acovardar, não importa o que diga.

— Espero que seja sua última noite aqui — desejei. — E sempre vou me lembrar. — Abaixei a mão e toquei no símbolo tatuado sobre o meu peito esquerdo. — Sobre nossa promessa.

— Somos irmãos de cela, de prisão, ainda nos encontraremos em algum lugar deste maldito mundo.

— Eu espero... — suspirei. — Espero.

Fiquei calado, assim como Andrei.

Nenhum de nós dormiu.

Ele, por ansiedade pela noite seguinte; e eu, por medo.

Não tardou para a sirene tocar. Nos vestimos e, no pátio, sob um frio extremo, começamos toda a rotina diária. Exercícios, refeição, trabalho, e no refeitório do pátio avistei os dois novatos, ambos de olhos roxos, alguns cortes e peles já tatuadas.

— Quanto tempo mais acha que eles irão durar? — Yerik se sentou ao meu lado com a bandeja da sopa.

— Duraram mais do que imaginei.

— Eles não vão aguentar. Ouvi que o mais branquelo tentou pedir redução — Russell contou. — Foi negada.

— Vieram de que parte? — Andrei indagou.

— De Quizil, em Tuva.

— Já receberam visitas?

— As duas mães. Choraram *pra* cacete — Yerik contou com zombaria. — São duas crianças jogadas aqui.

— Os dois. — Russell apontou com a cabeça para Konstantino. — Estão de olho neles outra vez, acho que querem fazê-los de mulherzinhas, se é que me entende.

— E os guardas? — perguntei, irritado.

— O que os olhos não veem, a justiça não pega. — Andrei terminou de comer e se levantou. — Os guardas estão cagando para nós, sabe disso melhor que ninguém.

E sabia. Como sabia.

— Ei — Andrei apoiou uma mão no meu ombro —, venha comigo.

Segui-o até devolver a bandeja.

— Sei o que passa pela sua cabeça — comentou assim que rumamos de volta ao trabalho. — Você quer protegê-los. — Hesitou e me encarou com tristeza. — Há uma parte boa ainda em você, que não quer ver o que é bom ser tocado pelo mal.

— Se podemos evitar.

— Podemos? — Elevou as sobrancelhas e um vinco se formou na sua testa. — Podemos, Andrei?

Passei a mão na barba comprida, coçando o queixo. Meus cabelos também já passavam do queixo.

— Ficaremos de mãos dadas diante disso?

— Você — bateu o dedo contra o meu peito — ficará. — E sorriu. Entendi o que queria dizer e assenti.

— Depois vejo o que faço...

— Não faça nada — murmurou antes de se afastar. — A tendência é sempre pender para o pior, nunca para o melhor. Lembre-se disso.

Deu as costas e foi para o seu posto.

Aquilo me infernizou durante a tarde, pensei sobre o que disse e o que significava para o meu futuro.

Ao lado de Vladmir, eu não poderia ter bondade, não deixaria brechas para ele duvidar da minha capacidade.

Não seria o suspeito.

Então, precisava aceitar o mal ao meu redor, atar as mãos e assistir como um cúmplice toda a atrocidade cometida.

Engolir o vômito e não questionar.

Era uma prova, e me perguntei se isso também não estava apodrecendo o meu caráter, os meus princípios.

A cada dia, ganhava cinco dólares pelo trabalho feito — roupas feitas, lugares consertados —, e naquele dia desejei que todo o dinheiro que eu tinha juntado fosse para as mãos de Andrei.

Ele iria entrar em contato com Antone, ou no pior dos casos, Anya. Confiava neles para isso. Anya era vil, manipuladora e egoísta. No entanto, não iria negar.

Fiquei quieto durante o resto do dia, tão absorto nos pensamentos e ansiando para que as horas passassem devagar. Andrei, Russell e Yerik eram os únicos que me faziam companhia, e sem eles eu precisaria me virar só.

Já tarde, fomos para os quartos. Trancados lá dentro, aguardei até que as vistorias fossem feitas. Os três estavam calmos demais, enquanto eu, o que ficaria, sofria por eles.

Sentei-me na cama, já no escuro.

— Que horas? — perguntei para Andrei, deitado na cama.

— Onze. Vai ser a troca, a barra pelo corredor estará limpa. Dali, os dutos nos levarão para o pátio...

— E se alguém estiver lá?

— É claro que estará — Russell resmungou. — Estará cheio de guardas.

— E como passarão?

— Não passaremos — Andrei suspirou. — Iremos esperar. A partir de 1h da manhã, eles voltam para os corredores, é o momento que os dois guardas da torre fumam um cigarro e se distraem...

— É nesse horário que sairemos. Correremos para o prédio do refeitório e, de lá, passaremos pelo vão...

— Levarão as ferramentas?

— Deixamos uma parte já feita. Em meia hora ali, conseguiremos finalizar a passagem.

— E se eles virem vocês? — indaguei, buscando furos.

— É um ponto cego.

— O único daqui — Andrei completou. — Porque leva para um campo aberto, cheio de neve. A floresta está a metros de distância.

— Isso significa que ficarão visíveis...

— Aí é que está. — Russell riu. — Agora está na hora de pedir um favor a você.

— Querem que eu os distraia, não é? — Sabia que algo precisava ser feito.

Andrei não teve a coragem de pedir antes.

— Precisamos de alguém aqui dentro, alguém com coragem para isso...

— E que sobreviva — completei.

— Sabemos que alguém protege você, alguém dos grandes — Andrei murmurou. — Amo você, cara, e não colocaria o seu na reta se não soubesse que alguém iria te tirar depois.

— Não sei se isso seria possível.

— É claro que é. É o único capaz.

Assenti, calado.

Franzi os lábios, tão pensativo que cravei os olhos no chão e fitei o assoalho sujo por um tempo que pareceu uma eternidade.

Ergui os olhos para o meu colega.

— Amo você como um irmão. — Virei e pisquei para Russell. — Não levem a mal, mas farei isso por você. — Apontei para Andrei. — Por você, cara. E que se foda a porrada que irei levar, mesmo se morrer. Quero que reencontre a sua pequena, quero que beije a sua ex-mulher e diga que chegou para ficar — disse entredentes. — O que preciso fazer?

— Essa é a parte boa — Russell se exasperou.

— Pensei em dormir algumas horas, mas vocês não calam a maldita boca — Yerik resmungou na cama.

— Sinto muito se enquanto você cochila, estamos planejando tirar o seu rabo daqui — Andrei falou e demonstrou um pouco de ansiedade.

— Ei, cara — chamei-o. — Vai dar certo. — Ergui as sobrancelhas e me voltei para Russell. — Qual é a minha parte nisso?

— A sua parte. — Ele se levantou e se agachou.

Andrei acendeu uma lanterna que não tinha ideia de que estava ali e mirou em Russell. Vi-o erguer a camisa, um hematoma arroxeado estava embaixo das costelas, com um corte. Seus dedos se enfiaram ali, ele rosnou, aguentando a dor, cutucando a ferida, e puxou um pequeno metal. Um estilete.

Com ele, rasgou a lateral do colchão.

— Mês passado consegui costurá-lo, após guardar a chave para a nossa fuga — contou, enfiou a mão dentro da espuma e puxou um revólver *e um relógio de pulso* — Encontrei-os com os novatos... Não sei como conseguiram, mas estava lá. Algumas ameaças e consegui o que queria. — Estendeu a mão com a arma na minha direção. — Infelizmente, *só tem duas balas*... o suficiente para fazer confusão.

— Dois tiros para o alto — murmurei. — E todos virão para cá.

— A maioria — Andrei concordou. — Os que sobrarem, estarão mais preocupados com você do que com os arredores do Campo. No escuro, talvez consigamos passar despercebidos.

— E se não?

— Se não, reze por nós. — Russell depositou o revólver na minha mão e o fitei.

— Quanto tempo?

— Quando for 1h25. Esse é o nosso tempo para acabarmos a passagem, atravessarmos a cerca e começarmos a correr.

— Sabe que quando perceberem as camas vazias, irão atrás de vocês. — Encarei-o. — Não quero ser o pessimista daqui — expliquei, unindo as sobrancelhas. — Mas têm muitos furos, muitas hipóteses... muitos "se".

— E o que recomenda, meu loiro? — Russell debochou.

Raspei os dentes no lábio inferior, refletindo sobre o que poderíamos fazer para atrair toda a atenção...

— Dois tiros para o nada será apenas uma distração... — pensei em voz alta, os olhos voltados para o chão. — Um detento machucado, gritando que foi atacado — voltei a encará-lo e me levantei —, soará o alerta de que uma merda aconteceu.

— Vão procurar o culpado, além de quererem saber quem foi.

— Posso ferrar com alguém que mereça.

— Colocá-lo numa cena de crime? — Andrei também se aproximou. — Não dará certo.

— Não posso fazer isso aqui, nesse quarto, preciso estar longe, para que só percebam as camas vazias depois.

— Eles perguntarão o que fazia no corredor...

— Estarão mais preocupados com o cara com a arma, pode apostar.

— Não dará certo — Russell murmurou. — Não...

— Tem alguma ideia melhor?

Deu as costas, vagou pelo quarto e observei pela janela a neve cair.

— Será arriscado...

— O quê?

— Atire em um guarda.

— Então me torno o alvo — discordei. — Vão me arrastar até aqui e notarão a ausência de vocês. Eu, ferido, serei levado direto para a enfermaria, darei uma rota diferente para eles sobre quem foi, e só depois virão para cá.

— Acho essa ideia melhor — Andrei concordou. — Mas em quem colocaremos a culpa?

— Rurik — rosnei. — Temos história aqui, posso dizer que foi um acerto de contas...

— Está disposto a ter a morte dele nas suas costas? — Andrei indagou, franco. — Porque as chances de eles o executarem são grandes.

— Já aceitei os pesos, as pedras e as lanças — respondi seco. — Uma bala a mais na minha mente já quebrada só fará mais alguns cacos.

— Se está de acordo.

— Será um fim justo para todos — concluí.

Os olhares estavam uns nos outros, cheios de expectativas.

No fundo, estava com um fodido medo que tudo desandasse.

Era nossa única chance, ou melhor, a deles.

O que aconteceria comigo depois seria consequência, e uma lapidação para o que o futuro me guardava.

— Está quase na hora — Yerik cortou o silêncio.

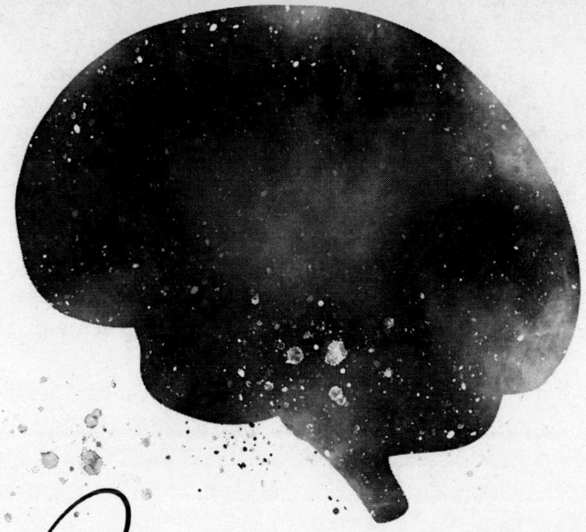

Capítulo 52

Enzo

Esfreguei o polegar no cano do revólver, sentado na cama.

— Conseguiu? — Andrei perguntou a Yerik, que destrancava a porta.

— Quase... quase... — Um clique. — Porra, consegui!

Olhei-o sobre o ombro.

— Todos prontos? — Russell estava animado. — Estamos quase livres...

— Ouço passos — Yerik sussurrou e entreabriu a porta. Espiou por segundos. — Eles se foram... Está limpo.

— Vamos. — Levantei-me, enfiei a arma no cós da calça por trás e avancei com eles. Andrei ao meu lado direito, Yerik e Russell ao esquerdo.

Na penumbra, nós quatro saímos do quarto e avançamos pelo corredor. Ali, a câmera ainda continuava voltada para a outra entrada.

— Onde estão os dutos?

— Ali. — Andrei apontou para uma entrada de ar, vedada com grades.

— Cinco minutos. — Yerik correu até lá, sentou-se no chão e desaparafusou a grade com as ferramentas que tinha nas mãos, soltando-a e a encostando na parede ao lado. — Depois que passarmos, feche. — Assenti e ele enfiou as pernas na entrada.

— Obrigado, cara. Se nos vermos de novo, prometo pagar com uma boa vodca.

— Irei cobrar. — Sorri.

Um aperto começava a se formar no meu coração.

— Ei — Russell bateu no meu ombro —, foi um prazer o tempo juntos. — Estendeu a mão e o puxei para um abraço.

— Vê se não deixa rastro — murmurei.

Ele deu as costas e encarei Andrei.

Era uma despedida, sabíamos disso. A irmandade não acabava ali, e desejei que nunca acabasse.

— Gosto do nome Andrei. — Ele sorriu. — Use-o sempre por aqui, Enzo — chamou-me pelo nome que eu contei uma vez. — Enzo não é tão bem visto quanto Andrei. Com esse, não te perguntarão sua origem... Sabe como os russos são.

— Não deveria estar preocupado comigo. — Abracei-o. — Se preocupe em achar um bom lugar para se esconder — disse, com ele dentro dos meus braços, em um aperto forte. Apoiei a mão na sua nuca e sussurrei no seu ouvido: — Entre em contato com os Lehansters. Depois disso, todo o dinheiro que eles puderem te dar, aceite. Suma do mapa com sua família e esqueça essa merda de país.

— Eu sei...

— Vou ser um Vor, Andrei — confessei e ele se virou, chocado. — Se um dia eu puder, faço a merda que for para tentar limpar seu nome aqui.

— Está fodido, sabe disso... — Ainda estava pasmo.

— Agora vá — disse calmo. — Continua sendo o meu irmão, sabe o inferno que passamos. Na lama, criamos laços.

— Não perca esse seu lado — ele concordou. — Amo você, cara. — Beijou-me na bochecha e retribuí o afeto.

Abracei-o mais uma vez.

— Mande um beijo para a menina.

— Pode deixar — retrucou com lágrimas nos olhos.

Funguei, puxei a ardência que rasgava a minha garganta, e uma lágrima escorreu. Observei-o desaparecer pelo buraco, fechei a entrada e olhei para o lado. A câmera estava se voltando, tinha poucos segundos. Voltei para o quarto em silêncio, e ali esperei até que desse 1h20.

Voltei para o local de antes, e dali saí correndo para o mais distante possível do quarto e da passagem de fuga. Travei no final de um corredor.

Respirei fundo.

Otávio surgiu na minha mente, sua voz mansa, sua calmaria tão vil.

Fechei os olhos e me lembrei de um momento, tão distante, nítido...

— Ali — ele sussurrou, travado ao meu lado, deitado no chão, escondido comigo em um arbusto. A espingarda sobre o meu ombro, o olho na mira. — Aquele veado... Respire, relaxe. Deixe o ar fluir pelos pulmões, filho. Observe com toda a calma... Se ficar nervoso no momento decisivo, mesmo que um pouco, você fracassa. Se a emoção aflorar, mesmo que mínima, você perde.

Como em câmera lenta, eu vi o animal, vulnerável, parado e sem nos notar.

Ouvi o meu coração, senti a pulsação.

Calma.

Fria.

O dedo do meu pai apertou o meu contra o gatilho, senti o solavanco do tiro e o animal caiu morto.

Não me desesperei. Não foi o primeiro. Tantos que perdi a contagem.

Abri os olhos.

Precisava de calma para o que viria a seguir.

Não poderia pensar neles naqueles dutos debaixo dos meus pés, nas suas pernas correndo sobre a neve, nem nos guardas. Tampouco pensaria no que aconteceria comigo.

A câmera virou, e quase defronte, puxei o revólver, destravei e o ergui.

Cerrei os dentes, crispei os lábios e sem tremer — *calma*, Otávio pareceu ciciar no meu ouvido — elevei a arma.

O som do disparo ecoou assim que apertei o gatilho. O vidro da lente da câmera explodiu e corri. Meus passos ecoaram pelos corredores na penumbra, ouvi gritos, passos e avancei para o mais longe possível do meu quarto.

Derrapei e me joguei contra uma parede.

Porra, precisava de uma fodida coragem para atirar em mim mesmo.

— Por aqui — um guarda gritou distante, ainda sem me avistar.

Era a hora, um segundo a mais e todos fracassariam.

Rosnei e mirei na minha coxa, acima do joelho.

Inspirei, não pensei na dor.

O calafrio percorreu a minha espinha, e como se estivesse prestes a morrer, pensei em como tive coisas boas.

Um irmão, felicidade, liberdade... Sexo, Anya.

— Que caralho! — Rangi os dentes. — Foda-se! — Engoli em seco e apertei o gatilho. — Ahhhhhhh! — O urro irrompeu pela minha garganta, e na explosão da adrenalina, joguei a arma para o outro corredor.

Vi-a derrapar no chão e bater em uma porta.

A dor era tamanha que ofeguei, o sangue empapava a minha calça e pressionei o buraco.

Muito sangue, espesso, viscoso, saía dali.

Minhas mãos logo se mancharam, começaram a tremer, tonteei com a sensação de latência, uma ardência insuportável. Joguei a cabeça para trás, gritando o suficiente para que os guardas me achassem segundos depois.

As lágrimas lavaram o meu rosto.

— QUE PORRA ACONTECEU AQUI?! — Um dos comandantes parou na minha frente, a luz esbranquiçada me cegou por um momento e pisquei repetidas vezes.

— Rurik... — balbuciei.

— O quê? — Ele se curvou, enquanto outros guardas vasculhavam os corredores.

— Achei a arma.

— Foi um acerto. — Continuei com a mentira, os olhos fechados e as mãos sobre a ferida.

O guarda parado na minha frente não escutou direito e se agachou no meio das minhas pernas.

— Acho que ficou surdo — rosnou, e antes que eu desse por conta, o seu dedo afundou no buraco aberto na coxa.

— Ahhhhhhh! — Explodi em um grito. As lágrimas rolaram, o sangue pareceu congelar por todo o meu corpo. Apenas ali estava quente, na carne aberta, que vertia meu sangue. Naquela parte, ele fervia, queimava, parecia rasgar.

Uma dor alucinante.

Puxei o ar.

— Perguntei. Que. Porra. Aconteceu. Aqui!

— Rurik — berrei. Se a minha cabeça rolasse, iria levar a dele junto. — RURIK!

Senti o dedo deslizar para fora da ferida, o alívio da ausência da pressão me fez soltar um gemido.

— Procurem pelo detento.

— Aqui a arma, senhor. — Um guarda a entregou defronte para mim. Mantive o olhar sobre o revólver, desejando que o plano desse certo.

Os passos ecoaram no redor, outros correndo para ver quarto por quarto.

— Levem-no para a enfermaria. Algemem-no, não deixem que os gritos cheguem aos corredores. — Olhou-me com asco. — E pelo amor de Deus, estanquem esse maldito sangue!

Fechei os olhos.

Estava feito, agora precisava torcer para *não perder a perna com os russos retirando a bala.*

— Você. — Outro oficial apontou para um terceiro. — Venha me ajudar a levantá-lo.

— Sim, senhor.

Ambos se voltaram para mim.

O cheiro de cigarro atingiu minhas narinas assim que se agacharam, enfiaram os braços ao redor do meu corpo, os meus sobre os ombros deles, e me puxaram.

— Ahhhhh, porra! — Não aguentei a dor que atravessou a carne quando flexionei a perna. A poça de sangue reluziu e o rastro começou a nos acompanhar.

Arrastei os pés, fui carregado pelo corredor, tonteei sob as luzes e a minha cabeça pendeu para trás.

Não desmaiei, mas estava quase. Naquele limiar em que as minhas forças se esvaíram, as razões para continuar a lutar pareceram duvidosas.

Até ouvir o grito.

— DETENTOS! HÁ DETENTOS DO OUTRO LADO DA CERCA!

— O quê? — O comandante que marchava na minha frente travou, seu olhar recaiu sobre mim. Enfrentei-o, mudo. Fodido. — Você! — rugiu contra o meu rosto, enterrou os dedos no meu cabelo, erguendo minha cabeça até o couro cabeludo protestar. — QUE MERDA VOCÊS FIZERAM?!

— Eu? — Sorri.

— Ah, *não, não, não pense que me enganará! Um tiro do nada...*

— Trouxemos Rurik. — Ele foi interrompido por outro guarda. Apertei os olhos. Se houvesse alguma hora para tudo fracassar, seria agora.

— Que porra, já disse que não fiz nada! — ele resmungava, algemado, na frente de um dos oficiais. Parou ao meu lado e nós nos olhamos por segundos. — Foi você. — Semicerrou os olhos ao dizer.

— Acerto de contas — murmurei e virei o rosto.

— Ei, loiro! — chamou-me outra vez. — Você não parecia ser assim.

— As coisas mudam — confessei. — Eu mudei, acho que deu para perceber.

— *É, deu*. — Hesitou. — Acontece que não me ferrarei junto com você.

Fiquei quieto.

Era verdade.

— Vocês — o comandante nos apontou — *não verão a luz do dia, podem apostar*. — Voltou-se para os outros guardas. — Peguem os cachorros, vamos encontrar esses filhos da puta!

Arrastaram-me até a maca, e, deitado, observei Rurik ser algemado em um canto. O silêncio foi cortado pelos passos apressados, que se distanciaram durante os segundos que se passaram.

Fitei minha perna sem assistência, ainda ensanguentada.

Estava me sentindo zonzo e fraco, mas minha mente estava focada em Andrei. Se o pegassem, não viveria também.

— O que fizeram? — Rurik indagou.

— Nada.

— Está branco pela perda de sangue, há fugitivos, no mínimo tiros... e Roman está furioso — referiu-se ao comandante. — Sabe que ele não perdoará essa baderna que fizeram, não importa se...

— Se sabe o suficiente sobre esse "não importa se" — interrompi-o —, então feche a maldita boca, porque mesmo que eu perca a perna, me levanto e quebro a sua cara!

Balançou as mãos, com um meio sorriso debochado no rosto.

— Fiquei quieto porque fui mandado, Andrei — contou. — Queria ter te matado aquela vez no pátio, afundado tanto os seus ossos, que ninguém da sua família o reconheceria...

— Quem o mandou?

— Sabe quem...

— Diga nomes. Apenas diga — exigi.

— Um *Shestyorka*. — Cuspiu no chão ao dizer. — É isso o que você é, não é?

— Não sou nada. Nunca fui nada. O que me tornarei, não chega nem aos pés do que você imagina — sussurrei. — E não, quem manda e desmanda em mim, quem me vigia e me protege, não é um *Shestyorka*.

— Quem é?

— Não preciso dizer nomes para você imaginar. — Encarei-o.

Sem medo, sem demonstrar a dor.

— Mais alto, não é?

— Muito mais.

Rurik respirou fundo.

— Se tivesse me matado naquele dia, retribuído o meu soco, hoje, você, sua família e todos os que você ama ou já amou, estariam sendo comidos por vermes, engolidos pela terra.

— Por quê?

— Não preciso dar razões a você.

— Ele não te salvará, Andrei. Não agora. Você colocou uma corda no seu pescoço quando participou dessa fuga.

— Não participei. Estou aqui, não estou? — zombei.

— Yerik, Russell e aquele negro.

— Andrei, o nome dele é Andrei! — Exaltei-me.

— Ele será o primeiro a ser morto — debochou. — E vão torturá-lo, pode apostar.

— Enfie esse seu preconceito no seu cu! — Perdi a paciência e me joguei da maca. Iria me arrastando até aquele desgraçado, o faria engolir as palavras.

Já tinha perdido a lucidez, a violência estava se enraizando no meu ser, tão colada na minha pele que não me livraria.

— Ei, ei! — Parei e ergui o olhar para a porta. Um médico estava parado ali, colocando luvas. — Está louco?

— Tire esse desgraçado daqui! — Desabei no chão.

— Ele ficará. — Apontou para mim. — E você, pare de sujar a enfermaria.

O russo veio e me arrastou pelos braços de volta à maca. Com dificuldade, consegui subir e deitar outra vez.

— Quem atirou em você? — indagou. Abriu minha calça e começou a puxá-la. Cravei o olhar em Rurik.

— Está do outro lado dessa sala.

O tecido desgrudou da pele, levando sangue junto e expondo de vez a ferida.

Abri a boca, tentando respirar.

O buraco na perna, com sangue espesso, me deu ânsia, e deitei a cabeça sobre a maca.

— Irá doer. Preciso retirar a bala...

— Apenas... faça.

— Eles não querem que eu aplique um sedativo.

— Querem uma tortura — concordei com um sorriso de ironia. — Nós, presos, não merecemos clemência.

— É assim que funciona — o médico sentenciou.

O pior não foi a dor, que pareceu cravar espinhos e facas em cada célula, nem os enjoos, a ardência ou qualquer outra sensação.

A pior parte daquele momento foi o silêncio do outro lado da enfermaria, que me deixava sem saber se eles conseguiram fugir ou não.

E esse, esse demorou horas até acabar, com a volta de Roman.

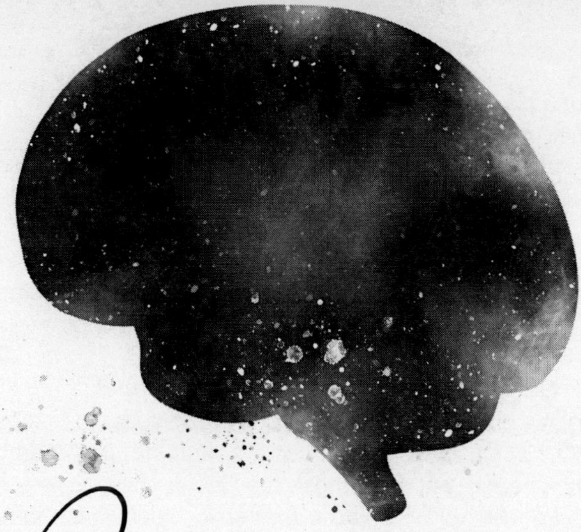

Capítulo 53

Enzo

Senti o gosto de vodca, uma ardência nas narinas, e respirei o álcool. Tossi, desesperado, me afogando, e me joguei para o lado.

— Ele acordou! — Ouvi alguém falar em russo ao meu lado, uma voz desconhecida.

Não era Roman, muito menos o médico.

Esfreguei as mãos no rosto, tirando o líquido que foi jogado em mim, e pisquei os olhos até conseguir ter alguma visão.

A luz branca oscilava.

O machucado latejava, com menos intensidade.

Olhei ao redor. Eu estava jogado em um canto, no chão de uma cela, apenas de cueca preta. Minha perna estava enfaixada no local onde eu atirei, avermelhada e com sangue seco.

No meu peito, o nome Andrei estava tatuado em russo. Não se referia ao meu. Era o outro Andrei, nossa promessa.

Virei-me de quatro e cuspi sangue.

Zonzo, não consegui definir o tempo em que apaguei, só que sentia uma sensação estranha, perdido no tempo. Uma mão agarrou os meus cabelos e ergueu a minha cabeça.

Era um oficial, e pelas condecorações, dos grandes.

— Fui chamado, seu merdinha, em plena madrugada! Sabe por quê?!

— Para beijar meu saco? — zombei. Ele cuspiu no meu rosto, a baba escorreu pela minha bochecha e limpei com uma mão.

— Porque quatro malditos presos não entendem que daqui é impossível sair. Ou você sai duro e frio, ou com alguma ajudinha.

— Estamos falando de corpos ou do seu pênis? — continuei.

Sua mão atingiu em cheio o meu rosto, virando-o.

A ardência foi bem-vinda e volvi a encará-lo.

— Qual era o plano de vocês?

— Plano, que plano? — perguntei, retórico.

— Você quer proteger o seu, não é?

— Estou ferido, quase pelado, e com dor... Proteger o quê mesmo? — Elevei as sobrancelhas e ele me largou.

Caminhou pela cela e observei suas botas lustrosas e pretas, para protegê-lo do frio. Enquanto o seguia com o olhar, sentei-me, apavorado.

No outro canto, enquanto percorria o lugar com o olhar, vi o corpo de Yerik, pelado, com cortes e sua cabeça virada de um jeito estranho... Impossível de estar vivo.

— Porra! — sussurrei.

— Um. Um escapou — o comandante contou. — Apenas um maldito.

Cabisbaixo, me encostei na parede e torci para que fosse Andrei.

— EU NÃO SEI DE NADA! — A voz de Rurik inundou o ambiente. Ele foi jogado na minha frente, caiu de joelhos e me fitou. — Seu desgraç... — Antes que finalizasse, ouvi o disparo. O tiro ecoou, sua cabeça explodiu na minha frente e dei um pulo. Os miolos se chocaram contra a minha pele, o sangue, tão espesso e com pedaços de couro cabeludo, se espalhou ao meu redor.

Só que dessa vez, não vomitei.

Não chorei.

Não fiquei chocado com a violência.

O susto foi pela brutalidade tão imediata.

Algo dentro de mim tinha se quebrado e agora eu provei isso.

Fitei o corpo caído contra os meus pés. O sangue me tocou, deslizou por debaixo da minha panturrilha e pude ver o cérebro em frangalhos, os ossos partidos... um olho parado em outro canto.

Senti o cheiro.

De morte, de assassinato.

Era possível a morte ter um cheiro? Estava ali, impregnado no ar, pairando invisível.

— Foi ele? — Roman perguntou, parado atrás do corpo, com uma espingarda calibre 12 encaixada no coldre subaxilar. Passou uma mão no cabelo e repousou a arma. — Se foi, ou não, agora está morto. — Olhou ao redor até travar em mim. — Ele fazia parte?

— Parte do quê? — murmurei.

— Da fuga.

— Que fuga?

Roman ergueu a arma.

— Ei! — o alto comandante berrou. — Abaixe essa porra agora! Quero-o vivo!

— Se fosse por mim... — Roman semicerrou os olhos.

— Mas não é. — Concordei com um aceno.

— Alexander, posso trazer o outro fugitivo? — perguntou para o que estava no comando ali.

— Ainda não — respondeu e se aproximou de mim. Agachou-se na minha frente e coçou a barba ruiva. — Andrei é o seu nome, não é?

— De nascença? Não — respondi, sendo franco.

— Enzo. — Fiquei calado. — Você é uma pessoa curiosa. Nessas cinco horas apagado, pesquisei sobre você. Três anos aqui, protegido por alguém maior, talvez um traficante?

— Quem sabe... — Dei de ombros.

Roman se ajeitou no canto, incomodado com Alexander.

Ali percebi o justo e o corrupto. Roman estava com Vladmir, enquanto Alexander era o que queria justiça.

— Veio de fora, família rica, com sobrenome russo.

— Gostou do que viu?

— Sim, gostei muito. Que bela irmã você tem, aqueles lábios devem fazer um ótimo boquete.

Cuspi nos seus pés.

— Cale a boca para falar da minha família!

— Ah, aí está! Um ponto fraco! — Avançou e elevou minha cabeça pelos cabelos. Olhos nos olhos, ele acima de mim, no meio das minhas pernas, e me chutou nas bolas. Urrei de dor, sem conseguir me contorcer por causa do seu puxão nos meus cabelos. As lágrimas surgiram, mas as segurei. — O que acontece se chego até eles? Quem é mais importante, os seus colegas de cela ou sua família?

— Você não acabaria vivo.

— Não? Está me ameaçando, seu pedaço de merda?! — Curvou-se. — Eu mando nessa porra, sou o chefe de todos aqui! — Virou-se para Roman. — Traga o fugitivo, este aqui não abrirá a boca até ver o coleguinha.

De cabeça erguida, encarando Alexander, ouvi outras pessoas se aproximarem. Desejei ver Russell, contudo, quem atravessou a porta da cela foi Andrei.

— Um negro. — Alexander sorriu. — A sorte é minha hoje.

Fechei os olhos.

— Ele não tem nada a ver com isso, seus imbecis! Atacaram-no... — Andrei se silenciou assim que viu o corpo de Rurik.

— Foi aquele? — Alexander indagou, curioso. — Está morto.

Jogaram o meu colega em um canto também e algemaram seus braços abertos, erguidos, forçando-os ao extremo, esticados, mantendo Andrei em pé contra a parede.

Bati a minha cabeça contra a superfície em que estava apoiado, uma, duas, várias vezes.

Estávamos acabados.

— Yerik — Andrei balbuciou quando viu o corpo do nosso colega.

— Russell escapou — Roman murmurou para Alexander. — Estão espalhando fotos, descrições. Estão caçando-o pela floresta.

— Achem aquele criminoso. Por Deus, a reputação deste lugar vai para a lama se permitirmos que um preso escape!

— Já escapou. — Sorri, satisfeito. — Vocês nunca o encontrarão.

— Como sabe?

— Se sua vida dependesse das suas pernas e de você se esconder... *não faria bem feito?*

— Acho que você não entendeu ainda. — Alexander voltou a se abaixar, estapeou e ergueu o meu rosto pelo queixo. — Eu mando aqui. Se eu disse que irei achá-lo, é porque um de vocês dois falará.

Olhei para Andrei, e esse foi o meu erro.

O russo se voltou para ele, se afastou e parou diante do meu colega.

— Você... — Apontou para ele. — Mesmo se for o elo mais fraco, não merece mais estar vivo. Ele — me indicou — ao menos não fugiu. Talvez seja o mais duro, porém, não esteve lá fora.

— Quer que eu traga a katana?

— Por favor, Roman. Não demore.

— O que pensa em fazer? — rosnei assim que Roman saiu porta afora.

— Vou me livrar de uma mancha dessa prisão — disse, estático diante de Andrei, que olhava para o teto.

— Andrei — ele me chamou. Engoli em seco. — Cuide da pequena para mim, por favor?

— Não... — Uni as sobrancelhas em suplício. O vinco se formou. Olhei para Alexander. — Esse é o seu senso de justiça, russo dos infernos?! Matar um negro por ser negro?! Isso é um preconceito do caralho, é isso o que é! Além de que o prenderam por defender a dignidade de uma menina que foi estuprada. A FILHA DELE, PORRA! — bradei.

Alexander fitou-me sobre o ombro, um sorriso debochado no rosto.

— Não precisamos de justiceiros nas ruas, Enzo. Precisamos da justiça. A partir do momento que permitimos que usem as mãos para criar as regras, o senso de justiça acaba. Eles estupraram uma criança, que esperasse o julgamento.

— Não haveria. — Andrei fechou os olhos. — Quem iria se importar com uma menina negra?

— Talvez ela nem ficasse traumatizada — zombou.

Grunhi. Queria me arrastar até aquele filho da puta e matá-lo por banalizar algo tão horrendo. Por ser um preconceituoso e tão vil.

Matando-o, eu também me tornava cruel, não tornava? Um assassino.

Sim, queria ser. Daria tudo para calar aquela boca e tirar Andrei dali.

Todos nós nos tornamos feras quando levados ao limite. Ali estava o monstro, arranhando a superfície já rachada, se aproveitando dos cacos que eram a minha mente, rugindo dentro de mim. *Mate-o.*

Joguei-me para frente. De quatro, a pressão na minha coxa me enlouqueceu. Gemi, a dor lancinante me fez engolir o choro, travar a respiração.

— O que está fazendo? — Alexander murmurou.

Cabisbaixo, fitando o chão imundo, engatinhei mais um passo. Ainda longe, cada arrastar da perna me contorcia.

— Aqui está. — Roman cortou o silêncio e ergui a cabeça. A espada reluziu sob a luz, amolada e comprida.

— Solte-o! Solte-o ou juro por Deus que arrancarei a sua cabeça!

— Você é um homem morto também, Enzo... Andrei... Seja o que for. A diferença é que esse aqui será a sua tortura. É difícil saber que alguém que ama morreu, não é? — Virou-se de frente e se abaixou. De quatro, deixei a raiva inundar o meu semblante. Fechei os punhos e apertei os dentes. Meu coração bombeava tanto sangue que minha audição foi engolida por um zumbido.

Era dor.

Raiva, ira, desespero.

Tantos sentimentos misturados, que se eu saísse vivo dali, nunca mais me olharia do mesmo jeito. Não, ali era o meu fim. Numa cela cinco por cinco, na penumbra com Roman, Alexander e um outro oficial. Além dos corpos de Rurik e Yerik, e Andrei preso contra a parede.

— Cara, apenas cuide da minha menina... — Andrei murmurou de fundo.

— Cale a boca, Andrei — falei entredentes. — Não será assim — suspirei. — Não será aqui.

— O que não será aqui, Andrei? — Alexander se inclinou na minha direção. — A morte dele? — Arqueou as sobrancelhas. — É sua escolha. Salve-o. Peça que eu o deixe vivo, mas no meu senso de justiça, alguém precisa pagar pela mancha que se formará sobre o Campo. Ou é o seu colega de cela, ou irei atrás da sua família.

— Você me dá nojo.

— O que sinto por você não é muito diferente. O que é mais importante, família ou amizade?

Olhei para Andrei.

Depois para Alexander.

Andrei negava com a cabeça, implorava que eu não escolhesse. E eu jamais faria isso, não escolheria como se as pessoas fossem objetos. Não faria barganha ou moeda de troca.

— Sua cabeça é mais satisfatória para mim — debochei e Alexander riu.

Levantou-se e pegou a katana. Arrastei-me, tentei engatinhar na direção do meu colega, enquanto o oficial caminhou até ele, e frente a frente, respirou fundo.

Estagnei ali, levantei a cabeça, e meu coração parou de bater.

— *Às vezes, a violência muda as pessoas. Para o bem* ou para o mal. Para melhorar ou para criar os monstros. Aqui, nesta sala, todos são a segunda opção — Alexander murmurou. — Todos são pragas. N*ós, para que a justiça seja feita, e vocês, que são os criminosos que precisam pagar com sangue. Não preciso dos que fugiram vivos, preciso saber como conseguiram e se há mais alguém envolvido. Se um único sobrar, eu preciso cortar... É o mal pela raiz que precisa acabar. — Olhou-me sobre o ombro. — Você merece viver mais uns minutos, e será quem me contará tudo. Mas*, para isso, precisa sentir a dor. Precisa ser ela, vivê-la ao limite. Talvez, percebendo o que sua resistência causou, pode decidir abrir a boca... A tortura é satisfatória, é milagrosa e comprova a minha teoria. — Aproximou-se de Andrei, que de olhos arregalados, o branco contra o negro, engoliu em seco e balbuciou algumas palavras. — A teoria — ergueu a katana — de que o mal é contido pelo mal. A violência liberta.

— NÃO! — O meu grito irrompeu pelo lugar no momento em que a katana foi erguida e desceu no braço esticado de Andrei.

O urro de desespero se misturou ao meu. O sangue fugiu do meu rosto, as lágrimas me inundaram, e assisti o fio da espada transpassar o tecido, passar pela carne como se fosse papel e cortar o braço em uma agressividade que jamais vi antes.

O vômito veio.

A angústia me inundou.

Andrei berrava. Sem estar preso de um lado, voltou-se para o braço inteiro, com tanta dor que o fez ficar insano. Em choque, eu apenas olhava, com o vômito na minha frente.

Olhava o toco do braço banhado em sangue. Muito, tão vermelho, viscoso, aquilo estava me devastando. Respirei com dificuldade. O chão estava pintado da mesma cor.

— O outro membro agora? — Alexander perguntou.

— SEU DESGRAÇADO! — Tentei me jogar contra ele e senti o chute contra o meu queixo. Voei para trás no exato momento em que Alexander jogou a katana para o lado e avançou contra o meu amigo.

Segurou-o pela cabeça, se aproveitando da aflição, e o socou. Andrei tonteou, tentou se proteger. O oficial arrancou o próprio casaco. Pisquei, tentei me recompor, xingando tanto que me perdia nas palavras.

Mais socos. Um atrás do outro.

O rosto dele foi cortado, seu nariz estraçalhado, os olhos começaram a inchar. Sangue escorreu pelo seu supercílio, depois pelos lábios. Andrei tossia, tentava se proteger. Dos socos, se tornaram chutes no meio das pernas. Ele gritou e se contraiu.

— PARE! — urrei. Tentei me erguer, e Roman, junto com o outro oficial, me seguraram. Debati-me. Que se fodesse o meu corpo, a minha dor.

Ele estava destruindo Andrei na minha frente.

— PARE, SEU DESGRAÇADO! VOU ACABAR COM VOCÊ!

Andrei chorou, gritou de dor assim que o joelho de Alexander atingiu o seu estômago. E, para piorar, o russo socou seu braço cortado, pouco se importando em se empapar de sangue junto.

Meu amigo começou a perder a consciência e Alexander pegou a katana. Avançou e cortou o outro membro.

Perdi-me.

Naquele segundo, a minha lucidez se foi.

Qualquer Enzo antigo que habitava em mim, ruiu, se estraçalhou.

A violência ensinava.

Transformava.

Moldava.

Ali estava eu, aceitando suas aulas.

Puxei meus braços, como uma fera acorrentada. Debati-me, urrei, me chacoalhei contra os homens que me seguravam, enquanto Andrei, diante dos meus olhos, caiu de joelhos.

Seu olhar parou no meu. Ele sorriu.

— Confio em você, irmão — balbuciou. Piscou e caiu de frente.

Alexander não parou. Chutou-o.

Acertou o seu rosto, o fez rolar pelo chão, ainda vivo.

Ele cuspiu sangue, sem ter braços para se proteger, quase sem vida pela perda de sangue, e esse inundava o lugar, vertia pelo corpo, sujava os pés do oficial, que a cada chute, se enterrava na carne.

Entre os meus gritos, ouvi o barulho dos ossos se partindo, de suas costelas se quebrando — ou talvez fosse minha cabeça se despedaçando —, a bota atingiu a boca, sangue saiu dali.

Andrei já estava apagado.

O russo continuou.

Agarrou-o pelo pescoço e socou o seu rosto, repetidas vezes. Punho contra carne viva, os olhos fechados, o sangue jorrando. Jogou o corpo no chão e voltou a chutá-lo, pisar em seu rosto.

Tão brutal que me causou calafrios e me silenciou.

Assisti calado, tão chocado com aquilo que não conseguia pensar. Já não lutava mais. Andrei morreu, se não pela perda de sangue, seria pelos socos e chutes.

Alexander sorriu, ergueu a cabeça e caminhou para um canto.

Ali pegou um cano caído e se voltou para o corpo.

— Um trabalho bem feito — disse — *é* aquele que *é* levado até o final. — O cano bateu contra a testa de Andrei.

Afundou-a. Mais uma vez, duas, três.

O couro cabeludo abriu, mais sangue saiu dali. Depois, o acertou no rosto, deformando-o, em seu peito, em cada parte que poderia matá-lo de vez.

Estraçalhou o que uma vez foi o meu amigo, um homem que amei de igual para igual, como um irmão.

Ali estava não mais um corpo, mas uma massa de carne, tão deformada que nem parecia humana. Os olhos afundados, sem nariz, sem boca, as bochechas abertas, a cabeça exposta, os tocos dos braços jaziam ali, pintados de vermelho... e os braços em algum canto.

Caí de joelhos.
E outra vez senti o cheiro de morte.
Só que dessa vez não senti nojo, asco ou enjoo.
Na loucura, queria intensificá-la.
— Agora é você. — Alexander se voltou para mim. Jogou o cano para longe. — Andrei está morto. Sua vez, abra a maldita boca.
As lágrimas secaram na minha face, o meu olhar era ódio latente.
Bem abertos, cravados naquele homem de pé. Crispei os lábios e mesmo com uma dor maldita na coxa, me forcei a levantar. Roman e o outro oficial ainda me seguravam pelos braços.
Encarei Alexander e ergui a cabeça.
Dentro de mim, a brutalidade ruminava.
Lenta, se infiltrando pelas minhas veias.
— Ei — Roman sussurrou para mim. Olhei-o de canto. — Vladmir te deu um presente.
Elevei uma sobrancelha, franzindo a testa sem entender. As suas mãos, assim como as do outro oficial, me soltaram. Ambos avançaram para trás de Alexander. Juntaram a katana e o cano.
Continuei a observá-los sem entender. O russo na minha frente agiu do mesmo modo.
— O que estão fazendo? — questionou.
Roman vagou para a saída, seguido do outro, e pararam ali. Agarrou a grade da porta.
— Sabe o que não suporto em você, Alexander?! A sua arrogância! Ligaram porque é o superior, no entanto, não sabe bosta nenhuma do que se passa aqui! Na sua arrogância, julgou o detento errado. E eu deixei. — Sorriu. — Deixei porque fui mandado.
— Do que está falando, soldado? — Alexander avançou para a porta e Roman a puxou com força, trancando-o comigo ali.
Virou a chave e deu um passo para trás.
— Você se acha a justiça, o superior. Aqui você não manda! Quem manda é quem paga, quem tem o poder! Assim que os criminosos foram pegos, ligaram para nós. Somos vigiados vinte e quatro horas por outros homens. Deixaram que você matasse o negro... — Hesitou e me olhou. — Porque agora é um acerto de contas. Vladmir é quem mandou. — Desviou os olhos para Alexander, que recuou, perplexo. — Uma vida por outra. Você, em sua justiça, matou Andrei. Agora... — Fitou-me. — O acerto pela morte do seu amigo é todo seu, Enzo.
Ergui o olhar.
Sabia o que significava.
Vladmir era o filho da puta por trás de tudo, no entanto, a raiva não me deixava pensar direito. Não me importava, na verdade, se era um plano de Vladmir, se era para me moldar, se parte da morte de Andrei era culpa dele.
Nesse momento, eu queria pagar a morte com sangue.
Cerrei os punhos.
Aguardei em silêncio.
Roman se afastou, as luzes foram apagadas.
Na penumbra, Alexander se virou, e frente a frente, eu sorri perverso.

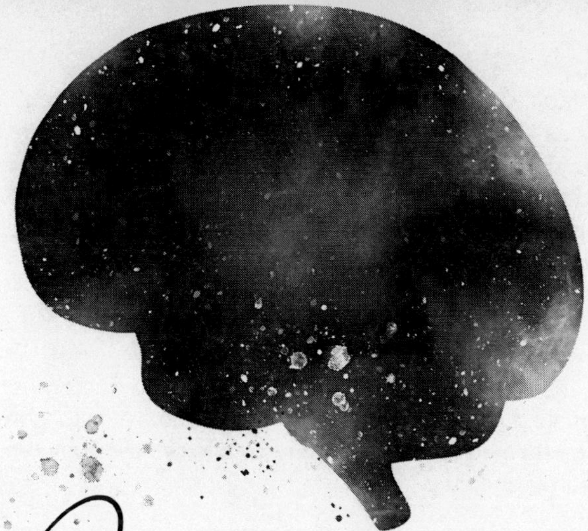

Capítulo 54

Enzo

— O Vladmir, a quem aquele filho da puta se referiu...

— Sabemos que Vladmir é um nome comum, mas há apenas um Vladmir poderoso o suficiente — expliquei.

— Irá me matar? — indagou, debochado.

Olhei para o vulto negro no chão.

Matar era pouco.

Minhas narinas se dilataram com a inspiração forte.

— Não sou um assassino frio — rosnei para mim mesmo, ainda com o olhar pregado no corpo do meu amigo. — Não pedi pela violência. Quis ser bom. — Era uma explicação para mim. Uma justificativa pelos atos. Que pouco se fodesse Alexander. Era comigo que eu estava conversando. — Eu... realmente quis ser bom. Não me corromper de vez, não me manchar com o sangue, manter uma parte minha pura, que, no final, pudesse me puxar de volta, me salvar. Arrancar... — Meus olhos se encheram de lágrimas. — Todo o mal que o meu próprio pai implantou em mim. Dizer que é pelo bem da família... é o suficiente. — Fechei os olhos. — *Não há volta. Engana-se quem* cai no fundo do poço e acha que é fácil escalar para a luz. Não há luz, não há pedras para se apoiar. A bondade... está tão distante agora, tão difícil de imaginar. Quis ser bom. — Abri os olhos e os fixei no russo. — Não há nada mais bondoso em mim. Não há espaço para a esperança, quando tudo o que vejo, sinto e anseio, é a violência. Quem eu sou a partir daqui, não é o que desejei. É a vontade do meu pai.

— Perdeu a cabeça? — Alexander sussurrou diante do meu monólogo.

Despedi-me do resto que lutava para sobreviver diante da crueldade.

E abracei o meu futuro.

Avancei contra Alexander. Voei sobre ele, sem dor física para me parar, sem moralismo para trazer a lucidez de volta.

No escuro, ataquei o seu rosto. O soco atingiu em cheio o seu nariz, o jogou para trás, e com as minhas próprias mãos, decidi acabar com a sua vida. Queria a sentir se esvair, da mesma forma com que ele fez com Andrei.

O seu grunhido se misturou ao meu dentro da cela, éramos dois animais, arrancando sangue um do outro. Seus socos me atingiram, aproveitou-se da minha ferida e a agrediu com um chute.

Caí aturdido, e o agarrei pela perna, jogando-o no chão.

Ele berrava.

Eu fiquei em completo silêncio.

Imobilizei-o entre as minhas pernas, mandando para o inferno o machucado e soquei o seu rosto. Agarrei sua cabeça e a bati contra o chão, com toda a fúria que extravasava pelo meu semblante. Meu rosnado se misturou com o suplício de Alexander. Implorou que eu parasse.

Continuei.

Acertei-o.

Seu nariz quebrou contra os meus dedos, a raiva escapava pela minha boca. Bati sua cabeça mais e mais, até uma poça de sangue se formar.

Ele apagou.

Não consegui parar. Soco atrás de soco, gritos misturados com as lágrimas, que por fim chegaram. Afundei os punhos no sangue, na carne que cedia, nos ossos que se partiam. Segui com toda a ânsia que sentia.

Apenas a minha voz preenchia o lugar, tão arrastada pelo esforço e pelo cansaço, que quando acabei de desfigurá-lo, de tornar o seu rosto pior do que o de Andrei, desabei para o lado, caí no sangue, e ali fiquei. Tão acabado, que não queria me levantar, muito menos continuar.

Estava destruído como eles, porém, vivo.

Fui levado horas depois para a enfermaria.

Mudo, permaneci por lá durante horas. Limparam-me, desinfeccionaram o ferimento da bala e os machucados do rosto.

Não precisei de anestesia.

A dor, a perda e a devastação mental se sobrepuseram a qualquer outra sensação. Não se dirigiram a mim, não me contaram o que fizeram com os corpos ou se eu seria punido por algo.

Poderiam achar que eu estava em choque depois de tudo. Entretanto, não era isso.

Era cansaço.

Não sentia vontade de falar, de tentar me entender. Estava com medo de me ouvir e não reconhecer a minha própria voz. Tão perdido por dentro que, assolado, durante a noite seguinte, não fechei os olhos.

Tinha medo de adormecer e sonhar comigo mesmo.

O monstro que me tornei. O que mais me assustava, era que eu gostei de matar Alexander. Saboreei a sua morte, me senti satisfeito por vingar Andrei.

— Por que, pai?! — sussurrei no escuro. Escondi o rosto nas mãos, sozinho na enfermaria. E chorei. Desabei depois de segurar o pranto. — Por que fez isso comigo? Por que esse caminho? POR QUÊ?! — urrei de raiva e desespero.

O nó na garganta ardeu. Solucei e puxei o ar.

Estava apavorado pelo que sentia, pela falta de moralismo.

Pelo simples... desaparecimento de quem um dia eu fui.

De olhos fechados, deixei as lembranças me inundarem.

Primeiro, o corpo de Alexander, depois Andrei... Antone, Anya...

E o meu pai. O real motivo para tudo. Os seus pedidos e segredos.

— Não será fácil, Enzo — ele sussurrou, sentado comigo naquela noite, na velha cabana em que ficávamos. — Não posso afirmar pelo que passará. Talvez Vladmir faça pior, talvez ele alivie por ser quem é.

— E esses outros... — Apontei para o álbum com as fotos. — Ivo e Kirill.

— Comece por Ivo, Enzo. Ivo é quem precisa morrer primeiro. Vladmir o ama, contudo, ele irá proteger você. — Meu pai me segurou pela nuca, olhos nos olhos. — Pode não parecer. Ele não deixará transparecer esse sentimento, mas aquele filho da puta já o ama. Não importa o que Ivo diga, ou tente fazer, Vladmir optará por você.

— Como pode ter tanta certeza?

— Porque é o que eu faria.

— Ivo sabe? — perguntei, preocupado.

— Não de tudo. Não... acho que não. — Ponderou. Olhou para as velhas fotografias. — Você precisará provar que é valioso, que honrará o sangue, o nome... Precisa ser aceito por Vladmir.

— E não sabe tudo o que ele pedirá?

— Não, filho. Isso só o tempo irá dizer, mas... — Segurou-me com força. — Não fraqueje. Não me envergonhe. Não faça merda — disse rígido. — Fará o que for preciso. Pense em tudo o que sabe, todos esses anos em que contei sobre a merda que é esse machismo...

— Você também é — retruquei. Ele estapeou-me.

— Nunca me compare a Vladmir dessa maneira. Ele jamais... — Fechou os olhos. — Se infiltre. Chegue ao cerne. Seja o braço direito de Vladmir, mesmo que isso signifique matar tudo o que há de bom em você.

Engoli o pranto, o medo e a vontade de negar.

— Depois — ele continuou — você irá atrás de Ivo. Na surdina, como tentei fazer com Kirill, mate Ivo. Ele é o primeiro que precisa cair.

— E se eu for descoberto?

— Então se mate — falou sem rodeios. Fiquei chocado, e ele não parou: — Não deixem que peguem você, filho. Jamais. Nunca conte o segredo.

— Nem para...

— Muito menos isso, Enzo. Você estará dando uma arma.

Fechei os olhos.

— Olhe para mim! — obedeci. — Depois, preciso que chegue até Kirill. Desarme-os por dentro, os faça duvidar um dos outros, desestabilize a Bratva. Sem os líderes, será fácil fazê-los cair, entregá-los para a polícia. Porém — ergueu as sobrancelhas —, lembre-se que há corruptos por todos os lados. Não confie nas pessoas, apenas na sua cabeça.

— Vladmir precisa ser o último?

— Sim. Ele precisa morrer ciente de tudo... De que eu, mesmo morto...

— Você não morrerá. — Pestanejei e ele riu.

— Sabemos que sim. Quero que ele saiba que, no fim, ele não conseguiu nada. Nem filho, nem esposa, nem poder... E nem proteger a Bratva. Você acabará com eles, como eu deveria ter conseguido a mando da KGB.

— Você traiu a KGB em algum momento?

O meu pai refletiu com o olhar perdido, pensou em algo, todavia, não disse.

— Nunca traí. O plano era matá-los, fracassei quando errei com Kirill. Quando precisei partir porque sua mãe...

— Nunca foi um Vor?

— Para eles, sim. Um dos mais importantes e confiáveis... Tudo mentira. Precisamos aprender a enganar tanto até que nós mesmos caímos nesse fingimento.

— Viver na mentira?

— É... — disse, pensativo. — É isso. — Olhou-me com orgulho. — Você está bem-criado. Tão... seguro. Pode não parecer, mas quando precisar, fará a coisa certa, não vacilará. Esses ensinamentos terão frutos lá para frente. — Soltou o meu rosto. — Quando chegar a hora, você pensará em tudo o que eu disse, em cada momento que o fiz não pensar na vida, desejar matar, aceitar o sangue, o assassinato. E entender como funciona uma mente de um Vor. Se tornar pior do que eu. Quando esse momento chegar, você estará pronto, e nenhum medo te impedirá. Ali, você vai compreender cada situação que fiz você passar.

— Sim...

— Nunca duvide de mim. Sei o que estou fazendo. — Foi uma das suas últimas frases. Levantou-se. — Vamos embora, preciso voltar para casa antes que sua mãe... — Outra vez não completou. Segui-o. Pegamos as malas, adentrámos no carro e fui levado para a escola outra vez. Lá, antes de descer, meu pai me segurou. — Talvez nós... — Suavizou a voz. Era a última vez que o via. — Use o medo a seu favor, filho. Não fracasse. Não faça todos esses dez anos serem em vão.

— Não farei.

— O nome Lehansters depende de você. Um erro e vocês três estarão mortos.

— Não vou — enfatizei.

— O futuro depende de você. Pelo bem maior, pelo bem de quem não merece sofrer, filho. Nunca se esqueça, eu amo você, e só o escolhi para isso porque é o mais forte. Porque confio que fará — suspirou e me largou. Abri a porta e antes de sair, o ouvi: — Mesmo na escuridão, engolido pela crueldade, o que você fará será o certo.

Era verdade.

Agora, só tinha esse caminho para seguir: desprender-me do passado, esquecer Anya e acabar com os três Vory que poderiam destruir um dos Lehansters, aniquilando todos nós em um efeito colateral.

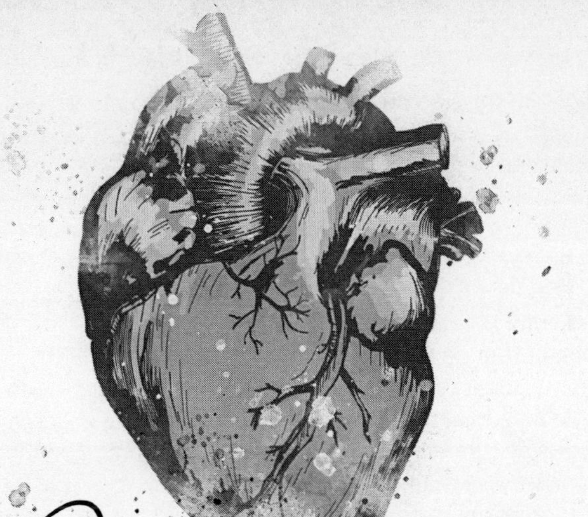

Capítulo 55

Anya

Três meses depois

As pessoas dizem que é possível morrer por causa de um coração partido. Essas que afirmaram isso nunca souberam o que é dor de verdade.

Nunca chegaram ao final da vida.

Amor não mata. Ensina.

O que eu senti por Enzo não foi amor, talvez uma obsessão doentia ou uma paixão insana.

Depois de todos esses meses, o que quer que tivesse sido esse sentimento, estava morto ou adormecido.

Sua ligação colocou um ponto final e me fez ver a mulher que eu deveria continuar sendo.

Não iria me entregar, muito menos abrir o meu coração.

Os homens que até então eu encontrei *não mereceram* nem uma parte minha, quem dirá o meu coração.

Eu era uma Lehansters, fui moldada por mim mesma e criada pela sociedade, não iria deixar Enzo me mudar.

— Daria todo o meu dinheiro para um dia descobrir o que pensa quando fica calada por tantos minutos. — Gisele me acordou do devaneio.

Sorri, com os olhos voltados para a janela. Os pingos da chuva deslizaram devagar pelo vidro.

— Seria um pesadelo, não um sonho.

— Talvez fosse... ou talvez não. Nunca se abriu para alguém?

— Não adianta tantas investidas — murmurei. — Mesmo que eu conte... o que mudará? — Olhei-a.

— Posso tentar ajudar.

— Você já me ajuda. — Seu sorriso diminuiu e ela se ajeitou nos lençóis. Seu peito se desnudou e se deitou de lado, apoiou a cabeça sobre a mão e fechou os olhos.

— Não digo em questão de Pandora, Anya, muito menos das nossas noites...

— Não preciso de amor, nem de afeto dessa maneira. Não estou buscando um relacionamento, não preciso de um desses...

— O que temos aqui não é um? — indagou, com o olhar sobre mim.

Ajeitei o roupão e fui até a mesa.

— Não, o que há aqui são momentos que podem e irão acabar um dia. Cada uma seguirá o seu rumo, sem saudosismo ou melancolia — respondi.

Servi-me de vinho e ofereci uma taça para ela.

— Já te chamaram de malvada?

— Sempre — sussurrei. Sentei-me na cama e acariciei o seu pé. — Sempre me chamam de malvada, filha da puta ou cachorra pelas costas. Mas é isso o que são... Estão atrás de mim, falando pelas costas, enquanto continuo na frente.

— Susano disse que é uma cadela.

— Não sou eu quem usará uma coleira.

— Quando será? — Gisele se sentou. — Quando fará?

— Ele não desconfia das suas saídas?

— Como desconfiará, se quando eu saio, ele já *está* no meio das pernas de uma vadia qualquer? — resmungou, aceitou a taça e bebeu um longo gole. — Não sei o porquê demorei tanto tempo.

— Nem foi tanto...

— Três meses até acordar, e anos adormecida. Foi muito tempo.

— É. Você não se amou por muito tempo.

— Agradeço a você. Nenhuma mulher deveria aprender a se amar, deveria ser obrigação desde o nascimento.

— Nessa sociedade machista, opressora, tão baseada na estética e em um mundo de pedras tão selvagem, nos amar, às vezes, se perde no caminho.

— Você sempre se amou...

— Porque se eu não fizesse, ninguém mais me amaria. Por um bom tempo, foi o único amor que tive.

— Alguém te amou? — Tentou descobrir mais sobre mim.

— Todos me amam e me odeiam. Essa é a graça. Posso manipulá-los ao meu bel-prazer. Quando me amam, lambem os meus pés, e quando me odeiam, se desviam e não me incomodam. Seja por desprezo ou por medo.

— Às vezes te odeio — riu — e outras admiro a força que tem.

— Eu sei. — Levantei-me, sequei a taça e a depositei no balcão. — Preciso ir, Antone está fora por muito tempo, preciso procurá-lo, deve estar enfiado em algum lugar junto com... — Iria falar o "clone de Enzo", mas refreei as palavras. — Zayne.

— Zayne é aquele motociclista que vira e mexe está na sua casa?

— Se refere àquele selvagem sobre uma moto? — Despi o roupão e fitei o meu reflexo. Gisele se ergueu da cama, também sem roupas, e caminhou até mim. Parou atrás e tocou-me nos ombros. Beijou-os e encostou o queixo, me contemplando pelo espelho.

— Amanhã, fique comigo em Pandora? — pediu.

— Começarei com Susano — contei. — Amanhã ele ficará comigo, sem vê-la no espetáculo. Não perceberá que sua esposa é a atração principal... Só verá quando eu quiser.

— O que acha que ele fará?

— Nada. — Sorri, satisfeita. — Quando descobrir que você o largou, se desprendeu da dependência e que agora irá viver a sua vida, sem traições, sem pressão e sem um casamento, ele já estará nas minhas mãos, submisso e no lugar que merece.

— Fará com que assine o divórcio?

— Com certeza. Abrirá mão da sua empresa, não tenha dúvidas. O dinheiro que é seu.

— Tudo isso por quê?

— Porque ele será o meu submisso dentro e fora da cama.

— Me trocará por ele? — Ela vacilou ao perguntar e me virei.

Encarei-a.

— Não existe trocar, substituir ou ocupar o lugar. Cada pessoa é única e tem a parcela que merece. Você continuará sendo minha... — Toquei o seu rosto. — Amante de cama, se é que podemos dizer. Continuará a ser a principal de Pandora e representante das minhas decisões. Susano será o meu submisso, e não terá mais voz.

Gisele sorriu e se afastou.

Observei-a se vestir, enquanto refletia o quanto ela estava dependente da relação existente ali. E tão manipulada por mim. Por cima de um palco, eu orquestrava o espetáculo.

— Hoje não quero que me ligue, não quero que envie mensagens... — ordenei, também me vestindo.

— Por quê?

— Sem questionamentos — assumi o meu lugar. Gisele anuiu. Coloquei os brincos, os anéis e me fitei no espelho. Olhos nos olhos, através do reflexo, continuei: — e sem masturbação. — Sorri ao dizer. — Controle-se para amanhã, para que faça os sócios rastejarem aos seus pés, para que sintam o tesão saltando pelos seus movimentos.

— Pode deixar. — Piscou, pegou a bolsa e deu as costas.

Ela não era para ser minha submissa. Longe disso.

Queria Gisele como uma dominadora.

Fiz o mesmo caminho que ela, tranquei o quarto e dentro do elevador, procurei as chaves do meu carro. As portas se abriram no momento em que um homem familiar adentrou, de cavanhaque e bigode escuro, assim como os cabelos. Seus olhos não acompanharam a jovem que guiava, mas estavam vidrados em mim.

Sorri sem receio, sendo odiada pela jovem.

Ao sair, sussurrei o meu nome, e obtive o dele: Armando.

Lembrei-me do cassino, há tempos.

Segui o meu caminho, e já dentro do Mercedes, disquei para Antone. O celular chamou uma, duas, três vezes. Nada. Aquilo estava me irritando.

Ao invés de ir para casa, desviei para o outro lado da cidade, em direção à rodovia. Estacionei em frente ao bar frequentado por Antone.

— A que devo a honra? — O homem por detrás do balcão, com uma barba castanha acinzentada, comprida, e cabelos longos também, perguntou. Contemplou-me de cima a baixo e sorriu. — É a Lehansters. Ouço falar tanto de você, mas até então nunca tive o prazer...

— Anya. — Encurtei a apresentação. As mesas redondas do lugar estavam vazias, exceto por uma no fundo, ocupada por um homem de braços tatuados, cabelos escuros, assim como a barba, e o colete dos Devils.

— Sou Clay. Está procurando o seu irmão?

— Antone *não veio para cá?*

— Desde ontem à noite que eu não o vejo.

— Procuram pelo loiro? — o motociclista perguntou.

— Sim.

— Ele está apagado.

— Como é? — Virei-me para ele, que tirou os pés da mesa e se levantou. Passou uma mão na barba e cravou o olhar esverdeado em mim.

— Sou do clube.

— Percebi — respondi seca. Ele sorriu, me observando do mesmo modo que Clay. — Quando ele avisou que você era ácida, não imaginava que era tanto.

— Onde está o meu irmão?

— Na minha casa. Bebeu demais e dei uma surra nele.

— Você fez o quê? — Semicerrei os olhos. — Bateu no meu irmão?

— Alguém precisava pará-lo... Não parava de citar uma ruiva, ligava e foi buscá-la de moto... — Fechei os olhos. Eva. — Quando voltaram, Antone começou a discutir com Z, e você sabe que...

— Só quero saber como meu irmão está — interrompi-o.

— Está bem. Amanhã levo-o para casa.

— Passe o seu endereço, peço para o motorista ir buscá-lo.

— Ah, é verdade — suspirou, sarcástico. — Esqueci que vocês cagam dinheiro. — Puxou um papel do bolso, se apoiou no balcão e pegou uma caneta. — Não moro aqui, é na cidade próxima. — Entregou-me o papel. — Apenas cuide de Antone quando ele não estiver com a gente. Ele não anda bem.

— Da minha família cuido eu — resmunguei e peguei o papel. Dei as costas e na porta do lugar o ouvi. — Aquela ruiva que está com ele não é uma boa companhia... Reconheço mulheres assim de longe.

— Se conhece bem as mulheres, sabe que eu sou do tipo que não costuma ouvir conselhos. — Saí do lugar e enfiei o papel na bolsa.

Dirigi para a minha casa, e durante aquela tarde, não fui trabalhar. De noite, no cassino, precisei aguentar Tom com Eva.

Na primeira oportunidade em que saiu para o banheiro, a segui. Esperei que entrasse e fiz o mesmo. Viu-me assim que levantou a cabeça.

— Está tudo bem?

Parei atrás dela, a passos de distância. Pelo espelho, notei ansiedade em sua fisionomia.

— Está nervosa, Eva? — Arqueei uma sobrancelha.

— Não. — Sorriu.

— Tom precisou transar muito hoje?

— Sabe que não gosto de entrar nesses...

— Faz meses... que deposito uma recheada quantia de dinheiro na sua conta, que pago tudo o que precisa. E faz meses que não recebo nada em troca.

— É demorado, me mudei semana passada para a casa dele.

— Finalmente... aceitou se mudar.

— Tom não para. Ele quer tudo do jeito dele, às vezes é sufocante. Não faz por mal, mas gosto de ter as rédeas da minha vida. — Volveu para me encarar.

— Aí que está enganada — sussurrei. — As rédeas da sua vida estão comigo. Estou há meses esperando por algum maldito segredo, alguma merda de vulnerabilidade, e o que você me traz? — Eva engoliu em seco. — Nunca se esqueça o que aceitou... — Dei um passo na sua direção. — Nunca se esqueça que eu comando, e assim como te coloquei nessa vida, em um piscar de olhos, arranco seu apartamento, o seu dinheiro, o seu carro, o seu namorado e a sua dignidade.

— E se eu não quiser mais continuar? — desafiou-me. — Se eu estiver cansada?

— Um contrato é um contrato. Romper tem suas consequências. Se souber lidar com todas elas, podemos acabar agora.

— Eu... — Desviou o olhar. — Até o fim do mês consigo algo. Ele citou uma mulher do passado dele... Só não entendi direito quem era.

— Um mês, Eva. Mais do que isso e irei preferir rasgar o meu dinheiro a dá-lo a você.

Deixei-a sozinha no banheiro, e quando retornou para a mesa, pediu para ir embora. Disse que algo não fez bem, e Tom prontamente a levou. Ele a amava, dava para ver pelo olhar. Já Eva, achava que podia foder com Tom e com o meu irmão sem que eu soubesse.

— Você recebeu um convite? — Henrique cortou o silêncio da mesa que durava horas, dirigindo-se para Susano, que me fitou curioso. Fiquei quieta. — Sei que é sigiloso. — Abaixou o tom de voz.

— Se é sigiloso, não é para ser comentado.

— Pandora... — Olhou-me. — Lembrou-me a sua festa.

— As pessoas sempre se inspiram em outras.

— Recebeu também?

Inclinei-me sobre a mesa o suficiente para fazer ambos os irmãos caírem com os olhos no meu decote. Quando pensavam com a cabeça de baixo, o cérebro se desligava.

— Se eu contasse, não seria mais segredo, não acha? — sussurrei. — Cuidado para quem conta, pode ser que esteja de fora do próximo evento e perca a oportunidade de trepar comigo.

Susano tossiu, se engasgando com o uísque. Henrique corou. Me levantei, deixando-o sem resposta.

Naquela noite, diferente de tantas outras, eu pensei em Enzo.

Seria o primeiro evento oficial de Pandora, com as regras definidas, em um completo sigilo. Comprei a empresa de decoração, contratei os motoristas, as gráficas eram minhas também, e Antone, até o mês passado, estava a par das escolhas.

Estava com receio de que ele fizesse um escândalo durante o evento. Talvez fosse melhor ele não ir... Talvez precisasse ir para a reabilitação e se livrar de Eva de vez.

Quando adormeci, o sol estava nascendo, e meu último pensamento foi Enzo. O que ele sentiria se um dia pudesse viver Pandora?

Odiei-me por retornar a lembrar dele.

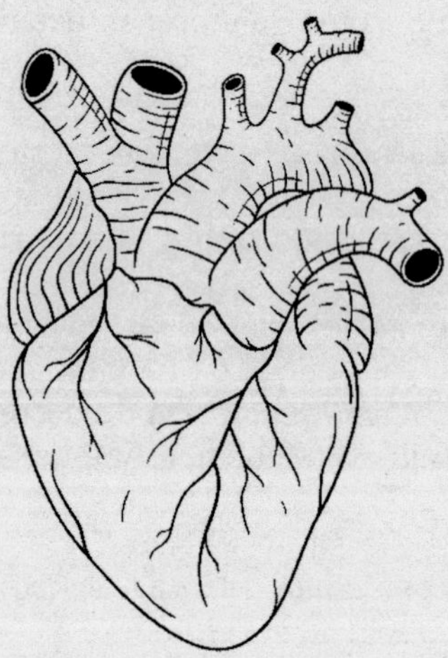

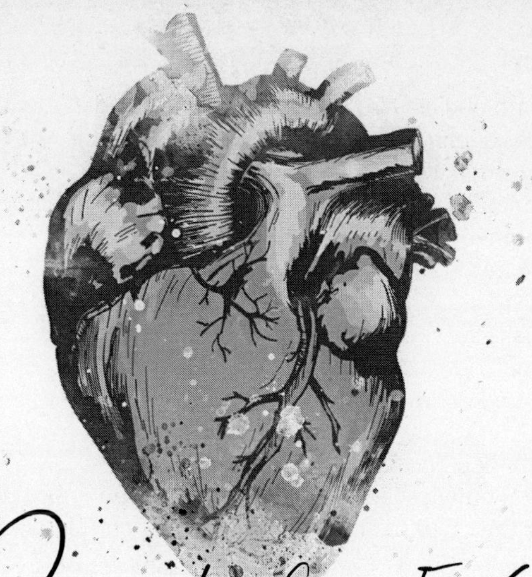

Capítulo 56

Anya

— Anya, aqui — Gisele me chamou assim que pus os pés na mansão de Tom. O convite foi feito e ele aceitou ceder a casa para o evento. Por causa de Antone, Tom era o único que sabia que éramos os donos.

Os eventos de Pandora ocorreriam duas vezes por mês, na casa de um dos sócios. Todos, ao assinarem o contrato, concordavam em ceder o lugar.

— Onde está? — Procurei-a, subindo a escadaria. Ela surgiu no alto, acompanhada de um dos contratados.

— O figurino já chegou, a maioria das pessoas também. Matthew disse que a decoração está quase pronta.

— Temos algumas horas ainda — concordei. Seguida deles, fui para o quarto, onde algumas das mulheres-sexuais estavam. Ali, esperei até que todas prestassem a atenção em mim. — O evento de hoje será a abertura — comecei. — Gisele e Matthew serão a atração principal. Conto com o profissionalismo e a obediência de cada um de vocês. Foram contratados para serem discretos, e em qualquer problema, estarei sempre no último quarto.

Dali, observei os decoradores. Cada lugar ocupado, cada detalhe pensado por mim.

A tarde se arrastou até que todos estivessem com o figurino, ensaiando, e os seguranças a postos.

Encontrei a Harley de Antone estacionada assim que voltei para casa. Dentro dela, o completo silêncio.

— Antone? — Bati na porta do seu quarto. Sem resposta. Abri-a e o encontrei deitado na cama, com um dos travesseiros sobre o rosto. — Está vivo? — Parei na penumbra.

— Irá completar sete meses hoje — murmurou.

— Por isso encheu a cara ontem?

— Obrigado por mandarem me buscar, mas preferi vir sozinho.

Assenti, mesmo que ele não prestasse atenção. Sentei-me na cama e coloquei a mão sobre a calça jeans que cobria o tornozelo dele.

— Por que teve que ser atordoado ontem?

— Quem contou? — Jogou o travesseiro e fitou-me irritado.

— Um dos homens do clube.

— Como encontrou um... Ah... — suspirou. — Ottis...

— Por quê?

— Bebi demais.

— E o que mais? — insisti.

— Você não se lembra dele mais, não é? — Seu olhar me acusou. Desviei o meu e neguei.

— Lembro-me toda noite.

— E hoje dará uma festa. É um pouco irônico, maninha.

— O que espera? Que eu me afunde em uma garrafa como você? Que foda com a minha cabeça? Que desande e deixe o mundo ruir? Enzo fez as escolhas dele, sabia o caminho para casa, e mesmo assim permaneceu lá. Não fale dele como se fosse uma criança.

— Você não o ama.

— Não, não amo Enzo. Nunca o amei como irmão — confessei, afiada. Levantei-me com raiva no olhar. — Amo você, e olha o estado que está. Fede a cigarro e álcool. Fede a mulher. — Antone semicerrou os olhos e continuei: — Quero ajudar você, quero te tirar da lama em que você mesmo se colocou por causa de Enzo.

— Você não espera uma ligação dele? Nem uma única?

— Ele ligou há três meses.

— Ele está preso, Anya, por sua...

— Não fale isso. Não fiz Enzo ir. Não o prendi.

— Desculpe-me...

— Não pedi que ele assassinasse aquele homem, muito menos que aceitasse aquele maldito julgamento. — A acusação estava me devastando por dentro, arrancando o controle das minhas mãos. — Se eu pudesse, teria tomado o lugar dele!

Deixei-o aturdido, sem querer continuar a conversa.

Bati a porta do seu quarto e fiz o mesmo com a do meu. Lá dentro, deixei a culpa me corroer enquanto tomava banho, e, ao me vestir, refleti.

Sete meses.

Maquiada, coloquei a máscara sobre o meu rosto, o batom vermelho contrastando com o preto, e de olhos fechados me lembrei da primeira noite insana da minha vida. A força de Enzo, suas mãos... sua barba arranhando o meio das minhas pernas, a cabeça rosada, sua língua na minha pele, chicoteando-a e comandando-me.

Devorando-me antes mesmo que eu conseguisse o controle de volta.

— Anya? — O vocativo me acordou e quando me dei conta, minha mão estava acariciando o meio das minhas pernas sobre o vestido.

— Oi, Antone. — Atendi-o, abrindo a porta.

— Está pronta? — perguntou. Examinei-o. Seu rosto estava deplorável, as olheiras profundas, a barba por fazer, a gravata torta.

— Você não irá. — Saí do quarto. — Não se aguenta em pé.

— Pelo amor de Deus... — Deu as costas.

— Antone, eu falo sério. Fique em casa.

— É no Tom, não é?

— Eu o proíbo...

— Cale a boca! — rosnou, fuzilando-me com o olhar sobre o ombro. — Quem você acha que eu sou, um dos seus submissos? Sou a porra do seu irmão.

— É um bêbado que não irá estragar o meu clube.

— O nosso clube — grunhiu e avançou pela escada. — Lembre-se que o dinheiro investido é nosso. Pandora é NOSSA — bradou do andar inferior.

— Se fizer merda, eu o tirarei de lá à força, está me ouvindo?

— Captei a mensagem, maninha! — Ignorou-me com o deboche e saiu porta afora. Antes de enfiar o celular na bolsa, vi uma mensagem de Eva.

"*Sabe onde Tom está? Disse que iria sair, mas não o encontro*".

Respondi.

"*Fique em casa.*"

Fui para a Mercedes. O motorista me levou para o lugar onde Pandora criaria asas e voaria tão alto quanto eu.

De dentro do carro estacionado, vi os sócios serem levados vendados pelos seguranças. Um de cada vez, organizados. Como dona, apenas fui escoltada para dentro, e no hall montado para a retirada das vendas, apenas avancei, evitando ser vista.

O ambiente de Pandora me abraçou.

A atmosfera era erótica, a música grave e baixa, e a luz fraca tornava a penumbra avermelhada. Um garçom passou por mim e peguei uma taça de vinho. Todos os convidados estavam mascarados, alguns com peças simples, rendadas, outros com chifres que cobriam o rosto inteiro. Uma em específico era semelhante a de Enzo, encomendada de propósito.

O espetáculo principal começaria em breve e não poderia deixar Susano assisti-lo. Gisele estaria mascarada, apesar disso, o seu corpo seria exposto. Ele a reconheceria.

Cacei-o entre os sócios e as pessoas-sexuais que transitavam por ali. Vi-o escorado em um pilar, bebericando um uísque e conversando com uma mulher. Ambos já sem máscaras.

Caminhei até eles, atraindo olhares interesseiros.

— Estão muito ocupados? — murmurei em seu ouvido. Susano deu um pulo, assustado. Perscrutou o meu rosto, me reconhecendo.

— Você...

— Gostaria de ter uma palavrinha... com você. — Sorri maliciosa. Minha língua percorreu o lábio inferior.

— Ah, claro. — Virou-se para a outra mulher. — Se me der licença.

— Não aqui. — Enrosquei a minha mão na dele, entrelacei os nossos dedos e notei sua pele arrepiada. Pude sentir seu olhar curioso e ansioso sobre mim, enquanto me seguia. — Aqui tem outra escada para o segundo andar. — Guiei-o para outro ambiente e subi a escadaria que levava para o lado oposto do corredor.

— É alguma coisa com Gisele? — perguntou, irritado. — Sei que a defende. Toda vez que estamos no cassino...

— Não é nada com a sua esposa.

— Henrique?

— Fique quietinho — ordenei, irônica, e Susano obedeceu sem pestanejar.

Os corredores estavam vazios. Todos os sócios eram mantidos no salão principal, que em poucos minutos seria transformado em palco de um espetáculo feito com espelhos, corpos e orgasmos.

Hesitei diante de uma porta fechada e Susano respirou contra os meus cabelos, tão calado que por um momento achei que engoliu a língua. Extremamente obediente, para não me perder.

Usaria isso a meu favor.

— Como deve imaginar, eu sou a dona de Pandora... — contei. Abri a porta e o quarto decorado de vermelho, feito para as práticas de BDSM, nos engoliu.

— Não imaginava — balbuciou, chocado.

— Entre. — Dei passagem. Ele inspecionou o quarto com o olhar. Os chicotes sobre a bancada, as velas, os plugs, os géis, as mordaças, as palmatórias, os prendedores e diversos outros objetos. O tapete era vermelho, as paredes da mesma cor, e os lençóis eram negros.

Ali Susano me daria sua completa liberdade, sem data para terminar.

— É a dona do clube?

— Sim, eu e Antone.

— Por quê? — indagou, sondando-me.

Fechei a porta.

— Por que... Como assim? — Acendi os abajures do quarto.

— Por que criou o clube?

— Não está satisfeito?

— Não, claro que estou. *Não esperava isso de você.*

Encarei-o, com a cama no meio de nós.

— Você não imagina como sou — sussurrei predatória. — Posso surpreendê-lo, ou assustá-lo.

— Me assustar? — Riu. — Por Deus, não sou o tipo de homem que se assusta com mulher. — Fitou os objetos. — Sadomasoquismo...

— Já praticou?

— Não. — Olhou-me de canto. — Você já?

— Não trouxe sua esposa hoje?

— Gisele não gosta. — Deu de ombros. — Desses eventos... de sexo.

— Ela não gosta de transar?

— Por que não tira a máscara? — Apontou-me.

— Não respondeu minha pergunta.

— Ela é frígida — disse sem rodeios. — É gostosa, mas não sabe fazer direito na cama. Já percebi várias vezes quando fingia orgasmos.

— Talvez ela fingisse porque você não era capaz de a fazer chegar lá.

Ele riu sem graça, negou com a cabeça e passou uma mão no rosto.

— Outras mulheres...

— Suas amantes? — corrigi-o.

— Chame-as como quiser. Pelo menos eu fodo com elas e sinto que faço bem.

— Talvez não *faça, e elas são melhores em disfarçar.*

O vinco se formou na sua testa, perplexo em como eu o tirava da segurança de macho alfa.

— Me chamou para me humilhar?

— Não, não foi para isso...

— Porque é o que parece — disse, recuando.

— Gostou da ideia de Pandora?

Olhou ao redor, confuso com as minhas perguntas, no entanto, sem deixar de respondê-las.

— Sim... A ideia por trás é deliciosa.

— Uma libertação sexual.

— Isso — respondeu vago. Seus olhos varreram o quarto, em busca de alguma câmera. Encontrou-a em um dos cantos.

— Filmo para que nada fuja do controle. Ninguém tem acesso ao que acontece nos quartos.

— Só você?

— Só em caso de problemas. O vídeo, assim que acabado o evento, é enviado para um cofre.

— Por que criou o evento?

— Gostaria de participar mais vezes? — Sorri.

— Sou sócio, não sou?

— Só continuará se eu quiser.

O silêncio o deixou incomodado.

— E vai? — perguntou por fim.

— Você quer?

— É sexo — respondeu como se sexo fosse uma palavra mágica.

— Depende do que você me dará em troca.

— Estou pagando...

— Não quero dinheiro. O valor cobrado é para limitar os clientes — interrompi-o. — Não costumo fazer favores. Apenas trocas.

— É assim com todos? — Semicerrou os olhos.

— Só com você. — Alarguei o sorriso.

— E o que quer de mim?

Percorri os lábios com a ponta da minha língua, molhando o batom já ofuscado. Contornei a cama, aprisionando os seus olhos em cada movimento do quadril, e parei diante de Susano. Tirei a máscara e a joguei para trás.

— Quero o seu sexo. A sua obediência. Quero que transe comigo, do meu jeito, com as minhas regras...

— Transar?

— Você me quer?

Salivou ao contemplar o meu decote, a curva da minha cintura. Elevei uma perna pela fenda do vestido preto.

— Porra...

— Sim ou não?

— É claro que te quero... *pra* cacete!

— Só me terá na cama de um jeito. — Cobri a perna com o vestido e me afastei.

— Como assim?

— Costuma transar com quantas mulheres como eu? — O silêncio foi sua resposta. Queria ouvir as palavras. Queria que ele sentisse que era uma oportunidade única. Pego pelas bolas e pelo sangue que fervia na ereção, seu cérebro ficava em branco. Era mais fácil manipular. — Responda — mandei.

Ele se sentou na cama.

Peguei uma das maletas e a abri. De dentro puxei um contrato com várias folhas e uma caneta.

— Algumas...

— Algumas? — repeti com deboche. — Tem certeza?

— Onde quer chegar? — perguntou, irritado, com o ego ferido.

— Não dou segundas chances, Susano. Ou a pessoa aceita a minha oferta de primeira, ou se arrependerá pelo resto da vida. Você não transa com mulheres como eu — disse, caminhei na sua direção e estendi os papéis. — Porque mulheres como eu não ficam com caras como você.

Seu olhar recaiu sobre o contrato.

— Você é afiada.

— Não imagina o quanto. — Suavizei a voz. — E posso ser muito mais na cama.

— Está tentando me seduzir — sussurrou com um sorriso safado.

— Estou conseguindo?

— O que é? — Pegou o contrato.

— A sua chance de me ter — menti.

O que ele jamais imaginaria era que nenhum homem seria capaz de me ter. Eu o teria nas mãos, apenas isso. No entanto, a oferta dita assim se tornava mais tentadora. Ter — a posse da mulher — era um fetiche dos homens que se sentiam os alfas. Um agrado aos ouvidos tornava-os cegos.

— Está falando sério?

— Sente-se ali. — Indiquei a poltrona. — E leia tudo. Todas as cláusulas, as observações, os limites estipulados, e, principalmente — hesitei —, o que considero irredutível.

Susano obedeceu.

Ele daria um belo submisso. Fez o que indiquei. Durante o tempo em que se atentou ao contrato, abri o vestido. O tecido deslizou pelas minhas pernas. De lingerie rendada e preta, deitei-me na cama.

— Merda! — Exasperou ao se deparar com o meu corpo seminu. A gargantilha de ouro cintilava no meu pescoço, os saltos eram brilhantes e os meus cabelos estavam esparramados pelo travesseiro.

— Leia, Susano — determinei.

— Mas...

— Até o final, senão me levantarei, colocarei a roupa e nunca mais trocarei uma palavra com você.

— Merda! — Voltou a atenção para as folhas e os minutos se transformaram em quase meia hora. Era muita informação, e várias vezes o peguei refletindo, considerando se seria vantajoso.

Para ele, dependeria do seu ponto de vista. Andaria com uma coleira imaginária no pescoço, vinte e quatro horas por dia.

No decorrer daquele tempo, deitada, minha mente brincou comigo.

Imaginou-me no mesmo lugar, na mesma cama.... com outro homem.

Como ele estaria agora?

Em que estado? Livre? Com outra mulher?

Senti-me uma menina outra vez, e odiei-me por isso. Condenei cada pedaço meu que sentia falta de Enzo, urrei em silêncio para mim mesma que ele pouco se lembraria de mim, que estaria com uma russa debaixo do corpo, e quando voltasse... seria o meu irmão.

Quando regressasse, queria que sentisse o que perdeu. Para isso, eu precisava enterrar qualquer lembrança, qualquer sentimento. Seu lamento não seria escutado, sua necessidade jamais seria atendida.

Não iria existir uma segunda chance, uma noite de fraqueza.

Não, eu não era assim.

— Há apenas uma coisa que eu não entendi. — Susano quebrou o silêncio.

— O quê?

— Aqui diz que devo obedecê-la em todos os aspectos, inclusive em âmbito profissional, familiar e pessoal.

— Sim.

— Tenho uma esposa.

— Não terá por muito tempo — murmurei.

— Quer que eu me divorcie de Gisele?

— Como ficará comigo, casado com outra? Não costumo passar despercebida nos lugares.

— Achei que seríamos...

— Você leu todo o contrato, até os pequenos detalhes, e não entendeu o significado? Sabe o que é ser submisso?

— Porra, é claro que entendi... Só achei que seríamos amantes.

— Eu jamais serei amante, Susano. Não sou mulher de participar de traição...

— Não está fazendo isso agora?

— Estou dizendo que só transará comigo se você se divorciar. Isso não me coloca em papel de amante. — E mal sabia ele que a sua suposta esposa traída, dormia comigo, e sabia dos ínfimos detalhes daquela noite. Pobre coitado, caindo em seu próprio jogo. Gisele deveria estar queimando em orgasmos com algum homem espetacular.

— Está me manipulando? — disse por fim.

— Estou?

— Pelo amor de Deus! — Esfregou o rosto. — Não... *não posso.*

— Perder o dinheiro da sua galinha de ovos de ouro? Eu tenho cinco vezes mais que Gisele, no mínimo. Se for meu submisso, não faltará nada para você.

— Dependerei de uma mulher.

— Soou machista.

Ele me fuzilou com o olhar, indignado pela proposta.

— Sabemos que é o correto. Eu preciso...

— Você já depende. Tem o seu dinheiro, mas ele não é 10% do valor que Gisele tem. E os seus gastos não seriam mantidos por uma renda só sua. Sua esposa te sustenta há anos, e você se engana todo dia em que acorda.

— Pesquisou sobre mim?

— Henrique fala demais. — Dei uma piscadela. — E não foi difícil saber mais sobre você.

Ele largou o contrato sobre a bancada e bufou. Deu as costas, pensativo, esfregou as têmporas e vagou pelo quarto.

— Não posso, é loucura... É demais. Daria o mundo para deitar agora no meio das suas pernas. *É* um risco.

— Gosto de riscos.

— Para você não é tanto quanto para mim. Abrir mão de um casamento...

— Você já abriu quando traiu pela primeira vez. — Sentei-me.

— Não assinei papéis. Não disse para Gisele que era o fim.

— O que é a vida sem um pouco de riscos? — Abri as pernas. O olhar de Susano se tornou penetrante. Ele babou pela minha boceta e cortei sua visão. Levantei-me da cama. — A proposta foi feita — declarei.

Peguei o vestido.

Ele continuou calado.

Vesti-me, cobri o rosto com a máscara e avancei para a porta com passos lentos. A música era baixa o suficiente para me permitir ouvir... Susano andou até a bancada e ouvi o barulho de papel sendo riscado.

Eu não jogava para perder.
Ele poderia vacilar, ponderar, no entanto, no final, eu sempre ganhava.
— Espere. — Exasperou-se assim que toquei na maçaneta.
— Não sou de dar duas chances — alertei-o.
Seu suspiro foi audível.
— Eu... — fraquejou — aceito. Quero ser o seu submisso.

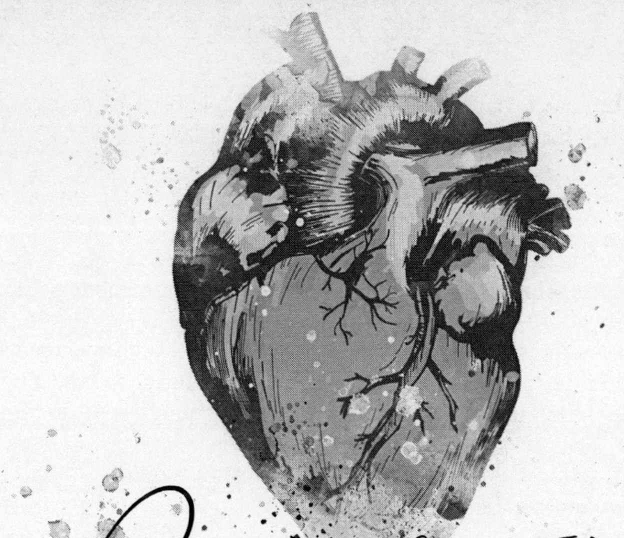

Capítulo 57

Anya

— Tudo? — repetiu, descrente.

— Inclusive as prostitutas. — Esmiucei. — Se está disposto a ser meu submisso, é cem por cento, Susano.

— Posso ter um tempo até me divorciar... sabe. — Pausou. Fitou os papéis, sentado, com a caneta na mão. Cruzei os braços, de pé na sua frente. — Até Gisele concordar.

— Tenho certeza de que ela não dificultará o processo. — Sorri diabólica.

— Mesmo assim.

— O tempo é seu.

— Obrigado... Outra coisa.

— Sim?

— Se — sorriu — eu descumprir o contrato...

— Está acabado.

— Sem segundas chances?

— É surdo? — perguntei secamente, as sobrancelhas erguidas e o olhar parado. — Não dou segunda chance, ainda mais para homens como você. Entenda isso como um favor.

— Merda! — Entregou-me o contrato.

— Obrigada, Susano. O que uma boa boca e corpo não fazem com um homem que pensa apenas com o pênis — comentei.

— Não é isso. — Passou as mãos no cabelo. — É que...

— Está de olho em mim há um bom tempo, essa é a verdade.

— Sim — confessou. — Estou excitado *pra* cacete, sempre me masturbo pensando em você, quando a vejo naquele cassino.

— Então precisará continuar tocando uma.

— Como assim? Nós não vamos... — Avançou, sem completar a frase, e ergui as mãos.

— Não. — Ergui a cabeça. — Só será meu submisso na cama quando não tiver mais a aliança no dedo. Até lá, precisará se controlar.

— Cacete!

— O tempo que quiser demorar para se divorciar, é o tempo que irá esperar até transar comigo.

— Para que serve isso, então? — Apontou para os papéis.

— É o meu completo submisso. Agora, sua obediência é minha. — Ele fechou os olhos. — Vá embora daqui. Volte para casa, fique por lá. Você está proibido — aproximei-me — de foder com outras mulheres, apenas com a sua mão. — Ele estava explodindo de raiva. Colei nossos corpos e sussurrei em seu ouvido: — Pense no que ganhará quando cumprir tudo. Prometo que será satisfatório.

— Eu espero.

— Fodo para superar as expectativas, nunca frustrar o outro.

— Só... *só um maldito beijo.*

— Nada. — Fiz um estalo com a língua e lambi sua orelha. — Coloque sua máscara, vá embora e se divorcie. Cumpra com o combinado.

— Mas...

— Se me desafiar, se ousar descumprir ou querer me enganar, acabará antes mesmo de ter começado. Eu tenho olhos por tudo, tenho ouvidos e pessoas que trabalham para mim. Não faça merda.

Afastei-me.

Peguei a minha máscara, cobri o rosto e saí do quarto. No corredor, me deparei com os sócios. O espetáculo acabou. Algumas pessoas-sexuais transitavam, e, ao longe, vi Gisele como Dominatrix, com seus dois fiéis cães humanos, guiando-os com as coleiras.

Cumprimentei-a com um aceno e dei as costas. Susano saiu logo em seguida, atordoado, sem olhar para os lados. Continuei o meu caminho, observando cada detalhe, cuidando do meu clube.

Tom passou por mim poucos minutos depois, sozinho. Ele não transaria, não iria trair Eva. Estava ali só para observar... e vê-lo me lembrou de Antone. Retornei para o meu caminho e procurei por Gisele.

Dentro dos quartos, não a encontrei. Como ensaiado, cada funcionário estava fazendo sua apresentação, entretendo os sócios... ou satisfazendo as próprias vontades.

Fui para o outro corredor e a vi sendo seguida por um sócio mascarado, de pele bronzeada, cabelos castanhos e alto. Ultrapassei-o e a peguei pela mão.

— Está tudo bem? — perguntou assim que largou as coleiras e entrou em um dos quartos comigo.

— Você viu Antone? — cochichei. O sócio passou por nós, devorando Gisele com os olhos, e retirou a máscara. Nicolas estava babando por ela.

— Eu... — Ela percebeu e piscou repetidas vezes.

— Preciso saber se ele veio.

— Eu o vi com uma mulher mascarada... Ruiva... — Hesitou, uniu as sobrancelhas e se aproximou. — É Eva, não é?

— Se lembra para onde foram?

— Um dos quartos... Portas fechadas.

— Obrigada. — Sorri. Larguei-a, mas antes de sair do quarto, vi Nicolas sondá-la e se aproximar.

Desviei dos sócios e avancei pelos corredores. Dessa noite não passaria. Se Eva estava ali, o risco de Tom a reconhecer era grande.

Eu a foderia de todos os jeitos se isso causasse um escândalo em Pandora.

Antes que eu fosse para o andar inferior, vi Antone sem máscara adentrar um quarto. Fechou a porta e lá permaneceu. Esperei alguns minutos, analisei se Tom estaria por perto, e quando me senti segura o suficiente, testei a fechadura.

Abri a porta no momento em que Eva estava nua na cama, com Antone seminu em seus pés. O choque que ela expressou afagou o meu lado vil. Nos tranquei.

— Que merda você pensa que está fazendo?! — Antone reclamou, puxou um travesseiro e tapou o pênis erguido.

— Isso é confiança? — ataquei-o. — Isso é família?

— Você não pode mandar em quem eu amo ou deixo...

— Ama? — repeti, irônica. — Ama uma mulher que nem pode sair em público com você? O quanto você é trouxa? — Antone olhou para a ruiva na cama, que permanecia calada, acuada.

— Não é assim!

— Ah, não? E como é, Antone? Tom está por aí, observando o sexo dos outros, para depois chegar em casa — apontei para Eva — e foder com ela. Gosta de pensar nisso? Que tem o pau do seu amigo enterrado na boceta da mulher que ama? — Ultrapassei os limites. Não era só raiva, era um maldito jogo.

Eu iria desarmar os dois.

Iria destruir cada estrutura que os uniu. Eva não merecia o meu irmão, e Antone jamais poderia saber da merda entre ela e eu.

— Cale a boca, Anya! — ele murmurou. — Você está nos desrespeitando...

— E o respeito com Tom? — Olhei para Eva. — Sabia que ele ama você? E a ideia de casamento, ele já citou algo por cima?

— Casamento... — Antone a encarou.

— Não... — ela negou de prontidão. — Não existe essa hipótese.

— Vocês querem que eu conte, ou vocês contam para o traído da história? — continuei.

Antone me fuzilou com o olhar.

— Por que se importa tanto?

— Porque diferente dessa vadia que engana você e transa com o seu amigo, que desfila com Tom pelos lugares... eu amo você, Antone. E ela não é boa o suficiente para você, não no estado em que se encontra. Só se afundará mais e mais...

— O que sabe? Nesses meses, você só fica enfiada na empresa, ou pensando em Pandora, além das suas noites fora de casa. Nunca pensou em mim, não me venha...

— Nunca — ameacei em um sussurro — diga que eu não o amo. — Antone se calou. — Nunca pense que não me preocupo com você. Se — olhei-a — acha que isso é o melhor que pode conseguir, que terá algum futuro... não irei me importar mais. Eva, espero que você consiga terminar a sua faculdade e se sustentar muito bem quando Tom acabar com você. — Deixei claro que ela estava por conta própria.

— Anya...

— Fique com Antone... mas, cuidado, Tom não é burro. Hoje ele pode não ter visto vocês, no entanto, amanhã, depois ou outro dia... — Meu sorriso era de pura satisfação. — Não há um rosto bonito ou um corpo que sustente uma mentira, apenas um bom cérebro, e sabemos que isso você não tem.

Antone xingou assim que abri a porta e os deixei sozinhos. Nos corredores, eu fervia por dentro. Enfurecida por Antone ser tão imbecil e por Eva achar que poderia me enganar. Ninguém me enganava, e se conseguisse, em pouco tempo eu contra-atacaria.

No dia seguinte, ela iria acordar com as contas zeradas, o carro guinchado e uma ordem de despejo do apartamento que mantive para Eva, mesmo ela morando com Tom. Sua boceta falou mais alto que o cérebro, e agora pagaria o preço.

Desci as escadas, furiosa, e trombei com um sócio, que me segurou pela cintura e ali ficou, estagnado, com o olhar me devorando.

— Conheço você? — murmurou.

— As máscaras servem para não revelarmos nossa identidade.

— Eu sei... — Riu. Os lábios bem desenhados pelo cavanhaque me conquistaram, a pele levemente bronzeada, os cabelos arrumados...

— Nos encontramos no elevador, um dia desses... — contei.

— Você... — suspirou, satisfeito.

— Não está acompanhado?

— Não, você está? — Sua mão segurou com mais firmeza a minha cintura.

— Depende... — sugestionei.

— Da proposta?

— E o que poderia me sugerir?

Ele puxou a máscara, revelando o rosto maravilhoso. Jovem, mais novo do que eu.

Deixei que me levasse de volta para o segundo andar, e dentro de um dos quartos em que acontecia uma apresentação, transei com o sócio.

Sem pudores, sem me preocupar com olhares alheios ou com o que mais eu poderia fazer com ele. Suas mãos eram precisas, e ele me obedecia sem hesitar. Ele me devorava com a boca enquanto seu pau era encharcado pela minha boceta.

Colamos nossos corpos sobre o divã mais afastado do lugar e deixei que tivesse um orgasmo único comigo. Gostei de Armando, da sua obediência, da sua beleza... e da sua conversa.

Não foi a pior noite da minha vida... mas estava longe de ser a melhor.

E nem a do dia seguinte foi, quando recebi tantas ligações de Eva que precisei desligar o celular. Ela estava desesperada, suas mensagens pediam uma segunda chance, ou ao menos uma oportunidade para conversarmos.

Eu não daria.

Fitei a garrafa de uísque sobre a mesinha e a peguei. Enchi um copo e bebi devagar. Ninguém merecia uma segunda chance. Eva fez a escolha dela, sabia como eu era.

Ela devia ter imaginado que eu não seria boazinha. Não era do meu feitio.

Malvada.

Eu era, não poderia negar.

Levantei-me da cama, fechei o robe, e com o copo na mão, fui para a varanda. O vento frio da noite jogou os meus cabelos para trás e fitei o jardim na penumbra do nosso terreno.

Antone *não apareceu* mais em casa, estava cada vez mais distante, e se eu o perdesse de vez, estaria sozinha.

Sempre estive, na verdade.

Uma merda de vida solitária, seja na infância ou agora. Fechei os olhos, senti o gosto do álcool na minha garganta quando desceu queimando, e sorri amargurada.

Enzo confiou a segurança de Antone a mim, e me sentia fracassada com isso. Poderia entrar em contato com Toni e pedir que afastasse Antone do clube, das pessoas daquele meio.

Que direito eu tinha?

Ele foi sincero quando disse que eu era ausente. Minha mente quebrada me afastava cada vez mais dele.

Enzo retornou aos meus pensamentos.

O que ele estaria fazendo agora? Cumpriria mesmo os três anos? Teria abandonado de vez os Lehansters, a casa, a antiga vida?

Não deveria pensar nele.

Eu era tão estúpida, tão fraca.

Tomei o resto do uísque, fechei as janelas e peguei o celular. Disquei para Gisele, que por detrás dos panos, estava aprendendo a articular o nosso mundo, nossos tentáculos pela cidade e fora dela. O que eu queria, eu conseguia. Simples assim. Qualquer acesso, recheado com dinheiro, era fácil.

— Achei que não fosse me ligar — murmurou.

— Como foi ontem?

— Com o sócio?

— Nicolas?

— Não... ele foi só um divertimento. Acabei a noite com um outro. E... — Hesitou.

— Susano? Espere pelas próximas semanas. — Sorri na penumbra do quarto. — Ele pedirá o divórcio.

— Ele assinou? — indagou, chocada, com satisfação.

— Sim. Está louco para me ter, quando, na verdade, terá uma coleira tão apertada em volta do pescoço que será difícil até respirar.

— Meu Deus... — Gisele estava eufórica. — Eu não acredito.

— Você estará livre dele.

— Livre do inferno que é a minha casa.

— Não precisa me agradecer.

— Podemos nos ver hoje?

— Não — respondi, sendo sincera. — Não é você quem eu quero hoje.

Há outra?

— Outro... Talvez.

— Quem?

— É por isso que estou ligando. Armando, um dos sócios. Se não me engano, apenas um Armando foi convidado.

— O Constancer.

— Consegue o número?

— Para hoje ainda?

— Sim.

— O que pretende...

— Espero sua ligação. — Encerrei o assunto e desliguei.

Liguei as luzes, larguei o celular sobre a cama e fui para o banheiro. Despi-me e entrei na banheira, disposta a conquistar cada homem que eu pudesse ter, para apagar de vez as lembranças com Enzo.

Ele seria esquecido nos lençóis, nas palavras e nos toques.

Mesmo durante esses meses, eu não consegui voltar a ser a mulher de antes, da época em que não transava com o meu irmão.

Algo foi mudado, e eu detestava essa sensação. Seria a última tentativa de retornar à velha Anya, ou me tornar pior... e, dessa vez, eu não fracassaria.

Enzo estava morto para mim.

Capítulo 58

Enzo

Três anos depois

A neve caía grossa contra o sobretudo negro que me destacava naquela paisagem desoladora. A floresta seca foi substituída por um lugar descampado.

O vento soprou contra o meu rosto e puxei a touca. Sentia falta dos cabelos compridos para proteger as orelhas. Aquele frio era insuportável, e por diversas vezes parei para recuperar o fôlego.

Não via o chalé que Russell disse. Não tinha vida ali, mesmo assim, continuei.

O canto de algum pássaro começou a acompanhar minhas passadas pesadas e a minha respiração ofegante. No céu nublado, não vi nada, e diante de mim, uma descida íngreme surgiu.

No seu final, a fumaça de uma chaminé reviveu as minhas esperanças.

Tentei acelerar o passo, em vão, e quase meia hora depois, parei diante da porta de madeira. Os vidros não revelavam o interior, oculto pelas cortinas.

Bati uma vez.

Completo silêncio.

Pela segunda vez, ouvi a voz de uma mulher.

— Vá para o quarto!

— Mas, mãe...

— Não discuta comigo!

Outra vez o silêncio. Esse foi cortado pelo barulho na fechadura e uma fresta foi aberta.

— Pois não? — A mulher negra surgiu do outro lado. Os cabelos estavam puxados em um coque bagunçado.

— Christine Aubry?

— Quem gostaria? — Manteve a postura autoritária. Desceu os olhos pelo sobretudo que ocultava a Glock, as luvas que escondiam tatuagens e as botas grossas.

— Um antigo amigo... — Elevei as sobrancelhas, passei a mão na barba, retirei resquícios de neve e inclinei-me para frente. — Do seu ex-marido.

— Não tenho...

— Não precisa ter medo.

— O que você sabe? — Acusou-me com o olhar, os lábios carnudos franzidos. — Sou viúva.

— Sim, Andrei morreu — confirmei o que provavelmente ela já ouviu *há três anos. — Morreu no Campo 17.*

Piscou algumas vezes.

Entreabriu mais a porta e tentou ver se tinha mais pessoas comigo.

— Sou só eu. Atravessei o campo a pé, deixei o carro na cidade próxima, a sete milhas.

— Andou tudo isso? — questionou desconfiada.

— Andar nos aquece do frio.

— Não aqui, não nessa região.

— Estou acostumado.

— Quem é você?

— Sou um amigo de Andrei.

— Andrei não tinha amigos brancos, não homens como você. — Estava se referindo às roupas. — Não tenho nada. Não tenho dinheiro, minha menina também não. Sei o que Andrei fez, ele já pagou por isso. — Hesitou. — Nós pagamos.

— E pagarão pelo resto da vida, eu sei — concordei, educado. — O mundo não é justo.

— Disse o loiro de olhos claros e pele branca.

— A cor da pele não define o que somos.

— Não foi isso o que vivenciei.

— Podemos conversar... civilizadamente?

— Estamos conversando.

— Está um frio da porra. — Sorri. — Achei que um café poderia esquentar.

— Não tenho café.

— Um chá?

— Sua educação não me fará vacilar.

Ela não cederia.

Não confiaria e não estava errada. Com toda a merda do passado, era o correto a se fazer.

— Desculpe-me chegar sem avisar. — Tentei mais uma vez. — Sei que poderia ter entrado em contato, ou mandado uma carta.

— O que quer?

— Vê? — Ergui as mãos. — Não estou aqui para julgar ou machucar.

— Não respondeu a minha pergunta.

Suspirei.

Estava morto de frio, os cabelos arrepiados, o vento não cessava.

Iria congelar. Tentei me concentrar, olhei para o seu casaco surrado, os sapatos também em péssimo estado, e volvi o olhar para o rosto tenso.

— Fui o melhor amigo de Andrei no Campo, ajudei-o durante alguns meses e tentei colaborar com sua fuga.

— Que fuga?

— Eu o considerei meu irmão, o amei como tal, e, por isso, prometi que se algo acontecesse durante esse tempo com ele, eu protegeria vocês — expliquei, ignorando sua pergunta. — Andrei morreu, foi pego antes de conseguir escapar e...

— Não quero sua ajuda. — Fechou a porta sem me deixar continuar.

— Ei! — gritei. Bati sem cessar. — Christine — chamei-a. — Por favor...

— Vá embora, por favor.

— Se sabe que tipo de homem eu sou — hesitei —, sabe que não costumo recuar.

— Não devemos nada...

— Não estou aqui por isso. Confie em mim.

— Sempre confiamos nas pessoas erradas.

Fiquei calado.

Eu não era uma pessoa certa, com certeza.

Ela abriu a porta.

— O que Andrei falou com você? — perguntou, preocupada.

— Andrei a amava... Contou sobre o estupro, sobre a condenação, tudo.

— Ele está mesmo morto? — Fechou os olhos.

— Sim. Morreu na minha frente.

Abriu a porta.

— Entre.

O ambiente quente me abraçou de um jeito que me fez suspirar.

Caralho, estava um frio do cão lá fora! Agradeci em silêncio quando ela fechou a porta e me apontou uma poltrona.

— Aceito o café...

— Não tenho café.

— Tudo bem.

— Tenho uma vodca.

— Pode ser. — Sorri de canto.

Observei-a na cozinha conjugada com a sala. Pegou dois copos e serviu uma bebida barata. Aceitei quando ofereceu e esperei que se sentasse.

Virou o copo no primeiro gole, limpou a boca e bateu com o objeto contra a pequena mesa entre nós. Fiz o mesmo. O álcool desceu com um gosto amargo e ruim.

— O que quer?

Tirei as luvas, depositei-as no meu colo e não me importei com o seu choque no primeiro momento. Meus indicadores tinham duas caveiras desenhadas, pequenas, discretas, no entanto, visíveis.

— Meu nome é Andrei, aqui neste solo russo. Me chamo Enzo Lehansters, fui um antigo amigo do seu marido, Christine.

— Já falou isso.

— Testemunhei sua morte nas mãos de um oficial e matei o assassino de Andrei. — Ela ficou calada. — Antes disso, prometemos que chegaríamos na família um do outro, caso um de nós morresse.

— Você é o sobrevivente.

— Infelizmente, sim. Andrei merecia muito mais do que eu. No entanto, sabemos que a vida não é justa.

— Não precisa, Andrei, ou Enzo, seja lá qual for o seu nome. — O vinco de preocupação estava na sua testa. — Não quero dever favores.

— Não é dever. Não é dívida. Apenas quero... — Apertei o maxilar e abaixei os olhos. — Ter feito algo de bom nessa vida.

— Uma caridade.

— Uma bondade.

— E o que teria a oferecer?

— Uma vida nova, Christine. De volta para a França.

— Mãe... — Fomos interrompidos por uma voz fina. A menina estava parada no batente da porta que levava para um quarto.

— O que disse para você? Vá para o quarto!

— Quem é esse homem? — Sua feição me lembrava Andrei, e sorri com tristeza.

— É apenas um amigo da família.

— Você é perigoso? — continuou. A desnutrição a tornava pequena para a pré-adolescência.

— Não. Para vocês, não sou.

Deu as costas e desapareceu.

— Ela é apenas curiosa.

— Vocês vivem nessa exclusão. — Olhei ao redor. — E na miséria.

— É o que restou desde que Andrei foi preso.

— Aceite a minha oferta.

— E viveria para sempre com a sensação de dever a você.

— Não faço isso por você — afirmei —, mas por ela. — Apontei para a porta. — Amei Andrei como um irmão, e quero a filha dele em uma escola, com uma boa vida, com alimento na mesa, roupas que esquentem e uma boa saúde.

— E tem dinheiro para tudo isso?

— O que darei a vocês fará com que não precisem se preocupar pelo resto da vida.

— Eu... Não posso — negou.

Inclinei-me para frente.

— Christine, me deixe ajudá-la.

— Quem é você?

— Não importa quem eu sou. Pense em mim como um benfeitor.

— Ah! — Riu, melancólica. — Não existe.

— Então como alguém que precisa pagar a sua dívida com a própria alma...

— Posso pensar? — perguntou, aflita.

— Não tenho tempo para que possa... Partirei daqui três horas para Moscou. Ou é agora, ou nunca mais nos veremos.

Olhou para a porta onde sua filha estava, volveu o olhar para mim e fungou.

— Se eu aceitar, como será?

— Darei a você *o acesso a uma conta no banco de Moscou.* Junte suas coisas, leve apenas as roupas... Peça para falar com Igor Romanovich Avilov. Ele te dará identidades novas, passaportes, tudo o que precisar, inclusive a quantia que deixei guardada.

— E você?

— Eu tenho muito mais. — Sorri.

— É só isso?

— Sim. — Levantei-me. Abri alguns botões do sobretudo e puxei um envelope. Estendi. — Aqui está um valor para as passagens até Moscou, além do que precisa para chegar ao banco.

— Se eu puder retribuir — disse, se ergueu e pegou o envelope. As lágrimas se juntaram nos cantos dos olhos.

— Não quero que retribua. É um presente — retruquei. Coloquei as luvas e me dirigi *à* porta.

— Andrei...

— Enzo, Enzo Lehansters. — Toquei na maçaneta.

— Muito obrigada — balbuciou, as lágrimas escorrendo.

Assenti e, cabisbaixo, abri a porta.

O vento me açoitou sem piedade, e antes de sair, a olhei sobre o ombro.

— Andrei foi o melhor homem que encontrei aqui na Rússia, um homem que valia a pena. Nunca se lembre dele como um assassino. Ele fez o que achou certo, o que a justiça não faria. — Ela anuiu. — Não sou nem um terço do que ele era, e morreu com dignidade. Vá embora, Christine, deixe este país de merda para trás, e quando tudo estiver feito, também se esqueça de mim.

Saí, deixei-a ali, com um futuro pela frente, e voltei para o meu caminho. Menti sobre o carro, não era muito longe dali que eu o deixei. Entretanto, se fosse sincero, a assustaria.

Pouco depois da floresta, avistei o automóvel alugado. Apressei o passo e adentrei, tentando me esquentar. Abri o sobretudo, tirei a Glock e o celular. Na tela marcava 15h da tarde do meu sexto dia fora do Campo.

Disquei. Chamou apenas uma vez.

— Estava esperando sua ligação.

— Precisava de um tempo.

— Devo entender isso como?

— Como um tempo para me recuperar dos três anos, dos espancamentos. Me sentir livre um pouco, tomar um bom banho e dormir umas seis horas pela primeira vez depois desse tempo.

— Diz como se sua estada lá fosse terrível.

— É. — Sorri, inclinei a cabeça e fitei os meus olhos pelo espelho. Olhos ferinos, verdes, que não mostravam o quanto eu estava quebrado, cortado e fragmentado por dentro. Ali estava parte de Otávio, parte de Vladmir, e uma parte minha que nasceu. — Foi assustadora, torturante, um tanto quanto perturbadora. — Pausei. — Abriu-me os olhos. Os meios não importam, o fim é o que interessa. Estou aqui, o que passei lá faz parte do processo.

— Um processo lento, doloroso...

— É preciso provar a dor, o sofrimento, a violência crua e explícita. Nós nos moldamos assim, não é? No estilo da velha Pirâmida, ou como agora podemos dizer, *Máfia*.

— Do sangue ao sangue.

— Algumas histórias precisam ser contadas.
Está pronto para começar a sua, filho?

— Estava pronto há três anos — afirmei. Lembrei-me da sensação de ossos se partilhando sob meu punho, o sangue espirrando no meu rosto. Alexander morto. Um ano depois, um outro prisioneiro debaixo do meu corpo, destruído. Em três anos, foram quatro corpos, quatro tatuagens para contar um pouco de mim, além das minhas costas. — O que aconteceu nesse tempo foi apenas para colocar a minha cabeça no lugar.

— E ela está?

— Está. — Fechei os olhos. — Estou em paz.

— O seu voo sairá daqui três horas. Um homem chamado Bóris esperará por você no aeroporto, para levá-lo *à* minha casa.

Contemplei meu rosto outra vez.

A barba rala, loira, a touca cobrindo os cabelos curtos.

— Espero conquistar a sua confiança, Vladmir. — Mantive a voz firme. — Desejo que todo o meu esforço nesses três anos sirva para alguma coisa.

— Você já é melhor do que Otávio, e muito mais do que o jovem que chegou aqui, tremendo como um covarde. Não me decepcione, e talvez você a tenha.

— É o que espero.

— Tenho um trabalho para você. Descanse durante o voo.

Liguei o carro.

— Obrigado. — Esperei que desligasse e fiz o mesmo.

Dirigi até a cidade próxima, e de lá peguei um trem até a que tinha o aeroporto. Embarquei três horas depois. Durante todo aquele tempo, apenas pensei em Vladmir, nos três anos em que perdi, aos poucos, parte de mim.

Quando Andrei morreu, eu sofri.

Quando matei Alexander, eu ruí.

E o que sobrou naquela enfermaria foi um homem despedaçado, que ao se costurar, criou um monstro.

Tornei-me intocável naquele Campo. Roman me vigiava e nenhum preso cruzava o meu caminho. Não havia sorrisos, nem diálogos. Foram três anos sem amizade, sem conversas, sem descanso. O dinheiro juntado fazia parte da quantia separada para Christine. As cicatrizes feitas *lá criaram um homem disposto a ir até o fim.*

Um ano depois da morte do meu único amigo, um novato me provocou. De noite, eu o busquei no quarto e assassinei-o a sangue frio. Seu colega foi o próximo, e fui punido em duas semanas na solitária, além de espancamentos e torturas diversas.

Entretanto, Roman sabia que não importava quanta surra eu levava, quanto frio passasse ou quanta dor fosse afligida, eu continuava em pé.

Não derramaria lágrimas ou pediria por piedade.

Eles não mereciam o meu lamento, a minha fraqueza.

E essa fraqueza seria a minha morte e o fracasso, caso eu a demonstrasse. Por isso, ganhei o apelido de *desalmado* naquele lugar.

No meu último ano, pedi para Roman agulhas, produtos e achei algum preso capaz de tatuar. Minhas três caveiras.

A quarta surgiu quando liguei para Vladmir. Fazia dois anos que eu não ligava para alguém, e ele não escondeu o espanto.

Fiz um único pedido: a cabeça de Roman.

Ele era tão podre quanto eu, merecia a morte como qualquer outro, por sua corrupção, por zombar quando eu sofria e por ser capacho de Vladmir.

Assassinei-o devagar, em uma das solitárias. Nós dois, presos ali como animais, foi o suficiente para silenciá-lo de uma vez. E enquanto desferia golpes contra a sua cabeça, me lembrava das conversas com Toni.

Não me vi no espelho durante aqueles três anos.

Suspirei, apertei o volante do carro e ergui o olhar.

O que via agora no meu reflexo não era mais um Lehansters. Otávio, por fim, conseguiu o seu feito: tornou-me um homem cruel, implacável e assassino. Sem hesitação, sem se despedaçar ou vomitar a cada vítima. As pessoas que eu decidiria matar seriam como aqueles animais durante a caça.

Andrei estava certo, o mundo não era bom. As pessoas apodreciam na sociedade, e eu, de alguma forma, limparia um pouco com a minha própria maldade.

Acelerei, passei pelas vilas cobertas de neve, avancei por uma paisagem melancólica, e quando a cidade despontou no horizonte, não senti medo.

Medo era algo já desconhecido.

Nada, nenhuma emoção além de adrenalina percorreria as minhas veias, a necessidade doentia de sentir o sangue latejar.

Deixei o carro na entrada do aeroporto. Depois enviaria uma mensagem para alguém a mando de Vladmir, para o devolver. Dali, sem mala alguma, apenas a carteira no bolso e a passagem, fui para o avião.

Três horas se passaram devagar. Diferente do que Vladmir aconselhou, eu não descansei. Já não sentia tanto sono.

Agora, os meus olhos fitavam o céu, revelavam uma parte minha que as pessoas deveriam sentir medo.

— O senhor deseja algo? — a aeromoça perguntou.

Seu olhar estava nos meus lábios. Mais um pouco e a baba escorreria.

— Não, obrigado — respondi calmo.

Ela anuiu, se demorou mais um pouco e aceitou a pouca conversa. Não que não fosse bonita. Quando saiu, pude ter um bom vislumbre da sua bunda sob o uniforme. Era alta, morena, cabelos cacheados e lábios escuros. *Não estava no momento, não gostava mais de conversar, me abrir ou manter relações. O sexo para mim era passageiro, uma bela diversão, e ela não parecia se envolver sem compromissos.*

Ou de gostar de chicotes, mordaças e brutalidade na cama.

Vagando em meus próprios pensamentos, desejei que a família de Andrei seguisse por um novo caminho, que ele fosse uma boa memória para elas e para mim.

Russell entrou em contato no dia seguinte que saí do Campo. Conversou por telefone e nos encontramos no outro dia. Ele sabia onde Christine estava... sempre soube, desde a fuga. Se escondeu para não ser descoberto, e agora também estava livre com o dinheiro que eu dei.

Se um dia matou alguém, se feriu ou se continuaria na vida do crime, não me importava.

Na escala, uma mulher se sentou ao meu lado, e a cada dez minutos, me espiava pelo canto do olho. Seus lábios desenhados pelo batom vermelho me lembraram Anya.

Na verdade, não precisava me recordar dela. Nunca a esqueci.

Nas malditas noites em que eu não dormia, pensava nela. Em cada madrugada sozinho, era sobre ela que especulava.

O que estava fazendo, com quem estava.

O quanto de ódio guardava de mim.

Foi o sacrifício que precisei fazer, mais um dos vários: abrir mão da mulher que se tornou minha obsessão.

Minha paixão, e talvez, fora Antone, a única pessoa que amei na vida.

Precisei mentir, precisei afastá-la. Só assim para cumprir a minha obrigação. Sem receio que ela descobrisse a verdade por inteiro, ou que me puxasse de volta e me fizesse vacilar.

Sem amor era mais fácil matar.

Mais fácil se tornar um assassino.

Antone também me preocupou por um tempo. Amava-o demais, ele merecia uma vida melhor, contudo, evitei contato. Quanto mais próximos fôssemos, mais eu o puxaria para o fundo do poço comigo, mais sofreria por minha causa.

Longe, ele aprenderia a andar com os próprios pés, e, por Deus, desejava que Anya tivesse cuidado dele.

— Sem aliança — a mulher murmurou.

Não se importou com as tatuagens.

— Sem vontade também — respondi sem nem a olhar.

— Está viajando a negócios?

— Sim.

— Também estou.

Pelo canto do olho, vi seu olhar arredondado, cor de mel, as maçãs rosadas, os lábios avermelhados como os cabelos.

— Sou bailarina da Companhia de Moscou. — Continuei calado. — E você?

— Acho que não está interessada no meu trabalho... — Semicerrei os olhos ao dizer. Ela sorriu, concordando. — O seu interesse é se caberemos os dois naquele banheiro e se iremos suar de tanto foder.

— Você é grande... Caberemos?

— Não, porque não entraremos. Não estou com saco para trepar. — Fui franco.

— É sempre assim, tão educado?

— Na maioria das vezes, eu te pegaria pela bunda, te viraria contra um espelho e faria você revirar os olhos até perder a consciência — murmurei, inclinado na sua direção, olhos nos olhos. O que eu dizia, o meu olhar confirmava. — E pediria para parar, porque iria se desfazer em puro orgasmo com o meu pau socado na sua boceta. — Ela engoliu em seco. — Agora, a única coisa que eu quero é um maldito silêncio para pensar. Acha que consegue fechar a boca?

— Licença — retrucou, irritada, se levantou e foi procurar assentos vazios.

Agradeci em silêncio por sua ausência, e voltei a minha atenção para a janela. Aos poucos, o sol desaparecia. Devagar, acalmei a fúria que se engrandecia e voltei *à* calmaria traiçoeira.

Quando pousei, encontrei o homem chamado Bóris me esperando. Fui levado para um Escalade, e de lá, para a casa de Vladmir.

Não havia neve ali, a noite estava limpa, estrelas no céu e uma brisa que me fez tirar o sobretudo. Entreguei para um dos seguranças ao entrar no hall da casa, a mesma ainda.

Olhei para cada móvel, recordando de anos atrás.

Anya esteve ali. Transamos. Sonhamos.

E eu a afastei quando a fiz partir dali.

— Por aqui, sr. Orlov. — Apontaram-me o caminho e segui para a sala. Sob as luzes amareladas do lustre de cristal, Vladmir estava sentado em uma poltrona, tragando um charuto.

— Como foi o voo? — indagou, se levantou, largou o charuto sobre o cinzeiro e veio ao meu encontro. Deixei que me abraçasse e retribuí do mesmo modo.

— Tranquilo. — Vladmir segurou-me pelo rosto, ambas as mãos contra as minhas bochechas. As rugas estavam mais aparentes depois de três anos, os olhos com a pele um pouco mais caída. E as entradas do cabelo, entre o loiro e o grisalho, mais visíveis. — Diga que tem uma boa vodca, ainda estou com o gosto amargo de uma que tomei, e uma fodida dor de cabeça depois de ser devorado por mulheres.

— Trepou durante a viagem?

— Ainda não. — Sentei-me em uma poltrona, enquanto ele servia uma vodca. Peguei o copo e o virei. — Queria descansar. Além de que, nas pequenas cidades aos arredores do Campo, não tinha nada de interessante.

— E descansou? — Não era preocupação. Sabia disso, tinha a ver com o trabalho.

— O suficiente. — Passei a mão na barba, nos cabelos curtos. Tinha deixado a touca dentro do carro alugado, mas também não faria diferença.

— Nesses três anos, recebi algumas cartas do seu irmão, Enzo.

— Antone? — Tentei não demonstrar surpresa.

— Ele não sabia para quem enviar, então a endereçou para um dos meus restaurantes. Guardei-as para você...

— Pode queimá-las, ou fazer o que quiser — respondi sem hesitar. Demorei até erguer o olhar do copo para ver Vladmir. — Não quero contato com eles, não ainda.

— Vou guardá-las, para um futuro. — Não o contrariei.

— Ficarei aqui ou em algum quarto de hotel?

— Aqui. Quero manter os olhos em você.

— Isso tem a ver com o que farei?

— Não, ainda não. — Sorriu de forma vil. — Hoje preferi um jantar só nosso. Amanhã, Kirill e Nicolai — ouvir aquele nome me fez trincar o maxilar — virão, para que possamos discutir o que quero que você, agora meu novato, faça.

— Sim...

— Sabe que começará de baixo... e só será aceito se provar... Tudo o que passou até agora foi para que se tornasse um *Shestyorka*, um faz-tudo nosso.

— Claro. — Balancei a cabeça positivamente e me servi de mais vodca. Vladmir perscrutou o meu rosto, analisando cada expressão.

— Não me contará o que fez durante esses seis dias?

— Nada tão importante...

— Foi visitar a família de um antigo detento. — Travei a saliva na garganta. *Não tremi, não esbocei medo ou qualquer merda. Continuei a me servir, voltei a sentar e bebi um gole.*

— Christine Aubry. Sim, a visitei.

— Por quê?

— Porque o seu marido foi um antigo colega meu naquele Campo. Na fase... mais calma daquele lugar. — Parei o olhar na janela atrás de Vladmir. Árvores e um jardim imenso estavam na parte detrás da casa. — Prometi, naquela época, que se algo acontecesse, eu ajudaria sua esposa e filha.

— E as ajudou?

— Sou um homem de palavra, Vladmir. — Encarei-o. — Nossas palavras precisam valer neste mundo. Sim, ajudei-as. Dei dinheiro para ambas.

— E não pensou em me contar antes?

— Isso interfere na sua vida?

— Se é um encarregado meu, e se quer a minha confiança... — Sua voz era leve, mas a ameaça estava no semblante e nas palavras ditas devagar. — Quero que me conte até se mijar fora do vaso. Está entendendo?

— Desculpe-me. — Engoli o meu orgulho.

— Você precisa aprender, filho. Não quero que se sinta... — Elevou uma sobrancelha. — Sufocado, mas — tomou um gole também — o respeito para comigo é imprescindível, e você precisa tê-lo para mostrar aos próximos. Se desacatar qualquer ordem minha, faltar-me com respeito ou me enganar, tudo o que fez será reduzido a cinzas, e não só por mim, por todos os que me obedecem. Sou seu chefe, acima de tudo.

— Eu sei disso. — Continuei cabisbaixo.

— Espero que entenda que, dessa vez, deixarei aquela negra ir embora com a filha. Na próxima, eu mato quem ajudar sem me dizer.

— Está bem — suspirei. Larguei o copo sobre a mesa e esfreguei o rosto. Recostei-me na poltrona, sem me importar com o olhar de Vladmir.

— Está mais homem, mudado. Estou feliz com o que vejo, e você?

— Também. Prefiro estar nesta posição do que ao contrário, se é que me entende.

— Melhor ser o que tem a arma, e não o que está na mira.

— E você, como tem passado nesses três anos?

— Ah, algumas doenças. — Sorriu. As rugas se intensificaram.

— Coração?

— A nossa bomba-relógio, não é? — Inclinou-se sobre a mesa, pegou outro charuto e o acendeu. Ofereceu-me.

— Aceitaria um cigarro.

— Claro — concordou. Fez um sinal para um dos seguranças e ele me entregou um maço. Acendi um e o gosto do tabaco me acalmou. Inspirei e soltei pelo nariz. — Sentiu falta dentro do Campo? — Estava se referindo ao cigarro.

— Não, ainda não é um vício.

— Logo se tornará.

— Como muitas coisas.

— Claro, claro. — Sorriu.

O silêncio se instaurou até que eu o cortasse.

— Não pode me contar o que precisarei fazer?

— Preciso me livrar de alguns corpos...

— Desová-los?

— Não. — Riu. — Ainda estão vivos.

Concentrei-me no cigarro.

No próximo e no outro.

Quando dei por mim, a carteira estava vazia, enquanto levava Vladmir na conversa. Ouvia sobre os seus negócios limpos, sobre mulheres, dinheiro e viagens.

Fui para o banheiro perto do horário em que serviriam o jantar, e debaixo da água, apoiei as mãos na parede.

Fechei os olhos.

Agora começaria o verdadeiro jogo.

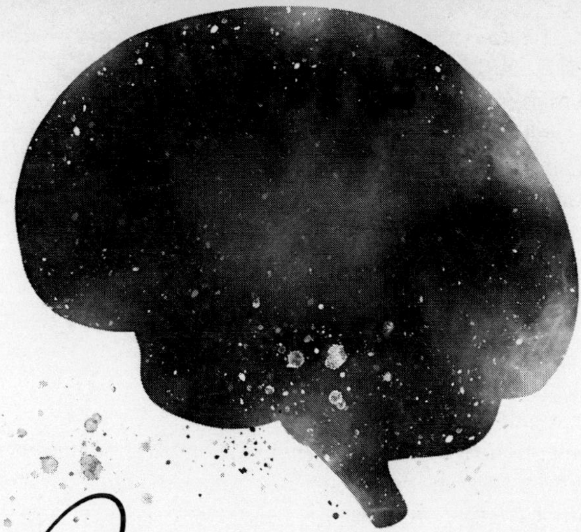

Capítulo 59

Enzo

Eu fervia.

Por dentro, meu coração gritava em uma fúria enlouquecida. Gritos correspondidos por minha adrenalina, que borbulhava pelas veias.

Soquei outra vez o saco, o suor escorreu pelas minhas costas nuas, inspirei e abaixei a cabeça.

— Sr. Orlov, o chefe está chamando-o — um segurança disse, parado na porta da academia.

— Obrigado. — Peguei a toalha, sequei o rosto e fitei a janela.

Já era escuro, mal dormi e passei a tarde ali, buscando aplacar a ira criada. Precisava estar calmo para a noite.

Deixei a toalha ao redor do pescoço, pendendo pelos ombros, e caminhei para a sala.

— Chamou-me? — Parei embaixo do arco da sala. Vladmir se virou, com um celular na mão e uma agenda na outra.

— Sim. Vá se arrumar, os convidados chegarão em breve.

— Serão apenas eles?

— Não — respondeu despreocupado, já sem me olhar. — Convidei Sasha para o jantar e mais algumas outras pessoas.

— Quem seria Sasha?

Vladmir não respondeu, e nem precisou.

O jeito com que me olhou de canto bastou para que eu desse as costas. Tomei um banho rápido, vesti uma camisa social, jeans e me mandei para a sala.

Não estava com paciência para ser simpático. Queria só que os negócios fossem combinados, jantássemos e que eu pudesse sair dali. Precisava ficar mais um tempo sozinho.

Já estava no meu quarto cigarro quando a campainha tocou. Passos acompanharam vozes e Kirill despontou na porta. Seu olhar cravou em mim, retribuí com a mesma indelicadeza, e logo em seguida veio Nicolai.

Seu sorriso presunçoso me deixou furioso. Queria agarrá-lo ali, apertar o seu pescoço com as mãos até chegar na carne, ver os olhos revirarem, o ar faltar. Morrer na minha frente...

Eu daria todo o meu dinheiro para fazer isso.

— Enzo? — Vladmir me acordou do devaneio. Pisquei repetidas vezes e me levantei.

Apaguei o cigarro na língua e o joguei no cinzeiro.

— Kirill. — Estendi a mão.

Ele a apertou com força.

— Quanto tempo.

— O suficiente para que eu quase me esquecesse de você.

— Obrigado por dizer que sou esquecível. Pensei que minha beleza não fosse. — Sorriu, levou na zombaria e dei risada junto.

Contudo, o clima acabou quando precisei cumprimentar Nicolai. Talvez os outros percebessem, ou não. Ali, no aperto de mãos, olhos nos olhos, estava uma guerra declarada.

Motivos iguais.

Poder.

Anya.

Porra, eu o escalparia se pudesse, ali mesmo, antes do jantar.

— Como foram os anos? — murmurou.

— Bons o suficiente para que eu aprendesse.

— Voltou melhor?

— Defina o seu melhor.

— Vou deixar passar. — Deu uma piscadela e se afastou. — E aí, chefe. — Bateu de leve no ombro de Vladmir. — Como tem passado?

— Fez o que pedi?

— Ah, sim, Nicolai... — Kirill respondeu no lugar, já se servindo de uísque. Ambos se sentiam em casa, possuíam a confiança de Vladmir. Senti-me na desvantagem. — Foi para Kiev. As duas meninas já vieram para cá.

— Passarei amanhã na loja, para conhecê-las.

— O dinheiro está no porta-malas. Precisei retirá-lo.

— Ótimo, assim não deixa rastros.

— Talvez precise para amanhã.

— Três carros?

— Cinco. — Nicolai se voltou para mim. — Tem um cigarro?

— Aqui. — Entreguei o meu maço.

— Cinco carros — murmurou, com o cigarro na boca. Acendeu-o. — Quatro Glocks, talvez uma calibre 12.

— É sobre amanhã?

— Acho que...

— Ele irá com você, Nicolai — Vladmir disse, parou atrás de mim e apoiou uma mão no meu ombro. — Amanhã Enzo iniciará como um *Shestyorka* nosso. Irá seguir as suas ordens. — Amaldiçoei-me em silêncio. — Seguirá o que mandarmos.

— Espero que possamos nos dar bem. — Sorriu, satisfeito.

— Com certeza nos daremos — murmurei friamente.

A campainha tocou outra vez.

— Senhor. — O segurança chegou na sala, acompanhado de seis mulheres. Todas ruivas.

— Sasha, querida. — Kirill abraçou a primeira mulher, de cabelos longos, ondulados, olhos escuros e sardas pelo rosto. Os lábios carnudos me fizeram ranger os dentes. O vestido marcava sua bunda, e notei que de todas, Nicolai não tirava os olhos dela.

Ao cumprimentá-la, ele cochichou algo em seu ouvido, que a fez rir. Levantei-me assim que ela se aproximou.

— Muito prazer, Sasha. — Estendeu a mão.

Levei-a até os lábios e a beijei.

— Prazer, Sasha, sou Andrei — sussurrei.

Preferia usar esse nome naquele país.

Seu sorriso se engrandeceu.

Suas amigas foram apresentadas, e depois de um jantar arrastado por assuntos banais, sobre empreendimentos, entendi o que Sasha era.

Era quem administrava as meninas do tráfico.

Uma bela vadia de trinta anos.

Aquelas lá, prostitutas loucas para treparem com homens poderosos.

Voltamos para a sala. Em seguida, Vladmir escolheu com quem transaria. Não demorou para Kirill se decidir. Não era uma cena que eu gostaria de participar.

Eu tinha os meus gostos, os meus modos, e seria do meu jeito.

Ergui-me, apaguei o último cigarro da carteira e, enquanto Vladmir mamava nos peitos de duas, me aproximei.

— Vou dar uma volta, preciso de cigarro — murmurei para ele. Notei pelo canto do olho Nicolai buscar Sasha.

— Não demore. — Vladmir afastou os lábios apenas o suficiente para formar as palavras e voltou a arrancar gemidos das russas.

Anuí e me encaminhei para fora da sala. Entretanto, antes que eu alcançasse o corredor, ouvi o meu nome.

— Andrei. — O vocativo me fez virar. Sasha se afastou de Nicolai, que a seguiu com o olhar. — Achei que fosse ficar.

— Preciso dar uma volta, comprar um cigarro... — Hesitei. Estava na hora de dar o troco por todas as provocações. — Quer vir junto? Irei de carro.

— Não irá demorar?

Um sorriso de canto e bastou para Sasha nem olhar para trás.

Entrelacei os nossos dedos e a botei na minha frente. Era baixa, gostosa e poderia me entreter durante a corrida para algum lugar.

Peguei as chaves do Escalade e dirigi para fora do terreno da casa. Acelerei assim que alcançamos as ruas mais movimentadas, e dali desviei para caminhos mais calmos.

— Onde pensa em ir? — perguntou com fingida falta de interesse.

— Sasha é o seu nome mesmo? — Seus olhos estavam nas minhas tatuagens nas mãos.

— Andrei é o seu?

— Depende para quem.

— E mereço um nome verdadeiro ou uma mentira?

— Talvez mereça o verdadeiro. — Sorri.

Passei a língua sobre o lábio inferior, mordi-o e o puxei para dentro da boca.

— É o que de Vladmir?

— Não sou nada.
— Mas — apontou para as tatuagens — faz parte dos negócios.
— Saí da prisão há uma semana, mais ou menos, entrei agora para os negócios.
— Espero que tenha um futuro.
— Podemos ter... — Deixei subentendido uma ilusão.
— Por favor, não sou enganada assim, meu amor. É só sexo.
— Melhor para mim.
— Para ambos.
— E Nicolai?
— O que tem? — Desviou o olhar. Pelo vidro, notou que estávamos saindo do centro urbano, contornando os bairros.
— Transa com ele?
— Às vezes sim, às vezes não. Ele é bom.
— Se eu for melhor, podemos negociar essas vezes.
— Precisará mostrar na prática. — Não respondi. — Não me lembro de algum...
— Não vamos para um hotel.
— Não?
— Não.
Estava satisfeito.
Ela ficou em silêncio pelos vinte minutos seguintes, e quase saindo da cidade, com alguns lugares já na penumbra, estacionei.
— Estamos no meio do nada.
— Saia do carro — ordenei.
Abri a porta e a esperei do lado de fora. As luzes do Escalade iluminavam a estrada.
— O que pensa que está fazendo? — Saiu, curiosa.
Fiz sinal com o dedo para que se aproximasse. Contornou o carro e parou na minha frente. Puxei-a pela cintura e ergui o seu queixo com o polegar.
— Gosta de se sentir pega?
— Como assim? — questionou, receosa.
— A adrenalina — sussurrei. — De ser vista, ou talvez, pega por alguém, fodendo gostoso...
— Quer transar aqui? — Riu.
— Você não? — Rocei o polegar pelo seu lábio inferior. — Contra o carro, com a bunda empinada no meu pau — sussurrei, aproximei a boca do seu ouvido, assoprei e lambi.
Minha língua percorreu o seu lóbulo, empurrei o seu cabelo e desci para o seu pescoço. Ela arfou, quebrando a resistência.
— Fará valer a pena?
— Garanto que pedirá por mais. — Lambi a sua boca e enfiei a língua.
Ela agarrou os meus cabelos e ergueu uma perna. Peguei sua coxa e apertei, enveredando os dedos para dentro do vestido. Sua pele macia se encaixou na minha palma, apalpei com força e desferi um tapa.
Ela deu um pulo, salivou contra a minha língua, deixou que eu chicoteasse a sua, chupasse, puxasse para a minha boca, e avancei. Chupei seu queixo, mordi seu pescoço.
As alças do seu vestido desceram com rapidez, e os seios fartos foram oferecidos. Babei sobre o mamilo direito, o olhar esfomeado em seu rosto mergulhado em prazer. Deslizei a língua pela aréola escura e abocanhei a carne.
Mamei sedento.
O bico deslizou pelo céu da minha boca, apertei-o contra a língua e o mordi.

— Ohhhh... Andrei! — Arquejou, a cabeça encostada no carro.

— Comeria você inteira com a boca. — Beijei o meio dos seus peitos e me aproveitei do outro, deixando-o tão vermelho com o arranhar da barba como o direito.

Seus gemidos já eram desconexos quando serpenteei a mão para dentro do vestido, o ergui e puxei sua calcinha para o lado.

O tecido já estava molhado.

Ela pingava.

— Gosta dos meus dedos? — Gemi contra o seu mamilo. Pressionei o seu clitóris inchado, belisquei os grandes lábios, e quando os puxei com força, Sasha teve um espasmo contra a minha mão. — Não. — Coloquei a outra sobre a sua boca, tapando-a, abafando o gemido. — Não goze agora, ou acabaremos aqui, e você não terá o meu pau metido até o fundo.

— Não? — Implorou contra a minha palma, os olhos molhados de prazer, a testa franzida.

— Não. Estamos combinados? — Ela concordou e continuei a fodê-la com os dedos.

Penetrei-a com um, dois, três, até quatro. Masturbei o seu clitóris com precisão, acariciei o seu interior até achar a pele mais sensível.

Ela revirou os olhos, engoliu em seco e lutou com todas as forças. Seu ventre se contraía, sentia os grandes lábios ganhando proporções maiores. Seu gozo escorria.

Rocei o meu rosto na sua bochecha, espetei a sua pele com a barba, arranhando-a. Voltei para o seu pescoço.

Queria que ela sentisse os meus lábios ali, os meus pelos... deixando a marca vermelha, aquela sensação única de ser fodida até com o próprio ar que saía do meu corpo.

Assoprei abaixo da sua orelha até a ver se arrepiar. Chupei até deixar a marca e tirei a mão da sua boca.

— Empine sua bunda para mim, bem obediente contra o capô, o que acha? — ronronei.

Ela sorriu e um suspiro escapou dos lábios. Fugiu das minhas mãos, ergueu o vestido, bateu os peitos contra o capô e empinou a bunda.

Gostosa. Pronta.

A calcinha fio dental sumia de tão pequena. Puxei-a pelas laterais.

Sasha ergueu os pés, de salto, e tirei sua calcinha. Enfiei em um dos bolsos da minha calça jeans, e do mesmo puxei uma camisinha. Abri-a, guardei o pacote de volta, deslizei as palmas abertas por sua bunda e desferi um tapa forte.

A marca vermelha da mão ficou. Ela seria uma loucura na cama.

Ofereceria algumas noites divertidas para nós. Com certeza ela teria mais prazer comigo do que com Nicolai.

Fui até a sua boceta por trás, rocei os dedos pelos lábios gordos, depilados.

Enfiei um dedo, seguido por outro, a acariciei ali.

— Ohhhh.... Eu vou...

— Não, não vai não. — Retirei a mão.

Abri a calça e puxei minha ereção para fora da cueca. Os pelos loiros ao redor escondiam parcialmente minhas bolas, as veias estavam saltadas pela extensão do pau.

Estava explodindo de desejo.

Coloquei a camisinha e apoiei a mão na sua lombar. Sua bunda se empinou deliciosa. Toquei com a glande pela carne macia, a abri, encontrei sua entrada e brinquei ali. Sasha estava delirando, pingando sobre mim, rebolando a bunda para que eu entrasse de uma vez.

Penetrei-a com força até bater minhas bolas nela.

— Ohhhh! — Ela jogou a cabeça para trás em um grito.

Envolvi o seu cabelo com uma mão e o puxei com brutalidade. Sua coluna arqueou e a mantive com a virilha colada no capô. Uma mão no cabelo e a outra na sua lombar.

Dentro dela, a senti me apertar.

Estava encharcada.

Estoquei com veemência. Seu gemido acompanhou o movimento e a fodi gostoso.

Duro, bruto. Sem delicadeza alguma.

Ela implorou por mais. Pediu tapas, e assim fiz. Enterrei-me com força, a minha mão se ergueu e voou contra sua nádega. Estapeei com tamanha força que ela tremeu de desejo.

Gozou contra a minha ereção, e não tive dó.

Continuei a me enterrar mais e mais, em um vaivém enlouquecido, nossos corpos batendo, os gemidos cortando a noite.

Um carro passou por nós, mas não nos importamos. Continuei a transar, matando minha vontade de três anos.

Por mais que...

Porra, *foda-se!*

Fechei os olhos, foquei-me apenas na pele que me envolvia, que me apertava. Pulsava junto comigo, o seu orgasmo chegava até as minhas bolas.

Gozei sem parar, o arrepio percorreu minha espinha, e travei dentro dela.

Respirei fundo.

O orgasmo me arrastou para longe, me trouxe uma paz absoluta, como se não existisse antes nem depois.

Voltei para a realidade.

Ela desabou contra o capô, suada, os cabelos contra o preto da lataria.

Afastei-me, puxei a camisinha, fiz um nó e a enfiei dentro do carro. Depois a descartaria.

— Andrei... — Ela se virou, o rosto suado pelo orgasmo.

— Enzo — contei. — Me chame de Enzo.

— Combina mais — concordou.

Entreguei a calcinha para ela e a ajudei a ajeitar o vestido.

Entrei no carro, seguido por ela, e retornarmos para a casa em silêncio. Não precisávamos conversar, era sexo o que queríamos. Quando estacionei, ela hesitou.

— Gostou? — indagou, curiosa.

— Quer repetir amanhã? — Pisquei um olho, um sorriso escancarado.

— Pensei que não convidaria.

Avancei contra ela e beijei os seus lábios com os olhos abertos.

— É quente o suficiente por dentro para mim, além de ser esperta.

— Preciso concordar. — Riu, depositou um beijo casto na minha boca e saiu do carro.

Permaneci mais um pouco.

Os seguranças me observavam e me dei conta de que não comprei o cigarro. Acelerei e fui para uma loja de conveniência de vinte e quatro horas qualquer. Joguei a camisinha em um lixo pelo caminho e, enquanto voltava, tragando o meu cigarro, completei a maldita frase que surgira durante a transa.

Matei a minha vontade de sexo de três anos, no entanto, não era com essa mulher que desejava transar.

Anya.

— Cadê a porra do Enzo?! — Ouvi a voz de Nicolai dentro do lugar. Devia ser uma loja antiga, fedia *à* maconha. As cinco Escalade estavam estacionadas do lado de fora. Mais sete homens estavam na porta quando cheguei.

Enfiei a mão por dentro do sobretudo e puxei a minha Glock.

Sasha demorou demais para ir embora daquele quarto, e metido no meio das suas pernas, não podia me atrasar mais. Vladmir iria me castrar se soubesse que os dez minutos eram por causa de uma boceta.

Adentrei.

O sino da porta tocou. Nicolai, com a arma apontada para a cabeça de um casal de velhos ajoelhados, olhou-me sobre o ombro.

— Onde você estava?

— Ocupado.

— Não, por favor — a velha implorou, com lágrimas nos olhos. — Não sabemos de nada.

— São eles? — Apontei com a arma.

Nicolai não respondeu, voltou a atenção para o senhor de idade.

— Diga-me, quem mais estava naquele dia?

— Não... — Ele chorava. — Nao vi, nao sabemos de nada.

— Mentir não adiantará! — Nicolai bateu com a coronha da arma na têmpora do velho, que tonteou, piscou e continuou negando.

Caminhei na direção deles, engatilhei a minha arma e apertei o gatilho. A cabeça da velha se abriu com a bala cravada na testa.

Cerrei os dentes.

O sangue escorreu e pingou. Ela durou segundos ainda sentada e caiu contra o esposo.

Ele berrou, chorou, implorou.

— Abra a porra da boca, ou arrancarei membro por membro do cadáver da sua esposa e o farei comer! — Parei diante dele e me agachei. Encostei o cano no seu queixo. Nicolai me fitava, surpreso. — Não estou brincando, senhor — falei educado, olhos nos olhos. — Não tenho nada a perder. Você, com certeza, deve ter fotos de familiares espalhadas pela casa. Não me importo em pegar um carro e caçar cada um.

— Por favor...

Passei a língua sobre os lábios.

— Precisamos dele vivo — Nicolai murmurou.

— Percebe. — Ergui as sobrancelhas, unindo-as. — Esse cara aqui quer que você viva, já eu, vou contar até dez. — Ele choramingou, fechou os olhos e negou. — Um... — Pausei.

— Não sei de nada.

— Dois.

— Mas que porra! — Nicolai rosnou.

— Três. Quatro. Cinco. — Apressei a contagem e aproximei os lábios do ouvido do velho. — Se até o dez você não abrir a boca, nem cozinharei os órgãos. Comerá aqui mesmo, na minha frente.

— Por favor...
— Seis. Sete. Oito.
— Eu...
— Nove.
— EU CONTO! — berrou.

Olhei para Nicolai, me levantando.

— Está feito! — Dei um tapinha em seu ombro e observei o homem de joelhos, cabisbaixo, em pranto.

— Eu vi... — Hesitou. — Vocês irão me poupar?

— Não. Depois que contar, só pouparei a sua dor. Sua cabeça ficará ali. — Apontei com a arma para a sua esposa. — Do lado do outro corpo. Pelo menos poderão ser enterrados juntos.

— Oh, meu Deus!

— Ande, fale logo! — Nicolai deu um tapa no rosto do homem.

— Vi um homem de cabelos grisalhos e um bigode acinzentado. Usava óculos. — Deu de ombros, tentando se lembrar. — Redondos, brancos. Saiu de um carro preto, acompanhado de uma mulher negra.

— Continue — o russo ao meu lado ordenou.

— Atiraram naquele homem no beco, eu e a minha esposa vimos. Tentamos esquecer. Vimos também... — Olhou-me. — Os tiros, tudo. Pagaram-nos para esconder os corpos. Juro que não fomos cúmplices, fomos vítimas.

— Os duzentos mil também são de vítimas, não é? — questionei.

— Eu os escondi... por isso.

— Não deveria aceitar dinheiro roubado — enfatizei. — De estranhos. Esse é o preço.

Antes que eu pudesse atirar, Nicolai o fez. A cabeça do homem pendeu para trás e ele caiu de forma estranha. Fitei-o por alguns segundos, enquanto Nicolai ligava para Vladmir.

— É quem suspeitamos. O ministro está contra nós. — Pausou. — Sim, Enzo está aqui. — Ofereceu-me o celular.

— Chefe — murmurei.

— Quero que desove os corpos. Nicolai te deixará no lugar, cave fundo e os enterre.

— Não os procurarão?

— Não. Não dessa vez.

— Está bem. — Devolvi o celular e saí dali.

Nicolai entrou no carro logo depois de mim, e esperei que me deixassem em um depósito. No outro carro estavam os corpos. Com ajuda de outros do mesmo nível que eu, tirei os corpos, raspamos os cabelos, arrancamos os dentes, as unhas, e ateamos fogo.

Não conversei durante o processo. Não me importei com os olhares curiosos.

Cavei, e quando o sol estava quase nascendo, escondemos os corpos. Deixei que botassem a terra.

Fui para casa. Sujo, cansado e suado.

Vladmir já não estava quando cheguei. Sua mensagem era clara para que eu o esperasse em casa. Mandei-me direito para o banheiro, tomei um banho para tirar toda a podridão, e ao enrolar a toalha no quadril, parei defronte ao espelho.

Se restava um pouco de quem eu um dia fui, já não o via ali.

Meu semblante não era o mesmo, muito menos os meus olhos. Nos próximos dias faria mais algum desenho na pele.

As tatuagens já começavam a contar uma história e eu cumpria de vez os pedidos do meu pai.

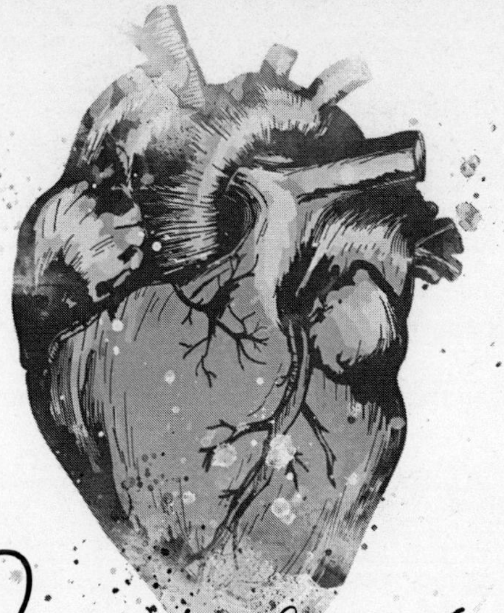

Capítulo 60

Anya

— Não ficará hoje? — Susano murmurou, desgostoso.

— Nunca fico, hoje não será diferente.

— Achei que por estarmos completando...

— Não temos data comemorativa, Susano. — Fui franca, o olhar parado sobre ele. Puxei o zíper da bota e me levantei. — Não somos namorados, casados ou temos qualquer compromisso assim.

— Eu sei.

— Tenho outros negócios para resolver.

— Sobre o cassino?

— Não. — Limitei-me a responder. Defronte para o espelho, fitei o loiro dos meus cabelos. Escovei-os, vesti o casaco e encarei o meu submisso. — Não me ligue, estarei ocupada.

— Seu outro submisso, não é?

— Nunca disse que você seria o único. — Ele assentiu, com a obediência que eu conquistei nesses três anos.

— Posso ir ao cassino?

Contemplei-o por alguns segundos.

— Não fique por lá até muito mais tarde. Amanhã preciso que me encontre cedo, preciso resolver alguns negócios sobre Pandora.

— Está bem.

Aproximei-me, depositei um beijo casto em seus lábios e sorri.

— Sabe que é o melhor submisso de todos, não sabe?

— Faço tudo por você. — Segurou o meu rosto pelo queixo. — Nunca pensei que o amor fosse tão louco.

Não respondi.

Olhos nos olhos, compreendi o quanto ele daria a sua vida por mim se fosse necessário.

Eu conquistei a sua submissão, a sua alma e o seu coração. Muito além do que eu e Gisele planejávamos, e agora Susano era o meu braço direito para muitas coisas.

Junto com Gisele.

Ao sair do quarto, disquei para ela. Repassei toda a lista dos convidados para o evento seguinte, a conta a ser sacada, além de todas as informações necessárias.

Ela se tornou uma Domme incrível. Sabia usar o corpo, a boca e, principalmente, a mente. Ali estava a nossa força: nossa inteligência capaz de dobrar homens imbecis e fúteis.

— Estou com ele no quarto — murmurou no telefone. — Acredita que está se declarando?

— O que fará hoje? — perguntei, dentro do elevador. — Irá amarrá-lo, chicoteá-lo ou fará o controle do orgasmo?

— Esse último ponto é essencial. Se eu o deixar achar que pode dominar, o que será de mim? — perguntou, debochada. — Não, ele precisa aprender que na cama, quem dita as ordens sou eu.

— Será um desafio.

— Gostamos do difícil.

— E como. — Sorri ao confirmar, os olhos voltados para o homem que me esperava dentro do carro. Ele saiu apressado e abriu a porta. Desliguei o telefone e o cumprimentei. — Não se atrasou.

— Não a deixaria esperando — Armando murmurou, deu um beijo ansioso no meu rosto e esperou que eu entrasse.

Logo em seguida, contornou o carro e se sentou ao meu lado. Deu partida para que fôssemos ao seu apartamento.

— Sempre muito prestativo.

— Não posso vacilar, não é? Quantos estão esperando para ocupar o meu lugar?

— Não sou assim tão disputada.

Seu sorriso de canto me contradisse, mas Armando não era capaz de me contrariar com palavras. Era obediente, não tanto quanto Susano, mas respeitava o meu domínio, tinha completa devoção e não hesitava quando o assunto era receber ordens na cama. Ele amava ser dominado.

— E o seu irmão?

— Eduardo está fora do país, em alguma viagem louca que decidiu fazer.

— Ele não desconfia da gente?

— Sabe que estou enrolado há alguns anos, mas não sobre você. Não, jamais deixaria alguém saber se você não quisesse.

— Amanhã... — Coloquei uma mão na sua perna. Olhou-me de canto, a barba castanha, o olhar esverdeado... ansioso. — Ficaremos juntos em Pandora. Sem máscaras, sem pudores.

— Mesmo?

— Quando decido algo, não volto atrás. E dessa vez não é um erro.

— E Susano?

— Ele não tem direito em opinar sobre isso.

— Mas... — O meu celular cortou o que ele ia dizer, e o puxei da bolsa.

O número de Antone brilhava na tela. Fiz sinal para Armando se calar e atendi.

— Puta merda, pensei que não te encontraria! — murmurou.

— Aconteceu alguma coisa?

— Não é nada comigo.

— Por que a urgência?

— Sei que não quer falar sobre isso, até parece uma maldição que quer evitar. — Fechei os olhos.

— Diga logo.

— Mexeram na conta da empresa.

— Como é? — Um vinco surgiu na minha testa.

— Dez milhões foram movimentados.

— Como sabe?

— Pedi para o gerente me alertar caso fosse sacado algum valor.

— O que está querendo insinuar? — Armando prestava atenção, curioso com a minha preocupação.

— Há uma assinatura. Com um valor desse, eles só liberariam com a assinatura de um de nós.

— Mas...

— Não foi você. Muito menos eu. Quem sobra?

Olhei para frente.

Por um momento, a noite perdeu o brilho. As luzes dos carros que passavam por nós, assim como as dos prédios, se ofuscaram. Já não senti necessidade de sexo, muito menos a euforia da dominação.

— Ele está preso...

— Não mais. Pelo menos é o que parece. Já se passaram os três anos. Quem forjaria uma assinatura dele? Não tem lógica. Ele sacou esse valor.

— Por quê?

— Dez milhões? Não tenho a porra da ideia! Talvez para se manter por lá. — A frase apontou uma esperança que existia sem que eu soubesse: esperava que retornasse.

Essa quantia dizia o contrário.

— Tentou ligar para ele?

Não há número. Para quem devo ligar, quando o nosso próprio irmão não quer conversar? Devo insistir, quando o que Enzo fez foi nos cortar da vida dele? Você foi clara há três anos, e durante todo esse tempo botou na minha cabeça a verdade: não podemos ajudar quem não quer ser salvo.

A verdade era assustadora, contudo, não iria deixar Antone sofrer. E era necessário deixá-lo viver sem Enzo, sem a escuridão que pairava sobre nós.

— Ao menos você quis ajuda. — Mudei o rumo da conversa.

— Amo você, sabe disso.

— É recíproco, Antone, por isso lutei tanto...

— Eu sei.... — Eva ainda era um fantasma na vida dele.

— Conversou com Tom?

— Ele não quis me ouvir, não até que ela vá embora.

— Dê uma quantia a ela...

— Ela não quer dinheiro. — Se ele soubesse os motivos que a levaram até Tom, nunca afirmaria aquilo.

— Dê uma maldita quantia a ela. Não a deixe ir sem nada. É o melhor para todos. Sabe que Tom tomou a decisão certa quando pediu que terminasse e que a mandasse para longe. Iria arruinar a sua vida, Antone, e provavelmente levaria Tom à loucura só de pensar em vocês dois juntos. Foi traição. O que você quer, uma boceta ou uma amizade verdadeira?

Armando tossiu ao meu lado, sem esconder o sorriso.

— Não queria que acontecesse dessa forma — lamentou. Engoli a verdade, a de que eu que planejei o encontro dos três naquela noite em Pandora. Arquitetei através de conselhos a Antone, as ideias voltadas nos espetáculos e ao destino final de Tom dentro daqueles corredores. Por debaixo dos panos, eu exercia todas as minhas decisões sobre os outros, jogava com os momentos e com as pessoas.

— Mas aconteceu, não há o que fazer. Cansei de dizer que deveria parar, que Tom iria descobrir.

— Sou um grande filho da puta.

— Quem não é quando se apaixona? — A pergunta fez Armando me olhar por alguns segundos.

— Ainda amo Eva.

— Vá esfriar a cabeça... Sem bebida, por favor.

— Estou sóbrio há quatro meses.

— Sabe que me orgulho de você.

— Amo você.

— Eu também. — Desliguei ao dizer e guardei o celular.

— Antone ainda está naquelas?

— Sofre com o coração partido.

— Tom também não parece estar bem. Toda vez que o vejo no cassino, parece que está prestes a cometer um assassinato.

— Eva não vale o coração deles — murmurei.

— Como sabe?

— Porque eu conheço as mulheres — respondi. — Eva não vale o coração de nenhum homem.

— Que cruel.

— A vida é cruel. Se não aprende quebrando a cara, todo tombo será pior depois.

— Preciso dizer isso ao meu irmão, que se apaixona a cada transa.

— Antone *não é muito diferente.*

Ele concordou e me calei, me perdendo nos pensamentos.

Em Enzo.

Dez milhões. O que ele faria com esse valor? O que faria agora que estava livre?

Otávio, com certeza, deixou tudo encaminhado. Enzo seguiria com algum maldito plano que eu não conseguia imaginar. Envolvia assassinatos, aqueles desgraçados russos e alguma perdição que não teria salvação.

Ele já era uma pessoa quebrada, temia o que poderia enxergar quando o visse outra vez.

Depois de Nicolai, Enzo poderia ser o único homem capaz de me fazer hesitar.

Não, afirmei em silêncio para mim mesma.

Ele não podia exercer esse poder sobre mim, precisava estar firme quando retornasse.

Sem expectativas, sem rancor e sem preocupação.

Três anos em silêncio foram o suficiente para apagar a chama, para me fazer esquecê-lo. Precisava continuar assim.

— Está preocupada com algo?

— Amanhã preciso que faça algo.

— O quê?

— Terá um encontro com alguns representantes no cassino. Henrique já está a par — refleti. — Não poderei ir.

— Me quer no seu lugar?

— Sim. — Precisava ir ao banco, comprovar a assinatura de Enzo. Esse dinheiro não poderia ser movimentado ao seu bel-prazer, sem que soubéssemos as suas intenções. Ou quem ele era agora.

— Depois passo todos os relatórios para você.

— Espero por isso.

Estacionou o carro diante do prédio e desci.

O vento movimentou os meus cabelos loiros e adentrei no hall junto com Armando.

No seu apartamento, nossa noite começou. Ele, vendado, amarrado e nu.

Eu, disposta a elevar o seu prazer ao nível máximo.

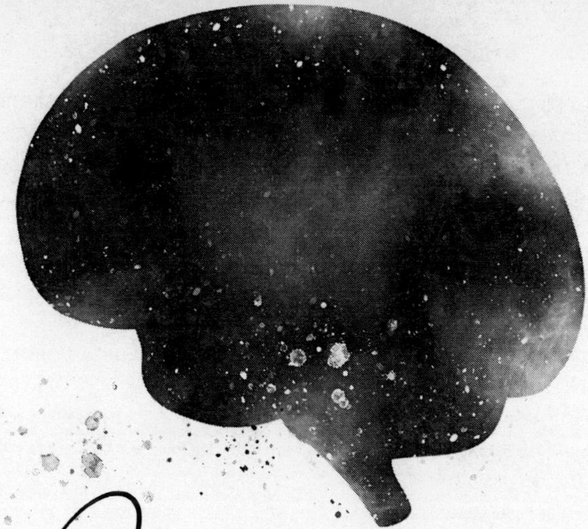

Capítulo 61

Enzo

Pressionei o cigarro contra o cinzeiro, a ponta se apagou, o cheiro ainda presente. Mais alguns minutos e acenderia outro.

— O que mais sabemos? — Kirill questionou.

— O ministro está querendo nos pegar — Nicolai resmungou.

— É possível que cheguem nas meninas? — Kirill indagou.

— Não. *Lá não. Sasha consegue manter a fachada* — respondi.

— Sasha está ocupada demais dando a boceta para Enzo. — Nicolai jogou farpas sobre mim.

Olhei-o de canto.

— Cuido bem das mulheres que deitam na minha cama. Ela mantém a cabeça no lugar. Negócios são negócios, sexo é sexo. Sasha está cuidando do bordel.

— Quantas já foram para a China? — Kirill perguntou.

— Algumas. — Vladmir entrou na conversa. Tragou o charuto devagar, o olhar distante. — Movimentou milhões.

— Tem como o ministro pegar esse valor?

— Não. Lavamos no hotel, chega limpo na Suíça.

— Ele sabe demais — murmurei o que me atormentava. Esfreguei o rosto, elevei as sobrancelhas e me inclinei para a frente. Fitei os quatro homens sentados à minha frente e me dirigi a Ivo: — Yuri tem algum infiltrado — afirmei e apoiei o dedo na mesa. — Sabe demais. Alguém de dentro contou sobre aquela transição.

— Ele pegou todas as armas? — Ivo perguntou.

— Sim — Nicolai respondeu. — Matou o entregador e mandou aquele casal esconder os corpos.

— Eles não sabiam muito — completei. — A esposa nem abriu a boca, o marido só contou porque o fiz imaginar o gosto da carne da esposa na boca.

— É um filho da puta! — Ivo riu.

— Com muito orgulho. — Dei uma piscadela.

— Enterrou os corpos? — Vladmir questionou, criando um silêncio na mesa.

— Sim. — Puxei outro cigarro. Aquela pequena sala estava nevoada com a fumaça de todos os cigarros que fumávamos. Além de cheiro de vodca. — Não encontrarão nos próximos anos. A loja pegou fogo por causa de um curto-circuito.

— Sem câmeras?

— Eram velhos demais, se sentiam seguros — respondi.

— O que faremos com Yuri? — Kirill bateu a mão na mesa. Puxou a garrafa de vodca, encheu o copo e bebeu.

Vladmir fitou cada subordinado. Parou os olhos em mim, voltou para Nicolai, e se dirigiu ao pai daquele desgraçado:

— Não podemos tirá-lo da jogada, não ainda. Se fizermos isso, não saberemos se outra pessoa tomará o seu lugar. Isso não é daqui. — Bateu o dedo na mesa. — Não, o governo russo não faria isso.

— Americanos? — questionei.

— Isso fede àqueles bastardos — Vladmir resmungou.

— Querem nos pegar? — Nicolai balançou a cabeça ao perguntar.

— Como fizeram com os italianos no solo deles.

— Invadimos o mercado de armas, esperava o quê? — perguntei. — Ninguém mexe com o tráfico de armas deles e sai impune. O governo é quem está por trás.

— Nossa mercadoria é a melhor — Nicolai rosnou.

— Não somos nós que fazemos guerras — Vladmir comentou.

— Ah, sim, o bom patriotismo. O salvador da humanidade — Ivo ironizou.

— Guerra é interessante para eles — Kirill concordou.

— Não no nosso solo — Vladmir murmurou. — Não aqui. Se crescemos no mercado, é porque nossa mercadoria se tornou melhor.

— Há anos eles dominam, mesmo que estivéssemos também dentro. Agora é diferente.

— Querem nos sacanear — Ivo concordou.

— Yuri pode estar envolvido? Tem certeza? — Nicolai indagou, curioso, os olhos semicerrados e os lábios franzidos. — Parece mal contado isso.

— Ele é ministro... — comecei.

— Por isso mesmo. Trairia sua própria terra? Todo o discurso motivador, patriota. Se venderia para os americanos?

— O que ele mais quer é a limpeza do país. Acha que somos a escória — Ivo disse, irritado.

— Mandamos no governo, essa é a verdade — Vladmir explicou, calmo. Recostou-se na cadeira. — Yuri quer a cadeira. Quer o poder...

— E o poder corrompe — completei.

— Se voltou contra nós. É plausível.

— E quem é o infiltrado? — Nicolai indagou.

— Alguém de dentro — disse categórico, a palma contra a madeira da mesa. — Alguém que sabia do negócio.

— Um Vor?

— Não... — Balancei a cabeça. — Não tão alto. Alguém só da Bratva.

— Se descobrirmos... *não sobrará a pele desse covarde — Nicolai resmungou, irritado.*

— Não podemos mais falar diante dos outros. Negócios importantes — Vladmir nos encarou — precisam ser relatados para mim em lugares seguros. Sasha também está descartada disso — dirigiu-se para mim. — Não comente mais nada sobre os planos.

— Pode deixar.

— Vamos descobrir o rato — afirmou e se levantou. — Diminuir a propagação de informação. Quanto mais o círculo se fechar, menos escapatória ele terá. Ficará difícil manter a aparência.

— E depois?

— Depois vamos tirar todas as informações. Não podemos deixar sobrar um. Matar todas as cabeças.

— Limpar a casa — Kirill concordou e se levantou, assim como Nicolai, e quando ameacei fazer o mesmo, Ivo fez sinal com a mão para que eu ficasse.

Aguardei.

Vladmir me deu um tapa no ombro, amistoso, e saiu, seguido pelos seguranças e os outros.

— O que precisa? — perguntei ao homem sentado defronte.

— Não conversamos em particular desde que você voltou. — Concordei com a cabeça. — Preciso dizer que superou as minhas expectativas.

— Tinha alguma?

— É claro que tinha. Sei o sangue — murmurou — que corre nas suas veias. No entanto, sei quem foi o homem que o educou. Perguntava-me o que falaria mais alto, sua cabeça ou o seu coração.

— Precisamos matar um para que o outro prevaleça.

— Vejo que matou o órgão mais fraco.

— Não posso perder a cabeça, não é?! — zombei.

Ele inclinou a cabeça.

— Todos nós duvidávamos de você.

— Eu sei.

Ivo, cabisbaixo, sorriu. As rugas se formaram ao redor dos olhos.

— Vladmir contou sobre a sua mãe, não contou?

— Sobre o caso dela com ele?

— Sim.

— Contou. Queria entender o porquê de ela escolher Otávio.

— Por causa de um filho.

— Aquele...

— Não. O que estava na barriga dela.

— Estava na grávida na época, eu sei.

— Claro que era um risco que ela escolheu. Se descobrissem a traição — enfatizou — do seu pai, nem o bebê se salvaria.

— Vladmir escondeu. Kirill poderia encarar isso como uma traição. — Entendi o ponto em que queria chegar.

— Sabe o que me pergunto? Nádia talvez amasse mais Otávio, e fez isso porque sabia que Vladmir a amava.

— Como assim?

— Ela protegeu Otávio com a sua presença. Juntos, ela o tornou intocável por vários anos.

— Até vocês os matarem.

— Poupamos os filhos, uma exceção à regra.

— Fico feliz que possamos nos entender sobre tudo isso...

— Não. — Ivo pausou. Seu olhar me desafiou. — O que me pergunto, e foi por isso que pedi que ficasse, é que o que eu sei, ninguém mais sabe.

— Como assim? — Uni as sobrancelhas.

— Otávio planejou o assassinato de Kirill...

— Sim, todos nós sabemos.

— Planejou que Nicolai morresse junto...

— Sim...

— E planejou matar Vladmir. Um por um, não é, Enzo? — Semicerrou os olhos. — As três cabeças principais. Assim, ele teria feito o trabalho completo, sairia do país, mudaria a identidade e viveria feliz como um membro honrado da KGB. O que ele não contava era a infeliz noite em que Kirill *não morreu*. *Nádia engravidou*. E o bebê de Vladmir. Matar um recém-nascido, com um filho no ventre da esposa, pesou na consciência daquele homem.

— E também não contou que a KGB se uniria a Bratva. Com a queda da organização, dominaram o país de vez. — Mantive-me calmo, inflexível na voz e expressão.

— Aí é que está. — Bateu o indicador na mesa. — Ele correu quando fraquejou, o que me leva a você.

— É passado.

— Não. — Riu, irônico. — Nunca é passado para nós. Não um Vor. E por mais rato que Otávio fosse, ele era um Vor. Podia negar, dizer que era apenas um infiltrado e que nos odiasse... mas conquistou a reputação, a confiança e se tornou o pior. Ele matava sem dó. Inocentes, crianças, fodeu com tantas... *Nádia só suportava porque tinha Vladmir na cama. Seu coração se tornou parte d*a Bratva, mesmo que ele não quisesse...

— Onde quer chegar?

— Um homem como Otávio não morre em paz. Um Vor nunca descansa por completo. Você está aqui pela cabeça ou pelo coração?

— Já disse.

— Acho que sua cabeça está a sete palmos, junto com o homem que te educou.

— Não. Não daria o meu sangue, toda a minha maldita vida tranquila, para viver no inferno que foi o Campo, ver tanta morte, violência e me autodestruir naquele lugar, apenas para seguir o meu pai. Lembre-se. — Arqueei as sobrancelhas e ditei palavra por palavra. — Que aquele homem nunca demonstrou carinho. Nem para Nádia, muito menos para os filhos. Tenho uma irmã que odeia o próprio pai, e um irmão que é alcoólatra. Se tem um homem que mais odeio nesse mundo, é Otávio. Nádia também não fica muito atrás.

— Ela não queria ter filhos, sabia? — disse como se nem me escutasse falar. Desviei o olhar. — Dizia que o mundo era cruel demais para colocar outros homens nele. Que nesse meio — se referiu à máfia — *não era bom ter filhos.*

— Não era bom ter filhas, você quer dizer.

— Tratamos bem nossas mulheres.

— Fodem com elas, entregam para os amigos, são todas submissas e escravizadas pelo machismo, além dos tráficos e de vários bastardos.

— Nádia foi uma exceção, sabe disso. Conquistou duas das quatro cabeças.

— Sorte dela, senão teria sido passada por todos...

— Ela foi.

Emudeci.

— Antes da gravidez, ela foi estuprada por cada um.

Depois de anos, senti vontade de vomitar.

Ao invés disso, virei o copo de vodca.

Precisava transar, perder minha mente durante uma boa trepada para não querer avançar contra Ivo e arrancar sua pele com as próprias mãos.

Escalpá-lo seria pouco.

— Como sabem que o filho era de Otávio?

— Não se sabe.

— Está insinuando que há um bastardo na minha família?

— Talvez.

— Quem a estuprou?

— Oh, foram muitos! — Riu. — Eu, Kirill, Vladmir. Na verdade, não foi bem um estupro... Ela aceitou a oferta de Vladmir. Foi uma forma de torturar o seu pai, fazê-lo assistir.

— Foi estupro.

— Bóris, Mikhail, Dimitri, Konstantine, Ivan, Mikhaeli, tantos outros. Uns dez, no mínimo. Durou a noite toda. Meses depois surgiu grávida.

Fitei o fundo do copo vazio.

Suava frio, a marca dos dedos ficou no vidro. Enchi-o outra vez e bebi até o fim.

— Está pensando, não é?

— Não há o que pensar.

— Claro que não.

— Não, não há! — Fui categórico. — Não ouse falar dos meus irmãos. Foda-se! Agora entendo o motivo da minha mãe se afundar nos remédios, viver dopada. *Não era só o amor por dois homens como Otávio e Vladmir*, ou por mim. Era isso. Tudo isso.

— Ela aceitou se envolver conosco sabendo como lidamos com as mulheres. E não nos julgue, é tão machista quanto a gente. — Queria dizer que não, que poderia ser vil, insano e frio...

Pensei na velha que matei.

Era preciso, disse a mim mesmo.

Era necessário.

Proteção, fingimento.

Até quando eu mentiria para mim mesmo?

Ivo estava mexendo com a minha fodida cabeça, cutucando feridas para me tornar vulnerável.

"Pelo bem maior, pelo bem da família. Proteja os seus irmãos, porque se eles souberem, irão caçar vocês três", Otávio falava.

— E a sua esposa?

— Uma boa mulher não abre a boca, Enzo. E a minha é excelente.

— Submissa?

— Dentro e fora da cama.

Precisava de Sasha.

Talvez de outras.

Mais bebida, mais cigarro.

— E a esposa de Vladmir?

— A primeira?

— Sabe qual.

— A que morreu no parto? — continuou mesmo assim, debochado. Quando percebeu que eu não responderia, emendou: — Era calada. Vladmir casou-se cedo, ela devia ter uns quinze anos. Sabia que precisava obedecer, fazer o trabalho sujo, ajudar no bordel, ensinar e, bem... nos satisfazer. Era obrigação dela. Nasceu com uma boceta para isso.

— E como ele sabe que o filho que ela esperava era dele?

— Porque ninguém tocou nela por um ano. Ele precisava de um filho.

— E a segunda?

— Boa também. Até morrer. A coitada era estéril.
— Talvez fosse Vladmir.
— Não, aquele lá não era.
— Como sabe?
— Pelos abortos espalhados com os cadáveres das meninas que chegavam no bordel.
Quando dei por mim, a vodca da garrafa acabou.
— Preciso de mais bebida, demorará muito essa conversa?
— Não acha melhor parar?
— Não fico com ressa...
— Não falo sobre isso — interrompeu-me, seco. — Não sinto lealdade em você.
— Ah, disso. — Fingi despreocupação.
— Você é peixe novo aqui dentro, *não é* um Vor, e mesmo assim Vladmir te quis na mesa, dentro do círculo. Vejo sua gratidão por isso, afinal, nem as porras das estrelas possui...
— Se vê gratidão.
— E vejo manipulação. É astuto, ligeiro, traiçoeiro.
— Você não sabe.
— Somos leais uns aos outros.
— Não com as mulheres.
— Somos Vory — disse impassível. — Fodam-se as mulheres! A nossa honra é com os nossos irmãos, e se há um rato, eu não deixarei passar, mesmo se ele for você.
— Como pode me acusar sem saber?
— Se você ferrar com um dos meus irmãos, foderei com sua irmã, castrarei o seu irmão e farei você assistir tudo.
Levantei-me e me inclinei sobre a mesa.
— O dia que eu tiver as estrelas, você engolirá a sua língua, Ivo. Acuse-me quando tiver provas. Até lá, torça para que eu não leve isso para o lado pessoal.
— Sou seu superior. — Também se levantou. — Cale a maldita boca!
— *Não me acuse sem provas. Dou a porra da minha vida para cumprir as ordens. Não preciso que fique desconfiando de mim.*
— Até não se provar confiável, irei suspeitar. Até não mostrar sua verdadeira face, irei te vigiar.
— Foda-se! — sussurrei. — Pense o que quiser.
Dei as costas.
— Antes que saia — exigiu e travei na porta —, se essa conversa chegar...
— Ela vai chegar. Não é você quem diz que devemos ser leais? — Olhei-o sobre o ombro. — A minha está com o homem que mais admiro, e não é você. Moro com Vladmir, respeito-o com toda a minha alma, e prometi que contaria tudo para ele. Honramos nossas palavras.
— Nosso código — Ivo resmungou.
— Tenho um longo dia amanhã, se não se importa, estou de saco cheio de ver a sua cara.
Saí dali tão depressa quanto o meu coração acelerado.
O cerco estava se fechando, e o meu plano precisaria mudar.
Não era a vez de Vladmir.
Ivo precisava ser o primeiro a morrer, ele sabia demais. Suspeitava em demasia.
E acertou em cada merda que falou.
Dirigi irritado e estacionei em frente à casa de Sasha.

Disquei.
— Enzo?
— Está acordada?
— Por quê?
— Preciso de um tempinho...
— Demorará para chegar?
— Estou aqui na frente. — Olhei pela janela.
— Não está com a chave?
— Deixei em casa.
— Um minuto. — Desliguei, saí do carro e avancei para a entrada. Vi as luzes serem acesas e a porta abriu. Sasha surgiu com os cabelos ruivos amarrados. — Pensei que me deixaria sozinha.
— Sabe que uma boa cama é irrecusável. — Fui até ela e a envolvi em um abraço que a tornou pequena. Ergui o seu rosto pelo queixo. — Muito solitária?
— Esperei que perguntasse.
— Seu olhar sugere isso. — Ela esquivou o rosto do meu toque e fechou a porta.
Caminhei por sua sala, já familiarizado com a casa. Apenas alguns dias e ela entregou a vida toda para mim.
— Quer beber algo?
— Já bebi o suficiente.
— E fumou, pelo jeito.
— Estávamos fechados... — Hesitei. — Muito cigarro lá. Preciso de um banho.
— Claro. — Guiou-me pelo corredor e pela escada até o seu quarto. — Aqui está. — Entregou-me uma toalha e a puxei pela cintura. O pano caiu em nossos pés e minha mão desceu até a bunda. Apertei-a com desejo.
— Achei que se ofereceria. — Rocei os lábios com o sussurro. Minha barba raspou em sua pele e Sasha fechou os olhos.
— Estava esperando o convite.
— Sabe que não precisa de convite.
— Não?
— A casa é sua. — Sorri, safado, puxando-a para dentro do banheiro.
No chuveiro, chupei-a com desejo, até a sua boceta ficar vermelha com a barba, e a fodi com vontade.
Deixei-a gritar contra a minha mão durante o orgasmo, sentir o meu pau resvalar com tantas enterradas, que ela não sentiria o próprio corpo por minutos.
Apenas uma transa não foi o suficiente para tirar a merda da minha cabeça, pois, após gozar, a conversa voltou à tona. Esperei quase uma hora, e a segunda foda me apagou.
Dormi ao seu lado, cansado, com a cabeça em outro mundo.
Um mundo em que eu poderia transar até morrer, e a morte seria bem-vinda, não por prazer, mas por me livrar dessa vida.
Acordei no dia seguinte com o celular tocando. Sasha já tinha saído, e quando vi a hora, me xinguei.
— Estou aqui — atendi Vladmir na segunda chamada.
— Em que porra de lugar você se enfiou?!
— Trepei a noite inteira.
— Sasha?
— Sim.
— Venha para casa, precisamos conversar.
— Sim. Eu preciso falar com você.

— Precisa que alguém o busque?

— Não. Peguei o Jaguar, meia hora estou aí.

Desliguei e me mandei após um banho.

Dirigi sem pressa, ponderei o que contaria, como faria para virar o jogo.

Um erro e estaria fodido.

Precisava da confiança de Vladmir mais do que tudo. Mais do que a minha vida.

— Vladmir? — chamei-o assim que cheguei na casa.

— Por aqui. — Um segurança me orientou.

Passei pela sala vazia e fui para o jardim. No final, o vi sentado em um banco, fitando o mausoléu das duas esposas. Era doentio.

— Precisamos conversar — disse ao me sentar ao seu lado.

— Preciso que faça uma entrega. — *Não me deu chance de começar.*

Olhou-me, e ali dizia a verdade: estava me testando.

— Que entrega?

— Duas meninas.

Travei. Desde que cheguei, temia o momento em que me colocaria no esquema de tráfico de mulheres. Aquilo me repugnava mais do que tudo, pois me lembrava de quando Anya falava de Nicolai, da sua lembrança da péssima infância. De todas as mulheres. Da minha mãe.

— Vai se acovardar? — perguntou, curioso.

— Onde?

Cada dia, eu acordava com uma faca contra o pescoço, pensava se seria aquele dia em que poderia executar mais um passo do plano. Ou se seria testado outra vez.

A cada dia, pensava se conseguiria continuar.

E a cada minuto diante disso, me lembrava do meu pai, de quando contou sobre essa parte. Fiquei tão assustado, foi tão difícil entender, e eu nunca conseguiria aceitar.

Agora, eu precisava cumprir o que ele falou: "*feche os olhos até o momento certo, filho*". Ele disse. "*Você irá vingar, irá machucá-los quando chegar a hora. E sentirá raiva de si mesmo por isso. Pense no bem maior*".

O bem maior iria me destruir, era o que agora eu pensava.

Os meus demônios iriam me devorar.

Não obstante, eu já tinha Ivo como minha sombra, procurando o primeiro erro. Não poderia deixar Vladmir questionar a minha lealdade.

— Ivo me ligou. — Era ele, plano dele para me pegar. Mais do que tudo, precisava lidar com isso. — Disse que duas americanas chegaram. Foram trazidas por Bóris pela França, iriam para a Áustria, mas aceitaram a proposta de Moscou.

— Não sabiam?

— Não. Precisam ser educadas. — Meu coração fraquejou. Engoli em seco e Vladmir notou. — Não precisa encostar nelas. — Suspirei, aliviado. — Apenas faça a entrega.

— Para quem?

— Pegue-as no salão do bar de Kirill. De lá, leve-as para Sasha. Ela fará a troca para os nórdicos.

— Não estávamos negociando com a China?

— Com ambos — explicou.

— Está bem.

— Pergunto-me. — Perscrutou o meu rosto. — O que você faria se um dia ordenasse que tirasse a virgindade de uma das meninas?

— E você me pediria isso?

— Você me obedeceria?

— É o Pakhan. — *Não vacilei em responder. — O que está dito, é uma ordem.*

— Isso. — Assentiu, satisfeito. — O que queria conversar?

— Ivo suspeita de mim.

— E ele tem motivos?

— Acha que eu escolho o nome Lehansters a ser um Vor.

— E você escolhe?

— Usou Nádia para me atingir.

— Não respondeu minhas perguntas — observou.

— Se eu escolhesse Otávio, já teria ido embora, ou no mínimo entrado em contato com os meus irmãos.

— E os motivos?

— Acha que estou cumprindo o que Otávio quis fazer no passado, matar vocês três — contei.

— Você não seria tão imbecil assim. — Analisou-me com o olhar arrogante.

— E por isso contou do estupro coletivo que você organizou.

— Aquela ali. — Apontou para um mausoléu extremamente sofisticado. — Minha primeira esposa, a mulher a quem você deve respeito.

— Nádia também...

— Nádia me trocou por Otávio, talvez o amasse mais, nunca vamos saber. Amei aquela mulher mais do que a minha própria esposa, e ela aceitou aquela noite.

— Aceitou?

— É o bom samaritano daqui, filho? — perguntou, irônico. — Batizará cada menininha que entrar, julgará os maridos por botarem as esposas na linha? Foi uma lição que Otávio precisou aprender. Ele era muito — ponderou — protetor com Nádia, por mais que permitisse que ela fodesse comigo. Ele precisou provar que era um dos nossos, quando eu já imaginava o rato que era. Percebe como andávamos em círculos, nós três?

— Nádia ficou no meio.

— Sempre no meio. Pendeu para o meu lado, e no final foi embora com Otávio, para protegê-lo, e porque esperava aquele filho.

— Ivo sugere que não é de Otávio.

— Mesmo se não for, ele assumiu.

— Por quê?

— Ele era contra algumas ideias nossas. Sabia que se procurasse a verdade e não fosse o pai, tudo pelo que fugiu voltaria à tona. O passado nunca morre, é um fantasma que prende e comanda o futuro. — Levantou-se, foi até o mausoléu da primeira e tocou no anjo sobre o túmulo. — Posso afirmar que Otávio moldou a minha vida. Suas decisões. Por isso, eu o odeio. Um covarde, um traíra, levou Nádia, levou... — suspirou. — Ele teve a chance de matar os três, vacilou, e mesmo assim, me fez sentir ódio por anos.

— O que devo fazer para que Ivo pare de me caçar?

— Deixe-o caçar. Se não tem nada a esconder, não precisa se preocupar.

— Você confia em mim?

— Quando se ajoelhar perante mim pela última vez, e aceitar as estrelas, depois de fazer tudo o que eu pedir e mostrar que Ivo está errado, eu confiarei.

— E quando será isso?

— Está com pressa?

— Sabe que não é isso.

— Quando você se mostrar um irmão. Precisa merecer ser um Vor.

— Sim.

— Era só isso? — Encerrou a conversa.

— E o ministro Yuri?

— O rato aparecerá. E quando isso acontecer, saberemos se Yuri está sozinho aqui.

— Aí poderemos matar?

— Ele será todo de vocês.

— Obrigado. — Ergui-me.

— Ah, Enzo. — Voltou-se para mim.

— O quê?

— Não transe com Sasha enquanto estiver cumprindo ordens. Deixe as meninas para ela e volte.

— Como quiser.

Enquanto rumava para dentro, pensei.

Se os meus demônios pudessem me dizer algo, suas palavras seriam sobre como sentiam pena de mim.

E me alertariam que o caminho não seria tão fácil.

Eles estariam certos ou fariam parte da loucura que me assolava?

Capítulo 62

Enzo

Por mais que eu tivesse evitado de ver os rostos, as meninas pareciam me assombrar. Já tinham se passado dias desde a entrega, e tudo o que eu conseguia pensar era em como eram pequenas.

Frágeis. Inocentes.

Seriam corrompidas pela sociedade, mudadas pelo meio. Desejariam a morte, e perante homens como a Bratva, com certeza um caixão fechado era o melhor lugar.

A mulher, nessa sociedade, era a submissa. A que deveria ser o chão para o Vor passar. Era quem deveria servir. Apenas por ser mulher.

Depois daquele dia, não consegui conversar mais com Sasha. Saber era diferente de ver, e a frieza com que lidou com as crianças me enojou.

Não atendia as suas ligações.

Uma hora precisava arranjar uma boa desculpa, ou ela abriria a boca para Vladmir.

Ou pior, para Nicolai. Ele queria o meu rabo. A cada segundo, ele, Kirill e Ivo aguardavam algum fracasso meu.

Para a infelicidade deles, eu tinha Vladmir do meu lado, torcendo para o meu sucesso.

Vomitei naquele dia. Fitei o revólver várias vezes, desejando puxar o gatilho, estourar os miolos de todos daquele lugar. Inclusive os meus.

Contive-me, assim como me calei durante os dias que se passaram. O círculo foi fechado. As informações passadas para cinco pessoas. Duas falsas, uma verdadeira.

O rato iria aparecer.

E eu pediria para matá-lo.

Quase dois meses fora do Campo, e ainda me sentia no inferno.

Quando o capeta viria em pessoa me dar as boas-vindas? Ou eu ocuparia o seu lugar?

— Mal tocou na comida. Está incomodado?

— Apenas pensando. — Voltei o olhar para o prato. Vladmir, do outro lado da mesa, não deixava passar os mínimos detalhes.

— Sobre?

— Os suecos.

— O que tem?

— Acha uma boa tratar com eles? Digo, estamos no Oriente Médio, talvez...

— Os suecos pagam bem, são discretos.

— É parte do território americano.

— É nosso agora.

— E se mandarem mais pessoas para nos espionar?

— Está preocupado?

— Estou. Estou preocupado. Não quero um rato enfiado entre nós, quem dirá dois. — E se realmente houvesse um, eu estaria fodido. Dois infiltrados *não dariam* certo.

— O que sugere?

— Uma tática.

— Que plano?

— Pegá-lo rápido.

— E?

— Olhe só. — Passei as mãos pela barba comprida. — Já jogamos duas informações falsas — murmurei. — E se... — Semicerrei os olhos. — Ao invés de enganá-los, não déssemos algo de bandeja?

— Está sugerindo vazar algo importante?

— Assim ele correria até o ministro.

— E o pegaríamos.

— Ele precisaria passar a informação. Diferente das falsas, aquela ele teria certeza. Seria importante.

— Todos olhando-o.

— Vigiando cada passo.

— Colocar mais pessoas para cuidar de Yuri?

— Não. Vamos tirá-las.

— Está louco?

— Ele sabe que está sendo vigiado. Com isso, ficará recuado. Precisamos relaxá-lo, o fazer acreditar que deu uma merda interna.

— Como assim?

Era uma aposta alta. Vladmir precisava aceitar para que o meu plano desse certo.

— Deixe a polícia pegar uma das mercadorias.

— Está drogado, filho?

— Escute-me — pedi, educado. Ele assentiu. — Deixe dar uma merda. E que o rato saiba que a nossa preocupação é a mercadoria apreendida.

— Uma encenação?

— Pode ser. Podemos negociar com alguns policiais nossos.

— Continue.

— Mantenha apenas um homem vigiando Yuri. Alguém que confie o suficiente para isso. Aí estará a nossa aposta. Ele cederá ao rato e se encontrarão. Saberemos quando e quem é o rato. Matamos o rato na frente dele e tiramos a verdade de Yuri.

Vladmir ficou quieto.

— Preciso pensar. Falar com Ivo e Kirill.

— Claro.

— Mas... — Hesitou assim que me levantei. — Obrigado pelo interesse.
— São nossos problemas. Estou enterrado com vocês até o último fio de cabelo. Preciso me preocupar.
— Por você ou por nós?
— Por todos. — E *esse todos não englobava eles. Mas eu e quem precisava proteger.*

— Está com outra, não é?
— Sasha, sabe que não é isso.
— Então por que está me evitando?
— Estou com a cabeça cheia — murmurei, fitando o meu reflexo. O cabelo estava curto e a barba comprida. Os meus olhos eram traiçoeiros, como Ivo falou.
E hoje ele descobriria que era verdade.
Eu era traiçoeiro.
— Por causa do que aconteceu? A apreensão?
— Sim. Fodeu legal com uma boa quantia.
— Vladmir falou...
— Preciso desligar.
— Não nos veremos hoje?
— Ligo quando eu puder. — Desliguei sem responder.
Disquei para outro número.
— Meia hora? — A voz dele ressoou do outro lado.
— Consegue?
— Me dê vinte minutos. Falarei com Yuri.
Suspirei. Apoiei uma mão na bancada da pia do banheiro. Estava tenso, os músculos dos meus ombros doíam, minha cabeça latejava. Não dormi bem nas últimas noites, pensando sobre o plano...
Um plano arquitetado desde o primeiro segundo em que eu coloquei os pés fora do Campo. Os mínimos detalhes repassados... Era para ser Vladmir. No entanto, um desvio precisava ser feito.
A morte dele ainda chegaria.
Nicolai foi encarregado de vigiar Yuri. Um tapa na cara para a minha infelicidade. Vladmir confiava nele. Claro que confiava.
Eu iria conseguir. Precisava.
Fitei a Glock sobre a bancada, as luvas contra o branco. Estaria fodido se não desse certo, seria desmascarado como o meu pai, e a grande diferença era que eu não teria escapatória.
Nem Anya. Muito menos Antone.
O que Ivo disse não saía da minha cabeça.
Existiam quantos Lehansters de sangue?
Quanto fingimento?
Ou Nádia escondeu? O que Otávio sabia e não me contou? Filho da puta, ele ocultou o que poderia me desestabilizar. Deu-me meias verdades e esperou que eu descobrisse o resto.
Ivo tinha o meu pescoço. Mais um pouco e chegava na cabeça, não poderia deixar. Olhei para o celular e esperei passar os vinte minutos.
Disquei para Ivo.
— Alguma novidade? — Atendeu-me na primeira chamada.
— Vladmir pediu para avisá-lo...

— Sobre?

Olhei-me no espelho. Meu reflexo não demonstrava receio. Não tinha hesitação.

— Yuri se mexeu. Nicolai avisou Kirill e ele ligou para Vladmir.

— Por que não me ligaram?

— É o que estou fazendo. Se quiser posso passar para Vladmir, ele apenas me pediu...

— Onde estão?

— Iremos até lá.

— Soldados?

— Não, só nós. Não queremos assustar o covarde.

— E quem é?

— Ainda não sabemos. Yuri se encontrará com ele.

O silêncio me fez prender a respiração.

— Nos encontramos em *Tchertanovo às onze horas da noite.*

— Está bem. — Por respeito, esperei que desligasse, e assim que o fiz, ouvi uma batida na porta.

— Sim? — Abri-a, encontrando Vladmir com os olhos tensos, as sobrancelhas abaixadas e os lábios franzidos.

— Ele se movimentou.

— Agora? — perguntei, fingindo perplexidade.

— Nicolai acabou de me ligar.

— Iremos atrás?

— Quinze minutos. Levarei alguns homens. Se equipe, Enzo. Quero a sua bala — exigiu — na cabeça do rato.

— Deixaremos Yuri vivo?

— O que você acha? Até ele abrir a boca.

— Depois o matamos — concordei. — Já avisou Kirill e Ivo?

— Nicolai avisou Kirill. Ligarei para Ivo.

— Está bem.

Fechei a porta.

Cada segundo que se passou, se arrastou como uma tortura. Tinha todas as chances para dar errado. Se Ivo ao menos atendesse Vladmir, eu já estaria fodido.

Com as armas encaixadas no coldre subaxilar, por cima do colete *à* prova de balas, enfiei outro revólver no coldre por dentro da calça e uma pequena faca no que estava no tornozelo.

Vesti o jeans, o sobretudo, as luvas de couro ocultaram as minhas tatuagens e a touca escondeu os meus cabelos. Ouvi os passos dos seguranças e saí do quarto no segundo em que Vladmir despontou do outro lado do corredor.

— Que porra!

— O que aconteceu? — perguntei, preocupado.

— Não consegui falar com Ivo.

— Caiu na caixa postal?

— Fora de área.

— Prefere esperá-lo?

— Não, no caminho tentaremos de novo. Vamos — ordenou.

Atrás de nós, cinco seguranças nos seguiram.

Dentro do Escalade, me senti sufocado.

Mais dois carros iguais estavam atrás de nós.

Os bairros começaram a se tornar pobres. A miséria visível nas ruas. A noite estava fria, nublada, e fitei o céu.

— Filho. — Vladmir estava no telefone. — Fique de olho. Yuri já está aí? — Pausou. — Ótimo. Em breve o rato aparece.

— Temos certeza? — questionei assim que ele desligou.

— Nicolai tem.

— Confia nele.

— Também deveria — murmurou seco.

No resto do caminho fiquei em silêncio. Era uma única tentativa. Muitos furos, várias falhas.

Confiava que o meu encarregado cumprisse a sua parte.

O motorista estacionou em uma parte escura do bairro, diante de um prédio em péssimo estado. Saí atrás de Vladmir, avistei Kirill na entrada da construção, rodeado por três seguranças e quatro *Shestyorka*.

— Nicolai ainda está no telhado?

— Sim. Não quer perder o momento em que iremos desmascarar o filho da puta. E Ivo?

— Tentamos ligar... Ele não atende.

— Podemos tentar agora — sugeri.

— Tsc, vamos — Vladmir ordenou.

Seguiu para dentro e nós em seu encalço. Subi as escadas com o coração na boca, os olhos de Kirill curiosos em mim, e rodeado de homens que não hesitariam em me matar.

No telhado, Nicolai estava na penumbra, com um binóculo e um dos nossos encarregados. A mira da arma apontada para uma pequena praça na esquina.

— Consegue ver? — Vladmir parou ao lado.

— Ali — o russo respondeu e apontou para um carro antigo, estacionado embaixo de árvores. — É o carro do ministro. Ele está dentro.

— Quanto tempo?

— Vinte minutos já.

— Talvez ele não apareça — Kirill começou e calou-se assim que faróis surgiram do outro lado da praça.

Estreitei os olhos. Um carro preto seguiu pela rua, contornou a praça e parou.

Ele conseguiu.

Filho de uma mãe sortudo que eu era.

Retesei o maxilar, trinquei os dentes e o silêncio se instaurou no momento em que o homem desceu do carro, um tanto quanto perdido, olhando aos arredores.

Debaixo da luz do lugar, ficou visível quem era.

— Ivo... — Foi a voz de Vladmir que anunciou o suposto rato.

— Desgraçado! — rosnei.

Passei a língua sobre o lábio inferior e o chupei para dentro, rocei os dentes. Pelo canto do olho, vi que Nicolai me encarava desconfiado.

— Ivo... — ele repetiu o nome.

— Aquele velho desgraçado! — Kirill estava furioso.

— Como ele pôde? — Vladmir não parecia convencido.

— Vamos matá-lo? — Nicolai se levantou, curioso com a cena.

— Se ele é o rato... — comecei.

— Ele é — Vladmir admitiu com raiva. — Por isso o ministro tinha informações. Era alguém de dentro.

— Alguém que sabia demais — Kirill concordou.

— Enzo irá matá-lo — Vladmir contou assim que Nicolai engatilhou a mira.

— Mas...

— Depois daquele dia, você está com raiva dele, não está?

— Depois daquela noite? Sim, adoraria explodir aquela cabeça.

— Sem balas. — O arrepio passou pela minha espinha. — Apenas facas. Uma morte lenta, dolorosa. — Voltou-se para Kirill. — Depois, iremos para a casa dele. Sua esposa, qualquer um que estiver lá, limparemos o local.

Não era uma morte nas minhas mãos, era a família inteira, mas eu sabia quando decidi por aquela cabeça.

— Posso ir?

— Já deveria ter ido — resmungou, impaciente.

A sede de sangue latejou.

Nicolai e Kirill me seguiram com o olhar, desconfiados. Pouco me importei.

Russell cumpriu o combinado. Agora, ele precisaria explodir o carro com Yuri junto. Minutos depois, quando o ministro, satisfeito com o que visse, saísse dali. Acreditaria que estava dentro do plano, porém, ele não podia continuar vivo.

Iríamos traí-lo.

Desci apressado, passei pelos carros, pelos seguranças e atravessei as ruas, temeroso em perdê-lo. Cada segundo era importante, e ao virar a esquina, puxei um revólver. Ivo me viu assim que as luzes da praça me iluminaram.

— QUE PORRA... — berrou.

O meu tiro abafou o restante da sua frase.

Atingi sua perna. Ele caiu de joelhos e tentou pegar uma arma.

— Puxe e eu juro pela minha vida que estouro seus miolos agora e os deixo esparramados para todos verem! — Avancei.

Minha voz se tornou arrastada, o meu olhar, se o visse agora, com certeza seria o de um assassino brutal.

Insensível.

Desalmado.

Buscando vingança.

Violência.

Enterrando o passado com sangue e terra.

Colei o cano contra a sua testa, parado defronte para ele, que, ajoelhado, mantinha a mão erguida, no trajeto para pegar a arma.

— Foi você... — sussurrou. — Você.

— É o rato, não é? — Sorri, debochado. — É o traíra!

— Não... Você foi quem me ligou. — Daquela distância, ninguém poderia me escutar.

— Liguei? — repeti, confuso.

— Filho de uma puta! — Fechou os olhos.

— Estou a mando do chefe. Sua cabeça é nossa, *rato*.

— Como conseguiu? — Meu sorriso foi a resposta, assim como o carro arrancando e nos deixando sozinhos ali. Ivo o seguiu com o olhar, astuto o suficiente para entender. — Então foi isso...

— *Yuri é meu homem*.

— Como conseguiu?

— Ele quer as ruas limpas, os bancos limpos, o governo correto.

— Em tão pouco tempo...

— Tenho os meus aliados, Ivo. Não se destrói um homem sozinho.

— Você é o rato.

— Não, você é quem é.

— Vladmir descobrirá...

— Você estará morto. — Com a arma contra a sua cabeça, agachei-me e puxei a faca. — Sabe que aquela nossa conversa — disse, enquanto o seu olhar analisava o objeto na minha mão. Pelo canto do olho notei os seus seguranças serem segurados pelos de Vladmir.

Ele podia ser um dos cabeças, no entanto, quem mandava mesmo era o Pakhan.

— Sobre lealdade?

— Não, sobre minha mãe mesmo — afirmei. — Você quis me atingir, e conseguiu. Não era para ser a sua morte hoje. A merda que falou naquela noite me fez decidir.

— Não gostou de saber o quanto Nádia foi usada por nós?

— Essa é a questão. — Estreitei os olhos. — Você sabe demais, não sabe? Sabe do bebê, do que aconteceu naquele quarto... Vladmir e Otávio... — Ele engoliu em seco. — Quis implantar a dúvida em mim. É você quem não tem ideia. Desconfia, suspeita. Nunca a certeza.

— Você está jogando com a sorte. Sabe que...

— Estava certo. O passado não permanece enterrado. Nunca. Estou aqui para provar isso.

— Otávio... — balbuciou.

— Criado para destruir os piores homens. Você — sorri. — é o primeiro.

— Você irá se destruir junto! — grunhiu. — VOCÊ SE TORNARÁ PIOR DO QUE NÓS! — berrou. — SEU BAST... — Enfiei a faca no seu pescoço, enquanto aprisionava o seu olhar no meu.

Eu queria ver a vida se esvaindo dele. Cada último suspiro.

Queria ver a luta travada. Queria que eu fosse o último demônio a assombrá-lo quando fechasse os olhos.

— Eu já sou o pior... — sussurrei contra o seu rosto. Puxei a faca para o lado. A pele resistiu, a carne pareceu pastosa com o sangue. Forcei o punho. O sangue esguichava, empapava e escorria pela minha mão, pelo pulso, até pingar entre nós. — Porque o que protejo, precisa permanecer intocado. E por isso eu sou levado ao extremo, ao limite. A verdade morre comigo, e você nunca tomará conhecimento. Morrerá como um rato. — Continuei a puxar a faca. Pele cedendo, o pescoço se abrindo. Ele suspirou e gemeu em dor. Engasgou-se com o próprio sangue, os olhos perdendo o brilho. A vida saindo pelas minhas mãos. — Será enterrado como um rato.

— Vladmir...

— Não importa no que acredita, no que sabe. O que sou é um Lehansters e é em minhas mãos que você perderá a vida.

Puxei a faca até o final, degolando-o lentamente. Os olhos esbugalharam, o rosto em desespero, o sangue jorrando, saindo pelos lábios abertos. O último suspiro com tosse.

E antes que eu me desse por conta, estava com a faca cravada no seu queixo.

Puxei-a e a finquei em seu rosto. Perdido no que ele disse noites atrás, a fúria me tomou, me arruinou.

Caí sobre o cadáver, esfaqueando várias e várias vezes. Sangue se misturando no meu sobretudo, respingando no meu rosto.

— Gosta — rosnei para o cadáver — de brincar com as pessoas, seu desgraçado! Gosta de jogar com as mulheres. AHHHH! — Meu urro inundou a noite. Apertei o punho da faca cravada em seu rosto.

Frente a frente, montado no morto, encarei-o por segundos, a respiração ofegante.

E aliviado.

Aquilo me desnorteou.

Ouvi uma explosão ao longe, de acordo com o plano. Russell matou o único envolvido, que poderia nos entregar: o ministro Yuri.

Comecei a rir, caí ao lado do defunto, deitado no chão.

Gargalhei com a loucura, o sangue nas minhas costas. Minha risada estridente ressoou pelo lugar.

Insano, gargalhando com o sangue sobre as minhas roupas, o morto ao meu lado. Meu cadáver.

Tinha matado Ivo.

Perante Kirill e Vladmir, e seria honrado por isso.

Ri, porque no assassinato daquele homem, não me senti sujo como anos atrás, fodido como no Campo, ou em completo desespero.

O que senti foi paz.

A sensação de parte do dever cumprido.

Silenciei-me, com o sorriso cravado no rosto, os olhos parados. Fiquei assim por minutos.

Louco. Fora da linha.

Fora de mim. Tomado pela violência.

Não tinha mais trilhos.

Otávio teria orgulho de mim, enquanto eu já não me importava comigo mesmo.

Eu consegui matar um, nada mais me pararia até o final.

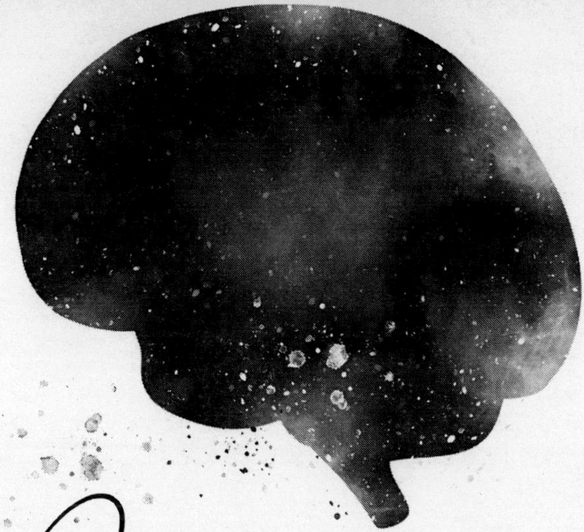

Capítulo 63

Enzo

— Mais forte? — sussurrei.

— Não — ronronou. — Hum... assim está bom.

— Não sente pressão nos pulsos?

— Não...

— E agora? — Puxei o couro.

— Ohhh... — ela gemeu, um sorriso surgiu no seu rosto, os olhos vendados, os cabelos loiros contra o travesseiro.

— Está bom assim, Yelena? — Curvei-me contra ela. Deixei o meu hálito chegar até os seus lábios entreabertos e os lambi. Ela gemeu, as coxas atritando uma na outra, a boceta brilhando em puro tesão.

Tentou contrair as pernas, em vão. Esticou as cordas de couro amarradas no pé da cama. Estava presa sob o meu poder, e, porra, eu tinha ansiado por essa sensação.

Precisava aliviar o estresse.

Sexo já não era mais o suficiente.

Sasha estava fora de cogitação. Não queria *vê-la*.

Yelena era uma bailarina pequena, com gosto por submissão. Ela quase aceitou o contrato de imediato, no entanto, pedi que esperasse alguns dias. Repensasse melhor. Não queria que na segunda noite ela pedisse para ir embora.

Já estávamos na segunda semana juntos. E era espetacular ouvi-la gemer dentro das minhas mãos, ansiando por mais e mais.

Buscava o limite junto comigo. Almejava os extremos. A dor física não existia, não, estávamos além.

Apertei os seus mamilos intumescidos com os prendedores. O seu sorriso me permitiu continuar. Tínhamos códigos para o que ela aguentava.

E agradeci por nunca ouvir as palavras[3].

---

3 Palavra ou código que sinaliza o limite que o submisso aguenta na prática de BDSM, parando assim o ato.

Ela aceitava, gostava, gozava, delirava.

— O que sente? — cochichei.

— Você.

— Mais — exigi. Segurei a palmatória. Deslizei-a pela boceta de Yelena e subi para o seu umbigo.

Circulei-o devagar, observei o seu pelo se arrepiar.

Ela mordeu o lábio inferior.

— Sinto a sua pressão. A força com que me quer.

— Mesmo sem me ver?

— Não preciso ver. — Riu. — Dá para sentir pelo toque.

— Pelo toque — repeti. — E assim? — Ergui a palmatória e estapeei o meio das suas pernas. O grito preencheu o quarto. De prazer.

— Ohhh... Andrei!

— Sente o quanto gosto de foder com você? — Ela não respondeu. Estapeei-a outra vez e aguardei. Respirou fundo, buscou se reencontrar no quase orgasmo. Seu corpo estava suado contra a mesa. Pingos de suor estavam na sua testa. Larguei o objeto e fui até ela. Segurei-a pelo queixo e sussurrei em seu ouvido: — Vamos intensificar? — Assentiu. — Sem gemer. Sem gozar.

— Mas...

— Sem recusar. Apenas quero ouvir sua voz caso chegue no limite.

Ela relaxou.

Deslizei o indicador pelo seu pescoço, avancei pelo meio dos seus seios, a pele macia e deliciosa. Parei sobre seu monte púbis e ali fiquei. Fiz círculos com os dedos, exerci pressão cada vez mais, e abri os seus grandes lábios. Yelena deu um pulo e engoliu o gemido quando agarrei o seu clitóris.

Apertei-o entre os dedos, os besuntando com o líquido que já escorria da sua abertura.

Acariciei-o. Brinquei com o seu ponto que inchava cada vez mais. Ela estava segurando o orgasmo. Lutando contra o gemido.

Contornei a mesa, selecionei um dos géis que tinha ao meu dispor e o esfreguei nas mãos.

Voltei para o meio das suas pernas, me inclinei sobre elas, abri-as mais e assoprei contra a sua boceta.

O seu gemido quase escapou. Vi-o subir pela garganta, a fez sorrir e morder com força o lábio.

— Isso, uma boa menina — sussurrei. Acariciei sua boceta com a mão molhada pelo gel. Masturbei-a, deixei que as suas dobras se engrandecessem e a penetrei com um dedo.

Ela respirou fundo.

Dentro dela, toquei-a.

Era tão gostoso. Cada centímetro do seu prazer era meu, iria levá-la à loucura, a trazer de volta e mostrar que repetiríamos a dose quantas vezes quisesse.

Enfiei o segundo dedo. Sua musculatura vaginal se contraiu. Seu ventre também.

Sorri.

— Respire, Yelena — murmurei. Aproximei o rosto e beijei sua boceta. O arrepio percorreu o seu e o meu corpo. — Respire, vou te comer com a mão.

Três dedos foram o suficiente para a levar além da realidade. Ela estremeceu, o suor fez o seu corpo brilhar, sua boceta pulsava frenética contra a minha mão.

Precisava gozar. Estava quase no limite para o sofrimento.

Sabia que queimava. O líquido quente que escorria entre os meus dedos indicava isso. Puxei o meu pau para fora da cueca e me masturbei enquanto continuava as minhas investidas com a mão nela.

Dedos contra a carne macia do seu interior. Cada toque preciso para fazê-la me sentir lá dentro, busquei o seu ponto principal e dediquei toda a minha atenção para ele.

Seu rosto se tencionou.

— Goze. — Liberei-a. — Goze comigo. Pode gemer.

Meu pau estremecia dentro da minha palma. Grosso, as veias implorando por alguma libertação.

Apressei os movimentos, e quando Yelena gozou, acalquei o polegar contra o seu clitóris. Dois dedos dentro, um no seu ponto.

Devastou-a.

Seus gemidos se tornaram desconexos. Seu corpo sucumbiu ao orgasmo de uma forma tão intensa, que gozei logo em seguida. O jato esbranquiçado espirrou, o seu gozo escorria pelas minhas mãos.

Pressionei os olhos, fechando-os. Trinquei os dentes, delirando no êxtase. E, porra, como estava acontecendo nos últimos dias, o gemido que ecoou nos meus ouvidos não foi o da minha submissa. Mas o de uma mulher que jamais estaria naquela posição.

Que nunca entregaria o pescoço para uma coleira, ou o limite do próprio corpo.

Era uma maldita assombração que eu consegui manter quieta por anos.

Até agora.

Ela gritava dentro das minhas veias por algo que me deixava vulnerável.

Que me atacava, mesmo sem intenção. Mesmo a milhas de distância. E mesmo me odiando com todas as forças.

Desamarrei Yelena, acompanhei-a no banho e fui embora.

No caminho, comprei mais um maço de cigarro e uma garrafa barata de uísque. Xinguei-me, furioso com a porra da minha mente por me trair.

Estava no caminho, já eliminei Ivo. Não podia fracassar agora, ou deixar o passado me corroer.

Passado era passado.

Só poderia parar para me acusar, culpar ou lamentar quando chegasse no fim.

Até lá, o foco era preciso.

Cheguei na casa pouco depois das duas. Monitorado pelos seguranças, fui até o meu quarto, e lá, de olhos fechados, buscando o sono, recordei-me das últimas semanas.

Não quis contar os corpos. Era difícil.

Na contagem, já passava de quinze. Pessoas sem rostos. Dez de uma vez só, com metralhadoras semiautomáticas, gritos e sangue. Pilhas cremadas logo depois. Mandávamos nas ruas, no submundo e na porra da polícia, de certa forma.

A investigação sobre o ministro infiltrado morto — graças a Russell — *não deu em nada, e consegui sair sem suspeitas.*

Vladmir, aos poucos, confiava mais tarefas a mim, mesmo que eu ainda ficasse atrás de Nicolai. E como desejei matá-lo. Afogá-lo nas várias banheiras, atear fogo ou simplesmente explodir os seus miolos.

Toda vez que o via, me lembrava de Anya. E ele a citou tantas vezes, que Vladmir teve que impor limites sobre nós. Era vingança por tudo. Pelo passado e por ter trepado com Sasha.

Pouco me importei. Precisava manter a raiva contida até que pudesse matar todos.

Um por um, eles deveriam cair nas minhas mãos.

O celular vibrou. Fitei o nome de um dos *Shestyorka*.

— Igor?

— Precisamos de você agora.

— O que aconteceu?

— Merda! Venha para cá agora!

— Porra!

Rumei para o banheiro, troquei de roupa e peguei o celular, que marcava quase três horas. Enfiei-me dentro de um dos Escalade e dirigi para a velha Igreja.

Lá dentro encontrei Nicolai, Igor e outros tão inferiores quanto eu.

— Que merda aconteceu?!

— O novo fornecedor daqui.

— Como assim?

— Foi enviado um aviso de que esses bairros eram nossos. Ninguém negocia além de nós — Nicolai explicou. Lembrei-me do assunto vago de Vladmir, sobre uma concorrência desrespeitosa, que precisava ser freada.

— Eles não pararam?

— Não. Mataram um dos nossos na rua.

— Retaliação.

— Tudo ou nada. — Igor deu as costas e pegou uma AK-47 sobre o balcão. — Hoje faremos a limpa naquele bordel dos infernos.

— E as mulheres?

— Pelo amor de Deus, alguém arranque as bolas desse idiota! — Nicolai resmungou.

Fiquei quieto. Por dentro, meus nervos ferviam. Por fora, concordei.

Vesti o colete, outro moletom por cima, um capuz e, armado, assim como todos os outros, nós nos mandamos para a periferia de Moscou.

Não teve espera. Não teve perdão ou exceção.

Segui-os tão frio, que decidi que dali em diante não pensaria mais.

O gatilho era suave, tão fácil de apertar, a mira tão precisa, e os diversos corpos, explodidos em sangue, se empilharam naquele lugar. Poucos foram poupados, amarrados e botados em um canto.

Com Igor, enquanto Nicolai mexia no dinheiro do caixa, fui para os fundos, arrastando os corpos dos sobreviventes.

— Por favor... — um dos homens berrava, acompanhado dos outros.

— Por que não calam a maldita boca?! — Igor falou. — Duas semanas, e continuaram! Acharam que éramos palhaços?! Um bando de vadias que aceitariam?! — Deixei-o falar. Só queria fazer o serviço rápido. Joguei os corpos contra a parede.

— De pé! — ordenei para os dois homens que eu arrastei.

— Não... não... — Começaram a chorar.

— DE PÉ! — Eles obedeceram, tremendo dos pés à cabeça. — De costas! — E assim que se viraram, dei distância e mirei. Apertei o gatilho, engoli em seco, a cabeça explodiu.

Miolos contra a parede.

Ouvi o disparo do meu lado, Igor fazia a mesma coisa.

Mirei na segunda cabeça. O homem chorava copiosamente.

Pressionei o gatilho. A bala atingiu os cabelos, a cabeça, penetrou no crânio e explodiu o cérebro.

O corpo caiu para frente, bateu na parede e deslizou, deixando um rastro vermelho, com pedaços de couro cabeludo.

Aquela bala não matou apenas aquele homem.

Matou o que restou da minha alma.

E eu seria pior do que me encontrava naquele momento. Tinha certeza. Por isso, não vacilei.

No dia seguinte. No outro. Na semana seguinte e em todos os meses que se passaram, repeti para mim mesmo que era pelo bem maior.

Que era pelo pedido do meu pai.

Pela segurança da família.

Para lidar com monstros, eu precisava me tornar um.

Epílogo

Levi

Três anos depois

— E o que ela disse?

— Por aquele valor? Até a bunda quis dar — contei.

Toni gargalhou.

— Se sua mãe souber...

— O máximo é ela querer que eu trepe com a filha de alguma boa mãe por aí, engravide e lhe dê um neto.

— Não, ela sabe que não é bem assim.

— Minha mãe tem um sonho um pouco juvenil ainda sobre essa vida. — Bebi um longo gole de cerveja, encostado na minha Harley junto com Toni. — Não sei o que viu em você — debochei e vi o seu dedo do meio. — Sério. — Arqueei as sobrancelhas. — Não sei que porra ela viu. Aquela mulher devora romances como troca de roupa, aí aparece você.

— Ela gosta de uma aventura.

— Ah, não quero ouvir o que fazem na cama.

— Já não ouve? — Gargalhou.

— Filho da puta!

Ficamos em silêncio. Nos últimos meses estava tranquilo. Não era a vida que almejei, e como um *Prospect*, não tinha tempo nem para mijar, que já me mandavam fazer coisas. Ainda assim, era bom ficar perto de Toni, ter um lugar.

Devils se tornou o meu lugar, Toni era preciso.

Não éramos corretos. A vida nos cobrava demais. Nos mudava.

Não tivemos problemas por meses. O transporte estava bom, e talvez o maldito ricaço estragasse algumas entregas.

Se ele caísse, levaria o clube junto.

— Está pensando nele, não é? — Foi Toni quem adivinhou.

— Não acho uma boa Antone continuar.

— É? Por quê?

— Não sou nada — murmurei. Cuspi no chão ao meu lado e voltei a beber. — Entrei faz cinco meses, mas Antone *não está bem. Você já percebeu isso. Vive chapado, trepando com cada mulher que aparece.*

— Antone precisa da gente.

— Não é o que a irmãzinha pensa — contei. — Outro dia, quando fui levá-lo para a cidade, aquela louca me ameaçou. Não sei se tem culhões no lugar da boceta, mas deixou claro que se Antone tivesse um arranhão enquanto estava comigo, ela me fritaria vivo.

— Anya *é um demônio em forma de mulher.* Nunca queira transar com ela.

— Ah, é? — Ri. Toni estava zombando.

Tinha um pouco de alerta na sua voz.

— Z que o diga.

— Ele continuará preso até quando?

— Não sei. Aquele menino deu de mexer com as pessoas erradas.

— Mas não foi por culpa da Lehansters, *não é?*

— Não, não. Nada a ver com eles. Mas... — O sorriso de canto entregou.

— Ele transou com ela.

— Uma vez, pelo que contou, e foi o suficiente para fazê-lo correr como o diabo foge da cruz.

— Passo a oferta, então.

— O problema não é ela, eu sei. — Voltou ao assunto. — Também tenho observado Antone.

— Percebeu? — Ergui as sobrancelhas. — O caralho que ele está fazendo.

— Ele sempre pediu para afundar. — Tinha compaixão no olhar de Toni. — Prometi ao irmão dele que não o tornaria um dos nossos.

— E hoje ele veste o nome.

— Um erro meu, Levi. Se Antone se foder com a gente, pode apostar que eu também vou.

— Ele não passou a beber tanto assim conosco.

— Não, ele sempre foi alcoólatra, e nunca deu ouvidos *à* irmã.

— O que podemos fazer?

— O que... — Ele pausou. Estreitou os olhos, distantes, atrás de mim.

— O que foi? — Me virei.

Um Escalade estava estacionado próximo da oficina. De dentro, um homem alto, cabelo liso e loiro, preso em um coque, saiu. A barba um pouco mais comprida e os olhos verdes em Toni.

Vestia um sobretudo preto, mesmo não estando tão frio, luvas de couro e um olhar de quem não estava muito a fim de conversar.

— Conhece? — murmurei.

— Cacete! — Foi a resposta de Toni que, de outra cor, apenas fez sinal para que eu me afastasse.

Recuei, larguei a cerveja em um canto e cruzei os braços.

— Ei. — Toni foi ao encontro do visitante inesperado que, no meio do pátio vazio da oficina, parou. — Quando voltou? — Foi amistoso.

— O que eu pedi para você? — A voz grossa, impassível e baixa fez Toni perder o sorriso.

— Eu sei — suspirou.

— Que. Merda. Eu. Pedi. A. Você?!

— Que Antone *não entrasse.*

O loiro ficou calado, o olhar de quem mataria sem nem piscar.

— Não perguntará como andam as coisas? — Toni tentou. — Como você está? — Largou a cerveja.

Notei que o outro começou a retirar as luvas. Tatuagens em preto chapado estavam nas suas mãos. Caveiras nos dedos e outros desenhos nas costas das mãos.

— Ei — murmurei.

Sabia a bosta que era. Não tínhamos russos na região, não com quem negociávamos mais.

O loiro jogou as luvas no chão.

— Quando as pessoas — começou em um sussurro baixo, e dei alguns passos para a frente — me dão a sua palavra, eu costumo cobrar, Toni. Cada palavra é valiosa para mim, é o que faz um homem.

— Quem é você? — Toni engrossou a voz. Estava frente a frente com o visitante. — Não é o menino que encontrei no bar na última vez.

— Não sou mais um menino. Seis anos foram o suficiente para que eu não fosse mais o mesmo.

— Por isso pergunto, quem é você?

— Alguém que costuma cobrar promessas.

— Veio cobrar a minha?

— Se tivesse cumprido, eu não estaria aqui. Facilitaremos as coisas, o que acha? — Era uma ameaça velada no olhar, nos lábios que mal se mexiam com a barba loira ao redor.

— E como podemos? — Toni suavizou. Abaixou a guarda diante disso e se aproximou de vez. Ergueu o braço para apoiar a mão no ombro do outro.

Foi tão rápido que, quando compreendi, o soco atingiu Toni em cheio no rosto, derrubando-o para trás.

— Toni! — gritei.

— Não! — Toni virou-se, de quatro no chão, e ergueu a mão na minha direção. — *Não se meta.*

— Mas...

— Assuntos meus — sussurrou. — Morrerá se vier me proteger.

— Os outros...

— Assuntos meus! — berrou, autoritário. O russo o pegou pelos cabelos, erguendo sua cabeça. — Me matará? — Ele não respondeu. Atingiu-o com outro soco, abriu um corte em seu supercílio e jogou Toni contra o chão.

Chutou-o.

Assisti horrorizado. Ele não se protegeu, não lutou, muito menos se defendeu. Deixou ser virado, e frente a frente com o filho da puta, permitiu que esse se agachasse.

Montou sobre Toni.

Soco atrás de soco.

O rosto inexpressível.

Talvez um vislumbre de ódio no olhar, nos lábios discretos e franzidos.

Vi os seus dentes unidos. As mãos, tatuadas, com o sangue de Toni escorrendo. E esse, com o rosto machucado, sangue vertendo por cortes, os olhos já inchados.

O barulho de osso contra osso, de carne.

— Isso é um lembrete, Toni — ele sussurrou. — Não se mexe com a minha família. Não fode mais o meu irmão. — *Irmão.* Semicerrei os olhos. — Não se promete — puxou-o pelo colarinho, rosto contra rosto — *e não se cumpre. Na próxima vez, não deixarei você abrir a porra da boca, e arranco a sua cabeça aqui nesse pátio, para os seus filhos verem!*

— Você... se tornou o diabo — Toni conseguiu falar.

— Não. — Sorriu malicioso. Vil. — Fui educado por ele, pode me chamar de príncipe, se preferir. — Largou-o, levantou a perna e o chutou com força no meio da virilha. Meu presidente urrou, contorcido na própria poça de sangue. — Antone tem uma semana para cair fora desse clube. Estou de volta e as coisas serão do meu jeito. — Olhou ao redor.

— É um Vor, não é? Se tornou um deles. — Toni tossiu.

O loiro assentiu devagar, o olhar parado no chão. Levantou a cabeça e me encarou.

— Sou um Lehansters.

Deu as costas e desapareceu no Escalade *tão rápido quanto chegou.*

O que senti diante daquele olhar não era como se fosse um homem furioso ou apenas violento.

Era mais.

Algo tão quebrado, que poderia devastar tudo ao redor.

CONTINUA...

Olá, querido leitor(a), espero que a sua leitura até aqui tenha sido intensa. Que tenha sentido todas as emoções, surpresas, dores e medos de Anya e Enzo.

Se chegou até aqui com alguma emoção dentro do peito, o meu trabalho foi um sucesso, e também um sonho realizado.

Não deixe de me mandar um e-mail (thalibetineli@gmail.com) me contando o que achou, ou conversar comigo pelas redes sociais (Instagram: @autoratbetineli). A sua opinião é muito importante, me motiva a continuar e a compreender em que pontos eu acertei ou errei.

Se possível, não deixe de avaliar. É de grande ajuda.

Que as teorias de vocês permaneçam até o próximo livro, assim como o desejo de continuar a leitura. Que tenham odiado e amado na mesma intensidade. Obrigada!

E para o segundo livro, *A Escuridão de uma Mulher*, reservem uma pilha de panos para passar, pois Anya e Enzo irão precisar!

Thalissa Betineli

Agradecimentos

Este livro não seria possível sem a ajuda de pessoas muito importantes. Primeiro, agradeço você, leitor(a), por ter dado uma chance ao livro. Sua leitura me motivou a apostar nesta história!

Agradeço ao meu marido por toda a paciência e observações durante o processo criativo, escrita, reescrita e escrita.

A Destruição de um Homem teve duas versões antes desta. Sem dúvidas, é uma das histórias que mais custou, esforcei-me ao máximo para trazer esses personagens como gostaria, e espero ter feito um bom trabalho.

Nada disso seria possível sem minhas betas: Mirian Cardoso, Elizandra Forcellini, Dalila dos Anjos e Rayane Araújo. Obrigada por me aguentarem durante as madrugadas, por cada apontamento, apoio e conselho. São estrelas que me guiam neste caminho.

Obrigada a Bárbara Oliveira por sua leitura crítica, pelos apontamentos essenciais e uma nova visão sobre a história. Seu feedback preciso e certeiro foi um dos motivos que me levou a mexer na história e trazer uma nova identidade. Agradeço sua honestidade e parceria incríveis.

Obrigada Família Pecadora, por sempre estar comigo, acreditar na minha escrita e estar presente na minha vida. Vocês são leitoras e amigas incríveis, que alegram o meu dia.

Obrigada, leitor(a), por ler. Só existo graças a você.

Um autor só existe porque tem leitores. Obrigada por me lerem!

Nos vemos na continuação, *A Escuridão de uma Mulher*.

Beijos!

Contato

Se você chegou até aqui, não deixe de me chamar e me contar o que achou. Seu feedback é muito importante!

Redes sociais:
Instagram: autoratbetineli
Email: thalibetineli@gmail.com
Twitter: TBetineli

Espero você, para conversarmos!

Impressão e acabamento
psi7
psi7.com.br
book7
book7.com.br